A Faint Cold Fear Thrills Through My Veins · William Shakespeare

Zu diesem Buch

Fünf Männer überlegen fieberhaft, an welcher Stelle Stockholms sich das Attentat auf den hohen Gast mit der größten Aussicht auf Erfolg und dem geringsten Risiko durchführen läßt. Die fünf sind Polizisten, und das Ganze ist ein Planspiel – einstweilen jedenfalls. Doch es kann über Nacht blutiger Ernst daraus werden – falls die ULAG nämlich zuschlägt.

Der hohe Gast, das ist ein keineswegs allgemein beliebter, aber wichtiger und einflußreicher amerikanischer Politiker, der Schweden einen Staatsbesuch abstatten wird. Es wird Demonstrationen der Linken geben, klar; mit den Linken wird man fertig werden, auch klar – aber was die ULAG anbelangt, hört jede Klarheit auf.

Die ULAG ist eine obskure internationale Terrororganisation, von der man so gut wie nichts weiß. Vor zwei Jahren hat sie in Costa Rica ihr Debüt gegeben – ein sehr erfolgreiches Debüt. Die ULAG hat seither immer erfolgreich operiert: in Malawi, in Indien, in Japan und in Südamerika, und wenn sie nicht die Verantwortung für die Anschläge übernommen hätte, wüßte man bis heute nicht, daß es sie gibt.

Zwei Dinge sind es, die die ULAG besonders unheimlich erscheinen lassen: die ungeheuerliche Brutalität, mit der der Tod Dutzender von Unbeteiligten in Kauf genommen wird, und die verwirrende Tatsache, daß keine politische Zielrichtung erkennbar ist – die Opfer waren Liberale und Konservative, Faschisten und Kommunisten ... Arbeitet die Organisation, an sich politisch wertfrei, jeweils auf Bestellung? Gibt es neben dem Söldnersoldaten jetzt auch den Söldnerterroristen? Vor allem, Auftragsarbeit oder nicht – plant die ULAG ein Attentat auf den amerikanischen Gast?

«In diesem Augenblick hat das Auto mit dem Senator und dem Ministerpräsidenten die Stadtgrenze von Stockholm erreicht», sagte die Stimme des Reporters.

Der Augenblick war sehr, sehr nahe.

Reinhardt Heydt ließ den Finger ganz leicht auf dem weißen Knopf ruhen, während er auf den Fernsehbildschirm blickte.

Nur noch wenige Sekunden ...

Jetzt!

Er drückte genau im richtigen Augenblick den Knopf herunter.

Ist das das Ende?

O nein. Das ist der Anfang der irrwitzigen Geschichte.

Kurz vor seinem Tod konnte Per Wahlöö *noch mit* Maj Sjöwall *den vorliegenden zehnten und letzten Band in diesem Kriminalroman-Zyklus beenden. Auch die vorhergehenden liegen in der Reihe der rororo thriller vor:* Die Tote im Götakanal *(Nr. 2139),* Der Mann, der sich in Luft auflöste *(Nr. 2159),* Der Mann auf dem Balkon *(Nr. 2186),* Endstation für neun *(Nr. 2214),* Alarm in Sköldgatan *(Nr. 2235),* Und die Großen läßt man laufen *(Nr. 2264),* Das Ekel aus Säffle *(Nr. 2294),* Verschlossen und verriegelt *(Nr. 2345) und* Der Polizistenmörder *(Nr. 2390).*

Maj Sjöwall / Per Wahlöö

Die Terroristen

Kriminalroman

Deutsch von
Eckehard Schultz

Rowohlt

rororo thriller · Herausgegeben von Richard K. Flesch

DEUTSCHE ERSTAUSGABE

*Veröffentlicht im Rowohlt Taschenbuch Verlag GmbH,
Reinbek bei Hamburg, April 1977
Die Originalausgabe erschien bei P. A. Norstedt & Söners Förlag,
Stockholm, unter dem Titel «Terroristerna»
Redaktion: Brigitte Fock
Umschlagentwurf: Ulrich Mack
Umschlagtypographie: Manfred Waller*

*Satz Aldus (Linotron 505 C)
Gesamtherstellung Clausen & Bosse, Leck/Schleswig
Printed in Germany
580-ISBN 3 499 42412 6*

Die Hauptpersonen

Rebecka Lind	träumt vom einfachen Leben, doch die Verhältnisse, die sind nicht so.
Jim Cosgrave	hat auf eine amtliche Zusage vertraut.
Valter Petrus Pettersson	bekommt eine Quittung.
Der Mann in der Garage	schlägt mit einer Eisenstange zu.
Kiki Hell	ist nicht mehr zu retten.
Reinhardt Heydt Kaiten Kamikaze Levallois	planen minuziös – und dann kommt es auch auf Minuten an.
Ruth Salomonsson	erinnert sich an einen Liebhaber und wird mißtrauisch.
Rhea Nielsen	rettet zwei Menschenleben, ohne es zu wissen.
Hedobald Braxén	verteidigt zweimal dieselbe Klientin.
Martin Beck und seine Mitarbeiter Gunvald Larsson Åsa Torell Benny Skacke Einar Rönn Fredrik Melander	sollen ein Attentat verhindern, verhindern ein Attentat und können ein Attentat nicht verhindern.

1

Der Rikspolis-Chef lächelte.

Dieses Lächeln, jungenhaft und gewinnend und normalerweise für die Presse und das Fernsehen reserviert, wurde nur selten den Mitgliedern des engeren Kreises zuteil, zu dem Bürochef Stig Malm von der Reichspolizeileitung, der Chef der Sicherheitspolizei, Eric Möller, und der Leiter der Reichsmordkommission, Martin Beck, gehörten.

Lediglich einer der Männer beantwortete die freundliche Geste.

Stig Malm hatte blendend weiße Zähne und lächelte gern, um sie zu zeigen. Ohne sich dessen bewußt zu sein, hatte er sich mit der Zeit ein ganzes Register verschiedener Arten zu lächeln angeeignet. Das Lächeln, das er jetzt zur Schau stellte, konnte nur als schmeichlerisch und unterwürfig bezeichnet werden.

Der Chef von Säkerhetspolisen versuchte ein Gähnen zu unterdrükken, und Martin Beck schnaubte sich die Nase.

Es war erst halb acht Uhr früh. Eine Zeit, zu der der Rikspolis-Chef mit besonderer Vorliebe überraschende Besprechungen einberief, was jedoch keineswegs bedeutete, daß er regelmäßig um diese Zeit im Polishus erschien. Häufig tauchte er erst am späten Vormittag auf, und selbst dann war er meistens nicht einmal für seine engsten Mitarbeiter zu sprechen. «Mein Arbeitszimmer ist meine Burg» hätte als Motto über seiner Tür stehen können, die demzufolge auch wie der Eingang zu einer uneinnehmbaren Burg bewacht wurde – von einer gutgedrillten Sekretärin, die nicht von ungefähr der «Drachen» genannt wurde.

An diesem Morgen zeigte er sich von seiner frisch-fröhlichen und wohlwollenden Seite. Er hatte sogar eine Thermosflasche mit Kaffee und richtigen Tassen aus Porzellan statt der üblichen Plastikbecher hinstellen lassen.

Stig Malm erhob sich und goß den Kaffee ein.

Noch bevor er sich wieder setzte, wußte Martin Beck, daß der Bürochef vorher leicht an den Bügelfalten ziehen und dann mit der Handfläche über sein tadellos frisiertes welliges Haar streichen würde.

Stig Malm war sein direkter Vorgesetzter, doch Martin Beck brachte ihm nicht den geringsten Respekt entgegen. Seine Selbstgefälligkeit im Verkehr mit Untergebenen und seine katzbuckelnde Liebdienerei höhergestellten Personen gegenüber waren Dinge, über die Martin Beck sich schon lange nicht mehr aufregte und die er nur noch lächerlich fand. Was ihn dagegen irritierte und ihn bei der Arbeit häufiger behinderte, waren die Starrköpfigkeit dieses Mannes und sein Mangel an Selbstkritik, ein Mangel, der ebenso umfassend und unabänderlich war wie seine Ahnungslosigkeit in allem, was die praktische Polizeiarbeit betraf. Daß er eine so hohe Position überhaupt erreicht hatte, war seiner Karrieresucht, politischem Opportunismus und einem gewissen Geschick in Verwaltungsdingen zuzuschreiben.

Der Chef der Säkerhetspolis ließ vier Zuckerstücke in seinen Kaffee fallen, rührte mit dem Löffel um und trank schlürfend einen Schluck.

Malm nahm keinen Zucker, aus Rücksicht auf seine Figur.

Martin Beck fühlte sich nicht wohl und mochte so früh am Morgen keinen Kaffee trinken.

Der Rikspolis-Chef nahm sowohl Zucker als auch Sahne und spreizte den kleinen Finger ab, als er die Tasse hob. Er trank sie in einem Zug leer und schob sie von sich. Mit der gleichen Bewegung zog er einen grünen Aktendeckel zu sich heran, der auf der Ecke des blankpolierten Konferenztisches gelegen hatte.

«So laß ich's mir gefallen», meinte er und lächelte wieder. «Erst mal Kaffee, und dann kann des Tages Mühe beginnen.»

Martin Beck blickte mißmutig auf seine Tasse, die er nicht angerührt hatte und sehnte sich nach einem Glas kalter Milch.

«Wie geht's dir, Martin?» fragte der Rikspolis-Chef mit gespielter Anteilnahme in der Stimme. «Du siehst schlecht aus. Du wirst doch nicht schon wieder krank? Du weißt doch, daß wir dich nicht entbehren können.»

Martin Beck hatte nicht die Absicht, krank zu werden. Er war bereits krank. Er hatte zusammen mit seiner zweiundzwanzigjährigen Tochter und deren Freund bis vier Uhr früh Wein getrunken, und das hing ihm jetzt nach. Aber er hatte keine Lust, mit seinem höchsten Vorgesetzten über die selbstverschuldete Unpäßlichkeit zu sprechen, und außerdem fand er, daß dieses «schon wieder» nicht gerechtfertigt war. Er hatte Anfang März drei Tage lang mit Grippe und hohem Fieber im Bett gelegen, und heute war der 7. Mai.

«Bestimmt nicht», antwortete er. «Mir geht es gut. Bin nur ein bißchen erkältet.»

«Du siehst tatsächlich schlecht aus», sagte Malm.

Das hörte sich nicht einmal teilnehmend, sondern ganz schlicht vorwurfsvoll an.

«Richtig krank, tatsächlich.»

Er blickte Martin Beck forschend an, und der äußerte gereizt:

«Danke der Nachfrage, aber mir geht es gut. Ich nehme an, daß wir hier nicht zusammengekommen sind, um mein Aussehen oder meinen Gesundheitszustand zu diskutieren.»

«Da hast du recht», bestätigte der Rikspolis-Chef. «Also zur Sache.»

Er schlug die grüne Mappe auf. Dem Inhalt nach zu urteilen, der höchstens drei oder vier DIN-A4-Bögen ausmachte, bestand die Hoffnung, daß die Sitzung an diesem Tag nicht allzu lange dauern würde.

Obenauf lag ein maschinegeschriebener Brief mit einem großen grünen Stempel unter dem großzügig hingeworfenen Namenszug und einem Briefkopf, den Martin Beck von seinem Platz aus nicht erkennen konnte.

«Wie ihr euch erinnern könnt, haben wir über unsere lückenhaften Erfahrungen, was die Bewachung und die Sicherheitsmaßnahmen bei Staatsbesuchen und ähnlichen kritischen Situationen betrifft, bereits gesprochen. Gelegenheiten also, bei denen man mit Demonstrationen besonders aggressiver Art und mehr oder weniger gut geplanten Attentatsversuchen rechnen muß», begann der Rikspolis-Chef und fiel automatisch in den pompösen Stil, der typisch für sein Auftreten bei öffentlichen Anlässen war.

Stig Malm murmelte zustimmend, Martin Beck schwieg, und Eric Möller wandte ein:

«Na, so völlig unerfahren sind wir doch wohl nicht. Bei Chruschtschows Besuch hat alles bestens geklappt, abgesehen von dem rot angemalten Schwein, das jemand plötzlich vor der Logårdstreppe laufenließ. Ebenso auch bei dem von Kosygin, beide sowohl von der Organisation her wie auch von den Sicherheitsmaßnahmen. Und dann die Umweltschutz-Konferenz, um ein etwas anders geartetes Beispiel zu nennen.»

«Ja, sicher. Aber diesmal stehen wir vor einem schwierigen Problem. Worauf ich hinaus will, ist der Besuch des US-Senators, der uns Ende November ins Haus steht. Das kann ein heißes Eisen werden, wenn ich mich mal so ausdrücken darf. Die Schwierigkeiten, die mit dem Besuch eines hohen Gastes aus den USA verbunden sind, sind uns bisher erspart geblieben, doch nun ist es soweit. Der Besuch ist vereinbart, und ich habe bereits bestimmte Anweisungen erhalten. Wir müssen rechtzeitig unsere Vorbereitungen treffen und alles bis ins kleinste Detail vorausplanen. Und auf alles gefaßt sein. Besonders auf Aggressionen linksgerichteter extremistischer Kreise und anderer fanatischer Psychopathen, denen der Vietnam-Krieg zu Kopf gestiegen ist. Aber auch von ausländischen Terrorgruppen.»

Der Rikspolis-Chef lächelte jetzt nicht mehr.

«Diesmal müssen wir damit rechnen, daß nicht nur faule Eier geworfen werden», fuhr er düster fort. «Dessen mußt du dir bewußt sein, Eric.»

«Wir können vorbeugende Maßnahmen ergreifen», unterbrach Möller.

Der Rikspolis-Chef zuckte die Achseln.

«Gewiss, ja. Aber man kann nicht alle Personen ausschließen, einsperren oder internieren, die möglicherweise Krawall machen, das weißt du ebensogut wie ich. Ich habe nun mal meinen Anweisungen zu folgen, und du wirst deine Befehle erhalten.»

Und ich meine, dachte Martin Beck dumpf.

Er versuchte immer noch, den gedruckten Text zuoberst auf dem maschinegeschriebenen Blatt in der grünen Mappe zu lesen. Er meinte, das Wort POLICE oder vielleicht auch POLICIA erkennen zu können. Seine Augen brannten, und seine Zunge fühlte sich rauh und trocken wie Sandpapier an. Gottergeben nippte er an dem bitteren Kaffee.

«Aber das alles wird später entschieden werden», fuhr der Rikspolis-Chef fort. «Was ich heute mit euch besprechen will, ist dieser Brief.»

Er klopfte mit dem Zeigefinger auf den Bogen in der aufgeschlagenen Mappe.

«Der hat sehr viel mit dem Problem zu tun, das auf uns zukommt.»

Er reichte den Brief Stig Malm, um ihn herausgehen zu lassen, bevor er weitersprach.

«Wie ihr seht, ist das eine Einladung und somit die Antwort auf unser Ersuchen, ob wir, wenn dort wieder einmal ein Staatsbesuch bevorsteht, nicht einen von unseren Leuten dorthin schicken könnten. Der erwartete Besuch ist der Präsident eines Nachbarlandes, der in diesem Land nicht als besonders populär gilt, und so wird man alle zur Verfügung stehenden Sicherheitsmaßnahmen ergreifen. Wie in so vielen anderen lateinamerikanischen Ländern hat man auch hier schon mit mehreren Attentatsversuchen sowohl gegen eigene als auch gegen ausländische Politiker zu tun gehabt. Man hat also umfassende Erfahrungen, und ich kann mir vorstellen, daß die Polizei und die Sicherheitskräfte dieses Landes das Beste sind, was es auf diesem Gebiet gibt. Ich bin überzeugt, daß wir vieles lernen können, wenn wir deren Methoden und Hilfsmittel studieren.»

Martin Beck überflog den Brief, der in englischer Sprache, sehr formell und in verbindlichem Ton abgefaßt war. Der Präsidentenbesuch war für den 5. Juni geplant, also in knapp vier Wochen, und der Repräsentant der schwedischen Polizeibehörde wurde eingeladen, sich zwei Wochen vorher einzufinden, um jede Einzelheit in der wichtigsten Phase der Vorbereitungen kennenzulernen. Der Namenszug war elegant und völlig unleserlich, aber in Maschinenschrift darunter verdeutlicht. Der Name sah spanisch aus, war lang und schien irgendwie adlig und vornehm zu sein.

Als der Brief die Runde gemacht hatte und wieder in der grünen Mappe lag, sagte der Rikspolis-Chef:

«Die Frage ist, wen wir schicken sollen.»

Stig Malm hob nachdenklich den Kopf und blickte an die Decke, sagte aber nichts.

Martin Beck fürchtete, vorgeschlagen zu werden. Noch vor fünf Jahren, bevor er sich aufgerafft und sein unglückliches Eheleben aufgegeben hatte, hätte er einen solchen Auftrag voller Freude übernommen, nur um von zu Hause fortzukommen. Jetzt dagegen hatte er überhaupt keine Lust, auf Reisen zu gehen, und schlug eilends vor:

«So was ist doch vor allem eine Aufgabe für die Sicherheitsabteilung.»

«Ich kann nicht fort», entgegnete Möller sofort. «Erstens muß ich in der Abteilung anwesend sein, weil wir bestimmte zeitraubende Probleme mit der Umorganisation in der Abteilung A haben. Zum anderen sind meine Leute noch am besten über solche Dinge informiert. Ich fände es zweckmäßiger, wenn jemand fährt, der in Sicherheitsfragen bisher noch wenig Erfahrung hat. Ein Kriminalbeamter, schlage ich vor, oder vielleicht jemand von der Ordnungspolizei. Derjenige, der dorthin reist, muß ja nach seiner Rückkehr sein Wissen sowieso uns allen vermitteln, und auf diese Weise ziehen wir alle unseren Nutzen daraus.»

Der Rikspolis-Chef nickte.

«Da magst du recht haben, Eric. Außerdem können wir, wie du eben selbst gesagt hast, hier zur Zeit nicht auf dich verzichten. Und auf dich auch nicht, Martin.»

Ohne sich etwas anmerken zu lassen, atmete Martin Beck erleichtert auf.

«Außerdem spreche ich nicht Spanisch», ergänzte der Chef der Sicherheitspolizei.

«Meinst du wirklich, daß einer von uns Spanisch spricht?» fragte Malm und lächelte kollegial.

Er wußte ganz genau, daß nicht einmal der Rikspolis-Chef die Sprache der Kastilianer beherrschte.

«Ich kenne einen, der das tut», erklärte Martin Beck.

Malm hob die Augenbrauen. «Wer denn? Einer von der Kriminalabteilung?»

«Ja. Gunvald Larsson.»

Malm zog die Augenbrauen noch einen Millimeter höher. Dann lächelte er mißtrauisch und gab zu bedenken:

«Aber den können wir doch wohl kaum losschicken.»

«Warum nicht?» fragte Martin Beck. «Ich finde, er ist für so eine Aufgabe gut zu gebrauchen.»

Er bemerkte selbst, daß sein Ton ein wenig gehässig klang.

Normalerweise pflegte er sich nicht lautstark für Gunvald Larsson einzusetzen, aber Malms Tonfall reizte ihn, und außerdem war er daran gewöhnt, daß er und Stig beinahe immer verschiedener Meinung waren. Deshalb ging er beinahe automatisch gegen ihn an.

«Er ist ein Flegel und absolut nicht repräsentativ für das Polizeikorps.»

«Spricht er wirklich Spanisch?» fragte der Rikspolis-Chef zweifelnd. «Wo hat er das gelernt?»

«Er war in mehreren spanischsprachigen Ländern während seiner Zeit als Seemann», erläuterte Martin Beck. «Diese Stadt hat einen großen Hafen, also ist er bestimmt schon einmal dort gewesen. Außerdem spricht er fließend Englisch, Französisch und Deutsch. Und ein wenig Russisch. Guck in seiner Akte nach, da steht alles drin.»

«Er ist trotz allem ein Flegel», beharrte Malm.

Der Rikspolis-Chef sah nachdenklich aus.

«Ich werde mir mal seine Papiere ansehen. Ich habe tatsächlich auch schon an ihn gedacht. Es stimmt, er tritt oft rüde und unhöflich auf, und er neigt gelegentlich zur unnötigen Gewalt. Aber man darf auch nicht übersehen, daß er einer unserer besten Kriminalinspektoren ist, auch wenn es ihm schwerfällt, sich an Befehle zu halten und die Vorschriften zu beachten.»

Er wandte sich an den Chef der Säkerhetspolis. «Was meinst du, Eric? Hältst du ihn für geeignet?»

«Na ja, ich verstehe mich nicht besonders gut mit ihm, aber ansonsten habe ich nichts gegen den Vorschlag einzuwenden. Hier wird ein erfahrener und umsichtiger Mann gebraucht; daß Gunvald Larsson Erfahrung hat, wird niemand bestreiten, und wenn er oft zu selbständig handelt, kann das in diesem speziellen Fall eigentlich nur von Nutzen sein. Wenn er darüberhinaus die Sprache beherrscht und das Land von früheren Gelegenheiten her kennt, ist er genau der richtige Mann dafür.»

Malm sah unzufrieden aus. «Ich finde, es ist falsch, ihn loszuschicken», widersprach er. «Er wird durch sein tolpatschiges Auftreten das schwedische Polizeikorps in Verruf bringen. Er benimmt sich wie die Axt im Walde, und seine Umgangssprache erinnert eher an einen Hafenarbeiter als an einen ehemaligen Seeoffizier.»

«Vielleicht ist das anders, wenn er spanisch spricht», gab Martin Beck zu bedenken. «Selbst wenn er sich manchmal etwas direkt ausdrückt, so paßt er sich doch immer der Situation an.»

Das stimmte nicht ganz. Martin Beck war dabeigewesen, wie Gunvald Larsson kürzlich Malm in dessen Beisein als «Arsch mit Ohren» bezeichnet hatte; Malm hatte glücklicherweise nur nicht mitbekommen, daß mit diesem Ausdruck er selbst gemeint war.

Der Rikspolis-Chef schien sich von Malms Einwänden nicht beirren zu lassen.

«Der Vorschlag ist vielleicht gar nicht so dumm», meinte er nachdenklich. «Daß er dazu neigt, ein unhöfliches Auftreten zu demonstrieren, spielt, glaube ich, in diesem Fall keine Rolle. Er kann sich bestens benehmen, wenn er will. Er hat eine bessere Kinderstube als die meisten anderen im Polizeikorps, kommt aus einer wohlhabenden und kultivierten Familie, was unter anderem bedeutet, daß er eine Ausbildung in den erstklassigsten Schulen genossen und eine Erziehung hinter sich hat, durch die er gelernt hat, in allen Situationen korrekt aufzutreten. So was sitzt drin, auch wenn er sich anscheinend sehr bemüht, es zu verbergen.»

«Das kann man wirklich sagen», murmelte Malm.

Martin Beck ahnte, daß Stig Malm gern selbst diese Aufgabe übernommen hätte und daß er nun beleidigt war, weil diese Möglichkeit nicht einmal im entferntesten in Erwägung gezogen worden war. Dann überlegte er, daß es angenehm und ruhig werden würde, wenn Gunvald Larsson eine Zeitlang unterwegs war. Larsson war bei seinen Kollegen nicht sehr beliebt und hatte die ungewöhnliche Begabung, Unfrieden zu schaffen und Komplikationen zu provozieren.

Der Rikspolis-Chef schien von seinen eigenen Überlegungen selbst nicht ganz überzeugt zu sein, und deshalb sagte Martin Beck aufmunternd: «Ich finde, wir sollten Gunvald Larsson schicken. Er besitzt alle Qualifikationen, die für die Ausführung dieses Auftrages nötig sind.»

«Ich habe festgestellt, daß er auf sein Äußeres achtet», ergänzte der Rikspolis-Chef. «Seine Art sich zu kleiden deutet auf guten Geschmack und Sinn für Qualität. So was macht zweifellos Eindruck.»

»Sehr richtig», bestätigte Martin Beck. «Das ist ein wichtiges Detail.»

Er war sich bewußt, daß seine eigene Kleidung kaum als geschmackvoll bezeichnet werden konnte. Die Hosen waren ungebügelt und ausgebeult, der Kragen des Polohemdes war durch zu vieles Waschen ausgebleicht und schlaff geworden, der Tweedblazer war abgewetzt, und außerdem fehlte ein Knopf.

«Das Dezernat für Gewaltverbrechen ist personell gut ausgestattet und müßte zwei Wochen lang ohne Gunvald Larsson auskommen. Oder habt ihr einen anderen Vorschlag?» fragte der Rikspolis-Chef.

Alle schüttelten den Kopf.

Auch Malm schien eingesehen zu haben, daß es ein Vorteil war, Gunvald Larsson eine Zeitlang außer Reichweite zu wissen, und Eric Möller gähnte wieder und schien damit zufrieden zu sein, daß die Besprechung sich ihrem Ende zuneigte.

Der Rikspolis-Chef erhob sich und schlug die grüne Mappe zu.

«Fein», sagte er. «Dann sind wir uns einig. Ich werde Larsson unseren Beschluß selbst mitteilen.»

Gunvald Larsson nahm die Mitteilung ohne große Begeisterung entgegen. Er fühlte sich auch nicht besonders geschmeichelt.

Sein Selbstbewußtsein war groß und unerschütterlich, aber er war nicht ganz ahnungslos und wußte, daß es gewisse Kollegen gab, die im stillen erleichtert aufseufzten, wenn er fuhr, und lediglich beklagten, daß er nicht für alle Zeit Abschied nahm.

Er war sich bewußt, daß seine Freunde im Polizeikorps an einer Hand zu zählen waren, letztlich hatte er nur einen einzigen. Er wußte auch, daß er als aufsässig und schwierig galt und sein Anstellungsvertrag häufig genug am seidenen Faden hing.

Diese Tatsache beunruhigte ihn jedoch nicht im mindesten.

Jeder andere Polizeibeamte in seiner Stellung und Gehaltsgruppe hätte wenigstens ein gewisses ungutes Gefühl gehabt, ständig Gefahr zu laufen, suspendiert oder ganz einfach entlassen zu werden. Nicht so Gunvald Larsson, so etwas war für ihn kein Anlaß, nachts schlaflos im Bett zu liegen.

Unverheiratet und ohne Kinder, hatte er niemanden, der von ihm abhängig war. Zu seiner Familie, deren snobistische Überheblichkeit er verachtete, hatte er schon lange sämtliche Verbindungen abgebrochen.

Um seine Zukunft machte er sich überhaupt keine Gedanken.

Während seiner Jahre bei der Polizei hatte er oft an die Möglichkeit gedacht, in seinen alten Beruf zurückzukehren. Jetzt wurde er bald fünfzig und sah ein, daß er wahrscheinlich nie mehr zurück auf See gehen würde.

Als der Tag seiner Abreise sich näherte, merkte Gunvald Larsson, daß er sich eigentlich auf diesen Auftrag freute, der als bedeutend und wichtig galt, aber sicher nicht schwer auszuführen sein würde.

Zumindest brachten die beiden Wochen ihm eine Unterbrechung der täglichen Arbeitsroutine. Er fing an, diese Reise wie einen Urlaub zu betrachten.

Am Abend vor dem Reisetag stand Gunvald Larsson nur mit einer Unterhose bekleidet in seinem Schlafzimmer in Bollmora und betrachtete sich in dem großen Spiegel auf der Innenseite der Schranktür.

Er war begeistert von dem Muster der Unterhose, gelbe Elche auf blauem Grund. Von dieser Art besaß er weitere fünf Stück. Ein halbes Dutzend der gleichen Sorte, allerdings grün mit roten Elchen, war bereits in dem großen Schweinslederkoffer verpackt, der aufgeklappt auf dem Bett lag.

Gunvald Larsson war 1,96 groß und ein kräftiger, muskulöser Mann mit großen Händen und Füßen. Er hatte gerade geduscht und sich routinemäßig auf die Badezimmerwaage gestellt, die 112 kg anzeigte. Während der letzten vier Jahre, vielleicht waren es auch fünf gewesen, hatte er gut zehn Kilo zugenommen, wie die Speckfalte oberhalb des Gummibands der Unterhose deutlich bewies.

Er zog den Bauch ein und überlegte, daß er vielleicht ein wenig häufiger in die Trainingsräume der Polizei gehen sollte. Oder mit dem Schwimmen beginnen, wenn das Becken in dem neuen Polizeihaus fertig wurde.

Ansonsten war er mit seinem Aussehen ganz zufrieden.

Er war 49 Jahre alt, aber sein Haar war voll und kräftig, und der Haaransatz war nicht zurückgewichen. Seine Stirn war niedrig und hatte zwei deutliche Falten.

Er trug das Haar kurz geschnitten, es war so blond, daß man die grauen Strähnen nicht sah. Naß und frisch gekämmt, lag es jetzt glatt und glänzend am Kopf an, aber wenn es trocknete, würde es sich aufrichten und borstenartig und widerspenstig aussehen. Die Augenbrauen waren buschig und hatten die gleiche helle Farbe wie das Haar, und die Nase war groß und wohlgeformt. Die hellen, porzellanblauen Augen wirkten klein in dem kraftvollen Gesicht und schienen ein wenig zu eng zusammenzustehen, was zur Folge hatte, daß manchmal, wenn sein Blick leer und versonnen schien, ein trügerischer Eindruck von Einfältigkeit entstehen konnte. Wenn er böse war, und das kam nicht selten vor, bildete sich über der Nasenwurzel eine Zornesfalte, und der hellblaue Blick konnte den hartgesottensten Verbrechern, aber ebenso Untergebenen, einen gehörigen Schrecken einjagen. Seine Zornesausbrüche waren inzwischen in den sechs Stockholmer Wachtbezirken ebenso bekannt und gefürchtet wie früher, wenn nicht auf den sieben Meeren, so doch zumindest unter den Besatzungen und Bootsleuten der Schiffe, auf denen er das Kommando geführt hatte.

Und im großen und ganzen war er, wie gesagt, zufrieden mit seinem Aussehen.

Der einzige, der niemals Gunvald Larssons Zorn zu spüren bekam, war Einar Rönn, Erster Kriminalassistent beim Stockholmer Dezernat für Gewaltverbrechen und sein einziger Freund. Rönn war ein sanftmütiger und wortkarger Norrländer mit roter, ständig laufender Nase, die sein Gesicht so vollständig beherrschte, daß man andere Einzelheiten seines Aussehens kaum bemerkte. Er trug in sich eine niemals nachlassende Sehnsucht nach seiner heimatlichen Landschaft rund um Arjeplog in Lappland.

Im Gegensatz zu Gunvald Larsson war er verheiratet und hatte einen Sohn. Seine Frau hieß Unda und sein Sohn Mats, und er selbst hatte einen zweiten Vornamen, den er ungern verriet.

Seine Mutter hatte in ihrer Jugend das große Filmidol der damaligen Zeit bewundert und ihren Erstgeborenen daraufhin Valentino genannt.

Da Gunvald Larsson und Rönn beim gleichen Dezernat Dienst taten, sahen sie sich so gut wie täglich und trafen sich darüber hinaus noch häufig in ihrer freien Zeit. Wenn sie gleichzeitig Urlaub bekamen, fuhren sie nach Arjeplog, wo sie die meiste Zeit über angelten.

Niemand von ihren Kollegen konnte begreifen, wie es zu der Freundschaft zwischen diesen so sehr verschiedenen Charakteren gekommen war und wie Rönn es in seiner stoischen Ruhe fertigbrachte, einen tobenden Gunvald Larsson mit nur wenigen Worten in ein frommes Lamm zu verwandeln.

Gunvald Larsson inspizierte in seinem wohlgefüllten Kleiderschrank die Reihe seiner Anzüge.

Er kannte das Klima des Landes und erinnerte sich an einige stickig heiße Vorsommerwochen, die er in der betreffenden Hafenstadt vor vielen Jahren verbracht hatte. Er nahm also tunlicherweise etwas Leichtes mit, und er besaß nur zwei Anzüge, die leidlich dünn waren.

Sicherheitshalber probierte er beide an und entdeckte zu seinem Ärger, daß der eine überhaupt nicht mehr paßte und daß sich die Hose des zweiten nur mit Mühe und nach tiefem Luftholen schließen ließ. Außerdem war sie an den Oberschenkeln zu eng. Die Jacke konnte wenigstens ohne Schwierigkeit zugeknöpft werden, spannte jedoch um die Schultern und würde seine Bewegungsfähigkeit begrenzen, wenn nicht sogar die Nähte platzten.

Er hängte den Anzug, den er nicht mehr tragen konnte, in den Schrank zurück und legte den anderen über den Deckel des Koffers. Der mußte ausreichen. Er hatte ihn vor vier Jahren aus dünnem ägyptischem Baumwollstoff, braun mit weißen Nadelstreifen, anfertigen lassen.

In den Koffer hatte er außer den Unterhosen bereits Schuhe, Pantoffeln, Toilettensachen, Strümpfe, Taschentücher, Oberhemden, Schlafanzug und einen seidenen Morgenrock, der ebenso blau wie seine Augen war, gepackt.

Gunvald Larsson trank selbst keinen Alkohol, aber er hatte für alle Fälle eine Flasche Lysholms Linierullad Akvavit besorgt; vielleicht ergab sich ja die Gelegenheit, daß er jemandem einen Gefallen damit erweisen konnte. Er rollte die Flasche in ein grünes Unterhemd mit roten Elchen und stopfte sie unter die Oberhemden.

Er vollendete das Kofferpacken mit drei Khakihosen, einer Shantungjacke und dem zu engen Anzug. In die Tasche an der Innenseite des Deckels steckte er einen seiner Lieblingsromane, *Die blaue Spur* von Jul. Regis.

Dann schlug er den Deckel zu, schnallte die Riemen zu, schloß den Koffer ab und stellte ihn in die Diele.

Einar Rönn würde ihn am nächsten Morgen mit dem Auto abholen und zum Flugplatz Stockholm Arlanda fahren, der ebenso wie die meisten anderen schwedischen Flugplätze eine ziemlich trostlose und falsch geplante Anlage war, mit der es vortrefflich gelang, erwartungsvollen Besuchern ein schlimmeres Zerrbild von Schweden zu vermitteln, als das Land es eigentlich verdient hatte.

Um seinen eigenen EMW war Gunvald Larsson viel zu besorgt, als daß er ihn auf dem Dauerparkplatz hätte stehenlassen wollen.

Er warf die blau-gelben Elchunterhosen in den Wäschekorb im Badezimmer, zog sich einen Schlafanzug an und ging zu Bett.

Er litt nicht unter Reisefieber und schlief daher sofort ein.

2

Der Sicherheitsexperte reichte Gunvald Larsson kaum bis zur Hälfte des Oberarms, aber er machte in dem hellblauen Anzug mit den ausgestellten und unerhört exakt gebügelten Hosen eine gute Figur. Dazu trug er ein rosa Oberhemd, glänzend schwarze, torpedohaft zugespitzte Schuhe und einen tiefblauen Seidenschlips. Lediglich das Pistolenhalfter, das die Jacke unter dem linken Arm ausbeulte, störte die Eleganz der Linie. Der Sicherheitsexperte hieß Francisco Bajamonde Cassavetes y Larrinaga; sein Haar war beinahe schwarz, die Haut milchkaffeefarben und die Augen olivgrün. Er entstammte einer sehr vornehmen Familie und zählte zu den wichtigsten Männern im Staate. Gunvald Larsson kam auch aus der Oberklasse, obwohl er das nie eingestehen wollte. Mit seinen 112 Kilo wirkte er auch eher groß und bullig als kultiviert und fein.

Francisco Bajamonde Cassavetes y Larrinaga breitete den Sicherheitsplan auf der Brüstung aus, doch Gunvald Larsson blickte statt dessen an seinem eigenen Anzug hinunter. Der Polizeischneider hatte für die Änderungen zwar sieben Tage gebraucht, aber das Ergebnis war außergewöhnlich gut. In diesem Land stand das Schneiderhandwerk immer noch auf einem hohen Niveau. Die einzige Auseinandersetzung hatte es um das Schulterhalfter gegeben, das der Schneider als selbstverständlich angesehen hatte. Aber Gunvald Larsson benutzte niemals ein Halfter, sondern trug seine Pistole mit einem Clip am Gürtel befestigt. Hier im Ausland war er natürlich unbewaffnet, und den Anzug wollte er in Stockholm tragen. Es war nur ein kurzer Disput gewesen, und natürlich hatte er seinen Willen durchgesetzt. Das hätte noch gefehlt. Mit großer Zufriedenheit betrachtete er seinen wohlproportionierten Körper, seufzte lustvoll und widmete sich dann seiner Umgebung.

Sie standen im achten Stock des Hotels, einem Platz, der mit großer Sorgfalt ausgewählt worden war. Die Wagenkolonne sollte unten am Balkon vorbeifahren und dann einen Häuserblock weiter weg am Provinzpalast halten. Gunvald Larsson warf einen scheinbar interessierten Blick auf den Plan, denn inzwischen kannte er ihn schon auswendig. Er wußte, daß der Hafen seit fünf Uhr morgens für jeden Verkehr gesperrt und der zivile Flughafen geschlossen war, seit das Flugzeug des Präsidenten gelandet war.

Geradeaus vor ihm lagen der Hafen und das azurblaue Meer. Auf der Außenreede ankerten mehrere große Passagier- und Frachtschiffe. Lediglich ein Kriegsschiff, eine Fregatte und einige Polizeiboote zogen durch das innere Hafenbecken.

Unter ihrem Aussichtspunkt war der Paseo mit Palmen und Akazien bepflanzt. Direkt gegenüber war ein Taxistand, und dahinter hielt eine Reihe farbenfroher Pferdedroschken. Alle Fahrer waren gründlich kontrolliert worden.

Sämtliche Personen in dem Bezirk, mit Ausnahme der Militärpolizisten und der Gendarmen, die zu beiden Seiten des Paseo eine Kette bildeten, hatten sich eine Untersuchung durch Metalldetektoren gefallen lassen müssen, wie sie heutzutage auf allen größeren Flugplätzen zu finden sind.

Die Uniformen der Gendarmen waren grün, die der Militärpolizisten graublau. Die Gendarmen trugen Stiefel, die Militärpolizisten Schnürschuhe.

Gunvald Larsson unterdrückte einen Seufzer. Er war die Strecke am Morgen bei der Generalprobe abgefahren. Alle waren an ihren Plätzen gewesen, mit Ausnahme des Präsidenten.

Die Wagenkolonne sah so aus: Vorneweg eine Gruppe mit 15 spezialausgebildeten Sicherheitspolizisten auf Motorrollern, danach ebenso viele Männer der regulären Polizei auf Motorrädern, gefolgt von zwei Autos, die mit Sicherheitsspezialisten vollgepackt waren. Danach folgte der Wagen des Präsidenten, ein schwarzer Cadillac mit kugelsicheren blauen Scheiben.

Gunvald Larsson hatte als Stand-in-Mann auf dem Rücksitz gesessen, zweifellos eine Ehre.

Dahinter folgte ein offenes Auto mit Sicherheitsexperten auf Sitzbrettern nach amerikanischem Muster.

Und schließlich weitere Polizisten auf Motorrädern, gefolgt von dem Übertragungswagen des Rundfunks und Wagen mit besonders überprüften Journalisten.

Außerdem standen Sicherheitsbeamte in Zivil entlang des ganzen Weges vom Flugplatz bis in die Stadt verteilt.

Ein Detail wurde jedenfalls trotzdem gut bekannt.

Alle Laternenpfähle waren mit dem Bild des Präsidenten geschmückt. Und da der Weg über eine recht lange Strecke führte, konnte Gunvald Larsson das Bild mit dem stiernackigen Kopf, dem schwammigen Gesicht und den Brillengläsern in dem schwarzlackierten Stahlgestell bald nicht mehr sehen.

Soweit der Schutz am Boden.

Im Luftraum operierten Militärhubschrauber in drei unterschiedlichen Höhen mit je drei Maschinen pro Gruppe.

Zu allem Überfluß jagte eine Einheit von Starfightern hin und her, um den oberen Luftraum zu bewachen.

Das Ganze war von einem Perfektionismus gekennzeichnet, der unangenehme Überraschungen so gut wie undenkbar erscheinen ließ.

Die Hitze des Nachmittags war drückend.

Gunvald Larsson schwitzte, aber nicht übermäßig.

Er konnte sich nicht vorstellen, daß irgend etwas schiefgehen könnte. Die Vorbereitungen waren umständlich und sorgfältig getroffen worden, und an der Planung war monatelang gearbeitet worden.

Eine besondere Gruppe hatte die Aufgabe gehabt, Fehler im Plan zu finden. Einige Korrekturen waren auch vorgenommen worden. Hinzu kam, daß in diesem Land bisher alle Attentatsversuche gescheitert waren, und das waren nicht wenige gewesen. Der Rikspolis-Chef hatte wohl recht, wenn er sagte, daß man es hier mit den erfahrensten Männern auf diesem Gebiet zu tun hatte.

Um 14 Uhr 45 warf Francisco Bajamonde Cassavetes y Larrinaga einen Blick auf die Uhr und sagte:

«Twenty-one minutes to go, I presume.»

Es wäre nicht nötig gewesen, einen Spanisch sprechenden Beamten zu senden. Der Sicherheitsexperte sprach ein Queen's English, das selbst in den anspruchsvollsten Clubs in Belgravia nicht aufgefallen wäre.

Gunvald Larsson blickte auf seine eigene Uhr und nickte.

Es war jetzt, genauer gesagt, 14 Uhr 46 und 25 Sekunden am Mittwoch, dem 5. Juni 1974.

Vor der Hafeneinfahrt scherte die Fregatte aus, um den Willkommenssalut zu schießen, ihre einzige eigentliche Aufgabe.

Hoch oben über dem Paseo zeichneten die acht Jagdflugzeuge weiße Zickzackbänder in den strahlend blauen Himmel.

Gunvald Larsson beobachtete seine Umgebung. In der Verlängerung des Paseo lag eine kreisrunde Stierkampfarena, aus Ziegelsteinen gebaut, mit rundbogigen Arkaden, die rot und weiß gespachtelt waren. Auf der anderen Seite wurden gerade die verschiedenfarbigen Springbrunnen zu einer hohen Fontäne zusammengefaßt. Es war in diesem Jahr ungewöhnlich trocken gewesen, so daß die Wasserkünste nur zu besonders feierlichen Gelegenheiten angestellt wurden.

Trotz aller übrigen Unterschiede war dieses Land ebenso wie Schweden eine Scheindemokratie, beherrscht von einer kapitalistischen Wirtschaft und zynischen Berufspolitikern, die sehr darauf achteten, daß der Anschein einer Art von Sozialismus, der zwar nur ein Abglanz davon war, aufrechterhalten wurde.

Abgesehen von der Zeitabweichung, waren die auffallendsten Unterschiede die Religionen und die Tatsache, daß man hier bereits vor langer Zeit eine republikanische Staatsverfassung eingeführt hatte.

Jetzt hörte man schon das Surren der Hubschrauber und die Sirenen der Motorräder.

Gunvald Larsson kontrollierte wieder die Zeit. Die Kolonne schien dem Zeitplan voraus zu sein. Dann ließ er seinen porzellanblauen Blick über den Hafen schweifen und stellte fest, daß alle Polizeiboote jetzt in Bewegung waren. Die eigentliche Hafenanlage hatte sich seit seiner Zeit als Seemann nicht verändert, lediglich die Schiffe draußen auf der Reede waren jetzt andere. Supertanker, Containerschiffe, Schiffe, die ohne Hilfe nach dem Roll-on-roll-off-Prinzip beladen und gelöscht wurden, und große Fährschiffe, auf denen die Autos eine größere Rolle als die Passagiere spielten, waren Erscheinungen, die er während seiner Jahre auf See nicht kennengelernt hatte.

Natürlich war Gunvald Larsson nicht der einzige, der erkannte, daß der festgelegte Zeitplan nicht eingehalten wurde.

Cassavetes y Larrinaga sprach schnell, aber ruhig und deutlich in sein Funksprechgerät, und vor der Hafeneinfahrt bemerkte man eine merkbar verstärkte Aktivität auf der Fregatte.

Gunvald Larsson fielen dabei zwei Dinge ein, die überhaupt nichts miteinander zu tun hatten. Erstens, daß seine Kenntnisse der spanischen Sprache anscheinend bedenklich nachgelassen hatten, und zweitens, daß es über die enormen Summen hinaus, die man überall für die Polizei investierte, auf der ganzen Welt nur drei Länder gab, in denen pro Einwohner mehr Geld für militärische Zwecke verpulvert wurde als in Schweden, nämlich Israel und die beiden Supermächte, die USA und die Sowjetunion.

Cassavetes y Larrinaga hatte aufgehört, in sein Funkgerät zu sprechen, lächelte seinem blonden Gast zu und blickte zu den Wasserspielen hinüber, wo bereits die ersten Gruppen von spezialtrainierten Sicherheitspolizisten auf Motorrollern zwischen den Reihen der grünuniformierten Gendarmen auftauchten.

Gunvald Larsson blickte zur anderen Seite. Direkt unter ihnen spazierte ein Zigarre rauchender Sicherheitsmann mitten auf der Fahrbahn. Er war offenbar damit beschäftigt, die Scharfschützen, die auf den umliegenden Dächern verteilt lagen, zu kontrollieren. Hinter der Linie der Gendarmen standen Reihen schwarzer Taxis mit blauem Band an der Bordsteinkante und vor ihnen eine offene gelb-schwarze Pferdedroschke. Der Mann auf dem Kutschbock war ebenfalls schwarz und gelb gekleidet, und das Pferd trug einen gelb-schwarzen Federbusch auf dem Stirnband.

Hinter all dem standen Palmen und Akazien und mehrere Reihen von Neugierigen. Einige wenige trugen das einzige Transparent, das von den Behörden genehmigt worden war. Nämlich ein Bild des stiernackigen Kopfes mit dem schwammigen Gesicht und der schwarzlackierten Stahlbrille. Der Präsident war kein besonders beliebter Besucher.

Das wußten alle, und vermutlich auch er selbst.

Die Eskorte bewegte sich sehr schnell.

Das erste der Autos mit den Sicherheitsbeamten befand sich schon unter dem Balkon.

Der Sicherheitsexperte lächelte zu Gunvald Larsson hin, nickte beruhigend und begann seine Papiere zusammenzufalten.

Genau in diesem Augenblick brach die Erde auf, praktisch direkt unter dem kugelsicheren Cadillac.

Die Druckwelle warf die beiden Männer zurück, doch wenn man Gunvald Larsson auch vieles nachsagen konnte, schwächlich war er nicht. Er klammerte sich mit beiden Händen an das Geländer und blickte nach oben.

In der Fahrbahn schien ein Vulkan ausgebrochen zu sein, der seine brüllende Feuersäule bis zu 50 Meter in die Höhe schickte.

Auf der Spitze dieser Säule balancierten verschiedene Gegenstände.

Am auffallendsten war die hintere Hälfte des kugelsicheren Cadillac, ein auf den Kopf gestelltes schwarzes Taxi mit blauem Band an den Längsseiten und ein halbes Pferd mit gelb-schwarzem Federbusch am Stirnband, ein schwarzer Stiefel über grünem Uniformstoff und ein Arm mit einer langen Zigarre zwischen den Fingern.

Gunvald Larsson wandte das Gesicht ab, als brennende Gegenstände auf ihn herabzuregnen begannen. Er dachte gerade an seinen neuen

Anzug, als irgend etwas schwer und kräftig gegen seinen Brustkorb prallte und ihn der Länge nach hintenüber auf die Marmorplatten des Balkons warf.

Außer einer leichten Prellung hatte er keine Verletzung davongetragen.

Das Brüllen der Explosion ließ nach einigen Minuten nach, und man konnte Jammern, verzweifelte Hilferufe und sogar eine fluchende Stimme hören, bevor die menschlichen Laute in dem Geheul der Sirenen der Krankenwagen und eines Feuerwehrautos untergingen.

Gunvald Larsson erhob sich, um nachzusehen, was ihn zu Fall gebracht hatte.

Das Ding lag vor seinen Füßen.

Es hatte einen Stiernacken und ein schwammiges Gesicht und seltsamerweise saß die Brille in dem schwarzlackierten Stahlgestell noch an ihrem Platz.

Der Sicherheitsexperte kam ebenfalls auf die Füße, offenbar auch unverletzt, auch wenn er einiges von seiner Eleganz eingebüßt hatte.

Er starrte ungläubig auf den Kopf und bekreuzigte sich.

Gunvald Larsson besah sich seinen Anzug. Der war nicht mehr als solcher zu gebrauchen.

«Verdammt», sagte er.

Dann betrachtete er den Kopf zu seinen Füßen.

«Vielleicht sollte man den mit nach Hause nehmen», murmelte er vor sich hin. «Als Souvenir.»

Francisco Bajamonde Cassavetes y Larrinaga sah seinen Gast fragend an.

Das Wort Souvenir hatte er jedenfalls verstanden. Vielleicht waren die Schweden Kopfjäger.

«Catastrofe», sagte er.

«Ja, so kann man vielleicht sagen», bestätigte Gunvald Larsson.

Francisco Bajamonde Cassavetes y Larrinaga sah so unglücklich aus, daß Gunvald Larsson sich verpflichtet fühlte, ihn zu trösten:

«Aber niemand kann Ihnen einen Vorwurf machen. Und außerdem hatte er einen ungewöhnlich häßlichen Kopf.»

3

Am selben Tag, als Gunvald Larsson sein eigentümliches Erlebnis auf dem Balkon mit der schönen Aussicht hatte, stand ein Mädchen mit Namen Rebecka Lind vor Stockholms Tingsrätt. Die Anklage lautete auf bewaffneten Bankraub.

Sie war 18 Jahre alt und hatte nicht die geringste Ahnung von den

Dingen, mit denen Gunvald Larsson sich gerade beschäftigte. Wenn jemand die Stadt, in der er sich befand, erwähnt hätte, so wäre ihr der Name unbekannt gewesen, sie hatte niemals von dem Land gehört, in dem dieser Ort lag, und sie wußte ebensowenig von hochgestellten Personen, die ihren Kopf verloren, wie davon, daß der Präsident der USA immer noch Nixon hieß.

Dafür wußte sie vieles andere, aber das gehörte sozusagen nicht hierher.

Bulldozer Olsson, seit einigen Jahren Experte der Gerichte für bewaffnete Banküberfälle, die das Land wie eine Pest verseucht hatten, fungierte in diesem Verfahren als Staatsanwalt.

Er war ein so gehetzter Mann und fand nur so selten Zeit, einmal nach Hause zu kommen, daß er erst nach drei Wochen merkte, daß seine Frau ihn für immer verlassen und lediglich eine lakonische Nachricht auf dem Kopfkissen hinterlassen hatte. Was ihn offenbar nicht weiter berührte, denn er reagierte mit der ihm eigentümlichen Schnelligkeit und hatte sich innerhalb von drei Tagen eine neue Lebensgefährtin angeschafft. Nämlich seine Sekretärin, die ihn uneingeschränkt und hingebungsvoll bewunderte, und tatsächlich schienen seine Anzüge seit dieser Zeit nicht mehr ganz so zerknittert zu sein.

Aber bei all der Hetze schaffte er es immer, rechtzeitig zu seinen Verabredungen zu erscheinen, und so traf er auch diesmal wieder mit hängender Zunge zwei Minuten vor Beginn der Verhandlung ein. Er war ein korpulenter, jedoch beweglicher kleiner Mann mit fröhlicher Miene und lebhaften Gesten, der stets rosa Oberhemden und Krawatten von so enormer Geschmacklosigkeit trug, daß er Gunvald Larsson während der Zeit, als dieser in Bulldozers Spezialabteilung gearbeitet hatte, beinahe zum Wahnsinn getrieben hätte. In dieser Gruppe waren übrigens auch Einar Rönn und Lennart Kollberg eingesetzt gewesen, aber das war jetzt schon einige Jahre her. Und Kollberg war inzwischen aus dem Polizeidienst ausgeschieden. Bulldozer hielt viel von schnellem Wechsel und frischen Kräften unter seinen Mitarbeitern.

Er blickte sich in dem kahlen und schlecht geheizten Vorraum des Gerichtssaales um und entdeckte eine Gruppe von fünf Personen, darunter seine eigenen Zeugen und einen Mann, dessen Anwesenheit ihn völlig überraschte.

Nämlich den Chef der Riksmordkommission.

«Was in aller Welt tust du denn hier?» fragte er Martin Beck.

«Ich bin als Zeuge geladen.»

«Von wem?»

«Der Verteidigung.»

«Der Verteidigung? Was soll das heißen?»

«Advokat Braxén», erklärte Martin Beck. «Er ist offenbar als Pflichtverteidiger ausgelost worden.»

«Braket», wiederholte Bulldozer verstört und benutzte dabei den Spitznamen dieses Rechtsanwaltes, der soviel wie «Krachen» bedeutete. «Ich habe heute schon drei Sitzungen und zwei Haftprüfungstermine gehabt. Und jetzt soll ich also für den Rest des Nachmittags hier sitzen und Braket zuhören.»

«Informierst du dich denn nicht vorher, wer die Verteidigung hat? Und was hast du während des Hafttermins getan?»

«Hafttermine sind in solchen Fällen reine Routine. Bei diesem hier dauerte die Verhandlung nur drei Minuten, und die Verteidigung war nicht anwesend. Die wurde auch nicht gebraucht.»

Er eilte auf einen seiner Zeugen zu und begann in den Unterlagen in seiner Aktentasche zu blättern, ohne zu finden, was er suchte.

Martin Beck überlegte, daß Bulldozer und Braket sich in einigen Punkten recht ähnlich waren. Wenn man mit ihnen sprach, pflegten beide plötzlich zu verschwinden, aber während Bulldozer im wahrsten Sinne des Wortes davonlief, sich zum Beispiel durch die Tür verdrückte, entschwand Braket im Geiste und schien sich dann in einer anderen Welt zu befinden.

Der Staatsanwalt ließ seinen Zeugen mitten im Satz stehen und kam zu Martin Beck zurück.

«Bist du über diesen Fall informiert?» fragte er.

«Nicht besonders. Aber Braxéns Argumente waren so einleuchtend, daß ich es für richtig hielt, herzukommen. Außerdem habe ich im Augenblick nichts vorliegen, das meine besondere Aufmerksamkeit erfordert.»

«Ihr bei der Mordkommission wißt ja gar nicht, was wirkliche Arbeit bedeutet», sagte Olsson neidvoll. «Ich allein habe 39 Ermittlungen in Arbeit und ebenso viele, die auf Eis liegen. Du solltest mal bei mir vorbeikommen, du würdest Augen machen.»

«Nicht, daß ich mich vor Arbeit scheue, aber trotzdem, nein danke.»

«Schade», meinte Bulldozer. «Manchmal glaube ich, daß ich den besten Job in der ganzen Rechtsmaschinerie habe. Unwahrscheinlich interessant und spannend. Jeder Tag bringt neue Überraschungen und . . .»

Er brach ab, fuhr jedoch gleich darauf fort:

«Wie diese Sache mit Braket zum Beispiel.»

Bulldozer Olsson gewann alle seine Verfahren mit einigen wenigen Ausnahmen. Schonungsvoll würde man gesagt haben, daß dies für das Rechtswesen nicht besonders schmeichelhaft war. Was das in Wahrheit bedeutete, daran wagte man gar nicht zu denken.

«Auf jeden Fall hast du einen unterhaltsamen Nachmittag vor dir», kündigte Olsson an. «Mit Braket gibt es ein Wortgefecht.»

«Ich bin nicht zu meinem Vergnügen hergekommen», entgegnete Martin Beck.

Der Fall wurde aufgerufen, und damit endete die Unterhaltung. Die Beteiligten, mit einer wichtigen Ausnahme, betraten den Gerichtssaal, der einer der düstersten Räume im Hauptgebäude des Rathauses war. Die Fenster waren groß und imponierend, was keine Entschuldigung, aber möglicherweise eine Erklärung dafür war, daß sie offenbar sehr lange nicht geputzt worden waren.

Der Richter, der Beisitzer und sieben Schöffen starrten von der breiten Richterbank aus feierlich in den Saal.

Ein leichter, durchsichtiger Schleier in dem von einem Sonnenstrahl beleuchteten aufgewirbelten Staub deutete darauf hin, daß jemand kurz zuvor eine Zigarette ausgedrückt hatte.

Die Angeklagte wurde durch eine kleine Seitentür hereingeführt. Ihr folgte eine verhärmte, etwa fünfzig Jahre alte Frau in einem Kleid, das eine Art Uniform war. Das angeklagte Mädchen selbst hatte helles, schulterlanges Haar, einen mürrischen Zug um den Mund und weitsichtige braune Augen. Sie trug ein knöchellanges, hellgrün besticktes Kleid aus einem leichten, dünnen Stoff und hatte schwarze Holzschuhe an den Füßen.

Das Gericht blieb sitzen, so wie es von Anfang an gesessen hatte. Die übrigen blieben erst einmal stehen.

Der Richter eröffnete mit monotoner Stimme das Verfahren und wandte sich dann an das Mädchen, das links vor dem Richtertisch saß:

«Angeklagt in diesem Verfahren ist Rebecka Lind. Sind Sie Rebecka Lind?»

«Ja.»

«Darf ich die Angeklagte bitten, etwas lauter zu sprechen.»

«Ja.»

Der Richter blickte in seine Papiere. Schließlich fragte er:

«Haben Sie keine weiteren Vornamen?»

«Nein.»

«Und Sie sind am 3. Januar 1956 geboren?»

«Ja.»

«Ich muß die Angeklagte bitten, lauter zu sprechen.»

Er sagte das auf eine Art, als ob dieser Satz wie ein Ritual in allen Gerichtsverhandlungen ausgesprochen werden mußte. Das war auch notwendig, denn die Akustik im Gerichtssaal war miserabel. Außerdem waren die Beklagten häufig nicht gewöhnt, bei offiziellen Gelegenheiten frei heraus zu sprechen, und standen darüber hinaus unter dem Eindruck des bedrückenden und negativen Milieus, dem sie hier ausgesetzt waren. Der Richter fuhr fort:

«Die Anklage wird von Oberstaatsanwalt Sten Robert Olsson vertreten.»

Bulldozer reagierte überhaupt nicht, sondern blätterte, ohne zu merken, was um ihn herum vor sich ging, in seinen Papieren.

«Ist Oberstaatsanwalt Sten Robert Olsson anwesend?» fragte der Richter tonlos, obwohl er den Betreffenden Hunderte von Malen vorher gesehen hatte.

Bulldozer zuckte zusammen, er war nicht daran gewöhnt, bei seinem richtigen Namen gerufen zu werden.

«Ja, sicher», antwortete er eifrig. «Ja, ich bin hier.»

«Ist ein Vertreter der Klägerseite anwesend?»

«Eine Zivilklage ist nicht eingereicht worden», erklärte Bulldozer. «Die Angeklagte wird von Advokat Hedobald Braxén verteidigt.»

Es wurde still. Alle blickten sich um. Der Gerichtsdiener sah im Vorraum nach. Braket hatte sich noch nicht eingefunden.

«Advokat Braxén hat sich offenbar verspätet», stellte der Beisitzer nach einer Weile fest.

Danach unterhielt er sich murmelnd mit dem Gerichtsvorsitzenden, und der sagte laut:

«Wir können in der Zwischenzeit die Zeugen aufrufen. Die Anklage hat zwei Zeugen geladen, Bankkassiererin Kerstin Franzén und Polizeiassistent Kenneth Kvastmo.»

Beide meldeten sich als anwesend.

«Die Verteidigung hat folgende Personen als Zeugen geladen: Kriminalkommissar Martin Beck, Polizeiassistent Karl Kristiansson, Bankdirektor Rumford Bondesson und Hauswirtschaftslehrerin Hedy-Marie Wirén.»

Alle bestätigten ihre Anwesenheit.

Nach einer kurzen Pause fuhr der Richter fort:

«Der Verteidiger hat außerdem Direktor Walter Petrus als Zeugen geladen, aber der ist verhindert und hat sich ordnungsgemäß entschuldigt und außerdem erklärt, daß er mit dem Fall nichts zu schaffen hat.»

Einer der Schöffen grinste.

«Ich bitte die Zeugen nunmehr, den Saal zu verlassen.»

Das geschah. Die beiden Polizisten, wie immer bei solchen Gelegenheiten in Uniformhosen, schwarzen Schuhen und neutralen Blazern, Martin Beck, der Bankdirektor, die Hauswirtschaftslehrerin und die Bankkassiererin trotteten in den Vorraum.

Danach verblieben im Saal außer dem Gericht lediglich die Angeklagte, die Beamtin aus dem Untersuchungsgefängnis und ein Zuhörer.

Bulldozer Olsson las fleißig in seinen Unterlagen, doch nicht länger als zwei Minuten, dann blickte er neugierig auf die Zuschauerin.

Die Frau war Bulldozers Schätzung nach etwa 35 Jahre alt. Sie saß auf einer der Bänke und hatte einen aufgeschlagenen Stenogrammblock vor sich liegen. Soweit er es beurteilen konnte, schien sie klein zu sein, kaum 1,60; sie hatte blonde, glatte, nicht besonders lange Haare und ihre Kleidung bestand aus verwaschenen Jeans und einer Bluse von undefinierbarer Farbe. Sie trug Riemensandalen und hatte breite, braungebrannte Füße mit geraden Zehen und flache Brüste mit großen Brustwarzen, die durch den Stoff der Bluse deutlich zu sehen waren.

Am auffallendsten war ihr kleines, kantiges Gesicht mit kräftiger Nase und einem durchdringenden blauen Blick, den sie der Reihe nach auf die Anwesenden richtete, besonders lange auf die Angeklagte und Bulldozer Olsson. Auf letzteren so durchdringend, daß der Staatsanwalt sich erhob, ein Glas Wasser nahm und sich auf einen Platz hinter ihr setzte. Sie drehte sich sofort um und fing seinen Blick auf.

Sexuell gesehen war sie überhaupt nicht sein Typ, wenn er sich da überhaupt festlegte, aber er war ausgesprochen neugierig und wollte erfahren, wer sie sein mochte. Hinter ihr sitzend, sah er, daß sie kräftig gebaut war, ohne im mindesten füllig zu sein.

Dann hielt er ihren Blick nicht länger aus. Erklärte, daß er ein wichtiges Telefongespräch zu führen habe, und bat, den Saal verlassen zu dürfen. Er ging festen Schrittes hinaus, aber noch nie war er so neugierig gewesen.

Wenn er Martin Beck gefragt hätte, der in einer Ecke des Vorraums herumstand, hätte dieser ihm möglicherweise eine ganze Menge erzählen können.

Zum Beispiel, daß sie nicht 35, sondern 39 Jahre alt war, daß sie ein sehr umfassendes soziologisches Examen abgelegt hatte und zur Zeit bei der Sozialbehörde angestellt war.

Martin Beck wußte nämlich sehr viel über sie, aber nichts zum Weitererzählen, denn fast alles war persönlicher und privater Art.

Vielleicht hätte er auf eine Frage hin ihren Namen genannt. Rhea Nielsen.

Bulldozer erledigte seine Telefonate in weniger als fünf Minuten. Den Handbewegungen nach zu urteilen, erteilte er eine Reihe von Befehlen.

In den Gerichtssaal zurückgekehrt, ging er seufzend auf und ab. Setzte sich. Blätterte in seinen Papieren. Die Frau mit dem durchdringenden Blick beobachtete jetzt ausschließlich die Angeklagte.

Bulldozers Neugier hatte sich noch gesteigert. Während der nächsten zehn Minuten stand er sechsmal auf und drehte kurze, trippelnde Runden im Saal. Einmal zog er ein riesiges Schnupftuch aus der Tasche und wischte sich den Schweiß von der Stirn. Außer ihm saßen alle anderen ruhig auf ihren Plätzen.

22 Minuten nach der festgesetzten Zeit wurden die Türen aufgerissen, und Braket trat ein. Er hielt in einer Hand eine brennende Zigarre und die Akten in der anderen. Phlegmatisch blätterte er in den Dokumenten, und es kostete den Richter ein dreimaliges, vielsagendes Räuspern, bevor er die Zigarre zerstreut dem Gerichtsdiener überreichte, der sie aus dem Saal entfernte.

«Advokat Braxén ist soeben eingetroffen», verkündete der Richter säuerlich. «Dürfen wir fragen, ob es noch Gründe gegen den Beginn der Hauptverhandlung gibt?»

Bulldozer schüttelte den Kopf. «Nicht von meiner Seite.»

Braket reagierte nicht. Auch er war in das Studium der Unterlagen vertieft.

Nach einem kurzen Augenblick schob er seine Brille in die Stirn und begann:

«Auf dem Weg zum Rathaus heute fiel es mir plötzlich ein, daß der Staatsanwalt und ich alte Bekannte sind. Tatsache ist, daß er vor genau 25 Jahren auf meinem Schoß gesessen hat. Das war übrigens in Borås. Der Vater des Herrn Staatsanwalts war dort Advokat, und ich war beim Gericht angestellt. Damals habe ich mir von dem Beruf viel versprochen. Aber ich kann nicht behaupten, daß diese Erwartungen in Erfüllung gegangen sind. Wenn man sich die Entwicklung des Rechtswesens in anderen Ländern ansieht, haben wir nicht viel, was wir dagegensetzen können. In meiner Erinnerung ist Borås eine schreckliche Stadt, aber der Staatsanwalt war ein lebendiger und netter Junge. Noch deutlicher erinnere ich mich an das Stadthotel oder wie immer es hieß. Kaffeetische und staubige Palmen. Eintönige Speisekarte und Essenbons, die man nur im Ausnahmefall erhielt. Und was man zum Essen angeboten bekam, hätte selbst eine Hyäne verweigert. Nicht mal ein Rentner würde so was heutzutage als menschliche Nahrung akzeptieren. Als Menü wurden Fischmuscheln angeboten, und das gleiche Gedeck wurde von morgens bis abends rein und raus getragen. Einmal fand ich einen Zigarrenrest in meiner Portion. Aber das passierte mir in Enköping, wenn ich es richtig erinnere. Wußten Sie übrigens, daß Enköping das beste Trinkwasser von ganz Schweden hat? Das wissen nur sehr wenige Leute. Jeder Mensch, der hier in der Hauptstadt aufgewachsen ist, ohne sich dem Alkohol oder dem Rauschgift zu ergeben, muß einen außergewöhnlich starken Charakter besitzen.»

«Kann die Hauptverhandlung jetzt beginnen?» fragte der Gerichtsvorsitzende geduldig.

Braket stand auf und stellte sich in die Mitte.

«Ich und meine Familie gehören natürlich zu dieser Kategorie», erklärte er bescheiden.

Er war bedeutend älter als die meisten anderen Anwesenden, ein gebieterischer Mann mit imponierendem Bauch. Außerdem war er auffallend schlecht und unmodern gekleidet, und eine nicht allzu wählerische Katze hätte von seiner Weste frühstücken können. Nach einigen Minuten des Wartens, während derer er Bulldozer mit eigentümlichem Blick fixierte, fuhr er fort:

«Abgesehen davon, daß dieses junge Mädchen niemals vor die Schranken des Gerichts gehört hätte, bestehen keine juristischen Einwände. Rein technisch gesehen.»

«Protest!» rief Bulldozer.

«Herr Advokat Braxén, Sie können sich Ihre Kommentare für später aufsparen», mahnte der Richter. «Wollen Sie jetzt mit Ihrem Plädoyer beginnen, Herr Staatsanwalt?»

Bulldozer sprang von seinem Stuhl auf und begann mit gesenktem Haupt um den Tisch herumzulaufen, auf dem er seine Akten abgelegt hatte.

«Ich behaupte, daß Rebecka Lind am Mittwoch, dem 22. Mai dieses Jahres, einen bewaffneten Banküberfall auf die Zweigstelle der PK-Bank in Midsommarkransen verübte und sich danach des Widerstandes gegen die Staatsgewalt schuldig machte, indem sie sich gegen die Beamten, die sie festnehmen wollten, zur Wehr setzte.

«Und was sagt die Angeklagte dazu?»

«Die Angeklagte ist unschuldig», antwortete Braket. «Und deshalb ist es meine Pflicht, all diesen . . . Quatsch zurückzuweisen.»

Er wandte sich an Bulldozer und fragte wehmütig:

«Wie fühlt man sich, wenn man unschuldige Menschen verfolgt? Wenn ich mir vorstelle, was für ein netter kleiner Knirps du damals warst, fällt es mir schwer, Verständnis für die, na, sagen wir Betätigung aufzubringen, die du heutzutage ausübst.»

Bulldozer schien hocherfreut zu sein. Er schwebte auf Braxén zu und sagte:

«Ich kann mich auch gut an die Zeit in Borås erinnern. Besonders ist mir im Gedächtnis geblieben, daß der damalige Referendar Braxén stets nach Zigarren und billigem Kognak roch.»

«Meine Herren», mahnte der Richter. «Hier ist weder der Ort noch die Zeit für private Erinnerungen. Advokat Braxén, Sie bestreiten also die Behauptungen des Staatsanwalts?»

«Wenn der Kognakgeruch nicht eine Erfindung der Phantasie des Staatsanwalts ist, dann verwechselt er ihn mit seinem Vater», sagte Braket ruhig. «Außerdem ist die Angeklagte unschuldig. Und das ist das letzte Mal, das ich diesen Ausdruck hier verwende. Dieses junge Mädchen . . .» Er kehrte zu seinem Tisch zurück und suchte in seinen Unterlagen.

«Rebecka Lind heißt sie», half ihm Bulldozer.

«Danke, mein Junge, Rebecka Lund . . .»

«Lind», verbesserte Bulldozer.

«Rebecka ist genauso unschuldig wie die Mohrrüben in der Erde.»

Alle schienen über diesen unkonventionellen Vergleich nachzudenken. Schließlich fragte der Richter:

«Das zu entscheiden ist doch wohl Sache des Gerichts, nicht wahr?»

«Leider», bestätigte Braket.

«Was wollen Sie damit andeuten?» fragte der Gerichtsvorsitzende mit einer gewissen Schärfe.

Braket antwortete: «Leider ist es unmöglich, sämtliche Hintergründe deutlich zu machen. Der Prozeß würde dann nämlich Jahre dauern.»

Alle waren über diesen Aspekt sehr bestürzt.

Braket fuhr fort: «Interessant ist der Vorschlag des Vorsitzenden, daß ich meine Memoiren schreiben soll.»

«Habe ich so etwas vorgeschlagen?» fragte der Richter verblüfft. Jetzt war er völlig aus der Fassung.

«Während eines langen Lebens in verschiedenen Sälen, wo angeblich Recht gesprochen wird, sammelt man viele Erfahrungen», führte Braket aus. «Als junger Mann war ich außerdem eine Zeitlang in Südamerika, wo ich mich mit der Milchwirtschaft beschäftigt habe. Meine Mutter, sie lebt noch, die alte Dame, ist der Ansicht, daß diese Tätigkeit in der Molkerei in Buenos Aires die einzige redliche Arbeit gewesen ist, die ich jemals verrichtet habe. Übrigens, dieser Tage habe ich gehört, daß auch der Vater des Staatsanwalts, trotz hohen Alters und zunehmenden Hangs zum Alkohol, täglich einen kurzen Spaziergang am Fluß in Örebro unternimmt, wohin die Familie irgendwann in den vierziger Jahren umgezogen ist. Von Buenos Aires aus ist es mit den heutigen Fortbewegungsmitteln kein weiter Weg zu den neuen Staaten in Afrika. Ein ungemein interessantes Buch über Kongo-Kinshasa hat kürzlich meine Aufmerksamkeit geweckt . . .»

«Die Memoiren von Herrn Advokat Braxén, auch wenn sie noch nicht geschrieben sind, sind sicher von großem Interesse», unterbrach Bulldozer leicht schmunzelnd, «aber wir sind doch wohl kaum deswegen hier zusammengekommen.»

«Der Staatsanwalt hat recht», bestätigte der Richter. «Wollen Sie jetzt bitte mit dem Plädoyer anfangen, Herr Olsson.»

Bulldozer sah auf die Zuhörerin, die jedoch seinem Blick so direkt und herausfordernd begegnete, daß er nach einem kurzen Nicken zu Braket die Augen über den Richter, den Beisitzer und die Schöffen schweifen ließ, um sich danach auf die Angeklagte zu konzentrieren. Rebecka Linds Blick schien hinaus in den Himmel gerichtet zu sein, weit weg von übergeschnappten Bürokraten und anderem eventuellen Wohl und Wehe.

Bulldozer faltete die Hände auf dem Rücken und begann auf und ab zu gehen.

«Also, Rebecka», begann er freundlich, «das, was dir passiert ist, geschieht heute leider mit vielen jungen Menschen. Wir alle zusammen wollen versuchen, dir zu helfen – ich darf doch übrigens du zu dir sagen?»

Das Mädchen schien die Frage nicht gehört zu haben, wenn das überhaupt eine Frage gewesen war.

«Rein technisch gesehen ist es eine einfache und sonnenklare Angelegenheit, die keinen großen Raum für Diskussionen läßt. Wie bereits beim Hafttermin klargestellt . . .»

Braket schien in Gedanken an Kongo-Kinshasa versunken gewesen zu sein, aber jetzt zog er plötzlich eine große Zigarre aus der Innentasche, zeigte damit auf Bulldozers Brust und rief:

«Ich protestiere! Weder ich noch irgendein anderer Rechtsanwalt war bei der Verhaftung zugegen. Ist dieses Mädchen Camilla Lund überhaupt über ihr Recht auf einen Verteidiger aufgeklärt worden?»

«Rebecka Lind», verbesserte der Beisitzer.

«Ja, ja», sagte Braket ungeduldig. «Damit ist die Verhaftung unrechtmäßig.»

«Keineswegs», widersprach Bulldozer. «Rebecka wurde gefragt und meinte, daß es wohl keine große Rolle spielen würde. Das war auch so. Wie ich jetzt gleich beweisen werde, ist der Fall klar wie Kloßbrühe.»

«Bereits die Verhaftung war also unrechtmäßig», wiederholte Braket entschieden. «Ich verlange, daß mein Protest ins Protokoll genommen wird.»

«Ja, dafür werden wir Sorge tragen», beruhigte der Beisitzer.

Er amtierte im großen und ganzen als Sekretär, da ein Teil der älteren Gerichtssäle nicht mit Tonbandgeräten ausgestattet war.

Bulldozer verneigte sich leicht gegen das Gericht, wobei er darauf achtete, daß er jedem einzelnen in die Augen blickte.

«Vielleicht kann ich mein Plädoyer jetzt fortsetzen?» fragte er lächelnd.

Braket blickte abwesend auf seine Zigarre.

«Also, Rebecka», begann Bulldozer von neuem mit dem gewinnenden Lächeln, daß er so gut einzusetzen wußte, «laß uns nun mal ohne Umstände und wahrheitsgemäß den Ablauf schildern, was mit dir am 22. Mai geschehen ist und warum das passierte. Du hast eine Bank überfallen, sicher aus Verzweiflung und unbedacht, und du hast einen Polizisten gewaltsam angegriffen.»

«Ich erhebe Einspruch gegen die Ausdrücke, die der Staatsanwalt verwendet», unterbrach Braket. «Übrigens Ausdrücke. Da erinnere ich mich an meinen Deutschlehrer. Er . . .»

Offensichtlich war er in seinen Gedanken weit weg.

«Wenn sich der Verteidiger seinen Erinnerungen vielleicht in seiner Freizeit widmen würde, könnten wir alle ein bißchen Zeit sparen», schlug Bulldozer vor.

Mehrere der Schöffen lachten, Braket jedoch sagte mit Schärfe:

«Ich protestiere gegen die Haltung des Staatsanwaltes sowohl mir als auch dem Mädchen gegenüber. Er hat übrigens kein Recht, sich um meine Gedanken zu kümmern oder sich mit meinem Innenleben zu beschäftigen. Der Staatsanwalt sollte etwas bescheidener sein. Er ist kein Winston Churchill, der sich erlauben konnte, über einen politischen Gegner folgendes zu sagen: Mr. Attlee ist ein bescheidener Mann, aber er hat auch allen Grund, bescheiden zu sein.»

Den Richter schien dieser Einwand zu verwirren, aber nach einer kleinen Weile bedeutete er Bulldozer mit einem Kopfnicken, weiterzumachen.

Der hatte damit gerechnet, daß sein Plädoyer in zehn Minuten oder höchstens einer Viertelstunde erledigt sein würde. Aber Braket unterbrach ihn, trotz der Verweise des Richters, nicht weniger als 42mal. Häufig mit völlig unverständlichen Kommentaren.

Zum Beispiel:

«Ich sehe, daß der Staatsanwalt meine Zigarre lüstern betrachtet. Das erinnert mich an eine Geschichte: Es wird behauptet, daß die Mädchen auf Kuba wegen der drückenden Hitze nackt in den Tabakfabriken sitzen und die Zigarren auf ihren Oberschenkeln rollen. So werden natürlich nur die teuersten Marken hergestellt. Wahrscheinlich ist das jedoch ein Gerücht.»

«Gehört das zur Verhandlung?» fragte der Richter müde.

«Die Frage ist nicht so leicht zu entscheiden», antwortete Braket geheimnisvoll.

«Wieso?»

«Es scheint mir, daß der Staatsanwalt sich, um es vorsichtig auszudrücken, nicht immer auf die wesentlichen Punkte des Ablaufs konzentriert.»

Bulldozer, der nicht einmal Raucher war, wirkte zum erstenmal ein wenig verwirrt. Aber er faßte sich schnell und beendete dann in der gleichen, guten Form wie stets, gestikulierend und hin und wieder schmunzelnd, sein Plädoyer.

Kurz zusammengefaßt, sagte er folgendes: Rebecka Lind hatte am 22. Mai kurz vor 2 Uhr nachmittags die Filiale der PK-Bank in Midsommarkransen betreten und war zu einem der Kassenschalter gegangen. Sie hatte eine große Schultertasche bei sich gehabt, die sie auf den Schaltertisch gelegt hatte. Danach hatte sie Geld verlangt. Die Kassiererin bemerkte, daß sie mit einem Dolch bewaffnet war und hatte mit dem Fuß den Knopf bedient, der die Polizei alarmierte, während sie begann, die Tasche mit Geldscheinbündeln zu füllen, insgesamt einem Betrag von 5000 schwedischen Kronen. Noch bevor Rebecka Lind das Banklokal mit ihrer Beute verlassen hatte, traf die erste Funkstreife, die von der Alarmzentrale der Polizei dort hindirigiert worden war, ein. Die Funkstreifenbesatzung, bestehend aus zwei Polizisten, war mit gezogener Waffe in die Räume der Bank eingedrungen und hatte die Bankräuberin entwaffnet, wobei ein gewisser Tumult entstand. Dabei waren die Geldscheine auf den Fußboden verstreut worden. Die Polizisten hatten die Täterin festgenommen und sie zur Kriminalpolizei nach Kungsholmen gebracht, aber nicht ohne daß die Festgenommene gewaltsam Widerstand geleistet und die Uniform eines der Polizisten beschädigt hatte. Auch während der Fahrt im Auto hatte es Tumult gegeben. Die Bankräuberin, bei der es sich, wie sich zeigte, um die 18jährige Rebecka Lind handelte, war der Kriminalpolizei auf Kungsholmen vorgeführt und dann der speziellen Abteilung, die für die Aufklärung von Banküberfällen gebildet worden war, überstellt worden. Sie war sofort verhaftet worden, als von Rechts wegen verdächtig, einen bewaffneten Bankraub ausgeführt und Widerstand gegen die Staatsgewalt geleistet zu haben, und am Tag darauf nach einer offensichtlich kurzgefaßten Verhandlung vor Stockholms Tingsrätt in Untersuchungshaft genommen worden.

Bulldozer Olsson gab zu, daß in Zusammenhang mit dem Hafttermin bestimmte juristische Formalitäten nicht berücksichtigt worden waren, wies aber darauf hin, daß diese, technisch gesehen, keine Rolle spielten. Rebecka Lind selbst war an einer Verteidigung nicht interessiert gewesen, und sie hatte darüber hinaus sofort zugegeben, daß sie die Bank aufgesucht hatte, um sich Geld zu beschaffen.

Braket ließ, ohne rot zu werden, einen Wind fahren und sagte, daß Rebecka Lind kein Einkommen hätte.

Alle begannen jetzt auf ihre Uhren zu schielen, aber Bulldozer Olsson hielt nicht viel von Pausen und rief prompt seinen ersten Zeugen auf, die Bankkassiererin Kerstin Franzín.

Die Zeugenaussage war kurz und bestätigte im großen und ganzen das, was bereits gesagt worden war.

Bulldozer fragte: «Wann haben Sie erkannt, daß es sich um einen Bankraub handelte?»

«Schon als sie die Tasche auf den Schaltertisch warf und Geld haben wollte. Und dann bemerkte ich das Messer. Das sah sehr gefährlich aus. Eine Art Dolch.»

«Warum haben Sie das Geld in die Tasche gezählt?»

«Wir haben Anweisung, in solchen Fällen keinen Widerstand zu leisten, sondern zu tun, was der Bankräuber verlangt.»

Das war richtig. Die Banken waren nicht bereit, das Risiko zu übernehmen, Angestellten, die verletzt worden waren, teure Lebensrenten oder Schadenersatz zu bezahlen.

Ein Donnergrollen schien den ehrwürdigen Raum erzittern zu lassen. In Wirklichkeit war es Hedobald Braxén, der rülpste. Das geschah nicht eben selten und war teilweise der Grund für seinen Spitznamen.

«Hat die Verteidigung Fragen?»

Braket schüttelte den Kopf. Er war jetzt damit beschäftigt, sorgfältig etwas auf ein Blatt Papier zu schreiben.

Bulldozer Olsson rief seinen nächsten Zeugen auf.

Kenneth Kvastmo kam herein und wiederholte mühsam den Zeugeneid. In Schweden reicht es nicht, die Hand zu erheben und zu sagen: Ich schwöre.

Das Frage-und-Antwort-Spiel mit ihm war noch kürzer als die Litanei, derzufolge er Polizeiassistent war, in Arvika 1942 geboren worden war und zuerst in Solna, dann in Stockholm im Streifenwagen Dienst getan hatte.

Bulldozer war dumm genug, ihn aufzufordern:

«Erzähl mit deinen eigenen Worten.»

«Was denn?»

«Natürlich das, was geschehen ist.»

Braket ließ einen Rülpser hören, wie ihn keiner der Anwesenden bisher erlebt hatte. Gleichzeitig hantierte er so ungeschickt mit dem Papier, auf dem er geschrieben hatte, daß es auf den Fußboden fiel. Da stand in großen Druckbuchstaben REBECKA LIND. Offenbar hatte er sich entschlossen zu versuchen, in Zukunft den Namen seiner Klientin zu behalten.

«Ja», sagte Kvastmo, «sie stand also da, die Mörderin. Na, sie hat es ja nun nicht geschafft, einen zu ermorden. Kalle hat wie gewöhnlich nichts getan, und da warf ich mich wie ein Panther über sie.»

Der Vergleich hinkte. Kvastmo war ein großer unförmiger Kerl mit dickem Hintern, Stiernacken und fleischigem Gesicht.

«Ich ergreife ihre rechte Hand, als sie gerade nach dem Messer fassen will, dann erkläre ich sie für festgenommen, und dann halte ich sie ganz einfach fest. Ich muß sie zum Auto hinaustragen, und dort auf dem Rücksitz widersetzt sie sich der Staatsgewalt, und dann greift sie einen Beamten tätlich an, denn eine meiner Achselklappen ist beinahe abgerissen, so daß meine Frau stinkwütend wird, als sie sie festnähen soll, denn es gab etwas im Fernsehen, das sie sehen wollte, und außerdem hängt ein Knopf der Uniform nur noch an einem Faden, und sie, also Anna-Greta, meine Frau, hat keinen blauen Zwirn. Und als wir vorher bei diesem Bankraub eingegriffen haben, fährt Kalle den Wagen zur Kripo, und da sitzt ein Wachhabender, den ich kenne und der Aldor Gustavsson heißt, und der wird stinkwütend, denn er wollte gerade Feierabend machen, nach Hause gehen und Makkaronipudding essen, und der sagt zu uns, daß wir verdammte Idioten sind. Ausgerechnet der muß das sagen, wo er doch den Mord in Bergsgatan vermurkst hat, aber Detektive tun sich ja immer so wichtig und sehen auf uns Ordnungspolizisten herab. Weiter war nichts, allerdings hat sie da ‹Pik› oder so ähnlich zu mir gesagt, aber das ist ja eigentlich keine Beamtenbeleidigung. Pik ist ja nichts, was eine Mißachtung oder fehlenden Respekt dem Polizeikorps gegenüber ausdrückt, weder für den einzelnen Polizisten, der in diesem Fall ich selber war, noch für die uniformierten Beamten insgesamt. Dann wollte ich mir ein paar Banditen vornehmen, die wir kurz vorher auf einer Parkbank hatten sitzen sehen, aber Kalle hatte Marzipan bei sich und schlug vor, daß wir Kaffee trinken gehen sollten, und das haben wir dann gemacht. Die da war das also, die das zu mir gesagt hat.»

Kvastmo wies auf Rebecka Lind.

Während der Polizist seinem Erzählertalent freien Lauf ließ, beobachtete Bulldozer die Zuhörerin, die sich eifrig Notizen gemacht hatte und nun mit den Ellbogen auf die Schenkel gestützt dasaß, wobei sie bald Braket, bald Rebecka Lind musterte. Ihr Gesicht sah bekümmert oder, genauer gesagt, von tiefer mitmenschlicher Unruhe geprägt aus. Sie beugte sich hinab und kratzte sich am Spann, während sie gleichzeitig auf den Nägeln der anderen Hand kaute. Jetzt sah sie wieder zu Braket hin, und ihr leicht blinzelnder blauer Blick drückte eine Mischung aus Resignation und zweifelnder Hoffnung aus.

Hedobald Braxén schien nur mehr gerade eben physisch anwesend zu sein, und nichts deutete darauf hin, daß er auch nur ein einziges Wort der Zeugenaussage gehört hatte.

«Keine Fragen», sagte er.

Bulldozer Olsson fühlte sich zufrieden. Der Fall war klar und abgeschlossen, genau wie er es zu Beginn vorausgesagt hatte. Der Fehler war nur, daß die ganze Angelegenheit zuviel Zeit erfordert hatte.

Als der Richter eine einstündige Pause vorschlug, nickte er begeistert Beifall und strebte mit kurzen, festen Schritten der Tür zu.

Martin Beck und Rhea Nielsen benutzten die Pause, um im Restaurant des Hotels *Amaranten* zu essen. Nach einer kalten Platte und Bier dazu rundeten sie die Mahlzeit mit Kaffee und Kognak ab.

Martin Beck hatte einige langweilige Stunden hinter sich. Über Braket wußte er so viel, daß er davon ausgehen konnte, daß die Verhandlung noch einige Zeit in Anspruch nehmen würde, und er hatte keine Lust, in dem fürchterlichen ungemütlichen Vorraum herumzustehen zusammen mit Kristiansson und Kvastmo, einem aufgeblasenen Bankdirektor und zwei Damen, die offenbar zutiefst von der großartigen Tatsache ergriffen waren, daß sie als Zeugen zu einem spannenden Prozeß geladen waren, in dem es beinahe um Mord ging, jedenfalls aber um ein Ereignis, von dem sowohl in *Aftonbladet* wie auch in *Expressen* berichtet worden war.

Er war ins Dezernat für Gewaltverbrechen hinaufgegangen und hatte eine Weile mit Rönn und Strömgren geschwatzt, aber viel war nicht dabei herausgekommen. Strömgren hatte er nie gemocht, und sein Verhältnis zu Rönn war kompliziert. Tatsache war ganz einfach, daß er in Polishuset von Kungsgatan keine Freunde mehr hatte. Sowohl dort als auch in der Reichspolizeileitung gab es einige, die ihn bewunderten, andere, die ihn verabscheuten, und eine dritte Gruppe, die größte, die ihn einfach beneidete.

Draußen in Västberga hatte er jetzt, nachdem Lennart Kollberg ausgeschieden war, auch keine Freunde mehr. Benny Skacke hatte sich um den Posten beworben und ihn erhalten, nachdem Martin Beck das befürwortet hatte. Sie paßten nicht schlecht zusammen, aber von da bis zum wirklichen Kontakt war es ein weiter Weg. Manchmal saß er da, starrte ins Blaue und sehnte sich nach Kollberg. Wenn er ehrlich sein wollte, und das fiel ihm jetzt leicht, trauerte er ihm auf die gleiche Art nach, wie man ein Kind oder eine verlorene Geliebte betrauert.

Er saß eine Weile in Rönns Zimmer und plauderte, aber Rönn war nicht besonders gesprächig. Außerdem hatte er viel zu tun; beim Dezernat für Gewaltverbrechen beschäftigt zu sein war kein Zuckerlecken, und im übrigen klagte er meistens nur über die verbaute Aussicht. Von Rönns Fenster aus sah man jetzt nur noch das gigantische neue Polizeihauptquartier, das sich zu imponierender Höhe erhob. In ein oder zwei Jahren sollte es fertig sein, und dann würden sie alle dorthin umziehen, ein Gedanke, der keinen von ihnen begeisterte.

«Möchte wissen, wie es Gunvald geht», sagte Rönn. «Ich hätte nichts dagegen, mit ihm zu tauschen. Stierkampf und Palmen und große Galaessen. Schick, schick!»

Rönn war Spezialist, wenn es darum ging, das schlechte Gewissen bei Martin Beck zu wecken. Warum hatte man nicht ihn auf diese Vergnügungsreise geschickt, ihn, der sicher mehr als alle anderen ein wenig Abwechslung nötig hatte?

Und die Wahrheit durfte man gar nicht aussprechen: Rönn war tatsächlich diskriminiert worden. Ganz einfach deswegen, weil man meinte, einen rotnasigen verschnupften Norrländer mit offensichtlich wenig repräsentativem Aussehen, dem man nur mit großem Wohlwollen nachsagen konnte, daß er ein einigermaßen verständliches Englisch sprach, nicht hinschicken zu können.

Aber Rönn war ein guter Kriminalbeamter.

Zu Beginn war er nicht mehr als guter Durchschnitt gewesen, jetzt jedoch war er zweifellos einer der besten Männer im Dezernat für Gewaltverbrechen.

Martin Beck überlegte, was er Aufmunterndes sagen konnte, aber es fiel ihm wie gewöhnlich nichts ein.

Er sagte ganz einfach hej und ging.

Aber jetzt saß er mit Rhea zusammen, und das war wirklich eine ganz andere Sache.

Der einzige Fehler war, daß sie traurig zu sein schien.

«Diese Gerichtsverhandlung», begann sie, «scheußlich deprimierend. Und was für Leute da zu bestimmen haben! Dieser Staatsanwalt ist ja der reinste Clown. Und wie der mich angestarrt hat, als ob er noch niemals vorher eine Frau gesehen hat.»

«Bulldozer! Der hat schon genug Mädchen gesehen, verlaß dich drauf, und außerdem bist du nicht sein Typ. Aber er ist neugierig wie ein Hummer.»

«Sind Hummer neugierig?»

«Weiß nicht. Ich hab den Ausdruck irgendwo gehört. Finnlandschwedisch, glaube ich.»

«Und der Verteidiger weiß nicht mal, wie die Angeklagte heißt. Darüber hinaus rülpst er nur und kommt mit einer Reihe unverständlicher Unterbrechungen. Das Mädchen da hat ja nicht die Spur einer Chance.»

«Wir haben den Schluß noch nicht gesehen. Bulldozer gewinnt fast alle seine Prozesse, aber wenn er hin und wieder mal verliert, dann ist es gegen Braxén. Erinnerst du dich an diese Geschichte mit Svärd?»

«Und ob!» bestätigte Thea und lachte heiser. «Als du das erste Mal mit in meine Wohnung in Tulegatan gekommen bist. Verschlossen und verriegelt und all das. Ist beinahe zwei Jahre her. Sollte ich das vergessen haben?»

Sie sah fröhlich aus.

Aber ihn konnte nichts fröhlicher stimmen. Sie hatten seit damals eine schöne Zeit zusammen verlebt, angefüllt mit Gesprächen, Eifersucht, freundschaftlichen Streitereien, und nicht zuletzt schöne Stunden mit Sexualität, Vertrauen und Gemeinschaft. Obwohl er über fünfzig war und glaubte, das meiste im Leben hinter sich zu haben, hatte er zusammen mit ihr neue Wege der Entfaltung gefunden.

Hoffentlich war dieses Verhältnis wechselseitig.

Aber in diesem Punkt war er nicht ganz so sicher. Sie war die psychisch Stärkere und Beweglichere von ihnen beiden, vermutlich war sie auch intelligenter, jedenfalls konnte sie schneller denken. Sie hatte auch negative Seiten, zum Beispiel war sie häufig schlechter Laune und gereizt, aber er liebte diese Charaktereigenschaften an ihr. Der Ausdruck war vielleicht dumm oder allzu romantisch, aber etwas Besseres fiel ihm nicht ein.

Er sah sie an, und ihm wurde bewußt, daß er nicht länger eifersüchtig war. Ihre großen Brustwarzen zeichneten sich unter dem Stoff deutlich ab, die Bluse war nachlässig zugeknöpft, sie hatte die Sandalen ausgezogen und rieb die nackten Füße unter dem Tisch aneinander. Ab und zu blickte sie hinunter und kratzte sich an den Fersen. Aber sie war ihr eigener Herr und nicht sein Eigentum, vielleicht war das das Allerbeste an ihr.

Doch jetzt sah sie traurig aus, die unregelmäßigen Züge ihres Gesichtes waren von Unruhe und Widerwillen geprägt.

«Ich verstehe nicht viel von Juristerei», sagte sie wenig überzeugend. «Aber dieser Prozeß scheint mir verloren zu sein. Kannst du mit deiner Aussage noch etwas bewirken?»

«Kaum. Ich weiß nicht einmal, was er von mir will.»

«Und die anderen Zeugen der Verteidigung scheinen wertlos zu sein. Ein Bankdirektor, eine Hauswirtschaftslehrerin und ein Polizist. War von denen überhaupt jemand dabei?»

«Ja. Kristiansson. Er fuhr den Streifenwagen.»

«Ist er ebensodämlich wie der andere Bulle?»

«Ja.»

«Und ob sich durch das Schlußplädoyer des Verteidigers noch was ändert . . . also ich glaub nicht daran.»

Martin Beck lächelte. Natürlich hatte er damit rechnen müssen, daß sie sich so ernsthaft engagierte.

«Das scheint unwahrscheinlich. Aber warum glaubst du, daß der Prozeß von der Verteidigung gewonnen werden sollte und daß Rebecka nicht schuldig ist?»

«Die Ermittlungen sind ein Müllhaufen. Der Fall sollte zur nochmaligen Prüfung und Untersuchung an die Polizei zurückverwiesen werden. Nichts ist ordnungsgemäß ermittelt. Deswegen hasse ich die Polizei, abgesehen von der Gewaltanwendung und all dem anderen natürlich. Die liefern Berichte an die Staatsanwaltschaft ab, die nicht mal zur Hälfte abgeschlossen sind. Dann stolziert der Ankläger umher wie ein Hahn auf dem Mist, und die, die dort richten sollen, sind eine selbstzufriedene Bande, sie sitzen nur dort, weil sie sonst in der Politik nicht zu gebrauchen sind und zu nichts anderem taugen.»

Im großen und ganzen hatte sie recht. Die Schöffen wurden aus den Abfalltonnen der politischen Parteien geholt, sie waren häufig mit dem Ankläger mehr als vertretbar befreundet oder ließen sich von willensstarken Richtern umstimmen, von denen sie im Grunde verachtet wurden. Meistens wagten sie nicht, den juristischen Autoritäten zu widersprechen, und allzu häufig waren sie Repräsentanten der sogenannten schweigenden Mehrheit der Nation, die summarisch für Recht und Ordnung war, aber nichts darüber hinaus.

Dieser oder jener Richter war progressiv, aber das waren seltene Ausnahmen, und die meisten Verteidiger hatten schon vor langer Zeit aufgegeben und ärgerten sich, nicht einen der einträglichen Posten als Jurist in Handel und Industrie angenommen zu haben. Dort war das große Geld zu verdienen, und außerdem hatte man die Chance, in *Hänt i Veckan*, der Klatschspalte, abgebildet zu werden.

«Das hört sich vielleicht komisch an», sagte Martin Beck, «aber ich glaube, du unterschätzt Braxén.»

Auf dem kurzen Weg zurück ins Rathaus nahm Rhea plötzlich seine Hand. Das geschah nicht oft und bedeutete stets, daß sie aufgeregt und emotionell stark angespannt war. Ihre Hand war wie alles andere an ihr fest und vertrauenerweckend.

Bulldozer Olsson traf gleichzeitig mit ihnen im Vorraum ein, eine Minute vor Wiederbeginn der Verhandlung.

«Der Bankraub in Vasagatan ist aufgeklärt», rief er außer Atem. «Aber wir haben statt dessen zwei neue. An einem davon scheint Werner Roos beteiligt gewesen zu sein.»

Er erblickte Kvastmo und ging zu ihm hin, ohne den Satz ganz beendet zu haben.

«Du kannst nach Hause gehen», sagte er zu ihm. «Oder wieder in den Dienst. Hier wirst du nicht mehr benötigt.»

So pflegte Bulldozer mit den Leuten umzugehen.

«Was?» fragte Kvastmo.

«Du kannst wieder zum Dienst gehen. Jeder Mann wird an seinem Platz gebraucht.»

«Meine Aussage hat die Gangsterbraut überführt, oder vielleicht nicht?» verteidigte sich Kvastmo. «Und ich konnte alle Einzelheiten an den fünf Fingern runterzählen. Oder an zehn, sollte man vielleicht besser sagen.»

«Ja», bestätigte Bulldozer lahm. «Das war große Klasse.»

Kvastmo verdrückte sich, um den Kampf gegen die Gangstergesellschaft an anderer Stelle wiederaufzunehmen.

Die Pause war beendet, und die Verhandlung wurde fortgesetzt.

Braket rief seinen ersten Zeugen auf, Bankdirektor Rumford Bondesson. Nach den anfänglichen Formalitäten ergriff Advokat Braxén das Wort:

«Es ist nicht allen Menschen gegeben, die Prinzipien oder besser gesagt die Prinzipienlosigkeit zu verstehen, die das Fundament der kapitalistischen Gesellschaft ausmachen. Von einem Riesenwal haben die meisten Menschen schon mal gehört, ebenso von einem solchen Phänomen wie einer allgemeinen Wahl, bei der Sozialdemokraten und andere bürgerliche und kapitalistische Parteien, sogenannte Parteien sollte ich wohl besser sagen, das Volk um Gelder bringen, die in enormen Mengen eingesetzt werden, damit die Leute formell freiwillig über eine Politik abstimmen, die die derzeitige Oberklasse der Gesellschaft stützt, das heißt die kapitalistische Wirtschaft, die Parteibürokraten und die Gewerkschaftsbonzen, die alle ein gemeinsames Interesse vereint, nämlich das Geld. Und damit die Menschen sie zu dieser Politik ermächtigen, unabhängig davon, welcher sozial-bürgerlichen Partei sie ihre Stimme geben.»

Bulldozer Olsson war in seine Unterlagen vertieft gewesen. Jetzt schien er aufzuwachen und rief mit erhobenen Händen:

«Protest! Dies hier ist eine Gerichtsverhandlung und keine Wahlversammlung.»

«In der Schule haben wir von Jonas im Bauch des Walfisches gehört», fuhr Braket ungerührt fort. «Später zeigte es sich, daß der Wal durchaus kein Fisch, sondern ein Säugetier ist. Aber ich persönlich habe noch keinen Wal gesehen, nur auf Bildern. Und einmal bei einem Klienten, im Gefängnis. In seinem Fernseher. Ich selbst besitze keinen Fernsehapparat, weil ich der Ansicht bin, daß so ein Gerät meinen Gedankenflug behindert. Doch ich habe eine Tochter in . . .»

Er suchte in seinen Unterlagen.

«. . . in Rebecka Linds Alter, obwohl ich schon relativ alt bin. Einer ihrer Freunde ist übrigens mit einem Maurer verwandt, der Lexer Ohberg heißt, ohne mit dem Schauspieler Ohberg verwandt zu sein, der in dem Film *Elvira Madigan* mitgespielt hat, natürlich nicht die Elvira Madigan, sondern den Leutnant Sparre, und gleichzeitig hat er auch die Regie geführt. Ebensowenig wie der Gartenheckenkünstler Ernst Jönsson in Trelleborg mit dem Schauspieler Edvard Persson verwandt ist.»

«Warum sollte er das sein?» fragte der Richter, etwas aus der Fassung gebracht.

«Das kann man nicht so leicht erklären», antwortete Braket.

«Ein Gespräch mit Advokat Braxén zu führen ist so, als ob man auf einen Ameisenhaufen einredet», erläuterte Bulldozer Olsson.

Dann fuhr er fort, in seinen Akten zu lesen, machte hin und wieder eine Notiz oder eine plötzliche Handbewegung. Er reagierte nicht einmal, als der Richter plötzlich von Braxén wissen wollte:

«Und was hat dies alles mit dem Prozeß zu tun?»

«Auch in diesem Fall möchte ich sagen, daß das eine schwer zu beantwortende Frage ist», versetzte dieser.

Dann zeigte er plötzlich mit seiner nicht angezündeten Zigarre auf den Zeugen und fragte inquisitorisch:

«Haben Sie Rebecka Lind schon einmal gesehen?»

«Ja.»

«Wann?»

«Vor einem Monat ungefähr. Sie kam in die Hauptstelle der Bank. Sie war übrigens ebenso gekleidet wie heute, trug aber ein Baby in einer Art Gurt auf der Brust.»

«Und Sie haben sie empfangen?»

«Ja. Ich hatte zufällig einige Minuten Zeit, und außerdem interessiere ich mich für die Jugend von heute.»

«Besonders für den weiblichen Teil?»

«Ja. Warum soll ich das nicht zugeben.»

«Wie alt sind Sie, Herr Bondesson?»

«Fünfzig.»

«Was wollte Rebecka Lind?»

«Geld leihen. Offenbar hatte sie nicht die leiseste Ahnung von den einfachsten ökonomischen Fragen. Jemand hatte ihr gesagt, daß Banken Geld verleihen, und deshalb ging sie zur nächsten Großbank und bat darum, mit dem Chef sprechen zu dürfen.»

«Und was haben Sie geantwortet?»

«Daß Banken Wirtschaftsunternehmen sind, die Geld nicht ohne Zinsen und Sicherheiten ausleihen. Sie antwortete darauf, daß sie eine Ziege und drei Katzen hätte.»

«Weshalb wollte sie Geld leihen?»

«Um nach Amerika zu reisen. Wohin in Amerika, wußte sie nicht, auch nicht, was sie tun wollte, wenn sie dort ankam. Aber sie hatte sich eine Adresse aufgeschrieben, sagte sie.»

«Was hat sie noch gefragt?»

«Ob es eine Bank gäbe, die nicht so geschäftsmäßig geführt würde wie die andern. Die im Besitz des Volkes sei und wohin normale Menschen gehen könnten, wenn sie Geld brauchten. Ich habe ihr mehr aus Jux erklärt, daß die Kreditbank oder die PK-Bank, wie sie jetzt genannt wird, mindestens formal Staatseigentum sei und somit dem Volk gehöre. Sie schien sich mit dieser Antwort zufriedenzugeben.»

Braket trat jetzt auf den Zeugen zu, setzte ihm die Zigarre auf die Brust und fragte:

«Weiter ist nichts besprochen worden?»

Da Bankdirektor Bondesson nicht sofort antwortete, wies ihn der Richter darauf hin:

«Sie sagen unter Eid aus, Herr Bondesson. Aber Sie brauchen keine Fragen beantworten, die Sie selbst belasten könnten.»

«Na schön», sagte Bondesson widerstrebend. «Junge Mädchen sind an mir und ich an ihnen interessiert. Ich habe ihr angeboten, ihre kurzfristigen Probleme zu lösen.»

Er sah umher und bemerkte einen vernichtenden Blick von Rhea Nielsen sowie den Schimmer einer beginnenden Glatze bei Bulldozer Olsson, der sich in seine Papiere vertieft hatte.

«Und was hat Rebecka Lind daraufhin geantwortet?»

«Daran kann ich mich nicht erinnern. Es wurde jedenfalls nichts daraus.»

Braket war zu seinem Tisch zurückgekehrt. Er suchte einen Augenblick in seinen Akten und sagte dann:

«Beim Polizeiverhör hat Rebecka Lind ausgesagt, daß sie folgende Äußerungen getan hat: Ich scheiß auf alte schmutzige Kerle. Und: Ich finde Sie eklig.»

Braket wiederholte mit lauter Stimme: «Schmutzige alte Kerle.»

Mit einer Geste mit der Zigarre deutete er an, daß das Verhör für ihn abgeschlossen sei.

«Ich verstehe überhaupt nicht, was das alles mit dem Fall zu tun hat», bemerkte Bulldozer, ohne aufzublicken.

Braket ging quer durch den Saal, lehnte sich über Bulldozers Tisch und erklärte:

«Offenbar – und hiermit für alle deutlich – hat der Oberstaatsanwalt sich seit der großen Pause damit beschäftigt, ein Dossier über jemanden, der Werner Roos heißt, zu lesen. Ich frage jetzt den Vorsitzenden des Gerichts, was das mit dem Fall zu tun hat.»

«Interessant, daß Sie, Herr Rechtsanwalt, den Namen Werner Roos nennen», rief Bulldozer und sprang auf.

Er starrte auf Braket und schrie: «Was wissen Sie von Werner Roos?»

«Darf ich die Parteien bitten, sich auf den aktuellen Fall zu beschränken», mahnte der Richter.

Der Zeuge verschwand mit gekränkter Miene.

Danach war Martin Beck an der Reihe. Die Formalitäten waren die üblichen, aber Bulldozer war jetzt aufmerksamer und verfolgte die Fragestellung der Verteidigung mit offensichtlichem Interesse. Braket begann:

«Als ich heute die Tauben auf der Rathaustreppe sah . . .»

Aber der Richter hatte genug und unterbrach ihn:

«Ihre zoologischen Auslegungen sind sicher an anderer Stelle und vor einem anderen Auditorium besser am Platz, Herr Advokat Braxén. Außerdem bin ich sicher, daß der Kriminalkommissar nur wenig Zeit hat.»

«Unter diesen Umständen», lenkte Braket ein, «will ich mich kurz fassen. Gestern erhielt ich nicht per Brieftaube, sondern eher nüchtern und weniger leichtbeschwingt, nämlich mit der Post, die Nachricht, daß ein gewisser Filip Trofast Mauritzon sich weigert, sein Urteil vom Obersten Gerichtshof überprüfen zu lassen. Wie Sie, Herr Kommissar, sich vielleicht erinnern, wurde Mauritzon vor mehr als anderthalb Jahren wegen Mordes in Zusammenhang mit einem bewaffneten Bankraub verurteilt. Staatsanwalt in diesem Prozeß war mein vielleicht nicht allzu gelehrter Freund Sten Robert Olsson, der zu jener Zeit noch am Kammergericht tätig war. Ich selbst hatte die undankbare und für meinen Beruf häufig moralisch bedrückende Aufgabe, Mauritzon zu verteidigen, der zweifellos das war, was man in der täglichen Umgangssprache einen Verbrecher nennt. Ich will nun eine einzige Frage stellen. Sind Sie der Ansicht, Kommissar Beck, daß Mauritzon sich des Bankraubes schuldig gemacht hatte und des damit zusammenhängenden Mordes und daß der derzeitige Oberstaatsanwalt Olsson ein Ermittlungsergebnis vorlegte, das polizeiseitig zufriedenstellend war?»

«Nein», sagte Martin Beck.

Auch wenn Bulldozers Wangen sich plötzlich rosa verfärbten und damit die gleiche Farbe annahmen wie sein Oberhemd und seinen monströsen Schlips mit den goldenen Seejungfrauen und Hula-Hula-Tänzerinnen noch mehr hervorhoben, entgegnete er freundlich lächelnd:

«Auch ich möchte eine Frage stellen. Hatten Sie, Kommissar Beck, überhaupt irgendeinen Anteil an den Ermittlungen in Zusammenhang mit diesem Bankraub?»

«Nein.»

Bulldozer Olsson schlug die Hände vors Gesicht und nickte selbstzufrieden.

Martin Beck ging, setzte sich neben Rhea und zog sie an den blonden Haaren, was ihm einen unfreundlichen Blick eintrug.

«Ich hatte mir etwas mehr vorgestellt.»

«Ich nicht», erwiderte Martin Beck.

Bulldozer Olssons Augen fielen ihm vor Neugier beinahe aus dem Kopf.

Braket schien die Situation überhaupt nicht zu erfassen. Mit seinem ein wenig hinkenden Gang hatte er sich an das Fenster hinter Bulldozer begeben. In den Staub auf der Scheibe schrieb er in Druckbuchstaben das Wort: IDIOT!

Dann sagte er:

«Als nächsten Zeugen, sehe ich mich genötigt, einen Polizeikonstapel hereinzubitten.»

«Polizeiassistent», verbesserte der Beisitzer.

«Polizeikonstapel Karl Kristiansson», wiederholte Braket ungerührt.

Kristiansson wurde hereingewiesen. Er war ein unsicherer Mann, der in den letzten Jahren zu der Überzeugung gekommen war, daß das Polizeiwesen eine Klassengesellschaft für sich war, in der die Vorgesetzten nicht etwa so auftraten, wie sie es taten, um andere auszubeuten, sondern ganz einfach, um ihre Untergebenen zu schikanieren.

Nach längerem Warten drehte Braket sich um und begann quer durch den ganzen Raum auf und ab zu gehen. Bulldozer tat das gleiche, aber in einem anderen Rhythmus. Beide sahen daher so aus wie zwei etwas seltsame Schildwachen. Schließlich begann Braket das Verhör mit einem ungeheuren Seufzer. Er sagte:

«Den Unterlagen nach sind Sie seit 15 Jahren bei der Polizei.»

«Ja.»

«Ihre Vorgesetzten bezeichnen Sie als faul und unbegabt, jedoch ehrlich und im großen und ganzen ebenso tauglich – oder untauglich – wie ihre übrigen Kollegen bei der Stockholmer Polizei.»

«Ich protestiere», schrie Bulldozer. «Der Verteidiger beleidigt den Zeugen.»

«Tue ich das?» fragte Braket. «Wenn ich behaupte, daß der Oberstaatsanwalt ähnlich einem Zeppelin oder dem Ballon *Svenske* des Landes – ja sogar der Welt – interessantester und redegewandtester leerer Raum ist, so liegt darin doch gewiß keine Herabsetzung. Nun sage ich so etwas ganz gewiß nicht von dem Herrn Oberstaatsanwalt, und bezüglich des Zeugen weise ich lediglich darauf hin, daß er ein erfahrener Polizeibeamter ist, ebenso tauglich und intelligent wie der Rest der Polizisten, die unsere Stadt schmücken.»

«Wenn der Herr Rechtsanwalt gelegentlich einige Stunden dafür aufwenden würde, einer Bandaufnahme seiner Rede mit den dazugehörigen Schalleffekten zuzuhören, dann bin ich sicher, daß er ebenso erschreckt und schockiert reagieren würde wie wir übrigen beim Gericht Tätigen», erklärte Bulldozer Olsson.

«Wenn der Herr Oberstaatsanwalt, mit einem seiner Schlipse bekleidet, einmal in einem Land erscheinen würde, in dem Geschmacklosigkeit strafbar ist, dann würde er vermutlich mit dem Tode bestraft werden», entgegnete Braket. «Woher schmuggeln Sie die übrigens ein?»

«Der Verteidiger klagt mich vor den Schranken des Gerichts eines Vergehens an», sagte Bulldozer ziemlich ruhig.

Daß er nicht wütend wurde, lag daran, daß er tatsächlich eine große Zahl von Krawatten eingeschmuggelt hatte, genauer gesagt aus Persien, wohin er studienhalber gereist war, um die Schmuggelwege des Rauschgiftes zu erkunden. Der, den er gerade trug, kam allerdings von der Staatsanwaltschaft von Andorra, die entsprechend Bulldozers Anweisung «Muster ohne Wert» auf den Umschlag geschrieben hatte.

«Wenn es uns gelingen sollte, dieses arme Mädchen hier zu beschützen . . .», begann Bulldozer mit einer angeberischen Geste.

Wurde aber sofort von Braket unterbrochen, der eine noch deutlichere Geste machte und deklamierte:

«Die Worte fliegen auf, der Sinn hat keine Schwingen.»

Bevor Bulldozer zum Gegenangriff ansetzen konnte, wurde er vom Richter gehindert, der sich räusperte und sich dann an die beiden wandte:

«Es scheint mir, als ob die Herren in eine private Diskussion vertieft sind, die Sie am besten unter sich oder vor einem anderen Forum austragen sollten.»

«Ich versuche nur die außerordentlichen Qualifikationen und das gute Beurteilungsvermögen des Zeugen hervorzuheben», erwiderte Braket unschuldig.

Rhea Nielsen lachte laut. Martin Beck legte seine rechte Hand auf ihre linke. Sie lachte noch lauter. Der Richter wies darauf hin, daß die Zuhörer sich ruhig zu verhalten hätten, und ging dann dazu über, die Parteien gereizt anzublicken. Bulldozer starrte Rhea so intensiv an, daß er den Beginn des Zeugenverhörs verpaßte.

Braket dagegen zeigte keine Reaktion. Er fragte:

«Betraten Sie als erster das Bankgebäude?»

«Nein.»

«Haben Sie dieses Mädchen, Rebecka Olsson, festgenommen?»

«Nein.»

«Rebecka Lind, meine ich», verbesserte sich Braket, nachdem er mehrere Anwesende flüstern gehört hatte.

«Nein.»

«Was haben Sie denn getan?»

«Ich habe die andere gehalten.»

«Waren zwei Mädchen bei dem Überfall dabei?»

«Ja.»

«Und Sie haben also die andere festgehalten?»

«Ja.»

«Warum?»

Kristiansson überlegte einen Moment. «Damit sie nicht hinfallen sollte.»

«Wie alt war das andere Mädchen?»

«Schätzungsweise vier Monate.»

«Es war also Kvastmo, der Rebecka Lind festgenommen hat?»

«Ja.»

«Kann man sagen, daß das gewaltsam oder mit unnötiger Kraftanstrengung geschah?»

«Ich verstehe nicht, was die Verteidigung mit der Frage beabsichtigt», unterbrach Bulldozer spöttisch.

«Ich meine, daß Kvastmo, den wir hier heute alle zusammen erlebt haben . . .»

Braket stöberte lange in seinen Unterlagen.

«Hier haben wir es. Kvastmo: Gewicht 102 Kilo. Unter anderem in Karate und Freistilringen ausgebildet. Von seinen Vorgesetzten wird er als eifriger und dienstbeflissener Beamter bezeichnet. Polizeiinspektor Norman Hansson, der die Beurteilung geschrieben hat, setzt aber hinzu, daß Kvastmo allerdings im Dienst leicht zum Übereifer neigt und viele Festgenommene sich beklagt haben, von Kvastmo dabei verletzt worden zu sein. In der Beurteilung steht auch, daß Kenneth Kvastmo verschiedentlich Verweise erhalten hat und seine Ausdrucksweise nicht die beste ist.»

Braket legte das Dokument zur Seite und fragte:

«Wollen Sie, Herr Zeuge, nun die Frage beantworten, ob Kvastmo Gewalt angewendet hat oder nicht?»

«Ja», antwortete Kristiansson. «Das kann man wohl sagen.»

Die Erfahrung hatte ihn gelehrt, im Dienst besser nicht zu lügen, jedenfalls nicht allzu sehr und nicht allzu oft. Außerdem mochte er Kvastmo nicht.

«Und Sie haben sich um das Kind gekümmert?»

«Ja. Dazu war ich ja gezwungen. Sie trug es in einer Art Gurt, und während Kvastmo ihr das Messer abnahm, hätte sie das Kind beinahe fallen lassen.

«Hat Rebecka Widerstand geleistet?»

«Nein.»

«Überhaupt nicht?»

«Nein. Als ich ihr das Kind abnahm, sagte sie nur: ‹Paß auf, daß du sie nicht fallen läßt.›»

«Dieser Teil scheint klar zu sein», sagte Braket. «Ich komme später zu den übrigen eventuellen Gewaltsamkeiten. Jetzt aber will ich mit Ihnen über eine andere Sache sprechen.»

«Ja?»

«Da die Vertreter der Spezialabteilung, deren Aufgabe es ist, das Geld der Banken zu beschützen, nicht erschienen . . .», hier brach Braket ab und warf dem Staatsanwalt einen hoheitsvollen Blick zu.

«Wir arbeiten rund um die Uhr», teilte Bulldozer gelassen mit. «Und dieser Fall wurde als unbedeutend eingestuft. Einer von vielen.»

«Aber dagegen liegen Sie, Herr Olsson, wahrscheinlich selten nachts wach und denken an die Unschuldigen, die Sie in die Gefängnisse und Haftanstalten schicken auf Grund von falscher oder unbefugter Anklage.»

Braket war offenbar aus dem Konzept gekommen, rülpste und setzte schließlich hinzu: «Na ja, na gut.»

Sein ziellos umherirrender Blick fiel auf Kristiansson, der in der Mitte des Raumes stand und in seiner weißen Millwall-Jacke mit angestrickten blauen Pulswärmern, einem stilisierten Löwen auf der linken Seite der Brust und den Worten THE LIONS, die aus blauem Stoff auf dem Rücken festgenäht waren, ganz besonders dämlich aussah. Dazu trug er eine Uniformhose und schwarze Schuhe.

«Das bedeutete, daß die Polizisten der Streife die ersten Verhöre führen mußten», erklärte Braket schließlich. «Wer sprach mit der Bankkassiererin?»

«Ich.»

«Und was sagte sie?»

«Daß das Mädchen an den Schalter gekommen war, mit dem Baby in dem Tragegurt, und ihre Schultertasche auf die Marmorplatte gelegt hatte. Die Kassiererin sah sofort das Messer und begann daraufhin, die Scheine in die Tasche zu stopfen.»

«Nahm Rebecka das Messer heraus?»

«Nein. Sie hatte es in einem Futteral auf dem Rücken hängen.»

«Wie konnte die Kassiererin es denn dann sehen?»

«Das weiß ich nicht. Doch, Moment mal, sie bekam es nachher zu sehen, als Rebecka sich umdrehte, und da schrie sie: ‹Ein Messer, ein Messer, sie hat ein Messer!›»

«War das ein Dolch oder ein Fahrtenmesser?»

«Weder noch, es sah aus wie ein kleines Küchenmesser. So eins, wie man es zu Hause benutzt.»

«Was hat Rebecka zu der Kassiererin gesagt?»

«Nichts. Jedenfalls nicht gleich. Dann soll sie gelacht und gesagt haben: ‹Ich hätte nicht geglaubt, daß es so einfach ist, Geld zu leihen.› Gleich danach sagte sie: ‹Ich muß doch wohl eine Quittung oder so was unterschreiben?›»

«Das Geld scheint auf den Fußboden verstreut worden zu sein. Wie kam es dazu?»

«Ja, das war ich. Kvastmo blieb stehen und hielt das Mädchen fest, während er auf Verstärkung wartete. Und da fing die Kassiererin an, das Geld zu zählen, um nachzurechnen, ob etwas fehlte. Da rief Kenneth mir zu: ‹Halt, das ist verboten.›»

«Und dann?»

«Dann rief er: ‹Kalle, du paßt auf, daß keiner die Beute anrührt.› Ich hatte ja das Kind im Arm, da bekam ich nur den einen Bügel der Handtasche zu fassen, und, schwupp, da hatte ich alles ausgeschüttet. Es waren fast nur kleine Scheine, und die flogen in alle Richtungen. Na, und dann kam ja der andere Streifenwagen. Wir gaben denen das Kind und nahmen die Festgenommene mit zur Kripo nach Kungsholmen. Ich fuhr, und Kenneth saß mit dem Mädchen auf dem Rücksitz.»

«Ist es auf dem Rücksitz zu Handgreiflichkeiten gekommen?»

«Ja, etwas. Erst weinte sie und fragte, was wir mit ihrem Kind getan hätten. Dann weinte sie noch mehr, und da wollte Kvastmo ihr Handschellen anlegen.»

«Haben Sie etwas gesagt?»

«Ja. Ich habe gesagt, daß das doch sicher nicht nötig wäre. Einerseits war Kvastmo ja doppelt so groß wie sie, und andererseits leistete sie doch keinen Widerstand.»

«Haben Sie sonst noch was im Auto gesagt?»

Kristiansson stand einige Minuten schweigend da. Braket wartete. Er rülpste nicht einmal oder wiederholte die Frage und begann auch nicht etwas von Meineid zu murmeln oder der Notwendigkeit, die Wahrheit zu sagen, wie es bei Verteidigern üblich ist.

Kristiansson betrachtete seine von der Uniformhose bedeckten Beine, sah sich schuldbewußt um und äußerte schließlich:

«Ich sagte: ‹Schlag sie nicht, Kenneth.›»

Der Rest war einfach. Braket stand auf und ging auf Kristiansson zu.

«Pflegt Kenneth Kvastmo Festgenommene zu schlagen?»

«Das ist vorgekommen.»

«Haben Sie Kvastmos Achselklappe gesehen und den beinahe abgerissenen Knopf?»

«Ja. Er hat erwähnt, daß seine Frau seine Sachen nicht in Ordnung hält.»

«Wann war das?»

«Am Tag davor.»

«Der Zeuge der Anklage», bemerkte Braket ruhig.

Bulldozer fixierte Kristianssons Blick und hielt ihn fest. Wie viele Prozesse waren durch stupide Polizisten verlorengegangen? Und wie viele waren gerettet worden? Trotz alledem überwog die Plusquote. Aber diese Sache mit Polizeikonstapeln oder Polizeiassistenten, wie sie jetzt genannt werden sollten, war offenbar ein nichtauszurottendes Übel, sowohl für die Verbrecher als auch für ihre Gegenspieler.

«Keine Fragen», sagte Bulldozer leichthin.

Dann fügte er wie beiläufig hinzu: «Die Staatsanwaltschaft verzichtet auf die Anklage wegen Widerstandes gegen die Staatsgewalt.»

Danach begehrte Braket eine Pause. Während dieser Zeit steckte er zuerst seine Zigarre an und begab sich dann auf den langen Weg zur Toilette. Nach einer Weile kam er zurück und unterhielt sich stehend mit Rhea Nielsen.

«Was sind das für Damen, die du als Begleitung mitbringst?» erkundigte sich Bulldozer Olsson bei Martin Beck. «Die mich erst vor den Schranken des Gerichts auslachen und jetzt dastehen und sich mit Braket unterhalten? Alle wissen doch, daß Braket einen Mundgeruch hat, der einen Orang-Utan auf 50 Meter Entfernung umhaut.»

«Feine Damen», antwortete Martin Beck. «Oder besser gesagt, eine feine Dame.»

«Aha. Du hast wieder geheiratet. Ich auch. Das bringt dann wieder neuen Schwung in die Sache.»

Rhea trat zu ihnen.

«Rhea», stellte Martin Beck vor, «dies ist Oberstaatsanwalt Olsson.»

«Das habe ich schon begriffen.»

«Er wird allgemein Bulldozer genannt», erklärte Martin Beck. «Bulldozer, ich habe das Gefühl, deine Sache läuft schlecht.»

«Ja, die eine Hälfte ist geplatzt. Aber der Rest hält. Sollen wir wetten? Um eine Flasche Whisky?»

Rhea kratzte sich im Nacken und blickte Martin Beck aufmunternd an. Doch der schüttelte den Kopf.

«Eine Flasche Whisky», lockte Bulldozer.

«Nein», beharrte Martin Beck.

Rhea legte den Kopf schräg und sah aus, als ob sie etwas sagen wollte. Aber gerade in diesem Moment wurde die Pause beendet, und Bulldozer eilte in den Saal.

Die Verteidigung rief die letzte Zeugin auf, Hedy-Marie Wirén, eine sonnengebräunte Frau von etwa 50 Jahren. Wie konnte man in diesem Land, in dem selbst das Wetter sich an der Verschwörung gegen die armen kleinen Bewohner beteiligte, nur so braun werden.

Brakets erste Frage lautete denn auch:

«Woher sind Sie so braun?»

«Kanarische Inseln», antwortete die Zeugin lakonisch.

«Aus der Voruntersuchung, deren Ergebnis Ihnen allen irgendwann demnächst zur Kenntnis gelangen wird, geht hervor, daß Rebecka Lund, ja, ja, ich weiß, daß sie Lind heißt, aber ich leide unter einer Sache, die der Staatsanwalt nie gehabt hat und niemals haben wird, nämlich Phantasie und der Gabe, mich in die Gefühlswelt und die Gedankengänge anderer Menschen hineinversetzen zu können.»

«Ist das Phantasie, wenn Sie Fröken Lind als Lund bezeichnen?» fragte Bulldozer und fächelte sich mit seinem Schlips. «Ist das, sich in die Gefühlswelt eines anderen hineinzuversetzen?»

«Erlauben Sie mir eine andere Frage statt dessen, Herr Staatsanwalt. Wissen Sie, wo sich die vier Monate alte Tochter von Rebecka Lind zur Zeit befindet, Herr Olsson?»

«Wie in aller Welt soll ich das wissen? Wozu haben wir denn ein Jugendamt!»

Völlig zerstreut steckte sich Braket seine Zigarre an.

Es kostete den Richter ein elfmaliges immer ärgerlicher werdendes Räuspern, bis der widrige Umstand bemerkt wurde. Ein Gerichtsdiener wurde herbeigerufen. Er unternahm die notwendigen Schritte.

«Gibt es hier im Saal jemanden, der weiß, wo sich das Kind Camilla Lind-Cosgrave zur Zeit befindet?»

Es wurde totenstill im Gerichtssaal.

«Einer weiß es», sagte Braket schließlich. «Nämlich ich.»

«Camilla, wo ist sie?» schluchzte Rebecka.

«Alles zu seiner Zeit», entschied Braket.

«Darf ich darauf hinweisen, daß hier eine Zeugenaussage stattfindet oder jedenfalls stattfinden sollte», mahnte der Richter.

Braket schien überhaupt nicht zu verstehen, was er sagen wollte, und der Gerichtsvorsitzende verdeutlichte:

«Sie, Advokat Braxén, haben die Frau als Zeugin vorgeladen.»

«Ach ja, das hatte ich tatsächlich vergessen. Die Ignoranz des Staatsanwaltes hat meine Gedanken in eine andere Richtung gewiesen.»

Er ordnete seine Akten, fand schließlich die richtige und fuhr fort:

«Rebecka Lind war eine schlechte Schülerin. Sie schloß die achte Klasse mit Zensuren ab, die auf gar keinen Fall für einen Übergang auf das Gymnasium ausreichten. Sie war in allen Fächern gleichermaßen unter dem Durchschnitt.»

«In meinen Fächern war sie gut», widersprach die Zeugin. «Eine der besten Schülerinnen, die ich jemals gehabt habe. Rebecka hatte viele eigene Ideen, besonders wenn es um Gemüse und Naturprodukte ging. Sie war sich bewußt, daß unsere heutige Art der Haushaltung verwerflich ist, daß der größte Teil der Lebensmittel, die es in den Selbstbedienungsläden gibt, auf die eine oder andere Art vergiftet ist.»

«Ist die Zeugin der gleichen Ansicht?»

«Ja. Absolut.»

«Das würde bedeuten, daß die garnierten Beefsteaks und die Whisky-Cocktails, mit denen zum Beispiel ich selbst und der Staatsanwalt unsere verpfuschten Leben fristen, verabscheuenswert sind?»

«Ja», bestätigte die Zeugin. «Höchst verabscheuenswert. Diese Art der Lebensführung schadet nicht nur dem Körper, sondern auch dem Geist. Auf die gleiche Art und Weise führt das Rauchen zu Gehirnschäden, man wird vom Rauchen ganz einfach dumm! Rebecka dagegen sah bereits sehr früh die Notwendigkeit einer gesunden Lebensführung ein. Sie schaffte sich einen Kleingarten an und war stets bereit, von den Dingen Gebrauch zu machen, die die Natur ihr zu bieten hatte. Daher trug sie stets ein Gärtnermesser am Riemen mit sich herum. Ich habe häufig mit Rebecka gesprochen.»

«Über biodynamische Steckrüben?»

Braket gähnte.

«Unter anderem. Aber was ich damit sagen will ist, daß Rebecka ein vernünftiges Mädchen ist. Ihr theoretisches Wissen ist vielleicht nicht besonders umfangreich, aber darüber ist sie selbst sich durchaus im klaren. Sie wollte ihre Gedanken nicht mit einer Menge Nebensächlichkeiten belasten. Das einzige, was sie tatsächlich interessierte, waren die Fragen, wie die Natur vor der totalen Zerstörung bewahrt werden kann. An Politik ist sie nur insoweit interessiert, als sie die Gesellschaft an sich als unbegreiflich empfindet und der Ansicht ist, daß die maßgeblichen

Leute entweder Verbrecher oder Verrückte sind.»

«Keine weiteren Fragen», sagte Braket.

Er schien jetzt gelangweilt und vor allem daran interessiert zu sein, so schnell wie möglich nach Hause zu kommen.

«Ich möchte mir mal das Messer ansehen», rief Bulldozer und sprang plötzlich von seinem Platz auf.

Er ging an den Tisch vor dem Richter und nahm das Messer in die Hand.

«Das ist ein gewöhnliches Gärtnermesser», wiederholte Hedy-Marie Wirén. «Das gleiche, das sie immer gehabt hat. Wie jedermann sehen kann, ist der Schaft abgewetzt und das Ding häufig benutzt worden.»

«Nichtsdestoweniger kann es als eine lebensgefährliche Waffe angesehen werden», gab Bulldozer zu bedenken.

«Dem möchte ich widersprechen. Ich würde mit diesem Messer nicht einmal einen Spatzen umbringen können. Rebecka hat außerdem eine sehr negative Meinung von Gewaltanwendung. Sie versteht nicht, wie es so was geben kann, wo sie es selbst nicht einmal fertigbrächte, jemand auch nur zu ohrfeigen.»

«Ich bleibe trotzdem dabei, daß dies eine lebensgefährliche Waffe ist», beharrte Bulldozer und hielt das Messer hoch.

Er schien jedoch nicht sehr überzeugt zu sein, und obwohl er der Zeugin freundlich zulächelte, mußte er seine ganze Selbstbeherrschung aufbieten, um bei ihrer nächsten Behauptung nicht seine vielgerühmte Fassung zu verlieren.

«Dann müssen Sie entweder böswillig oder ganz einfach dumm sein», entschied die Zeugin. «Rauchen Sie? Trinken Sie Alkohol?»

«Keine weiteren Fragen», sagte Bulldozer.

«Das Zeugenverhör ist damit abgeschlossen», nahm der Richter das Wort. «Hat jemand Fragen zu stellen, bevor die Protokolle der Voruntersuchungen verlesen werden und die Schlußplädoyers beginnen?»

Advokat Braxén stand schmatzend auf und schwankte langsam auf das Podium zu.

«Die Personenbeschreibungen sind selten mehr als routinemäßige Aufsätze, die geschrieben werden, damit die damit beauftragte Person ihre 50 Kronen oder so verdient. Daher will ich selbst, ebenso wie ich es von anderen verantwortungsbewußten Personen erwarte, einige Fragen an Rebecka Lind stellen.»

Er wandte sich jetzt zum erstenmal an die Angeklagte:

«Wie heißt der König von Schweden?»

Selbst Bulldozer sah erstaunt aus.

«Das weiß ich nicht», antwortete Rebecka. «Muß man das wissen?»

«Nein, das muß man nicht. Wissen Sie, wie der Ministerpräsident heißt?»

«Nein. Wer ist das?»

«Er ist der Chef der Regierung und der führende Politiker des Landes.»

«Dann ist er ein Verbrecher», sagte Rebecka Lind. «Ich weiß, daß Schweden ein Atomkraftwerk in Barsebäck in Skåne hat bauen lassen, und das liegt nur 25 Kilometer vom Zentrum Kopenhagens entfernt. Es wird gesagt, daß die Regierung die Schuld an der Zerstörung der Natur trägt.»

«Rebecka», fragte Bulldozer freundlich, «woher wissen Sie solche Dinge wie das mit dem Kernkraftwerk, wenn Sie nicht einmal den Namen des Ministerpräsidenten kennen?»

«Meine Freunde sprechen über solche Dinge, aber die kümmern sich nicht um Politik.»

Braket ließ alle Anwesenden darüber nachdenken. Dann stellte er die nächste Frage:

«Bevor Sie zu diesem Bankdirektor gingen, dessen Namen ich leider vergessen habe, wahrscheinlich für immer, waren Sie da schon mal in einer Bank gewesen?»

«Nein, niemals.»

«Warum nicht?»

«Was hätte ich da tun sollen? Banken sind doch für die Reichen da. Ich und meine Freunde gehen da niemals rein.»

«Aber als Sie nun doch hingingen, warum taten Sie das?»

«Weil ich Geld brauchte. Einer meiner Bekannten hatte mir gesagt, daß man in einer Bank Geld leihen kann. Dann, als dieser widerliche Bankchef gesagt hatte, daß es Banken gäbe, die dem Volk gehörten, glaubte ich, daß man dort vielleicht Geld bekommen könnte.»

«Als Sie zur PK-Bank gingen, glaubten Sie also, daß Sie dort Geld geliehen bekommen würden?»

«Ja. Und ich hab mich gewundert, wie leicht das war. Ich bin gar nicht dazu gekommen, denen zu sagen, wieviel ich haben wollte.»

Bulldozer, der jetzt begriff, worauf die Verteidigung hinauswollte, beeilte sich, einzugreifen:

«Rebecka», erklärte er und lächelte über das ganze Gesicht. «Es gibt Dinge, die ich einfach nicht begreife. Wie kann man bei dem umfassenden Angebot der Medien heutzutage vermeiden, sich die einfachsten Kenntnisse über die Gesellschaft anzueignen?»

«Ihre Gesellschaft ist nicht meine.»

«Das ist falsch, Rebecka. Wir leben alle zusammen in diesem Land, und wir sind gemeinsam dafür verantwortlich, ob es gut oder schlecht geht. Aber ich will fragen, wie man daran vorbeigehen kann, was im Radio oder Fernsehen gesagt wird, oder völlig übersehen kann, was in den Zeitungen geschrieben wird?»

«Ich habe weder Radio noch Fernsehen, und das einzige, das ich in der Zeitung lese, ist das Horoskop.»

«Aber Sie sind doch trotz alledem neun Jahre zur Schule gegangen,

Wer Geld braucht . . .

... geht zur Bank. Cosi fan tutte. Nur die Begleitumstände wechseln. Der eine läßt sich hinchauffieren, der andere hastet echauffiert nach Feierabend. Die meisten gehen am hellichten Tag zur Bank, manche aber nur zu nachtschlafender Zeit. Viele ziehen in der Bank das Scheckbuch, einige aber die Schreckpistole. Und alle wollen das gleiche: Geld.

Wer anlegt, hat mehr vom Geld – sofern er Geld anlegt und nicht das Gewehr.

nicht wahr?»

«Da haben sie nur versucht, uns eine Menge Unsinn beizubringen. Ich habe nicht zugehört.»

«Aber das Geld. Geld ist doch etwas, das uns alle interessiert.»

«Mich nicht.»

«Wo haben Sie das Geld für Ihren Lebensunterhalt herbekommen?»

«Vom Sozialamt. Aber ich brauchte sehr wenig. Bis jetzt.»

Der Richter faßte nun eintönig die Untersuchung zur Person zusammen, die nicht ganz so uninteressant war, wie Advokat Braxén vorausgesehen hatte.

Rebecka Lind war am 3. 1. 1956 geboren worden und in einer Familie der unteren Mittelklasse aufgewachsen. Die Verhältnisse im Elternhaus waren geordnet gewesen, aber Rebecka hatte sich frühzeitig gegen ihre Eltern aufgelehnt, und diese Auflehnung hatten ihren Höhepunkt erreicht, als sie 16 Jahre alt gewesen war. Sie war auffallend uninteressiert an der Schule gewesen und hatte sie nach der 9. Klasse verlassen. Ihre Lehrer bezeichneten ihre Leistungen als erschreckend schlecht, es mangelte ihr nicht an Intelligenz, doch die führte sie zu einer eigentümlichen und wirklichkeitsfremden Einstellung. Eine Arbeitsstelle hatte sie nicht bekommen können und war daran auch nicht interessiert gewesen. Als sie 16 Jahre alt war, hatte es zu Hause zunehmend Reibereien gegeben, und sie war schließlich ausgezogen. Der Vater hatte auf die Frage des Ermittlungsbeamten gesagt, daß es so für alle Teile das beste gewesen sei, da die Eltern noch andere Kinder gehabt hatten, die ihren Hoffnungen und Erwartungen besser entgegenkamen. Sie hatte zuerst in einem Schrebergartenhäuschen gewohnt, das ein Bekannter ihr mehr oder weniger auf Dauer zur Verfügung gestellt hatte und das sie auch behalten hatte, nachdem sie eine unmoderne Einzimmerwohnung in Söder in Stockholm gefunden hatte. Zu Beginn des Jahres 1973 hatte sie einen amerikanischen Deserteur der NATO-Armee getroffen und ihn bei sich aufgenommen. Sein Name war Jim Cosgrave. Rebecka Lind war bald danach schwanger geworden, sie hatte sich bewußt ein Kind gewünscht, und im Januar 1974 wurde sie von einem Mädchen entbunden, Camilla. Von der Zeit an begann die kleine Familie Not zu leiden. Cosgrave wollte arbeiten, konnte aber keinen Arbeitsplatz finden, weil er Ausländer war und lange Haare trug. Die einzige Stelle, die er während seines Jahres in Schweden angeboten bekam, war die eines Tellerwäschers auf einer der Schnapsfähren nach Finnland, und die auch nur für die Dauer von zwei Wochen. Außerdem sehnte er sich zurück in die USA. Er hatte eine gute Berufsausbildung genossen und glaubte, für sich und seine Familie sorgen zu können, wenn er erst wieder zu Hause wäre. Anfang Februar nahm er deshalb Kontakt mit der Botschaft auf und erklärte sich bereit, freiwillig zurückzukehren, wenn er bestimmte Garantien bekäme. Man war an seiner Rückkehr interessiert und versprach, daß er nur eine formelle Strafe erhalten würde. Außerdem wurde er darauf hingewiesen, daß er durch das Abkommen zwischen Schweden und den USA geschützt war. So flog er am 12. Februar in die Staaten. Rebecka hatte damit gerechnet, daß sie im März nachkommen könnte, da die Eltern ihres Freundes versprochen hatten, den jungen Leuten mit Geld auszuhelfen. Aber die Monate vergingen, und Cosgrave ließ nichts von sich hören. Sie ging zum Sozialbüro und erhielt die Auskunft, daß man nichts für sie tun könne, da Cosgrave ausländischer Staatsbürger sei. Daraufhin beschloß Rebecka Lind, auf eigene Faust in die USA zu reisen, um festzustellen, was geschehen war. Um sich Geld zu beschaffen, hatte sie sich an eine Bank gewandt, mit dem bekannten Resultat. Die Untersuchung zur Person war im großen und ganzen positiv. Es wurde darauf hingewiesen, daß Rebecka ihr Kind mit großer Umsicht versorgt hatte, daß sie nie einem Laster verfallen war oder sich gewalttätig verhalten hätte. Sie war unerschütterlich ehrlich, weltfremd und übertrieben gutgläubig. Auch Cosgrave wurde kurz zusammengefaßt beschrieben. Seinen Bekannten zufolge war er ein zielstrebiger junger Mann, der nicht versuchte, sich seiner Pflicht zu entziehen und der bedingungslos an eine Zukunft für sich und seine Familie in den USA glaubte.

Bulldozer Olsson hatte, während die Untersuchung zur Person durchgekaut wurde, mit großem Interesse eines seiner Dossiers studiert und in regelmäßigen Abständen vielsagende Blicke auf die Uhr geworfen.

Er stand jetzt auf, um sein Plädoyer zu halten.

Rhea beobachtete ihn blinzelnd.

Abgesehen von seiner hoffnungslosen Kleidung, war er ein Mann, der eine ungeheure Selbstsicherheit und ein intensives Interesse für die Dinge, mit denen er sich gerade beschäftigte, ausstrahlte.

Bulldozer hatte Brakets Konzeption für die Verteidigung durchschaut, aber er sah keine Veranlassung, sich dadurch von seinem Konzept abbringen zu lassen. Er warf sich in die Brust – tatsächlich streckte er nur den Bauch vor –, sah auf seine ungeputzten braunen Schuhe hinunter und begann mit sammetweicher Stimme:

«Ich will mein Plädoyer auf eine Wiederholung der bewiesenen Fakten beschränken. Rebecka Lind betrat die Räume der PK-Bank bewaffnet und mit einer geräumigen Schultertasche versehen, in welcher sie die Beute verstauen wollte. Damit hielt sie sich genau an das Muster, das uns aus Hunderten von Fällen allein im letzten Jahr bekannt ist. Ihre Unerfahrenheit auf diesem Gebiet führte dazu, daß sie unmittelbar festgenommen wurde. Persönlich tut mir die Angeklagte beinahe leid, die sich schon in so jungen Jahren zu einer so schweren Straftat verleiten ließ. Trotzdem bin ich im Hinblick auf die Einhaltung der Gesetze gezwungen, eine Gefängnisstrafe ohne Bewährung zu beantragen. Die Beweise, wie aus dieser langen Verhandlung klar hervorgeht, sind unwiderlegbar und durch keine Argumente zu erschüttern.»

Bulldozer drehte seinen Schlips zwischen den Fingern. Dann schloß er:

«Damit übergebe ich meinerseits den Fall dem Gericht zur Entscheidung.»

«Sind Sie, Herr Advokat Braxén, bereit, das Schlußplädoyer der Verteidigung zu halten?»

Braket schien keinesfalls bereit zu sein. Er türmte zerstreut seine Papiere aufeinander, betrachtete einen Moment seine Zigarre und steckte sie dann in die Tasche. Dann blickte er sich im Gerichtssaal um, so als ob er den Raum zum erstenmal wahrnehme. Prüfend betrachtete er einen der Anwesenden nach dem anderen, neugierig, so als ob er sie noch nie gesehen hätte.

Schließlich stand er auf und ging schwankend vor dem Richtertisch auf und ab.

Die meisten, die Braket kannten, waren sehr gespannt, denn sie wußten, daß er ebensogut mehrere Stunden oder auch nur fünf Minuten lang sprechen konnte.

Bulldozer Olsson sah vielsagend auf seine Uhr.

Braket starrte dem Vorsitzenden und den Schöffen herausfordernd ins Gesicht, während er an ihnen vorbeiwankte. Sein Hinken, das zu Anfang kaum aufgefallen war, schien zuzunehmen, je mehr sich das Verfahren in die Länge zog.

Schließlich begann er:

«Wie ich bereits einleitend sagte, ist die junge Dame, die hier auf der Anklagebank oder, genauer gesagt, auf dem Stuhl sitzt, unschuldig und eine Verteidigungsrede für sie eigentlich nicht erforderlich. Trotzdem will ich einige Worte sagen.»

Alle fragten sich nervös, was Braket mit dem Ausdruck «einige Worte» meinen konnte.

Die Unruhe war allerdings unbegründet. Braket knöpfte seine Jacke auf, rülpste leise, streckte den Bauch vor und lehnte sich an das Podium. Er fuhr fort:

«Der Staatsanwalt hat bereits darauf hingewiesen, daß in diesem Land eine sehr große Zahl von Banküberfällen verübt wird. Das dauernde Gerede darüber und die vielen Veröffentlichungen sowie das oftmals spektakuläre Eingreifen der Polizei haben nicht nur dazu geführt, daß der Herr Staatsanwalt ein bekannter und vielzitierter Mann geworden ist, dessen Krawatten bereits in den Klatschspalten der Illustrierten beschrieben werden, sondern sie haben auch zu einer Hysterie geführt, die zur Folge hat, daß ein normaler Mensch kaum eine Bank betreten kann, ohne daß sofort angenommen wird, daß der Betreffende die Bank berauben will oder etwas ähnlich Bösartiges im Schilde führt.»

Braket machte eine Pause und stand eine Weile mit dem Blick auf den Boden gerichtet da. Offenbar versuchte er, sich zu konzentrieren.

«Rebecka Lind hat von der Gesellschaft nicht viel Hilfe oder freundliche Unterstützung erfahren. Weder die Schule noch die eigenen Eltern oder die übrige ältere Generation hat sie gestützt oder ermutigt und angespornt. Daß sie sich keine Mühe gegeben hat, sich dem derzeitigen Gesellschaftssystem anzupassen, kann ihr nicht zur Last gelegt werden. Als sie im Gegensatz zu vielen anderen Jugendlichen versucht, Arbeit zu bekommen, erhält sie lediglich den Bescheid, daß es für sie keine Arbeit gibt. Es läge nahe, einmal zu untersuchen, warum es für die junge Generation keine Arbeit gibt, aber davon will ich hier absehen. Als sie schließlich in eine Notlage gerät, wendet sie sich an eine Bank. Sie hat nicht die geringste Ahnung, wie das Bankwesen funktioniert, und man kommt zu der falschen Auffassung, daß die PK-Bank weniger kapitalistisch oder sogar im Besitz des Volkes ist. Bei Rebeckas Anblick glaubt die Kassiererin sofort, daß das Mädchen die Bank überfallen will, weil sie sich einfach nicht vorstellen kann, was eine solche Person in der Bank zu tun haben könnte. Dazu kommt, daß sie wegen der zahlreichen, zum Teil widersprüchlichen Anweisungen, mit denen das Bankpersonal in den letzten Jahren überschüttet wurde, den Kopf verliert. Sie löst sofort Alarm aus und stopft das Geld in die Tasche, die das Mädchen auf den Tresen gelegt hat. Was geschieht dann? Allen Erwartungen zum Trotz erscheint keiner der berüchtigten Detektive des Oberstaatsanwalts, denn die haben gar keine Zeit, sich mit so nebensächlichen Fällen abzugeben, sondern zwei uniformierte Polizisten in einem Streifenwagen. Während sich der eine, seinen eigenen Worten zufolge, wie ein Panther über das Mädchen wirft, gelingt es dem anderen, das Geld elegant auf dem Fußboden zu verteilen. Außerdem verhört er dabei die Kassiererin. Dies Verhör ergibt, daß Rebecka niemanden bedroht und auch nicht die Herausgabe des Geldes verlangt hat. Das Ganze kann also nur als ein Mißverständnis bezeichnet werden. Das Mädchen hier hat sich naiv benommen, aber das ist bekanntlich nicht strafbar.»

Braket hinkte zu seinem Tisch, las in den Akten und sagte mit dem Rücken zum Richter und den Schöffen:

«Ich beantrage, daß Rebecka Lind freigesprochen und die Anklage zurückgezogen wird. Irgendwelche alternierenden Anträge interessieren mich nicht, denn jeder einigermaßen vernünftige Mensch muß begreifen, daß sie ohne Schuld ist und daher von einem Strafantrag keine Rede sein kann.»

Die Beratung des Gerichts dauerte nicht lange. Die Entscheidung fiel in weniger als einer halben Stunde.

Rebecka Lind wurde freigesprochen und unmittelbar auf freien Fuß gesetzt. Dagegen wurde die Anklage für Rechtens erklärt. Fünf der Schöffen hatten auf Freispruch entschieden und zwei dagegen. Der Richter hatte eine Verurteilung empfohlen.

Als sie den Gerichtssaal verließen, kam Bulldozer Olsson auf Martin Beck zu und sagte:

«Siehst du, wenn du ein wenig gerissener wärst, hättest du die Whiskyflasche gewonnen.»

«Gehst du in die Berufung?»

«Nein. Ich habe schließlich was Besseres zu tun, als einen ganzen Tag lang in Hovrätten herumzusitzen und mich mit Braket zu zanken. Wegen eines solchen Falles?»

Er eilte davon.

Auch Braket trat zu ihnen. Er schien noch mehr zu hinken.

«Vielen Dank, daß du gekommen bist. Hätte nicht jeder getan.»

«Ich glaubte, ich hätte deine Absicht verstanden.»

«Das ist ja gerade die Schwierigkeit. Es gibt viele, die die Absicht verstehen, aber kaum einen, der dann auch erscheint.»

Braket sah Rhea nachdenklich an, während er die Spitze seiner Zigarre abknipste.

«Unser Gespräch in der Pause war sehr interessant, Fröken ... Fru ...»

«Nielsen heißt sie», half Martin Beck. «Rhea Nielsen.»

«Danke», sagte Braket mit einer gewissen Wärme in der Stimme. «Manchmal frage ich mich, ob ich manche Prozesse nicht nur wegen meines schlechten Namensgedächtnisses verliere. Wie dem auch sei, Fru Nielsen hätte sich der Juristerei annehmen sollen. Sie analysierte den Fall innerhalb von zehn Minuten und brachte eine Zusammenfassung, die der Staatsanwalt allenfalls in mehreren Monaten geschafft hätte, wenn er überhaupt gescheit genug ist, so etwas zu bewerkstelligen.»

«Na, na», sagte Martin Beck. «Wenn Bulldozer sich entschlossen hätte, in die Berufung zu gehen, hätte er vor dem Hovrätt kaum verloren.»

«Möglich. Man muß seinen Gegner aber immer psychologisch einschätzen. Wenn Olsson in der ersten Instanz verliert, geht er nicht in die zweite.»

«Warum nicht?» fragte Rhea.

«Weil er damit sein Image als der Mann, der so beschäftigt ist, daß er zu nichts anderem mehr Zeit hat, verlieren würde. Wenn alle Staatsanwälte so wie Bulldozer wären, würde bald die halbe Bevölkerung des Landes im Gefängnis sitzen.»

Rhea schnitt eine Grimasse.

«Vielen Dank jedenfalls», schloß Braket und hinkte von dannen.

An der Eingangstür des Rathauses blieb er stehen und steckte sich seine Zigarre an. Da er gleichzeitig einen kolossalen Rülpser von sich gab, verließ er das Gebäude schließlich umgeben von einer ansehnlichen Rauchwolke.

Martin Beck blickte ihm sinnend nach. Dann fragte er:

«Wo willst du jetzt hin?»

«Nach Hause.»

«Zu mir oder zu dir nach Hause?»
«Zu dir. Es ist schon lange her.»
Lange her war, genau gerechnet, vier Tage.

4

Martin Beck wohnte in Köpmangatan in der Altstadt, also so nahe beim Zentrum von Stockholm, wie man es sich überhaupt nur vorstellen konnte. Das Haus war in gutem Zustand, es hatte sogar einen Fahrstuhl, und jeder, mit Ausnahme einiger unverbesserlicher Snobs mit Villen und Parks mit Swimming-pool in Saltsjöbaden oder Djursholm, hätte ihn heftig um diese Wohnung beneidet. Er hatte Glück gehabt und vielleicht mehr als das, als er diese Wohnung bekam, und das Erstaunlichste daran war, daß er sie sich nicht hintenherum durch Beziehungen oder Bestechungen besorgt hatte, wie Polizisten sich sonst Vorteile und Vergünstigungen zu beschaffen pflegen. Das wiederum hatte dazu geführt, daß er die Kraft fand, den Schlußstrich unter eine achtzehnjährige Ehe zu ziehen, bei der so gut wie alles mißglückt war.

Doch dann hatte er wieder Pech gehabt, war von einem Verrückten auf einem Dach angeschossen worden, und ein Jahr später, als er endlich aus dem Krankenhaus entlassen wurde, war er wirklich aus der Kälte gekommen. Es sah so aus, als müsse er den Rest seiner Berufsjahre im eleganten Sessel eines Chefbüros mit Langhaarteppichboden und handgemalten Originalen etablierter Künstler an den Wänden zubringen, eine Aussicht, die ihn schaudern machte.

Jetzt jedoch war das Risiko minimal. Die hohen Herren in Rikspolisstyrelsen schienen davon überzeugt, daß er, wenn überhaupt noch zurechnungsfähig, so jedenfalls kein Mann war, mit dem man zusammenarbeiten konnte.

Martin Beck war also Chef von Riksmordkommissionen und würde auf diesem Posten bleiben, bis diese veraltete, allerdings offensichtlich gut funktionierende Organisation aufgelöst wurde.

Es war sogar schon gemunkelt worden, daß die Kommission einen zu hohen Aufklärungsprozentsatz hätte. Das würde dann daran liegen, daß sie personell gut bestückt war und vergleichsweise wenige Fälle zu bearbeiten hatte. Was wiederum bedeutete, daß sie zu tüchtige Leute und zuviel Zeit für jede einzelne Ermittlung hatte.

Hinzu kam, daß es, wie gesagt, weiter oben Herren gab, die Martin Beck persönlich nicht mochten. Einer davon hatte sogar durchblicken lassen, daß es Martin Beck mit verschiedenen undurchsichtigen Methoden geschafft habe, Lennart Kollberg, der einer der tüchtigsten Polizisten des Landes gewesen war, zu veranlassen, den Dienst zu quittieren und im

Armeemuseum als Halbtagskraft Revolver zu sortieren, wodurch seine arme Frau gezwungen war, für den Lebensunterhalt der Familie aufzukommen.

Es geschah selten, daß Martin Beck richtig wütend wurde, aber als ihm dieses Gerücht zu Ohren kam, wäre er um ein Haar hinaufgegangen und hätte den Betreffenden geohrfeigt.

Es verhielt sich nämlich so, daß alle von Kollbergs Ausscheiden profitierten, dieser selbst, indem er einen Job aufgab, der ihn anwiderte, und nun häufiger bei seiner Familie sein konnte, bei seiner Frau und seinen Kindern, die ihn gern bei sich zu Hause haben wollten. Außerdem Benny Skacke, der Kollbergs Planstelle erhalten hatte und somit hoffen konnte, weitere Pluspunkte zu sammeln und seinem großen Lebensziel, nämlich Polis-Chef zu werden, ein Stück näher zu kommen. Und – *last not least* – gewisse Leute in der Reichspolizeileitung, die, obwohl sie nicht abstreiten konnten, daß Kollberg ein tüchtiger Polizeibeamter war, niemals ihre Meinung ändern würden, derzufolge er schwierig im Umgang gewesen sei und Scherereien zu machen pflegte.

Wenn man es recht besah, wurde Kollberg draußen in Västberga, wo Riksmordkommissionen ihre zumeist ereignislosen Tage verbrachte, tatsächlich nur von einem vermißt. Und das war Martin Beck.

Als er vor mehr als zwei Jahren aus dem Krankenhaus entlassen worden war, hatte er zudem auch noch Probleme persönlicher Art gehabt.

Er hatte sich allein und isoliert gefühlt, etwas, das er früher nicht gekannt hatte. Der Fall, den er als Therapie-Arbeit zugeteilt bekam, war so einzigartig, daß er direkt aus einem Kriminalroman hätte stammen können. Es handelte sich um einen rätselhaften Todesfall in einem verschlossenen und verriegelten Raum. Die Ermittlungen waren irreführend und das Ergebnis wenig zufriedenstellend. Oft hatte er das Gefühl gehabt, er selbst befände sich in dem verschlossenen Raum und nicht die mehr oder weniger uninteressante Leiche.

Und dann hatte er plötzlich wieder Glück gehabt. Auch was den Fall anbetraf, denn er fand den Mörder, obwohl es Bulldozer Olsson bei dem nachfolgenden Prozeß vorzog, den Angeklagten eines Mordes in Zusammenhang mit einem Bankraub zu überführen, den der Betreffende keineswegs begangen hatte. Das war übrigens das Verfahren, auf das Braket in der Verhandlung gegen Rebecka Lind hingewiesen hatte. Martin Beck hatte seit der Zeit keine rechte Meinung mehr von Bulldozer, denn die ganze Sache war absichtlich so gesteuert worden. Aber das machte nichts. Martin Beck war nicht nachtragend und unterhielt sich gern mit Bulldozer, auch wenn es ihn amüsierte, wenn er dem Oberstaatsanwalt einen Knüppel zwischen die Beine werfen konnte, so wie gerade heute.

Das richtige Glück hatte er aber in bezug auf Rhea Nielsen gehabt. Er hatte eine Frau getroffen, bei der er bereits nach zehn Minuten merkte, daß sie ihn interessierte, und die sich keine große Mühe gab, ihre Sympathie für ihn zu verbergen.

Zu Beginn war vielleicht das wichtigste für ihn gewesen, daß er in Kontakt zu einem Menschen gekommen war, der sofort verstand, was er meinte, und dessen Absichten und unausgesprochene Fragen er wiederum ohne Komplikationen und Mißverständnisse erfühlte.

So hatte es begonnen. Sie hatten sich oft getroffen, aber immer nur bei ihr. Sie hatte eine Mietwohnung in Tulegatan und unterhielt dort, während des letzten Jahres allerdings immer lustloser, eine Art Kollektivhaushalt.

Es hatte wochenlang gedauert, bis sie das erste Mal in die Wohnung in Köpmangatan gekommen war. Sie hatte das Essen zubereitet; kochen gehörte zu ihren Interessen. Im Laufe des Abends hatte sich gezeigt, daß sie auch noch andere hatte und daß ihrer beider Interessen in diesem Punkt angenehm übereinstimmten.

Es war ein schöner Abend geworden. Für Martin Beck vielleicht der schönste überhaupt.

Am Morgen bereitete Martin Beck für sie beide das Frühstück und sah ihr zu, als sie sich ankleidete.

Er hatte sie schon vorher mehrere Male nackt gesehen, hatte aber das deutliche Gefühl, daß es viele Jahre dauern würde, bis er sich sattgesehen haben würde.

Rhea Nielsens Körper war kräftig, sie hatte eine gute Figur. Man konnte vielleicht sagen, daß sie ein wenig gedrungen oder untersetzt war, aber ebensogut, daß sie einen ungewöhnlich funktionellen und harmonischen Körperbau hatte. Desgleichen hätte man sagen können, daß ihre Gesichtszüge unregelmäßig, jedoch kraftvoll und ausdrucksvoll waren.

Es waren fünf Dinge, die er am meisten bei ihr liebte: den kompromißlosen Blick aus den blauen Augen, die flachen, runden Brüste, ihre großen hellbraunen Brustwarzen, das helle Schamhaar und ihre Füße.

Rhea Nielsen lachte heiser. «Schau du nur her! Manchmal macht es Spaß, wenn man so angestarrt wird.»

Sie zog sich den Slip an.

Gleich danach frühstückten sie mit Tee, Toast und Marmelade.

Sie sah nachdenklich aus.

Martin Beck wußte, warum. Er war selbst bedrückt.

Einige Minuten danach stand sie auf und sagte: «Vielen Dank für eine unwahrscheinlich schöne Nacht.»

«Ich danke dir ebenfalls.»

«Ich rufe an. Wenn du meinst, daß es zu lange dauert, kannst du ja selbst anrufen.»

Sie sah wieder nachdenklich und bekümmert aus. Dann schlüpfte sie in ihre roten Holzbotten und sagte abrupt:

«Tschüs. Und nochmals vielen Dank.»

Martin Beck hatte an diesem Tag frei. Als Rhea fort war, ging er ins Bad und duschte. Rieb sich trocken. Zog den Morgenrock an und legte sich aufs Bett.

Er dachte nach, stand wieder auf und blickte in den Spiegel. Zweifellos sah er nicht wie 49 aus, aber er war es, daran war nicht zu rütteln. Soweit er das feststellen konnte, hatten sich seine Gesichtszüge in den letzten Jahren nicht nennenswert verändert. Er war drahtig und groß, ein Mann mit leicht gelblicher Haut und breitem Unterkiefer. Sein Haar hatte noch nicht einmal begonnen, grau zu werden. Keine Ecken im Haaransatz.

Oder machte er sich etwas vor? Nur weil er gern wollte, daß es so sein sollte?

Martin Beck ging ins Bett zurück, legte sich auf den Rücken und verschränkte die Hände unter dem Kopf.

Er hatte die besten Stunden seines Lebens erlebt.

Gleichzeitig kam ein Problem auf ihn zu, für das es keine Lösung zu geben schien.

Mit Rhea zu schlafen war wunderbar. Aber wie war sie? Er war nicht sicher, ob er das aussprechen wollte. Aber vielleicht doch.

Wie hatte sich einmal jemand in dem Haus in Tulegatan ausgedrückt?

Halb Mädchen und halb Kumpel.

Das war dumm formuliert, aber irgend etwas daran stimmte.

Wie war das in dieser Nacht gewesen?

Der besten in seinem Leben. Sexuell gesehen. Aber Martin Beck hatte auf dem Gebiet keine großen Erfahrungen.

Wie war sie? Er mußte antworten. Bevor er auf die grundsätzliche Frage einging.

Sie fand, daß es schön war. Sie lachte manchmal. Und einige Male schien es ihm, als ob sie weinte.

Soweit war alles gut, aber dann dachte er weiter.

Das geht nicht.

Zuviel spricht dagegen.

Ich bin 13 Jahre älter. Wir sind beide geschieden.

Wir haben Kinder; auch wenn meine erwachsen sind, Rolf 19 und Ingrid beinahe 23, sind ihre doch immer noch ziemlich klein.

Wenn ich 60 bin und in Pension gehe, ist sie erst 47. Das hält nicht.

Martin Beck rief nicht an. Die Tage flossen dahin, und seit der schönen Nacht war mehr als eine Woche vergangen, als sein Telefon morgens um halb acht klingelte.

«Hej», sagte Rhea.

«Hej. Nochmals vielen Dank.»

«Bitte. Bist du sehr beschäftigt?»

«Nein, gar nicht.»

«Die Polizei scheint verdammt viel Zeit zu haben. Wann arbeitet ihr eigentlich?»

«Meine Abteilung hat im Moment nicht viel zu tun. Aber geh mal in die Stadt, dann siehst du, was die Polizei so macht.»

«Danke. Ich weiß, wie es auf den Straßen aussieht.»

Sie machte eine kurze Pause und hustete heiser. Dann fragte sie:

«Hast du Lust zu einem Gespräch?»

«Ich glaube, ja.»

«O.k. Dann treffen wir uns am besten bei dir!»

«Und anschließend gehen wir essen?»

«Ja.» Sie zögerte. «Kann man heutzutage in Holzbotten ins Restaurant gehen?»

«Aber klar.»

«Dann bin ich um sieben bei dir. Es braucht ja nicht so eine lange Sitzung, wie du sie immer hast, zu werden.»

Es war für beide ein wichtiges Gespräch, das sich aber, wie Rhea Nielsen vorausgesagt hatte, nicht allzusehr in die Länge zog.

Martin Beck hatte sich ebenfalls auf eine kurze Unterhaltung eingestellt. Ihre Gedanken pflegten sich oft in die gleiche Richtung zu bewegen, und es gab keinen Grund dafür, daß das nicht auch diesmal der Fall sein sollte. Es war sogar gut möglich, daß sie in einer Frage, die zweifellos eine gewisse Bedeutung hatte, zu dem gleichen Ergebnis gekommen waren.

Rhea kam um Punkt sieben. Sie schüttelte die roten Botten von den Füßen und stellte sich auf die Zehen, um ihn zu küssen. Dann fragte sie: «Warum hast du nicht angerufen?»

Martin Beck antwortete nicht.

«Weil du zu Ende gedacht hast und mit dem Resultat nicht zufrieden warst?»

«So ungefähr.»

«Ungefähr?»

«Genau so», gab er zu.

«Also können wir nicht zusammen wohnen oder heiraten oder zusammen Kinder kriegen oder sonst was Dummes tun. Sonst würde alles verwickelt und kompliziert werden, und eine gute Freundschaft hätte alle Aussichten, zerstört zu werden. Verschlissen und zerbrochen.»

«Ja. Sicher hast du recht, wie gern ich dir auch widersprechen würde.»

Sie hielt seinen Blick mit ihren eigentümlich blinzelnden hellblauen Augen fest und fragte:

«Würdest du sehr gern widersprechen?»

«Ja. Aber ich tue es nicht.»

Für einen Augenblick schien sie die Fassung zu verlieren. Sie ging zum Fenster, schlug die Vorhänge zur Seite und murmelte ein paar Worte, die er nicht verstehen konnte.

Nach einigen Sekunden sagte sie, immer noch ohne sich umzudrehen:

«Ich habe gesagt, daß ich dich liebe. Ich liebe dich jetzt und werde das sicher noch sehr lange tun.»

Martin Beck fühlte sich verwirrt. Dann ging er hin und legte ihr den Arm um die Schulter.

Kurz danach hob sie ihr Gesicht von seiner Brust und sagte:

«Was ich meine ist, daß ich dir vertraue und mich auf dich verlasse, und das werde ich tun, solange wir beide es so halten. Ist das deutlich genug?»

«Ja», bestätigte Martin Beck. «Sollen wir jetzt essen gehen?»

Sie waren in ein teures Restaurant gegangen, wo der Oberkellner mit deutlichem Widerwillen auf ihre Holzbotten geblickt hatte. Sonst kam es selten vor, daß sie zum Essen ausgingen, denn Rhea kochte gerne und besser als die meisten Frauen.

Danach waren sie nach Hause und ins Bett gegangen, womit eigentlich keiner von ihnen vorher gerechnet hatte.

Seitdem waren beinahe zwei Jahre vergangen. Rhea Nielsen war häufig in dem Haus in Köpmangatan gewesen, und es blieb nicht aus, daß sie das Aussehen der Wohnung mit prägte. Das galt vor allem für die Küche, die schließlich kaum noch wiederzuerkennen war.

Sie hatte auch ein Plakat, das Mao Tse-tung darstellen sollte, über dem Bett aufgehängt. Martin Beck äußerte sich niemals zu politischen Fragen und hatte auch dazu nichts gesagt.

Aber Rhea hatte versucht, ihn zu provozieren:

«Wenn jemand auf den Gedanken kommen sollte, bei dir zu Hause eine Reportage machen zu wollen, müßtest du das wohl vorher wegnehmen. Wenn du zu feige bist, es hängen zu lassen.»

Martin Beck hatte nicht geantwortet, aber der Gedanke an den Schock, den das Bild in gewissen Kreisen auslösen würde, ließ ihn sofort zu dem Entschluß kommen, es hängen zu lassen.

Als sie am Abend des 5. Juni 1974 in die Wohnung kamen, begann Rhea als erstes damit, ihre Sandalen auszuziehen.

«Diese verdammten Riemen scheuern. Aber nach einer Woche oder so ist das vorbei.»

Sie warf die Dinger auf die Seite.

«Schön», sagte sie.

Sie hatte auf dem ganzen Weg vom Rathaus bis zu seiner Wohnung praktisch ununterbrochen gesprochen. Das Gerichtsverfahren, das eher zufällige Urteil und die miserablen polizeilichen Ermittlungen hatten sie tief beeindruckt.

«Vielleicht darf ich jetzt auch mal etwas sagen», begann Martin Beck.

«Na klar. Du weißt doch, daß ich zuviel rede. Aber du hast selbst zugegeben, daß das kein Charakterfehler ist.»

«Vollkommen richtig. Jetzt habe ich dir übrigens so lange zugehört, daß ich anfange zu glauben, daß Redegewandtheit ein positiver Charakterzug ist, jedenfalls wenn der Betreffende etwas Sinnvolles zu sagen hat.»

«Redegewandtheit ist ein schönes Wort.» Sie lachte.

Martin Beck fuhr fort: «Ich habe beobachtet, daß du dich in einer der Pausen sehr angeregt mit Braxén unterhalten hast. Ich bin ganz einfach neugierig, worüber ihr gesprochen habt.»

«Neugierde ist auch eine Tugend. Na, ich habe ihn nur auf einige Aspekte in der Sache hingewiesen, von denen ich zu Unrecht, wie sich später herausstellte, annahm, daß er sie übersehen hätte. Außerdem . . .»

«Außerdem?»

«Außerdem sprach ich mit ihm über die gleichen Dinge wie mit dir auf dem Weg hierher. Also über die Tatsache, daß wir die teuerste Polizei auf der Welt haben und daß diese Polizei trotzdem Ermittlungsergebnisse liefert, die so unbrauchbar sind, daß sie niemals an die Gerichte abgegeben werden dürften. Und die in einem echten Rechtsstaat unmittelbar an die Polizei zurückgewiesen werden würden.»

«Und was hatte Braket dazu zu sagen?»

«Daß man das von dem Rechtsstaat nicht so laut sagen sollte und daß die teure Ausrüstung der Polizei nur dazu da ist, das Regime und bestimmte privilegierte Klassen und Gruppen zu schützen.»

«Er hätte hinzufügen können, daß die Verbrechensrate in unserem Land außergewöhnlich hoch ist.»

«Und der zweite Teil der Frage: Warum reicht diese kolossale Polizeimacht nicht aus, eine ganz gewöhnliche Ermittlung durchzuführen? Eine Ermittlung, die sogar ich besser durchgeführt haben könnte? Es geht doch um die Zukunft der Leute und häufig sogar um ihr Leben? Beantworte mir das doch mal.»

«Die Mittel der Polizei sind in den letzten Jahren ungeheuer aufgestockt worden, das stimmt. Aber ein sehr großer Teil davon wird in Reserve gehalten für spezielle Aufgaben. Welche das sind, davon habe nicht mal ich die geringste Ahnung.»

«Das ist genau die gleiche Antwort, die ich von Braxén erhalten habe.»

Martin Beck schwieg.

«Aber du hast heute eine gute Tat vollbracht», lobte Rhea. «Welcher Polizeibeamter hätte sich wohl bereit gefunden, diese Fragen zu beantworten.»

Martin Beck schwieg immer noch.

«Kein einziger. Und was du gesagt hast, hat dem Fall eine ganz neue Wendung gegeben. Das habe ich sofort gefühlt. Wenn ich Zeit hätte, würde ich viel öfter ins Rathaus zu den Gerichtsverhandlungen gehen. Das ist nützlich. Es schult und steigert das Einfühlungsvermögen. Man spürt sofort, wie die Leute reagieren und wie ihre Ansichten sich ändern.»

Wenn es etwas gab, das Rhea Nielsen nicht in noch größerem Umfang benötigte, so war es Einfühlungsvermögen, aber Martin Beck vermied es, darauf hinzuweisen.

Sie betrachtete ihre Füße und sagte: «Hübsche Sandalen, aber sie scheuern verdammt. Schön, sie los zu sein.»

«Zieh den Rest auch aus, wenn du Lust hast.»

Martin Beck kannte diese Frau lange genug, er wußte alles über die Art und Weise, wie diese Situation sich weiter entwickeln konnte.

Entweder zog sie sich sofort aus, oder sie begann über etwas völlig anderes zu sprechen.

Rhea warf ihm einen Blick zu. Manchmal sahen ihre Augen aus, als ob sie das Licht reflektierten, dachte er. Dann öffnete sie den Mund, um etwas zu sagen, schloß ihn aber gleich wieder.

Statt dessen schlüpfte sie aus der Bluse und den Jeans, und bevor Martin Beck auch nur die Jacke aufgeknöpft hatte, lagen ihre Kleider auf dem Fußboden und sie selbst nackt auf dem Bett.

«Du scheinst es nicht sehr eilig zu haben», sagte sie kichernd.

Sie war plötzlich guter Laune geworden. Das merkte er auch daran, daß sie beinahe die ganze Zeit flach auf dem Rücken lag, die Beine weit gespreizt von sich gestreckt, eine Stellung, die sie besonders reizvoll fand, womit nicht gesagt sein soll, daß sie sie immer oder auch nur häufig bevorzugte.

Es kam ihnen gleichzeitig, und für diesen Tag reichte es.

Rhea Nielsen wühlte im Kleiderschrank und fand eine lange lilafarbene Strickjacke, die offenbar ihr liebstes Kleidungsstück war und die sie nur schweren Herzens aus Tulegatan mitgenommen hatte.

Noch bevor sie die Jacke angezogen hatte, begann sie zu sprechen.

«Ein warmer Toast oder vielleicht drei oder fünf, das wäre jetzt das richtige. Ich habe alles mögliche Feine eingekauft, Schinken und Pastete und den besten norwegischen Käse, den du je gegessen hast.»

«Ich glaube dir ja.»

Martin Beck stand am Fenster und lauschte auf das Geheul der Polizeisirenen, das sehr deutlich zu hören war, obwohl die Wohnung gut geschützt lag.

«In fünf Minuten ist es fertig», sagte Rhea.

«Ich glaube dir immer noch.»

Es war jedesmal dasselbe, wenn sie miteinander geschlafen hatten. Sie hatte dann jedesmal einen Wolfshunger. Manchmal war es so eilig, daß sie nackt in die Küche hinausstürzte, um mit der Zubereitung zu beginnen. Daß sie darüber hinaus am liebsten warm aß, machte die Sache noch schwieriger.

Solche Probleme hatte Martin Beck nicht, bei ihm war es eher umgekehrt. Zwar hatte er keine Magenbeschwerden mehr, seitdem er seine Frau verlassen hatte; ob das an ihrer kräftigen, aber langweiligen Hausmannskost gelegen oder psychosomatische Ursachen gehabt hatte, war nicht leicht zu entscheiden. Aber es war immer noch so, daß er, besonders wenn er im Dienst war oder wenn sich Rhea außer Reichweite befand, seinen Kalorienbedarf mit ein paar halbvertrockneten Käsebroten und einigen Gläsern homogenisierter Milch decken konnte.

Aber Rheas warmen belegten Broten konnte er beim besten Willen nicht widerstehen.

Mit der gleichen Sicherheit, wie Bulldozer Olsson beinahe stets seine Prozesse gewann, passierte es so gut wie niemals, daß ihre Brote mißlangen.

Martin Beck aß drei Stück und trank zwei Flaschen Hof. Rhea vertilgte sieben und trank dazu eine halbe Flasche Rotwein und war trotzdem noch so hungrig, daß sie eine Viertelstunde später wieder draußen war und im Kühlschrank nach etwas Eßbarem suchte.

«Bleibst du heute nacht hier?» fragte Martin Beck.

«Ja, gern. Das scheint heute ein solcher Tag zu sein.»

«Was für ein Tag?»

«Ein Tag, an dem es uns beiden paßt, natürlich.»

«Ach so, so ein Tag.»

«Wir können ja den Tag der schwedischen Flagge feiern oder den Namenstag des Königs. Wir müssen uns etwas Originelles ausdenken, wenn wir aufwachen.»

«Das wird sich bestimmt machen lassen.»

Rhea machte es sich im Sessel bequem. Die meisten, die sie gesehen hätten, wären sicher der Meinung gewesen, daß sie lächerlich aussah in dieser eigenartigen Stellung und mit der geheimnisvollen langen Strickjacke.

Aber Martin Beck störte das nicht. Nach einer Weile sah es so aus, als ob sie schlief, aber in dem Moment begann sie:

«Jetzt fällt mir ein, was ich sagen wollte, gerade als du mich vergewaltigt hast.»

«Aha, was denn?»

«Dieses Mädchen Rebecka Lind, was wird aus ihr?»

«Nichts. Sie ist doch freigesprochen worden.»

«Manchmal sagst du wirklich dumme Sachen. Ich weiß auch, daß sie freigesprochen wurde. Die Frage ist nur, was ihr psychologisch gesehen passieren kann. Kann sie sich ohne Hilfe wieder aufrappeln?»

«Ich glaube, doch. Sie ist nicht faul und passiv, wie so viele in ihrem Alter. Und was die Verhandlung betrifft . . .»

«Ja eben, dieser Prozeß, was hat der bei ihr bewirkt? Wahrscheinlich meint sie jetzt, daß man von der Polizei mitgenommen wird, in Untersuchungshaft kommt und sogar große Chancen hat, ins Gefängnis zu wandern, obwohl man nichts getan hat.»

Rhea zog die Stirne kraus.

«Ich mache mir Sorgen um dieses Mädchen. Es ist schwer, sich in einer Gesellschaft zurechtzufinden, die man überhaupt nicht versteht. Wo man nicht ins System paßt.»

«Allem Anschein nach war dieser Amerikaner ein guter Junge, der sich wirklich um sie kümmern wollte.»

«Vielleicht kann er es nicht mal.» Rhea schüttelte den Kopf.

Martin Beck sah sie eine Weile schweigend an. Dann sagte er:

«Ich würde dir am liebsten widersprechen, aber tatsächlich hatte ich auch ein Gefühl der Unruhe, als ich dieses Mädchen sah. Tatsache ist leider, daß wir nichts Besonderes tun können, um ihr zu helfen. Wir könnten ihr natürlich privat helfen, mit Geld, aber einerseits glaube ich nicht, daß sie eine solche Art von Hilfe annehmen würde, andererseits habe ich keins übrig, das ich weggeben könnte.»

Sie kratzte sich einen Moment lang im Nacken.

«Du hast recht», stimmte sie zu. «Ich glaube, sie ist der Typ, der Hilfe ablehnt, die etwas von Mildtätigkeit an sich hat. Sie wird niemals freiwillig zum Sozialbüro gehen. Vielleicht versucht sie, Arbeit zu finden. Wird aber keine bekommen.»

Martin Beck schüttelte sich und machte seine erste möglicherweise politisch auszulegende Bemerkung seit vielen Jahren:

«Wir brauchen offenbar Hilfe. Und wer soll uns die zukommen lassen? Der da an der Wand?»

«Ich kann nicht mehr länger denken. Aber eins scheint doch klar zu sein. Rebecka Lind wird niemals eine bekannte Persönlichkeit in unserem Staat werden.»

Damit irrte sie; aber das wußte sie nicht, und bald danach schlief sie ein.

Martin Beck ging in die Küche, wusch ab und räumte auf, und nach einer Weile hörte er, daß Rhea wieder aufgewacht war und offenbar den Fernseher angestellt hatte. Da sie selber keinen eigenen Apparat besaß und wahrscheinlich auch wegen der Kinder keinen haben wollte, geschah es, daß sie die eine oder andere Sendung bei ihm sah. Er hörte sie etwas rufen, stellte weg, was er gerade in der Hand hatte, und ging ins Zimmer.

«Das ist eine extra Nachrichtensendung», erklärte sie.

Er hatte den eigentlichen Anfang verpaßt, aber niemand konnte daran zweifeln, worum es ging.

Die Stimme des Nachrichtensprechers war ernst und feierlich.

«. . . das Attentat erfolgte unmittelbar vor der Ankunft im Palast. Eine sehr starke Sprengladung detonierte unter der Fahrbahn, gerade als die Eskorte darüber hinwegfuhr. Der Präsident ebenso wie die anderen Insassen des kugelsicheren Wagens waren sofort tot. Das Auto selbst wurde auf ein in der Nähe gelegenes Haus geschleudert. Eine größere Anzahl anderer Personen wurde ebenfalls getötet, darunter einige Sicherheitsbeamte, aber auch Zuschauer, die sich in der Nähe aufhielten. Der Polizeichef des Landes teilte mit, daß 16 Personen unmittelbar starben, die Zahl aber noch erheblich ansteigen kann. Er betonte zur gleichen Zeit, daß die

Sicherheitsmaßnahmen bei diesem Staatsbesuch die umfassendsten waren, die jemals in der Geschichte des Landes praktiziert worden seien. Unmittelbar nach dem Attentat teilte die an keine Grenzen gebundene Terroristengruppe ULAG in einer Meldung über den französischen Rundfunk mit, daß sie die Verantwortung für das Attentat übernimmt.»

Der Sprecher nahm den Telefonhörer ab und hörte einige Sekunden zu. Dann fuhr er fort:

«Wir haben gerade eben über Satellit einen Filmbericht über den Staatsbesuch, der ein so tragisches Ende nahm, erhalten, den eine amerikanische Gesellschaft aufgenommen hat.»

Der Film war von schlechter Qualität, aber doch so deutlich, daß er eigentlich nicht hätte gezeigt werden sollen.

Zuerst erkannte man einige Bilder von der Ankunft der Präsidentenmaschine und dann den hohen Gast selbst, wie er huldvoll dem Empfangskomitee zuwinkte. Danach schritt er uninteressiert die Ehrenkompanie ab und begrüßte mit stereotypem Lächeln die wichtigsten Persönlichkeiten des Landes. Es folgten einige Bilder von dem Geleit. Die Sicherheitsmaßnahmen schienen umfassend, soweit man das beurteilen konnte. Dann kam der Höhepunkt der Sendung. Der Kameramann der Fernsehgesellschaft hatte sich zufällig am taktisch richtigen Platz aufgestellt. Wenn der Mann 50 Meter näher an der Unglücksstelle gewesen wäre, hätte er nicht mehr gelebt. Hätte er andererseits 50 Meter weiter weg gestanden, dann wären ihm diese Bilder nicht möglich gewesen. Alles geschah sehr schnell. Man sah eine enorme Feuersäule, Autos, Tiere und Menschen, die hoch in die Luft geschleudert wurden. Zerrissene menschliche Körper, die in einer Rauchwolke verschwanden, die beinahe wie der Pilz einer Atombombe aussah. Dann schwenkte die Kamera über das Panorama, das augenscheinlich schön war. Eine großartige Fontäne, eine breite, von Palmen gesäumte Allee. Und dann kam das grauenhafte Schlußbild, die vordere Hälfte eines Pferdes, die immer noch anfallartig zuckte neben einem Blechhaufen, der einmal ein Auto gewesen sein konnte, und etwas, das wenige Minuten vorher noch ein lebendiger Mensch gewesen war.

Der Reporter hatte ununterbrochen und in einem lustvollen und exaltierten Tonfall gesprochen, den nur amerikanische Nachrichtensprecher zu beherrschen scheinen. So, als ob er gerade begeistert den Untergang der Welt beobachte.

«Fürchterlich», sagte Rhea und begrub das Gesicht in den Kissen des Stuhls. «In was für einer Welt leben wir.»

Aber für Martin Beck sollte es noch schlimmer kommen.

Der schwedische Sprecher übernahm jetzt wieder.

«Es wird gerade mitgeteilt, daß die schwedische Polizei einen speziellen Beobachter am Ort des Geschehens hatte, Kriminalinspektor Gunvald Larsson vom Dezernat für Gewaltverbrechen in Stockholm.»

Der Bildschirm wurde jetzt von einem Foto, das Gunvald Larsson darstellte, voll ausgefüllt. Er sah schwachsinnig aus, und sein Name war wie üblich falsch geschrieben.

Der Sprecher erschien wieder und fuhr fort:

«Informationen über das Schicksal von Kriminalinspektor Larsson konnten wir leider bisher nicht erhalten. Die nächsten Nachrichten werden im Radio zu den bekannten Zeiten gesendet.»

«Verdammt», knurrte Martin Beck. «Verdammte Scheiße.»

«Was hast du denn?» fragte Rhea.

«Gunvald. Er ist immer in der Nähe, wenn es knallt.»

«Ich wußte gar nicht, daß er dir so nahe stand.»

«Aber das tat er. Auch wenn ich es nicht gesagt habe.»

«Man soll aussprechen, was man meint. Komm, wir gehen schlafen.»

Zwanzig Minuten später war er mit der Wange an ihrer Schulter eingeschlafen.

Die Schulter wurde bald gefühllos und der Arm gleich danach. Aber sie bewegte sich nicht. Lag nur im Dunkeln wach und hatte ihn gern.

5

Der letzte Pendelzug dieses Abends, der von Stockholm kam, hielt in Rotebro, und ein einziger Passagier stieg aus.

Der Mann, der einen dunkelblauen Jeansanzug und schwarze Gymnastikschuhe trug, ging schnell den Bahnsteig entlang und die Treppen hinunter; erst als er den hellen Lichtschein der Lampen auf dem Bahnhof verlassen hatte, verlangsamte er seine Schritte.

Er lief ohne Eile durch den älteren Teil der kleinen Stadt, an Zäunen, niedrigen Mauern und gepflegten Hecken vorbei, die die Gärten umgaben. Die Luft war kühl, aber es war windstill, und überall duftete es aus den Gärten.

Dies war die dunkelste Stunde der jetzt schon sehr kurzen Nacht – in wenigen Wochen würde die Sonne ihren höchsten Stand erreicht haben –, und der Junihimmel wölbte sich leicht bläulich über dem einsamen Nachtwanderer.

Die Häuser auf beiden Seiten des Weges lagen im Dunkeln, nichts war zu hören außer dem Geräusch seiner eigenen Gummisohlen auf dem Bürgersteig.

Während der Fahrt im Zug war er rastlos und nervös gewesen, aber jetzt fühlte er sich ruhig und entspannt und ließ die Gedanken schweifen.

Ein Gedicht von Elmer Diktonius fiel ihm ein, und er murmelte einige Zeilen im Rhythmus seiner Schritte:

«Geh deinen Weg behutsam

aber zähle nicht die Schritte
denn die Furcht tötet sie.»

Manchmal hatte er selbst versucht, ein Gedicht zu schreiben, mit kläglichem Resultat, aber er las gerne Lyrik und hatte viele Gedichte seiner Lieblingsdichter auswendig gelernt.

Während er vor sich hin schritt, hielt er die ganze Zeit hindurch die beinahe einen halben Meter lange Eisenstange, die er im rechten Ärmel der Jacke stecken hatte, fest mit der Hand umschlungen.

Als der Mann Holmbodavägen überquert hatte und in das mit Reihenhäusern bebaute Gebiet kam, wurden seine Bewegungen vorsichtiger und seine ganze Haltung wachsamer. Bisher hatte er niemanden getroffen, und er hoffte, daß er auch auf der letzten kurzen Strecke bis zu seinem Ziel Glück haben würde.

Hier fühlte er sich unsicherer. Die Gärten lagen hinter den Häusern, und auf den schmalen Streifen zwischen dem Bürgersteig und den Fassaden der Häuser wuchsen nur Blumen, kleine Sträucher und Hecken, die zu niedrig waren, um als Schutz dienen zu können.

Die Häuser auf der einen Seite des Weges waren gelb gestrichen, die in der Reihe gegenüber kupferrot. Das schien der einzige Unterschied zu sein, die Außenansicht war jedenfalls überall gleich. Einfamilienhäuser in zwei Etagen, aus Holz und mit ausgebautem Dach. Zwischen den Häusern befanden sich niedrige Garagen oder Vorratsräume, so als ob sie da hineingepreßt worden waren, um die Wohnungen gleichermaßen zu trennen und zu verbinden.

Der Mann war unterwegs zu der hintersten Reihe, hinter der die Bebauung aufhörte und sich Äcker und Wiesen erstreckten.

Er schlich schnell und lautlos auf die Garage eines der Häuser gleich an der Wegbiegung zu und ließ dabei den Blick über die Häuserreihen und den Weg gleiten. Kein Mensch war zu sehen.

In der türlosen Garage befand sich kein Auto, lediglich ein Damenfahrrad lehnte gleich am Eingang an der Wand, dicht neben der Mülltonne.

Ganz hinten nahe der Rückwand standen zwei große, aufeinandergestapelte, rechteckige Holzkisten. Er hatte befürchtet, daß jemand sie weggenommen haben könnte. Das wäre schlecht gewesen; das Versteck war vorher ausgewählt worden, und dann hätte er Schwierigkeiten gehabt, ein ebenso gutes zu finden.

Der Platz zwischen den Kisten und der Wand war eng, aber ausreichend für ihn.

Er zwängte sich hinter die Kisten, die solide aus ungehobelten Fichtenbrettern gebaut waren und im Format und den Maßen nach an Särge erinnerten.

Als er sich überzeugt hatte, daß die Kisten ihn völlig verdeckten, zog er den Eisenstab aus dem Jackenärmel. Der paßte genau in seine Hand und war von Länge und Gewicht her ausreichend für sein Vorhaben.

Nun konnte er nur noch warten, während da draußen die Sommernacht langsam heller wurde und der Morgen sich ankündigte.

Der Zementboden war hart und kalt und feucht, und er fror ein wenig, als er da auf dem Bauch lag, das Gesicht in dem angewinkelten linken Arm verborgen. In der rechten Hand hielt er die Stange, die immer noch von seinem Körper angewärmt war.

Er erwachte davon, daß die Vögel zwitscherten, erhob sich auf die Knie und blickte auf seine Armbanduhr. Kurz vor halb drei. Bald würde die Sonne aufgehen, und dann mußte er nur noch vier Stunden warten.

Kurz vor sechs hörte er Geräusche aus dem Haus. Die waren schwach und nicht zu bestimmen, und der Mann hinter den Holzkisten hätte gern das Ohr gegen die Wand gedrückt, wagte es jedoch nicht, da er dabei vom Weg aus gesehen werden konnte.

Durch eine schmale Ritze zwischen den beiden Kisten konnte er ein Stück des Weges und das Haus gegenüber sehen. Ein Auto fuhr vorbei, und nach einer Weile hörte er, wie ganz in seiner Nähe ein Motor angelassen wurde, und dann sah er noch einen Wagen vorbeifahren.

Um halb sieben hörte er Schritte, die sich ihm von der anderen Seite der Wand näherten, es hörte sich so an, als ob jemand Holzbotten anhatte. Das Klappern entfernte sich und kam mehrere Male zurück, und schließlich hörte er deutlich eine dunkle Frauenstimme, die sagte:

«Also ich gehe jetzt. Rufst du heute abend an?»

Die Antwort verstand er nicht, hörte aber, wie die Eingangstür geöffnet und wieder geschlossen wurde. Er lag ganz still da, das Auge an den Schlitz gepreßt.

Die Frau mit den Holzbotten kam in die Garage. Er konnte sie nicht sehen, hörte aber das leise Klicken, mit dem sich das Fahrradschloß öffnete und danach das Knirschen ihrer Schritte auf dem Kiesweg, als sie auf die Straße ging.

Als sie auf dem Fahrrad vorbeifuhr, konnte er lediglich erkennen, daß sie weiße Hosen trug und ihr Haar lang und schwarz war.

Jetzt konzentrierte er sich auf das Haus auf der anderen Seite des Weges. Die Rollos an den Fenstern, die in seinem Blickfeld lagen, waren immer noch nicht aufgezogen.

Er klemmte die Eisenstange mit dem linken Arm unter der Jacke fest und schlich die drei Schritte weg von den schützenden Kisten an die Hauswand, legte das Ohr an die Wand und lauschte, während er gleichzeitig den Weg beobachtete.

Zuerst hörte er gar nichts, aber nach einem kurzen Moment vernahm er das Geräusch von Schritten, die sich treppauf bewegten.

Der Weg lag verlassen da.

Weit weg hörte er einen Hund bellen und das entfernte Brummen eines Dieselmotors, aber in der unmittelbaren Nachbarschaft schien alles ruhig und still zu sein.

Er zog die Handschuhe an, die er vorsorglich in der Jackentasche mitgebracht hatte, bewegte sich schnell gleitend an der Garagenwand entlang, machte einen Schritt um die Ecke und drückte die Klinke der Haustür hinunter.

Wie erwartet, war die Tür nicht abgeschlossen.

Er öffnete sie einen Spalt, hörte Schritte im Obergeschoß, stellte mit einem schnellen Blick fest, daß der Weg immer noch leer war und schlüpfte durch die Tür.

Die Steinplatten des Windfangs lagen einen Absatz tiefer als der Parkettfußboden der Diele, und dort blieb er stehen und warf durch die offenstehende Tür einen Blick in das große Wohnzimmer hinein.

Den Grundriß des Hauses kannte er bereits.

Rechts drei Türen, die mittlere geöffnet. Dahinter kam die Küche. Das Badezimmer lag hinter der Tür links in der Diele. Danach kam die Treppe ins Obergeschoß, und dahinter erstreckte sich der Teil des Wohnzimmers, den er nicht einsehen konnte und der zum Garten hinter dem Haus hin lag.

Links von ihm hingen Mäntel in einer Reihe, und auf dem Steinfußboden darunter standen Stiefel, Sandalen und Schuhe. Direkt vor ihm, genau gegenüber der Eingangstür, befand sich noch eine Tür. Er öffnete sie, ging hinein und zog sie lautlos hinter sich zu.

Der Raum war eine Art kombinierter Wasch-, Heizungs- und Vorratsraum. Waschmaschine, Trockenschrank und eine Wäscheschleuder standen an einer Wand hinter dem Heizungskessel. Gegenüber befanden sich zwei große Schränke und ganz hinten ein Arbeitstisch.

Der Mann öffnete vorsichtig die Schranktüren. In einem der Schränke hing ein Skianzug, ein Schafpelz und außerdem solche Kleidungsstücke, die man selten anzieht oder die über den Sommer weggehängt werden. Der andere enthielt einige lange Papprollen und einen Fünfliterkanister mit Malerfarbe.

Die Geräusche im Obergeschoß hatten aufgehört.

Der Mann hielt die Eisenstange in der rechten Hand, während er die Tür anlehnte und lauschte.

Plötzlich hörte er Schritte auf der Treppe und beeilte sich, sie zuzumachen, blieb jedoch stehen und drückte das Ohr an die Tür.

Im Parterre waren die Schritte nicht so deutlich zu hören, wahrscheinlich ging die Person barfuß oder auf Strümpfen.

In der Küche schepperte es, so als ob ein Topf auf den Fußboden gefallen war.

Stille.

Dann näherten sich die Schritte, und der Mann schloß die Hand fester um den Eisenstab.

Er hörte, wie die Tür des Badezimmers geöffnet wurde, und nach einer Weile das Rauschen der Toilettenspülung. Jetzt öffnete er die Tür wieder einen Spalt und blickte hinaus.

Durch das Rauschen des Wassers hörte er das eigentümliche Gekrächze, das jemand von sich gibt, wenn er beim Zähneputzen gleichzeitig zu singen versucht. Darauf folgte das Gurgeln, Räuspern, Spucken und dann wieder das Lied, jetzt deutlicher, schrill und laut.

Er erkannte das Lied, obwohl die Darbietung gräßlich falsch war und er es vermutlich in den letzten 25 Jahren nicht mehr gehört hatte. Er meinte sich erinnern zu können, daß es «Das Mädchen in Marseille» hieß.

«. . . aber dann in einer Nacht, wenn der Mond über dem Mittelmeer steht, liege ich tot in einer Gasse des Hafenviertels . . .» schallte es aus dem Badezimmer, während die Dusche zu brausen begann.

Er trat hinaus in den Windfang, bewegte sich auf Zehenspitzen behutsam auf die halboffene Badezimmertür zu. Das Rauschen der Dusche konnte den Gesang nicht übertönen, der von prustendem Schnauben unterbrochen wurde.

Der Mann mit der Eisenstange in der Hand blickte in das Bad.

Er sah den sich rötenden fetten Rücken mit zwei dicken Wülsten, die zwischen den runden Achseln über dem Schulterblatt hingen, und die Stelle, wo sich die Taille hätte befinden müssen.

Er blickte auf die schlaffen Hinterbacken, wabernd über bleichen, faltigen Oberschenkeln, und auf die Krampfadern in den Kniekehlen und den knotigen Waden.

Er hatte den feisten Nacken vor sich und den Schädel, der rosa zwischen dünnen Streifen schwarzen Haares hindurchschimmerte.

Und während er das alles sah und die wenigen Schritte auf den Mann, der in der Badewanne stand, zutrat, fühlte er Ekel und Abscheu in sich aufsteigen. Er hob die Eisenstange und ließ sie mit der ganzen durch seinen Haß gesteigerten Kraft auf die Schädeldecke niedersausen.

Die Füße des fetten Mannes rutschten auf der glatten Emaille nach rückwärts, während er gleichzeitig vornüber stürzte. Der Kopf schlug dumpf gegen die Kante der Badewanne, und dann legte sich der Körper mit einem schmatzenden Laut unter dem Strahl der Dusche zu Ruhe.

Der Mörder beugte sich vor, drehte die Wasserhähne zu und stellte fest, daß sich Blut und Hirnsubstanz mit dem Wasser mischten und in den Ablauf wirbelten, der zur Hälfte von dem großen Zeh des Toten verdeckt war.

Angeekelt griff er nach einem Frotteehandtuch und trocknete damit die Mordwaffe ab, warf das Handtuch auf den Kopf des Toten und steckte die Eisenstange in seinen feuchten Jackenärmel.

Er schloß die Badezimmertür und ging hinaus in das Wohnzimmer, öffnete die Glastüren zum Garten, dessen Rasen an die große Fläche hinter der Wohnsiedlung grenzte.

Er mußte ein weites Stück über die offene Wiese gehen, um zu dem Waldrand auf der anderen Seite zu kommen. Ein Trampelpfad führte schräg hinüber, und er folgte diesem Weg. Weiter vorn war der Acker bestellt, und man sah die grünen Spitzen aufgehenden Korns.

Er blickte sich nicht um, aber im linken Augenwinkel ahnte er die lange Reihe der Häuser mit ihren Dachschrägen und den blinkenden Fenstern in den spitzen Giebeln. Jedes Fenster war ein Auge, das kalt hinter ihm herstarrte.

Als er sich dem ersten Waldstückchen näherte, das, umgeben von dichtem Buschwerk, auf einem Hügelrücken lag, verließ er den Pfad.

Bevor er sich zwischen die dornigen Schlehenbüsche zwängte, ließ er die Eisenstange aus dem Ärmel gleiten und im dichten Unterholz verschwinden.

Martin Beck saß allein zu Hause und blätterte in einer Nummer von *Longitude*, während er eine von Rheas Schallplatten hörte. Rhea und er hatten nicht ganz den gleichen Geschmack, was Musik anbetraf, aber Nannie Porres mochten sie beide gern und spielten die Platte häufig.

Die Uhr war Viertel vor acht, und er hatte sich vorgenommen, an diesem Abend zeitig zu Bett zu gehen. Rhea war zu einer Versammlung des Elternbeirates der Schule, die ihre Kinder besuchten, gegangen, und den Tag der schwedischen Flagge hatten sie bereits am Morgen auf zufriedenstellende Weise gefeiert.

Das Telefon klingelte mitten in *I thought about you*, und da er wußte, daß es kaum Rhea sein konnte, beeilte er sich nicht sonderlich, den Hörer abzunehmen.

Es war Polizeikommissar Pärsson vom Bezirk Märsta, von einigen Leuten Märsta-Pärsta genannt. Martin Beck fand diesen Spitznamen albern und bezeichnete den Kollegen bei sich stets als Pärsson aus Märsta, was sich aber eher nach einem Reichstagsabgeordneten vom alten Bauernverband anhörte.

Pärsson erklärte:

«Ich habe zuerst den Diensthabenden angerufen, und er meinte, ich sollte versuchen, dich zu Hause zu erreichen. Wir haben hier draußen in Rotebro einen Fall, ganz offensichtlich Mord oder Totschlag. Dem Mann wurde durch einen kräftigen Schlag auf den Hinterkopf der Schädel eingeschlagen.»

«Wann und wo ist er gefunden worden?»

«In einem Reihenhaus in Tennisvägen. Die Frau, die dort wohnt und seine Geliebte gewesen zu sein scheint, kam um fünf rum nach Hause und fand ihn in der Badewanne. Als sie morgens um halb sieben das Haus verließ, hat er noch gelebt, sagt sie.»

«Seit wann seid ihr da?»

«Sie hat uns um 17.35 Uhr alarmiert, wir sind fast auf die Minute genau vor zwei Stunden dort eingetroffen.»

Er machte eine Pause und fuhr dann fort:

«Wahrscheinlich ist das ein Fall, den wir selbst klären können, aber zumindest wollten wir dich so schnell wie möglich informieren. Es ist schwer in dem derzeitigen Stadium zu entscheiden, wie kompliziert die Ermittlungen werden können. Die Tatwaffe ist nicht gefunden worden, und die Frau kann, obwohl sie kräftiger als normal gebaut ist, einen solchen Schlag kaum geführt haben.»

«Warum nicht? Um eine Axt zu schwingen, bedarf es keiner besonderen Kraft.»

«Ich drücke mich vielleicht nicht klar genug aus. Es handelt sich nicht um einen Hieb mit einer Axt, sondern um einen Schlag mit einem nicht besonders scharfen Gegenstand.»

«Du willst also, daß wir anrücken?» fragte Martin Beck.

«Wenn ich nicht gewußt hätte, daß ihr im Augenblick keinen aktuellen Fall vorhabt, hätte ich dich in diesem Stadium nicht angerufen. Ich wollte mich in erster Linie mit dir absprechen. Euch ist doch immer daran gelegen, gleich dabeizusein, wenn die Spuren noch heiß sind. Nicht wahr?»

Pärsson hörte sich ein wenig unsicher an. Er bewunderte alle angesehenen Persönlichkeiten, und Martin Beck konnte als solche eingestuft werden, aber er hatte vor allem großen Respekt vor dessen beruflichem Können.

«Selbstverständlich», antwortete Martin Beck. «Das hast du absolut richtig gemacht. Ich bin dir sehr dankbar, daß du so schnell angerufen hast.»

Das stimmte. Es kam häufig vor, daß die Kriminalabteilungen viel zu lange damit warteten, die Riksmordkommission einzuschalten, entweder weil sie ihre Kräfte und ihr Können überschätzten oder weil sie den Umfang der Ermittlungen falsch beurteilten oder ganz einfach weil sie den Experten aus Stockholm ein Schnippchen schlagen und die Ehre einheimsen wollten, selbst einen Mord aufgeklärt zu haben. Wenn sie schließlich nicht mehr weiterwußten und Martin Beck und seine Leute holen ließen, fanden diese sich manchmal vor die Situation gestellt, daß alle Spuren zerstört und die Berichte unleserlich waren, die Zeugen hatten das Gedächtnis verloren, und der Gesuchte hatte sich vermutlich bereits in Tjottaheiti niedergelassen oder war an Altersschwäche gestorben.

«Im übrigen ist es richtig, daß wir es zur Zeit ruhig haben», fügte Martin Beck hinzu. «Oder hatten, bis du angerufen hast.»

«Wann kannst du hier sein?» fragte Pärsson deutlich erleichtert.

«Sofort. Will nur noch Koll . . . Skacke anrufen, ob er mitkommen kann.»

Martin Beck dachte in solchen Fällen aus alter Gewohnheit immer noch zuerst daran, Kollberg anzurufen. Sein Unterbewußtsein weigerte sich zu akzeptieren, daß sie nicht länger zusammenarbeiteten. In der ersten Zeit nach Kollbergs Ausscheiden war es sogar vorgekommen, daß er ihn angerufen hatte, wenn ein Alarm kam.

Skacke war zu Hause und wie üblich munter und enthusiastisch. Er wohnte zusammen mit seiner Monica und der ein Jahr alten Tochter in Söder.

Er versprach, in sieben Minuten in Köpmangatan zu sein, und Martin Beck ging hinunter auf die Straße und wartete.

Nach genau sieben Minuten kam Skacke in seinem schwarzen Saab an.

Auf dem Weg hinaus nach Rotebro fragte er:

«Du hast sicher von Gunvald gehört? Daß er den Kopf des Präsidenten vor den Latz geknallt bekam?»

«Ja. Habe ich gehört. Schön, daß er davongekommen ist.»

Benny Skacke fuhr eine Weile schweigend, dann sagte er:

«Das ist ja wohl die Höhe, wenn man hochoben auf einem Balkon vom Haupt eines Präsidenten getroffen wird.»

Diesen Witz hatte er im Speisesaal des Polizeihauses gehört und ihn auch lustig gefunden. Jetzt war er nicht mehr so sicher.

Martin Beck sah auch nicht gerade aus, als ob er ihn zum Lachen fand, und Skacke versuchte, den Mißgriff wiedergutzumachen. «Er ist so eigen mit seinen Sachen, und jedesmal kriegt er irgendwas ab. Diesmal ist sein Anzug wahrscheinlich voller Blut.»

«Sicher. Aber er ist mit dem Leben davongekommen, und das ist die Hauptsache.»

«Hauptsache», wiederholte Skacke und kicherte.

Benny Skacke war 35 Jahre alt, und während der letzten 6 Jahre war er oft der Mannschaft von Martin Beck zugeteilt worden. Er war selbst der Ansicht, daß er den größten Teil seiner Kenntnisse von der praktischen Kriminalarbeit dadurch erlangt hatte, daß er Martin Becks und Lennart Kollbergs Zusammenarbeit genau beobachtete und studierte. Ihm war auch der besondere Kontakt aufgefallen, den die beiden zueinander hatten, und er bewunderte sie, weil es für sie so leicht war, den Gedankengängen des anderen zu folgen. Er begriff, daß ein solcher Kontakt zwischen ihm und Martin Beck niemals zustande kommen würde, und war sich bewußt, daß er in dessen Augen nur ein minderwertiger Ersatzmann für Kollberg war. Diese Einsicht verunsicherte ihn manchmal in Martin Becks Gesellschaft.

Martin Beck seinerseits verstand sehr gut, was Skacke fühlte, und tat sein Bestes, um ihn aufzumuntern und ihm zu zeigen, daß er seinen Arbeitseinsatz positiv einschätzte. Er hatte Skacke im Laufe der Jahre heranreifen sehen und wußte, daß er hart an sich arbeitete, nicht nur um Karriere zu machen, sondern auch um ein guter Polizist mit vielseitigen Kenntnissen zu werden. In seiner Freizeit beschäftigte er sich nicht nur damit, seinen Körper zu trainieren und seine Treffsicherheit auf dem

Schießstand zu verbessern, er las und lernte auch ständig: Jura, Soziologie und Psychologie, und war auf dem laufenden über Dinge, die im Polizeikorps vorfielen, fachlich und organisatorisch.

Skackes Frau Monica war 9 Jahre jünger als er, und sie waren jetzt 7 Jahre zusammen. Monica arbeitete als Krankengymnastin im Södra Krankenhaus, und Benny Skacke hatte Martin Beck vor kurzem anvertraut, daß sie nicht vorhatten, sich weitere Kinder anzuschaffen, bevor sie nicht finanziell in der Lage waren, aus der Wohnung in Tideliusgatan in ein eigenes Haus am Stadtrand umzuziehen. Am liebsten ein Einfamilienhaus in Lidingö.

Skacke war ein guter Autofahrer und kannte Stockholm und all die neuen Vororte besser als jeder Taxichauffeur. Er hatte keine Schwierigkeiten, die Adresse in Rotebro zu finden.

Am Ende der Reihe geparkter Wagen auf Tennisvägen hielt er an.

Ein Mann und eine Frau standen in der Mitte der Fahrbahn und blickten Martin Beck und Skacke nach, als sie auf das Haus zugingen. Es fehlte zwar der übliche Haufen Neugieriger, der sich wie Fliegen auf einem Zuckerstück einfindet, sobald mehr als ein Polizeiwagen vor einem Haus hält, aber in den Fenstern der umliegenden Häuser konnte man Gesichter sehen, und im Garten schräg gegenüber stand eine Gruppe kleiner Kinder, die guckten und gestikulierten und eifrig mit lauter Stimme schnatterten.

Außerdem waren bereits einige Vertreter der Presse erschienen, aber sie wurden vorerst noch von einigen Polizisten in Zivil in Schach gehalten, die bei ihren Autos standen und mit ihnen sprachen. Die Fotografen erkannten Martin Beck sofort, sprangen vor und ließen ihre Kameras klicken.

Die Einfahrt zu dem Haus und der Garage war abgesperrt, und der Polizist, der hier Wache hielt, ließ Martin Beck und Skacke durch, während er mit einer Handbewegung zur Mütze höflich grüßte.

Im Inneren des Hauses herrschte Hochbetrieb. Das technische Personal war bei der Arbeit, ein Mann hockte in der Diele und pinselte an Fingerabdrücken auf einer Tischlampe herum, die auf einer niedrigen Truhe neben dem Telefon stand. Ein Fotoblitz, der gerade aufflammte, zeigte an, daß die Fotografen zur Stelle waren.

Kriminalkommissar Pärsson kam auf Martin Beck und Skacke zu.

«Das ist schnell gegangen», begrüßte er sie. «Wollt ihr zuerst das Badezimmer sehen?»

Der Mann in der Badewanne war kein erhebender Anblick, und weder Martin Beck noch Skacke blieben länger als notwendig in dem Raum.

«Der Arzt ist gerade hiergewesen und hat gesagt, daß der Mann seit mindestens 8 und höchstens 15 Stunden tot ist. Der Schlag war sofort tödlich, und er glaubt, daß die Waffe ein Eisenspeer oder ein Brecheisen oder etwas Ähnliches gewesen sein kann.»

«Wer ist das?» fragte Martin Beck und nickte zur Badewanne hin.

Pärsson seufzte. «Leider jemand, der ein gefundenes Fressen für die Abendzeitungen darstellt. Filmproduzent Walter Petrus.»

«Verdammt», sagte Martin Beck nur.

«Oder Filmdirektor Valter Petrus Pettersson, wie es in seinen Papieren steht. Kleidungsstücke, Brieftasche und Aktenmappe lagen im Schlafzimmer.»

«Ich habe ihn in *Hänt i Veckan* gesehen», bemerkte Skacke. «Mit einem Haufen hübscher Weiber um sich herum.»

«Ich habe noch nie von einem Film gehört, den er gemacht haben soll», ergänzte Pärsson. «Aber er war ja wohl bekannt.»

Die Männer, die den Toten abholen sollten, standen ungeduldig da und warteten darauf, daß sie hereinkommen durften, deshalb gingen Martin Beck, Skacke und Pärsson ins Wohnzimmer, um nicht im Wege zu stehen.

«Wo ist die Dame, die hier wohnt?» fragte Martin Beck. «Und wer ist sie? Sag bloß nicht, daß sie ein Filmstar ist!»

«Nein, Gott sei Dank. Sie ist oben im ersten Stock. Wir haben einen Mann da, der gerade mit ihr spricht. Sie heißt Maud Lundin, ist 42 Jahre alt und arbeitet in einem Schönheitssalon auf Sveavägen.»

«Wie hat sie es aufgenommen?» wollte Skacke wissen. «Hat sie einen Schock?»

«Na ja. Sie scheint eher erschüttert zu sein. Ich glaube, jetzt hat sie sich beruhigt. Sie kann heute nacht ja nicht hier schlafen, aber sie sagt, daß sie eine Freundin in der Stadt hat, bei der sie bleiben kann, bis wir hier fertig sind.»

«Habt ihr schon Zeit gehabt, mit den Nachbarn zu reden?» erkundigte sich Martin Beck.

«Wir haben nur mit den unmittelbaren Nachbarn gesprochen und den Leuten von gegenüber. Keiner von ihnen hat etwas Ungewöhnliches gesehen oder gehört, sagen sie. Aber wir werden morgen in den anderen Häusern der Straße weitermachen. Vielleicht nehmen wir uns ganz Rotebro vor. Die Leute kennen sich hier untereinander, die Kinder gehen in dieselbe Schule, man kauft in denselben Geschäften ein, und die, die kein Auto haben, fahren mit demselben Bus oder Zug.»

«Aber dieser Walter Petrus, wohnt der auch hier?» fragte Benny Skacke.

«Nein, der nicht. Er kommt manchmal in der Woche und übernachtet bei Frau Lundin. Er selbst wohnt mit Frau und drei Kindern in einer Villa in Djursholm.»

«Ist die Familie unterrichtet?» wollte Martin Beck wissen.

«Ja», antwortete Pärsson. «Wir hatten Glück, denn in der Aktentasche fanden wir ein Rezept, von einem Privatarzt ausgestellt. Den haben wir angerufen, und es stellte sich heraus, daß er eine Art Hausarzt war und die Familie gut kannte. Er erbot sich, der Familie die traurige Nachricht zu überbringen und sich um sie zu kümmern.»

«Gut. Mit denen müssen wir auch morgen sprechen. Es ist spät geworden heute, bleibt uns also nur, zu versuchen, hier im Hause fertig zu werden.»

Pärsson blickte auf die Uhr.

«Halb zehn. So sehr spät ist es noch gar nicht. Aber du hast recht. Außerdem sollten wir die Familie vielleicht eine Weile in Ruhe lassen.»

Pärsson war ein großer, hagerer Mann mit weißem Haar und so dichten Sommersprossen, daß er ständig wie braungebrannt aussah. Mit der dünnrückigen, gebogenen Nase, den schmalen Lippen und sparsamen, wohl abgewogenen Gesten, machte er einen vornehmen Eindruck.

«Ich möchte gern ein paar Worte mit Maud Lundin sprechen», bat Martin Beck. «Du sagtest, daß du einen Mann da oben bei ihr hast. Macht es was aus, wenn ich hinaufgehe?»

«Nein, keineswegs. Übrigens bist du der Boss, kannst also machen, was du willst.»

Von draußen hörte man Stimmen und Tumult, und Pärsson ging in die Küche und blickte aus dem Fenster.

«Diese verdammten Zeitungsschnüffler», sagte er wütend. «Die sind wie die Geier. Ist wohl am besten, wenn ich hinausgehe und mit ihnen rede.»

Er ging in gerader Haltung und mit strenger Miene auf die Haustür zu.

«Du kannst dich ein wenig umsehen», sagte Martin Beck zu Skacke.

Skacke nickte, ging auf das Bücherregal zu und begann die Titel zu studieren.

Martin Beck stieg die Treppe hinauf, die in einen großen quadratischen mit weißem Teppichboden ausgelegten Raum führte. Die Möblierung bestand aus acht protzigen hellen Ledersesseln, die in einem Kreis um einen riesigen Tisch mit Glasplatte standen. An der Wand befand sich eine aufwendige und sicher sehr teure Stereoanlage, und auf an den Wänden befestigten Eckregalen standen vier weißlackierte Lautsprecher. Der Raum reichte bis in die Spitze des Daches hinein, und von den großen Fenstern auf der Rückseite des Hauses hatte man einen herrlichen Blick auf den Wald hinter dem weitgestreckten grünen Feld.

In dem Zimmer gab es nur eine Tür, und die war geschlossen. Martin Beck hörte murmelnde Stimmen dahinter, klopfte an und öffnete die Tür.

Auf einem großen Doppelbett mit einer weißen Plüschtagesdecke darüber saßen zwei Frauen. Sie hörten auf zu sprechen und sahen ihn an, wie er da in der Türöffnung stand.

Die eine Frau, kräftig gebaut, war wesentlich größer als die andere. Sie hatte ausgeprägte Gesichtszüge, dunkle Augen und in der Mitte gescheiteltes schwarzes Haar, das lang und glatt bis auf den Rücken hing.

Die andere Frau war schlank und ein wenig kantig, hatte lebendige braune Augen und kurzgeschnittene dunkle Haare.

«Martin», begrüßte sie ihn. «Nanu, ich wußte nicht, daß du hier bist.»

Martin Beck war überrascht und wartete ein wenig mit seiner Antwort.

«Hej, Åsa. Ich hatte keine Ahnung, daß du hier bist. Pärsson sagte, daß er einen Mann hier oben hätte.»

«Ach was. Der bezeichnet alle als seine Männer, auch wenn es Frauen sind.»

Sie wandte sich wieder an die andere Frau.

«Maud. Das ist Kommissar Beck. Er ist Chef der Riksmordkommission.»

Die Frau nickte Martin Beck zu, der nickte zurück. Er hatte sich nach dem plötzlichen Wiedersehen mit Åsa Torell noch nicht wieder gefaßt. Fünf Jahre vorher war er beinahe verliebt in sie gewesen.

Er hatte sie vor mehr als 8 Jahren kennengelernt, als ihr Verlobter, Åke Stenström, der sein jüngster Mitarbeiter war, zusammen mit 8 anderen Menschen in einem Bus erschossen worden war. Åsa hatte lange um Åke getrauert und sich mit der Zeit entschlossen, Polizeibeamtin zu werden. Jetzt war sie Kriminalassistentin bei Pärsson in Märsta.

In einer Sommernacht in Malmö vor 5 Jahren hatten Martin Beck und Åsa miteinander geschlafen. Das war eine schöne Nacht gewesen, aber sie war nie wiederholt worden. Jetzt freute er sich deswegen. Åsa war hübsch, und sie verstanden sich gut und hatten ein kameradschaftliches Verhältnis zueinander, wenn sie sich im Dienst zufällig trafen, aber nachdem er Rhea kennengelernt hatte, war es für ihn unmöglich, sexuelle Gefühle einer anderen Frau gegenüber zu empfinden. Åsa war immer noch nicht verheiratet, schien völlig in ihrem Dienst aufzugehen und war eine sehr tüchtige Polizeibeamtin geworden.

Martin Beck schüttelte sich, wenn er an seine Gefühle für Åsa dachte und daran, daß er damals sogar überlegt hatte, ob er sie heiraten sollte. Er konnte sich jetzt nichts Schlimmeres vorstellen, als mit einer Kollegin verheiratet zu sein und niemals vergessen zu dürfen, daß er bei der Polizei war.

«Ich nehme an, daß du mit Maud sprechen willst?» sagte Åsa. «Wir haben uns schon eine Weile unterhalten. Wenn du möchtest, gehe ich.»

«Geh du mal runter zu Pärsson. Er braucht dich sicher da unten.»

Åsa nickte fröhlich und ging.

Da Martin Beck wußte, wie tüchtig Åsa war und wie schnell sie Kontakt zu den Menschen fand, die sie verhörte, hatte er vor, nur ein kurzes Gespräch mit Maud Lundin zu führen.

«Sie sind bestimmt müde und erschöpft, nach alledem, was geschehen ist», begann er. «Ich will Sie auch nicht lange aufhalten, ich hätte nur gern etwas über Ihr Verhältnis zu Direktor Petrus gewußt. Wie lange kannten Sie sich?»

Maud Lundin strich sich das Haar hinter die Ohren und sah ihn mit festem Blick an.

«Drei Jahre», antwortete sie. «Wir haben uns bei einer Veranstaltung getroffen, und er hat mich danach einige Male zum Mittagessen eingeladen. Das war im Frühjahr. Im Sommer wollte er mit einem Filmprojekt anfangen und stellte mich als Kosmetikerin ein. Danach haben wir uns immer wieder getroffen.»

«Aber Sie haben jetzt nicht mehr für ihn gearbeitet. Wie lange waren Sie bei ihm angestellt?»

«Ich habe nur für den einen Film gearbeitet. Dann hat es etwas gedauert, bis er mit der nächsten Produktion anfing, und unterdessen fand ich einen guten Arbeitsplatz in einem Salon.»

«Was war das für ein Film, für den Sie eingestellt wurden?»

«Einer, der ausschließlich für den Export gedreht wurde. Er ist in Schweden nie gelaufen.»

«Wie hieß er denn?»

«*Love in the Midnight Sun.*»

«Wie oft haben Sie und Direktor Petrus sich getroffen?»

«Ungefähr einmal in der Woche. Manchmal zweimal. Meistens kam er her, aber wir sind auch zusammen ausgegangen, zum Essen und zum Tanzen.»

«Wußte seine Frau etwas von diesem Verhältnis?»

«Ja. Aber ihr war das egal, solange er sich nicht scheiden ließ.»

«Hat er so etwas geplant?»

«Manchmal. Früher. Aber ich glaube, daß er zum Schluß der Ansicht war, daß es gut war, so wie es war.»

«Und Sie? Waren Sie auch der Ansicht, daß es so am besten war?»

«Ich hätte wohl nicht nein gesagt, wenn er mich gebeten hätte, seine Frau zu werden. Aber im großen und ganzen fand ich auch, daß es so am besten war. Er war nett und großzügig.»

«Haben Sie eine Ahnung, wer ihn getötet haben kann?»

Maud Lundin schüttelte den Kopf.

«Nicht die geringste Ahnung. Das Ganze ist völlig absurd. Ich kann gar nicht fassen, daß das passiert ist.»

Sie saß eine Weile still da, und er blickte sie an. Sie schien auf eigentümliche Art abwesend zu sein.

«Liegt er noch da unten?» fragte sie.

«Nein, nicht mehr.»

«Kann ich über Nacht hier bleiben?»

«Nein. Wir sind noch nicht mit den Untersuchungen fertig.»

Sie sah ihn aus ihren dunklen Augen an und zuckte die Achseln.

«Das macht nichts, ich kann in der Stadt schlafen.»

«Wie wirkte er, als Sie ihn heute morgen verlassen haben?»

«Wie üblich. Es war nichts Besonderes. Ich gehe normalerweise vor ihm, er mag morgens nicht hetzen. Manchmal sind wir zusammen in die

Stadt gefahren, er nahm immer ein Taxi, wenn er hier war, aber ich fahre mit dem Rad zum Bahnhof und dann mit dem Zug weiter.»

«Warum denn ein Taxi? Er hatte doch sicher ein Auto?»

«Er hatte keine Lust, selbst zu fahren. Er hat einen Bentley, den er manchmal fährt, aber meistens läßt er sich von anderen Leuten chauffieren.»

«Welchen anderen?»

«Seiner Frau oder jemandem aus dem Büro. Manchmal von einem Mann, der seinen Garten pflegt.»

«Wie viele Angestellte hat er in seinem Büro?»

«Nur drei. Einen Mann, der das Kaufmännische regelt, eine Sekretärin und einen, der sich um die Verträge und Verkäufe und so kümmert. Dann stellt er, wenn er eine Produktion laufen hat, nach Bedarf weitere Leute ein.»

«Was sind das für Filme, die er produzierte?»

Sie antwortete nicht gleich. Dann blickte sie auf und sagte zögernd:

«Ich weiß nicht recht, wie ich die beschreiben soll. Wenn man ehrlich sein will, so waren es pornographische Filme. Aber sehr künstlerisch. Er drehte einmal einen ambitiösen Film mit guten Schauspielern und so. Nach einem berühmten Roman, der sogar, soviel ich weiß, auf einem Festival ausgezeichnet wurde. Aber daran hat er kaum Geld verdient.»

«Aber mit den anderen Filmen hat er gut verdient?»

«Sehr gut. Dieses Haus hat er für mich gekauft. Und Sie müßten sein Haus in Djursholm sehen. Die reinste Luxusvilla, mit Park und Swimmingpool und allem Drum und Dran.»

Martin Beck begann zu verstehen, zu welcher Sorte Mensch Walter Petrus gehört hatte, aber er war sich über die Frau neben sich noch nicht ganz im klaren.

«Liebten Sie ihn?» fragte er.

Maud Lundin blickte ihn amüsiert an und antwortete: «Um ehrlich zu sein, nein. Aber er war nett zu mir. Verwöhnte mich und mischte sich nicht in die Dinge ein, die ich tat, wenn wir nicht zusammen waren.»

Sie schwieg einen Moment und fuhr dann fort:

«Er sah nicht besonders gut aus. Und war kein guter Liebhaber. Hatte Schwierigkeiten mit der Potenz, wenn Sie wissen, was ich meine. Ich war acht Jahre mit einem Mann verheiratet, der wirklich ein Mann war. Er ist vor fünf Jahren bei einem Verkehrsunfall umgekommen.»

«Sie hatten demnach auch andere Männer außer Petrus?»

«Ja. Hin und wieder. Wenn ich einen traf, der mir gefiel.»

«Und er wurde niemals eifersüchtig?»

«Nein, aber er wollte, daß ich ihm erzählte, wie es mit den anderen gewesen war. In allen Einzelheiten. Das mochte er. Häufig habe ich was hinzugedichtet, um ihn zufriedenzustellen.»

Martin Beck blickte zu Maud Lunden. Sie saß kerzengerade da und sah ihm in die Augen.

«Könnte man sagen, daß Sie eigentlich nur des Geldes wegen mit ihm zusammen waren?» erkundigte er sich.

«Ja», gab sie zu. «Das könnte man sagen. Aber ich fühle mich deswegen nicht als Hure, obwohl Sie das vielleicht so bezeichnen würden. Ich brauche eine Menge Geld. Ich finde die Sachen gut, die man dafür kaufen kann. Und es ist nicht leicht für eine Frau von 40 Jahren, die keine besondere Ausbildung hat, sich Geld anders zu beschaffen als durch einen Mann. Wenn ich eine Hure bin, so sind es die meisten verheirateten Frauen ebenfalls.»

Martin Beck stand auf und verabschiedete sich:

«Vielen Dank für das Gespräch und für Ihre Aufrichtigkeit.»

«Dafür brauchen Sie sich nicht zu bedanken. Ich bin immer aufrichtig. Darf ich jetzt zu meiner Freundin fahren? Ich bin müde.»

«Natürlich. Sagen Sie vorher nur Kommissar Pärsson Bescheid, wo wir Sie erreichen können.»

Maud Lundin stand auf und griff nach einem kleinen Lederkoffer, der am Fußende des Bettes stand.

Martin Beck blickte ihr nach, als sie das Zimmer verließ. Ihr Gang war aufrecht, und sie schien ruhig und gefaßt zu sein. Sie hatte eine gute Figur, schlank und kräftig, und sie war einen Kopf größer, als es der kleine fette Filmdirektor gewesen sein mußte.

Er überlegte, was sie über das Geld gesagt hatte und was man dafür bekommen konnte. Walter Petrus hatte für sein Geld keine schlechte Frau bekommen.

6

Nach dem endgültigen Bericht der Ärzte, hatte der Tod Walter Petrus zwischen 6 und 9 Uhr morgens ereilt. Es gab keinen Grund, an Maud Lundins Behauptung zu zweifeln, derzufolge er noch am Leben gewesen war, als sie das Haus etwa um halb sieben verließ. Weder Åsa Torell noch Martin Beck glaubten, daß sie mit dem Mord etwas zu tun hatte.

Die Tatsache, daß die Haustür nicht verschlossen gewesen war, hatte es dem Mörder sicher erleichtert, in das Haus einzudringen und Petrus zu überrumpeln, als dieser unter der Dusche stand. Ein Rätsel war jedoch, wie er es geschafft hatte, unbemerkt das Haus zu erreichen. Entweder war er mit dem Auto gekommen, was die nächstliegende Lösung zu sein schien, oder mit dem Zug, jedenfalls war es eigenartig, daß er niemandem aus der Nachbarschaft aufgefallen war.

In einem kleinen Ort, wo jeder jeden kennt oder zumindest seine nächsten Nachbarn und deren Autos, sind die Chancen, gesehen zu werden, gerade während der Zeit zwischen halb sieben und neun Uhr morgens am größten. Da waren alle auf und beschäftigt, die Männer auf dem Wege zur Arbeit, die Kinder gingen in die Schule, und die Hausfrauen hatten mit dem Saubermachen begonnen oder arbeiteten im Garten.

Mehrere Tage lang gingen die Polizisten von Tür zu Tür, und als praktisch jeder Einwohner in dem betreffenden Teil von Rotebro befragt worden war, konnte man nur bedauernd feststellen, daß niemand etwas oder jemanden gesehen hatte, das oder der mit dem Mord in Verbindung gebracht werden konnte. Pärsson und seine Leute, das heißt hauptsächlich Åsa Torell, arbeiteten auch nach einer Theorie, derzufolge der Mörder in der Nachbarschaft wohnte. Aber sie hatten noch niemanden gefunden, der Petrus kannte oder ein Motiv für den Mord an ihm hatte.

Martin Beck und Skacke bemühten sich, Walter Petrus' Privatleben, sein Betätigungsfeld als Produzent und die wirtschaftlichen Verhältnisse zu durchleuchten.

Besonders beim letzten Punkt hatten sie es nicht leicht. Petrus schien Steuern in großem Umfang hinterzogen zu haben, seine Produkte verkaufte er im Ausland, und man konnte davon ausgehen, daß er dicke Konten auf Schweizer Banken hatte. Es war auch nicht daran zu zweifeln, daß er bei seiner Buchführung und seinen Steuererklärungen gemogelt und daß er tüchtige Juristen zu Rate gezogen hatte. All dies waren Dinge, von denen Martin Beck nicht viel verstand, und er überließ es gerne den Experten auf diesem Gebiet, Klarheit in die Angelegenheit zu bringen.

Die AB Petrus Film war in einem älteren Gebäude in Nybrogatan untergebracht. Die frühere Etagenwohnung war geschmackvoll renoviert worden und bestand aus sechs Zimmern und einer Küche. Die drei Angestellten hatten jeder ein Arbeitszimmer, und ihre modernen Büromöbel paßten überhaupt nicht in diese Umgebung mit Kachelöfen, Eichenpaneelen und Stuckdecken. Walter Petrus selbst hatte hinter einem enormen Schreibtisch aus Jakaranda residiert, in einem großen, schönen Eckzimmer mit hohen Fenstern. Außerdem gab es einen Vorführraum mit Platz für zehn Zuschauer und ein Zimmer, das offenbar als Archiv und Lager benutzt wurde.

Martin Beck und Skacke verbrachten zwei Vormittagsstunden im Vorführraum, um sich eine Meinung über die Erzeugnisse bilden zu können, die Walter Petrus' produktive Filmgesellschaft hervorgebracht hatte. Sie sahen einen Film von Anfang zu Ende und Ausschnitte aus sieben anderen Filmen, einer immer kläglicher als der andere.

Skacke drehte und wendete sich zu Beginn geniert in seinem Sessel, aber nach einer Weile begann er zu gähnen. Die Filme waren durchweg von sehr schlechter technischer Qualität, und sie, wie Maud Lundin es getan hatte, künstlerisch zu nennen war nicht nur stark übertrieben, sondern ganz einfach gelogen. In diesem Punkt war sie nicht aufrichtig gewesen, überlegte Martin Beck, es sei denn, sie ließ es an Urteilsvermögen überhaupt fehlen.

Die Schauspieler, wenn man die Gruppe offenbarer Amateure, die sich auf der Leinwand bewegten, überhaupt so nennen durfte, traten vorwiegend nackt auf. Das Kleiderkonto konnte keinen großen Posten im Budget des Filmes ausgemacht haben. Sofern jemand Kleidungsstücke anhatte, geschah das nur in der Absicht, sich ihrer so schnell wie möglich zu entledigen.

Drei Teenager kamen abwechselnd und manchmal gleichzeitig in sämtlichen Filmen vor. Eine von ihnen schien peinlich berührt zu sein, genierte sich und blickte hin und wieder unsicher in die Kamera, während sie auf ein deutliches Kommando von jemandem, der hinter der Kamera stand, mit der Zunge spielte, die Augen rollte und mit dem Körper bauchtanzartige Bewegungen vollführte. Die jungen Männer waren schön gewachsen und mit Ausnahme eines Negers alle blond. Die Requisiten waren spärlich, und die Aktivitäten spielten sich in der Hauptsache auf der gleichen alten Couch ab, bei der lediglich zwischendurch der Überzug ausgewechselt wurde.

Nur einer der Filme schien eine Art Handlung oder Story, wie es in der Fachsprache heißt, zu haben. Es war der bereits von Maud Lundin erwähnte *Love in the Midnight Sun*.

Er war offenbar in Stockholms Schärengarten gedreht worden und begann damit, daß die Hauptperson, ein Mädchen von 15 Jahren, hinaus auf eine Insel ruderte, um dort die Mittsommernacht nach alter schwedischer Sitte zu feiern. Im Boot führte sie einen Korb mit einer Flasche Schnaps, Schnapsgläser, Teller, Silberbesteck, ein weißes Leinentuch, einen Kopf Salat und einen Laib Brot mit sich. Nachdem sie den Korb und eine Flugangel an Land getragen hatte, zog sie sich sofort aus, langsam und mit eigenartig gespreizten Bewegungen, offenem Mund und halb geschlossenen Augen. Danach stellte sie sich breitbeinig auf dem Felsen am Ufer hin und begann mit dem Schaft der Angel zu onanieren. Nachdem sie den Kopf mehrere Male verzückt nach hinten geworfen und einige stöhnende Laute ausgestoßen hatte, warf sie schnell die Angel aus und zog unmittelbar darauf einen riesigen toten Lachs aus dem Wasser. Glücklich über den Fang, tanzte sie eine Weile auf der Felsenplatte umher, spreizte die Beine, wiegte sich in den Hüften und ließ die Brüste hüpfen. Schnell stapelte sie einen hohen Scheiterhaufen aus Treibholz auf, das zufällig in passender Menge am Strand lag, und zog den Fisch über das Feuer. Dann breitete sie das Tuch aus und goß Schnaps in das Kelchglas, das eine Art großes Champagnerglas war, und in dem Moment, als sie das Glas zum erstenmal leergetrunken hatte, tauchte aus dem Meer ein blonder, nackter Jüngling auf. Sie lud ihn ein, an ihrer Mahlzeit teilzunehmen, und zwischen den Schnäpsen, die beide aus dem gleichen Glas tranken, aßen sie von dem Lachs, der jetzt geräuchert und in feine Scheiben geschnitten war und so aussah, als sei er in der Markthalle von Östermalm gekauft worden. Es war Nacht geworden, obwohl die Sonne hoch am Himmel stand, und das junge Paar führte eine Art rituellen Tanz um das rauchende Feuer vor. Dann wanderten sie Hand in Hand ins Innere der Insel, auf eine grüne Wiese, fanden einen passenden Heuschober und trieben es dort 15 Minuten lang in etwa 20 verschiedenen Positionen. In der Schlußszene wanderten die beiden jungen Leute hinaus in das in der Sonne glitzernde Meer. The End.

«Herr des Himmels», stöhnte Skacke. «Überleg mal, mit so was kann man Millionen verdienen. Was meinst du, was hat es Petrus gekostet, diesen Quatsch zu produzieren?»

«Im großen und ganzen sicher nicht viel mehr als das, was er für das Filmmaterial, das Entwickeln und das Kopieren bezahlt hat», antwortete Martin Beck. «Er brauchte kein Atelier, kaum Requisiten, und die Regie, wenn man überhaupt davon sprechen kann, führte er sicher selbst. Den Fotografen mußte er wahrscheinlich bezahlen und einen kleinen Betrag an die sogenannten Schauspieler.»

«Lachs ist natürlich teuer. Sie hätte ja statt dessen auch eine Wurst grillen können.»

Der Verkaufschef der AB Petrus Film schlug vor, ihnen noch einen ähnlich erfolgreichen Film zu zeigen, zum Beispiel *Lust and Love in Sweden* oder *3 Nights with Swedish Eva*, aber Martin Beck und Skacke hatten genug gesehen und lehnten dankend ab. Sie erfuhren noch, daß *Love in the Midnight Sun*, einer der größten Erfolge der Gesellschaft, in nicht weniger als acht Länder verkauft worden war.

Das Mädchen, das die Hauptrolle gespielt hatte, hielt sich jetzt in einem dieser Länder auf, er wußte nicht mehr in welchem, vielleicht Italien, um an ihrer Karriere weiterzuarbeiten. Für eines der anderen Mädchen hatte Direktor Petrus einen Vertrag mit einer deutschen Gesellschaft ausgehandelt. Die jungen Dinger waren also über den Tausender hinaus, den sie für eine Hauptrolle in einem Film üblicherweise bekamen, reich belohnt worden, meinte der Verkaufsleiter.

Martin Beck überließ es Skacke, in der schmutzigen Wäsche der Petrus Film weiterzufahnden und entschied, daß es jetzt an der Zeit sei, die nächsten Angehörigen aufzusuchen. Er hatte bereits am Freitag in der Villa in Djursholm angerufen, konnte jedoch nur mit dem Arzt der Familie sprechen, der in kurzem und gebieterischem Ton erklärte, daß Fru Petrus nicht imstande sei, Besucher zu empfangen, am allerwenigsten von der Polizei. Der Arzt ließ durchblicken, daß er es nachgerade rücksichtlos fand, die arme Witwe nicht in Frieden zu lassen, wenigstens über das Wochenende.

Jetzt war das Wochenende vorüber, es war Montag, der 10. Juni, und als Martin Beck auf Nybrogatan hinaustrat, schien die Sonne. Die Sommerferien sollten anfangen, die Urlaubszeit rückte näher, und auf den Bürgersteigen drängten sich mehr oder weniger gehetzte Menschen.

Martin Beck ging die Straße hinunter zu Östermalmstorg, und als er zum neuen Wachlokal des 7. Reviers kam, trat er durch die Tür und stieg die Treppe hinauf, um zu telefonieren.

Eine Frau meldete sich in Petrus' Villa. Sie bat ihn, zu warten, kam nach einer ganzen Weile wieder und teilte mit, daß Fru Petrus bereit sei, ihn zu empfangen, vorausgesetzt, daß er sich kurz fassen würde. Er versprach, nicht lange zu bleiben.

Dann telefonierte er nach einem Taxi.

Die Villa in Djursholm war von einem großen parkartigen Garten umgeben, und die Auffahrt zum Haus war von hohen Pappeln eingefaßt. Zwei große Eisentore standen zum Weg hin offen, und der Taxichauffeur fragte, ob er hineinfahren sollte, aber Martin Beck bat ihn, draußen vor dem Tor zu halten, bezahlte und stieg aus.

Während Martin Beck durch die Allee ging, besah er sich genau das Haus und die Umgebung. Die Hecke zum Weg hin war dicht, mannshoch und exakt und kunstvoll geschnitten. An der Innenseite der Hecke teilte sich die Auffahrt und führte nach rechts auf eine große Garage zu. Der riesige Garten schien sehr gut gepflegt zu sein, die Rasenflächen waren an den Kanten, wo schmale Kieswege sich zwischen beschnittenen Büschen und Staudenbeeten hinschlängelten, sorgfältig abgestochen, und der Höhe der Pappeln und dem Alter der Obstbäume nach zu urteilen, mußte er bereits vor langer Zeit angelegt worden sein.

In so einer Umgebung konnte man ein Haus aus der Zeit der Jahrhundertwende erwarten, von denen es in dieser vornehmen Gegend viele gab. Aber das Haus, dem Martin Beck sich auf dem frisch geharkten Kiesweg näherte, war eine moderne architektonische Schöpfung in zwei Etagen mit flachem Dach und riesigen Fenstern.

Eine Frau in mittleren Jahren in schwarzem Kleid und weißer Schürze öffnete die Tür, noch bevor er den Klingelknopf berührt hatte. Sie ging ihm schweigend in eine große Halle voraus, vorbei an einer breiten Treppe, die ins Obergeschoß führte, durch zwei weitere Räume und blieb in einer breiten gewölbten Öffnung stehen, die in ein sonnenüberflutetes Zimmer führte, dessen eine Wand ganz aus Glas bestand.

Der Fußboden aus hellen kunststoffbeschichteten Fichtenbrettern lag eine Stufe tiefer, was Martin Beck nicht gleich bemerkte, so daß er in den Raum hineinstolperte, in dem Walter Petrus' Witwe ihn in einem Deckstuhl liegend, der in der Ecke drüben an der Glaswand stand, erwartete. Auf der Terrasse davor standen mehrere ebensolche Stühle aufgereiht wie auf dem Sonnendeck eines Passagierdampfers.

«Hoppla», sagte sie und winkte der schwarzgekleideten Frau mit einer Handbewegung, mit der man sonst Fliegen verscheucht.

Als die Frau sich umgedreht hatte und weggehen wollte, änderte Fru Petrus ihre Absicht und rief:

«Nein, warten Sie einen Moment, Fru Pettersson.»

Sie blickte zu Martin Beck und fragte:

«Etwas zu trinken, Herr Kommissar? Kaffee, Tee, Bier oder vielleicht einen Drink? Ich selbst möchte ein Glas Sherry haben.»

«Danke», sagte Martin Beck. «Ich nehme gern ein Bier.»

«Ein Bier und ein großes Glas Sherry», sagte sie im Befehlston. «Und bringen Sie einige der holländischen Käsehappen mit, Fru Pettersson.»

Martin Beck dachte an den Umstand, daß die Witwe von Valter Petrus Pettersson eigentlich den gleichen Nachnamen hatte wie ihr Dienstmädchen, oder wie man die glücklicherweise immer seltener werdende Berufsgruppe auch immer bezeichnen wollte. Sie waren vermutlich auch etwa gleichaltrig.

Er hatte sich einige Daten über sie besorgt und wußte unter anderem, daß sie auch vor ihrer Heirat Pettersson geheißen hatte. Kristina Elvira mit Vornamen, obwohl sie sich jetzt Chris nannte, daß sie 57 Jahre alt war und seit 28 Jahren mit Petrus verheiratet gewesen war. In ihrer Jugend hatte sie im Büro gearbeitet, etwas später, bevor sie geheiratet hatten, war sie Sekretärin in der Firma gewesen, die Petrus damals geleitet hatte. Der Filmproduzent Walter Petrus war eine Neuschöpfung jüngeren Datums, lange Jahre hindurch hatte er noch Valter Pettersson geheißen und mit notdürftig hergerichteten schrottreifen Autos gehandelt, eine lukrative, aber kaum sehr ehrenwerte Beschäftigung, die er durch die härteren Gesetze und die verschärften Kontrollen bei den Mitgliedern der Branche aufzugeben gezwungen gewesen war.

Martin Beck stand immer noch mitten im Zimmer und blickte auf die Frau in dem Deckstuhl.

Sie hatte blonde, gefärbte Haare, und ihre Haut war unter der Schminke sonnengebräunt. Bekleidet war sie mit einer schwarzen Shantungbluse über maßgeschneiderten, schwarzen Leinenslacks. Sie war sehr schmal, und ihr Gesicht sah müde und vergrämt aus unter der modernen, leicht gekrausten Frisur.

Er ging auf sie zu, und sie reichte ihm gnädig eine schmale, faltige Hand, während er ihr sein Beileid aussprach und sich entschuldigte, sie leider belästigen zu müssen; Phrasen, die er, wie ihm schien, Hunderte von Malen in ähnlichen Situationen benutzt hatte.

Er wußte nicht richtig, wo er Platz nehmen sollte – der Deckstuhl stand da in der Ecke ganz für sich, aber schließlich stand sie auf und ging auf zwei riesige Ledersofas zu, die mitten im Raum an jeder Seite eines langen Tisches mit Marmorplatte standen. Sie setzte sich in die Ecke des einen Sofas, und Martin Beck nahm in dem anderen ihr gegenüber Platz.

Draußen vor der Glaswand, die mit Schiebetüren versehen war, befand sich eine Terrasse, die mit Steinplatten ausgelegt war und an einen Swimming-pool grenzte. An der anderen Seite des Bassins war ein großer, grasbewachsener Hang, der sich zu einer Reihe von Birken hinneigte, die ungefähr 50 Meter vom Haus entfernt standen. Der Rasen war dicht und gleichmäßig, hier gab es keine Büsche oder Beete wie vor dem Haus. Durch das zarte Grün der Birken schimmerte der blaue Wasserspiegel von Stora Värtan.

«Ja, wir haben eine schöne Aussicht», sagte Fru Petrus, die Martin Becks Blick gefolgt war. «Ist nur schade, daß wir nicht auch das Strandgrundstück haben, sonst hätte ich die Birken fällen lassen, damit man das Wasser besser sieht.»

«Birken sind auch schön», entgegnete Martin Beck.

Fru Pettersson trat ein und stellte ein Tablett auf den Tisch, goß Martin Beck ein Glas Bier ein und stellte ein großes Sherryglas und die Schale mit den Käsehappen vor Fru Petrus' Platz. Dann nahm sie das Tablett wieder auf und verließ das Zimmer, ohne ein Wort zu sagen.

Fru Petrus erhob ihr Glas und nickte Martin Beck zu, bevor sie trank. Dann setzte sie das Glas wieder ab und sagte:

«Wir haben uns immer so wohl gefühlt hier. Als wir das Grundstück vor sechs Jahren kauften, stand ein schrecklich alter, winkliger Kasten darauf, aber den haben wir abreißen lassen und dies Haus statt dessen errichtet. Einer von Walters Bekannten, der Architekt ist, hat es für uns entworfen.»

Martin Beck war davon überzeugt, daß man in dem alten Haus gemütlicher hätte wohnen können. Was er bisher von dem neuen gesehen hatte, wirkte kalt und ungastlich, und die supermoderne und sicher sehr teure Einrichtung schien eher dazu geschaffen, einen guten Eindruck zu machen, als gemütlich und wohnlich zu sein.

«Wird es durch die großen Fenster nicht kalt im Winter», fragte er im Plauderton.

«Aber nein, wir haben Infrarot-Strahler an der Decke und Fußbodenheizung. Auch auf der Terrasse. Außerdem sind wir im Winter selten hier. Dann reisen wir in wärmere Gegenden, nach Griechenland, an die Algarve oder nach Afrika.»

Martin Beck hatte den Eindruck, als ob die Frau vor ihm noch nicht begriffen hatte, daß eine Veränderung in ihrem Leben eingetreten war. Oder vielleicht war diese Umstellung gar nicht so groß? Sie hatte ihren Mann verloren, aber nicht sein Geld.

Vielleicht hatte sie seinen Tod sogar gewünscht. Fast alles kann man für Geld kaufen, auch einen Mord.

«Wie war Ihr Verhältnis zu Ihrem Mann?» fragte er.

Sie schien überrumpelt, so als ob sie sich eingebildet hätte, er sei nur gekommen, um sich mit ihr über das Haus, die schöne Aussicht und Auslandsreisen zu unterhalten. Nach einer Weile antwortete sie:

«Das war sehr gut. Wir sind 28 Jahre lang verheiratet gewesen, und wir haben drei Kinder. Das allein reicht aus, um eine Ehe zusammenzuhalten.»

«Aber das braucht nicht zu bedeuten, daß die Ehe glücklich war. Kann man sagen, daß sie das war?»

«Man gewöhnt sich nach so vielen Jahren aneinander, übersieht die Fehler des anderen und paßt sich an. Glauben Sie selbst denn, daß es richtig glückliche Ehen gibt? Unsere verlief jedenfalls reibungslos, keiner von uns hat je an eine Scheidung gedacht.»

«Waren Sie über die Art der Geschäfte Ihres Mannes informiert?»

«So gut wie gar nicht. Die Filmgesellschaft interessierte mich nicht, und ich habe mich grundsätzlich nicht in die Geschäfte meines Mannes eingemischt.»

«Was hielten Sie von den Filmen, die die Gesellschaft Ihres Mannes produzierte?»

«Die habe ich nie gesehen. Natürlich weiß ich, welche Art Filme das waren, aber ich habe keine Vorurteile und habe mir keine Meinung darüber gebildet. Walle hat hart gearbeitet und sein Bestes getan, um mir und den Kindern ein erträgliches Auskommen zu schaffen.»

Erträglich war eine sehr behutsame Bezeichnung für das Auskommen der Familie Petrus, doch Martin Beck unterließ es, diesen Ausdruck zu kommentieren, und erkundigte sich weiter:

«Die Kinder, ja. Die sind jetzt wohl erwachsen. Wohnen sie noch zu Hause?»

Chris Petrus hob ihr Sherryglas und drehte es zwischen den Fingern. Sie trank und stellte das Glas wieder hin, ehe sie antwortete.

«Sowohl als auch. Unser ältester Sohn ist 26 Jahre alt und Offizier bei der Marine. Er wohnt hier, wenn er in Stockholm ist, aber meistens ist er auf See oder in Karlskrona. Pierre, der 22 Jahre alt und ein wenig künstlerisch begabt ist, möchte auch in der Filmbranche arbeiten, aber die Zeiten sind schwierig, und zur Zeit reist er umher, um Kontakte zu knüpfen und Eindrücke zu sammeln. Aber er hat da oben ein Zimmer und wohnt zu Hause, wenn er nicht im Ausland ist. Ich habe ein Telegramm an seine letzte Adresse in Spanien geschickt, habe aber noch nichts von ihm gehört. Ich weiß also nicht, ob er schon erfahren hat, daß sein Vater tot ist.»

Sie nahm eine Zigarette aus einem Silberkästchen, das auf dem Tisch stand, und steckte sie mit einem Tischfeuerzeug, auch aus Silber und groß und protzig, an.

«Ja, dann haben wir noch Titti. Sie ist erst 19, hat aber schöne Erfolge als Fotomodell. Sie wohnt abwechselnd hier zu Hause oder in einer kleinen Wohnung in Gamla Stan. Leider ist sie gerade nicht da, sonst hätten Sie sie kennengelernt. Sie ist ausgesprochen hübsch.»

«Das glaube ich gern», bestätigte Martin Beck höflich und dachte daran, daß sie dann kaum ihrem Vater ähneln konnte.

«Auch wenn Sie sich nicht für die Geschäfte Ihres Mannes interessierten, so haben Sie doch sicher seine Geschäftsfreunde kennengelernt», fuhr er fort.

Chris Petrus fuhr sich mit der Hand durch ihre krause Frisur.

«Ja, doch, na klar tat ich das. Wir hatten oft alle möglichen Gäste aus der Filmbranche zum Essen hier draußen. Und dann gab es ja die verschiedenen Parties und Veranstaltungen, an denen Walle teilnehmen mußte. Allerdings bin ich in den letzten Jahren nur noch selten mitgegangen.»

«Warum?»

Fru Petrus blickte zum Fenster hinaus.

«Ich hatte keine Lust. Da waren immer so viele Menschen, die ich nicht kannte, und eine Menge junger Leute, mit denen man nicht mehr so vieles gemeinsam hat. Und Walle meinte, daß ich nicht unbedingt mitzukommen brauchte. Ich habe meine eigenen Freunde, mit denen ich mich besser verstehe.»

Walter Petrus hatte mit anderen Worten seine 57jährige Frau nicht mehr zu Festen mitgenommen, auf denen er Teenager traf, mit denen er schäkern konnte auf Grund seines Gewerbes und seines Geldes. Er war 62 Jahre alt, fett, häßlich und impotent gewesen, und sein Ruf als Filmproduzent hatte sich mit der Zeit immer mehr abgenutzt, obwohl er in bestimmten Kreisen immer noch damit protzen konnte, daß er der Mann war, der eine preisgekrönte Produktion geleitet hatte und allgemein bekannt war als ehrgeizig und kunstinteressiert. Aber die Anziehungskraft der Filmwelt ist für viele junge Mädchen so groß, daß sie zu jedem Opfer und jeder Erniedrigung bereit sind, nur um eine Chance zu erhalten, dabeizusein. Walter Petrus hatte sich sicher nicht gescheut, ihre Bereitwilligkeit auszunutzen.

«Ich nehme an, daß Sie Zeit gehabt haben, darüber nachzudenken, wer Ihren Mann getötet haben kann, Fru Petrus?»

«Ich kann mir nichts anderes vorstellen, als daß es die Tat eines Wahnsinnigen sein muß. Es ist fürchterlich, daß dieser immer noch frei herumläuft.»

«Es gäbe keinen in seiner Umgebung, der Grund hätte . . .»

Sie unterbrach ihn, und zum erstenmal während dieses Gesprächs klang ihre Stimme erregt.

«Niemand außer einem Verrückten kann einen Grund für so etwas Schreckliches gehabt haben. Solche Leute zählen nicht zu unseren Bekannten. Und das will ich Ihnen sagen, Herr Kommissar, was die Leute auch immer von meinem Mann hielten, es gab jedenfalls keinen, der so schlecht auf ihn zu sprechen war.»

«Es war nicht meine Absicht, Ihren Mann oder Ihre Bekannten zu kritisieren. Ich wollte nur wissen, ob er sich bedroht fühlte oder ob jemand sich vielleicht von ihm übel behandelt fühlte . . .»

Sie unterbrach ihn wieder.

«Walle hat niemanden schlecht behandelt. Er war freundlich und tat viel für alle seine Angestellten. Die Branche, in der er arbeitete, ist hart und schwer, und da muß man rücksichtslos sein, wenn man nicht selbst untergehen will, das hat er selbst manchmal gesagt. Aber daß er jemandem etwas getan hat, das eine solche Tat rechtfertigt, der Gedanke ist so absurd, daß man ihn gar nicht weiter zu verfolgen braucht.»

Sie leerte ihr Sherryglas und steckte sich eine Zigarette an, und Martin Beck wartete darauf, daß sie sich beruhigte.

Er blickte durch die Glaswand hinaus.

Ein Mann in blauer Arbeitskleidung ging über die Grasfläche.

«Da kommt jemand», sagte Martin Beck.

Fru Petrus drehte sich nach dem Mann um.

«Das ist Hellström, unser Gärtnermeister.»

Der Mann in dem blauen Anzug bog am Schwimmbassin nach rechts ab und verschwand aus ihrem Blickfeld.

«Haben Sie noch mehr Angestellte als Fru Pettersson und den Gärtnermeister?»

«Nein. Fru Pettersson kümmert sich um den Haushalt, und zweimal in der Woche kommt eine extra Putzhilfe. Wenn wir ein Essen geben, mieten wir natürlich Personal. Und Hellström ist nicht nur unser Gärtnermeister, er betreut mehrere Gärten hier in der Nähe. Er wohnt auch nicht mal bei uns, sondern in einem kleinen Haus auf dem Nachbargrundstück.»

«Kümmert er sich auch um den Wagen?»

Sie nickte.

«Die Autos. Walle hat einen Bentley, und ich habe einen kleinen Jaguar. Hellström kümmert sich um beide Autos, und manchmal fuhr er Walle in die Stadt. Walle verabscheute es, selbst Auto zu fahren, daher mußte Hellström auch als Chauffeur einspringen. Es kam ja vor, daß ich gleichzeitig mit Walle in die Stadt mußte, aber am liebsten fahre ich mit meinem eigenen Wagen, und Walle zog den Bentley vor.»

«Ist Ihr Mann niemals selbst gefahren?»

«Selten. Manchmal war er ja dazu gezwungen, aber er tat es höchst ungern.»

Sie fingerte an dem Glas und blickte zur Tür, dann stand sie auf und erklärte:

«Ich will nach Fru Pettersson rufen. Der einzige Fehler an diesem Haus ist, daß es keine Klingelleitung in die Küche gibt.»

Sie ging hinaus, und er hörte, wie sie nach Fru Pettersson rief und sie bat, die Sherrykaraffe hereinzubringen. Dann kam sie zurück und setzte sich aufs Sofa.

Martin Beck wartete mit der nächsten Frage, bis Fru Pettersson die Karaffe auf den Tisch gestellt und sich zurückgezogen hatte. Er trank einen Schluck Bier, das lauwarm und schal zu werden begann.

«Wußten Sie, daß Ihr Mann mit anderen Frauen zusammen war, Fru Petrus?»

Sie antwortete sofort und sah ihm direkt in die Augen.

«Natürlich kannte ich sein Verhältnis zu der Frau, in deren Haus er umgebracht wurde. Sie war etwa zwei Jahre lang seine Geliebte gewesen. Ich glaube nicht, daß er andere Verhältnisse hatte, vielleicht vorübergehend das eine oder andere, aber er war kein junger Mann mehr. Wie ich bereits erwähnte, habe ich keine Vorurteile und ließ Walle sein Leben gestalten, wie er es wollte.»

«Haben Sie Maud Lundin kennengelernt?»

«Nein. Und ich habe auch keine Lust, das jetzt noch zu tun. Walle hatte einen gewissen Hang zu billigen Frauen, und ich nehme an, daß Fru Lundin zu diesem Typ gehört.»

«Haben Sie selbst Verhältnisse mit anderen Männern gehabt?»

Sie sah ihn einen Augenblick an und antwortete dann:

«Ich glaube nicht, daß das etwas mit dem Mord zu tun hat.»

«Doch, das hat es, sonst hätte ich nicht gefragt.»

«Wenn Sie glauben, daß ich einen Liebhaber habe, der Walle aus Eifersucht erschlagen hat, dann kann ich Ihnen sagen, daß Sie falsch liegen. Ich habe zwar seit mehreren Jahren einen Liebhaber, aber er und Walle waren gute Freunde, und mein Mann war mit diesem Verhältnis einverstanden, solange es diskret gehandhabt wurde. Ich denke nicht daran, Ihnen den Namen zu nennen.»

«Das ist vielleicht auch nicht notwendig.»

Chris Petrus strich sich mit dem Handrücken über das Gesicht und schloß die Augen. Die Geste wirkte theatralisch. Er sah, daß sie falsche Wimpern trug.

«Nun muß ich Sie wirklich bitten, mich zufriedenzulassen», bat sie. «Es macht keinen Spaß, hier zu sitzen und mit einem wildfremden Menschen über Walles und mein Privatleben zu sprechen.»

«Tut mir leid, aber meine Aufgabe besteht darin, denjenigen zu finden, der Ihren Mann getötet hat. Daher bin ich gezwungen, einige indiskrete Fragen zu stellen, um mir ein Bild davon machen zu können, was seinen Tod verursacht haben kann.»

«Am Telefon haben Sie versprochen, daß das Gespräch nur kurz ist», beklagte sie sich.

«Ich will Sie jetzt nicht mit weiteren Fragen belästigen. Aber ich bin vielleicht gezwungen, wiederzukommen. Oder einer meiner Kollegen. In diesem Fall bitte ich, anrufen zu dürfen.»

«Ja, ja», sagte Fru Petrus ungeduldig.

Er stand auf, und sie reichte ihm wieder gnädig die Hand, blieb aber sitzen.

Als er durch den Bogen hinausging, diesmal ohne zu stolpern, hörte er das Glucksen in der Karaffe, als sie sich wieder Sherry eingoß.

Fru Pettersson hielt sich offenbar in den oberen Regionen des Hauses auf. Er konnte ihre Schritte und das Surren eines Staubsaugers hören.

Der Gärtnermeister war auch nicht zu sehen, und die Tore der Garagen waren geschlossen.

Als er durch das Gartentor ging, bemerkte er, daß die Pfeiler mit Fotozellen versehen waren, die wahrscheinlich mit einem Signalsystem oben im Haus verbunden waren. So war es zu erklären, daß Fru Pettersson ihn eingelassen hatte, ohne daß er vorher an der Tür geklingelt hatte.

Als er am Nachbargrundstück vorbeikam, sah er durch das Gitterwerk des geschlossenen Tores den Gärtnermeister, der eben noch schräg über den Rasen vor Petrus' Villa gegangen war. Er blieb stehen und überlegte, ob er hineingehen und mit ihm sprechen sollte, aber der Mann, der gebückt dasaß und mit einem Gegenstand beschäftigt war, richtete sich auf und ging mit schnellen Schritten davon. Ein Sprenger begann mit zischendem Geräusch feine Kaskaden wellenförmiger Wasserstrahlen über das saftige Grün zu verteilen.

Martin Beck ging weiter auf dem Weg in Richtung Bahnhof.

Er dachte an Rhea und daran, daß er ihr das Milieu der Familie Petrus und deren Verhältnisse beschreiben würde, wenn sie sich das nächste Mal trafen.

Er wußte genau, wie sie reagieren würde.

7

Am Tag nach Mittsommer kam ein junger Mann auf das Polizeirevier in Märsta und lieferte dem wachhabenden Polizeibeamten einen langen, schmalen, schweren Gegenstand ab, den er in Zeitungspapier eingewickelt hatte.

Seit dem Mord in Rotebro waren 19 Tage vergangen, und die Ermittlungen waren bisher kaum von der Stelle gekommen. Die technische Untersuchung hatte nichts Bemerkenswertes oder Interesseweckendes ergeben, nicht einmal Fingerabdrücke, die nicht von Walter Petrus selbst, Maud Lundin oder ihren Bekannten oder anderen Personen stammten, die legitime Gründe hatten, sich in dem Haus aufzuhalten. Das einzige, was möglicherweise von dem Täter stammen konnte, war eine deutliche Fußspur draußen vor der Gartentür.

Unzählige Verhöre hatten stattgefunden mit Nachbarn, Familienmitgliedern, Angestellten, Freunden und Bekannten, und während der Aktenberg wuchs, wurde auch das Bild von Walter Petrus klarer. Hinter einer jovialen und großzügigen Maske kam ein harter und rücksichtsloser Mann zum Vorschein, völlig ohne Skrupel, wenn es darum ging, eigene Absichten durchzusetzen. Sein gewissenloses Auftreten, besonders wenn es um Geschäfte ging, hatte ihm viele Widersacher geschaffen, aber die Personen seiner Umgebung, von denen man annehmen konnte, daß sie ein ausreichend starkes Motiv für einen Mord hatten, waren für die aktuelle Zeit alle durch ein einwandfreies Alibi abgesichert. Außer seiner Frau und seinen Kindern gab es niemanden, dem sein Tod wirtschaftliche Vorteile gebracht hätte.

Der wachhabende Polizist übergab das Paket Kriminalkommissar Pärsson, der es öffnete, einen Blick auf den Inhalt warf und dann den jungen Mann hereinrufen ließ.

Er zeigte auf die Eisenstange, die in das Zeitungspapier eingewickelt gewesen war, und fragte:

«Was ist das hier, und warum bringen Sie das zu uns?»

«Das ist ein Ding, das ich in Rotebro gefunden habe», antwortete der Bursche. «Ich dachte, daß es vielleicht mit dem Mord an diesem Petrus zu tun haben kann. Ich habe davon in der Zeitung gelesen, und da stand, daß die Mordwaffe am Tatort nicht gefunden wurde. Ich habe einen Freund, der gegenüber von dem Haus, in dem das passiert ist, wohnt, und heute nacht habe ich bei ihm geschlafen. Wir haben natürlich über den Mord gesprochen, und als ich das da heute morgen fand, habe ich gedacht, das könnte die Mordwaffe sein. Ich meinte, ich müßte das jedenfalls der Polizei abliefern.»

Er blickte eifrig auf Pärsson und fuhr unsicher fort:

«Sicherheitshalber, man kann ja nie wissen.»

Pärsson nickte.

Vor einigen Tagen hatte eine Frau mit der Post eine Rohrzange eingeschickt und in dem beigelegten Brief ihren Nachbarn des Mordes beschuldigt. Die Rohrzange hatte sie in der Garage des Nachbarn gefunden, und weil das Werkzeug offensichtlich Blutspuren trage und der Nachbar schon einen Mord begangen habe, sollte die Polizei schnell kommen und ihn einsperren, schrieb die Frau. Pärsson war der Sache sofort nachgegangen. Es zeigte sich, daß die Frau paranoid war, daß sie davon überzeugt war, daß der Nachbar ihre Katze, die seit drei Monaten verschwunden war, erschlagen hätte, und daß das Blut an der Rohrzange roter Lack war.

«Wo haben Sie die gefunden?» fragte Pärsson.

«Eigentlich hat Emil sie gefunden.»

«Emil?»

«Mein Hund. Wir haben einen Spaziergang über das Feld gemacht, und am Waldrand dahinter blieb Emils Leine in einem Busch hängen, und als ich sie losmachen wollte, lag die Stange da.»

Pärsson nickte wieder und sagte freundlich:

«Es war nett von Ihnen, daß Sie hergekommen sind. Könnten Sie, wenn es darauf ankommt, uns den Platz zeigen, wo Sie die Stange gefunden haben?»

«Na klar. Ich habe an der Stelle einen Stock in die Erde gesteckt. Sicherheitshalber.»

«Gut. Sehr klug. Geben Sie uns Ihren Namen und Ihre Telefonnummer, dann lassen wir von uns hören, wenn es sich als notwendig erweisen sollte.»

Eine Stunde später lag das Paket auf Martin Becks Tisch in Södra Polishuset. Er untersuchte die Eisenstange und prüfte die stark vergrößerten Nahaufnahmen der Fraktur auf dem Schädel des Opfers. Dann hob er den Hörer ab und rief das Staatliche Kriminaltechnische Laboratorium in Solna an. Er bat darum, mit Oskar Hjelm, dem Abteilungsleiter des SKL, sprechen zu dürfen.

Hjelms Stimme hörte sich irritiert an, aber das war häufig so.

«Was ist denn nun schon wieder?» fragte er.

«Eine Eisenstange. Möglicherweise die Waffe, mit der Walter Petrus erschlagen wurde. Du hast natürlich viel zu tun, aber ich möchte dich trotzdem bitten, sie dir, so schnell es geht, einmal anzusehen.»

«So schnell es geht», knurrte Hjelm. «Wir sind bis Weihnachten mit Arbeit eingedeckt, und alles soll am liebsten vorgestern fertig sein. Aber schicke sie mal immer her. Das Übliche, oder wollt ihr was Besonderes wissen?»

«Nein, nur das Übliche. Prüfe, ob sie zu der Wunde paßt, und sieh zu, was ihr sonst noch daran finden könnt. Sie hat ne ganze Weile im Freien gelegen. Viel wird sich also nicht mehr daran feststellen lassen, aber versucht es mal, so gut ihr könnt.»

Hjelm hörte sich beleidigt an, als er zur Antwort gab:

«Wir machen alles stets so gut wir können.»

«Ja, ich weiß», bestätigte Martin Beck eilig. «Ich schicke sie dir sofort.»

«Ich rufe an, wenn ich was habe.» Hjelm legte den Hörer auf.

Vier Stunden später, als Martin Beck dabei war, seinen Schreibtisch aufzuräumen, bevor er für diesen Tag Schluß machte, rief Hjelm an.

«Hjelm hier. Ja, also das Ding paßt ausgezeichnet. Ich habe Spuren von Blut und Hirnsubstanz feststellen können und auch die Blutgruppe. Sie kommt hin.»

«Prima, Hjelm. Noch was?»

«Ein bißchen Baumwolle. Zwei verschiedene Sorten. Eine weiß, wahrscheinlich von dem Frotteehandtuch, das benutzt worden ist, um das Blut abzuwischen, die andere marineblau, vielleicht von den Kleidungsstücken.»

«Wunderbar, Oskar.»

«Erde und Rost. Die Stange selbst ist 422 Millimeter lang, 33 im Durchmesser, sie ist achtkantig, aus Schmiedeeisen, und dem Korrosionsgrad nach zu urteilen, ist sie ziemlich lange Wind und Wetter ausgesetzt gewesen. Viele Jahre, vielleicht immer. Sie ist handgeschmiedet und war an beiden Enden festgeschweißt.»

«Was glaubst du? Wozu ist sie verwendet worden?»

«Es scheint ein altes Ding zu sein. Vielleicht 60, 70 Jahre alt. Kann zu einem Zaun oder Gitter oder so was gehört haben.»

«Du bist fest davon überzeugt, daß das die Waffe ist, mit der Petrus erledigt wurde?»

«Ja. Absolut. Leider ist die Oberfläche so genarbt, daß es unmöglich ist, Fingerabdrücke festzustellen.»

«Es wird uns trotzdem weiterhelfen.»

Martin Beck dankte Hjelm, der grunzte und legte den Hörer auf.

Dann rief Martin Beck Pärsson in Märsta an und teilte ihm mit, was er von Hjelm erfahren hatte.

«Da sind wir einen kleinen Schritt weiter», meinte der. «Am besten schicken wir einige Leute los, die das Gebiet genau durchsuchen. Ich glaube zwar nicht, daß sich das nach so langer Zeit noch lohnt, aber trotzdem.»

«Weißt du, wo genau das Eisenstück gelegen hat?»

«Der junge Mann hat die Stelle gekennzeichnet. Ich rufe ihn jetzt an. Willst du mitkommen und es dir ansehen?»

«O. k., sage mir Bescheid, wenn du fährst, dann komme ich.»

Martin Beck fuhr fort, die Akten auf seinem Schreibtsich hin und her zu schieben, und es gelang ihm, schließlich eine gewisse Ordnung herzustellen.

Er lehnte sich im Stuhl zurück und öffnete eine Mappe mit Berichten, die Åsa Torell am Vormittag abgegeben hatte.

Die Mappe enthielt Protokolle über ihre Verhöre mit zwei Mädchen, die Walter Petrus gekannt hatten. Åsa kannte eine davon offenbar aus ihrer Zeit bei der Sittenpolizei.

Was die Mädchen zu erzählen hatten, stimmte im großen und ganzen überein. Ihre Aussagen gereichten Petrus nicht zum Vorteil, und keine von ihnen schien ihm nachzutrauern oder seinen Tod zu beklagen. Bezüglich einer seiner Eigenschaften stimmten die Aussagen auffallend genau überein. Er war ungeheuer geizig gewesen.

Er hatte sie zum Beispiel niemals zu einem Essen oder einem Drink in ein Lokal eingeladen oder ihnen soviel wie ein Paket Zigaretten oder eine Tafel Schokolade geschenkt. Einmal durfte eine von ihnen mit ihm ins Kino gehen, aber sie wies darauf hin, daß er Freikarten gehabt hatte.

In ziemlich regelmäßigen Abständen pflegte er anzurufen und sie in sein Büro zu bitten, immer abends, wenn das Personal gegangen war, und beide Mädchen waren sich darin einig, daß seine Leistungen auf sexuellem Gebiet kläglich waren. Häufig war er völlig impotent, und die gewöhnlich mißlungenen sogenannten Liebesstunden im Büro machten ihn nicht freigiebiger. Das eine oder andere Mal bekamen sie Geld, um mit dem Taxi heimfahren zu können nach langen, ermüdenden und erfolglosen Anstrengungen, ihn sexuell zufriedenzustellen, aber meistens schickte er sie einfach weg, schlechter Laune und unzufrieden.

Einer der Gründe, warum die Mädchen überhaupt mit ihm zu tun haben wollten, war seine Großzügigkeit in bezug auf Alkohol und

Rauschgift. In diesem Punkt war er nicht knauserig. Obwohl er selbst kaum trank und nur hin und wieder eine Marihuanazigarette rauchte, war sein Barschrank immer gut bestückt, und er hatte stets Cannabis oder Marihuana bei sich. Der andere Grund waren seine beharrlichen Versprechungen, ihnen bedeutende Rollen in seinen zukünftigen Filmproduktionen zu verschaffen und die ständigen Vorspiegelungen von Reisen, Cannes-Festivals und einem Leben in Luxus und Glanz.

Eins der Mädchen hatte ein halbes Jahr vorher aufgehört, zu ihm zu gehen, aber das andere hatte ihn noch einige Tage vor seinem Tod besucht.

Sie gab zu, daß sie zu Beginn dumm genug gewesen war, seinen Versprechungen Glauben zu schenken, aber mit der Zeit eingesehen hatte, daß er sie nur ausnutzte. Nach ihrem letzten Treffen hatte sie sich so angeekelt gefühlt, daß sie sich vorgenommen hatte, ihm beim nächsten Anruf einige passende Worte zu sagen und den Hörer aufzulegen. Jetzt konnte sie ihr Vorhaben nicht mehr ausführen.

Der Nachruf, den sie Walter Petrus widmete, ließ nicht auf freundschaftliche Gefühle für ihn schließen. Åsa hatte sie beim Wort genommen und zitiert:

«Schreib auf, daß ich große Lust hätte, Go-go auf seinem Grab zu tanzen, falls sich überhaupt jemand die Mühe gemacht hat, das Aas zu beerdigen.»

Am Protokoll hatte Åsa einen Zettel mit einem handschriftlichen Kommentar befestigt. Martin Beck löste das Stück Papier ab und las:

Martin! Dieses Mädchen ist schwer rauschgiftsüchtig – beim Rauschgiftdezernat nicht bekannt – alle Anzeichen deuten darauf hin, daß sie härtere Sachen als Haschisch nimmt. Streitet ab, daß W. P. ihr etwas anderes gegeben hat, aber ist die Sache nicht wert, untersucht zu werden?

Martin Beck legte den Zettel in eins der Seitenfächer des Schreibtisches, schlug die Mappe mit den Protokollen zu, stand auf und ging ans Fenster, wo er mit den Händen in den Taschen stehenblieb.

Er dachte über Åsas Andeutung nach, daß Walter Petrus in den wachsenden und immer unübersichtlicher werdenden Rauschgifthandel verwickelt gewesen sein konnte. Das war ein Gesichtspunkt, der möglicherweise neue Wege in der Ermittlungsarbeit weisen oder sie noch komplizierter machen konnte.

Es hatte bisher keinen Hinweis darauf gegeben, daß Petrus mit Rauschgift gehandelt hatte, weder in seinen Geschäftsräumen noch in seinem Haus, aber andererseits hatten sie bisher keinen Grund gehabt, ihn dessen zu verdächtigen. Jetzt mußte er das Rauschgiftdezernat einschalten und abwarten, was die Kollegen herausbekamen.

Das Telefon klingelte.

Pärsson in Märsta rief an und teilte mit, daß er den jungen Mann erreicht hatte, der den Fundplatz zeigen konnte, und daß sie dann gleich losfahren wollten.

Martin Beck versprach zu kommen und machte sich auf die Suche nach Skacke, aber der war schon nach Hause gegangen oder dienstlich unterwegs.

Er nahm den Hörer ab, um ein Taxi zu bestellen, besann sich aber eines Besseren und rief statt dessen die Fahrbereitschaft an. Die Fahrt Rotebro und zurück würde an die 100 Kronen kosten, und sein Stapel von Taxiquittungen war in diesem Monat schon erschreckend hoch.

Martin Beck chauffierte sehr ungern, nur im äußersten Notfall setzte er sich selbst hinters Steuer. Jetzt hatte er keine andere Wahl und fuhr mit dem Fahrstuhl hinunter in die Garage, wo ein schwarzer VW für ihn bereitgestellt worden war.

Pärsson wartete am vereinbarten Treffpunkt in Rotebro, und zusammen mit dem jungen Mann und seinem Hund gingen sie über das Feld bis zu den Schlehenbüschen, wo die Eisenstange gelegen hatte.

Das Wetter war schlechter geworden, es war kühl und die Luft feucht. Der Abendhimmel hing niedrig und grau mit regenschweren Wolken über dem Land.

Martin Beck blickte hinüber zu den Häusern am anderen Ende des Feldes.

«Komisch, daß er diesen Weg gewählt hat, auf dem er so leicht hätte gesehen werden können.»

«Er hatte vielleicht ein Auto unten auf Enköpingsvägen stehen», gab Pärsson zu bedenken.

«Na schön, gehen wir davon aus und untersuchen morgen das Terrain von hier aus bis zum Weg.»

«Es kommt Regen auf. Und es sind sowieso schon beinahe drei Wochen vergangen. Unwahrscheinlich, daß etwas dabei rauskommt.»

«Versuchen muß man es.»

Der Hund war zwischen den Bäumen verschwunden, und sein Besitzer rief immer wieder nach ihm.

«Komischer Name für einen Hund», meinte Pärsson.

«Ich kenne auch einen Hund, der Emil heißt», entgegnete Martin Beck. «Sehr feines Tier. Wohnt in Kungstensgatan.»

Er hatte kalte Füße und sehnte sich nach Rhea und seiner Wohnung. Die Schlehenbüsche konnten die Frage nach dem Mörder von Walter Petrus auch nicht beantworten, und es begann dunkel zu werden.

«Wollen wir gehen?» fragte er und begann zu den Autos zurückzugehen.

Er fuhr direkt nach Tulegatan, und während Rhea in der Küche Beefsteaks briet, lag er in der Badewanne und überlegte, wie er die Arbeit des morgigen Tages einteilen sollte.

Das Rauschgiftdezernat mußte informiert und mit dem Fall bekannt gemacht werden.

Gründliche Haussuchungen mußten draußen in der Villa in Djursholm, in den Geschäftsräumen und im Haus von Maud Lundin vorgenommen werden.

Benny Skacke sollte sich darum kümmern, ob Petrus eine geheime Adresse hatte, eine Wohnung oder andere Räume vielleicht auch unter falschem Namen gemietet.

Das Mädchen, mit dem Åsa gesprochen hatte, mußte etwas schärfer angefaßt werden, aber das war Sache des Rauschgiftdezernats.

Er selbst hatte schon mehrere Tage lang überlegt, ob er zu der Villa hinausfahren und mit Fru Petrus und dem Gärtnermeister Hellström sprechen sollte. Aber das hatte Zeit. Morgen mußte er in seinem Büro erreichbar sein.

Åsa konnte mit den Angestellten in Djursholm sprechen.

Er überlegte, womit Åsa beschäftigt war, er hatte sie den ganzen Tag über nicht gesehen.

«Das Essen ist fertig», rief Rhea. «Willst du Bier oder Wein haben?»

«Bier, bitte», rief er zurück.

Er stieg aus der Badewanne und hörte auf, an morgen zu denken.

8

Der Rikspolis-Chef lächelte Gunvald Larsson zu, aber etwas Jungenhaftes oder Charmantes konnte man aus diesem Blecken zweier Reihen scharfer Zähne, mit dem er nur notdürftig seinen Widerwillen gegenüber dem Besucher verbarg, nicht ablesen. Stig Malm war zur Stelle, das heißt, er stand schräg hinter seinem Chef und versuchte so auszusehen, als ob das Ganze ihn vorläufig nichts anginge.

Malm hatte seine Stellung durch sogenanntes geschicktes Karrierebemühen bekommen oder, weniger kompliziert ausgedrückt, durch Arschkriecherei. Er wußte, wie gefährlich es werden konnte, wenn man mit bestimmten höheren Vorgesetzten aneinandergeriet, aber ihm war auch bewußt, daß es schicksalhaft werden konnte, wenn man sich allzu nachdrücklich mit gewissen Untergebenen anlegte. Es konnte der Tag kommen, wo die an die Reihe kamen und plötzlich oben saßen.

Daher beobachtete er die Lage vorerst zurückhaltend.

Der Rikspolis-Chef hob die Handflächen einige Zentimeter von der Tischplatte und ließ sie wieder fallen.

«Tja, Larsson», begann er. «Wir brauchen wohl nicht zu betonen, wie sehr wir uns freuen, daß du dieses Abenteuer glücklich überstanden hast.»

Gunvald Larsson blickte zu Malm, der durchaus nicht erfreut schien.

Als Malm merkte, daß er beobachtet wurde, versuchte er die Schlappe auszuwetzen und sagte mit einem breiten Lächeln:

«Ja, wirklich, Gunvald. Du hast uns tatsächlich einen unruhigen Vormittag bereitet.»

Der Rikspolis-Chef drehte sich um und blickte seinen nächsten Untergebenen eiskalt an.

Malm war offensichtlich über das Ziel hinausgeschossen. Er erstickte sofort das Lächeln und senkte den Blick. Dachte mißmutig: Was man auch tut, immer ist es falsch.

Er hatte wirklich Grund für einen gewissen Menschenhaß. Wenn ihm selbst oder dem Rikspolis-Chef etwas mißglückte und die Abendzeitungen kamen dahinter und brachten es auf den ersten Seiten, so war stets er es, der die Schelte einstecken mußte. Unterlief aber einem seiner Untergebenen ein Fehler, so war es ebenfalls Malm, der in die Schußlinie geriet. Hätte er selbst ein wenig mehr Zivilcourage gehabt, wäre das natürlich anders gewesen, aber so weit dachte Stig Malm nicht.

Jetzt sagte der Rikspolis-Chef, der aus irgendeinem Grund der Ansicht war, daß längere Pausen seine Autorität stärken würden:

«Mir kommt es nur etwas eigenartig vor, daß du noch elf Tage nach dem Attentat dort unten geblieben bist, obwohl du die Rückreise für den darauffolgenden Tag gebucht hattest. Du hättest also am 7. Juni fliegen sollen, bist aber trotzdem nicht vor dem 18. zurück gewesen. Wie erklärst du das?»

Gunvald Larsson hatte zwei Antworten auf diese Frage. Er wählte sofort die, die seiner Veranlagung am meisten entsprach:

«Ich habe mir einen neuen Anzug schneidern lassen.»

«Dauert das elf Tage, um einen Anzug schneidern zu lassen?» fragte der Rikspolis-Chef verblüfft.

«Ja. Wenn man die Arbeit ordentlich ausgeführt haben will. Es geht natürlich auch schneller, aber dann muß man damit rechnen, daß manches nicht so ausfällt, wie es sein soll.»

«Hm.» Der Rikspolis-Chef schien irritiert. «Wir haben bekanntlich den Rechnungshof, und Dinge wie das Nähen von Anzügen können im Budget nur schwer untergebracht werden. Warum konntest du deinen Anzug nicht hier kaufen?»

«Ich kaufe keine Anzüge. Ich lasse sie nähen. Und in ganz Europa gibt es kaum einen Schneider, der das so tut, wie ich es haben will.»

«Aber das mit den Kosten und den Rechnungsprüfern wird schwierig», mischte Malm sich ein.

Er war überzeugt, eine richtige und ungefährliche Bemerkung gemacht zu haben, aber der Rikspolis-Chef schien mit einemmal das Interesse an Gunvald Larssons Garderobe verloren zu haben. Er fuhr fort:

«Du bist ein eigenartiger Mann, Larsson, aber im Laufe der Jahre haben wir den Eindruck gewonnen, daß du ein guter Polizeibeamter bist.»

«Ja», bestätigte Malm, «den Eindruck haben wir.»

«Das habe ich ja schon gesagt», bemerkte der Rikspolis-Chef ungehalten. «Obwohl du ein merkwürdiger Mensch bist.»

«Aufsässig», ergänzte der Bürochef.

Der Rikspolis-Chef wandte sich jetzt an Malm und sagte mit allen Anzeichen beginnender Wut:

«Ich toleriere weder Aufsässigkeit noch Übereifer. Das solltest du inzwischen begriffen haben, Stig.»

Es war offenbar, daß Malm sich in der Schußlinie befand, und jetzt kam es darauf an, so schnell wie möglich da herauszukommen. Er blickte sich nach Auswegen um.

Gunvald Larsson blinzelte ihm zu.

Malm war völlig verblüfft, denn man konnte absolut nicht behaupten, daß die beiden auf gutem Fuß miteinander standen. Ganz im Gegenteil, ihre Zusammenarbeit hatte oft zu schweren Konflikten geführt.

«Wie Stig hier weiß, habe ich die elf Tage lang nicht ausschließlich bei meinem Schneider gesessen», erklärte Gunvald Larsson leichthin.

Tatsächlich hatte Stig Malm nicht die geringste Ahnung, womit sich Gunvald Larsson beschäftigt hatte. Es war typisch für die oberste Leitung der Polizeiverwaltung, daß bis jetzt, also sechs Wochen nach Gunvald Larssons Rückkehr, niemand die Zeit gehabt zu haben schien, mit ihm zu sprechen. Und nun ging es in erster Linie um seine Reiseabrechnung.

Das Interesse des Rikspolis-Chefs war nun allerdings davon abgelenkt, Stig Malm weiter zu schikanieren. Er sagte großmütig:

«Gut, Stig. Gut, daß du dich um unsere Männer kümmerst.» Dann wandte er sich wieder an Gunvald Larsson. «Na, was hast du also getan?»

«Mich in erster Linie um die Bordelle gekümmert. Ich bin immer der Ansicht gewesen, daß wir eine Überprüfung der Bordelle in der ganzen Welt durchführen sollten, als Service für unsere Seeleute und andere Auslandsschweden.»

Gunvald Larsson war ein einziges Mal im Alter von 22 Jahren in einem Bordell gewesen und hatte sofort den Beschluß gefaßt, daß der erste Besuch auch der letzte sein sollte.

Malm wartete darauf, daß der Rikspolis-Chef einen epileptischen Anfall bekommen oder Gunvald Larsson den Briefbeschwerer an den Kopf werfen würde oder etwas Ähnliches. Aber völlig unvermutet brach der hohe Beamte in ein schallendes Gelächter aus, und es dauerte länger als zwei Minuten, bis er sich wieder beruhigt hatte.

«Also, du bist gut, Larsson», keuchte er schließlich. «So habe ich seit, ich weiß es gar nicht mehr, seit wann, nicht mehr gelacht.»

Gunvald Larsson überlegte, daß irgendwer eine Untersuchung über den Sinn für Humor des Rikspolis-Chefs vornehmen müßte. Laut sagte er:

«Na ja, weil ich nun sowieso da war und auf meinen Anzug warten mußte, machte ich mich daran, herauszufinden, was wirklich geschehen war.»

«Wieso denn? Die Polizei am Ort hat eine sehr genaue Untersuchung vorgenommen. Wir haben übrigens alle Angaben erhalten. Die kamen hier an, als du noch da unten warst, die hätten dir also ebensogut die Papiere mitgeben können. Aber du warst ja mit den Bordellen beschäftigt . . .»

Der Rikspolis-Chef lachte wieder laut los.

Malm blickte äußerst verwirrt auf die beiden anderen und strich sich nachdenklich über das lockige Haar.

Gunvald Larsson wartete, bis sich der Rikspolis-Chef wieder beruhigt und sich die Tränen aus den Augenwinkeln gewischt hatte. Dann antwortete er:

«Ich persönlich bin überzeugt, daß der Sicherheitsdienst mehrere Fehler gemacht hat und daß die Schlüsse, die die Polizei in der Untersuchung gezogen hat, nicht richtig sind, besonders was einige wichtige Details angeht. Ich habe übrigens ein Exemplar des Berichtes in meinem Arbeitszimmer. Habe ich vor meiner Abreise bekommen.»

Eine Weile war es still im Raum. Dann wagte Stig Malm eine Bemerkung zu äußern:

«Das kann vielleicht wichtig für den Besuch im November werden.»

«Falsch, Stig! Das ist nicht nur wichtig, das ist unerhört wichtig. Wir müssen gleich eine Besprechung ansetzen.»

«Ganz meine Meinung», bestätigte Malm.

Besprechungen und Konferenzen mochte er. Die waren ein Bestandteil seines Lebens. Ohne die konnte man nichts tun. Das Gemeinwesen würde ganz einfach nicht mehr funktionieren.

«Wer soll daran teilnehmen?» Malm stand bereits an der Sprechanlage.

Der Rikspolis-Chef war in Gedanken versunken. Gunvald Larsson war damit beschäftigt, seine Finger einen nach dem anderen langzuziehen, so daß es in den Gelenken knackte.

«Gunvald muß natürlich als Vortragender dabeisein», schlug Malm vor.

«Von jetzt an soll er als Experte jedesmal dabeisein», entschied der Rikspolis-Chef. «Aber ich denke an etwas anderes. Die Spezialgruppe ist noch nicht zusammengestellt worden. Wir haben zwar noch viel Zeit vor uns, aber das ist ein sehr großes und anspruchsvolles Vorhaben. Ich glaube, es ist höchste Zeit, daß wir eine kleine Gruppe leitender Mitarbeiter benennen müssen.»

«Den Chef der Sicherheitsabteilung», empfahl Malm.

«Ja, der ist selbstverständlich dabei. Ebenso der Chef der Ordnungspolizei und der Polizeimeister von Stockholm.»

Gunvald Larsson gähnte. Eher vor Unbehagen als aus Mangel an Sauerstoff. Wenn er an den Polizeimeister mit seinen Seidenschlipsen dachte und die kaum zu zählende Menge seiner bewaffneten Schafsköpfe, die zu seinem sogenannten Kommando gehörten, packte ihn jedesmal der große Widerwillen, und er hatte zu nichts mehr Lust. Außerdem bekam er ein wenig Angst. Ganz tief drinnen.

Der Rikspolis-Chef fuhr fort:

«Wir werden Expertengruppen aller Art brauchen, und natürlich sind wir gezwungen, sowohl von der Armee als auch von der Luftwaffe Personal und Ausrüstung auszuleihen. Vielleicht auch von der Marine. Die letzte Verantwortung für das, was passiert, wird natürlich bei einer einzigen Person liegen. Bei mir.»

Er sah überhaupt nicht unzufrieden aus bei dem Gedanken an diese ungeheure Verantwortung. Setzte sich aufrecht an den Tisch und machte die altgewohnte Geste, indem er die Handfläche auf die Tischplatte stützte.

«Oder nicht passiert», wandte Gunvald Larsson ein.

«Was meinst du damit?»

«Ich meine die Verantwortung für das, was nicht passiert.»

«Du bist ein seltsamer Kerl, Larsson. Aber mit Sinn für Humor.»

Er griff den Faden wieder auf und sagte unbescheiden:

«Auf mir, wie gesagt. Bei der Besprechung in zwei Stunden möchte ich unbedingt Möller, den Polizeimeister, den Chef der Ordnungspolizei und euch beide dabeihaben.»

Er machte eine vage Geste zu Malm und Gunvald Larsson hin.

«Aber da ist noch etwas anderes. Wenn wir uns nun an die Vorbereitungen machen, um diese Kräfte zu mobilisieren, und dann nach und nach alle die anderen Experten hinzuziehen, zum Beispiel für die psychologische Verteidigung und so weiter, dann sollten wir auch von Anfang an einen operativen Chef haben. Jemand, der gleichzeitig etwas von der Polizeiarbeit wie von der Verwaltung versteht. Einen Mann, der all die Kräfte unter einen Hut bringen kann, die unsere Schutztruppe insgesamt ausmachen. Einen Mann, der diese Eigenschaften besitzt und der außerdem kriminologischen Scharfsinn hat und ein guter Psychologe ist. Wer ist dieser Mann?»

Der Rikspolis-Chef blickte zu Gunvald Larsson, der nickte, ohne etwas zu sagen, so als ob die Antwort selbstverständlich sei.

Stig Malm richtete sich unbewußt auf. Die Antwort war tatsächlich sehr einfach, dachte er. Wer anders als er selbst hatte die Qualifikationen, einen solchen verantwortungsvollen Auftrag zu übernehmen? Schließlich hatte er schon einmal die operative Leitung in einem Fall gehabt . . . Daß dieser weniger glücklich verlaufen war, nun, das war ganz einfach

Pech gewesen und hatte an den widrigen Umständen gelegen.

«Beck», sagte Gunvald Larsson.

«Eben», bestätigte der Rikspolis-Chef. «Martin Beck. Er ist der richtige Mann.»

Besonders, wenn etwas schiefgeht, fügte er im stillen hinzu. Laut erklärte er:

«Die Hauptverantwortung liegt ja sowieso bei mir.»

Das hörte sich gar nicht so dumm an. Er versuchte eine noch bessere Formulierung zu finden.

Zum Beispiel: Die letzte Verantwortung lastet ja doch auf meinen Schultern.

«Ich schlage vor, du rufst ihn gleich an.» Der Rikspolis-Chef blickte zu Malm hinüber.

Der nahm allen Mut zusammen und entgegnete keck: «Beck hat einen Fall. Er ist außerdem mir unterstellt, gehört zu meinem Dezernat.»

«Aha, die Riksmordkommission ist mit einem Fall beschäftigt. Aber der hat sicher Zeit. Außerdem hat die Riksmordkommission vielleicht bald endgültig ihr Leben ausgehaucht.»

Es waren seit einiger Zeit Kräfte am Werk, die die Riksmordkommission abschaffen wollten. Der Anfang vom Ende würde vermutlich der Umzug von Västberga in das riesenhafte Polizeihauptquartier auf Kungsholmen in Stockholm sein, der für den Sommer 1975 geplant wurde. Daß man die Riksmordkommission abschaffen wollte, lag einerseits an den starken Zentralisierungs- und Militarisierungsbestrebungen, hauptsächlich jedoch an dem blanken Neid, der die meisten schwedischen Verwaltungen durchdrungen hat. Die Riksmordkommission war zu gut, beinahe alle Fälle wurden aufgeklärt. Während ein großer Teil der Polizei, besonders in den Großstädten, als bestechlich galt und von der Presse als ignorante Schlägertypen oder Rüpel in Uniform unter stupider und rücksichtsloser Führung bezeichnet wurde, gab die Riksmordkommission niemals Grund zur Klage. Mehrere der Kriminalbeamten, die dort Dienst taten, wurden in der Öffentlichkeit bekannt und beinahe populär. Die Worte «die Riksmordkommission kommt» hatten lange Jahre als Garantie für Sicherheit und Schutz gegolten, was durchaus berechtigt war. In der Abteilung arbeiteten Leute, die tüchtige Polizisten waren und fast immer ihre Aufgaben lösten; daß einer von ihnen irgendwann zu brutalen Methoden griff, schien ausgeschlossen. Doch beide Verallgemeinerungen stimmten nur bedingt. Es gab massenweise uniformierte Rüpel im Polizeikorps der Stadt, ebenso wie sie nicht selten von bestechlichen und sadistischen Gewaltmenschen befehligt wurden. Aber es gab auch eine große Zahl von Männern, die wirklich versuchten, das Beste aus einem schweren Beruf zu machen. Es war nicht leicht, etwas Negatives zu finden, das man der Riksmordkommission nachsagen konnte, aber natürlich hatte auch Martin Beck im Laufe der Jahre den einen oder anderen Mitarbeiter gehabt, der sehr schnell in einen Bezirk der Großstadt versetzt worden war, in dem besonderer Personalmangel herrschte.

«Ich habe 11 Fälle», gab Gunvald Larsson zu bedenken.

«Aber du gehörst nicht zu meinem Dezernat», widersprach Stig Malm.

«Nein. Gelobt sei der Himmel oder so.»

Es gelang Stig Malm schnell, alle Teilnehmer an der Besprechung zu erreichen, sogar den Chef der Ordnungspolizei, der mit Halsentzündung und 40 Grad Fieber im Bett lag und kaum sprechen konnte. Dieser Mann mußte als weniger diensttauglich betrachtet werden, aber das spielte keine große Rolle. Der Polizeimeister von Stockholm konnte seine Argumente vorbringen und würde das sicher auch tun.

Als sie zusammen das Allerheiligste verließen, wechselten Stig Malm und Gunvald Larsson einige Sätze.

«Du hast mir eben tatsächlich aus der Klemme geholfen», begann Stig Malm. «Aber . . .»

«Was aber?»

«Warum hast du das getan?»

«Weil du mir leid getan hast.»

«Aber du kannst mich doch nicht leiden, nicht wahr?»

«Ich finde, daß du ein verdammter Esel bist. Aber auch Esel können einem leid tun, stimmt's?»

«Das nehme ich an.»

«Im übrigen habe ich einen Tip für dich.»

«So, was denn?»

«Appeliere an seinen Sinn für Humor.»

«Übrigens, um darauf zurückzukommen», fragte Malm neugierig, «wie waren denn die Bordelle da unten?»

«Alle waren rot und weiß gestreift. Desgleichen die Kondome auf den Nachttischen der Nutten. Und eine halbe Stunde nachdem man da gewesen war, sah der Schwanz auch so aus. Genau wie eine Zuckerstange.»

«Wann gehen die weg, die Streifen, meine ich?»

«Niemals», sagte Gunvald Larsson todernst. «Vielleicht geht deshalb dort niemand in ein Bordell.»

Sie gingen jeder in seine Richtung.

Stig Malm schüttelte nachdenklich den Kopf.

«Schafskopf», brummte Gunvald Larsson. «In welchem schrecklichen Beruf hat man 49 Jahr lang versucht, sich zu qualifizieren.»

Alle kamen zu angegebener Zeit, mit Ausnahme von Möller. Stig Malm und Gunvald Larsson und der Rikspolis-Chef begrüßten sich allerdings nicht besonders überschwenglich, aber es war ja auch nicht das erste Mal, daß sie sich an diesem wettermäßig wenig aufmunternden Julitag trafen. Martin Beck war anwesend, in einer Jeansjacke und ungebügelten Hosen, und der Polizeimeister trug, wie erwartet, einen weißen Seidenschlips. Vielleicht trauerte er damit immer noch um Gustav VI. Adolf, der im vorigen Herbst verstorben war, auch wenn das übertrieben royalistisch war.

Möller fehlte.

Alle hatten sich bereits an den Konferenztisch gesetzt, als der Rikspolis-Chef sein Fehlen bemerkte und die wenig geniale Frage stellte:

«Wo ist Möller?»

«Wahrscheinlich ist er im Sekretariat und spielt mit den Mädchen Blindekuh», meinte Gunvald Larsson.

«Wir können ohne ihn ganz einfach nicht anfangen», bedauerte der Rikspolis-Chef. «Ihr alle wißt, was das für einen Aufstand gibt, sobald die Sicherheitsabteilung hinzugezogen wird.»

Eric Möller war der Chef der Sicherheitsabteilung der Reichspolizeileitung, kurz Säpo genannt, aber die Frage war, ob er selbst eigentlich richtig wußte, was ihm als Chef da unterstellt war. Daß es eine Sicherheitspolizei gab, daran war an und für sich nichts Merkwürdiges. In dieser Behörde waren bis zu achthundert Personen beschäftigt, die sich die Zeit hauptsächlich damit vertrieben, ausländische Spione auszumachen und zu ergreifen oder Organisationen und Gruppen entgegenzuwirken, die die Sicherheit des Reiches gefährdeten. Im Laufe der Jahre war das allerdings immer verworrener geworden, da es die ganze Zeit über ein offenes Geheimnis gewesen war, daß die einzige Aufgabe der Säpo darin bestand, Leute mit sozialistischen Ideen zu registrieren, zu verfolgen und ihnen ganz allgemein das Leben schwerzumachen. Als es schließlich so weit kam, daß die Polizei begann, Listen von Sozialisten anzulegen, die der sozialdemokratischen Partei angehörten, wurde es für die sogenannte sozialistische Regierung immer schwerer, das Gesicht zu wahren. Das einzige, was sie tun konnte, war, immer wieder zu versichern, daß Schweden keine Spionage im Ausland betrieb, und anfänglich, daß es eine Registrierung politischer Meinungen nicht gab, und später, daß damit aufgehört worden war. So etwas war nämlich im Jahr 1968 durch Gesetz verboten worden. Aber bald erwies sich, daß diese Beteuerungen unwahr waren. Schweden betrieb im Ausland Spionage, teils auf eigene Rechnung, aber vor allem im Auftrag anderer Länder, und das Gesetz, das eine Registrierung abweichender Meinungen der Sozialisten verbot, wurde mit Hilfe skrupelloser Ausnahmebestimmungen elegant umgangen. Mit der Zeit stellte sich heraus, daß ein Teil dieser Tätigkeiten nicht direkt – das Wort direkt muß hier kräftig hervorgehoben werden – von der Sicherheitspolizei durchgeführt wurde, sondern über geheimnisvolle Büros und andere Scheininstitutionen, die von der Polizei, dem Militär und der Regierung in schöner Harmonie betrieben wurden. Als ein Teil dieser Fakten ans Licht der Öffentlichkeit gezogen und publiziert wurde, reagierte das Regime genauso, wie man es leider hatte erwarten können.

Mit Hilfe des korrumpierten Rechtsapparates wurden die Journalisten, die die schmutzigen Machenschaften aufgedeckt hatten, ins Gefängnis geworfen, während führende Mitglieder der Regierung dem Volk weiterhin direkt ins Angesicht logen. Offensichtlich belog man sich in dem inneren Kreis auch gegenseitig, und daher gab es Leute, die zumindest die Möglichkeit in Betracht zogen, daß der Sicherheitschef des Landes tatsächlich nicht wußte, was in den ihm unterstellten Abteilungen alles vor sich ging.

Dreißig Minuten verspätet traf Eric Möller im Konferenzzimmer ein. Wenn er wirklich Blindekuh gespielt hatte, dann mußte es dabei heiß hergegangen sein, denn der Sicherheitschef hatte ein verschwitztes Gesicht und atmete tief und keuchend. Im übrigen war er etwa gleichaltrig mit den anderen am Tisch Sitzenden, brachte aber sehr viel mehr Gewicht mit auf die Waage. Darüber hinaus hatte er einen Kranz fuchsroter Haare um seinen sonst haarlosen Schädel und große Ohren, die auffallend abstanden.

Auch wenn Möller passionierter Spion oder Gegenspion oder was auch immer war, so mußte es ihm außergewöhnlich schwer fallen, verkleidet aufzutreten.

Keiner der anderen kannte ihn näher. Er hielt sich abseits. Das lag vielleicht an seinem Beruf, denn eins ist sicher: Es muß doch ein eigenartiges Gefühl sein, wenn man versucht, Kommunisten in einem Land nachzuschnüffeln, das mit seiner Meinungsfreiheit prahlt und in dem es vollständig rechtmäßig ist, Sozialist zu sein, in dem es außerdem seit langer Zeit eine wohletablierte kommunistische Partei gibt und darüberhinaus Leute, die sich als noch weiter links stehend bezeichnen. Außerdem behauptete die kapitalistische Regierungspartei in Stunden übersteigerter Redseligkeit von sich selbst, sozialistisch zu sein.

Der einzige der Anwesenden, der Eric Möller wirklich verabscheute, war Gunvald Larsson, und der fragte:

«Wie geht es deinen Freunden von der Ustascha? Trefft ihr euch immer noch zum Tee am Sonnabendnachmittag im Garten? Und warum hat Franco jene Flugzeugentführer noch nicht davon begnadigt, im Hotel *Ritz* wohnen zu müssen?»

Der Sicherheitschef war jedoch noch zu sehr außer Atem, um antworten zu können.

Der Rikspolis-Chef eröffnete jetzt die Sitzung, berichtete von dem am Donnerstag, dem 21. November, bevorstehenden Besuch des durchaus unpopulären Senators, erwähnte, daß Gunvald Larsson interessantes und brauchbares Material von seiner Studienreise mitgebracht habe, und deutete dann kurz auf die Schwierigkeit der Aufgabe und deren enorme Bedeutung im Hinblick auf das Ansehen der Polizei hin. Dann ging er zu den verschiedenen Spezialaufgaben über, die jeder der Anwesenden in dem derzeitigen Stadium zu übernehmen hatte.

Schade, daß ich den Kopf nicht in Formalin aufbewahrt mitbringen konnte, dachte Gunvald Larsson. Dann hätte ich ihnen wirklich interessantes und eindruckvolles Material vorlegen können.

Die Nachricht, daß er zum erstenmal in seinem Leben zum Chef eines operativen Kommandos ernannt worden war, erreichte Martin Beck mitten in einem Gähnen.

Er unterdrückte es, so gut er konnte, und fiel seinem höchsten Vorgesetzten ins Wort.

«Moment mal, wenn ich bitten darf. Sprichst du von mir?»

«Das tue ich, Martin», bestätigte der Rikspolis-Chef herzlich. «Was ist die Sache denn anderes als eine vorbeugende Ermittlung? So was ist doch dein Bier, und das macht dich so geeignet für diesen Posten. Du erhältst jede Unterstützung, kannst anfordern, wen du willst und dein Personal so einsetzen, wie du es für richtig hältst.»

Martin Beck wollte erst abwinken, aber dann dachte er, Herrgott noch mal, er kann mir ja ohne weiteres den Befehl erteilen. Dann merkte er, daß Gunvald Larsson ihn in die Seite knuffte, und wandte sich ihm zu.

«Ich glaube, die Herren Mordspezialisten besprechen die Sache besser allein unter sich», sagte der Polizeimeister, der immer versuchte, humorvoll zu wirken, es aber nicht war.

Gunvald Larsson murmelte: «Sag, daß du die Organisation des gesamten Schutzaufgebots übernimmst, die Voruntersuchungen, den Fernschutz und alles.»

«Wie denn?»

«Mit Personal von der Riksmordkommission und dem Dezernat für Gewaltverbrechen. Nur daß ein anderer den Nahschutz übernimmt, zum Beispiel darauf achtet, daß niemand vorspringt und dem Senator die Rübe wegpustet.»

«Jetzt müßt ihr aber mit der Sprache raus», mahnte der Rikspolis-Chef.

Gunvald Larsson warf Martin Beck einen schnellen Blick zu, beurteilte seine Standhaftigkeit als nicht sehr großartig und antwortete für ihn:

«Wir meinen, daß Beck und ich sämtliche Vorbereitungen und schließlich den gesamten Fernschutz übernehmen können, und zwar mit Leuten aus der Riksmordkommission und dem Dezernat für Gewaltverbrechen. Was wir dagegen liebend gern anderen überlassen wollen, ist der Nahschutz, das heißt wenn jemand kommt und dem geehrten Gast mit einem Ziegelstein den Schädel einschlagen will oder etwas Ähnliches. Das ist eine Aufgabe, wie geschaffen für Möller und seinen Anhang.»

Der Rikspolis-Chef räusperte sich und fragte schnarrend: «Wie siehst du die Dinge, Eric?»

«Nun», meinte Möller, «das schaffen wir schon.» Er schnaufte immer noch.

«Gerade diese Teilaufgabe ist in Wirklichkeit beinahe beschämend einfach», sagte Gunvald Larsson. «Ich würde mich erbieten, sie mit den zwanzig dümmsten Polizisten der Stadt zu lösen. Und Möller hat ja mehrere hundert verkleidete Holzköpfe in den Büschen versteckt stehen. Ich habe gehört, daß einer davon den Regierungschef fotografiert hat, als der seine Rede zum 1. Mai hielt, und dann sagte, er schiene ein gefährlicher Kommunist zu sein.»

«Schluß jetzt, Larsson», befand der Rikspolis-Chef. «Es reicht. Du übernimmst also den Auftrag, Beck?»

Martin Beck seufzte, nickte aber zustimmend. Er sah bereits die Probleme vor sich, die auf ihn zukommen würden. Endlose Sitzungen, geschäftige Politiker und Militärs, die sich in alles einmischen würden. Aber trotzdem. Einerseits konnte er sich einem direkten Befehl nicht widersetzen, andererseits schien Gunvald Larsson irgendeine Idee zu haben, wie die Sache gelöst werden konnte. Es war ihm ja bereits gelungen, ihnen die Sicherheitspolizei vom Leibe zu halten, und das war schon mal ein sehr guter Anfang.

«Bevor ich mich anderen Dingen zuwende», fuhr der Rikspolis-Chef fort, «möchte ich über eine Sache Auskunft haben. Eine Frage, die unser Freund Möller beantworten können müßte.»

«Selbstverständlich», sagte der Sicherheitschef gelassen und öffnete seinen Aktenkoffer.

«Ja, also diese Organisation USCH, oder wie die nun heißt, was wissen wir über die?»

«Nein, USCH hieß sie nicht», wandte Malm ein und strich sich übers Haar. «Sie hieß ULAG.»

«Stimmt. Also, was wissen wir von der?»

Möller zog ein Papier aus seiner Mappe und sagte lakonisch:

«So gut wie gar nichts. Das heißt, wir wissen, daß sie mehrere Attentate begangen hat. Alle sind geglückt. Zum erstenmal ist sie im März letzten Jahres aktiv geworden, als Costa Ricas Präsident in Tegucigalca beim Verlassen seines Flugzeugs erschossen wurde. Mit dem Attentat hatte niemand gerechnet, und dementsprechend hatte man keine allzu strengen Sicherheitsmaßnahmen ergriffen. Wenn die ULAG nicht selbst die Verantwortung dafür auf sich genommen hätte, würde man den Mord sicher als die Tat eines Verrückten angesehen haben.»

«Erschossen?», fragte Martin Beck.

«Ja, offenbar von einem Scharfschützen, der in einem Lieferwagen versteckt war. Der Polizei ist es nicht gelungen, den oder die Schuldigen ausfindig zu machen.»

«Und das nächste Mal?»

«In Malawi, während einer Konferenz zweier afrikanischer Staatschefs, bei der es um eine Grenzregulierung ging. Das ganze Gebäude flog plötzlich in die Luft, und mehr als 40 Personen wurden getötet. Das war im September. Die Sicherheitsmaßnahmen waren umfassend gewesen.»

Möller wischte sich den Schweiß von der Stirn. Gunvald Larsson dachte mit Befriedigung daran, daß seine eigene Kondition trotz allem gar nicht so schlecht war.

«Die nächsten zwei Attentate erfolgten im Januar. Ein nordvietnamesischer Minister zusammen mit einem General und drei Mitgliedern seines Stabes wurde getötet, als ihre Autos mit Granatwerfern beschossen wurden. Sie waren unterwegs zu einer Begegnung mit einigen hochgestellten südvietnamesischen Persönlichkeiten. Der Konvoi wurde von Soldaten begleitet. Zuerst wollten böse Zungen wissen, daß andere Kräfte hinter den Mördern gestanden hätten, aber die ULAG erklärte sich in einer Radiosendung verantwortlich. Bereits eine Woche danach schlug die Organisation in einem der nördlichen Teilstaaten Indiens wieder zu. Als der Präsident des betreffenden Staates eine Eisenbahnstation besuchte, warfen mindestens fünf Männer gleichzeitig Handgranaten, teils auf den Zug und teils in die Bahnhofshalle selbst. Danach feuerten die Terroristen mit Maschinenpistolen mehrere Salven ab. Das war der bisher blutigste Überfall. Mehrere hundert Schulkinder hatten sich versammelt, um dem Präsidenten zuzujubeln, und beinahe 50 davon wurden getötet. Alle Polizisten oder Sicherheitsbeamten, die sich am Platz aufhielten, wurden ebenfalls getötet oder schwer verletzt. Der Präsident wurde in Stücke gerissen. Das war auch das einzige Mal, daß die Täter gesehen wurden. Sie waren maskiert und trugen eine Art Kommandouniform. Sie jagten in mehreren verschiedenen Autos davon und konnten nicht aufgespürt werden. Dann gibt es noch einen Fall aus dem Monat März in Japan, wo ein bekannter und umstrittener Politiker eine Schule besuchte. Auch diesmal wurde das Gebäude gesprengt, und der Politiker kam zusammen mit vielen anderen Menschen um. Man glaubt, daß auch dies ein Werk der ULAG war, aber die Radiosendung, die gehört wurde, war so unklar, daß niemand das mit Sicherheit sagen kann.»

«Ist das alles, was du über die ULAG weißt?» fragte Martin Beck.

«Ja.»

«Habt ihr diese Angaben selbst zusammengestellt?»

«Nein.»

«Wann habt ihr sie denn bekommen?»

«Vor ungefähr 14 Tagen.»

«Darf man fragen, von wem ihr sie bekommen habt?» erkundigte sich Gunvald Larsson.

«Das darfst du, aber ich bin dir keine Antwort schuldig.»

Alle wußten es ja trotzdem. Möller gab mit resignierter Miene zu:

«Von der CIA.»

Der einzige, der daraufhin reagierte, war der Polizeimeister, der wissen wollte:

«Was bedeutet das eigentlich?»

Möller antwortete nicht. Martin Beck, der einsah, daß der Polizeimeister fragte, weil er es tatsächlich nicht wußte, erklärte ihm:

«Das bedeutet *Central Intelligence Agency.*»

«Das ist englisch», erklärte Gunvald Larsson boshaft.

«Daß wir Beobachtungsergebnisse mit den USA austauschen, ist wohl kein Geheimnis», bemerkte Möller gekränkt.

«Beobachtungsergebnisse austauschen ist ein hübscher Ausdruck», feixte Gunvald Larsson. «Das hört sich gut an.»

«Vorher hat die Sicherheitspolizei also nichts über die ULAG gewußt?» fragte Martin Beck.

«Nein.» Möller blieb ungerührt. «Nicht mehr, als was ich in den Zeitungen gelesen habe. Es sieht ja nicht so aus, als ob es sich um eine kommunistische Gruppe handelt.»

«Oder eine arabische», ergänzte Gunvald Larsson.

«Nein», bestätigte Möller, total uninteressiert.

«Laßt uns doch jetzt einmal anhören, was Larsson zu sagen hat», schlug der Rikspolis-Chef vor. «Was weißt du von der ULAG, oder wie die nun heißen, über das hinaus, was wir gehört haben?»

«Eine ganze Menge. Es ist zum Beispiel typisch, daß wir einen Sicherheitsdienst haben, bei dem man voraussetzt, daß er sich um solche Sachen wie internationale Terroristengruppen kümmert, der aber diejenigen vollständig außer acht läßt, die nicht sozialistisch oder palästinensisch sind.»

«Das stimmt nicht», widersprach Möller.

«Vermutlich stimmt es auch nicht, daß ihr zwei faschistische Terroristen habt reinmarschieren und den jugoslawischen Gesandten umlegen lassen, ohne ihnen vorbeugend auch nur einen Strohhalm in den Weg zu legen. Und sie dann habt laufenlassen.»

«So kann man das nicht ausdrücken», sagte Möller.

Er zeigte keine Neigung, die Geduld zu verlieren, und Gunvald Larsson begann einzusehen, daß der Mann viel zu gefühllos war, um sich reizen zu lassen. Daher ging er zum Kern der Sache über und fuhr fort:

«Ich weiß ebensoviel über die ULAG, wie Möller da auf seinem Zettel stehen hat, und noch ein bißchen mehr. Ich habe nach dem Attentat vom 5. Juni selber an den Ermittlungen teilgenommen, und ich möchte darauf hinweisen, daß es Länder gibt, deren Sicherheitspolizei sich nicht darauf beschränkt, die vervielfältigten Rundbriefe der CIA zu abonnieren.»

«Mach es nicht zu ausführlich, Gunvald», riet Martin Beck.

Gunvald Larsson blickte ihn von der Seite an. Er mochte Martin Beck nicht besonders, bewunderte aber seine Fachkenntnisse und vor allem seinen Scharfblick. Im übrigen war sich Gunvald Larsson bewußt, daß er zur Langatmigkeit neigte und es ihm nicht gelungen war, dies im Laufe der Jahre abzulegen.

«Wenn wir uns diese Attentate ansehen», begann er wieder, «so lassen sich gewisse Schlüsse ziehen. Daß sie sich zum Beispiel stets gegen einen hohen Politiker richten, aber auch, daß diese Politiker wenig miteinander gemein haben. Costa Ricas Präsident war fast Sozialdemokrat, die beiden Afrikaner waren reine Nationalisten. Die Vietnamesen, die im Gegensatz zu dem, was Möller sagte, keine Nordvietnamesen waren, sondern zur PPR, also der provisorischen Regierung in Südvietnam gehörten, waren Kommunisten. Der Präsident des indischen Teilstaates war liberaler Sozialist und der Japaner ultrakonservativ. Der Präsident, dessen Heimgang ich Gelegenheit hatte mitzuerleben, war Faschist und Repräsentant einer alten, fest verwurzelten Diktatur. Wie man das auch dreht und wendet, es läßt sich kein klares politisches Muster erkennen. Weder ich selbst noch jemand anders ist in der Lage, eine glaubhafte Erklärung zu liefern.»

«Vielleicht führen sie ausschließlich bestellte Arbeit aus?» gab Martin Beck zu bedenken.

«Daran habe ich auch gedacht, aber es erscheint mir unwahrscheinlich. Irgendwie kann diese Lösung nicht stimmen. Was mir andererseits auffällt ist, daß alle Attentate so gut geplant und durchgeführt wurden. Mit den unterschiedlichsten Methoden, und alle haben perfekt funktioniert. Die Leute beherrschen ihr Handwerk und sind absolut gemeingefährlich. Das deutet daraufhin, daß sie bestens trainiert und ausgebildet sind. Außerdem scheinen sie umfangreiche Geldmittel im Hintergrund zu haben. Und ich glaube auch, daß sie ein Hauptquartier haben.»

«Wo?» fragte Martin Beck.

«Ich weiß nicht. Ich könnte raten, aber das will ich lieber sein lassen. Aber unabhängig davon, welche Ziele sie schließlich verfolgen, kann ich mir nur schwer etwas Schrecklicheres vorstellen als eine Terroristengruppe, deren Attentate jedesmal gelingen.»

«Erzähl uns jetzt, was da unten passiert ist», mahnte der Rikspolis-Chef.

«Es dauerte eine Weile, bis man sich Klarheit verschafft hatte. Die Explosion war von äußerster Heftigkeit, und außer dem Präsidenten und dem Gouverneur kamen 26 Personen ums Leben. Die meisten waren Polizisten und Sicherheitsbeamte, aber Taxifahrer und Droschkenkutscher, deren Wagen in der Nähe standen, mußten auch dran glauben. Sogar eine Person, die auf einer anderen Straße ging, wurde getötet, sie wurde von dem Autowrack erschlagen. Daß die Detonation so gewaltig war, lag daran, daß die Sprengladung an einer der Hauptgasleitungen der Stadt befestigt worden war. Man kann es sich nur erklären, daß die Bombe von einem Terroristen über Funk ausgelöst wurde, der sich selbst in ziemlich weiter Entfernung von dem Platz aufhielt.»

«Und welche Fehler hat die Polizei deiner Meinung nach gemacht?» erkundigte sich Martin Beck.

«Die Sicherheitsmaßnahmen selbst waren beinahe fehlerlos. Es waren im großen und ganzen die gleichen, die der amerikanische Secret Service nach dem Mord an Kennedy ausgearbeitet hat. Meiner Meinung nach hätte man aber, da man wußte, wie unpopulär dieser Gast war, den Weg der Kolonne nicht vorher bekanntgeben sollen.»

«Dann hätte man dem Volk aber die Gelegenheit genommen, mit Flaggen zu winken und zu jubeln», wandte der Polizeimeister ein.

«Und außerdem ist es eine Heidenarbeit, den Weg der Kolonne dauernd zu ändern», sagte Möller. «Ich erinnere mich noch gut, was für ein Hin und Her das bei dem Besuch von Chruschtschow war.»

«Ich erinnere mich auch, daß er bei seiner Abreise gesagt hat, er hätte noch nirgendwo auf der Welt so viele Polizistenrücken gesehen», bekräftigte Martin Beck.

«Das war nun allerdings seine eigene Schuld. Der Kerl hatte ja nicht eine Spur von Angst.»

«Die Weltlage war damals eine andere. Es gab nicht ganz soviel Not und Verzweiflung.»

Der Rikspolis-Chef äußerte sich nicht dazu. Er hatte damals diese Stellung noch nicht innegehabt, und so gut wie niemand hatte voraussehen können, daß er es je so weit bringen würde.

«Ein anderer Fehler», nahm Gunvald Larsson wieder das Wort, «war, daß die vorbeugenden Maßnahmen zu spät in Kraft traten. Die Kontrollen in den Häfen und auf den Flugplätzen wurden erst zwei Tage vor dem Staatsbesuch verschärft. Aber Leute wie diese Burschen von der ULAG brauchen längere Zeit zur Vorbereitung. Die kamen Wochen vorher.»

«Das ist ja das reinste Ratespiel», sagte Möller.

«Nicht ganz. Die Polizei da unten hat eine Menge interessanter Dinge herausbekommen. Außerdem sind die Angaben zu dem Attentat in Indien nicht ganz so dürftig, wie du gesagt hast. Ein Polizist, der schwer verletzt wurde und später starb, sagte aus, daß die Terroristen nur insoweit maskiert waren, als sie eine Art Helm getragen hätten, ungefähr solche, wie Bauarbeiter sie haben. Er gab auch an, daß von den dreien, die er gesehen hat, zwei Japaner waren und der dritte Europäer, ein großer Mann in den Dreißigern. Als er in das Auto springen wollte, fiel ihm der Helm runter, und der verwundete Polizist bemerkte, daß er blonde Haare und Koteletten hatte. Die indische Polizei hat natürlich alle überprüft, die das Land verließen. Es war auch ein Mann darunter, der der Beschreibung entsprach. Er hatte einen rhodesischen Paß, und sie schrieben seinen Namen auf. Aber da die Zeugenaussage des Polizisten im Krankenhaus noch nicht vorlag, konnte man nicht viel gegen ihn unternehmen. Die Behörden in Rhodesien teilten mit, daß ihnen ein Mann dieses Namens nicht bekannt sei.»

«Immerhin etwas», brummte Martin Beck.

«Vor dem Attentat auf den Präsidenten hatte die Sicherheitspolizei keinen Kontakt mit der indischen Polizei. Aber man registrierte an den nachfolgenden Tagen alle Personen, die das Land verließen, und darunter befand sich ein Mann gleichen Namens und mit dem gleichen Paß. Der Paß ist natürlich falsch, ebenso der Name, aber letzterer ist von gewissem Interesse. Ich bin sicher, daß wir alle hier ihn mit gemischten Gefühlen hören.»

«Wie nannte er sich?» wollte Martin Beck wissen.

«Reinhard Heydrich.»

Der Rikspolis-Chef räusperte sich, dann sagte er: «Das mit der ULAG ist beängstigend. Im übrigen ist Heydrich eine historische Persönlichkeit.»

«Jedenfalls ist er historisch. Aber die Aktionen der ULAG sind bisher unter totaler Verachtung von Menschenleben durchgeführt worden.»

«Wie soll man jemanden gegen Leute schützen, die ferngesteuerte Bomben einsetzen?» überlegte Möller mißmutig.

«Das werden wir schon hinkriegen. Hauptsache, du kümmerst dich um den Nahschutz.»

«Das ist weiß Gott auch nicht leicht, wenn man jede Sekunde in die Luft fliegen kann. Wie soll man ihn denn dann noch beschützen?»

«Mach dir wegen der Bomben oder solcher Dinge keine Sorgen. Das erledigen wir.»

«Ich habe mir folgendes überlegt», warf Martin Beck ein. «Wenn der Fernschutz da unten wirklich funktioniert hat, so dürfte derjenige, der die Bombe ausgelöst hat, nicht gesehen haben, was daraufhin geschah.»

«Das konnte er auch sicherlich nicht», bestätigte Gunvald Larsson.

«Kann er einen Mitarbeiter in der Nähe gehabt haben?»

«Das glaube ich nicht.»

«Wie erfuhr er dann, wann er die Bombe auslösen mußte?»

«Ich nehme an, daß der Betreffende die normalen Rundfunksendungen abhörte und das Fernsehen beobachtete. Sowohl Radio als auch das Fernsehen haben den Staatsbesuch direkt übertragen. So pflegt man es ja in den meisten Ländern zu handhaben, wenn etwas Besonderes los ist.»

«Mich hat auch überrascht, daß die ULAG einerseits die Meldung, in der sie die Verantwortung übernahm, so schnell bringen konnte, andererseits, daß die Sendung von einer französischen Radiostation stammte.»

«Tatsächlich kam die Meldung von einer französischsprachigen Station in Westindien. Dort hat man die Nachricht von einem Sender aufgefangen, dessen Standort nicht genauer festgestellt werden konnte. Es hätte sich sogar um ein Schiff oder ein Flugzeug handeln können.»

«Mmm», murmelte Martin Beck. «Ich gehe also davon aus, daß wir mit der ULAG rechnen müssen.»

«Ja», bestätigte Gunvald Larsson, «es sieht ganz so aus. Ich habe versucht, mich in deren Denkweise hineinzuversetzen. Ihre philosophischen Gedankengänge nachzuvollziehen ist aber zuviel für mich. Doch wir wissen ja einiges über sie. Sie nehmen sich stets sehr bekannte politische Persönlichkeiten vor. Und bis jetzt haben sie jedesmal zugeschlagen, wenn der Betreffende etwas Ungewöhnliches oder Spektakuläres tat, am liebsten bei einem Staatsbesuch oder so. Hier bei uns liegt eine solche Gegebenheit vor, man muß also damit rechnen, daß sie etwas versuchen.»

«Was tun wir vorbeugend?» fragte Möller. «Soll ich jeden Wirrkopf einsperren, der vielleicht zu Hause ein Bild von Mao an der Wand hängen hat?»

Martin Beck lachte wie bei einem versteckten Witz, und daher verstand auch niemand, warum er lachte.

«Nein», widersprach Gunvald Larsson. «Wer will, soll ruhig hingehen und demonstrieren.»

«Du hast keine Ahnung, wovon du sprichst», sagte der Polizeimeister.

Er kam aus der Ordnungspolizei. Er fuhr fort:

«Wenn das beschlossen wird, müssen wir jeden einzelnen Polizisten aus dem ganzen Land heranziehen. Als McNamara vor einigen Jahren nach Kopenhagen kommen sollte, wagte er sich einfach nicht hin, als er hörte, welche Demonstrationen auf ihn warteten, und als Reagan vor zwei Jahren in Dänemark war und im Kongeskibet Lunch aß, stand das in so gut wie keiner Zeitung. Er war als Privatmann da und wollte keine Publizität haben. Das hat er selbst gesagt. Stellt euch vor, Reagan . . .»

«Wenn ich an dem Tag frei hätte, würde ich selbst hingehen und gegen den Saukerl demonstrieren», meinte Gunvald Larsson. «Der ist doch noch viel schlimmer als Reagan.»

Alle blickten Gunvald Larsson mißtrauisch und ernst an. Außer Martin Beck, der eigenen Gedanken nachzuhängen schien. Alle, immer noch mit Ausnahme von Martin Beck, dachten: Ist das wirklich der richtige Mann auf dem richtigen Platz?

Dann erinnerte sich der Rikspolis-Chef an Gunvald Larssons merkwürdigen Sinn für Humor und schloß, daß dies wohl einer seiner Scherze sei. Er nahm das Wort:

«Ich finde, die Konferenz war für uns alle nützlich und aufschlußreich. Ich glaube, wir sind auf dem richtigen Weg. Ich danke euch allen.»

Martin Beck hatte zu Ende gedacht; er wandte sich an Eric Möller und erklärte:

«Ich habe diesen Auftrag angeboten bekommen, und ich habe ihn angenommen. Das besagt, daß du dich an meine Anweisungen zu halten hast. Also: keine Vorbeugehaft für Personen, die anderer Ansicht sind, als du es bist, es sei denn, es liegen gravierende Gründe vor und daß wir anderen, in erster Linie ich selbst, es genehmigen. Du hast eine wichtige Aufgabe erhalten, den Nahschutz, und solltest in erster Linie daran denken. Du darfst auch nicht vergessen, daß wir ein freies Demonstrationsrecht haben, und ich möchte keine Provokationen von seiten der Polizei und unnötige Gewaltanwendung. Vergiß nicht, daß Demonstrationen vorsichtig angefaßt werden sollen und daß du in dieser Sache mit dem Polizeimeister und dem Chef der Ordnungspolizei zusammenarbeiten mußt. Alle Pläne müssen mir vorgelegt werden.»

«Und all die subversiven Kräfte im Land? Sollen wir die einfach außer acht lassen?»

«Meiner Auffassung nach sind die subversiven Kräfte ein Produkt deiner Phantasie und deines Wunschdenkens. Du hast eine wichtige Aufgabe. Demonstrationen sind nicht zu vermeiden, aber sie dürfen nicht mit Gewalt unterdrückt werden. Wenn die Ordnungspolizei sinnvolle Anweisungen erhält, gibt es keine Schwierigkeiten. Ich will bei deinen Planungen beteiligt sein. Über deine 800 Spione kannst du natürlich allein verfügen, vorausgesetzt es geschieht im Rahmen der Legalität. Hast du mich verstanden?»

«Verstanden», knurrte Möller. «Aber dir ist sicher bekannt, daß es höhere Instanzen gibt, an die ich mich wenden kann, wenn ich es für richtig halte.»

Martin Beck antwortete nicht.

Der Polizeimeister trat vor den Wandspiegel und rückte seinen weißen Seidenschlips zurecht.

«Meine Herren», wiederholte der Rikspolis-Chef. «Die Konferenz ist beendet. Die praktische Arbeit beginnt. Ich setze großes Vertrauen in euch alle.»

Damit war die Besprechung beendet.

Auf dem Weg hinaus wandte sich Gunvald Larsson an Malm:

«Versuch das mal mit den Zuckerstangen beim nächstenmal. Vielleicht klappt es.»

Martin Beck blickte die beiden verständnislos an.

Etwas später am gleichen Tag erhielt Martin Beck den Besuch von Eric Möller, etwas noch nie Dagewesenes.

Martin Beck selbst hielt sich noch in Kungsholmsgatan auf, obwohl er eigentlich längst an seinem Schreibtisch in Söder sitzen oder in Rotebro oder Djursholm sein sollte. Es lag ihm viel daran, den Petrus-Mord aufzuklären, bevor der neue Auftrag zu viel von seiner Zeit in Anspruch nahm, denn noch setzte er nicht das gleiche Vertrauen in Benny Skackes Fähigkeiten, einen geplanten Mord mit allen seinen soziologischen und psychologischen Zusammenhängen zu überblicken, wie er es in ähnlichen Fällen bei Kollberg getan hatte. Lennart Kollberg war ein außerordentlich tüchtiger Kriminalbeamter gewesen, systematisch und einfallsreich, und Martin Beck hatte manchmal das Gefühl gehabt, daß Kollberg ihm in vielen Punkten überlegen gewesen war.

An Skackes Ehrgeiz und Energie war nichts auszusetzen, aber einen hervorragenden Scharfsinn hatte er noch nie bewiesen, und blendend würde er wohl niemals werden. Sicherlich war er noch steigerungsfähig, wenn man an seine relative Jugend dachte, er war gerade erst 35 geworden, und es war ihm bereits gelungen, erste Zeichen bewundernswerter Hartnäckigkeit und völliger Furchtlosigkeit zu zeigen, aber Martin Beck würde noch lange abwarten müssen, ehe er Skacke vertrauensvoll schwierige Ermittlungen zu eigenverantwortlicher Erledigung abgeben konnte. Andererseits waren Benny Skacke und Åsa Torell kein schlechtes Team und konnten sicher gewisse Fortschritte machen, wenn sie nicht zu sehr durch Anweisungen von Märsta-Pärsta gebunden waren.

Außerdem war er bald gezwungen, Skacke zeitweilig zu diesem Schutzkommando abzustellen, und würde damit die Riksmordkommission weiter schwächen. Er selbst war imstande, zwei Dinge gleichzeitig zu bearbeiten, zweifelte aber stark an Skackes Fähigkeit, gleiches zu leisten.

Für ihn selbst hatte die doppelte Arbeitsbelastung bereits angefangen. Man hatte besprochen, welche Räume als Befehlszentrale in Frage kamen oder als Kommandohauptquartier, wie Stig Malm es martialisch ausdrückte.

Im Augenblick stand er da und diskutierte mit Gunvald Larsson die Zusammensetzung der Eskorte, während er gleichzeitig an die Villa in Djursholm dachte.

Da klopfte es, und herein trat Möller, fuchsroter und dickwanstiger als je zuvor.

Er warf Gunvald Larsson einen gleichgültigen Blick zu und wandte sich dann sofort an Martin Beck:

«Ich nehme an, du hast dir schon Gedanken gemacht, wie die Eskorte aussehen soll.»

«Hast du auch keine Wanzen mitgebracht?» fragte Gunvald Larsson.

Möller ignorierte ihn völlig.

Es war nicht möglich, Möller zu provozieren.

Sonst hätte er es wahrscheinlich auch nicht zum Chef der Sicherheitspolizei gebracht.

«Ich habe nämlich einen Vorschlag», sagte er.

«Ach so», sagte Gunvald Larsson erstaunt. «Tatsächlich?»

«Die gehen doch davon aus, nehme ich an, daß der Senator in dem kugelsicheren Wagen fährt.» Möller wandte sich demonstrativ an Martin Beck.

«Ja.»

«Dann schlage ich vor, wir lassen jemand anderen in der Limousine fahren, während der Senator in einem unauffälligeren Auto, zum Beispiel einem Polizeiwagen, weiter hinten in dem Geleit fährt.»

«Wer sollte denn der andere sein?» fragte Gunvald Larsson.

Möller zuckte die Achseln. «Irgendwer.»

«Typisch», meinte Gunvald Larsson. «Bist du wirklich so verdammt zynisch . . .»

Martin Beck merkte, daß Gunvald Larsson ernsthaft böse wurde, und unterbrach ihn hastig.

«Die Idee ist nicht neu. Das hat man schon öfter gemacht, manchmal mit gutem Erfolg, und hin und wieder ist es auch mißglückt. In diesem Fall ist es eindeutig unzweckmäßig. Einerseits will der Senator selbst in dem kugelsicheren Wagen fahren, andererseits wird im Fernsehen gezeigt, wie er in den Wagen steigt.»

«Da gibt es viele Tricks», wandte Möller ein.

«Das wissen wir. Aber wir sind an deinen Tricks nicht interessiert.»

«Ach so. Na, dann auf Wiedersehen», sagte der Säpo-Chef und ging.

Gunvald Larssons Gesicht nahm langsam wieder seine normale Farbe an.

«Tricks. Pfui Deibel.»

«Es hat keinen Zweck, sich über Möller aufzuregen. Der läßt das an sich abgleiten. Es ist, als ob man Wasser in einen Napf mit Schmalz gießt. Jetzt muß ich aber wirklich nach Vastberga.»

9

Die Tage vergingen und wurden zu Wochen, und wie in jedem Jahr schien der kurze und lang ersehnte Sommer kaum begonnen zu haben, da näherte sich schon wieder der Herbst.

Aber noch war es Juli, Höhepunkt des Sommers, mit kühlem Wetter und Regen und einigen wenigen Sonnentagen.

Martin Beck hatte nicht viel Zeit, auf das Wetter zu achten. Er hatte alle Hände voll zu tun, und an manchen Tagen kam er kaum aus seinem Büro heraus. Häufig saß er noch spät am Abend am Schreibtisch, wenn das Polizeihaus schon ruhig und so gut wie leer war. Das war nicht immer unbedingt nötig, aber manchmal hatte er ganz einfach keine Lust, nach Hause zu gehen und dort über Probleme nachzudenken, für die er während der hitzigen Stunden am Tag mit ständigen Telefonaten und Besuchern keine Zeit gefunden hatte.

Rhea hatte drei Wochen Urlaub genommen und war mit ihren Kindern nach Dänemark gefahren. Deren Vater wohnte dort, er war wieder verheiratet, hatte in seiner neuen Ehe ebenfalls Kinder und besaß ein großes Sommerhaus auf Tunø. Rhea, die sich mit ihrem früheren Mann und seiner neuen Familie gut verstand, verlebte dort regelmäßig den Sommerurlaub, und die Kinder blieben den größten Teil der Ferien dort.

Martin Beck vermißte Rhea, aber sie wollte in einer Woche wiederkommen, und in der Zwischenzeit verbrachte er seine Zeit mit Arbeit und ruhigen einsamen Abenden zu Hause in Gamla Stan.

Der Mord an Walter Petrus beschäftigte ihn sehr und nahm einen großen Teil seiner Zeit in Anspruch, er ging immer wieder das umfangreiche Material durch, das von verschiedenen Seiten zusammengetragen worden war, wurde dabei jedoch das Gefühl nicht los, ständig gegen Mauern anzurennen.

Jetzt, nachdem mehr als anderthalb Monate vergangen waren, befaßten sich hauptsächlich Benny Skacke und Åsa Torell mit dem Fall. Auf deren Urteil und Sorgfältigkeit konnte er sich verlassen, und darum ließ er sie ziemlich selbständig arbeiten.

Das Rauschgiftderzernat hatte nach langwierigen und sorgfältigen Ermittlungen seinen Bericht abgegeben.

Walter Petrus hatte nicht in größerem Umfang mit Rauschgift gehandelt, und nichts deutete darauf hin, daß er sich als Dealer betätigt hatte. Vermutlich war sein Vorrat niemals besonders groß gewesen, auch wenn er ständig verschiedene Präparate bei sich gehabt haben mußte.

Er selbst war nicht in größerem Umfang süchtig gewesen, manchmal hatte er Haschisch geraucht und stimulierende Tabletten genommen. In einer verschlossenen Schreibtischschublade in seinem Haus hatte man unter anderem Apothekenpackungen verschiedener ausländischer Präparate gefunden, die er wahrscheinlich von seinen Auslandsreisen mitgebracht hatte, aber nichts deutete auf Schmuggel in größerem Umfang hin.

Er war auf dem Stockholmer Rauschgiftmarkt als Kunde bekannt und schien sich an drei verschiedene Dealer gehalten zu haben, um seinen geringen Bedarf zu decken. Er bezahlte den üblichen Tagespreis und schien sich in vergleichsweise langen Abständen versorgt zu haben und ohne Anzeichen von Verzweiflung, die für die wirklich Süchtigen typisch sind.

Man hatte auch einige Mädchen mit ähnlichen Erfahrungen verhört, wie die beiden von Åsa vernommenen sie gemacht hatten. Allen hatte er Rauschgift angeboten, aber nur in Zusammenhang mit den Besuchen in seinem Büro, und er hatte sich strikt geweigert, ihnen etwas mitzugeben.

Zwei der Mädchen hatten in seinen Filmen mitspielen dürfen, aber nicht in einer internationalen Großproduktion mit Charles Bronson in der Hauptrolle, wie er ihnen weisgemacht hatte, sondern in einem Sexfilm mit lesbischer Note. Sie gaben zu, während der Aufnahmen so high gewesen zu sein, daß sie kaum merkten, was sie taten.

«Was für ein Schwein!» hatte Åsa ausgerufen, als sie den Bericht gelesen hatte.

Åsa und Skacke waren draußen in Djursholm gewesen und hatten noch einmal mit Chris Petrus und den beiden Geschwistern gesprochen, die zu Hause waren. Der jüngste Sohn befand sich immer noch auf Reisen und hatte nichts von sich hören lassen, obwohl die Familie sowohl an seine letzte Adresse telegrafiert als auch eine Anzeige unter PERSONAL im

International Herald Tribune aufgegeben hatte.

«Mach dir keine Sorgen, Mama, er läßt von sich hören, wenn das Geld alle ist», hatte der älteste Sohn in hämischem Ton gesagt.

Åsa hatte ein Gespräch mit Fru Pettersson geführt, die auf alle Fragen nur einsilbige Antworten gegeben hatte. Außerdem war sie eine treue Dienerin der alten Sorte, und in den wenigen Worten, die sie überhaupt von sich gab, lobte und pries sie ihre Herrschaft.

«Ich hatte gute Lust, ihr einen Vortrag über die Befreiung der Frau zu halten», sagte Åsa später zu Martin Beck. «Oder sie zu einem Treffen der Gruppe 8 mitzunehmen.»

Benny Skacke hatte mit Walter Petrus' Gärtner und Chauffeur, Sture Hellström, gesprochen. Er war ebenso wortkarg wie das Hausmädchen, wenn es um die Familie Petrus ging, sprach jedoch gern über seine Gartenarbeit.

Skacke verbrachte auch viel Zeit draußen in Rotebro, das ja eigentlich Åsas Bezirk war. Keiner wußte so recht, was er da eigentlich trieb, und eines Tages, als sie in Martin Becks Zimmer saßen und Kaffee tranken, fragte Åsa scherzhaft:

«Du hast dich doch wohl nicht in Maud Lundin verliebt? Sieh dich vor ihr vor, ich glaube, sie ist eine gefährliche Frau.»

«Ich glaube eher, sie ist eine käufliche Frau», erwiderte Skacke. «Aber ich habe ziemlich viel mit einem Mann da draußen gesprochen. Dem Bildhauer, der genau gegenüber wohnt. Er macht Gegenstände aus Eisenabfällen, ganz interessant.»

Åsa war an manchen Tagen auch stundenlang verschwunden, ohne zu hinterlassen, wo sie sich aufhielt.

Schließlich fragte Martin Beck, womit sie sich beschäftigte.

«Ich gehe ins Kino. Sehe mir schweinische Filme an. Nur in kleinen Dosen, einen oder zwei pro Tag, aber ich habe mir in den Kopf gesetzt, mir alle von Petrus' Filmen anzusehen. Wahrscheinlich bin ich danach frigide.»

«Warum denn? Was glaubst du dabei herauszufinden? Mir hat der eine, *Liebe im Glanz der Mitternachtssonne* oder wie der nun hieß, gereicht.»

Åsa lachte.

«Der ist gar nichts, verglichen mit einigen anderen. Manche der Filme sind technisch gesehen erheblich besser als der, Farbe und Weitwinkel und all so was. Glaube, er hat die nach Japan verkauft. Es ist kein Vergnügen, dazusitzen und sich diese Filme anzusehen. Besonders für eine Frau nicht. Man wird wahnsinnig wütend.»

«Das kann ich dir nachfühlen. Ich werde auch wütend, wenn ich sehe, wie die Frauen als Sexualobjekt und nichts anderes dargestellt werden.»

«In Petrus' ekligen Filmen ist die Frau nur ein Lustobjekt oder ein Tier, das an nichts anderes als an riesige Schwänze und unendliche Orgasmen denkt. Gräßlich!»

Åsa begann sich aufzuregen, und um einer längeren Erklärung über die unterdrückten Frauen und den Chauvinismus des Mannes zuvorzukommen, sagte Martin Beck schnell:

«Du hast meine Frage nicht beantwortet, warum du es für nötig hältst, alle diese Filme anzusehen.»

Åsa fuhr sich durch das dunkle struppige Haar und erklärte:

«Ich sehe mir hauptsächlich die in dem Film Mitspielenden an, und versuche dann herauszufinden, was das für Menschen sind, wo sie wohnen und womit sie sich eigentlich beschäftigen. Ich habe zwei Jungen interviewt, die in mehreren der Filme die sogenannte Hauptrolle gehabt haben. Der eine ist Profi, arbeitet in einem Sexclub und faßt das als Beruf auf. Er ist auch anständig bezahlt worden. Der andere arbeitet in einem Herrenbekleidungsgeschäft und hat mitgemacht, weil er es lustig fand. Er hat fast gar kein Geld bekommen. Ich habe eine lange Liste mit Namen und Adressen von Personen, die ich aufsuchen will.»

Martin Beck nickte, sah sie aber etwas zweifelnd an.

«Ich weiß zwar nicht, ob das zu einem Ergebnis führt. Aber wenn du nichts dagegen hast, mach ich weiter.»

«Mach ruhig weiter, wenn du es aushältst», entschied Martin Beck.

«Mir fehlt nur noch ein Film. *Confessions of a Nightnurse* heißt er, glaube ich. Grauenhaft. Hej.»

Die Woche verging, und am letzten Tag des Monats Juli kam Rhea nach Hause.

An diesem Abend feierten sie mit Räucheraal, dänischen Käsesorten, dänischem Elefantbier und Krabask, den sie aus Kopenhagen mitgebracht hatte.

Rhea erzählte fast ohne Pause, bis sie in seinen Armen eingeschlafen war.

Martin Beck lag eine Weile still da und war glücklich, daß sie wieder bei ihm war, aber der Krabask forderte sein Recht, und bald war auch er eingeschlafen.

Am nächsten Morgen fing es an, voranzugehen.

Es war der 1. August, der Name des Tages war Per, und es regnete in Strömen.

Martin Beck fühlte sich munter und frisch, trotz leichter Kopfschmerzen und obwohl er, trotz ausführlichen Zähneputzens, den Geschmack von Käse und Krabask immer noch im Mund hatte.

Er kam spät ins Büro. Drei Wochen des Wartens können eine lange Zeit sein, und Rheas Eifer, mit dem sie von dem Aufenthalt auf der dänischen Insel berichtet hatte, dazu ein gutes Essen, Bier und Schnaps hatten dazu geführt, daß er gar nicht dazu gekommen war, über sein ungeduldiges Warten zu sprechen. Dieses Versäumnis holten sie am Morgen nach, und da die Kinder noch in Dänemark waren, hatten sie Zeit genug für sich selbst, bis Rhea ihn schließlich aus dem Bett knuffte und ihm befahl, an seine Verantwortung und die Pflicht, als Chef mit gutem Beispiel voranzugehen, zu denken.

Benny Skacke hatte zwei Stunden lang ungeduldig auf sein Erscheinen gewartet. Noch bevor Martin Platz genommen hatte, stand Benny im Zimmer und trat von einem Bein aufs andere.

«Hej, Benny. Wie geht es denn bei dir?»

«Fein, glaube ich.»

«Verdächtigst du immer noch den Schrotthändler da draußen?»

«Nein, das habe ich nur zu Anfang getan. Er wohnte so günstig und hatte die ganze Werkstatt voller Eisenstangen und Röhren und solchem Zeugs. Es wäre für ihn ein leichtes gewesen, quer über die Straße zu gehen und dem Kerl eins überzuziehen, nachdem er Maud Lundin zur Arbeit hatte gehen sehen. Das war tatsächlich nicht auszuschließen.»

«Aber er hatte ein Alibi, nicht wahr?»

«Ja. Er hatte die ganze Nacht ein Mädchen bei sich, mit der er dann am Vormittag in die Stadt gefahren ist. Außerdem ist er ein netter Kerl und hatte nichts mit Petrus zu tun. Seine Freundin scheint auch glaubwürdig zu sein. Sie bezeugt, daß er wie ein Murmeltier bis um zehn Uhr früh geschlafen hat.»

Martin Beck bemerkte befriedigt Skackes eifrige Miene.

«Und jetzt bist du auf etwas Neues gestoßen?» fragte er.

«Ja. Ich bin recht häufig draußen in Rotebro gewesen, bin rumgelaufen und habe mich umgesehen und habe dem Bildhauer gesessen und geklönt. Auch gestern war ich kurz da, habe mit ihm ein Bier getrunken und dabei die großen Kisten gesehen, die in Maud Lundins Garage stehen. Das sind seine Kisten, die benutzt er, um seine Skulpturen zu verpacken, wenn er sie zu Ausstellungen schickt. In seiner eigenen Garage hat er keinen Platz dafür, daher hat Maud ihm ihre überlassen. Die haben da seit März gestanden, und niemand hat sie seitdem angerührt. Beim Anblick dieser Kisten kam mir nun der Gedanke, daß Petrus' Mörder ja schon nachts zu dem Haus gekommen sein konnte, da riskierte er nicht, gesehen zu werden, und dann einfach hinter den Kisten versteckt abgewartet hat, bis der Kerl allein im Haus war.»

«Und dann ging er quer übers Feld davon, wo alle ihn beobachten konnten?» sagte Martin Beck zweifelnd.

«Schön, das verstehe ich auch nicht. Aber was die Kisten angeht – das wäre ein gutes Versteck gewesen. Von da konnte er ganz genau hören, wann Maud Lundin das Haus verließ.»

Martin Beck rieb sich die Nase. «Hast du kontrolliert, ob es überhaupt möglich ist, sich hinter den Kisten zu verstecken? Stehen die nicht direkt an der Wand?»

Benny Skacke schüttelte den Kopf.

«Nein. Da gibt es einen Zwischenraum, genau richtig. Der dicke

Kollberg hätte da vielleicht keinen Platz gefunden, aber ein normal gebauter Mensch bestimmt.»

Er brach ab. Negative Äußerungen über Kollberg waren bei Martin Beck nicht populär, aber der schien das diesmal nicht übelzunehmen. Skacke fuhr fort:

«Ich habe hinter den Kisten nachgeschaut; auf dem Boden hat sich ziemlich viel Sand und Staub und lose Erde angesammelt. Sollte man das nicht mal untersuchen, auf Fußabdrücke? Oder die Erde durchsieben und nachsehen, ob man etwas findet?»

«Das ist vielleicht gar keine dumme Idee. Ich werde sofort die Anordnung geben.»

Als Skacke gegangen war, telefonierte Martin Beck und verlangte eine sofortige technische Untersuchung in Maud Lundins Garage.

Als er den Hörer aufgelegt hatte, kam Åsa in sein Zimmer, ohne anzuklopfen.

Sie war ganz außer Atem und sah mindestens ebensoeifrig aus wie Skacke eben noch.

«Setz dich und verpuste dich erst mal. Hast du schon wieder pornografische Filme gesehen? Wie waren übrigens die Bekenntnisse der Nachtschwester?»

«Schändlich. Ich hoffe, daß das mein letzter Sexfilm war. Aber jetzt kriegst du was zu hören.»

Martin Beck sützte die Ellbogen auf die Schreibtischplatte, legte das Kinn auf die Hände und sah sie abwartend an.

«Ich hab dir doch von der Liste erzählt. Die, in der ich alle Personen aufgenommen habe, die in Petrus' Filmen mitgewirkt haben.»

Martin Beck nickte, und Åsa fuhr fort.

«In einigen der allerschlimmsten Filme war ein Mädchen dabei, das Kiki Hell hieß. Ich habe versucht, sie zu erreichen, aber es zeigte sich, daß sie sich nicht mehr in Schweden aufhält. Aber ich habe einen Freund von ihr ausfindig gemacht, und der hat mir eine Menge erzählt. Kiki Hell hieß eigentlich Kristina Hellström und wohnte vor einigen Jahren in Djursholm in der gleichen Straße wie Walter Petrus. Was hältst du davon?»

Martin Beck richtete sich auf und schlug sich mit der Hand vor die Stirn.

«Hellström», rief er aus, «der Gärtner.»

«Eben. Kiki Hellström ist die Tochter von Walter Petrus' Gärtner. Sehr viel weiß ich noch nicht über sie. Sie scheint Schweden vor zwei Jahren verlassen zu haben, und niemand weiß, wo sie jetzt ist.»

«Das hört sich zweifellos so an, als ob du auf eine heiße Spur gestoßen bist, Åsa. Hast du einen Wagen hier?»

Åsa nickte.

«Auf dem Parkplatz. Sollen wir nach Djursholm fahren?»

«Jetzt sofort. Wir können im Auto weiter darüber sprechen.»

Unterwegs fragte Asa: «Meinst du, er ist es?»

«Er hat jedenfalls allen Grund, auf Walter Petrus wütend zu sein. Wenn es sich so verhält, wie ich annehme. Petrus hat die Tochter seines Gärtners in seinen Filmen benutzt, was den Vater ja wohl kaum erfreut haben dürfte. Wie alt ist sie?»

«Jetzt ist sie 19. Aber die Filme sind vier Jahre alt. Sie war also 15, als die Aufnahmen gemacht wurden.»

Sie schwiegen eine Weile, dann sagte Åsa: «Es kann natürlich auch umgekehrt sein.»

«Wie meinst du das?»

«Daß der Vater sie ermuntert hat, in den Filmen mitzuspielen. Wegen des Geldes.»

«Du meinst, daß er seine eigene Tochter verkauft hat? Pfui, Åsa, du hast durch den Mist, den du dir angesehen hast, eine schmutzige Phantasie bekommen.»

Sie stellten den Wagen am Straßenrand ab und gingen durch das Tor auf das Nachbargrundstück von Petrus' Villa. Hier gab es keine Fotozellen in den Torpfosten.

Ein breiter Kiesweg führte an der Hecke entlang auf eine Garage und ein gelbverputztes einstöckiges Haus zu. Zwischen dem Wohnhaus und der Garage befand sich ein niedriges Gebäude, das eine Art Werkstatt oder einen Geräteschuppen zu enthalten schien.

«Das muß das Haus sein, in dem er wohnt», sagte Åsa, als sie auf das gelbe Haus zusteuerten.

Der Garten schien riesengroß zu sein, und das Haupthaus, das sie vom Einfahrtstor aus gesehen hatten, wurde von hier aus völlig von hohen Bäumen verdeckt.

Hellström hörte offenbar ihre Schritte auf dem Kiesweg durch die offene Tür des Schuppens. Er trat an die Tür und sah abwartend zu, wie die beiden sich näherten.

Er sah aus wie 45 und war groß und kräftig gebaut. Stand ganz ruhig da, breitbeinig und leicht gebeugt.

Die blauen Augen blinzelten, und seine Gesichtszüge waren schwerfällig und düster. Das dunkle, zerzauste Haar war grau gesprenkelt und die kurzen Koteletten beinahe weiß. In der Hand hielt er einen Hobel, und einige Späne aus hellem Holz hingen an seinem schmutzigblauen Overall.

«Haben wir Sie bei der Arbeit gestört, Herr Hellström?» fragte Asa.

Der Mann zuckte die Achseln und warf einen Blick in den Raum hinter sich.

«Nein. Ich war dabei, einige Latten zu hobeln. Das hat Zeit.»

«Wir wollten uns nur ein wenig mit ihnen unterhalten», erklärte Martin Beck. «Wir sind von der Kriminalpolizei.»

«Es ist schon ein Polizeibeamter hiergewesen. Ich glaube nicht, daß ich noch mehr zu sagen habe.»

Åsa zeigte ihren Dienstausweis, aber Hellström drehte sich um, ging hinein und legte seinen Hobel auf einen Arbeitstisch hinter der Tür. Åsa steckte den Ausweis wieder ein, ohne daß er einen Blick darauf geworfen hatte.

«Ich kann nur wenig über Direktor Petrus sagen, ich kannte ihn kaum. Ich habe nur für ihn gearbeitet», sagte er.

«Sie haben eine Tochter?» fragte Martin Beck.

«Ja, aber sie wohnt nicht mehr zu Hause.»

Er stand halb von ihnen abgewandt und hantierte mit dem Werkzeug auf dem Arbeitstisch.

«Wir hätten gern ein wenig über sie erfahren», sagte Martin Beck. «Können wir irgendwo hingehen, wo wir ungestört sind?»

«Wir können zu mir reingehen. Ich ziehe nur schnell den Overall aus.»

Åsa und Martin Beck warteten, während der Mann sich des Overalls entledigte und ihn an einen Nagel an die Wand hing. Unter dem Overall trug er blaue Jeans und einen schwarzen Pullover mit aufgekrempelten Ärmeln. Um die Hüften hatte er einen breiten Ledergürtel mit einer großen, hufeisenförmigen Messingschnalle.

Es hatte zu regnen aufgehört, jetzt fielen nur noch klatschend einige schwere Tropfen von den Ästen einer großen Kastanie am Giebel des Hauses.

Die Haustür war nicht verschlossen. Hellström öffnete sie und wartete, bis Åsa und Martin Beck in die Diele getreten waren, dann ging er an ihnen vorbei in das Wohnzimmer.

Der Raum war nicht groß, und durch eine halbgeöffnete Tür konnten sie ins Schlafzimmer blicken. Außer der kleinen Küche, die sie von der Diele aus gesehen hatten, gab es keine weiteren Räume mehr in diesem Haus.

Ein Sofa und zwei nicht zusammenpassende Sessel füllten das Zimmer beinahe ganz aus. Der Fernsehapparat, ein altes Modell, stand in einer Ecke, und an einer Wand befand sich ein selbstgebautes Bücherregal, das zur Hälfte mit Büchern gefüllt war.

Während Åsa sich aufs Sofa setzte und Hellström in der Küche verschwand, las Martin Beck die Buchrücken. Es gab einige Klassiker, unter anderen Dostojewski, Balzac und Strindberg, und erstaunlich viel Lyrik, mehrere Anthologien und Bände des Lyrik-Buchclubs von *Folket i Bild*, aber auch viele broschierte Ausgaben von Nils Ferlin, Elmer Diktonius und Edith Södergran.

Hellström ließ in der Küche Wasser laufen, gleich darauf erschien er in der Türöffnung und trocknete sich die Hände an einem schmutzigen Küchenhandtuch ab.

«Soll ich Tee machen?» fragte er. «Das ist das einzige, was ich anbieten kann.»

«Machen Sie sich unseretwegen keine Mühe», sagte Åsa.

«Ich möchte selbst eine Tasse.»

«Dann trinken wir gerne eine mit.»

Hellström ging wieder in die Küche, und Martin Beck setzte sich in einen der Sessel. Auf dem Couchtisch lag ein aufgeschlagenes Buch. Martin Beck drehte es um und sah sich den Umschlag an. Eine Hundepredigt von Ralf Parland.

Walter Petrus' Gärtner hatte offenbar einen guten und anspruchsvollen literarischen Geschmack.

Hellström stellte Becher, Zuckerschale und eine Milchpackung auf den Tisch, ging zurück in die Küche und kam nach einer Weile mit der Teekanne wieder. Dann setzte er sich in den anderen Sessel und zog eine zerdrückte Zigarettenpackung und eine Streichholzschachtel aus der Tasche seiner Jeans.

Als er die Zigarette angesteckt hatte, goß er Tee in die Becher und fragte:

«Sie wollten mit mir über meine Tochter sprechen? Ist ihr was passiert?»

«Nicht daß wir wüßten», antwortete Martin Beck. «Wo ist sie denn?»

«Das letzte Mal, als ich von ihr gehört habe, war sie in Kopenhagen.»

«Was tut sie da?» wollte Åsa wissen. «Arbeitet sie?»

«Ich weiß nicht so genau.» Hellström blickte auf die Zigarette zwischen seinen braungebrannten Fingern.

«Wann hat sie denn das letzte Mal von sich hören lassen?»

Hellström ließ sich Zeit mit der Antwort.

«Eigentlich hat sie sich gar nicht gemeldet. Aber ich war vor einiger Zeit da und habe sie besucht. Im Frühjahr.»

«Und womit hat sie sich damals beschäftigt? Hat sie einen Mann getroffen?»

Hellström lächelte bitter. «So kann man es vielleicht ausdrücken. Übrigens nicht nur einen.»

«Meinen Sie, daß sie . . .»

«Rumhurt, ja», sagte er hart. Er spie die Worte beinahe aus und fuhr dann fort: «Mit anderen Worten, sie geht auf den Strich. Damit ernährt sie sich. Ich habe sie mit Hilfe der Sozialbehörden gefunden, und sie war völlig heruntergekommen. Von mir wollte sie nichts wissen. Ich versuchte, sie zu überreden, mit nach Hause zu kommen, aber sie weigerte sich.»

Er machte eine Pause und fingerte an seiner Zigarette.

«Sie ist bald 20, da kann niemand sie daran hindern, ihr eigenes Leben zu führen.»

«Sie haben sie allein großgezogen, nicht wahr?»

Martin Beck saß schweigend da und ließ Åsa das Gespräch führen.

«Ja, meine Frau starb, als Kiki einen Monat alt war. Damals haben wir noch in der Stadt gewohnt.»

Åsa nickte, und er fuhr fort:

«Mona nahm sich das Leben, und der Doktor sagte, daß das von einer Art Depression nach der Entbindung kam. Ich begriff nichts. Klar, daß ich merkte, wie runter sie mit den Nerven war und wie deprimiert, aber ich glaubte, daß das wegen des Geldes war und weil sie Angst vor der Zukunft hatte, damals, als wir das Kind bekamen.»

«Was hatten Sie damals für eine Arbeit?»

«Ich war Friedhofswärter. Ich war 23 Jahre alt, hatte aber keine Ausbildung irgendwelcher Art. Mein Vater war Reinigungsarbeiter, Müllmann mit anderen Worten, und Mutter ging hin und wieder als Putzfrau. Für mich gab es gar nichts anderes, als arbeiten zu gehen, sobald ich mit der Volksschule fertig war. Ich arbeitete als Laufbursche und Lagerist und so was. Wir hatten es knapp, und ich hatte mehrere kleinere Geschwister, das Geld wurde also gebraucht.»

«Wie ist es denn gekommen, daß Sie Gärtnermeister wurden?»

«Ich habe eine Zeitlang in einer Gärtnerei in Svartsjölandet als Knecht gearbeitet. Der Besitzer war freundlich und ließ mich in die Lehre gehen. Er hat mir auch den Führerschein bezahlt. Er hatte einen Lastwagen, mit dem ich Gemüse und Obst zu Klarahallen gefahren habe.»

Hellström nahm einen Zug aus der Zigarette und drückte sie im Aschenbecher aus.

«Wie haben Sie das denn geschafft, gleichzeitig auf das Kind aufzupassen und zu arbeiten?» wollte Åsa wissen.

Martin Beck trank Tee und hörte dem Gespräch zu.

«Das mußte gehen. Als sie klein war, habe ich sie überall mit hingenommen, und dann, als sie mit der Schule begann, mußte sie nachmittags allein fertig werden. Das war natürlich keine besonders gute Erziehung, aber ich hatte keine andere Wahl.»

Er nippte an dem Tee und stellte bitter fest:

«Das Resultat war ja dann auch danach.»

«Wann kamen Sie hierher nach Djursholm?»

«Vor 10 Jahren. Freie Wohung dafür, daß ich den Garten hier pflegte. Später habe ich die Gartenarbeit für einige andere Häuser mit übernommen, daher ging es uns ganz gut. Ich war der Ansicht, daß diese Umgebung gut für Kiki sein würde, mit der Schule hier und all den feinen Schulkameraden. Aber das war für sie nicht immer ganz leicht. Alle ihre Klassenkameraden hatten reiche Eltern, die in schönen großen Häusern wohnten, und sie schämte sich, wie es bei uns aussah. Sie hat nie jemand mitgebracht.»

«Die Familie Petrus hat eine Tochter ungefähr gleichen Alters. Wie war das Verhältnis zu ihr? Sie waren ja zumindest Nachbarn?»

Hellström zuckte die Achseln.

«Sie waren sogar in einer Klasse. Aber außerhalb der Schule haben sie sich nie getroffen. Petrus' Tochter hat auf Kiki herabgesehen. Die ganze

Familie Petrus übrigens.»

«Sie waren für Petrus auch als Chauffeur tätig?»

«Das war eigentlich nicht meine Aufgabe, aber ich habe ihn oft mit dem Wagen gefahren. Als die Familie Petrus hierherzog, wurde ich als Gärtner angestellt; über eine Chauffeurstätigkeit ist nie gesprochen worden. Allerdings bekam ich extra dafür bezahlt, daß ich die Autos pflegte.»

«Wohin haben Sie Direktor Petrus denn gefahren?»

«Ins Büro oder wenn er anderswo in der Stadt zu tun hatte. Und manchmal, wenn er mit seiner Frau zu einem Fest wollte.»

«Haben Sie ihn irgendwann mal nach Rotebro gefahren?»

«Einige Male. Drei- oder viermal vielleicht.»

«Was halten Sie von Direktor Petrus?»

«Darüber habe ich mir keine Gedanken gemacht. Er war einfach einer meiner Arbeitgeber.»

Åsa überlegte einen Moment und erkundigte sich dann: «Sie haben 6 Jahre lang für ihn gearbeitet, nicht wahr?»

Hellström nickte. «Ja, ungefähr. Seit sie das Haus hier gebaut haben.»

«Dann müssen Sie doch ziemlich viel mit ihm gesprochen haben. Im Auto zum Beispiel.»

Hellström schüttelte den Kopf. «Im Auto haben wir niemals gesprochen. Und wenn, dann nur über das, was im Garten getan werden mußte oder so.»

«Wußten Sie, welche Art Filme Direktor Petrus machte?»

«Ich habe keinen seiner Filme gesehen. Ich gehe beinahe niemals ins Kino.»

«Wußten Sie, daß Ihre Tochter in einem seiner Filme mitgespielt hat?»

Hellström schüttelte wieder den Kopf. «Nein» sagte er kurz.

Åsa blickte ihn an, aber er wich ihrem Blick aus. Nach einer Weile fragte er:

«Als Statistin?»

«Sie war in einem pornografischen Film dabei.»

Hellström blickte sie kurz an und wiederholte: «Nein, davon wußte ich nichts.»

Åsa schwieg ein paar Sekunden, dann sagte sie: «Sie müssen sehr an Ihrer Tochter hängen. Vielleicht mehr als Väter im allgemeinen. Und sie an Ihnen. Jeder hatte doch nur den anderen.»

Hellström nickte. «Ja, jeder von uns hatte nur den anderen. Jedenfalls solange sie klein war, war sie das einzige, wofür ich lebte.»

Er setzte sich aufrecht hin und steckte eine neue Zigarette an. «Aber jetzt ist sie erwachsen und tut, was sie will. Ich habe nicht die Absicht, in ihr Leben einzugreifen.»

«Was taten Sie an dem Morgen, als Direktor Petrus ermordet wurde?»

«Ich war wohl hier, nehme ich an.»

«Sie wissen, um welchen Tag es sich handelt, Donnerstag, den 7. Juni.»

«Ich pflege hier zu sein und beginne meistens ziemlich früh mit der Arbeit. Da wird der Tag wohl so wie alle anderen für mich gewesen sein.»

«Kann jemand bezeugen, daß Sie hier waren? Einer Ihrer Arbeitgeber zum Beispiel?»

«Das weiß ich nicht. Ich habe ja einen recht selbständigen Posten. Hauptsache, ich tue, was getan werden muß, da kümmert sich keiner darum, wann ich es tue. Aber meistens fange ich so um acht herum an.» Und kurz darauf fügte er hinzu: «Ich habe ihn nicht umgebracht. Dazu hatte ich keinen Grund.»

«Vielleicht nicht», mischte sich Martin Beck ein. «Aber es wäre ganz gut, wenn jemand bestätigen könnte, daß Sie am Morgen des 7. Juni hier waren.»

«Ich weiß nicht, ob jemand das kann. Ich wohne allein, und wenn ich nicht draußen im Garten bin, halte ich mich in der Werkstatt auf. Da gibt es immer was zu tun.»

«Wir dürfen vielleicht mit Ihren Arbeitgebern und anderen Leuten, die Sie gesehen haben könnten, sprechen. Sicherheitshalber.»

Hellström zuckte die Achseln.

«Das ist ja schon eine Weile her. Ich kann jetzt nicht mehr sagen, was ich an dem betreffenden Morgen gemacht habe.»

«Das ist wirklich nicht ganz leicht», stimmte Martin Beck zu.

«Was geschah in Kopenhagen, als Sie Ihre Tochter fanden?» fragte Åsa.

«Nichts Besonderes. Sie lebte in einer kleinen Wohnung, wo sie ihre Kunden empfing. Das hat sie ohne Zögern gesagt. Sie faselte von einem Film, wo sie mitwirken sollte, und meinte, daß das da nur vorübergehend sei und daß sie nichts dagegen hätte, Nutte zu sein, denn das brächte gutes Geld ein. Aber sie wollte bald damit aufhören, sagte sie, sobald sie diesen Filmjob hätte. Sie versprach mir, zu schreiben, aber bis jetzt habe ich nichts von ihr gehört. Das war alles. Sie schickte mich nach einer Stunde weg und sagte, daß sie nicht mit nach Hause käme und daß es keinen Zweck hätte, es noch mal zu versuchen. Das habe ich auch nicht vor. Für mich ist sie für immer verloren. Damit muß ich mich abfinden.»

«Wie lange ist es her, daß sie von zu Hause fortzog?»

«Oh, sie zog aus, sobald sie mit der Schule fertig war. Wohnte bei Freunden in der Stadt. Sie kam manchmal her und besuchte mich. Nicht besonders häufig. Dann verschwand sie ganz, und nach einiger Zeit erfuhr ich, daß sie in Kopenhagen sei.»

«Wußten Sie von ihrem Verhältnis zu Direktor Petrus?»

«Verhältnis? Nein, zwischen den beiden gab es kein Verhältnis. Vielleicht hat sie mal einen Job in einem seiner Filme bekommen, aber für ihn war sie immer nur die Tochter des Gärtners. Ebenso wie für die übrige Familie. Ich verstehe, daß sie hier nicht wohnen bleiben wollte. In dieser snobistischen Gesellschaft, wo alle auf den, der kein Geld hat, herabblicken.»

«Wissen Sie, ob in dem Haus da oben jemand anzutreffen ist?» erkundigte sich Martin Beck. «Ich könnte mal hinaufgehen und hören, ob einer Sie an jenem Morgen gesehen hat.»

«Ich weiß nicht, ob die zu Hause sind. Aber Sie können ja mal nachsehen. Ich glaube allerdings nicht, daß die darauf achten, was ich tue.»

Martin Beck zwinkerte Åsa zu und stand auf. Åsa goß sich selbst und Hellström noch etwas Tee ein und lehnte sich im Sofa zurück.

Die Dame des Hauses war anwesend, und auf Martin Becks Frage antwortete sie erwartungsgemäß, daß sie wahrhaftig nicht darauf achtete, was der Gärtnermeister tat, solange er die Arbeiten ausführte, die man von ihm erwartete. Außerdem arbeitete er nicht nur für sie, sondern auch für andere Häuser und kam und ging, wie er es für richtig hielt.

Martin Beck ging durch den Garten hinunter zu Hellströms Haus. Er wußte, daß Åsa sehr geschickt darin war, Leute zum Sprechen zu bringen, und überlegte, daß sie das Gespräch mit Hellström vielleicht besser ohne ihn führte.

Er blickte in die Garage.

Die war leer bis auf einige Reservereifen, einen aufgerollten Gummischlauch und einen 25-Liter-Benzinkanister.

Die Tür zur Werkstatt stand angelehnt; er stieß sie auf und ging hinein.

Die Latte, an der Hellström gearbeitet hatte, war in eine Hobelbank eingespannt. An der einen Wand standen verschiedene Gartengeräte, und über dem Arbeitstisch hing Werkzeug an Haken und Holzstiften. Gleich neben der Tür stand ein Motor-Rasenmäher und daneben, an die Wand gelehnt, eine Reihe von Treibhausfenstern mit frisch gestrichenen Rahmen.

Martin Beck stand an der Hobelbank und strich mit dem Zeigefinger über die weiche Oberfläche der frisch gehobelten Kiefernleiste, als er plötzlich etwas entdeckte, das halb versteckt in einer Ecke hinter einem Stapel schwarzer Plastiksäcke lehnte.

Er ging hin und zog den Gegenstand hervor.

Ein quadratisches Schmiedeeisengitter mit vier achtkantigen Stäben, die an einen kräftigen Rahmen angeschweißt waren. Ein breiter Zwischenraum in der Mitte und zwei rauhe Bruchstellen im Rahmen deuteten darauf hin, daß es fünf Stäbe gewesen sein mußten.

Er hob das Gitter auf und ging zurück zu Hellströms Haus.

Åsa saß mit dem Teebecher in der Hand und unterhielt sich mit Hellström, als Martin Beck das Zimmer betrat. Als sie sah, was er in der Hand hielt, stockte sie.

Hellström drehte sich um und blickte erst auf Martin Beck und dann auf das Gitter.

«Ich habe dies hier in Ihrem Arbeitsraum gefunden», sagte Martin Beck.

«Das stammt von dem alten Haus, das abgerissen wurde, als Petrus seine Villa bauen wollte. Es war an einer Kellerluke. Ich dachte, ich könnte es noch mal gebrauchen, und hab es mitgenommen.»

«Sie haben es brauchen können, nicht wahr?»

Hellström antwortete nicht.

Er wandte sich zum Tisch um und drückte sorgfältig seine Zigarette aus.

«Eine der Stangen fehlt», beharrte Martin Beck.

«Die hat die ganze Zeit gefehlt.»

Åsa stand auf, und Martin Beck sagte:

«Ich glaube Ihnen nicht. Ist es nicht das beste, wenn Sie mit uns mitkommen? Dann können wir das hier klarstellen.»

Hellström saß eine Weile ganz ruhig da.

Dann stand er auf, ging in die Diele hinaus und zog seine Jacke an.

Er ging vor ihnen durch das Gartentor hinaus und wartete ruhig neben dem Auto, während Martin Beck das Gitter in den Kofferraum legte.

Er saß neben Martin Beck auf dem Rücksitz, während Åsa fuhr.

Keiner von ihnen sagte auf dem Weg zu Polishuset ein Wort.

10

Es dauerte beinahe drei Stunden, bis Sture Hellström den Mord an Walter Petrus zugab.

Dagegen nahm es nur kurze Zeit in Anspruch, festzustellen, daß es sich bei der Eisenstange, die als Mordwaffe benutzt worden war, um das fehlende Stück in dem Gitter handelte, das Martin Beck in Hellströms Arbeitsraum gefunden hatte.

Mit diesem Beweis konfrontiert, behauptete Hellström, daß die Stange bereits gefehlt hätte, als er das Gitter vor sechs Jahren an sich nahm.

Die technische Untersuchung des Fußbodens hinter den Holzkisten in Maus Lundins Garage erbrachte als Resultat den deutlichen Abdruck einer Schnalle der gleichen Sorte, die Hellströms Gürtel zierte. Außerdem zwei Fußabdrücke, ebenso unvollständig und verwischt wie die, die man im Garten gefunden hatte, aber sie stammten ohne Zweifel von den Sohlen eines Turnschuhpaares, das in Sture Hellströms Schrank gefunden wurde. Außerdem fand man einige Haare und Fäden von blauem Baumwollstoff.

Während Martin Beck das Material, das Sture Hellström immer fester an den Mord band, geduldig aufzählte und erklärte, bestritt dieser mit der gleichen Geduld. Er sagte nicht viel, schüttelte nur den Kopf und steckte sich eine Zigarette nach der anderen an.

Martin Beck hatte Tee und Zigaretten holen lassen, etwas zu essen hatte Hellström abgelehnt.

Es hatte wieder zu regnen angefangen, das eintönige Prasseln gegen die Fensterscheiben und das graue Tageslicht in dem immer mehr von Rauch gefüllten Zimmer schafften eine zeitlose und isolierte Stimmung im Raum.

Martin Beck blickte auf den Mann vor sich. Er hatte versucht, mit ihm über seine Kindheit und Jugend zu sprechen, über seinen Kampf ums Dasein für sich und seine Tochter, über seine Bücher, über seine Gefühle für seine Tochter und über seine Arbeit. Zu Beginn hatte der Mann mit hartnäckigem Trotz geantwortet, war aber nach und nach immer wortkarger geworden, und jetzt saß er schweigend mit gebeugten Schultern da und blickte sorgenvoll auf den Fußboden.

Martin Beck schwieg ebenfall und wartete.

Schließlich richtete sich Sture Hellstrom auf und blickte Martin Beck an.

«Ich habe eigentlich nichts, wofür es sich noch zu leben lohnt», begann er. «Er hat meine Tochter vernichtet, und ich habe ihn so sehr gehaßt, wie ein Mensch nur hassen kann.»

Er saß wieder eine Weile still da und blickte auf seine Hände. Er hatte Schmutzränder unter den eingerissenen, stumpfen Nägeln. Dann hob er wieder den Kopf und sah hinaus in den strömenden Regen.

«Ich hasse ihn immer noch, obwohl er tot ist.»

Nachdem Sture Hellström sich entschlossen hatte auszupacken, brauchte Martin Beck nur noch hin und wieder eine Frage einzuwerfen.

Er berichtete, daß er sich auf der Rückfahrt von Kopenhagen vorgenommen hatte, Petrus umzubringen. Seine Tochter hatte ihm erzählt, was Petrus mit ihr gemacht hatte, und diese Schilderung hatte ihn wie ein Schock getroffen. Er hatte von dem, was da vorgegangen war, keine Ahnung gehabt.

Schon als Kiki noch zur Schule ging, hatte Petrus sie in sein Büro gelockt. Es hatte ziemlich lange gedauert, bis sie sich dorthin gewagt hatte, aber er redete nur über ihren ungewöhnlichen Charme und ihre besondere Ausstrahlung und versprach ihr eine Rolle in einem seiner Filme, und dann würde ihr Glück gemacht sein.

Gleich beim erstenmal, als sie ihn besuchte, bot er ihr Haschisch an. Sie kam weiterhin zu ihm, und er ging bald dazu über, ihr Amphetamin und Heroin zu geben. Nach einer gewissen Zeit war sie völlig von ihm abhängig und willigte ein, in seinen Filmen mitzuspielen, wenn er sie nur mit Rauschgift versorgte.

Als sie die Schule verließ und von zu Hause wegzog, war sie bereits süchtig und konnte nicht mehr mit den Mengen auskommen, die Petrus ihr gab. Sie begann, mit anderen Süchtigen zusammen zu leben, verbrachte ihre Zeit an Orten, wo andere Süchtige waren, und prostituierte sich, um zu Geld zu kommen.

Schließlich war sie mit einer Gruppe Jugendlicher nach Kopenhagen gefahren und dort geblieben.

Als ihr Vater sie fand, hatte sie zugegeben, daß sie sich hoffnungslos verrannt hätte und nicht die Kraft aufbrächte, etwas dagegen zu tun. Ihr Bedarf war jetzt sehr groß, und sie mußte hart arbeiten, um genügend für ihre täglichen Dosen zusammenzubekommen.

Er hatte alles ihm Mögliche versucht, um sie zu bewegen, mit ihm nach Hause zu kommen und eine Entziehungskur zu machen, aber sie hatte geantwortet, daß sie sowieso keine Lust hätte, noch lange zu leben, und bis zu ihrem letzten Schuß weitermachen wollte, von dem sie annahm, daß er nicht mehr lange auf sich warten lassen würde.

Zuerst hatte Sture Hellström sich selbst Vorwürfe gemacht, aber als er daran dachte, was für ein begabtes und nettes Mädchen seine Tochter gewesen war, bevor Walter Petrus sich ihrer annahm, begann er einzusehen, daß es allein dessen Schuld war.

Er hatte bemerkt, daß Petrus regelmäßig Maud Lundin besuchte, und entschloß sich, ihn dort zu töten. Er begann Petrus nach Rotebro zu folgen und stellte fest, daß er häufig morgens eine Weile allein in dem Haus war.

In der Nacht zum 7. Juni, als er wußte, daß Petrus zu Maud Lundin wollte, nahm er den Zug nach Rotebro, wartete in der Garage, bis es Morgen wurde, ging ins Haus und schlug Petrus tot, bevor dieser überhaupt nur merkte, was los war.

Das war das einzige, was er bereute. Mit der Waffe, die er zur Verfügung hatte, war er gezwungen, Petrus zu überraschen. Wenn er eine Schußwaffe gehabt hätte, mit der er Petrus hätte bedrohen können, hätte er seinem Opfer vorher erzählt, daß es sterben müsse und aus welchem Grund.

Er hatte das Haus durch die Hintertür verlassen, war über das Feld in den Wald und durch einen alten zugewachsenen Garten gegangen, bis er auf Enköpingsvägen kam. Dann war er zurück zum Bahnhof gegangen, hatte den Zug zum Hauptbahnhof genommen, war zur Östra Station gefahren und mit dem Djursholmszug nach Hause.

Das war alles.

«Ich hätte nie geglaubt, daß ich einen Menschen töten könnte», sagte Sture Hellström. «Aber als ich meine Tochter so tief, wie ein Mensch nur sinken kann, im Dreck versunken vorfand, während dieses reiche, fette und selbstzufriedene Schwein munter umherstolzierte, gab es für mich keine andere Wahl. Ich fühlte mich beinahe erleichtert, als ich mich entschlossen hatte.»

«Aber damit war Ihrer Tochter auch nicht geholfen», bemerkte Martin Beck.

«Nein. Der ist jetzt nicht mehr zu helfen. Mir übrigens auch nicht.»

Sture Hellström schwieg eine Weile, dann sagte er:

«Vielleicht waren wir von Anfang an verloren, Kiki und ich. Aber ich glaube trotzdem, daß ich das Richtige getan habe. Jetzt kann er jedenfalls keinem mehr schaden.»

Martin Beck saß da und blickte auf Sture Hellström. Der sah müde aus, schien aber ganz ruhig zu sein. Keiner von ihnen sagte etwas. Schließlich stellte Martin Beck das Tonbandgerät ab, das die ganze letzte Stunde über gelaufen war, und stand auf.

«Gehen wir.»

Sture Hellström erhob sich sofort und ging vor Martin Beck her auf die Tür zu.

11

Mitte August mußte Rebecka Lind ihre Wohnung in Söder räumen.

Das Haus war alt und in sehr schlechtem Zustand, und nun sollte es abgerissen werden, damit auf dem Grundstück ein neues Wohnhaus gebaut werden konnte, für das der Besitzer mindestens das Dreifache an Miete verlangen konnte, nachdem er es mit allen minderwertigen, aber modernen Bequemlichkeiten und unnötigen Attributen von schlechter Qualität, aber luxuriösem Aussehen ausgestattet hatte.

Jedenfalls war es so auf dem Stockholmer Wohnungsmarkt üblich, aber davon wußte Rebecka Lind nicht viel. Außerdem wohnte sie zur Untermiete, hatte keinen Vertrag und konnte nicht wie die übrigen Mieter Anspruch auf eine gleichwertige Wohnung oder eine Wohnung in einem Vorort mit etwa vergleichbarer Miete anmelden. Auch wenn sie einen Vertrag gehabt hätte, hätte sie den wahrscheinlich nicht gelesen oder sich nicht darum gekümmert, daß sie ihr Recht erhielt.

Als die Frist von einem Monat abgelaufen war, zog sie mit ihrer kleinen Tochter und ihren wenigen Habseligkeiten zu Freunden im gleichen Stadtviertel, die sich eine große Wohnung teilten, welche ebenso minderwertig und vom Abriß bedroht war.

Eines der Zimmer stand zufällig leer, und sie konnte da wenigstens eine Zeitlang unterkommen. Es lag hinter der Küche, eine kleine Kammer, die früher einmal das Hausmädchen oder die Köchin beherbergt hatte.

Rebecka möblierte diesen Raum mit ihrer Matratze, vier rotlackierten Bierkästen, die als Regale ihren Dienst taten, einem großen Spankorb mit Bettwäsche, Handtüchern und Kleidung und mit Camillas Bett, das Jim vor seiner Abreise gezimmert hatte.

Einen kleinen Reisekoffer, den sie bei sich gehabt, seit sie von zu Hause fortgegangen war, jedoch niemals richtig ausgepackt hatte, schob sie unter Camillas Bett. In dem Koffer lagen Zeichnungen, die sie in der Schule gemacht hatte, Fotos, Briefe und, in einen alten, bestickten Wandbehang eingewickelt, einige Kleinigkeiten, die sie von der Tante ihrer Mutter geerbt hatte. Da lag auch ein Tagebuch, das sie zu ihrem 15. Geburtstag von ihrer Mutter bekommen hatte. Sie hatte selten etwas hineingeschrieben, die letzte Eintragung war über ein Jahr alt. Sie lautete: *Ich habe darüber nachgedacht, ob ich arbeiten oder weiter zur Schule gehen soll. Man muß ja Geld haben in dieser komischen Welt. Das ist der Nachteil daran. Die meisten Menschen auf der Welt lieben nur das Geld an Stelle ihrer Mitmenschen, aber ich glaube, sie wachen auf und erkennen die richtige Wirklichkeit, statt weiter in Illusionen zu leben.*

Rebecka war zufrieden, ein Dach über dem Kopf zu haben, und fühlte sich wohl zwischen ihren Freunden und in ihrem kleinen Zimmer, das auf einen großen Hinterhof hinausging, auf dem zwei hohe Bäume ihre grünen Kronen ausbreiteten.

Sie wartete immer noch darauf, daß Jim von sich hören lassen würde. Wenn jemand aus ihrem Freundeskreis ihr riet, ihn zu vergessen, da er sie ja offensichtlich im Stich gelassen hätte, antwortete sie nur ganz ruhig, daß sie ihn zu gut kenne, um glauben zu können, daß er sie ohne ein Wort der Erklärung sitzenließe.

Sie wußte, daß ihm etwas zugestoßen sein mußte, und ihre Unruhe wuchs von Tag zu Tag.

Bereits ehe sie den fatalen Versuch unternommen hatte, Geld für die Amerikareise zu leihen, hatte sie einen Brief an Jims Eltern an die Adresse geschrieben, die er ihr hinterlassen hatte. Sie hatte keine Antwort erhalten. Es hatte ihr große Mühe gemacht, den Brief aufzusetzen; das Englisch, das sie in der Schule gelernt hatte, war in dem Jahr mit Jim zwar bedeutend besser geworden, aber sie hatte große Schwierigkeiten mit der Rechtschreibung.

An einem Tag im Januar, als Jim die amerikanische Botschaft aufsuchte, war sie mitgekommen und hatte draußen gewartet. Ungefähr einen Monat nach der Gerichtsverhandlung ging sie wieder hin, um Hilfe zu erbitten, aber als sie versuchte, sich durch eine große Schar von Demonstranten zu drängen, die sich aus irgendeinem Grund ein kurzes Stück von dem imponierenden Gebäude entfernt versammelt hatten, wurde sie brüsk und grob von einem Polizisten weggeschoben. Sie stellte fest, daß das ganze Gelände um die Botschaft herum von der Polizei abgeriegelt war, und ein Mädchen unter den Demonstranten erzählte ihr, daß in der Botschaft ein Empfang gegeben wurde.

Daß es der amerikanische Nationalfeiertag war, davon hatte sie keine Ahnung, und es dauerte eine Weile, bis sie sich wieder auf den Weg zur Botschaft machte, ängstlich, ob dort nicht wieder irgendein Fest gefeiert wurde. In Botschaften wurde oft gefeiert, das hatte sie gehört, und ihrer

Ansicht nach war es deren Aufgabe, Feste zu veranstalten.

Diesmal gab es keine Polizeisperre, nur zwei uniformierte Männer mit Handfunksprechgeräten, die gemächlich auf dem Bürgersteig unten vor der Treppe zum Eingang auf und ab gingen.

Sie sprach mit einem Mann in blauem Anzug und mit rauchfarbener Brille, der hinter einem Schreibtisch im Eingang saß. Sie versuchte, ihm ihr Anliegen zu erklären. Während er ihrem gestammelten Englisch zuhörte, das immer schlechter wurde, weil sie nervös war, verschwand sein freundliches Lächeln immer mehr, und schließlich teilte er ihr kurz angebunden mit, daß sie sich mit ihrem Problem woanders hinwenden müßte.

Wohin, sagte er nicht.

An einem Abend, als Camilla eingeschlafen war, setzte sie sich mit gekreuzten Beinen auf ihre Matratze, und mit einer der Bierkisten als Tisch schrieb sie einen zweiten Brief an Jims Eltern.

Dear Mister and Missis Cosgrave, schrieb sie langsam und bemühte sich, die Buchstaben so deutlich wie möglich zu schreiben.

Sins Jim left me and our dauhter Camilla in januari I have not herd from him. It is now 5 months that have gon. Do you now were he is? I am worryd about him and it wold be very nice if you cold write me a letter and say if you now wat has happend to him. I now that he wold write to me if he cold, becouse he is a very god and honest boy and he loves me and our little dauhter. She is nou 6 month and a very fine and beutiful girl. Pleas, Mister and Missis Cosgrave, write to me and tell wat has happend to Jim. With many thanks and best greetings.
Rebecka Lind.

Sie hatte von einem Freund einen Luftpostumschlag bekommen, und als sie den zugeklebt hatte, schrieb sie ihren Absender sorgfältig in Druckbuchstaben auf die Rückseite. Sicherheitshalber ging sie am nächsten Tag zur Post und ließ den Brief frankieren.

Dann konnte sie nur noch weiterhin warten.

Rebecka gefiel es nicht, in der Stadt zu wohnen. Solange sie denken konnte, hatte sie sich danach gesehnt, auf dem Lande leben zu können. Sie wollte ein gesundes und einfaches Leben führen, der Natur nahe und am liebsten mit vielen Tieren und vielen Kindern um sich herum. Sie fühlte, daß sie zur falschen Zeit und an einem falschen Ort geboren worden war. Manchmal dachte sie daran, wie absurd es war, daß es heutzutage nur den Reichen und Begüterten vergönnt war, sich auf dem Lande niederzulassen, während früher die Dörfer und Landstädtchen von den hart arbeitenden und armen Leuten bevölkert waren. Alte Bauernhöfe wurden zu nicht wiederzuerkennenden renovierten Sommerhäusern für vermögende Menschen. Fischerhäuschen und Kätnerhütten wurden pittoreske Wochenendhäuser für gehetzte Wirtschaftsbosse, Politiker, Ärzte und Rechtsanwälte. Viele der schönsten Teile der unberührten

Natur des Landes wurden in Golfbahnen mit luxuriösen Klubhäusern für die mondänen Mitglieder verwandelt. Man legte Flugplätze und Kernkraftwerke dort an, wo eigentlich Naturreservate geschaffen werden mußten. Große Stücke guten Ackerbodens wurden zerstört und Autobahnen darauf gebaut.

Oft, wenn Rebecka durch die Straßen ging, dachte sie an all das und bekam Lust, sich mitten auf die Fahrbahn zu stellen, den Verkehr zu stoppen und allen Menschen um sich herum zuzurufen, daß sie einsehen sollten, wie schrecklich alles war. Wenn sie da lief, eingenebelt in die Abgase der Autos, mit Camillas warmem Körper eng an ihren eigenen gedrückt, konnte sie plötzlich eine große Verzweiflung über die Welt verspüren, in der ihr Kind aufwachsen mußte.

Rebecka hatte ein kleines Stück Land bei dem Schrebergartenhäuschen, in dem sie eine Zeitlang gewohnt hatte, behalten dürfen. Das lag in Eriksdalslunden, nicht weit entfernt von ihrer neuen, behelfsmäßigen Wohnung. Jeden Morgen ging sie hin und pflegte ihr kleines Stück Gartenland, auf dem sie Gemüsesorten zog, von denen sie wußte, daß sie gut für Camilla waren. Sie hatte vieles über biodynamische Gemüsezucht und makrobiotische Kost gelernt und freute sich, daß sie das meiste, was sie und ihr Kind zum Leben brauchten, selbst ziehen konnte.

Wenn das Wetter schön war, saß sie oft im Eriksdalslunden und ließ Camilla im Gras herumkriechen, während sie an Jim dachte und überlegte, an wen sie sich noch wenden konnte, um herauszubekommen, was mit ihm geschehen war.

Es begann Herbst zu werden, und bald würde der, dem die Kammer eigentlich gehörte, zurückkommen, und sie war gezwungen, wieder umzuziehen. Sie wußte nicht, wohin, hoffte aber irgendwo bei ihren Freunden unterkommen zu können.

Ein paar Tage ehe sie ausziehen mußte, kam die Antwort auf ihren Brief an Jims Eltern.

Jims Mutter schrieb, daß sie kürzlich in eine andere Stadt umgezogen waren, weit entfernt von der, in der sie vorher gewohnt hatten. Jim hatte nicht die formelle Strafe bekommen, die ihm versprochen worden war, sondern war als Deserteur zu vier Jahren Gefängnis verurteilt worden. Sie hatten keine Möglichkeit, ihn zu besuchen, weil die Entfernung bis zu dem Staat, in dem das Gefängnis lag, zu weit war, aber sie konnten ihm schreiben. Sie vermuteten, daß die Gefängnisleitung die Post zensierte und daß sie deshalb nichts von ihm gehört hätte. Sie selbst könne zu schreiben versuchen, aber sie dürfe nicht sicher sein, ob die Briefe ihn erreichen würden. Sie, die Eltern, konnten nichts tun, um ihm, ihr oder dem Kind zu helfen, denn Jims Vater war sehr krank und mußte sich einer teuren Krankenhausbehandlung unterziehen.

Rebecka las den Brief mehrere Male sorgfältig durch, aber die einzigen Worte, die wirklich in ihr Bewußtsein drangen, waren *vier Jahre Ge-*

fängnis.

Camilla lag und schlief auf ihrer Matratze auf dem Fußboden. Sie legte sich daneben, drückte das Kind fest an sich und weinte.

Rebecka schlief in dieser Nacht nicht, erst als es hell zu werden begann, schlummerte sie ein.

Als sie kurze Zeit danach von Camilla geweckt wurde, wußte sie plötzlich, an wen sie sich mit der Bitte um Hilfe wenden konnte.

12

Hedobald Braxéns Büro war ebensoschmuddelig wie er selber. Es lag zwar vergleichsweise zentral, in David Bagares Gata, aber in einem Haus, für das der Besitzer nur im Ausnahmefall einmal in die Tasche griff, um eine ausgebrannte Glühbirne zu ersetzen – seit das Haus gebaut worden war, und das war lange her.

Braxén hatte keine Sekretärin und kein Wartezimmer, nur einen einzigen Raum mit unwahrscheinlich schmutzigen Fensterscheiben und einer Kochnische, wo er zuweilen Kaffee kochte, das heißt, wenn Kaffee im Hause war und die Plastikbecher nicht gerade alle waren.

Es gab Leute, die ihn Schnapsadvokat nannten, aber die irrten sich, denn Braxéns Alkoholverbrauch war gleich Null. Selbst wenn ihm etwas angeboten oder er genötigt wurde, weigerte er sich, auch nur ein Glas Bier zu trinken.

In dem kleinen Raum gab es zwei Katzen und einen zerzausten alten Kanarienvogel in einem Bauer. Den größten Teil der Grundfläche beanspruchte ein großer Schreibtisch, der sicher sehr alt und außerdem so groß war, daß viele Leute sich fragten, wie es ein paar genialen Möbelträgern vor langer Zeit einmal überhaupt gelungen sein konnte, ihn durch die Tür zu bugsieren. Braket selbst pflegte dann, sicher spaßeshalber, zu sagen, daß er bereits vor siebzig Jahren oder so beim Bau des Hauses mit eingebaut worden war. Eine neue Version des Geheimnisses vom verschlossenen und verriegelten Raum.

Braxén saß hinter dem Schreibtisch und las *Ny Dag*, während seine Zigarre auf einem vor lauter Kippen überlaufenden Aschenbecher lag und er selbst über den Rand der Zeitung hin den eintretenden Klienten mit unerwartet lebendigen und in vielen Farben schillernden Augen beobachtete.

Der Tisch war mit Akten überladen, die sich zu einer ansehnlichen Höhe stapelten.

Mehr als jeweils einen Klienten hatte er scheinbar nie erwartet, denn es gab nur einen Besuchersessel, und der war recht abgewetzt, vermutlich hauptsächlich durch die vielen Akten, Mappen und alten Zeitungen, die auf ihm bis zu den Armlehnen gepackt lagen.

Zeitung las er häufig auch während einer Verhandlung, zum Ärger vieler, aber offenbar zu seinem großen Vergnügen und fast immer zum Nutzen seiner Klienten, weil ein Angeklagter mit einem so selbstsicheren Verteidiger beinahe zwangsläufig unschuldig sein mußte. Außerdem lag ja die formelle Beweisführung beim Staatsanwalt, und mit wenigen Ausnahmen kam der Ankläger oder die Anklägerin aus dem Konzept und verhedderte sich, wenn er oder sie mit Brakets unorthodoxen Methoden konfrontiert wurde. Bulldozer Olsson war eine der wenigen Ausnahmen von der Regel.

Nach einigen Minuten, so lange dauerte das mindestens, klärte sein Blick sich und er begrüßte sie:

«Aha, Roberta . . .»

«Rebecka», verbesserte das Mädchen.

«Ja, natürlich, Rebecka.»

Braxén legte die Zeitung weg und hob statt dessen eine Katze auf den Tisch.

Eine gewisse Gruppe seiner Kollegen hatte versucht, ihn aus dem Anwaltverein ausschließen zu lassen, unter anderem mit der Begründung, daß sein Büro eher einem Tierpark als einer Kanzlei gliche. Diese Berufskollegen gehörten zu den mehr playboyhaften und erfolgreichen, das heißt, wenn es ums Geld ging, denn sie verloren häufig ihre Prozesse oder mußten sich mit einem Vergleich zufriedengeben, bei dem nur sie selbst verdienten, während Braket hin und wieder Verfahren gewann, die jeder x-beliebige schwedische Advokat von Anfang an als hoffnungslos bezeichnet hätte.

Daß das Los für den Prozeß gegen Rebecka Lind auf Braket gefallen war, war zumindest bis jetzt reine Glückssache für sie.

«Na», sagte er und streichelte die Katze von der Nase bis hin zur Schwanzspitze. «Den Prozeß haben wir gewonnen. Der Krawattenschmuggler hat keine Berufung eingelegt. Zum Glück. In Hovrätten sitzen verkalkte Juristen, die sich eisern an die Buchstaben des Gesetzes halten. Es wäre sehr schwer geworden, die davon zu überzeugen, was die Wahrheit war, manchmal zweifle ich daran, ob dieser Ausdruck überhaupt zu ihrem Wortschatz gehört.»

Er bemerkte ihre fragende Miene und beeilte sich sofort zu erklären:

«Wortschatz. Worte, wenn du das begreifst, also.»

Braket steckte seine Zigarre an, nahm einen Zug und stieß einen gewaltigen Rauchring aus. Dann wiederholte er diese Prozedur und blies den neuen Ring in einen rechten Winkel zu dem ersten wie bei einem Gyroskop.

Das war ein feines Kunststück, mit dem er beinahe im Zirkus hätte auftreten können. Schade nur, daß stumpfsinnige Verbote es ihm verwehrten, dies im Gerichtssaal vorzuführen. Er hatte immer davon geträumt, einen Heiligenschein um die Stirn des Richters zu legen.

Ihm war aufgefallen, daß das Mädchen bedrückt aussah, und deshalb fragte er:

«Wie geht es deinem kleinen Jungen?»

«Mädchen. Camilla heißt sie.»

«Selbstverständlich. Natürlich.»

«Ihr geht es gut. Ich habe sie bei einer Freundin gelassen, solange ich hier bin. Sie fährt nicht gern U-Bahn. Schreit und macht sich naß.»

«Ich kann mich noch gut daran erinnern, als ich ein kleiner Junge war», erzählte Braxén. «Wir sind auf den Eisschollen herumgehüpft. Das hat man zu meiner Zeit ‹Jumpen› genannt, und es war natürlich verboten. Ich bin einmal ins Wasser gefallen und selbstverständlich tauchte gerade da ein Polizist auf und sah das.»

Braket blies zwei neue Rauchringe, ebenso elegant wie die ersten und um ein Haar reiner Perfektionismus.

«Und was passierte? Ich wurde vor ein Polizeigericht geschleppt, so was gab es damals, und bekam eine Strafe von zwei Kronen. Taschengeld von zwei Monaten war das zu der Zeit. Von der Bastonade meines Vaters gar nicht erst zu reden.»

Er nahm wieder ihren verständnislosen Blick wahr und ergänzte:

«Ich habe ganz einfach Prügel bezogen. Leider war meine Erziehung ein wenig altertümlich.»

Dann fuhr er fort:

«Übrigens kann es gar kein Gesetz gegeben haben, daß das Jumpen verbot. Höchstens zwei Zeilen in einer lokalen Verordnung. In jenem Augenblick hab ich mich jedenfalls entschlossen, früher oder später Jurist zu werden, obwohl alle um mich herum meinten, daß ich dazu nicht taugen würde.»

Plötzlich lachte er:

«Nicht taugte? In diesem Land, in dem man in 99 von 100 Fällen einen Nachttopf an die Stelle des Verteidigers stellen könnte.»

Braket sah, daß seine Ausführungen absolut keinen Eindruck auf seine Besucherin machten. Er holte zwei Alka-Seltzer aus der Kochnische und löste die Tabletten in einem Plastikbecher auf. Dann goß er die Mischung in sich hinein, und schon nach einer Viertelminute machte er seinem Namen alle Ehre.

Seine ausgeprägten Gesichtszüge sahen kummervoll aus. Er lehnte sich im Schreibtischstuhl zurück und schnallte, obwohl das unmöglich schien, den Gürtel ein Loch enger.

«Sie sollten Hosenträger benutzen», schlug das Mädchen sachlich vor.

«Ja. Ja richtig. Das ist ein kluger und nützlicher Gedanke.»

Er zog einen Schreibmaschinenbogen hervor und schrieb umständlich und sorgfältig in Druckbuchstaben HOSENTRÄGER darauf.

Dann blickte er die Besucherin ernsthaft an. «Also, Roberta . . .»

«Rebecka.»
«Also, Rebecka, wo drückt der Schuh? Ist was passiert?»
«Ja, und Sie, Herr Rechtsanwalt, sind der einzige Mensch, der mir jemals geholfen hat.»
Braket steckte die Zigarre, die während des Hantierens mit dem Alka-Seltzer ausgegangen war, wieder an. Dann nahm er eine der Katzen auf den Schoß und kraulte sie hinter den Ohren, bis sie anfing zu schnurren.
Er unterbrach sie nicht ein einziges Mal, während sie ihm ihr Problem vortrug.
Schließlich fragte sie hilflos: «Was soll ich tun?»
«Du kannst dich an das Sozialamt oder an das Jugendamt wenden. Da du nicht verheiratet bist, hast du sicher schon einen Vormund für das Kind.»
«Nein», widersprach sie sofort. «Absolut und unwiderruflich nein. Diese Leute jagen mich schon jetzt, als ob ich ein Tier wäre. Und Camilla haben sie, während ich bei der Polizei saß, völlig vernachlässigt.»
«Vernachlässigt?»
«Ja. Sie bekam falsche Nahrung. Es dauerte drei Wochen, bis ihr Magen wieder normal funktionierte.»
«Meiner hat das nie getan.»
«Das liegt an den Zigarren da und daran, daß Sie die falsche Kost essen.»
«Mmm. Das ist denkbar. Aber jetzt bin ich glücklicherweise zu alt, um noch eventuelle schlechte Angewohnheiten abzulegen. Ich bin zum Beispiel viermal verheiratet gewesen und habe seit meinem 13. Lebensjahr Zigarren geraucht, mit kurzer Unterbrechung während des Krieges, als ich mir von amerikanischen Fliegern Marihuana eingetauscht habe; ich habe 11 Kinder und 16 Enkelkinder. Mein Bruder andererseits ist Vegetarier und hat Tabak niemals angerührt. Er hat keine Kinder und den Gesetzen der Logik entsprechend auch keine Enkelkinder. Dagegen hat er Lungenkrebs und wird sicher im Laufe des nächsten halben Jahres sterben.»
«Was soll ich tun?» fragte Rebecka.
Braxén setzte die Katze auf den Boden, ein besonders häßliches Exemplar, gelb, ocker, schwarz und weiß gesprenkelt, und antwortete:
«Ein lebenslanger Kampf gegen verschiedene Behörden, besonders die, die mehr Macht als andere haben, hat mich gelehrt, daß man sehr selten jemanden findet, der einem zuhört, noch seltener bekommt man sein Recht jenen gegenüber.»
«Wer regiert dieses Scheißland?»
«Formell ist das der Reichstag, praktisch sind es jedoch die Regierung und die Ausschüsse und die Kapitalisten und eine Reihe von Leuten, die entweder deswegen ausgewählt wurden, weil sie Geld haben oder weil sie politisch wichtige Gruppen kontrollieren können, die Gewerkschaftsbos-

se. Der oberste Boss, wenn man so will, ist . . .»

«Der König?»

«Nein, der König hat nichts zu sagen. Ich meine den Regierungschef.»

«Der Chef der Regierung?»

«Hast du nie von ihm gehört?»

«Nein.»

«Der Regierungschef, man kann ihn Premierminister oder Ministerpräsident oder Staatsminister oder sonstwie nennen. Er leitet die Politik des Landes.» Braket wühlte ein wenig auf seinem Tisch. «Hier in der Zeitung ist ein Bild von ihm.»

«Was für eine Type. Und wer ist das mit dem Cowboyhut?»

«Ein amerikanischer Senator, der uns bald einen sogenannten offiziellen Besuch abstatten wird. Vorher war er übrigens Gouverneur in eben jenem Staat, aus dem dein Freund stammt.»

«Mein Mann!»

«Ich weiß nie, wie man heutzutage sagt.» Braket rülpste.

«Kann man hingehen und mit dem Regierungschef sprechen? Er kann doch wohl Schwedisch?»

«Ja, aber das ist schwer. Er empfängt nicht jeden einfach so, es sei denn ganz kurz vor einer Wahl. Aber man kann ein Schreiben aufsetzen, das heißt einen Brief schicken.»

«Das schaffe ich nicht», sagte sie resigniert.

«Aber ich kann das.»

Aus dem Innenleben seines bemerkenswerten Schreibtisches klappte Hedobald Braxén eine Platte hoch, auf der eine uralte Underwood festgeschraubt war.

Er spannte zwei Schreibmaschinenbogen mit einem Blatt Kohlepapier dazwischen in die Walze. Dann schrieb er leicht und behändig. Wer ihn beobachtete und selbst Maschineschreiben konnte, merkte sofort, daß er diese Kunst vor langer Zeit auf einer Schule oder in einem Kursus gelernt hatte.

«Wird das nicht sehr teuer?» fragte Rebecka Lind unsicher.

«Meine Auffassung ist die: Wenn jemand, der sich wirklich eines Verbrechens schuldig gemacht oder die Allgemeinheit geschädigt hat, ein kostenloses Gerichtsverfahren beanspruchen kann, so soll eine Person, die total unschuldig ist, wahrhaftig nicht die teuren Gebühren für einen Rechtsanwalt bezahlen müssen.»

Er überflog den Brief, gab Rebecka das Original und legte die Kopie in einen Schnellhefter.

«Was soll ich nun tun?» erkundigte sie sich.

«Unterschreiben. Meine Adresse steht im Briefkopf.»

Sie unterzeichnete, ein wenig zitternd, während Braxén das Kuvert schrieb.

Dann schloß er den Umschlag, klebte eine Briefmarke mit dem Bild des machtlosen Königs darauf und gab ihr den Brief.

«Wenn du nach rechts gehst, sobald du aus der Tür kommst, und dann wieder nach rechts, kommst du an einen Briefkasten. Leg ihn da rein.»

«Danke.»

«Hej, Ro . . . Rebecka. Wo kann ich dich erreichen?»

«Im Augenblick nirgendwo.»

«Dann komm hierher. Frühestens in einer Woche. Vorher können wir nicht mit einer Antwort rechnen.»

Als sie die Tür geschlossen hatte, klappte Braxén die Platte mit der Schreibmaschine wieder zurück und hob die gesprenkelte Katze hoch. Er blickte auf das Zeitungsbild mit dem Staatsminister und dem Senator, lüftete eine Hinterbacke und pupste, sozusagen nachdenklich.

13

Der hochgewachsene blonde Mann nannte sich nicht mehr Heydrich, sondern hatte jetzt einen britischen Paß, ausgestellt auf einen Geschäftsmann namens Andrew Black. Er traf bereits am 15. Oktober in Schweden ein und benutzte den denkbar besten Reiseweg. Er kam nämlich via Kopenhagen mit dem Tragflügelboot nach Malmö, wo die Paßpolizei, wenn sie überhaupt da ist, sich hauptsächlich damit beschäftigt, zu gähnen und Kaffee zu trinken.

In Malmö löste er eine Fahrkarte nach Stockholm, schlief ruhig, während der kalte schwedische Regen gegen das Abteilfenster prasselte, traf morgens in Stockholm ein und nahm ein Taxi zu der Sechs-Zimmer-Wohnung auf Söder, die ein Strohmann der ULAG bereits lange vorher als Gästewohnung für seine Geschäftsfreunde gemietet hatte. Die Wartezeit in der ellenlangen Schlange am Taxistand vor dem Bahnhof war die erste Unannehmlichkeit, der er in Schweden ausgesetzt war.

Er war also ohne Schwierigkeiten ins Land gekommen, nirgendwo hatte er mehr als die Vorderseite seines Passes zeigen müssen, er hatte niemandem seinen Namen genannt und auch nicht seine Koffer geöffnet. Die hatten doppelte Böden, und ihr Inhalt war hochinteressant. Trotzdem hätte ein normaler Zollbeamter, der nach nichts anderem suchte als nach Alkohol oder Zigaretten, bestimmt nichts Besonderes daran gefunden.

Als es Zeit zum Essen war, ging er in ein Lokal, das sich Bar nannte, nahm zur Kenntnis, daß das Essen schlecht und erschreckend teuer war. Dann kaufte er einige schwedische Zeitungen und nahm sie mit nach Hause. Nach einer Weile stellte er fest, daß er den Text überraschend gut verstand.

Er hieß eigentlich Reinhard Heydt, war Südafrikaner und in einem viersprachigen Heim aufgewachsen, in dem man Holländisch, Afrikaans,

Englisch und Dänisch sprach. Später hatte er fließend Französisch und Deutsch dazugelernt und konnte sich notdürftig in einem halben Dutzend weiterer Sprachen verständigen. Seine Schulbildung hatte er in England genossen.

Heydts praktische Ausbildung war paramilitärisch, zuerst hatte er sich im Kongo geschlagen und war später auf der Verliererseite in Biafra gewesen. Auch bei dem Staatsstreich in Guinea war er dabeigewesen, und nach einer Zeit beim portugiesischen Geheimdienst hatte er mehrere Jahre lang einem irregulären Spezialverband angehört, der die Frelimo-Guerillas in Mozambique bekämpfte. Danach war er von der ULAG rekrutiert worden.

Heydt war in Lagern in Rhodesien und Angola zum Terroristen ausgebildet worden. Das Training war ausgesprochen hart gewesen, und das geringste Zeichen von psychischer oder physischer Schwäche hatte unmittelbar dazu geführt, daß man in den Verwaltungsdienst überführt wurde. Verrat oder Feigheit wurde mit dem Tode bestraft.

Die ULAG war von privaten Interessenten ins Leben gerufen und organisiert worden, erhielt jedoch finanzielle Hilfe von den Regierungen mindestens dreier Länder. Das Fernziel war, eine hocheffektive Terroristengruppe zu bilden, die letzlich den immer schwankender werdenden weißen Regimen im südlichen Afrika als Stütze dienen konnte. Verbindungen nach außen gab es wenige, sie waren jedoch vorhanden. So bestand zum Beispiel in London ein hochfeiner Klub, in dem man allen Ernstes eine Bestellung an die ULAG aufgeben konnte. Bisher war allerdings nur eine einzige so bestellte Aktion durchgeführt worden, nämlich die, die Gunvald Larsson als Zeuge miterlebt hatte. Was die Aktionen dieser Organisation darüber hinaus so erschreckend und schwer verständlich machte, war die Tatsache, daß sie als Übungen ausgeführt worden waren.

Die Terroristengruppen sollten ganz einfach zeigen, wozu sie in der Lage waren. Außerdem geschah dies mit dem Hintergedanken, allgemein Mißtrauen und politische Unruhe zu schaffen. Das war gelungen, denn der Anschlag in Malawi hatte zu ernsten Auseinandersetzungen zwischen den drei beteiligten Staaten mit vielversprechenden militärischen und politischen Komplikationen geführt. Das Attentat in Indien hatte schwere politische Unruhen nach sich gezogen, und in Peking und Moskau fiel es dem Geheimdienst immer noch schwer zu akzeptieren, daß nicht die CIA oder das Van Thieu-Regime hinter dem Feuerüberfall in Vietnam stand.

Die Schöpfer der ULAG waren sich über die Probleme, die Terrorismus als politische Waffe automatisch mit sich bringt, vollständig im klaren. Entweder verläuft es so wie in Ulster, wo die Aktiven zu schlecht ausgebildet oder bewaffnet sind. Niemand läßt sich von einem anspruchslosen irischen Landarbeiter, der sich selbst in die Luft sprengt, weil er nicht genügend über die Konstruktion der Bombe und ihre Handhabung weiß, aus der Ruhe bringen. Oder von den zahllosen palästinensischen Aktionen, die häufig mit dem Tod der Terroristen endeten, weil die Gegenseite so gut ausgerüstet war und außerdem kompromißlos vorging.

Was man demzufolge aufzustellen gedachte, war eine Gruppe, die niemals versagte und die, auch wenn sie nicht besonders groß war, imstande war, echten Terror auszuüben.

Zur Zeit zählte die ULAG nicht mehr als 100 Mann, wovon 20 in Aktivistengruppen zu je 4 Personen, 10 in Reserve und weitere 20 noch in der Ausbildung waren. Den Rest bildete die Verwaltung, die aus Sicherheitsgründen so klein wie möglich gehalten wurde.

Es stimmte, daß die Kerntruppe zu Anfang aus Leuten bestand, die sich schon in Biafra und Angola geschlagen hatten, aber bereits die war international, und seither war sie von Leuten aus vielen Ländern – unter anderem mehreren Japanern –, die eine ultranationale Phalanx repräsentierten und der Ansicht waren, ihren Heimatländern auf diese Weise dienen zu können, verstärkt worden. Ein schwedisches Mitglied war auch dabei, aber er befand sich noch in der Ausbildung. Insgesamt war es ein buntgemischter Haufen, zu dem überraschenderweise auch zwei Farbige gehörten, die sehr genau wußten, worauf sie sich einließen, und ein israelischer Sicherheitsagent, der seinen Abschied genommen hatte.

Reinhard Heiydt war der Beste in seinem Ausbildungskurs gewesen und konnte sich mit Fug und Recht zu den zehn gefährlichsten Männern der Welt rechnen, ein Gedanke, der ihn mit nicht geringem Stolz erfüllte. Im übrigen war er ein gebildeter und wortgewandter Mann von vorteilhaftem Aussehen, dem sein Beruf viel Freude bereitete. Als Südafrikaner hätte man ihm vielleicht zugute halten können, daß er aus Idealismus handelte, aber das war nicht der Fall. Die Absichten der ULAG waren übrigens nicht klar formuliert. Außerdem würde Südafrika sich wahrscheinlich noch lange Jahre halten können.

Jedenfalls hatte die ULAG ihre Funktionstauglichkeit unter Beweis gestellt und würde nun wohl bald gezielt eingesetzt werden.

Von den weißen Regimen im südlichen Afrika war Mozambique bereits zusammengebrochen. Angola und Namibia waren auf dem besten Wege dahin, und der Augenblick ließ vielleicht nicht mehr allzu lange auf sich warten, in dem ein Engländer, der auf dem Flugplatz Salisbury eintraf, sich dort nicht mehr so zu Hause fühlte wie bei einem Besuch in Glasgow oder Cardiff.

Drei Tage nach Heydt trafen die beiden Japaner gemeinsam in Stockholm ein. Sie hatten den Weg über Finnland genommen und kamen mit einer der Schnapsfähren aus Mariehamn. Einer der diensttuenden Paßbeamten stempelte gleichgültig ihre gefälschten Pässe, während er mit müder Abscheu einen der beiden nach dem nächsten Kino, in dem

Sexfilme mit schönen schwedischen Mädchen liefen, fragen hörte.

Das mit den schönen schwedischen Mädchen hatte auch zur Folge, daß der Zollbeamte eiligst mit Kreide einen Krakel auf den Koffer malte.

«Wir sollten verdammt noch mal einen Prospekt in japanisch und englisch haben, der Adressen von Nutten und Sexclubs enthält und den wir an alle Japse und die anderen Idioten verteilen können», schlug der Zöllner seinem Kollegen vor.

«Das sind Rassenvorurteile!» schrie ein Jüngling in der Reihe der Wartenden. «Begreift ihr das nicht? Es ist durch Gesetz verboten, andere Menschen wegen ihrer Hautfarbe oder Rasse zu diskriminieren!»

Und während man sich deswegen stritt, gelang es auch dem zweiten Japaner, unkontrolliert mit seinem Koffer durch den Zoll zu kommen. Er war übrigens erstaunlich groß und hatte Hände, die hart wie ein Stück Holz waren.

Die Japaner waren in Indien dabeigewesen, nicht jedoch in Lateinamerika. Heydt wußte, daß sie erstklassig waren, kaltblütig und rücksichtslos und absolut zuverlässig. Auch wenn er einer der zehn gefährlichsten Männer auf der Erde war, so hätte er durchaus keine Lust gehabt, einem dieser beiden während der Ausübung seines Berufes gegenüberzustehen.

Aber mit den beiden Japanern zusammenzuwohnen war langweilig. Sie sagten selten ein Wort, sondern saßen nur da und spielten ein unbegreifliches Spiel mit einem Haufen kleiner Klötzchen. Ihre Gesichter waren so ausdruckslos, daß man niemals feststellen konnte, wer gerade gewann oder verlor oder ob das Spiel zu Ende war oder vielleicht am nächsten Tag fortgesetzt werden würde.

Im Gegensatz zu den beiden anderen war Heydt niemals vorher in Stockholm gewesen, und in den ersten Tagen sah er sich fast den ganzen Tag über in der Stadt um, um sich ein Bild davon zu machen. Er merkte bald, daß die Stadt ebenso verkommen war und von Banden beherrscht wurde wie New York und bestimmte Teile von London. Zuerst dachte er daran, eine Waffe mitzunehmen, aber dann fiel ihm ein, daß er gelernt hatte, niemals Schußwaffen bei sich zu führen, es sei denn in unmittelbarem Zusammenhang mit der Arbeit. Statt dessen mietete er einen Wagen. Bei der Autofirma zeigte er die Papiere vor, die ihn als den britischen Staatsbürger Andrew Black auswiesen.

Eine Woche später bekam er eine große Packkiste von der Güterzentrale zugestellt, die als postlagernd an ihn geschickt worden war. Da sie offensichtlich unverzollt angeliefert wurde, konnte er auf die beiden Kisten, die ihm kurz danach angekündigt wurden, verzichten. Die wurden nach einer gewissen Zeit an den Absender zurückgeschickt.

Bald danach besuchte er ein kleines Büro auf Kungsholmen, wies sich als Vertreter einer holländischen Baufirma aus und kaufte die vollständigen Planzeichnungen für die U-Bahn, das Abwassersystem und die öffentlichen Strom- und Gasleitungen. Von dieser Kontaktadresse wußte er bereits vorher, und der Betreffende war rechtzeitig durch einen Brief über den Besuch informiert worden und hatte, dazu aufgefordert, ein Angebot abzugeben.

Das Ironische daran war, daß derjenige, der das an und für sich nicht geheime Material verkaufte, ein Mitglied des schwedischen Sicherheitsdienstes war. Er arbeitete in einem Büro, das entweder vom Militär oder der Polizei unterhalten wurde, er selbst wußte das nicht genau. Dagegen wußte er, daß er sich unterbezahlt fühlte, und darum verkaufte er klassifiziertes Material. Als guter Schwede lieferte er jedoch prinzipiell nichts an die Russen. ULAG kaufte somit kein geheimes Material und hielt es für das einfachste, sich an den Sicherheitsdienst zu wenden.

Am 31. Oktober war Reinhard Heydt bereits 17 Tage in Schweden gewesen. Die beiden Japaner spielten immer noch ihr eigentümliches Spiel, unterbrachen es nur, um in die Küche zu gehen und merkwürdige Mahlzeiten zuzubereiten. Die Zutaten schienen sie in den Läden der Stadt einzukaufen.

Alles Material war bereits zur Stelle.

Bis zum Besuch des Senators waren es noch drei Wochen.

Reinhard Heydt fuhr zu dem internationalen Flugplatz Arlanda hinaus, sah sich uninteressiert um und fuhr wieder zurück in die Stadt. Über den Weg, den der berüchtigte Amerikaner nehmen würde, konnte es eigentlich keinen Zweifel geben.

Als Heydt das königliche Schloß erreichte, bog er ab und parkte auf Slottsbacken. Dann nahm er seinen Stadtplan in die Hand und ging, wie jeder x-beliebige Tourist es getan hätte, Logårdstrappan hinunter, blieb stehen und sah sich lange um.

Dies war ein guter Platz, das war mal sicher. Für welche Methode er sich auch immer entscheiden würde. Aber er hatte sich bereits mehr oder weniger für eine Bombe entschieden. Das Risiko lag natürlich darin, daß der König mit draufgehen würde. Keiner hatte bisher von einem König gesprochen, und irgendwie konnte er sich mit dem Gedanken nicht befreunden. Es war doch etwas Besonderes mit einem König. So einer verdiente doch etwas mehr Aufmerksamkeit, als daß er einfach so gratis mitbefördert wurde. Noch dazu bei einer so wichtigen Reise. Heydt lachte vor sich hin und schüttelte den Kopf. Er hatte sich festgelegt. Sollten gekrönte Häupter rollen, so verdienten sie es, für sich allein zu fallen. Sozusagen. Er blickte wieder auf das Schloß und überlegte, was das doch für ein ziemlich massiver und häßlicher Steinhaufen war. Nachdem er die Straße überquert hatte, ließ er das Auto stehen, um einen kurzen Spaziergang durch Gamla Stan, die Altstadt, zu machen. Dies war der einzige Teil von Stockholm, der ihm gefiel. Aber, dachte er, wie konnten die Menschen so wohnen, in diesem fürchterlichen Klima?

Reinhard Heydt lief umher, bis er auf Stortorget kam. Er prüfte die Brunkebergspumpe und ging dann in östlicher Richtung Köpmangatan hinauf. Plötzlich trat direkt vor ihm eine Frau aus einem Durchgang und begann in der gleichen Richtung wie er zu gehen.

Skandinavische Frauen sollten groß und blond sein, dachte er. Seine dänische Mutter zum Beispiel war das gewesen.

Diese hier war auffallend klein, nur 1,55. Außerdem hatte sie ziemlich breite Schultern, glattes, helles Haar und trug rote Gummistiefel, Jeans und einen schwarzen Dufflecoat. Die Hände hatte sie tief in den Taschen vergraben. Sie ging mit gesenktem Kopf und festen Schritten, ebenso schnell wie er.

Als er nur wenige Schritte hinter ihr weiterging, wandte sie plötzlich den Kopf um, so als ob sie sich verfolgt fühlte, und sah ihn an. Die blinzelnden Augen waren ebenso blau wie seine eigenen. Sie betrachtete ihn forschend unter dem glatten, blonden Pony hervor, dann blickte sie auf den Stadtplan, den er immer noch zusammengefaltet unter dem rechten Arm geklemmt trug, und trat einen Schritt zur Seite, um ihn vorbeigehen zu lassen.

Als er ins Auto stieg, sah er sie wieder; sie ging mit langen Schritten in Richtung Skeppsbron. Einmal schien sie einen Blick in seine Richtung zu werfen, schnell und beobachtend. Aus irgendeinem Grund fiel ihm seine dänische Mutter wieder ein, die noch lebte und in der Nähe von Pietermaritzburg wohnte. Wenn dieser Job abgeschlossen war, würde er hinreisen und sie besuchen.

Am gleichen Tag rief er den Funkspezialisten der Gruppe an, ein Franzose, der sich seit längerer Zeit in Kopenhagen bereitgehalten hatte. Er wies ihn an, spätestens am 14. November nach Stockholm zu kommen, und erklärte ihm, daß die Methode in der Hauptsache die gleiche sein würde wie beim letztenmal.

Am Montag der folgenden Woche hatte Reinhard Heydt seine schweigenden, ständig spielenden japanischen Kollegen so satt, daß er sich entschloß, nach einer Frau Ausschau zu halten. Dies war an und für sich ein Abweichen vom üblichen Muster, denn früher hatte er sich, solange er eine Aktion vorbereitete, niemals mit Frauen befaßt.

Die große Zahl der Prostituierten in Stockholm deprimierte ihn, besonders die Menge der Mädchen zwischen 14 und 17, die offenbar praktisch alles taten, um an Rauschgift heranzukommen oder, genauer gesagt, an Geld für einen Schuß, wie man zu sagen schien.

Nachdem er den verzweifelten Verkehr rund um den sogenannten «schrägen Platz» eine Weile beobachtet hatte, wie auch die, gelinde gesagt, wenig zweckmäßigen Methoden der Polizei, mit denen man dem Markt Einhalt zu gebieten versuchte, gab er es auf und ging in die Bar von einem der besten Hotels der Stadt.

Reinhard Heydt trank niemals Alkohol, aber hin und wieder genehmigte er sich ein Glas Tomatensaft mit Tabasco. Während er an seinem Drink nippte, überlegte er, was er haben wollte. Am liebsten eine ziemlich große aschblonde Frau, die 25 Jahre alt war. Er selbst war 30, aber dies mit den 25 war eine fixe Idee von ihm. Was er sich absolut nicht vorstellen konnte, war eine Dame, die irgendwie professionell war oder die in einem festen Etablissement arbeitete. Er glaubte nicht mehr so fest daran, daß alle schwedischen Mädchen hübsch waren, das schien nur eine der vielen Lügen zu sein, die das Regime aus Gründen der Propaganda verbreitete.

Während er bei seinem zweiten Glas gespritztem Tomatensaft saß, trat eine Frau ein und setzte sich an das andere Ende der Bar. Sie schien Apfelsinensaft zu trinken mit einer roten Beere drin und einer Apfelsinenscheibe über dem Rand des Glases.

Sie blickten einander mehrere Male an und ließen gegenseitiges Interesse erkennen.

Er fragte den Barkeeper, ob er sie zum nächsten Drink einladen dürfte, und die Antwort war ein Ja. Bald danach wurde der Hocker neben ihr frei. Er warf einen fragenden Blick darauf, und sie nickte wieder.

Nachdem er sich zu ihr gesetzt hatte, erzählte er ihr, daß er dänischer Ingenieur sei und Reinhard Jörgensen heiße. Es war immer das Einfachste, wenn man sich soweit wie möglich an die Wahrheit hielt, und seine Mutter hatte mit Mädchennamen Jörgensen geheißen. Sie sagte, daß sie Ruth Salomonsson hieße. Er fragte sofort nach ihrem Alter, und sie antwortete, daß sie 25 sei. Fast alles stimmte: Ihr Haar war nicht blond, sondern aschblond, und ihre Augen waren blau. Sie war groß, schlank und hatte eine gute Figur.

Sein nächster Zug bestand darin, sie ins Kino einzuladen. Das schien sie wenig einfallsreich zu finden, und so schlug er ein gemeinsames Essen vor.

Sie antwortete lächelnd, daß sie schon gegessen habe, aber nichts dagegen einzuwenden hätte, wenn er sie an einem anderen Tag zum Essen einladen würde.

Es dauerte ungefähr 15 Minuten, bis er begriff, daß sie sich aus dem gleichen Grunde wie er in der Bar aufhielt.

Dann blieb ihm eigentlich nur noch, hinauszugehen und den Portier zu bitten, ein Taxi zu bestellen.

Wie das bei Frauen, die ins Restaurant gehen, häufig der Fall ist, so hatte auch Ruth Salomonsson eine Freundin bei sich.

Es zeigte sich, daß diese an einem anderen Tisch der Bar saß und sich mit einem Mann unterhielt, und während sie auf das Taxi warteten, wechselte Reinhard Heydt einige höfliche Worte mit der Freundin.

Er hatte eine gute Wahl getroffen und verlebte einen außerordentlich geglückten Abend. Erst einige Stunden später stellte er in einer Pause die Frage:

«Was bist du eigentlich von Beruf?»

Er hatte ihr einiges über seine Geschäfte und Reisen hierhin und dorthin erzählt. Sie steckte sich eine Zigarette an seiner brennenden an, blies eine Rauchwolke und antwortete:

«Polizistin.»

«Polizistin? Du bist bei der Polizei?»

«Genau. Polizeiassistentin heißt das.»

«Ist das eine interessante Arbeit?»

«Normalerweise ist es nicht besonders aufregend. Ich arbeite in einer Dienststelle, die sich Ermittlungsdezernat nennt.»

Er schwieg. Wunderte sich eigentlich vor allem, aber irgendwie wurde sie in seinen Augen dadurch noch interessanter.

«Ich habe das absichtlich nicht gleich erzählt», erklärte sie. «Manche Menschen reagieren komisch, wenn man erwähnt, daß man bei der Polizei ist.»

«Ach was», sagte Reinhard Heydt und zog sie zu sich heran.

Er kam nicht vor sieben Uhr am nächsten Morgen zu seinen Japanern zurück.

Die betrachteten ihn mißtrauisch. Dann gingen sie wieder und legten sich hin.

Er duschte, legte sich ebenfalls hin und verbrachte den Tag mit einem guten Buch. Was er als gutes Buch ansah, war in diesem Fall Ruges Seekriegsgeschichte. Er las sie auf die gleiche Weise, wie Schachenthusiasten ihre Fachlektüre durcharbeiten, und pflegte den gleichen Abschnitt und die Kombinationen ein ums andere Mal genau zu überprüfen.

Heute nahm er sich die *Weserübung*, den Angriff der deutschen Flotte auf Dänemark und Norwegen im Jahr 1940, vor. Dieses Kapitel war eins, das ihm mit am besten gefiel, und er kannte es bis in die kleinste Einzelheit.

Trotzdem staunte er jedesmal wieder von neuem. Da schickt jemand eine Handvoll Schiffe zu fremden Häfen und Zielen und über eine See, in der der Feind sowohl in der Luft als auch zu Wasser überlegen ist. Und dann, ruck, zuck, hat alles geklappt, trotz der unerhörten zahlenmäßigen Unterlegenheit, und der Feldzug ist gewonnen. Die Schönheit des unorthodoxen Perfektionismus.

Von Martin Beck konnte man sagen, daß auch er sein Exemplar des Ruge hin und wieder aus dem Bücherregal nahm.

Er und Reinhard Heydt besaßen beide ein Exemplar der gleichen Ausgabe, und es mag sonderbar klingen, daß sie am Montag, dem 11. November 1974, also genau 10 Tage vor dem feierlichen Besuch, beide auf ihren Betten lagen und den gleichen Text lasen.

Martin Beck war ebenfalls von der *Weserübung* fasziniert, aber nur jetzt, so lange danach, und eigentlich auch nur heimlich, ohne es zugeben zu wollen.

Er konnte sich daran erinnern, wie es damals in Wirklichkeit gewesen war, im April vor 34 Jahren, und damals war es sehr schwer gewesen, sich von etwas faszinieren zu lassen, denn alles wurde von dem Stampfen der verdammten braunen Bataillone übertönt.

Wie hatte Martin Becks Leben im Frühjahr 1940 ausgesehen? Er war gerade 17 geworden, und seine Lungen waren nicht in Ordnung. Er half, so gut er konnte, in dem kleinen Fuhrunternehmen seines Vaters. Das hatte in Klara gelegen, mitten in der Stadt, sein Vater hatte es im Frühjahr 1939 zusammen mit einem Kompagnon gegründet.

Was war dann geschehen? Er selbst war 1944 zur Polizei gegangen, um dem Militärdienst zu entgehen, im gleichen Jahr war das Fuhrunternehmen wegen der schwierigen Zeiten aufgelöst worden, und fünf Jahre später war der Vater gestorben. Nun waren alle tot, das Gebäude des Fuhrunternehmens war abgerissen worden, und der Stadtteil, in dem es gelegen hatte, existierte nicht mehr.

Natürlich lebte er selbst noch. Er war Kriminalkommissar und 52 Jahre alt.

Und Weserübung war Geschichte.

Man mußte das klar und deutlich sehen.

Denn es gibt keine gute oder schlechte Geschichte.

1940? Auf dem Bauernhof in der Nähe von Pietermaritzburg war Reinhard Heydt noch nicht einmal eine Hoffnung in den blauen Augen seiner dänischen Mutter.

14

Gunvald Larsson betrachtete seinen neuen Anzug.

War es ein schlechtes Omen, wenn er den an dem großen Tag anzog? Würde er von den Eingeweiden des Senators überschüttet werden oder etwas Ähnlichem? Nicht von der Hand zu weisen. Und gerade weil er so dachte, entschloß er sich, den neuen Anzug am nächsten Donnerstag anzuziehen.

Gunvald Larsson dachte häufig unorthodox.

Er zog seine Alltagskleidung an, eine pelzgefütterte Lederjacke, braune Hosen, feste dänische Halbschuhe mit Rohgummisohle. Blickte in den Spiegel und schüttelte den Kopf. Dann fuhr er zur Arbeit.

Gunvald Larsson hatte keine Lust, älter zu werden. Er war beinahe 50, und immer häufiger fragte er sich, was für einen Sinn sein Leben eigentlich gehabt hatte. Es hatte ihm Spaß gemacht, den größten Teil seines Erbteils schleunigst zu verpulvern. Es hatte ihm bei der Marine einigermaßen gefallen und noch besser in der Handelsflotte, aber warum um Gottes willen war er zur Polizei gegangen? Freiwillig hatte er einen Platz in der Gesellschaft eingenommen, bei dem er oftmals gezwungen war, gegen seine Überzeugung zu handeln.

Die Antwort war einfach. Es war der einzige Beruf, den er an Land mit seiner etwas eigenartigen Ausbildung bekommen konnte, und außerdem hatte er gehofft, daß er hin und wieder etwas Nützliches tun konnte. Aber war ihm das geglückt?

Und warum hatte er nicht geheiratet? Er hatte viele Gelegenheiten gehabt, aber jetzt war es im großen und ganzen zu spät.

Es war übrigens wahrhaftig Zeit, sich solche Fragen zu stellen.

Er war am Ziel, parkte den Wagen und fuhr mit dem Fahrstuhl hinauf ins Dezernat für Gewaltverbrechen, wo die Spezialgruppe ihr Hauptquartier hatte. Die Räume waren unansehnlich, die Farbe blätterte von den Wänden, das ganze Haus schien baufällig zu sein und sich unter dem Druck des neuen Polizeihauptquartiers zu ducken, das gigantische Ausmaße hatte und sich direkt vor den Fenstern erhob.

Dieser beinahe atemberaubende Protzbau war fast fertiggestellt. Es wurde behauptet, das Haus sei errichtet worden, um die gesamten Kräfte der Polizei zu zentralisieren, unter anderem im Hinblick auf eventuell bevorstehende Staatsstreiche. Es würde interessant sein, eine Erklärung dafür zu erhalten, warum es gerade auf einer Insel errichtet worden war. Vielleicht weil sie leicht isoliert werden konnte, indem man nur die dorthin führenden Brücken sprengte?

Schon lange bevor er fertig gewesen war, hatte der Hauskoloß die Polizei mit einem hübschen Beispiel zum Rätsel des verschlossenen und verriegelten Raumes überrascht. Die Zellen waren vorfabriziert und wurden von einem Kran fix und fertig an ihre endgültigen Plätze gesetzt. In einer davon hatten Bauarbeiter einen toten Landstreicher gefunden. Man hatte bald herausgefunden, daß der Betreffende an einer Überdosis Heroin gestorben war, aber die Zellentür war verschlossen gewesen, und niemand hatte sich erklären können, wie der Mann da hineingekommen war.

Gunvald Larsson blickte auf die elektrische Wanduhr. Drei Minuten nach acht.

Man schrieb den 14. November, und es war noch genau eine Woche bis zu dem großen Tag.

Das Hauptquartier bestand aus vier Zimmern, was wenig genug war, aber andererseits waren der Polizeimeister und Möller selten da, der Chef der Ordnungspolizei zeigte sich so gut wie nie und Malm und der Rikspolis-Chef überhaupt nicht.

In diesen Räumen pflegte Martin Beck meistens zu arbeiten.

Gunvald Larsson und Einar Rönn waren beinahe immer da, ebenso Benny Skacke und Frederik Melander, der sonst Kriminalinspektor beim Einbruchsdezernat war, jedoch jahrelang Erfahrungen bei der Riksmordkommission und beim Dezernat für Gewaltverbrechen in Stockholm gesammelt hatte.

Melander war ein seltsamer Mann und eine Hilfe, die man keinesfalls unterschätzen durfte. Sein Gedächtnis arbeitete wie ein Computer – nur besser, und indem man ihm alle Angaben zur Kenntnis gab, konnte man sich gegen viele Fehler, Doppelkommandierungen und anderes absichern. Er selbst war ein großer und wortkarger Mann, etwas älter als die anderen. Meistens saß er schweigend da und studierte seine Unterlagen, kratzte in seiner Pfeife, und wenn er nicht an seinem Platz war, so saß er auf der Toilette, eine Tatsache, die jeder zweite Polizist in Stockholm kannte und unerhört komisch fand.

Die, die sich selten im Hauptquartier aufhielten, hatten alle eigene Büros in der Nähe, und besonders der Chef der Ordnungspolizei erledigte einen großen Teil der direkten Organisationsarbeit an seinem Schreibtisch im alten Polizeihaus in Agnegatan. Dann schickte er von allen Papieren Kopien zu Martin Beck hoch.

Im großen und ganzen war es kein schlechtes Hauptquartier. Man pflegte einen unkonventionellen Stil, und Gunvald Larsson begnügte sich damit, Rönn zuzunicken, bevor er zu Martin Beck hineinging. Der saß auf seinem Tisch, ließ die Beine baumeln und telefonierte, gleichzeitig blätterte er in einem dicken Stapel von Meldungen.

«Nein», sagte er. «Ich habe schon mehrmals wiederholt, daß ich mich dazu nicht äußern will . . .

Eben. Ihr dürft es genauso machen, wie ihr wollt . . .

Nein. Das habe ich nicht gesagt . . .

Ja. Ich habe gesagt, ihr dürft es genauso machen, wie ihr wollt. Wir wollen uns dazu überhaupt nicht äußern. Habt ihr verstanden.»

Er sprach jetzt mit einem gewissen Nachdruck.

«Hej.» Er legte auf.

Gunvald Larsson sah ihn fragend an.

«Die Luftwaffe», sagte Martin Beck.

«Ach du grüne Neune!»

«Ja, das versuchte ich auch zu sagen, nur etwas höflicher. Die wollten wissen, ob wir mehr als eine Staffel Jagdflugzeuge haben wollten.»

«Und was hast du gesagt?»

«Ich habe versehentlich gesagt, daß wir Flugmaschinen überhaupt nicht brauchen.»

«Hast du dich so ausgedrückt?»

«Ja. Der General wurde ziemlich mürrisch. Flugmaschine ist offenbar ein häßliches Wort.»

«Da hast du recht. Das ist so, als ob man eine Decksplanke auf einem Boot als Fußboden bezeichnet.»

«Au, verflucht, ist das so schlimm? Ich werde ihn um Entschuldigung bitten, wenn er wieder anruft.»

Er blickte im Vorbeigehen auf die Datumsanzeige seiner Armbanduhr und stellte fest:

«Deine Freunde von der ULAG scheinen nichts von sich hören zu lassen.»

Die Grenz- und Ausländerkontrolle war in den letzten Wochen erheblich verschärft worden.

Gunvald Larsson riß sich ein borstenartiges Haar aus einem Nasenloch und prüfte es eingehend.

«Mmm.»

Er ging mit langen Schritten einige Male im Zimmer auf und ab. Schließlich schlug er vor:

«Ich finde, wir sollten uns so verhalten, als ob sie hier wären.»

«Du meinst, daß sie noch nicht gekommen sind?»

«Nein, im Gegenteil. Wenn sie etwas vorhaben, dann sind sie bereits am Platz.»

«Es muß sich ja logischerweise um mehrere Personen handeln. Sollte es denen wirklich geglückt sein, einzureisen, ohne daß wir auch nur einen von ihnen gefaßt haben?»

Ziemlich viele Leute waren zur genaueren Kontrolle an den verschiedenen Grenzübergängen festgehalten worden, aber sie schienen einwandfreie Papiere gehabt zu haben.

«Es hört sich komisch an», begann Gunvald Larsson, «aber . . .»

Er brach ab, und Martin Beck sagte:

«Eine andere Möglichkeit ist natürlich, daß sie schon gekommen sind, bevor die Grenzkontrollen wirksam wurden.»

«Ja. Das ist durchaus drin.» Er schien ungewöhnlich nachdenklich zu sein.

«Woran denkst du?» wollte Martin Beck wissen.

«Daß es eine so verdammt gute Gelegenheit für die ULAG ist. Es paßt vom Zeitpunkt her. In Europa haben sie bisher noch keine Aktion durchgeführt. Außerdem ist dieser Politiker . . .»

«Umstritten?»

«Umstritten, ja. In manchen Kreisen ist beinahe ein Kopfgeld auf den ausgesetzt.»

«Tja», meinte Martin Beck leidenschaftslos, «wenn das so ist, beweist er einen gewissen persönlichen Mut, indem er überhaupt herkommt.»

Um dem Gespräch eine neue Richtung zu geben, fuhr er fort: «Hast du gestern interessante Filme gesehen?»

Gunvald Larsson war beauftragt worden, sich einige Filme von Staatsbesuchen anzusehen, die der Sicherheitsdienst beschafft hatte.

«Habe ich, und dabei ist mir aufgefallen, daß Nixon zusammen mit Tito tatsächlich in einem völlig offenen Wagen durch Belgrad gefahren ist. Und das gleiche in Dublin. Nixon und De Valera saßen in einem uralten Rolls-Royce mit offenem Verdeck. Nach dem zu urteilen, was auf dem Film zu sehen war, hatten sie nur einen einzigen Sicherheitsmann bei sich. Dagegen schien das halbe Land abgeriegelt gewesen zu sein, als Kissinger in Rom war.»

«Haben sie auch den großen Klassiker gezeigt? Der Papst in Jerusalem?»

«Ja. Den hatte ich leider schon früher mal gesehen.»

Der Besuch des Papstes in Jerusalem war von der jordanischen Sicherheitspolizei organisiert worden, deren Bemühungen zu einem Durcheinander geführt hatten, das in der Weltgeschichte kein Gegenstück hatte. Selbst Stig Malm hätte so etwas nicht fertigbekommen.

Das Telefon klingelte.

«Ja, Beck.»

«Hej», meldete sich der Chef der Ordnungspolizei. «Hast du die Unterlagen gesehen, die ich dir raufgeschickt habe?»

«Ja. Ich bin gerade dabei, sie durchzusehen.»

«Die kleineren Orte im Land werden an diesen beiden Tagen beinahe ohne Polizeischutz sein.»

«Das kann ich mir vorstellen.»

«Ich will nur, daß du dir dessen bewußt bist.»

«Das ist allerdings nicht meine Sache. Frag den Rikspolis-Chef, ob er daran gedacht hat.»

«O. k., ich werde Malm anrufen.»

Rönn trat ein, ihm war die Lesebrille auf die rote Nasenspitze gerutscht. Er hielt ein Stück Papier in der Hand.

«Diese SK-Liste habe ich auf meinem Schreibtisch gefunden.»

«Die soll doch in meinem Briefkorb liegen», fuhr Gunvald Larsson ihn an. «Leg sie da hinein. Wer hat die denn überhaupt weggenommen?»

«Na, ich jedenfalls nicht», entgegnete Rönn.

«Was ist denn das für eine Liste?» fragte Martin Beck.

«Leute, die als Reserve hier im Gebäude bleiben», erklärte Gunvald Larsson. «Solche, die am besten im Tagesraum sitzen und Mensch-ärger-dich-nicht spielen, wenn du verstehst, was ich meine.»

Martin Beck nahm Rönn die Liste aus der Hand und warf einen Blick darauf. Sie wurde von einigen einschlägigen Namen angeführt.

SK-LISTE
Bo Zachrisson
Kenneth Kvastmo
Karl Kristiansson
Victor Paulsson
Aldor Gustavsson
Richard Ullholm
Und so weiter.

«Ich verstehe ausgezeichnet. Das mit dem Bereitschaftsdienst scheint mir eine gute Idee zu sein, vor allem für die selbst. Was heißt denn SK-Liste?»

«Sämtlich Knallköppe. Ich möchte mich nicht direkter ausdrücken.»

Sie gingen in den größeren Raum, in dem Rönn und Melander ihre Schreibtische hatten. Hier hatte man eine große Lichtpause des Stadtplanes aufgehängt und den vorgesehenen Weg der Kolonne eingezeichnet.

So wie es immer in derartigen Zentralen zu sein pflegt, war es auch hier ziemlich unruhig.

Pausenlos klingelte das Telefon, und hin und wieder kamen Leute herein und gaben interne Mitteilungen in braunen Mappen ab.

Melander telefonierte gerade. Ohne die Pfeife aus dem Mund zu nehmen, sagte er: «Ja. Hier kommt er gerade.» Er reichte den Hörer zu Martin Beck.

«Ja. Beck.»

«Fein, daß ich dich erreicht habe», sagte Stig Malm.

«Ja.»

«Gratuliere übrigens zu der beispielhaft eleganten Lösung des Petrus-Mordes.»

Etwas spät. Und übertrieben ausgedrückt.

«Danke. Es waren hauptsächlich Åsa und Benny, die dahintergekommen sind. Vor allem Åsa.»

«Åsa?»

Malms Namensgedächtnis war nicht das beste.

«Åsa Torell. Von der Kripo in Märsta.»

«Ach so.» Malms Stimme klang ein wenig unsicher. Von weiblichen Polizeibeamten hielt er nicht viel.

«War das alles, was du mir sagen wolltest?»

«Nein. Leider nicht.»

«Worum geht es denn?»

«Der Kommandeur der Luftwaffe hat gerade eben den Rikspolis-Chef angerufen.»

Schnell gehandelt, dachte Martin Beck. Laut sagte er: «Ja und?»

«Der General schien . . .»

«Verärgert zu sein?»

«Ich möchte lieber sagen, er schien enttäuscht zu sein, daß die Polizei so wenig Bereitschaft zur Zusammenarbeit zeigt.»

«Aha.»

Malm räusperte sich geniert.

«Bist du erkältet?»

Was für ein mieser Chef, überlegte Martin Beck. Dann fiel ihm ein, daß er sich ja jetzt als Malms Vorgesetzter betrachten konnte. Deshalb faßte er sich kurz:

«Wir haben ziemlich viel zu tun. Was willst du?»

«Ja, weißt du, wir meinen, daß unsere Verbindungen zum Militär sowohl anfällig als auch wichtig sind. Daher ist es zu empfehlen, wenn Gespräche mit den Offizieren in einem Geiste der Verständigung geführt werden. Wie du verstehen wirst, bin nicht ich es, der hier spricht.»

Martin Beck lachte leise und fragte: «Wer ist es denn, verdammt noch mal? Irgendein Telefongeist?»

«Martin», bat Malm flehentlich. «Du weißt in welcher Lage ich mich befinde. Es ist nicht leicht . . .»

«O. k. Ist sonst noch was?»

«Im Augenblick nicht.»

«Na dann. Hej.»

«Hej.»

Im Laufe des Gesprächs war auch Benny Skacke ins Zimmer getreten. Er blickte Martin Beck fragend an, und der erklärte:

«Bürochef Malm. Eine interessante Persönlichkeit, mit der du im Laufe deiner Karriere noch häufig zusammenstoßen wirst.»

Gunvald Larsson stand drüben am Stadtplan. Ohne den Kopf zu wenden, mahnte er:

«Übertreib nicht. Malm ist nur ein dämlicher Bürokrat. Die gesamte Verwaltung ist von diesen Typen durchsetzt.»

Das Telefon klingelte wieder. Melander hob ab. Diesmal war es Möller, der über seinen Kampf berichten wollte, den er gegen die, wie er sie nannte, subversiven Kräfte in der Gesellschaft führte. Einfacher ausgedrückt: die Kommunisten.

Sie ließen Melander das Gespräch führen. Für solche Dinge eignete er sich am besten. Antwortete kurz und geduldig, drückte sich stets klar aus und wurde nie laut. Wenn das Gespräch beendet war, hatte der Anrufer keinerlei Gehör gefunden, trotzdem war sein Anliegen freundlich angehört worden, und er konnte sich nicht beklagen.

Die anderen studierten den Weg der Kolonne.

Das Programm für den Besuch des mißliebigen Senators war sehr einfach.

Sein Spezialflugzeug, das sicher zehnmal am Tag von ausgewählten Mechanikern überprüft wurde, sollte um 13 Uhr in Stockholm-Arlanda landen. Ein Repräsentant der Regierung würde ihn am Flugzeug begrüßen. Sie würden zum VIP-Raum gehen. Die Regierung hatte eine Ehrenkompanie des Militärs abgelehnt. Statt dessen sollten der Repräsentant der Regierung und der Gast aus den USA in das kugelsichere Auto steigen, um zum Reichstagshaus am Sergels Torg gebracht zu werden. Später am Tag sollten der Senator oder, genauer gesagt, vier Offiziere von einem amerikanischen Zerstörer, der zufällig in Oslo lag, einen Kranz zu Ehren des alten Königs niederlegen.

Über diese Ehrung des toten Monarchen hatte es viel Gerede gegeben. Es hatte damit begonnen, daß man den Senator nach speziellen Wünschen gefragt hatte. Der hatte daraufhin geantwortet, daß er gern ein Lager der Lappen, in dem diese immer noch so wie vor 500 Jahren lebten, besichtigen würde. Dieser Wunsch brachte die Regierungsmitglieder, die für die Einladung des Senators verantwortlich waren, in einige Verlegenheit, denn damit bewies er eine beinahe erhabene Ahnungslosigkeit über Schweden im allgemeinen und die Lappen im besonderen. Man war schließlich gezwungen gewesen, mitzuteilen, daß es so etwas nicht gab, und fragte vorsichtig an, ob der Senator sich nicht das Kriegsschiff Wasa aus dem 17. Jahrhundert ansehen wolle. Die Antwort war jedoch negativ, der Senator war an alten Schiffen nicht interessiert und wollte statt dessen den kürzlich verstorbenen König ehren, denn der wurde nicht nur von dem Senator, sondern auch von großen Teilen des amerikanischen Volkes als der vornehmste Schwede der Gegenwart angesehen.

Keiner war über diesen Wunsch sehr beglückt. Mehrere Minister waren leicht schockiert über den Ausbruch ungehemmten Royalismus, der in Zusammenhang mit dem Tod des alten und dem Ausrufen des neuen Königs festzustellen war. Sie meinten, daß das des Guten zuviel sei, und ließen auf diplomatischem Wege zuerst erstaunt anfragen, was der Senator eigentlich mit «kürzlich» meine, (seit dem Ableben von Gustav VI. Adolf war mehr als ein volles Jahr vergangen), und dann mit Nachdruck zu verstehen geben, daß die Regierung nicht daran interessiert sei, an der wachsenden Verehrung verstorbener Könige mitzuwirken. Aber der Senator hatte sich unbeugsam gezeigt. Er hatte sich darauf versteift, einen Kranz niederzulegen, damit war die Sache entschieden.

Die Botschaft der USA gab die Bestellung für einen Kranz auf, der so groß war, daß zwei Blumengeschäfte in die Arbeit eingeschaltet werden mußten. Der Senator hatte den Umfang und die Blumen, die der Kranz enthalten sollte, selbst bestimmt. Die vier Marineoffiziere trafen bereits am 12. November in Stockholm ein und waren zum Glück kräftig gebaute Männer. Keiner von ihnen maß weniger als 1,90 Meter ohne Schuhe. Das zeugte von weiser Voraussicht, denn es war unwahrscheinlich, daß Seeleute kleineren Formats überhaupt in der Lage gewesen wären, das Blumenmeer auch nur von der Stelle zu rücken.

Nach dieser Zeremonie, der beizuwohnen der Regierungschef nach vielem Hin und Her zugesagt hatte, würde das Ehrengeleit mit dem Senator zum Reichstagshaus fahren.

Im Laufe des Nachmittags sollte der Gast eine Reihe von Ministern zu informellen politischen Gesprächen treffen.

Am Abend lud die Regierung zu einem Festessen in Stallmästaregården ein, wo auch die Führer der Oppositonsparteien mit ihren Frauen Gelegenheit hatten, sich mit dem Mann, der einmal beinahe Präsident der Vereinigten Staaten geworden wäre, zu unterhalten.

Die politische Richtung des Senators war eine solche, daß der Führer der Linken in Schweden, das heißt der Vorsitzende der kommunistischen Partei, es tatsächlich abgelehnt hatte, mit einem solchen Mann gemeinsam zu dinieren.

Nach dem Essen sollte der Senator sich für die Nacht in die Gästewohnung der Botschaft zurückziehen.

Das Programm für den Freitag war vergleichsweise einfach.

Der König lud zum Lunch aufs Schloß. Wie das genau vonstatten gehen sollte, hatte die Hofverwaltung noch nicht mitgeteilt; vorläufig hieß es nur, daß der König heraustreten und den Gast in Logården treffen sollte, danach würden sie gemeinsam das Schloßgebäude betreten.

Direkt nach dem Lunch sollte der Senator mit einem oder mehreren Regierungsmitgliedern nach Arlanda fahren, sich verabschieden und in die USA zurückfliegen. Schluß, aus.

Dabei gab es nichts besonders Kompliziertes oder Merkwürdiges.

Eigentlich war es völlig absurd, daß so viele Polizisten aller Dienstgrade damit beschäftigt sein sollten, eine einzige Person zu schützen.

Sie standen jetzt vor der Karte.

Alle zusammen außer Melander, der immer noch telefonierte.

Rönn kicherte plötzlich ohne sichtbaren Anlaß, und Gunvald Larsson fragte:

«Was ist los, Einar?»

Und Skacke: «Spinnst du?»

Worauf Gunvald Larsson diesen so feindselig anstarrte, daß Skacke errötete und lange Zeit gar nichts sagte.

«Ich habe mir gerade vorgestellt», sagte Rönn, «daß der Kerl Lappen sehen wollte. Er könnte ja zu mir nach Hause kommen und sich Unda ansehen. Aber natürlich nur ansehen.»

Unda war Rönns Frau, sie stammte aus einer Lappenfamilie, war klein und hatte pechschwarzes, glattes Haar und nußbraune Augen. Sie hatten einen Sohn, Mats, der gerade zehn geworden war.

Der Junge war blauäugig und hatte helles Haar, genau wie Rönn, dagegen hatte er von der Mutter das Temperament geerbt, was dazu führte, daß Rönn den ruhenden Pol in der Familie darstellte, in der beinahe jede Kleinigkeit zu dramatischem lauten Wortwechsel und gewaltigen Zänkereien führen konnte.

Melander beendete auch dieses Telefonat, stand auf und trat zu den anderen.

«Mmm. Ich hätte jetzt auch alles Material gelesen, was es über diese Sabotagegruppe gibt.»

«Und wo würdest du eine Sprengladung einbauen?» fragte Martin Beck.

Melander steckte seine Pfeife an und entgegnete mit stoischer Miene: «Wo würdet ihr denn diese eventuelle Bombe deponieren?»

Fünf Finger erhoben sich zum Stadtplan und zeigten auf die gleiche Stelle.

Alle kamen sich ein wenig albern vor. Schließlich sagte Gunvald Larsson:

«Wenn fünf Leute wie wir zu genau dem gleichen Ergebnis kommen, dann muß das verdammt falsch sein.»

Martin Beck trat einige Schritte zur Seite, stützte sich mit dem Ellbogen auf einen Aktenschrank an der Wand und ordnete an:

«Frederik, Benny, Einar und Gunvald. In zehn Minuten will ich von euch eine schriftliche Begründung haben. Und jeder soll sie für sich allein schreiben. Ich werde ebenfalls eine verfassen. Aber ganz kurz, bitte.»

Er ging in sein Zimmer. Das Telefon klingelte. Er ließ es klingeln, spannte einen Bogen in die Schreibmaschine und tippte mit den Zeigefingern.

Wenn die ULAG ein Attentat durchführen will, dann spricht alles dafür, daß sie eine Bombe mit Fernzündung verwendet. Bei der Art von Sicherheitsmaßnahmen, die wir zur Zeit entwickeln, schätze ich, daß sie es mit einer Bombe in der Gasleitung versuchen werden. Dagegen können wir uns am schwersten schützen, und außerdem ist auf diese Weise eine ausreichende Sprengwirkung zu erzielen. Voraussichtlicher Ort des Attentats: Der Platz, wo die Zubringerstraße zum Flughafen in Stockholm einmündet. Begründung: Die Kolonne kann nicht ohne erhebliche Schwierigkeiten, die vor allem bei der Umdisponierung der Polizeikräfte liegen, auf einen anderen Weg umgeleitet werden. Dieser Platz ist von unzähligen unterirdischen Gängen und Korridoren unterzogen, die teils zu dem im Bau befindlichen internen Kommunikationssystem der U-Bahn gehören, teils aber auch aus dem verwickelten System von Abwasserleitungen bestehen. Man kann sie durch eine Reihe von Zugängen von den Straßen her erreichen oder andere Einstiege benutzen, wenn man das unterirdische Verbindungsnetz der Stadt kennt. Wir müssen auch damit rechnen, daß alternative Sprengladungen angebracht werden und deren logische Plazierung herauszufinden versuchen.

Martin Beck.

Skacke trat mit seinem Gutachten bereits ein, als Martin Beck noch nicht fertig war. Dann folgten Melander und Gunvald Larsson.

Rönn kam als letzter. Die Schreibarbeit hatte ihn beinahe 20 Minuten gekostet. Er war kein Mann der Feder.

Alle kamen mit den gleichen Gesichtspunkten, aber Rönns Studie war die lesenswerteste. Er schrieb:

Der unterirdische Bombenleger, auch wenn er eine ferngezündete Detonation auslösen will, muß die Bombe in eine Gasleitung stecken, wo eine solche vorhanden ist. Da, wo ich hingezeigt habe, gibt es mehrere (fünf), und wenn er die Bombe da irgendwo hineinstopfen will, muß er sich entweder wie eine Wühlmaus selbst einen Gang graben oder die unterirdischen Gänge benutzen, die es bereits gibt. Dort, wo ich hingezeigt habe, gibt es viele solcher vorhandenen Gänge, und wenn dann die Bombe selbst so klein ist, wie Gunvald sagt, so ist es unmöglich, etwas dagegen zu tun, wenn wir nicht schon jetzt einen Haufen unterirdische Polizisten hinkommandieren und mit denen ein unterirdisches Polizeikommando schaffen wollen, aber die haben keine Erfahrung und können nichts Vernünftiges tun.

Einar Rönn, Erster Polizeiassistent.

PS. Aber wir wissen ja nicht, ob es unter der Erde bereits Bombenattentatsterroristen gibt, wenn es sie aber gibt, können weder überirdische noch unterirdische Polizisten sie hindern, aber sie können darüber hinaus in der Kloake schwimmen, und dann brauchen wir zusätzlich ein Kloakenkommando von Froschmännern, ja.

Der Verfasser grinste verlegen, während Martin Beck vorlas. Der lächelte jedoch nicht, sondern legte das Dokument zuoberst auf den Stapel.

Rönn überlegte gut, schrieb aber etwas eigenartig. Vielleicht war das der Grund, weshalb er noch nicht zum Kriminalinspektor befördert worden war.

Manchmal ließen böswillige Leute seine schriftlichen Arbeiten herumgehen, und die ernteten höhnisches Gelächter.

Sicherlich schrieben Polizeibeamte Berichte, die der reine Unsinn waren, aber Rönn war doch ein erfahrener Detektiv und sollte es besser können, sagte man.

Martin Beck ging hinüber zum Schrank, lehnte sich auf die altbekannte Art dagegen, trank ein Glas Wasser, kratzte sich am Haaransatz und sagte:

«Benny, sorg dafür, daß uns keine Telefongespräche durchgestellt werden, und sag Bescheid, daß wir keine Besucher empfangen.»

Skacke nickte, gab aber zu bedenken: «Überlegt mal, wenn nun der Rikspolis-Chef oder Malm kommt.»

«Malm werfen wir hinaus», entschied Gunvald Larsson, «und was den anderen betrifft, so kann er sich solange damit beschäftigen, Patiencen zu legen. In meiner Schreibtischschublade liegt ein Kartenspiel. Das ist eigentlich Einars, der es von Åke Stenström geerbt hat.»

«O. k. Zuerst will Gunvald etwas sagen», eröffnete Martin Beck die Besprechung.

«Das betrifft die Bombentechnik der ULAG», begann Gunvald Larsson. «Unmittelbar nach dem Attentat vom 5. Juni begann das Bombenkommando der Polizei zusammen mit Experten des Militärs in den Gasleitungen der Stadt nach anderen Sprengladungen zu suchen. Schließlich fand man zwei Ladungen. Aber die waren so klein und gut versteckt und so geschickt angebracht, daß man die eine erst nach drei Monaten fand und die zweite erst in der vorigen Woche. Obwohl beide unter dem für den nächsten Tag geplanten Weg der Kolonne lagen. Man mußte sich teilweise Meter für Meter herangraben. Die Bomben waren ein deutlich verbesserter Typ der Sprengladungen, die die Plastiksprengstoffexperten damals in Algerien benutzt haben. Der Funkzündungsmechanismus war von höchstem technischem Standard.»

Er schwieg.

Martin Beck nahm das Wort:

«Soviel darüber. Nun wollen wir etwas anderes besprechen, und das ist ein Detail, das ganz bestimmt unter uns bleiben muß. Nur wir fünf dürfen eine Ahnung davon haben. Sonst niemand. Das heißt, bis jetzt gibt es nur eine Ausnahme, aber dazu kommen wir später.»

Das Gespräch dauerte beinahe zwei Stunden. Alle hatten etwas beizutragen.

Martin Beck war danach sehr zufrieden. Dies hier war, unabhängig davon, welche persönliche Auffassung der eine oder andere von den übrigen Kollegen der Gruppe hatte, eine gute Mannschaft. Gewiß mußte er ziemlich oft erklären, was er meinte, was ihn wie gewöhnlich an das Fehlen Kollbergs erinnerte.

Shacke prüfte, wer in der Zwischenzeit angerufen hatte. Das war eine lange Liste.

Der Rikspolis-Chef, der Polizeimeister von Stockholm, der Oberbefehlshaber, der Chef der Armee, der Adjutant des Königs, der Rundfunkchef, Bürochef Malm, der Justizminister, der Vorsitzende von Moderata Samlingspartiet – der rechtsbürgerlichen Partei –, der Chef der Ordnungspolizei, zehn verschiedene Zeitungen, der Botschafter der USA, der Polizeimeister von Märsta, der Sekretär des Regierungschefs, der Chef der regulären Wachmannschaft im Reichstagsgebäude, Lennart Kollberg, Åsa Torell, der Oberste Staatsanwalt und Rhea Nielsen sowie elf unbekannte Mitbürger.

Martin Beck blickte bekümmert auf die Liste und seufzte tief.

Natürlich würde es so oder so Ärger geben, vielleicht viel Ärger.

Er ging mit dem Zeigefinger die lange Liste der Namen durch und wählte Rheas Nummer.

«Hej», sagte sie fröhlich, «störe ich?»

«Du störst mich nie.»

«Kommst du heute abend nach Hause?»

«Ja. Aber wahrscheinlich ziemlich spät.»

«Wie spät?»

«Zehn, elf so ungefähr.»

«Was hast du heute gegessen?» fragte sie inquisitorisch.

Martin Beck antwortete nicht.

«Gar nichts? Denk dran, was wir darüber gesagt haben, daß man stets die Wahrheit sprechen muß.»

«Du hast recht, wie so häufig.»

«Komm doch dann lieber zu mir. Wenn du eine Möglichkeit siehst, ruf eine halbe Stunde vorher an. Ich will nicht, daß du vor Hunger stirbst, noch bevor euer Prolet da landet.»

«O. k., ich umarme dich.»

«Ich dich auch.»

Dann teilten sie die Telefonate unter sich auf, einige waren schnell erledigt, andere waren langwierig und kompliziert.

Gunvald Larsson sprach mit Malm und fragte: «Was willst du?»

«Beck scheint versucht zu haben, uns die Verantwortung dafür in die Schuhe zu schieben, daß eine große Menge von Polizisten aus den Provinzstädten hierher kommandiert werden muß. Der Chef der Ordnungspolizei hat deswegen etwa vor einer Stunde hier angerufen.»

«Na und?»

«Wir hier in der Reichspolizeileitung wollen nur darauf hinweisen, daß ihr keinen Grund habt, euch in irgendwelche nebensächlichen Verbrechen einzumischen, die noch gar nicht begangen worden sind.»

«Haben wir das getan?»

«Die Frage der Verantwortung wird vom Chef als wichtig erachtet. Wenn woanders Verbrechen begangen werden, dann ist das nicht unsere Schuld. Die Reichspolizeileitung hat nichts mit der Sache zu tun.»

«Immerhin erstaunlich. Wenn ich zur Reichspolizeileitung gehörte, würde ich doch dafür sorgen, daß vorbeugende Maßnahmen ergriffen werden. Was habt ihr da oben eigentlich vor? Was glaubt ihr denn, womit ihr euch beschäftigt?»

«Die Verantwortung liegt nicht bei uns, sondern bei der Regierung.»

«O. k., dann rufe ich den Minister an.»

«Was?»

«Du hast ganz genau gehört, was ich sagte. Auf Wiedersehen.»

Gunvald Larsson hatte niemals vorher mit einem Regierungsmitglied seines Landes gesprochen. Er hatte übrigens auch niemals Lust dazu gehabt, aber jetzt wählte er mit einem gewissen Behagen die Nummer des Justizministeriums.

Er wurde sofort verbunden und hatte den Minister selbst in der Leitung.

«Guten Tag», begann er. «Ich heiße Larsson und bin Polizeibeamter. Ich bin mit Fragen des Schutzes beim bevorstehenden Besuch des Senators betraut.»

«Guten Tag. Ich habe schon von Ihnen reden gehört.»

«Es verhält sich jetzt so, daß eine meiner Ansicht nach unerfreuliche und sinnlose Diskussion darüber geführt wird, wessen Fehler es ist, daß es am nächsten Donnerstag und Freitag zum Beispiel in Enköping oder Norrtälje keine Bullen geben wird.»

«Und?»

«Ich möchte diese Frage beantwortet wissen, damit ich nicht dasitzen und mich mit allen möglichen Idioten darüber streiten muß.»

«Ach so. Die Verantwortung trägt natürlich die Regierung insgesamt. Weder kann man noch sollte man bestimmte Personen, zum Beispiel diejenigen, die die Einladung an den Betreffenden vorgeschlagen und durchgedrückt haben, herausstellen. Ich werde persönlich die Reichspolizeileitung darauf aufmerksam machen, daß sie alles in ihrer Macht Stehende unternehmen muß, um die vorbeugende Verbrechensbekämpfung in Bezirken mit starkem Personalmangel zu stärken.»

«Ausgezeichnet. Mehr wollte ich nicht hören. Auf Wiedersehen.»

«Einen Augenblick», beeilte sich der Justizminister, «ich hatte selbst angerufen, um zu erfahren, wie die Lage an der Sicherheitsfront beurteilt werden kann.»

«Wir beurteilen sie als gut. Arbeiten nach einem festgelegten, aber flexiblen Plan.»

«Ausgezeichnet.»

Er wirkte ja richtig vernünftig, dachte Gunvald Larsson. Aber dem Justizminister ging auch der Ruf voraus, eine leuchtende Ausnahme zwischen den Karrierepolitikern zu sein, die Schweden auf dem langen und offenbar unausweichlichen Weg nach unten steuerten.

So verlief der Tag mit vielen, überwiegend sinnlosen Telefonaten. Pausenlos kamen und gingen Aktenboten.

Gegen 22 Uhr wurde Gunvald Larsson eine Mappe gebracht, deren Inhalt ihn veranlaßte, beinahe eine halbe Stunde lang mit in die Hände gestütztem Kopf dazusitzen.

Sowohl Skacke als auch Beck waren noch da, aber sie wollten bald nach Hause gehen, und Gunvald Larsson wollte ihnen den Abend nicht verderben. Daher entschloß er sich, erst am nächsten Morgen über den Inhalt der Mappe zu berichten.

Dann überlegte er es sich doch anders und gab sie ohne Kommentar an Martin Beck, der sie ebenso ungerührt in seinen Aktenkoffer legte.

Martin Beck kam an diesem Abend erst 20 nach 11 in das Haus in Tulegatan.

Der Arbeitstag hatte mit einem sehr ausgedehnten Gespräch mit dem Chef der Ordnungspolizei geendet. Was sie zu besprechen hatten, war wichtig und erforderte Konzentration. Wie sollte die unheimliche Menge von uniformierten Polizisten eingesetzt werden? Wo sollten sie untergebracht und wie beköstigt und hin und her transportiert werden? Wo sollten sie sich zu welchen Zeiten befinden?

Wie sollte man mit den Demonstranten verfahren?

Der Chef der Ordnungspolizei war ein guter Verwaltungsbeamter. Noch besser war seine vorurteilslose Einstellung zu bestimmten sogenannten kritischen Fragen.

Eine davon war das Problem der Demonstranten. Vieles deutete darauf hin, daß Eric Möller in dieser Frage demnächst vorstellig werden würde und daß er bereit war, sich persönlich an die höchsten Stellen innerhalb der Bürokratie zu wenden, um seinen Vorstellungen Gehör zu verschaffen.

Darum war Martin Beck daran gelegen, in dieser Frage eine klare Linie zu haben. Er wollte eine fertige Lösung vorweisen, die den Verdrehungen der Sicherheitspolizei entgegengehalten werden konnte.

Seine persönliche Meinung war, daß es nichts dagegen einzuwenden gab, wenn der wenig willkommene Gast Gelegenheit bekam, sowohl zu sehen als auch zu hören, daß es viele Menschen gab, die ausgesprochen schlecht von ihm dachten und seinen Besuch als eine Beleidigung empfanden.

Viel zu viele Dinge, an denen dieser Mann maßgeblich beteiligt war, waren unvergessen oder immer noch aktuell. Der Krieg in Vietnam, das Eingreifen in Kambodscha, der Völkermord in Chile, um nur einige Beispiele zu nennen.

Der Chef der Sicherheitspolizei war mit diesen Überlegungen einverstanden.

Manch andere waren es überhaupt nicht, zum Beispiel Stig Malm, der der Ansicht war, daß die Polizeikordons und die Straßenabsperrungen so weit vom Weg der Kolonne entfernt angelegt werden sollten, daß der Senator nicht einen einzigen Demonstranten oder ein Spruchband oder ein Plakat zu sehen bekam.

Eric Möllers letzter Bericht über die Tendenz deutete darauf hin, daß die Demonstrationen einen großen Umfang annehmen würden und daß Leute von nah und fern kommen würden, um zu zeigen, was sie dachten. Das meinten seine Spione erfahren zu haben.

Wahrscheinlich war das richtig. Es war falsch, in die alte Gewohnheit zu verfallen und alles, was die Sicherheitspolizei tat, entweder als verkehrt oder als absichtliche Schikane den Linken gegenüber abzutun.

Für Martin Beck und den Chef der Ordnungspolizei kam es darauf an, die Polizei so einzusetzen, daß die Demonstranten ihre Ansichten kundtun durften, militantere Gruppen aber nicht die Polizeisperre durchbrachen und die Kolonne behinderten, geschweige denn die Wege verbarrikadieren konnten. Der Chef der Ordnungspolizei meinte, mit dieser Aufgabe fertig werden zu können. Nach einigem Zögern stimmte er auch der nächsten Forderung zu: daß die uniformierte Polizei streng darauf hingewiesen wurde, keine Gewalt anzuwenden, wenn nicht offensichtlich zwingende Gründe vorlagen. Einzelne Polizisten, die gegen diese Regel verstießen, sollten disziplinarisch bestraft und in gröberen Fällen vor Gericht gestellt werden.

Martin Beck kämpfte eine Weile, um den Ausdruck «vor Gericht gestellt» gegen «entlassen» auszuwechseln, mußte aber schließlich nachgeben.

Er öffnete die Haustür mit seinem eigenen Schlüssel. Dann ging er zwei Treppen hoch und klingelte an der Tür. Die war verschlossen. Er klingelte ein verabredetes Signal und wartete.

Sie hatte einen Schlüssel zu seiner Wohnung, er jedoch keinen zu ihrer.

Martin Beck konnte nicht einsehen, daß er den brauchte, denn er hatte dort kaum etwas zu suchen, wenn sie nicht da war. Und wenn sie zu Hause war, war die Tür meistens unverschlossen.

Nach einer halben Minute oder so kam sie barfuß angelaufen und öffnete.

Sie sah unwahrscheinlich munter aus und hatte lediglich einen weichen, flauschigen graublauen Pullover an, der ihr bis über die Hälfte der Oberschenkel reichte.

«Verdammt», begrüßte sie ihn, «du hast mir zu wenig Zeit gelassen. Ich habe eine Sache im Ofen, die noch eine halbe Stunde braucht.»

Er hatte sie nicht anrufen können, bevor die Besprechung mit dem Chef der Ordnungspolizei beendet war, das heißt bis vor zehn Minuten. Danach hatte er einen Streifenwagen angehalten und sich mitnehmen lassen, denn der Taxiservice war wie so oft zusammengebrochen.

«Herrgott, wie müde du aussiehst. Begreifst du denn nicht, daß du was essen mußt?»

Sie blickte ihn an von oben bis unten und fuhr fort:

«Wollen wir baden? Ich glaube, du hast es nötig.»

Rhea hatte vor einem Jahr im Kellergeschoß eine Sauna für die Mieter einbauen lassen. Wenn sie die privat benutzen wollte, hängte sie ganz einfach einen Zettel an die Kellertür.

Martin Beck zog sich um und nahm einen alten Bademantel, den er im Schlafzimmerschrank hängen hatte, während sie schon runterging und die Sauna anstellte. Das war eine ausgezeichnete Anlage, trocken und sehr heiß.

Die meisten Leute sitzen schweigend in einer Sauna, aber nicht Rhea. Sie fragte:

«Na, wie läuft denn dein komischer Job?»

«Gut, glaube ich, aber . . .»

«Aber, was?»

«Das läßt sich nicht so leicht sagen. Ich habe ja nie vorher so was gemacht.»

«Überleg mal, dieses Schwein überhaupt einzuladen. Die Sozialdemokraten haben wirklich keinerlei Scham mehr im Leib.»

«Er scheint nicht sehr populär zu sein.»

«Populär? Es ist verdammt noch mal schade darum, daß du ihn ungeschoren wieder abreisen läßt.»

«Meinst du?»

«Nicht ernsthaft. Gewalt ist selten eine glückliche Lösung. Manchmal natürlich.»

«Wann denn?»

«Die Befreiungskriege, die jahrelang gedauert haben. Vietnam zum Beispiel. Was sollen die Menschen denn machen? Die müssen losschlagen. Und jetzt haben sie gesiegt. Dauert es noch eine Woche? Bis er kommt, meine ich.»

«Nicht mal mehr so lange. Nächsten Donnerstag.»

«Kommt das im Radio oder Fernsehen?»

«Sowohl als auch.»

«Ich fahre rüber nach Köpmangatan und seh mir das an.»
«Willst du nicht demonstrieren?»
«Vielleicht», sagte sie mürrisch. «Ich sollte es tun. Man fängt vielleicht an, zu alt für Demonstrationen zu werden. Vor einigen Jahren war das noch anders.»
«Hast du von einer Sache gehört, die ULAG heißt?»
«Ich habe darüber in der Zeitung gelesen. Es scheint unklar, was die für Absichten haben. Glaubst du, daß sie hier was unternehmen?»
«Die Möglichkeit besteht.»
«Die scheinen gefährlich zu sein.»
«Sehr sogar.»
«Hast du jetzt genug?»
Das Thermometer stand beinahe auf 100 Grad. Sie goß 2 Kellen Wasser über die Steine, und eine kaum auszuhaltende, aber trotzdem angenehme Hitze sank von der Decke nieder.
Sie gingen und duschten. Dann rieben sie sich gegenseitig ab.
Als sie in die Wohnung zurückkamen, verbreitete sich dort ein vielversprechender Duft aus der Küche.
«Sieht so aus, als ob es fertig ist. Schaffst du es noch, den Tisch zu decken?»
Viel mehr schaffte er tatsächlich nicht.
Mit Ausnahme des Essens natürlich.
Was sie gekocht hatte, war sehr gut, und er aß so viel wie schon lange nicht mehr.
Dann saß er mit seinem Weinglas in der Hand eine Weile schweigend da.
Sie sah ihn an und stellte fest:
«Du scheinst völlig fertig zu sein. Geh und leg dich hin.»
Martin Beck war tatsächlich fertig. Dieser Tag mit ununterbrochenen Telefongesprächen und Konferenzen hatte ihn beinahe geschafft.
Aber aus irgendeinem Grund wollte er sich noch nicht gleich hinlegen. Er fühlte sich in dieser Küche mit den Knoblauchzöpfen und den Büscheln Wermut und Thymian sowie den Ebereschensträußen wohl. Nach einer Weile sagte er:
«Rhea?»
«Ja.»
«Findest du, daß es falsch war, diese Aufgabe zu übernehmen?»
Sie überlegte, bevor sie antwortete.
«Die Antwort verlangt eingehend analysiert zu werden.»
«Dann tu das», forderte er sie gähnend auf.
«So wie ich das sehe, ist es ein zum Himmel schreiender Skandal, daß die Regierung diesen reaktionären Kerl überhaupt eingeladen hat. Die USA waren lange Zeit hindurch das friedenbedrohendste Land in der Welt, nicht das einzige allerdings, wir haben ja Staaten wie Israel zum

Beispiel. Aber das größte und gefährlichste. Hier in Schweden hat ein vorgeblich sozialistisches Regime mehrere Jahrzehnte lang eine Neutralität proklamiert, die durch und durch falsch ist. Die ganze Zeit hindurch, schon lange vor dem sogenannten kalten Krieg, ist unsere Außenpolitik von Leuten mit negativer Einstellung zum Sozialismus und positiver zum westlichen Kapitalismus geformt worden. Jener Dag Hammarskjöld, von dem alle eine Zeitlang so viel gesprochen haben, war zum Beispiel so ein Mann. Seine zentrale Aufgabe im Außenministerium war es, die Grundlagen für die politische Stellung des Landes auszuarbeiten. Er scheint davon ausgegangen zu sein, daß Schwedens natürlicher Feind das sozialistische Rußland und unser logischer Bündnispartner demzufolge die USA sei. Da die sozialdemokratische Regierung im Grund eigene und kapitalistische Interessen verfolgt, es ihr jedoch gelungen ist, dem Volk vorzumachen, daß sie eine Art Sozialismus repräsentiert, hat sie während ihrer ganzen Zeit den wirklichen Sozialismus bekämpft. Sie hat den schwedischen Geheimdienst in den Dienst der Amerikaner gestellt. Sie arbeitete zum Beispiel gegen die Vietnambewegung bis zu dem Augenblick, da sie einsah, daß sie die Bevölkerung nicht länger hinters Licht führen konnte. In diesem Punkt. Wenn du zum Beispiel an die Catalina-Affäre zurückdenkst, verstehst du, was ich meine.»

Die Catalina-Affäre gehörte zu den geheimsten dunklen Geschäften des Regimes. Schwedische Flugzeuge hatten für Rechnung der Amerikaner über sowjetischem Seegebiet spioniert. Die Russen hatten zwei davon abgeschossen, und die Regierung hatte mit den niederträchtigsten Methoden eine antikommunistische Stimmung im Land geschaffen, die sehr nahe daran war, ihr eigentliches Ziel zu erreichen, nämlich den Eintritt Schwedens in den großen antisozialistischen Pakt, die NATO, zu provozieren.

Rhea Nielsen vergewisserte sich mit einem schnellen Blick, daß Martin Beck immer noch wach war. Dann fuhr sie fort:

«Dieser Tage hast du mit mir über die *Weserübung* gesprochen. Ich bin kein Schachexperte und verstehe mich auch nicht auf verwickelte Flottenoperationen und Seeschlachten. Aber ich bin nicht so dumm, daß ich nicht einsehe, welch gute Arbeit der deutsche Marinestab geleistet hat. Wie hieß der Großadmiral noch mal?»

«Raeder.»

«Genau. Ich habe seine Memoiren gelesen, die du mir im letzten Jahr gegeben hast. Er scheint ein Mensch mit vielen Qualitäten gewesen zu sein, zum Beispiel persönlichem Mut. Aber ...»

«Aber was?»

«Du vergißt in Zusammenhang mit der *Weserübung* eine Sache. Die Franzosen und Polen haben Narvik tatsächlich genommen und die Erzverladeanlagen zerstört, nachdem die Engländer die deutsche Flotte in Klump geschossen hatten.»

«Das Zerstörergeschwader. Denen fehlte der Treibstoff.»

«Ja, ja», sagte sie irritiert. «Entscheidend ist, daß der deutsche General, Dietl hieß er doch, in einer militärisch hoffnungslosen Lage war. Er mußte sich in die Berge zurückziehen und bat Hitler um die Genehmigung zur Kapitulation. Aber die schwedischen Eisenbahnen brachten ihm im Transitverkehr Verstärkungen und Material, und so konnte er sich halten. Das ist auch ein schönes Exempel schwedischer Neutralitätspolitik. Die schwedische Regierung wußte, daß Hitler niemals plante, Schweden anzugreifen, da er das Land als freundschaftlich gesinnt einstufte. Trotz alledem gab es in der Regierung, beim Militär und bei der Polizei übrigens auch Leute, die sehr aktiv daran arbeiteten, Schweden in den Krieg auf deutscher Seite miteinzubeziehen, mit dem Sozialistenschreck als Begründung. Dann, als die Russen die Nazis bei Stalingrad besiegten und es offenbar wurde, daß Hitler den Krieg verlieren würde, richteten sich Schwedens Sympathien sofort auf die USA. Und so ist es seitdem geblieben. Die schwedische Sozialdemokratie hat im Laufe der Jahrzehnte die Massen mit falscher Propaganda betrogen. Tatsächlich repräsentiert sie kapitalistische Interessen und steht einer Clique von Bossen vor, von denen erwartet wird, daß sie den größten Teil der Arbeiter kontrollieren. Das ist ein Verbrechen am Volk, tatsächlich gegen jeden einzelnen, der hier lebt. Jetzt hat man auch die Polizei als Ganzes an diesem Verbrechen beteiligt. Ja, ich weiß, du und deine Riksmordkommission, ihr macht euch nicht der üblichen Brutalität der Polizei schuldig und nehmt nicht an den politischen Verfolgungsjagden teil. Aber ich verstehe deinen Freund, der aufgehört hat, nur zu gut.»

«Kollberg.»

«Er ist übrigens ein netter Mann. Ich mag seine Frau ebenfalls, ich finde es gut, daß er eine richtige Sache getan hat. Er sah ein, daß die Polizei sich als Organisation damit befaßt, hauptsächlich zwei Kategorien zu terrorisieren, die Sozialisten und solche, die von der Klassengesellschaft ausgestoßen worden sind. Er handelte entsprechend seinem Gewissen und seiner Überzeugung.»

«Ich finde, daß er sich falsch verhalten hat. Wenn alle guten Polizisten ausscheiden würden, weil sie die Schuld anderer auf sich nehmen, blieben nur die Holzköpfe und der Abschaum übrig. Darüber haben wir übrigens schon früher gesprochen.»

«Du und ich haben über fast alles schon mal gesprochen. Hast du daran mal gedacht?»

Er nickte.

«Aber du hast eine konkrete Frage gestellt, und nun will ich antworten. Ich wollte nur vorher ein wenig die Begriffe erklären. Ja, Liebling, ich glaube, du hast einen Fehler gemacht. Was wäre geschehen, wenn du abgelehnt hättest?»

«Ich hätte einen direkten Befehl erhalten.»

«Und wenn du den verweigert hättest?»

Martin Beck zuckte die Achseln. Er war sehr müde, aber das Gespräch interessierte ihn.

«Vielleicht wäre ich vom Dienst suspendiert worden. Aber das ist, ehrlich gesagt, nicht sehr wahrscheinlich. Dagegen hätte eben ein anderer den Job übernommen.»

«Wer?»

«Vermutlich Stig Malm, der Bürochef. Mein sogenannter Chef und nächster Vorgesetzter.»

«Und der hätte es schlechter als du gemacht? Ja, das hätte er sicher. Aber rein spontan und ohne es besonders begründen zu können, finde ich trotzdem, daß du hättest ablehnen sollen. Rein gefühlsmäßig. Gefühle kann man schwer analysieren. Wahrscheinlich empfinde ich so: Unsere Regierung, die behauptet, das Volk zu vertreten, lädt einen berüchtigten Reaktionär ein, der sogar hätte Präsident werden können. Wäre er das geworden, hätten wir jetzt wahrscheinlich einen 3. Weltkrieg. Trotz alledem soll er wie ein geehrter Gast empfangen werden. Unsere Ministerrunde mit dem Regierungschef an der Spitze soll sich mit ihm zusammensetzen und höflich über Depression und Ölpreise sprechen und ihm versichern, daß das alte gute neutrale Schweden immer noch das gleiche feste Bollwerk gegen den Kommunismus ist. Er wird zu einem scheißvornehmen Diner eingeladen und darf die sogenannte Opposition treffen, die die gleichen kapitalistischen Interessen wie die Regierung vertritt, nur ein wenig offener formuliert. Dann soll er mit unserem eingeschneiten Marionettenkönig zu Mittag essen. Und die ganze Zeit hindurch soll er so verdammt sorgfältig beschützt werden, daß er vermutlich nicht einen einzigen Demonstranten sieht und nicht einmal andeutungsweise zu hören bekommt, daß es einen Widerstand gibt, sofern die Sicherheitspolizei oder die CIA ihm gegenüber nichts davon erwähnt. Als einziges wird er bemerken, daß Calle Hermansson, der Führer der Kommunisten, nicht zum Galaessen erscheint.»

«Da irrst du dich. Alle Demonstranten sollen auf Sichtweite an ihn herangelassen werden.»

«Wenn die Regierung nicht bange wird und dir in den Rücken fällt, ja. Was willst du denn machen, wenn der Regierungschef plötzlich anruft und befiehlt, daß alle Demonstranten ins Råsundastadion transportiert und dort festgehalten werden sollen?»

«Dann trete ich ganz sicher zurück.»

Sie sah ihn lange an. Saß da, das Kinn auf die heraufgezogenen Knie gestützt und die Hände um die Knöchel gefaltet. Ihr Haar war nach dem Saunabad und der Dusche zerzaust und ihre unregelmäßigen Züge nachdenklich.

Er dachte, wie schön sie doch ist.

Schließlich sagte sie:

«Du bist prima, Martin. Aber du hast einen fürchterlichen Beruf. Was sind das für Menschen, die du wegen Mordes oder anderer Verbrechen festnimmst? Wie kürzlich erst? Ein aus der Bahn geworfener Arbeiter, der versuchte, gegen ein kapitalistisches Schwein zurückzuschlagen, das sein Leben zerstört hatte? Was bekommt der für eine Strafe?»

«Zwölf Jahre, schätzungsweise.»

«Zwölf Jahre, ja, das war ihm die Sache vielleicht wert.»

Sie sah nicht sehr froh aus. Dann wechselte sie das Thema, abrupt, wie es ihre Art war.

«Die Kinder sind bei Sara, eine Treppe höher. Du kannst also schlafen, ohne daß sie auf deinem Bauch herumhüpfen. Dagegen werde ich vielleicht auf dich treten, wenn ich mich hinlege.»

Es geschah nicht selten, daß sie erst zu Bett ging, wenn er bereits eingeschlafen war. Und nun begann sie wieder von etwas anderem:

«Ich hoffe, dir ist bewußt, daß dieser hochgeehrte Gast Tausende von Menschenleben auf dem Gewissen hat. Er war einer der Aktivsten hinter den strategischen Bombardements auf Nordvietnam. Und er war bereits beim Koreakrieg dabei und unterstützte McArthur, als der Atombomben auf China werfen lassen wollte.»

Martin Beck nickte. «Ich weiß.»

Dann gähnte er.

«Geh jetzt und leg dich hin», forderte sie ihn mit Nachdruck auf. «Du bekommst Frühstück, wenn du aufwachst. Wann soll ich dich wecken?»

«Um sieben.»

«O. k.»

Martin Beck ging und legte sich hin und schlief beinahe sofort ein.

Rhea räumte noch eine Weile in der Küche auf. Dann ging sie ins Schlafzimmer und küßte ihn auf die Stirn. Er reagierte überhaupt nicht.

Es war warm in der Wohnung, deshalb zog sie den Pullover aus, kuschelte sich in ihren Lieblingssessel und las eine Weile. Sie hatte Schwierigkeiten mit dem Schlafen und war häufig bis in die frühen Morgenstunden hinein wach. Schlaflosigkeit ist ein irritierendes Übel, das oft zu labilem Temperament und unberechenbaren Launen führt. Früher hatte sie versucht, die Schwierigkeiten mit Rotwein zu beheben, aber jetzt machte sie aus der Not eine Tugend und las viele langweilige Kompendien und ähnliches in den Nächten.

Rhea Nielsen war neugierig, meistens auf eine sehr offenherzige Weise. Als sie einen Aufsatz über Personenuntersuchungen, den sie selbst einige Jahre vorher geschrieben hatte, durchgelesen hatte, fiel ihr Blick auf Martin Becks Aktentasche.

Ohne lange zu überlegen, öffnete sie die und begann, die Unterlagen zu studieren, sorgfältig und interessiert. Zum Schluß schlug sie die Mappe auf, die Martin Beck, kurz bevor er ging, von Gunvald Larsson bekommen hatte.

Sie untersuchte den Inhalt lange, mit gespannter Aufmerksamkeit und nicht ohne eine gewisse Verwunderung.

Endlich legte sie alles wieder in die Tasche und ging zu Bett.

Sie trat auf Martin Beck, aber er schlief so fest, daß er nicht aufwachte.

Dann schmiegte sie sich eng an ihn mit dem Gesicht gegen seines.

15

Martin Beck hatte mit Schwierigkeiten gerechnet, und die fingen auch schon prompt am nächsten Morgen an.

Eric Möller trat höchstpersönlich in die Tür und warf einen Stapel von Fotokopien auf Melanders Tisch.

«Hier ist unser Plan für den Nahschutz. Fix und fertig. Wir nehmen 400 Mann, das bedeutet, wir holen uns einige Leute aus den Provinzstädten und . . .»

Melander rauchte seine Pfeife und wartete auf die Beendigung des Satzes.

«. . . und von anderer Seite.»

«Welcher anderen Seite?»

Möller antwortete nicht. Statt dessen fragte er: «Ist Beck da?»

Melander zeigte schweigend mit dem Pfeifenschaft.

Martin Beck, Gunvald Larsson und Skacke befanden sich im Zimmer. Sie hatten offenbar etwas besprochen, brachen aber ab, als der Chef der Sicherheitspolizei eintrat. Martin Beck und Gunvald Larsson nickten, und Skacke grüßte zögernd:

«Hej.»

Möller war wie so häufig etwas außer Atem. Er setzte sich auf einen freien Stuhl, machte seinen Gürtel ein wenig auf und wischte sich den Schweiß mit einem einigermaßen sauberen Taschentuch von der Stirn.

«Es ist eine neue, wenn auch nicht ganz unerwartete Schwierigkeit aufgetaucht», begann er.

«Aha», sagte Martin Beck und sah ihn fragend an.

Möller zog einen Kamm heraus und versuchte seinen widerspenstigen roten Haarkranz in Ordnung zu bringen. Das Resultat war nicht sehr gelungen. Schließlich sprach er weiter:

«Es verhält sich so, daß wir sichere Informationen aus den Nachbarländern erhalten haben, vor allem aus Norwegen und Dänemark, denen zufolge wir von dort mit Tausenden von organisierten Demonstranten rechnen müssen. Es handelt sich um ganze Eisenbahnzüge voller Leute, aber hauptsächlich gemietete Busse und natürlich eine Reihe von Privatwagen.»

«Aha.»

«Ich bin hergekommen, um einen ernsthaften Vorschlag zu machen.»

«Jaha.»

«Nämlich, daß wir versuchen sollten, die Erlaubnis dafür zu bekommen, diese Transporte an den Grenzen stoppen zu lassen und die in ihre Heimatorte zurückschicken zu dürfen.»

Gunvald Larsson hatte sich bisher nicht geäußert. Jetzt schlug er mit der Hand auf den Tisch und rief laut:

«Nein!»

«Ich will also diese Erlaubnis haben», sagte Möller ungerührt.

«Und du hast die Antwort gehört», entgegnete Martin Beck.

«Ich glaubte, du bist der Chef hier.»

«Meine Meinung ist die gleiche wie Gunvalds.»

«Ich glaube, ihr versteht das hier nicht richtig. Gott allein weiß, mit wie vielen eigenen Demonstranten wir zu rechnen haben.»

«Tut er?» fragte Gunvald Larsson. «In diesem Fall bist du hier falsch. Die Kirche liegt unten am Hantverkargatan.»

«Sicher viele tausend», fuhr Möller, ohne auch nur zu blinzeln, fort. «Die reichen aus, um jeden einzelnen Ordnungspolizisten, der im Dienst ist, zu beschäftigen. Sowohl Norwegen, aber vor allem Dänemark haben große kommunistische Jugendgruppen, organisiert als FNL-Gruppen und auf andere heimtückische und weniger auffallende Weise. Wir schaffen es ganz einfach nicht, die auch noch zu verkraften.»

«Da bin ich aber anderer Meinung», widersprach Martin Beck. «Der Chef der Ordnungspolizei hat keine Angst.»

«Angst habe ich auch nicht. Aber ich will, daß dies hier ordentlich vonstatten geht. Wir setzen alles ein, um den Senator zu betreuen, und ich will nicht, daß fanatische Elemente aus drei Ländern ihn einfach überrennen. Übrigens macht mir die Planung der Ordnungspolizei Sorgen. Wer garantiert denn, daß das alles funktioniert?»

«Wir. Deine Aufgabe ist es, soviel ich weiß, den Nahschutz zu organisieren.»

Möller machte seinen Gürtel noch ein Loch weiter auf.

«Ich weiß», bestätigte er. «Der Plan ist fertig. Ich habe ihn gerade auf Melanders Tisch gelegt. Möglicherweise brauche ich da noch ein Spezialkommando für die Kranzniederlegung. Er will ja aus dem kugelsicheren Auto aussteigen und ist demnach besonders gefährdet. Aber das macht keine Schwierigkeiten. Schlimmstenfalls kann ich ja von euch noch Leute bekommen.»

«Das wird nur im schlimmsten Fall möglich sein», warnte Gunvald Larsson.

«Aber diese andere Frage ist wichtiger. Ich habe jetzt einen formellen Antrag gestellt, und ihr sagt nein. Ohne Begründung.»

«Wir können dir genügend Gründe nennen. Das fällt nicht schwer», sagte Martin Beck und blickte zu Gunvald Larsson, der das Wort nahm:

«Zu allererst richten sich deine Ideen gegen unsere allgemeine Auffassung vom Demonstrationsrecht. Es ist völlig rechtens, wenn man demonstriert.»

«Wenn es friedlich geschieht, ja.»

«In den meisten Fällen, wo Demonstrationen nicht friedlich waren, lag das allein an der Polizei. Mehrere Male hat die Polizei auch als einzige Gewalt angewendet.»

«Das stimmt nicht», entgegnete Möller mit der ruhigen Überzeugung des gewohnheitsmäßigen Lügners.

Er hätte Politiker werden sollen, dachte Martin Beck. Laut sagte er:

«Wir hatten uns vorgestellt, daß es diesmal nicht so werden soll. Dein Plan hat jedoch einen anderen grundlegenden Fehler.»

«Was sollte das sein?»

«Die Zusammenarbeit mit den nordischen Ländern setzt unter anderem das Recht voraus, daß die Bürger der verschiedenen Staaten sich frei in ganz Skandinavien bewegen können. Dieses Recht ist im Paßabkommen enthalten. Eine Gruppe von Demonstranten beispielsweise aus Dänemark daran zu hindern, ins Land einzureisen, bedeutet einen Verstoß gegen die skandinavische Zusammenarbeit und einen Bruch der Konvention des Nordischen Rates. Ich brauche dich wohl kaum daran zu erinnern, daß Schweden diese Konvention unterschrieben hat.»

«Skandinavische Zusammenarbeit, pah! Wenn wir ein Atomkraftwerk bauen, das praktisch mitten in Kopenhagen liegt, ohne die Dänen zu fragen. Als ich letzte Woche da war, ist mir aufgefallen, daß man, wenn man auf der S-Bahn-Station Nordhavn steht, das Kernkraftwerk in Barsebäck ganz genau sehen kann. Man braucht nicht mal ein Fernglas.»

«Meinst du, daß das falsch ist?» wollte Gunvald Larsson wissen.

«Es ist nicht meine Sache, mich dazu zu äußern», entgegnete der Chef der Sicherheitspolizei. «Ich kam nur drauf, als Beck hier saß und von der skandinaVischen Zusammenarbeit schwafelte.»

Er stand auf und stellte sich so dicht vor Martin Beck, daß sein Bauch diesen beinahe berührte.

«Ihr sagt also nein? Dies ist das letzte Mal, daß ich frage.»

«Definitiv. In diesem Punkt sind wir unbeugsam.»

«Ich nehme an, du weißt, daß du einige Vorgesetzte hast.»

«Im Augenblick nicht. In dieser Angelegenheit fühle ich mich niemandem unterstellt.»

«Im Augenblick seid ihr Herren euch eurer Sache sehr sicher. Aber es kommen auch wieder andere Zeiten. Vielleicht kommen die sogar ganz plötzlich.»

Eric Möller ging, ohne sich zu verabschieden.

«Was meinst du, was er jetzt tut», wollte Benny Skacke wissen.

Gunvald Larsson zuckte die Achseln.

«Er geht wahrscheinlich hinauf und unterhält sich in der Reichspolizeileitung mit Malm und dem Chef. Dann werden wir weitersehen.»

Sie brauchten nicht lange zu warten.

Eine Viertelstunde später klingelte das Telefon. Skacke nahm ab:

«Der Bürochef», sagte er und hielt die Hand vor die Sprechmuschel.

Gunvald Larsson nahm den Hörer.

«Hier Malm. Eric Möller war eben hier. Er findet, ihr vernachlässigt seine Gesichtspunkte.»

«Möller kann sich am Hintern kratzen. Und was hält der große Häuptling davon?»

«Der Chef? Der ist in seinem Sommerhaus. Ist gestern abend runtergeflogen.»

Das Sommerhaus des Rikspolis-Chefs lag in einem Naturreservat; das fanden alle höchst eigenartig, und manche machten sich darüber lustig.

«Sitzt er da und langweilt sich?» fragte Gunvald Larsson weiter. «Gerade jetzt?»

«Ja. Er war gestern ziemlich müde und nervös. Er sagte, er wollte die ganze Sache in aller Ruhe durchdenken. Die Verantwortung läßt ihm keine Ruhe.»

«Leck mich doch im Arsch.»

«Mußt du so ordinär reden? Jedenfalls fühlte sich der Chef gestern nicht wohl.»

«Hast du das zu spüren bekommen?»

Eine Weile blieb es ruhig. Dann antwortete Malm:

«Ja.»

«Hast du das mit den Bordells versucht? Und den mit den Zuckerstangen?»

«Ja. Aber er hat überhaupt nicht gelacht.»

«Dann hast du die Sache wohl falsch angefangen.»

Martin Beck und Skacke hörten Gunvald Larssons Äußerungen mit einiger Verwunderung zu.

«Das ist denkbar. Was ich sagen wollte ist, daß Möller trotz allem der offizielle Sicherheitschef des Landes ist. Man kann ihn nicht einfach links liegen lassen.»

«Nicht? Mir kommt es beinahe so vor, als ob es ihn gar nicht gibt.»

«Ich selbst bin auch der Ansicht, daß ihr einen falschen Beschluß gefaßt habt.»

«Findest du? Aber das ist unsere Sache, nicht wahr?»

«Wie dem auch sei, er geht jetzt direkt zur Regierung. Ich sehe es als meine Aufgabe als Verbindungsmann in dieser Gruppe an, euch davon in Kenntnis zu setzen.»

«Richtig. Du hast dich beispielhaft verhalten, danke.»

Er legte auf. Die anderen sahen ihn fragend an.

«Der Rikspolis-Chef ist in seinem Sommerhaus und denkt über seine Verantwortung nach, vermutlich mit einem Polizeihubschrauber, der an der Hausecke steht. Und Möller ist auf dem Weg zur Regierung.»

«Mmm», machte Martin Beck.

«Was sollte das mit den Zuckerstangen?» erkundigte sich Skacke.

«Zu dämlich, um es zu wiederholen, und es dauert zu lange, um das zu erklären», antwortete Gunvald Larsson lakonisch.

Er blickte auf seine Uhr.

«Wir müssen los, wenn wir rechtzeitig dasein wollen», mahnte er Martin Beck.

Martin Beck nickte und zog sich seine Jacke an. Sie gingen. Im Vorbeigehen fragte Martin Beck Melander:

«Hast du dir Möllers Plan für den Nahschutz angesehen?»

«Bin gerade damit fertig.»

«Und?»

Melander fummelte mit dem Schaft der Pfeife. «Der scheint in Ordnung zu sein.»

«Immerhin etwas», bemerkte Gunvald Larsson. «Ich an deiner Stelle würde ihn noch einmal durchsehen.»

«Das hatte ich auch vor.»

Als Malm zwei Stunden später anrief, war Benny Skacke allein in den Räumen. Melander befand sich auf der Toilette, und Rönn war unterwegs.

«Kriminalinspektor Skacke.»

«Hier Bürochef Malm. Ich will mit Beck oder Larsson sprechen.»

«Die sitzen in einer Besprechung.»

«Wo?»

«Das kann ich nicht sagen.»

«Weißt du nicht, wo sie sind?»

«Doch, das weiß ich», antwortete Skacke keck. «Aber ich sage es nicht.»

«Junger Mann», sagte Malm drohend. «Ich erinnere dich an deinen Dienstgrad und daran, daß du außerdem mir unterstellt bist.»

«Im Augenblick nicht.»

An Skackes Selbstvertrauen war nicht zu zweifeln.

«Wo sind Beck und Larsson?»

«Sage ich nicht.»

«Ist kein anderer da, mit dem ich sprechen kann? Einar Rönn zum Beispiel?»

«Nein, der ist in einer dienstlichen Angelegenheit unterwegs.»

«Was für eine Angelegenheit?»

«Das kann ich auch nicht sagen. Tut mir leid.»

«Warte nur, bis du wirklich Grund hast, daß dir etwas leid tut.» Malm wurde laut. «Das dauert sicher nicht mehr lange.»

Dann warf er den Hörer auf die Gabel. Skacke schnitt eine Fratze und legte auf. Es klingelte sofort wieder.

«Kriminalinspektor Skacke.»

«Das höre ich», sagte Malm kühl. «Meinst du, daß du eine Nachricht entgegennehmen und sie an Kommissar Beck weitergeben kannst, wenn er wiederkommt?»

«Selbstverständlich», antwortete Skacke unbeeindruckt.

«Ich habe direkt von der Regierung die folgenden Informationen erhalten», begann Malm sichtlich hochnäsig. «Der Chef der Sicherheitspolizei hat sich an den Justizminister gewandt und sich über einen Bescheid beschwert, den er heute morgen von Beck erhalten hat. Der Minister verwies ihn jedoch zurück an die Leitung der Spezialgruppe und sagte, daß er sich nicht in die Entscheidungen der Polizei einmischen wolle. Kommissar Möller ging daraufhin direkt zum Regierungschef, der zuerst unschlüssig war, aber dann, nachdem er mit dem Justizminister gesprochen hatte, zum gleichen Schluß kam wie jener. Begriffen?»

«Aber sicher.»

«Und sobald Beck oder Larsson wiederkommt, will ich mit ihnen über eine andere Sache sprechen. In eigener Sache könnt ihr mal eine Weile darüber nachdenken, wie man sich Vorgesetzten gegenüber verhalten sollte. Auf Wiedersehen.»

Martin Beck und Gunvald Larsson kamen erst im Laufe des Nachmittags zurück. Sie schienen ganz zufrieden mit dem zu sein, was sie erreicht hatten.

Rönn kam an diesem Tag überhaupt nicht mehr ins Büro. Er hatte eine Spezialaufgabe, die seine ganze Zeit in Anspruch nahm.

Pausenlos kamen Besucher und Telefongespräche.

Der Adjutant des Königs teilte mit, daß Seine Majestät sich entschlossen hatte, auf Logården vor das Schloß herauszukommen und den Senator zu begrüßen, wenn er auf die nördliche Treppe heraufkam.

Martin Beck wies darauf hin, daß das die Sicherheitsmaßnahmen nicht gerade erleichtern würde, vor allem nicht den Fernschutz, aber der Adjutant antwortete lakonisch, daß der König nicht ängstlich sei.

Gegen fünf traf ein höchst unerwarteter Besucher ein. Die Tür sprang auf, und Bulldozer Olsson stürmte mit gesenktem Kopf, einem blumengeschmückten Stier auf dem Weg in die Arena nicht unähnlich, herein.

Er sah wie immer aus. Zerknitterter blauvioletter Anzug, rosafarbenes Hemd und ungeheuer phantasievoller Schlips.

Melander rührte keinen Finger, aber Gunvald Larsson sprang, wie an einer unpassenden Stelle von der Tarantel gestochen, hoch. Dann fragte er verblüfft:

«Was machst du hier, in drei Teufels Namen?»

«Bürochef Malm bat mich, mal herzukommen, wenn ich Zeit habe», erklärte Bulldozer strahlend. «Er meinte, daß vielleicht juristische Probleme auftreten würden, bei denen ihr Hilfe braucht.»

Er trippelte an die Wandkarte, studierte sie eine Weile, schlug die Hände zusammen und rief plötzlich:

«Wie geht's denn so bei euch, Jungens?»

Auch Martin Beck war von der plötzlichen Aufregung angelockt worden und blickte unfreundlich auf den Besucher. Aber seine Stimme war ganz ruhig:

«Alles scheint planmäßig zu verlaufen. Irgendwelche speziellen juristischen Fragen sind noch nicht aufgetaucht. Aber es ist ja beruhigend zu wissen, daß wir uns an dich wenden können, wenn es Probleme geben sollte.»

«Ausgezeichnet. Ganz ausgezeichnet.»

«Wo ist denn Werner Ross?» fragte Gunvald Larsson boshaft.

«In Canberra, in Australien. Ich rechne also damit, daß er jeden Moment zuschlägt. Und ausgerechnet jetzt werde ich am Donnerstag und Freitag die Hälfte des Bankraubpersonals abgeben müssen. Und wer hat das veranlaßt? Ihr mit euren Schutzmaßnahmen. Das werden harte Tage, meine Herren. Glaubt meinen Worten. Aber wir werden es schon schaffen. Wir haben unsere Erfahrungen, sozusagen.»

Er blickte sich im Zimmer um und verabschiedete sich fröhlich: «Viel Glück, Jungens!»

Dann eilte er auf die Tür zu und verschwand, noch ehe jemand ihm auch nur zunicken konnte.

«Verdammt», schimpfte Gunvald Larsson, «so dumm kann auch nur Malm sein, uns Bulldozer auf den Hals zu schicken.»

«Wir brauchen ihn ja nicht um Rat zu fragen», meinte Martin Beck leidenschaftslos.

Nachdem die Nachricht vom König eingetroffen war, schien jetzt alles klar zu sein, was das Programm betraf.

Die ganze Angelegenheit sollte in der Presse veröffentlicht werden, auch der Weg der Kolonne.

Das einzige, wovon niemand etwas erfahren durfte, war wohl wie üblich der Inhalt der Gespräche zwischen den hohen Politikern und was dabei herausgekommen war. Man konnte mit Sicherheit mit einem farblosen und nichtssagenden Kommuniqué rechnen, wenn alles überstanden war.

Radio und Fernsehen würden die Ankunft des hohen Gastes, den Weg in die Stadt, die Kranzniederlegung und das Treffen beim König direkt übertragen.

Alles schien klar, einfach und gut vorbereitet.

16

Das Armeemuseum in Stockholm liegt in Riddargatan im Stadtteil Östermalm. Es ist in einer alten Kaserne untergebracht und hinter einem großen Platz verschanzt, auf dem sorgfältig gepflegte und malerisch postierte alte Artilleriegeschütze stehen. Das Gelände füllt einen ganzen Häuserblock zwischen Sibyllegatan und Artillerigatan. Das nächststehende Gebäude hat dagegen nichts Kriegerisches an sich, es ist die Hedvig-Eleonora-Kirche, die trotz einer prächtigen Kuppel nicht zu den bemerkenswerten Bauten der Stadt gehört und keine besondere Aufmerksamkeit verdient.

Heutzutage gehört auch das Armeemuseum nicht mehr zu den bemerkenswerten Attraktionen, besonders seit herausgekommen ist, daß ein Teil des Geheimdienstes dort untergebracht wurde, sozusagen mit dem Museum als unschuldigem Deckmantel.

Martin Beck hatte es eilig, und außerdem war er mit den Jahren ein wenig bequemer geworden. Er nahm sich nicht die Zeit, sich in die hoffnungslos lange Schlange derjenigen einzureihen, die auf ein Taxi warteten, sondern ließ sich von einem Streifenwagen dorthin bringen. Die Polizeiassistenten in dem Wagen gehörten nicht zu dem berüchtigten Wachdistrikt Östermalm, der immer wieder durch sonderbare Razzien und offensichtlich recht oberflächliche Handhabung des schrecklichen Gesetzes über das Recht der Polizei zur Festnahme ohne Begründung Aufsehen erregte. Beide waren freundliche junge Männer, und der eine stieg sogar aus und grüßte, als sie am Ziel waren. Martin Beck überlegte einen Augenblick, ob der Gruß ihm oder den schicken militärischen Ausstellungsstücken galt.

Das Herz des Museums ist eine große Halle mit altertümlichen Kanonen und verschiedenen alten Schießprügeln, aber es war nicht das historische Interesse, das den Chef der Riksmordkommission hierhergelockt hatte.

In einem ziemlich kleinen Raum saß ein fetter Mann an einem Schreibtisch und war mit einem Schachproblem beschäftigt. Es war ein ungewöhnlich schwieriges, Matt in fünf Zügen, und hin und wieder schrieb er etwas auf einen Stenogrammblock, das er gleich danach wieder durchstrich. Man konnte davon ausgehen, daß dies nicht seine eigentliche Arbeit war, denn auf dem Tisch lag auch eine in ihre Teile zerlegte Pistole, und eine Holzkiste neben seinem Drehstuhl war beinahe bis zum Rand mit Schußwaffen gefüllt, von denen ein Teil mit Kartonstreifen versehen waren, bei den meisten fehlten aber alle schriftlichen Unterlagen.

Der Mann mit dem Schachproblem war Lennart Kollberg, lange Jahre Martin Becks nächster Untergebener. Er hatte vor beinahe einem Jahr der Polizei den Rücken gekehrt, und seine Kündigung hatte zu einiger Unruhe geführt und war Anlaß zu vielen säuerlichen Kommentaren gewesen.

Einer der besten Kriminalbeamten des Landes, dazu ein Mann in hervorragender Stellung war ausgeschieden, weil er es nicht länger aushielt, Polizeibeamter zu sein. Das machte keinen guten Eindruck, und Stig Malm war wie ein kläffender Köter durch die Flure in Västberga und

Kungsholmen gehetzt, um zu versuchen, die Anweisung des Riskpolis-Chefs, daß nichts an die Öffentlichkeit dringen durfte, durchzusetzen.

Natürlich drang es doch nach draußen, stand unter anderem in den Zeitungen, die allerdings keinen Unterschied machten zwischen dem Ausscheiden eines alten Polizeibeamten und dem Entschluß eines Sportjournalisten, der der Reisen, Bestechungen und Orinks überdrüssig geworden war und alles hinschmiß, um sich in Zukunft nur noch seinen Kindern zu widmen und Fußballspiele im Fernsehen zu verfolgen. Für Martin Beck selbst war das ein Unglück gewesen, aber wiederum kein so schlimmes, als daß es nicht durchzustehen gewesen wäre. Privat trafen sie sich weiterhin, zwar ziemlich selten, aber trotzdem war der eine oder andere Becher in der Wohnung in Skärholmen oder in Martin Becks eigener in Köpmangatan geleert worden.

«Hej», begrüßte Kollberg ihn.

Er freute sich über den Besuch, zeigte sich aber nicht übermäßig enthusiastisch.

Martin Beck sagte nichts, sondern schlug seinem alten Kameraden auf die Schulter.

«Das hier ist ganz interessant», begann Kollberg und nickte zu der Kiste hin.

«Ein Haufen alter Pistolen und Revolver, die zum größten Teil Von Verschiedenen Polizeidistrikten hergeschickt wurden. Viele haben ihre alten komischen Schießwerkzeuge abgeliefert, als der Reichstag das neue Gesetz über den Waffenbesitz verabschiedet hat. Aber die, die freiwillig ihr Arsenal angeschleppt haben, waren natürlich diejenigen, die niemals daran gedacht hätten, auf ein Ziel zu schießen. Zu vielen Stücken gab es gar keine Munition, aber professionelle Waffensammler haben ihre Quellen, wo sie Patronen kaufen können. Sogar solche mit Stiftzündung. Irgend so ein krummer Hund in Westdeutschland scheint Bestellungen entgegenzunehmen und stellt alle Arten von Munition neu her.»

Martin Beck warf einen Blick in die Kiste, dort schien es dies und jenes zu geben.

«Hier hat keiner Zeit oder Lust gehabt, den ganzen Kram durchzusehen oder ordnungsgemäß zu katalogisieren», berichtete Kollberg. «Aber jemand schien der Ansicht zu sein, daß das ein Job für mich ist, obwohl die halbe Reichspolizeileitung mich als Kommunisten beschimpft.»

Dieser jemand hatte recht gehabt, Kollberg war ein Systematiker, wie man selten einen fand.

Er zeigte auf die zerlegte Pistole und fuhr fort:

«Guck dir beispielsweise die hier an, eine automatische russische Nagant, 11 Millimeter und uralt. Es ist mir geglückt, sie auseinanderzunehmen, aber ich weiß verdammt noch mal nicht mehr, wie ich die Teile wieder zusammenkriegen soll. Und diese hier . . .»

Er kramte in der Kiste und holte einen riesigen alten Colt-Revolver heraus.

«Hast du gesehen, was für ein herrlicher Peacemaker? Erstklassig gepflegt. Das ist so einer, wie Åsa Torell ihn unter dem Kopfkissen hatte, als Stenström ermordet worden war. Ungesichert und sicherheitshalber geladen.»

«Ich habe Åsa diesen Sommer ziemlich häufig getroffen», sagte Martin Beck. «Sie arbeitet bei der Kripo in Märsta.»

«Bei Märsta-Pärsta», feixte Kollberg.

«Sie und Benny haben bei dem Mord in Rotebro gute Arbeit geleistet.»

«Mord in Rotebro?»

«Liest du keine Zeitungen?»

«Doch, aber so was nicht. Benny? Jedesmal, wenn ich von diesem Stiesel höre, denke ich dran, daß er mir ja einmal tatsächlich das Leben gerettet hat. Aber wenn er sich nicht kurz vorher wie ein Schafskopf verhalten hätte, wäre es überhaupt nicht nötig gewesen, jemandem das Leben zu retten.»

«Benny ist tüchtig. Und Åsa ist eine gute Polizistin geworden.»

«Ja, schwer verständlich ist der Wille des Herrn», deklamierte Kollberg, der, obwohl er schon vor vielen Jahren aus der Staatskirche ausgetreten war, nicht selten religiöse Zitate benutzte.

«Denk mal. Ich habe immer geglaubt, du und Åsa, ihr würdet noch zueinander finden. Einerseits wäre das eine feine Lösung gewesen, andererseits wäre sie eine gute Ehefrau geworden. Außerdem warst du in sie verliebt, obwohl du das nie zugeben wolltest. Und zu allem Überfluß war sie bildhübsch.»

Martin Beck lächelte und schüttelte mit dem Kopf. Kollberg fragte:

«Was ist übrigens in der Nacht in Malmö gewesen? Als ich dafür gesorgt habe, daß ihr Hotelzimmer Wand an Wand bekommen habt?»

«Das wirst du wahrscheinlich nie erfahren. Wie geht es Gun übrigens?»

«Wunderbar. Sie ist mit ihrer Arbeit sehr zufrieden und wird jeden Tag schöner. Und ich finde es prima, manchmal auf die Kinder aufzupassen, darüber hinaus habe ich Kochen gelernt. Noch besser als früher», fügte er schüchtern hinzu.

Plötzlich stürzte er sich auf die auseinandergenommene Automatpistole.

«Jetzt habe ich es. Dieser Splint. Hast du einen solchen verdammten Splint schon mal gesehen? Ich wußte doch, daß ich dahinterkommen würde. Dieser Splint ist das Schlüsselteil der ganzen Konstruktion.»

Er setzte die Waffe blitzschnell zusammen, blätterte in einem großen Aktenordner mit hektographierten Zetteln, schrieb eine Karteikarte aus und legte die Pistole weg, nachdem er sie mit einem Etikett, am Abzugsbügel befestigt, versehen hatte.

Martin Beck wunderte sich nicht. So funktionierte Kollberg im allgemeinen.

«Åsa Torell», meinte er träumerisch, «ihr hättet ein schönes Paar abgegeben.»

«Möchtest du mit einer Polizistin verheiratet sein und pausenlos über dienstliche Dinge reden, wenn du endlich mal frei hast? Außerdem mit einer Frau, die ehrgeizig ist, an ihre Karriere denkt und vollauf damit ausgelastet ist, über die miserablen Chancen der Frau im Polizeikorps zu schimpfen?»

Kollberg schien darüber nachzudenken. Dann machte er eine typische Geste, seufzte aus vollem Herzen und zuckte mit seinen fetten Schultern.

«Du hast vielleicht recht. Die andere da ist sicher besser für dich, Rhea also.»

«Darauf kannst du Gift nehmen.»

«Aber sie redet so fürchterlich viel. Außerdem hat sie zu breite Schultern und sieht aus, als ob sie schmale Hüften hat. Bleicht sie nicht auch die Haare?»

Er schwieg, plötzlich ging ihm auf, daß er seinen alten Freund vielleicht unnötig verletzte.

Aber Martin Beck entgegnete lächelnd:

«Ich kenne andere, deren Mundwerk auch nicht stillsteht und die ungewöhnlich breite Schultern, um nicht zu sagen fleischige, haben.»

Kollberg angelte eine große automatische Pistole aus der Kiste und wog sie in der Hand.

«Hier haben wir ein Ding, das für Gunvald Larsson passen würde. Eine 9 Millimeter SIG 210. Er kann sie wohl auch vernickelt bekommen, für einige Tausender.»

«Er hat ja schon eine, die beinahe ebenso aussieht.»

«Seine Master, ja. Aber die benutzt er ja nie. Stell dir vor, so eine mit sich rumzutragen.»

Er lud durch und heraus flog eine messingglänzende Patrone.

«Das nenne ich Nachlässigkeit!» Kollberg schüttelte den Kopf.

Er nahm das Magazin heraus, das wider Erwarten leer war, legte die Pistole auf sein Schachproblem und fragte:

«Was willst du? Ich nehme an, daß du nicht hergekommen bist, um mit mir über Frauen zu sprechen.»

«Ich wollte dich fragen, ob du einen kleinen Spezialauftrag übernehmen willst?»

«Gegen Bezahlung?»

«Ja, selbstverständlich. Ich habe ein gutes Budget. Beinahe unbegrenzt.»

«Wofür?»

«Den Schutz für diesen Senator aus den Staaten, der Donnerstag kommt. Ich befehlige die Sicherheitsmaßnahmen.»

«Du?»

«Man hat mir die Sache praktisch aufgezwungen.»

«Und was soll ich tun?»

«Nur diese Papiere durchlesen, dazu eine höchstvertrauliche Sache. Wirf einen Blick drauf und stelle fest, ob irgendwas daran schwachsinnig ist.»

«Ist es nicht schwachsinnig, diesen Typ einzuladen?»

Martin Beck beantwortete diese Frage nicht, sondern wiederholte: «Willst du?»

Kollberg blickte abschätzend auf den Papierstapel. «Wie eilig?»

«So schnell wie möglich.»

«Ja. Es wird ja behauptet, daß Geld nicht stinkt, und ich glaube nicht, daß die Lappen der Polizei mehr riechen als die anderer Leute. Aber die Nacht brauche ich schon dazu. Was ist geheim daran?»

«Hier.» Martin Beck nahm einen zusammengefalteten Bogen aus der Jackentasche.

«Dazu gibt es nicht mal eine Kopie.»

«O. k.», stimmte Kollberg zu. «Ich sitze morgen um die gleiche Zeit hier.»

«Du bist ja pünktlich wie ein Gerichtsvollzieher», begrüßte Kollberg ihn am Dienstagmorgen.

Martin Beck stand hinter seinem Stuhl und blickte neugierig auf eine kleine doppelläufige Pistole, die der andere gerade registriert hatte.

«Eine Derringer», erklärte Kollberg. «Ich hätte nicht geglaubt, daß es solche in Schweden gibt. Ein altes, schönes Original, 1881 hergestellt und sicher niemals benutzt. Nicht mal eingeschossen.»

«Na?»

«Ja, also. Ich habe alles durchgelesen. Zweimal. Hat mich die ganze Nacht gekostet.»

Martin Beck zog ein langes, schmales Kuvert aus der Tasche und reichte es ihm. Kollberg öffnete es und pfiff vor sich hin.

«Na, jedenfalls war das eine Nacht wert. Damit geht's in den Opernkeller, vermutlich schon heute abend.»

«Was hast du gefunden?»

«Eigentlich nichts. Es ist ein guter Plan. Aber . . .»

«Ja?»

«Aber wenn es Zweck hat, Möller noch auf etwas hinzuweisen, dann sollte er sich auf zwei wirklich kritische Punkte konzentrieren. Nämlich wenn das Aas zusammen mit dem König auf Logården steht. Und eine nicht ganz so schwer zu lösende Aufgabe: wenn der Senator zusammen mit dem Regierungschef den Kranz niederlegt.»

«Weiter?»

«Nichts, wie ich schon gesagt habe. Klar, daß ich diese geheime Sache für ein wenig Verrückt halte. Wäre es nicht besser, Gunvald Larsson mit

Stern und der amerikanischen Flagge in der Spitze als Weihnachtsbaum zu Verkleiden und ihn auf Sveaplan aufzustellen? Und ihn bis Weihnachten da stehenzulassen?»

Kollberg stapelte die Papiere auf einen Haufen vor Martin Beck auf und legte das wichtigste obenauf. Dann nahm er einen sehr kleinen Revolver aus der Schublade und fuhr fort:

«Damit sich das Volk an den grausigen und schauerlichen Anblick gewöhnt, wie Bürochef Malm sich ausdrücken würde.»

«Noch was?»

«Ja, richte Einar Rönn aus, daß er niemals mehr versuchen soll, sich schriftlich auszudrücken oder daß er, wenn es sich absolut nicht vermeiden läßt, zumindest niemandem zeigt, was er geschrieben hat. Sonst wird er nie im Leben befördert.»

«Mmm.»

«Das hier ist doch ein hübsches Ding. Ein kleiner, vernickelter Damenrevolver des Typs, den amerikanische Matronen um die Jahrhundertwende oder davor im Muff oder in der Handtasche trugen.»

Martin Beck blickte uninteressiert auf die vernickelte Waffe, während er die Unterlagen in seine Aktentasche packte.

«Damit kann man vielleicht einen Kohlkopf aus einem Abstand von zwanzig Zentimetern treffen, sofern der absolut still liegt», erläuterte Kollberg und nahm den kleinen Revolver mit einem einzigen schnellen Handgriff auseinander.

«Ich muß jetzt los. Vielen Dank für deine Hilfe.»

«Friede sei mit dir. Du kannst Rhea von mir grüßen, wenn du Lust hast. Übrigens brauchst du mich auch gar nicht zu erwähnen. Das wäre mir angenehm.»

«Hej.»

«Morgen», sagte Lennart Kollberg und streckte die Hand nach einer seiner Karteikarten aus.

17

Im Laufe der Jahre hatte mehr als einer sich gefragt, welche Eigenschaften es eigentlich waren, die Martin Beck zu einem so guten Polizeibeamten gemacht hatten. Über diese Frage wurde ebensohäufig bei Vorgesetzten wie bei Untergebenen nachgegrübelt, und der Anlaß war seltener Bewunderung als vielmehr offener Neid.

Diejenigen, die ihm übelwollten, wiesen gern darauf hin, daß er nur wenige Vorgänge zu bearbeiten hatte und die meisten davon einfach zu lösen waren. Das stimmte, denn die Aufträge, die er erhielt, waren nicht sehr zahlreich, verglichen mit dem, was sich in verschiedenen anderen

Abteilungen der Stockholmer Polizei türmte. Die Dezernate Diebstahl, Rauschgift und Gewaltverbrechen hatten zum Beispiel enorm viel zu tun, und ihr Aufklärungsprozentsatz war erschreckend niedrig. Viele Anzeigen konnten ganz einfach nicht bearbeitet werden, sondern wurden nach und nach zu den Akten gelegt. Der Polizeimeister und hinter ihm die Reichspolizeileitung hatten ständig die gleiche Erklärung zur Hand, nämlich den herrschenden Personalmangel.

Natürlich stimmte das in gewisser Weise, trotzdem war es bei weitem nicht die ganze Wahrheit. Denn die wollte man nur ungern zugeben: daß es wichtiger war, gute Polizisten zu haben als eine größere Anzahl.

Gegen die personelle Stärke der Ordnungsmacht war nicht viel einzuwenden, dagegen konnte man vieles über die Ausbildung des einzelnen Polizisten sagen, die bedenkliche Lücken, sowohl was Psychologie als auch Ethik anbetraf, aufwies. Oie Werbung für den Beruf, vor allem in Zeiten der Hochkonjunktur, erbrachte schlechte Ergebnisse, zum Teil deshalb, weil dem Korps viel zu viele Arbeitslose aus den dünner besiedelten Landesteilen zugeführt wurden. Häufig waren das Leute, die keinerlei Ahnung von der Dynamik einer Großstadt hatten, viele fühlten sich ausgestoßen und suchten diesen Nachteil durch Gewaltanwendung und unbefugte Machtausübung zu kompensieren. Viele gaben den Beruf wieder auf, und andere suchten sich freie Stellen in der Provinz, so weit entfernt von der Großstadt wie möglich.

Außerdem war es tatsächlich nicht immer leicht, Polizist in Stockholm zu sein, wo verschiedene Gangsterbanden und Syndikate jetzt ganz offen herrschten, wo es Rauscbgift im Überfluß gab und die einfachsten Konfliktsituationen häufig besinnungslose Gewalt von beiden Seiten auslösten. Darüber hinaus beharrten der Rikspolis-Chef und mit ihm viele andere darauf, daß das alte Polizeiwesen, das viele gute Seiten, aber natürlich auch eine Reihe von schwachen Stellen gehabt hatte, umorganisiert und die im Grunde zivile Organisation zu einem paramilitärischen, zentral geführten Verband wurde mit erschreckenden technischen Möglichkeiten, wozu auch immer die genutzt werden sollten.

Hinter all dem stand eine Regierungspartei, die sich sozialdemokratisch nannte, die aber mit den Jahren weder sozialistischer noch demokratischer geworden war, soweit sie das überhaupt in geringem Umfang jemals gewesen war, und deren Name einen immer dünneren Vorhang für die rein kapitalistische Staatsmacht abgab.

Der Polizeiberuf ist weitgehend trostlos und nur selten erfreulich, viele Maßnahmen, die ein Polizist ergreift, führen automatisch zu Widerwillen und Unpopularität.

Die Riksmordkommission mit ihrem uralten und häufig übertrieben guten Ruf, der sie als etwas Spannendes und sogar Romantisches darstellte, war eine Ausnahme.

Martin Beck war den langen Weg gegangen und war bereits ein guter

Polizist gewesen, als er vor 30 Jahren im Bezirk Jakob Fußstreife ging. Es war ihm immer leichtgefallen, mit Leuten ins Gespräch zu kommen, viele Probleme ließen sich mit Hilfe von Humor und Intelligenz lösen, und schon damals war er dankbar gewesen, daß er nicht vom Militär übergewechselt war wie so viele andere Kollegen. Sechs Jahre Streifendienst hatten auch keine besonders bitteren Erinnerungen hinterlassen, und die Anlässe, bei denen er gezwungen gewesen war, Gewalt anzuwenden, waren leicht zu zählen.

Später hatte er sich immer mehr zum Beamten entwickelt und hatte im Laufe der Zeit nicht selten widerstrebend Kompromisse mit stupiden Vorgesetzten geschlossen, aber er hatte es damit und mit verschiedenen schwer begreiflichen Disziplinarvorschriften ausgehalten, ohne größeren Schaden an seiner Seele zu nehmen.

Er zeigte natürlich, ebenso wie die meisten anderen, ein gewisses Interesse an seiner Karriere, doch in diesem Punkt hatte er sich stets geweigert, Kompromisse zu schließen. Denn er war ein Mann, der nicht nur am Schreibtisch arbeiten wollte, sondern draußen in direktem Kontakt mit Menschen und ihrer Umwelt. Die Angst, in einem Büro gefangen zu sein, wo das Hantieren mit Papier und dem Telefon nur von geschwätzigen Besprechungen unterbrochen wurde, hatte mit großer Wahrscheinlichkeit seine Beförderungen verlangsamt.

Nachdem er im Jahr 1950 zum Kriminalassistenten aufgerückt war, hatte er das Glück gehabt, ziemlich schnell der Mordkommission zugeteilt zu werden. Dieser Dienst hatte ihn interessiert, und er hatte begonnen, selbständig Studien in Kriminologie und Psychologie zu betreiben, und bis zur Verstaatlichung hatte er das Glück gehabt, verständnisvolle Vorgesetzte und gute Kollegen zu haben. Sein Talent, mit Leuten zu sprechen, hatte er bewahrt und so weit entwickelt, daß er schon frühzeitig als einer der besten Verhörleiter der Polizei angesehen wurde.

Obwohl er gewiß selbst hin und wieder eine Probe von Brillanz und hochentwickelter Kunst der Schlußfolgerung zeigte, waren das keine Eigenschaften, die er in erster Linie von sich selbst oder seinen Mitarbeitern forderte.

Wenn jemand ihn gefragt hätte, was das wichtigste in seinem Beruf sei, würde er mit größter Wahrscheinlichkeit Systematik, gesunder Menschenverstand und Pflichttreue in der hier aufgeführten Reihenfolge genannt haben.

Auch wenn Martin Beck im großen und ganzen Lennart Kollbergs Ansichten über die Polizei in der Gesellschaft teilte, so war der Schritt, den Beruf an den Nagel zu hängen, für ihn selbst völlig undenkbar.

Hinzu kam, daß er viel zu pflichtbewußt war, und das Wissen darum hatte zur Folge, daß er sich selbst oftmals als eine peinlich triste Person betrachtete und oft deprimiert war. Das war zwar in den letzten Jahren etwas besser geworden, aber ein Spaßvogel war er trotzdem nicht, und er hatte auch nicht die Absicht, einer zu werden.

Neuerdings beruhten seine Depressionen eher auf der Tatsache, daß er ein vergleichsweise hoher Beamter war, in einer Gesellschaft, in der sich niemals etwas zum Besseren wandelte.

Im Unterschied zu Lennart Kollberg litt Martin Beck dagegen nicht an dem kollektiven Verfall des Polizeikorps, er betrachtete sich als kaum daran beteiligt. Sicher wurden häufig Fehler und Übergriffe begangen, aber das war nicht er selbst oder seine Abteilung, die sich dessen schuldig machte.

Zu den vielen Eigenschaften, die Martin Beck zu einem guten Polizeibeamten machten, mußte man auch Gewissenhaftigkeit, gutes Gedächtnis und eine Hartnäckigkeit rechnen, die manchmal beinahe an einen Maulesel erinnerte, sowie ein gutes Kombinationsvermögen. Ein anderes Detail war, daß er sich für alles Zeit zu nehmen versuchte, das in irgendeiner Weise den Dienst betraf. Oft waren das Kleinigkeiten, bei denen sich später herausstellte, daß sie keinerlei Bedeutung hatten, aber in einzelnen Fällen wurden scheinbare Nebensächlichkeiten zu wichtigen Hinweisen in die eine oder andere Richtung.

Als er Lennart Kollberg verließ und eine positive Beurteilung des Schutzplanes insgesamt erhalten hatte, fühlte er eine gewisse Befriedigung, denn trotz allem war Kollberg immer noch der Mann, auf den er sich am meisten verließ, wenn es um polizeifachliche Dinge ging. Das Gespräch war kurz gewesen, und plötzlich entschloß er sich, einen Besuch zu machen, den er schon ziemlich lange vorgehabt, aber sich nie die Zeit dazu genommen hatte. Eigentlich war seine Zeit auch jetzt knapp, aber andererseits mußten Melander, Gunvald Larsson und Skacke absolut in der Lage sein, alle mehr oder weniger sinnlosen Telefonate oder Besuche zu erledigen. Rönn hatte anderes zu tun und war im Hauptquartier vermutlich nicht zu erreichen.

Daher bat er, zur David Bagares Gata gefahren zu werden.

Martin Beck konnte selbst Auto fahren, jedenfalls besaß er einen Führerschein aus den vierziger Jahren, aber er tat es praktisch nie und war auch nicht Eigentümer eines Fahrzeuges. Jetzt, da es nur noch zwei Tage bis zu dem großen Ereignis waren, hatte man ihn mit einem speziellen Dienstwagen ausgerüstet. Der war grün, und der Polizist hinterm Lenkrad trug Zivil.

Fünf Minuten später stand er vor der Tür zu Hedobald Braxéns Büro.

Die Klingel funktionierte nicht, aber als er anklopfte, hörte er zwei deutliche Geräusche von innen. Das eine war ein Rülpsen und das andere ein Miauen. Erst danach rief eine dumpfe Stimme:

«Herein!»

Martin Beck glitt durch die Tür, wie es seine Art war, und stand im Zimmer, noch ehe die Stimme zu Ende gesprochen hatte.

Braxén war damit beschäftigt, sich selbst und seinen Tierpark abzufüttern. Die beiden Katzen drängten sich um eine Schale Milch, während der Advokat selbst seinem überalterten Kanarienvogel Körner gab. Eine Zigarre qualmte in einem großen Aschenbecher, der sicher monatelang nicht ausgeschüttet worden war, vor sich hin, und auf der fleckigen Schreibunterlage standen ein Milchkarton, ein Plastikbecher und zwei belegte Brote, eins mit Mettwurst und das andere mit Käse.

Braxén blickte Martin Beck abwesend an. Dann schob er die Schreibunterlage ein wenig zur Seite und setzte sich hinter den riesigen Tisch.

«Die Kaffeemaschine ist kaputt», erklärte er. «Daher trinke ich jetzt auch Milch. Das ist in meinem Alter sicher nicht das richtige, aber ich kann mir kaum vorstellen, daß es noch eine größere Rolle spielt. Nicht wahr?»

«Nein», bestätigte Martin Beck zögernd, «das glaube ich auch nicht.»

«Sie können sich vermutlich nicht mehr an die Milchpropaganda erinnern, Herr Kommissar, aber heutzutage sieht es beinahe so aus, als ob die meisten Angaben, die damals verbreitet wurden, falsch waren.»

Martin Beck erinnerte sich sehr gut an den Reklamefeldzug für die Milch, vor allem an einen Mann, der auf Stelzen ging, und daran, daß man in der Schule Milch umsonst bekam. Er hatte aber keine größere Lust, ausführlicher auf dieses Thema einzugehen, und versuchte daher, schnell zur Sache zu kommen, indem er sagte:

«Vor ungefähr einem halben Jahr habe ich als Ihr Zeuge im Prozeß gegen ein Mädchen, das Rebecka Lind hieß, ausgesagt.»

«Auf der anderen Seite leben die Katzen hier so gut wie ausschließlich von Milch, und der Reichsanwalt hier, das ist der mit den eigentümlichen rotgelben Flecken im Gesicht, ist 12 Jahre alt. Das ist für eine Katze ganz schön viel.»

«Es geht um diesen Prozeß gegen Rebecka Lind.»

«Justizminister, das ist der kohlschwarze, ist allerdings erst fünf. Aber der vorhergehende Justizminister wurde neun und lebte nur von Milch und Fischklößchen. Der war auch kohlschwarz.»

«Apropos Rebecka Lind . . .»

«Ja. Dieses Mädchen . . . Es war nett von Ihnen, auszusagen. Hatte entscheidende Bedeutung.»

Braxén war dafür bekannt, häufig kuriose Zeugen zu laden. Unter anderem hatte er mehrmals versucht, den Rikspolis-Chef zu laden in Prozessen, bei denen es um Schlägereien zwischen Polizei und Demonstranten ging. Aber das war ihm natürlich nicht gelungen.

«Ich habe ein ernstliches Anliegen», bat Martin Beck, «und ich habe nicht besonders viel Zeit.»

Braxén sagte nichts, sondern nahm einen großen Bissen von seinem Wurstbrot.

Während er kaute, fuhr Martin Beck fort:

«Sie hatten damals noch einen weiteren Zeugen geladen, der dann nicht erschien. Einen Filmdirektor, der Walter Petrus hieß.»

«Hatte ich?» fragte Braxén mit vollem Mund.

«Ja. Das hatten Sie.»

Braxén schluckte. «Jetzt fällt es mir ein. Ich glaube, der war tot oder sonstwie verhindert.»

«Das stimmt nicht ganz. Aber er wurde am Tag danach ermordet.»

«Aha.»

«Warum wollten Sie, daß er aussagt?»

Braxén schien nicht zu hören. Nach einem kurzen Moment öffnete Martin Beck den Mund, um die Frage zu wiederholen. Doch da hob der andere plötzlich die Hand.

«Sie haben vollkommen recht. Jetzt erinnere ich mich, wie das zusammenhing. Ich hatte die Absicht, ihn als Zeugen zu verwenden, um den Charakter des Mädchens und ihre allgemeine Einstellung deutlicher aufzuzeigen. Aber er weigerte sich, zu erscheinen.»

«Was hatte er mit Rebecka Lind zu tun?»

«Das verhielt sich so: Kurz nachdem Rebecka gemerkt hatte, daß sie in anderen Umständen war, hatte sie eine Anzeige in der Zeitung gesehen, in der jungen Mädchen mit vorteilhaftem Aussehen eine gut bezahlte Stellung mit sehr guten Zukunftsaussichten angeboten wurde. Sie bekam ein Kind und hatte wenig Geld, also schrieb sie auf die Annonce. In dem prompt eintreffenden Antwortschreiben stand, daß sie sich zu einer bestimmten Zeit bei einer bestimmten Adresse einfinden sollte. Ich habe sowohl die Adresse als auch den Zeitpunkt vergessen. Aber der Brief war auf dem Firmenbogen einer Filmgesellschaft geschrieben und von jenem Petrus unterzeichnet worden. Sie hatte den Brief noch; er sah sehr eindrucksvoll aus, mit eingeprägtem Firmennamen und allem Drum und Dran.»

Braxén machte eine Pause, stand auf, ging zu den Katzen und goß mehr Milch ein.

«Und was passierte weiter?» erkundigte sich Martin Beck.

«Die übliche Geschichte. Die Adresse gehörte zu einer Wohnung, die offenbar auch als Atelier benutzt wurde. Als sie dort hinkam, war jener Petrus zusammen mit einem Fotografen in der Wohnung. Petrus sagte, er sei Filmproduzent mit umfassenden internationalen Verbindungen. Dann wies er sie an, sich auszuziehen. Sie fand, daß das nichts Besonderes sei, wollte aber wissen, welche Art Filme das seien.»

Braxén setzte sein Frühstück fort.

«Weiter», bat Martin Beck.

Braxén schlürfte aus dem Becher und fuhr fort:

«Roberta zufolge antwortete Petrus, daß es sich um einen künstlerischen Film handelte, der im Ausland gezeigt werden sollte, und daß sie sofort 5 Kronen bekommen würde, wenn sie sich auszöge, damit sie sehen konnten, ob sie geeignet sei. Sie tat das, und die beiden beäugten sie prüfend. Der Fotograf meinte, sie würde wohl taugen, obwohl es eine schwere Rolle sei und sie zu wenig Brust und zu kleine Brustwarzen hätte. Petrus schlug vor, man könne ihr ja Brustwarzen aus Plastik aufkleben. Dann sagte der Fotograf mit einem Blick auf die im Zimmer stehende Couch, daß er vorher mit ihr probevögeln wollte, und begann, sich ebenfalls auszuziehen. Da legte sie die Ohren an und sagte, daß sie so etwas nicht tun wollte, und begann ihre Sachen aufzusammeln. Die haben sie nicht angerührt, aber der Fotograf meinte, es sei das beste, wenn Petrus ihr gleich sagen würde, worum es sich drehte, denn wenn sie sich schon nicht mal mit ihm hinlegen wollte, dann würde sie auch kaum einwilligen, in dem Film mitzuspielen. Und so erklärte Petrus, daß da gar nichts Gefährliches dran sei, der Film würde nur in ausländischen Sexclubs gezeigt, und das einzige, was sie zu tun hätte, sei, mit einem Hund zu ficken.»

Braxén schwieg einen Moment.

«Es gibt heute wirklich eigenartige Wege, um Millionar zu werden. Anschließend beschrieb Petrus einen Haufen widerwärtiger Dinge, die sie tun sollte. Für den ersten Film würde sie 250 Kronen bekommen, aber dann würden es bessere und größere Rollen werden, versprach er. Dies Mädchen, wie hieß sie nun noch mal . . .»

«Rebecka.»

«Ja, genau, Rebecka, ja. Sie begann sich anzuziehen und bat um den Fünfer. Da sagte Petrus, das hätte er nur aus Spaß gesagt, und daraufhin spuckte sie ihm ins Gesicht, und die beiden jagten sie halbnackt hinaus ins Treppenhaus. Sie hatte nur Socken und Sandalen an. Den Rest ihrer Kleider warfen sie die Treppe hinunter, und da es ein normales Mietshaus war, begegneten ihr mehrere Personen, während sie ihre Sachen aufsammelte und sich anzog. Sie hat mir das erzählt, als sie in Untersuchungshaft saß, und fragte, ob es nicht strafbar sei, einen Menschen so zu behandeln. Ich mußte leider verneinen. Aber ich bin diesem Petrus auf die Bude gerückt. Er tat sehr hochmütig und sagte, daß die ganze Branche von überkandidelten Huren verseucht sei, es aber zuträfe, daß eine davon ihm ins Gesicht gespuckt hätte.»

Braxén aß ungerührt seine Käsebrote auf. Die Katzen balgten sich um die Milchschale, die umfiel.

«Ich habe gesehen, daß du es warst, Reichsanwalt», schimpfte Braxén.

Er ging hinaus in den Verschlag und holte einen Scheuerlappen.

«Der Nachteil mit Katzen ist, daß die nicht selbst aufwischen. Na, und ich habe also versucht, Petrus als Zeugen zu gewinnen; er ist auch vorgeladen worden, aber nicht erschienen. Doch sie ist ja auch ohne ihn freigesprochen worden.» Er schüttelte düster den Kopf.

«Und Walter Petrus wurde totgeschlagen», berichtete Martin Beck.

«Juristisch kann man Totschlag kaum verteidigen. Aber trotzdem . . . Ist der Rebecka was zugestoßen? Kommen Sie deshalb?»

«Nein. Nicht daß ich wüßte.»

Braxén schüttelte wieder düster den Kopf. «Ich bin ihretwegen beunruhigt.»

«Warum?»

«Sie kam gegen Ende des Sommers her. Es waren Schwierigkeiten aufgetreten wegen des Amerikaners, dem Vater ihres Kindes. Ich habe versucht, ihr verschiedene Dinge zu erklären, und schrieb in ihrem Namen einen Brief. Sie hat Schwierigkeiten, unsere Gesellschaftsordnung zu verstehen, wofür man sie selbst wohl kaum verantwortlich machen kann.»

«Kennen Sie ihre Adresse?»

«Nein. Als sie hier war, hatte sie keine feste Wohnung.»

«Sind Sie ganz sicher?»

«Ja. Als ich sie fragte, wo sie wohnt, sagte sie: Im Augenblick nirgendwo.»

Braxén war mit seiner Mahlzeit fertig, nahm eine feuchte Serviette heraus und wischte sich Mund und Finger damit ab. Dann stieß er einen donnernden Naturlaut aus, und sofort, als ob er dadurch inspiriert worden sei, ließ der glatzköpfige Kanarienvogel ein klägliches, gellendes Piepen hören, wie von einer Seele in Todesnot oder wie eine verzweifelte galaktische Botschaft.

Braxén zog eine seiner Schreibtischschubladen auf und nahm ein dickes Notizbuch mit schwarzem Einband und Daumenregister heraus. Er hatte es sicher schon sehr lange in Gebrauch, denn es war vom Alter und häufigem Gebrauch zerfleddert.

Er blätterte darin und fragte: «Wie hieß sie noch gleich?»

«Rebecka Lind.»

Er schlug die richtige Seite auf, zog sein altes schwarzes Bakelittelefon zu sich heran und schlug vor:

«Wir können immerhin ihre Eltern anrufen.»

Reichsanwalt sprang auf Martin Becks Knie, und er strich dem Tier mechanisch über den Rücken, während er dem Telefongespräch zu folgen versuchte.

Die Katze begann sogleich zu schnurren.

Braxén legte den Hörer auf.

«Das war ihre Mutter. Weder Vater noch Mutter haben seit der Verhandlung im Juni von ihr gehört. Sie sagte, das sei auch das beste so, denn keiner in der Familie würde das Mädchen verstehen.»

«Nette Eltern», brummte Martin Beck.

«Nicht wahr? Warum interessieren Sie sich übrigens für das Mädchen?»

Martin Beck griff nach dem Reichsanwalt und setzte ihn auf den Fußboden, stand auf und ging zur Tür.

«Ich weiß nicht recht. Aber jedenfalls vielen Dank für die Hilfe. Wenn sie von sich hören läßt, könnten Sie es mich vielleicht wissen lassen oder ihr sagen, daß ich gerne mit ihr sprechen möchte.»

Braxén hob die Hand zum Abschied, dann lehnte er sich im Schreibtischstuhl zurück und schnallte seinen Gürtel ein Loch weiter.

18

Reinhard Heydt war ebenso wie Kollberg der Ansicht, daß das meiste klar zu sein schien. Er war in eine Zweizimmerwohnung nach Solna umgezogen, die von dem gleichen Strohmann gemietet worden war, der auch die Wohnung in Södermalm besorgt hatte.

Die Japaner blieben dort wohnen. Sie hatten unter sorgfältiger Aufsicht die geheimnisvollen Bomben montiert. Ihre nächste Aufgabe war, sie an den ausgesuchten Plätzen anzubringen, was so spät wie möglich geschehen sollte.

Lange bevor der Presse etwas zu Ohren gekommen war, hatte Heydt alle Einzelheiten des Programms für den Senator ebenso wie den größten Teil des Sicherheitsplanes gekauft. Der Verkäufer war auch diesmal der Doppelagent in der geheimnisvollen kleinen Firma auf Kungsholmen gewesen.

Der Funkexperte traf ein wenig verspätet ein. Er wurde von einem dafür gemieteten dänischen Fischkutter von Gilleleje aus in die Nähe von Torekov transportiert und dort an Land gesetzt. Dabei fuhren sie, natürlich ohne daß einer von der Besatzung eine Ahnung hatte, direkt vor der Nase des Rikspolis-Chefs vorbei, der gerade in der Einsamkeit saß und über seine Verantwortung nachdachte.

Der Mann hieß Levallois und war eine sehr viel unterhaltsamere Gesellschaft als die beiden Japaner mit ihren Bambussprossen und anderem komischen Gemüse, um von dem unbegreiflichen Spiel mit den kleinen Klötzen gar nicht erst zu reden.

Über seine Ausrüstung hinaus, die nicht hoch genug einzuschätzen war, hatte er jedoch eine weniger gute Nachricht mitgebracht. ULAGs Schwäche war die Kommunikation, die noch nicht genügend ausgebaut war, anderenfalls hätte Heydt wahrscheinlich schneller davon erfahren. Irgendwo war ein Leck entstanden, und an einer anderen Stelle hatte jemand verschiedene Informationen zu einem recht interessanten Bild zusammengefügt.

Heydt war in Indien gesehen worden und auch, als er das Land in Lateinamerika nach dem Attentat verließ. Bereits seit damals hatte die Polizei beharrlich versucht, eine Art Personenbeschreibung zusammenzustellen, die sie dann durch Interpol in Paris an beinahe jede denkbare Regierung mit einigermaßen funktionierendem Polizei- oder Sicherheitswesen verschickt hatte.

Die durchlässige Stelle befand sich sicher nicht bei der ULAG, sondern in einem der Länder, in denen Heydt in früheren Jahren als Legionär in der Guerillatruppe aktiv gewesen war. Jedenfalls hatte man schließlich den Angaben über sein Aussehen seinen richtigen Namen hinzufügen können. Die Polizei in Salisbury behauptete immer noch, keine Ahnung zu haben, wer er sei, was vermutlich der Wahrheit entsprach, aber die Behörden in Pretoria, die sicher nicht wußten, womit er sich tatsächlich beschäftigte, gaben bekannt, daß er südafrikanischer Staatsbürger sei, mit Namen Reinhard Heydt, in seinem Heimatland nicht vorbestraft sei und, soviel man wußte, sich niemals strafbar gemacht habe.

Soweit schien das nicht besonders gefährlich zu sein, aber leider hatte bald danach die Frelimo in Mozambique, die ihn auf ihren schwarzen Listen stehen hatte, eine Fotografie vorgelegt, die qualitativ ausreichend war, um reproduziert und an Interpol geschickt zu werden.

Es gab keinen Haftbefehl gegen ihn. Man teilte lediglich mit, daß die Polizei in dem lateinamerikanischen Staat daran interessiert war, sich mit ihm zu unterhalten, und um Mitteilung bat, wo er sich gerade aufhielt.

Reinhard Heydt verfluchte innerlich den Augenblick, in dem er damals fotografiert worden war. Das war vor zwei Jahren gewesen in einer ungemein ärgerlichen Situation. Während eines bewaffneten Patrouillegangs nördlich von Lourenço Marques wurde seine Gruppe zersplittert, und er und einige andere waren von den Frelimo-Guerillas gefangengenommen worden. Sie waren zwar nach einigen Stunden wieder befreit worden, aber in der Zwischenzeit hatte jemand sie fotografiert. Es konnte sich ganz einfach nur um eine Ausschnittvergrößerung dieses Bildes handeln, was da herumspukte, und wenn Interpol die verschickt hatte, so hatte mit Sicherheit auch die schwedische Polizei ein Exemplar erhalten. Das erschwerte die Aktion an sich nicht weiter, dagegen würde er das Land kaum so ungeschoren verlassen können, wie er hereingeschlüpft war.

Doch eins war klar. Während der wenigen Tage, die ihnen noch blieben, war seine Bewegungsfreiheit stark eingeschränkt. Bisher hatte er sich ungehindert in Stockholm bewegen können, aber jetzt war Schluß mit den Ausflügen. Und wenn er ausging, mußte er sich darauf einrichten, stets bewaffnet zu sein.

So ganz einfach von einem schwedischen Polizeikonstapel erkannt und festgenommen zu werden, wäre ein allzu schimpfliches Ende seiner großangelegten Karriere gewesen, auch wenn das nicht einmal das Leben des berühmten Amerikaners retten konnte. Dazu war alles viel zu sorgfältig geplant und doppelt abgesichert worden.

Heydts erste Maßnahme war, den grünen Opel verschwinden zu lassen. Er ließ ihn durch Levallois nach Göteborg fahren und dort auf einem bestimmten Platz abstellen. Dann kaufte Levallois legal einen gebrauchten VW.

Die Wohnung, die in Kapellgatan in Huvudsta lag, war für zwei Personen ein wenig zu klein, vor allem, weil sie auch zwei Farbfernseher, drei Radios und die technische Ausrüstung des Franzosen beherbergen mußte. Sie richteten es so ein, daß der größere Raum Operationszentrale wurde, während sie in dem anderen schliefen.

Levallois war noch ganz jung, höchstens 22, und sein Aussehen verriet nichts über sein Vaterland. Er hatte einen rötlichen Teint und helle, lockige Haare. Trotz seines schmächtigen Körperbaus hatte er ebenso wie alle anderen das Trainingslager der ULAG durchlaufen und war in der Kunst, sich selbst zu verteidigen, aber auch zu töten, sowohl mit bloßen Händen wie auch mit allen Arten von Waffen, umfassend ausgebildet.

Ein Handicap hatte er allerdings in Schweden, nämlich die Sprache, und am Montag, den 18. mußte Heydt sich ins Auto setzen und zum letztenmal vor der Aktion in die Stadt fahren. Levallois war ein vorsichtiger Mann und darauf trainiert, sich auf nichts zu verlassen, und so forderte er jetzt Material für eine Reserveanlage, um für den Fall eines allgemeinen Stromausfalles während der feierlichen Zeremonie gerüstet zu sein.

Reinhard Heydt zog seine weiteste Jacke an, und die wenigen Menschen, die ihn sahen, fanden, daß er ungewöhnlich nett aussah, auffallend groß und mit breiten Schultern. Ein nordischer Typ, blond und blauäugig und unauffällig braungebrannt. Keiner ahnte, daß er unter der Jacke die tödlichste Waffe trug, die es gibt, einen Colt-Revolver vom Typ MK III Trooper 357 Magnum, und am Gürtel festgeklemmt drei Handgranaten. Zwei davon waren amerikanischer Herkunft, mit Kunststoff überzogen und mit mit Widerhaken versehenen Pfeilen gefüllt, und hatten einen hohen Deckungsradius. Der Typ war im Vietnamkrieg entwickelt worden und war eine gegen Menschen gerichtete Waffe von grauenhafter Wirksamkeit, denn der Kunststoffüberzug hatte zur Folge, daß man die Pfeile mit einem Röntgengerät nicht lokalisieren konnte. Die dritte Handgranate war in der eigenen Waffenschmiede der ULAG hergestellt. Sie hatte eine Drahtauslösung mit Reibezünder und war für ihn selbst gedacht, als letzten Ausweg in einer hoffnungslosen Situation.

Aber alles verlief gut. Er kaufte vier große Autobatterien und einen Haufen technischen Kleinmaterials, von dem er nichts verstand, das aber auf Levallois' Wunschliste stand.

Der Franzose schien zufrieden zu sein und baute schnell ein Reserveaggregat, das ihnen Elektrizität liefern sollte, falls plötzlich der Strom ausfallen sollte.

Dann montierte er einen Kurzwellenempfänger und stellte die Frequenz der Polizei ein. Sie hörten die Routinemeldungen ab, die Heydt vor allem deshalb fast vollständig übersetzen konnte, weil er von dem bewußten Agenten in Kungsholmen auch den Nummerncode der Polizei gekauft hatte.

Levallois begriff nichts, schien aber trotzdem zufrieden zu sein.

Er beschäftigte sich den ganzen Abend und auch den größten Teil des folgenden Tages damit, das Auslöseaggregat zu justieren und zu kontrollieren. Schließlich schien er zufrieden zu sein und sagte, daß nun nichts mehr schiefgehen könnte.

Reinhard Heydt überlegte, wie er das Land verlassen könnte. Sein Aussehen und Körperbau waren in gewisser Weise nachteilig, da jede Form der Verkleidung leicht zu durchschauen war.

Am Abend des 19. lag er lange in der Badewanne und dachte nach. Irgendwie würde es schon gehen, entweder würde er sich wie Levallois außer Landes schmuggeln oder einfach bleiben und sich in der Wohnung aufhalten, bis die polizeiliche Überwachung nachließ. Eine der Grenzstationen würde er schon überwinden können, wenn er ausreichend lange wartete. Vielleicht würde es zu Gewalttätigkeiten kommen, aber Gewalt war seine Spezialität. Er war überzeugt, daß alles in Ordnung gehen würde und daß er den schwedischen Polizisten, auf die er eventuell stoßen würde, weit überlegen war. Er hatte vorher die Stockholmer Beamten beobachtet, und seine Bewunderung hielt sich in Grenzen. Sie waren sicherlich roh und konnten hart zupacken, aber jeder x-beliebige konnte feststellen, daß sie nicht selten gegen die falsche Person einschritten und daß sie sämtlich psychologisch ungeschulte Leute zu sein schienen, die darüber hinaus ihre Waffen häufig linkisch und wenig nutzvoll handhabten.

Er wusch sich gründlich, bürstete die Zähne, rasierte sich, besprühte die Achselhöhlen mit einem Deodorant und pflegte seine blonden Koteletten. Reinhard Heydt war, was seine Hygiene betraf, sehr eigen, so eigen, daß man hätte annehmen können, er leide an einer Art Reinlichkeitsmanie. Anschließend massierte er eine Hautlotion in seinen ganzen Körper ein.

Dann breitete er saubere Handtücher auf dem Fußboden aus und ging in die Operationszentrale, wo Levallois in ein technisches Fachbuch versunken dasaß, während er den Polizeifunk abhörte, dessen Mitteilungen er nicht verstand.

Reinhard Heydt zog sich einen frischgewaschenen seidenen Schlafanzug an und hörte etwa eine Stunde lang die Gespräche im Polizeifunk ab. Messerstechereien, Vergewaltigungen, Überfälle, ein vierzehnjähriges Mädchen, das offenbar an einer Überdosis Morphinbase gestorben war, sogenannte Hausfriedensbrüche, Schlägereien zwischen Betrunkenen, Narkotikahandel, Einbrüche, ein Totschlag, einige Selbstmorde, neue Raubüberfälle, besonders auf ältere Menschen, Rowdys, die die U-Bahn-Züge beschädigten, alle möglichen Arten von Störungen, Schußwechsel in einer Wohnung in Bagarmossen, mehrere schwere Verkehrsunfälle, alles in ununterbrochener Folge, Razzia auf Rauschgiftsüchtige und verdächtige Jugendliche in Humlegården. Wessen sie verdächtigt wurden, ging aus der Meldung nicht hervor. Mehrere Festnahmen ausländischer Staatsbürger auf Grund eines neuen Gesetzes, er verstand nicht richtig, weshalb. Verschiedene Distrikte teilten mit, daß ihre Zellen voll belegt seien und die einzelnen Wachen überlastet und unterbemannt. Dann kam ein Mord: Eine Frau schien ihren Mann mit einem Plätteisen erschlagen zu haben. Das Paar war in Streit geraten, welcher Fernsehkanal eingeschaltet werden sollte. Unzählige Anrufer schienen sich über ihre Nachbarn zu beklagen, die entweder das Radio zu laut angestellt hatten oder ein Fest feierten oder Kinder hatten, die immer noch auf waren und spielten. Große Schlägerei auf Mariatorget. Neue Gewalttätigkeiten in der U-Bahn.

Stockholm war offenbar eine Stadt, in der die Polizei alle Hände voll zu tun hatte.

Reinhard Heydt legte sich hin, ohne den Polizeifunk abzustellen. Er nahm sich den Ruge vor und las das Kapitel über die *Weserübung* noch einmal, ehe er einschlief.

Er schlief gut und wachte voller Zuversicht auf.

Während er duschte und seine Morgentoilette erledigte, überlegte er, wie und wann er dieses graue und ungemütliche Land verlassen sollte, und glaubte, eine annehmbare Lösung gefunden zu haben. Die Durchführung würde Zeit in Anspruch nehmen, aber Zeit war etwas, das er bis jetzt glücklicherweise in ausreichendem Maße besaß.

Dann zog er einen eleganten Morgenrock über, machte ein kräftiges englisches Frühstück zurecht, setzte sich an den Tisch und verzehrte es in aller Ruhe.

Der Franzose war zeitiger aufgestanden und hatte versäumt, sein Bett zu machen, was Heydt als störend empfand und als ein Zeichen für eine nicht allzu gute Erziehung wertete.

Im Operationsraum war der Polizeifunk immer noch eingeschaltet, und Levallois hatte jetzt nicht weniger als drei technische Bücher vor sich aufgeschlagen liegen.

Er sagte nicht guten Morgen, beklagte sich aber über das Brot, das er sich zum Morgenkaffee gekauft hatte. Heydt klärte ihn darüber auf, daß es in Schweden keine frischen Brötchen und übrigens auch kein frisches Brot gab, es sei denn, man begab sich zu den Großbäckereien und nahm den Bäckereiarbeitern rechtzeitig die Hörnchen aus den Händen, bevor die in Plastik verpackten Waren zu den Geschäften gefahren wurden.

Levallois schüttelte über diese barbarischen Verhältnisse nur düster den Kopf.

Reinhard Heydt hörte eine Weile dem Funk zu. Zu dieser Tageszeit war es etwas ruhiger, aber die Polizei schien trotzdem sehr beschäftigt zu sein, und die erste Anweisung für eine Razzia gegen Langhaarige in Östermalm wurde bereits herausgegeben. Dann kam etwas, das Mord oder Totschlag sein konnte, sich aber dann als Selbstmord erwies. Bald danach wurde von einer weiteren Person berichtet, die ihr Leben weggeworfen hatte; offenbar hatte der Betreffende sich während der Morgenstunden erhängt, denn der Körper war noch warm gewesen, als er im Heizungsraum gefunden wurde.

Levallois hatte die Anlage jetzt so erweitert, daß man nicht nur den Funkverkehr der Polizeizentrale, sondern auch den der Streifenwagen und Motorradstreifen hören konnte.

Im Augenblick fand ein Meinungsaustausch statt zwischen der Zentrale und einem, der Arne hieß.

«Ein Baumelnder?» fragte Arne so angeekelt, daß es sogar durch die kurzgefaßte und gefühlslose Funkwiedergabe zu vernehmen war. «Ihr könnt mich mal!»

«Ist die Adresse verstanden? Karlbergsvägen 38.»

«Wir haben schon einen Klienten im Wagen. Demnächst müssen wir uns einen ganzen verdammten Bus anschaffen. Am besten geruchsfrei.»

«Ihr fahrt also hin», befahl der Mann in der Zentrale kalt. «Sofort. Der Betreffende befindet sich im Heizungsraum.»

Ein anderer Wageninsasse sagte etwas, undeutlich.

«Was war denn das?» fragte die Zentrale.

«Nur ein guter Ratschlag von uns beiden. Ende.» Ausgerechnet in diesem Gespräch war kein Zahlenkode verwendet worden. Der Fall war wahrscheinlich zu banal.

Mit einiger Selbstüberwindung legte Heydt dem Franzosen die Hand auf die Schulter. Aus irgendeinem Grunde hatte er etwas gegen körperliche Berührungen, außer in bestimmten Fällen.

Levallois blickte auf.

Heydt fragte: «Alles O. k?»

«Völlig. Vorausgesetzt, daß Kaiten und Kamikaze alles richtig montieren.»

«Nur keine Sorge. Die beherrschen ihren Job genausogut wie du und ich und wissen, worauf sie zu achten haben. Wir haben uns entschlossen, es in der zweiten Hälfte der Nacht zu machen.»

«Und wenn sie vorher entschärft werden? Es gibt doch sicher ein Bombenkommando hier bei der Polizei?»

«Nein. Eigenartigerweise. Aber denk dran, daß die Polizei in dem Land, wo wir voriges Mal waren, die Reserveladungen erst nach Monaten gefunden hat. Und die hatten Bombenkommandos sowohl bei der Polizei als auch bei der Armee und wußten außerdem, wo sie suchen mußten.»

«Wird diesmal auch eine Reserveladung angebracht?»

«Zwei. Sie decken die beiden anderen Zufahrtswege in die Stadt, falls den Sicherheitskerlen in letzter Minute einfallen sollte, die Eskorte umzuleiten.»

«Das Risiko ist wohl minimal. So weit denken die Bullen niemals.»

«Das glaube ich auch nicht. Außerdem sind die anderen Wege völlig unlogisch und schaffen viele neue Sicherheitsprobleme.»

«Na, dann kann ja kaum was schiefgehen.» Der Franzose gähnte. «Hier ist jedenfalls alles abgestimmt und klar», sagte er. «Wenn nur die Japaner die Montage nicht vermurksen.»

«Ausgeschlossen. Die können außerdem den ganzen Weg unter der Erde zurücklegen, wenn sie wollen. Und sie haben alles genauestens ausgekundschaftet. Vor zehn Tagen haben sie drei Attrappen eingebaut, und die hat noch keiner gefunden.»

«Hört sich gut an.» Levallois reckte sich, ließ den Blick durchs Zimmer gleiten. «Dieses Reserveaggregat ist mir eine große Beruhigung», erklärte er. «Überleg doch mal, was wäre, wenn wir morgen hier plötzlich ohne Strom gesessen hätten. Schöne Scheiße.»

«Während ich hier war, hat es keine Ausfälle gegeben.»

«Sagt gar nichts. Es braucht nur irgendein idiotischer Baggerführer irgendwo ein Kabel anzuwetzen, und schon haben wir den Salat.»

Sie hörten eine Weile dem Polizeifunk zu. Jemand mit weniger menschenfeindlicher Einstellung teilte mit, daß der Selbstmörder übernommen worden sei.

«Verdammter Pfuscher», sagte er, «die Zehenspitzen hingen nur einen halben Zentimeter über dem Fußboden.»

«War die Polizei da?»

Lachen. Dann antwortete die Stimme aus dem Auto:

«Aber klar. Zwei uniformierte Intelligenzbestien standen daneben und kontrollierten, daß Arne und ich unsere Arbeit auch richtig machten. Die hätten lieber was für die Familie des Toten tun sollen. Die Frau schrie wie am Spieß, und die Kinder weinten. Jetzt haben wir jedenfalls den Wagen voll. Wenn also neue kommen, müßt ihr sie bis nach dem Essen aufheben. Aber kommt uns am liebsten mit frischen Kunden.»

Levallois blickte Heydt fragend an, der zuckte die Achseln.

«Nichts von Interesse. Allenfalls soziologisch.»

«Wie setzen wir uns ab?» wollte der Franzose wissen.

«Was schlägst du vor?»

«Einzeln, wie üblich. Ich haue sofort ab. Auf dem gleichen Weg, auf dem ich gekommen bin.»

«Mmm. Ich muß wohl eine Zeitlang warten.»

Levallois schien erleichtert zu sein. Er hatte keine ausgeprägte Todessehnsucht und wußte, daß die Chancen, gefaßt zu werden, um ein Vielfaches größer waren, wenn der Südafrikaner darauf bestanden hätte, in dem Fischerboot mitzufahren.

«Hast du Lust auf eine Partie Schach?» fragte der Radiofachmann nach einer Weile.

«O. k.»

Reinhard Heydt spielte die Marshall-Variante sizilianisch, ein geistreiches Spiel, vor langer Zeit von einem amerikanischen Kapitän erfunden, der später viele Großmeister seiner Zeit zu Verlierern machte, die im großen und ganzen nur noch Vor Verwunderung Mund und Nase aufreißen konnten. Große Linien, rücksichtsloser Einsatz, beinahe ein wenig an die *Weserübung* erinnernd.

Der Nachteil ist, daß man einen guten Gegenspieler nur einmal überlistet. Dann schlägt der Betreffende in einem Analysebuch nach und lernt die richtigen Gegenzüge, die am Brett völlig unbegreiflich erscheinen.

Sie hatten keine Schachuhr, und der Franzose brauchte immer länger, um sich seine Züge zu überlegen, während er mitansehen mußte, wie seine Stellung zerfetzt und unhaltbar wurde, obwohl er eine Zeitlang über ein großes Übergewicht an Figuren verfügt hatte. Schließlich dachte Levallois anderthalb Stunden lang über einen Zug nach, obwohl Heydt wußte, daß die Lage seines Gegenspielers hoffnungslos war, und das schon seit längerer Zeit. Heydt ging in die Küche, kochte Tee und wusch sich danach sorgfältig Hände, Arme und Gesicht. Als er zurückkam, starrte der Franzose immer noch mit in die Hand gestütztem Kinn auf das Brett.

Zwei Züge später war er gezwungen, aufzugeben.

Sein Gesicht sah gekränkt aus, denn er war ein schlechter Verlierer, und außerdem lehrte die ULAG ihre Männer, niemals zu verlieren. Der einzige Verlust, der anerkannt wurde, war der des Lebens.

In ausweglosen Situationen sollte das von eigener Hand geschehen.

Levallois sagte dann beinahe den ganzen Nachmittag über kein einziges Wort. Er studierte seine technischen Bücher in bockigem Schweigen.

Der Polizeifunk fuhr fort, seine Mitteilungen auszustreuen.

Reinhard Heydt dachte, daß dies kein Land sei, in dem man längere Zeit leben könnte.

Aber offenbar würde er sich hier noch eine ganze Zeit lang aufhalten müssen, darum war es besser zu versuchen, sich einzugewöhnen.

Während die Japaner in dieser Nacht die Sprengladungen anbrachten, sowohl die, auf die sie alle hauptsächlich rechneten, als auch die beiden weniger entscheidenden, schlief Reinhard Heydt tief und traumlos.

Levallois lag lange Zeit wach und dachte über das Schachproblem nach. Wenn er wieder nach Kopenhagen kam, würde er sich ein gutes Theoriebuch kaufen, überlegte er.

Die beiden Japaner kamen gegen fünf Uhr morgens in die Wohnung in Södermalm zurück.

Von jetzt an würden auch sie längere Zeit nicht vor die Tür gehen. Sie hatten einen Konservenvorrat angelegt, der mehrere Wochen lang reichen sollte.

Auf dem Bett, in dem Heydt üblicherweise geschlafen hatte, lagen ihre Maschinenpistolen, geladen und schußbereit. Daneben gab es einen ganzen Stapel voller Reservemagazine.

In der Bahnhofshalle in Indien hatte der eine von ihnen es geschafft, drei ganze Magazine leerzuschießen.

Zwischen den Betten stand eine Holzkiste mit Handgranaten. Die Sprengladung, die für das eigene Ende vorgesehen war, trugen sie bei sich, selbst im Schlaf.

19

Für Martin Beck wurde es ein Mittwoch, den er so schnell nicht vergessen sollte. Er war diese Art von Arbeit nicht gewöhnt, die unzähligen Telefonanrufe und ständigen Gespräche mit Leuten auf den unterschiedlichsten Ebenen der Bürokratie. Er kam als erster in Kungsholmsgatan an und schien derjenige zu sein, der am längsten aushielt. Nur Benny Skacke harrte beinahe ebensolange bei der Arbeit aus und sah jetzt trotz seiner relativen Jugend so bleich und müde aus, daß Martin Beck ihn nach Hause schickte.

«Jetzt ist es genug für dich, Benny», entschied er.

Aber Skacke widersprach: «Ich gedenke ebensolange hierzubleiben wie du, solange es noch etwas gibt, das getan werden muß.»

Er war wirklich ein hartnäckiger junger Mann, und Martin Beck mußte schließlich etwas tun, das er, wenn irgend möglich, vermied. Nämlich in seiner Eigenschaft als Vorgesetzter einen autoritären und nicht zu verweigernden Befehl erteilen:

«Wenn ich sage, daß du nach Hause gehen sollst, dann heißt das, daß du zu gehorchen hast. Begreifst du? Geh jetzt, sofort!»

Skacke begriff, zwängte sich mit finsterer Miene in seinen Mantel und ging.

Das war wirklich ein fürchterlicher Tag gewesen. Der Rikspolis-Chef hatte seine meditative Mühsal überwunden und war wieder in bester Form. Durch Büroboten ließ er genau 42 Aktenstücke unterschiedlicher Länge und Inhalte los. Die meisten handelten von vollständig klaren Dingen, die schon lange vorher besprochen und eingeleitet worden waren. Aus jedem Schriftstück, auch wenn es nur aus zwei Zeilen bestand, konnte man einen vorwurfsvollen Unterton herauslesen. Er schien zu finden, daß er schlecht informiert war.

Mehr direkte Rügen wurden Stig Malm überlassen, der müde und irritiert wirkte, wahrscheinlich überfordert durch seine Doppelrolle als Schäferhund im Dienst und Pantoffelheld zu Hause.

«Beck?»

«Ja.»

«Der Chef fragt, warum wir nur zwei Hubschrauber in der Luft haben, wenn uns selbst zwölf zur Verfügung stehen und wir weitere von der

Marine ausleihen können.»
«Wir meinen, daß zwei ausreichend sind.»
«Der Chef ist anderer Ansicht. Er bittet dich, die Hubschrauberfrage noch mal zu überlegen und am besten mit dem Marinestab zu besprechen.»
«Zu Anfang hatten wir eigentlich überhaupt keine Hubschrauber einsetzen wollen.»
«Das ist doch reiner Wahnsinn. Mit unseren eigenen und den Maschinen der Marine haben wir eine vollständige Kontrolle über den Luftraum.»
«Wozu brauchen wir eine Kontrolle über den Luftraum?»
«Wenn die Luftwaffe ihren Willen durchgesetzt hätte, würden wir in dem Gebiet acht Jagd- und ebenso viele Kampfflugzeuge haben können.»
«Ich habe der Luftwaffe gesagt, daß wir sie nicht daran hindern können, zu fliegen.»
«Selbstverständlich können wir das nicht. Aber statt eine vertrauensvolle Zusammenarbeit mit dem Militär einzuleiten, hast du eine der Waffengattungen schwer beleidigt. Wirst du dir also die Frage der Hubschrauber noch mal überlegen?»
«Wir haben das bereits mehr als genug durchdacht.»
«Das ist keine Antwort, die dem Chef Freude machen wird.»
«Es ist nicht meine Aufgabe, dem Chef Freude zu machen. Jedenfalls fasse ich meine Arbeit nicht so auf.»
Malm seufzte tief. «Es ist tatsächlich nicht leicht, hier den Verbindungsmann zu spielen.»
«Fahr doch auch in dein Sommerhaus raus, und laß dir die Sache durch den Kopf gehen.»
«Du ... du bist reichlich unverschämt. Im übrigen habe ich kein Sommerhaus.»
«Aber deine Frau hat doch eins, nicht wahr?»
Malm war durch Heirat an ein beruhigendes und ziemlich hohes Vermögen gekommen, aber diejenigen, die seine bessere Hälfte getroffen hatten, erzählten, daß sie pausenlos schlechter Laune und reizbar sei und häßlich obendrein. Letzteres war ja durchaus subjektiv zu sehen, aber von Übellaunigkeit und Reizbarkeit hatte Martin Beck in achtzehnjähriger Ehe genug zu spüren bekommen. Jetzt tat ihm Malm beinahe leid.
Einmal war er gezwungen gewesen, bei ihm zu Hause anzurufen, und hatte Gelegenheit gehabt, einige Worte mit seiner Frau zu wechseln. Während des kurzen Gesprächs hatte er auch den festen Eindruck gewonnen, daß die Ehefrau des Bürochefs darüber hinaus noch hochnäsig sei. Das Gespräch war wie folgt verlaufen:
«Guten Tag, hier Kommissar Beck. Ich hätte gern den Bürochef gesprochen.»
«Sind Sie einer seiner Untergebenen?»

«Ja, sozusagen.»

«Ich habe Ihren Namen schon mal gehört. Polizist Beck. Aber Sie rufen gerade während der Trainingsstunde des Bürochefs an. Sie sehen wohl ein, daß Sie jetzt nicht mit ihm sprechen können.»

«Ach so, Entschuldigung.»

«Einen Augenblick, Polizist Beck, ich sehe gerade, der Bürochef kommt die Allee heraufgeritten. Sie können mit ihm sprechen, sobald ihm jemand das Pferd abgenommen hat.»

Jemand hatte sich offenbar sehr geputct, denn Malm kam schon eine Minute später ans Telefon. Sein Tonfall hatte gedämpft und untertänig geklungen, völlig anders als im Dienst, wo er oft arrogant und verärgert klang.

Martin Beck hatte gerade genug Zeit, diesen Gedanken zu Ende zu denken, als das Telefon schon wieder klingelte. Jetzt war es die Marine. Fregattenkapitän Soundso.

«Ich möchte nur wissen, ob Sie die großen Vertolhelikopter oder den kleineren Typ Marke Alouette haben wollen. Vielleicht eine gemischte Gruppe von beiden? Beide Typen haben ihre Vorteile.»

«Wir wollten überhaupt keine Flugzeuge haben.»

«Bester Kommissar», sagte der Mann steif. «Ein Hubschrauber ist kein Flugzeug. Eher ein Luftfahrzeug.»

«Vielen Dank für die Belehrung. Entschuldigen Sie, daß ich den falschen Ausdruck benutzt habe.»

«Oh, es gibt viele, die das falsch sagen. Sie brauchen also keine Hubschrauber?»

«Nein.»

«Bei meinem Gespräch mit dem Rikspolis-Chef hatte ich aber einen anderen Eindruck gewonnen.»

«Es hat da ganz einfach ein Mißverständnis gegeben.»

«Ich verstehe. Auf Wiederhören, Herr Kommissar.»

«Auf Wiederhören, Herr Fregattenkapitän», sagte Martin Beck höflich.

Und so war es den ganzen Tag gegangen. Entscheidungen waren über seinen Kopf hinweg getroffen worden und mußten durchgedrückt oder rückgängig gemacht werden, häufig in strengem, manchmal brutalem Ton und mit scharfen Formulierungen.

Aber nun war der Schutzplan auch fertig. Von denen, die in Kungsholmen arbeiteten, hatte besonders Melander einen Löwenanteil daran. Im stillen. Das war sein Arbeitsstil.

Keiner der anderen hatte allerdings auf der faulen Haut gelegen.

Rönn zum Beispiel hatte eine Aufgabe übernommen, die zeitraubend zu sein schien.

Nur einmal am Tag hatte er sich im Hauptquartier gezeigt, mit noch roterer Nase als sonst und mit schweren Tränensäcken unter den Augen.

Gunvald Larsson hatte ihn sofort gefragt:

«Wie läuft's denn, Einar?»

«Es geht. Aber es nimmt mehr Zeit in Anspruch, als ich glaubte. Und morgen habe ich nur wenige Minuten. Höchstens 15.»

«Eher 12 oder 13.»

«Was du nicht sagst.»

«Paß nur gut auf, Einar.»

Martin Beck blickte lange auf Rönn. Gunvald Larsson und Rönn, zwei völlig verschiedene Menschentypen, verstanden jeder die kleinste Andeutung des anderen. Sie waren sogar Freunde. Er selbst hatte große Schwierigkeiten, mit Rönn zusammenzuarbeiten, und daß sie beide sich in der Freizeit treffen würden, um über etwas anderes als den Dienst zu sprechen, schien völlig ausgeschlossen. Es fiel ihm da schon leichter, mit Gunvald Larsson zusammenzuarbeiten, trotz dessen ungestümer Art und seiner oft boshaften Kommentare. Aber auch sie waren keine Freunde, auch wenn das Verhältnis im Laufe der Jahre nach einem sehr schlechten Anfang immer besser geworden war.

Aber Rönn und Gunvald Larsson verband tatsächlich eine enge Freundschaft; was sie vereinte, war vielleicht die Tatsache, daß beide tüchtige Polizeibeamte waren und sich bei der Arbeit vorbildlich ergänzten. Paßten sie im Privatleben ebensogut zusammen? Denkbar. Obwohl Rönn sich sein Grundwissen in einer Volksschule in Lappland angeeignet hatte, während Gunvald Larsson die besten und teuersten Privatschulen besucht hatte.

Soweit Martin Beck wußte, war Rönn ein einziges Mal vor Wut an die Decke gegangen, als nämlich Kollberg – ungerechtfertigt, das muß zugegeben werden – Gunvald Larsson kritisiert hatte. Und das war im Frühjahr 68 gewesen.

Obwohl Rönn seit 26 Jahren in Stockholm wohnte, hatte er sich immer noch nicht an das Leben in der Großstadt gewöhnt. Während seiner Ausbildung hatte er in Skåne gearbeitet, aber dort hatte er sich noch mehr fehl am Platze gefühlt.

Nun würde Rönn ganz gewiß nicht «fehl am Platze» sagen, sondern sich etwas umschriebener ausdrücken. Zum Beispiel so: Pfui Teufel, was für eine Stadt!

In einigen Dingen war er erschreckend konsequent. So hatte er zum Beispiel sehr genau gewußt, wo er sich seine Frau zu suchen hatte, nämlich unter den Lappen, und als sein Vater starb, hatte er, einer alten ländlichen Sitte folgend, seine Mutter nach Stockholm geholt und sie in einer Wohnung untergebracht, wo er sie gelegentlich besuchen konnte. Solcher Familiensinn war mit den Jahren und den ständig wachsenden bürokratischen Reibereien in Schweden ziemlich selten geworden. Rönn sprach kaum von seiner Frau und so gut wie niemals von seiner Mutter, aber soviel Martin Beck wußte, lebte die alte, aber nach wie vor rüstige

Frau immer noch in ihrer Einzimmerwohnung auf Gärdet.

Martin Becks eigene Mutter war im Herbst 72 im Altersheim gestorben, und er machte sich immer noch Vorwürfe, daß er sich so wenig um sie gekümmert hatte.

Einer, der auch wie ein Galeerensklave an die Telefonhörer gebunden war, war der Chef der Ordnungspolizei. Mit Möllers neuen Vorstellungen von der Demonstrationsfrage konfrontiert, hatte er in einem letzten Fischzug weitere Polizisten aus der Provinz angefordert, dafür lautstarke Klagen der Polizeimeister aus vielen Distrikten und resignierende Kommentare anderer anhören müssen.

Die Reichspolizeileitung hatte ein außerordentlich einfältiges Rundschreiben an sämtliche Polizeichefs verschickt, in dem man mit nicht geringer Bestürzung unter anderem folgendes lesen konnte:

... und wollen wir hervorheben, daß die verbrechensvorbeugenden und -abwehrenden Maßnahmen nicht nachlassen oder in irgendeiner Hinsicht fahrlässig gehandhabt werden, sondern im Gegenteil zunehmen und daß der einzelne Polizist während der aktuellen Tage angewiesen wird, gesellschaftsfeindlichen Elementen gegenüber noch bestimmter aufzutreten, so daß eventuelle Lücken und Ausfälle der Allgemeinheit nicht bekannt werden, sondern der Dienst wie üblich durchgeführt wird ...

Alle Nachfragen in dieser Angelegenheit waren an den Chef der Ordnungspolizei zu richten, und der bekam eine ganze Reihe ziemlich kitzliger Fragen vorgelegt. Beispielsweise:

«Wie soll ich verbrechensvorbeugend arbeiten mit nur drei Mann im Dienst? Wenn außerdem alle drei auf der Wache sitzen müssen?»

Oder:

«Wäre es nicht das einfachste, wenn ich einen Lurenbläser auf den Marktplatz stelle, und der gibt dann ein Ausgangsverbot bekannt, das für alle gilt mit Ausnahme der Feuerwehr und den Leuten, die zum Systembolaget müssen?»

Letztere Frage kam aus Ystad, wo man tatsächlich über einen Lurenbläser verfügte.

Göteborg klagte bitter:

«Wir haben heute abend ein Liga-Ausscheidungsspiel im Handball. Und jetzt sind alle bis auf den Torwart in Stockholm. Wie soll das denn laufen?»

Der Chef der Ordnungspolizei wußte nichts über Handball, dagegen kannte er sich in Fußballfragen aus. Daher antwortete er:

«In London hatte Metropolitan Police einen Ausscheidungskampf in der Southern League mitten während eines Staatsbesuches, ich glaube, das war ein griechischer Besucher. Die haben neun Mann aus der Reserve eingesetzt und trotzdem gespielt. Und gewonnen.»

Dann legte er den Hörer auf, und da standen die Göteborger nun mit ihrem Torwart.

Der ganze Plan schien in Ordnung zu sein. Ungefähr so, wie Martin Beck ihn hatte haben wollen. Man hatte einige Scharfschützen mit Gewehren auf verschiedenen Hausdächern vorgesehen, aber nicht besonders viele. Manche Wohnungen und Dachböden entlang dem Weg der Eskorte sollten kontrolliert werden. Verschiedene Leute sollten überwacht werden, aber das betraf nur ein paar Ausnahmefälle.

Möllers Nahschutzspezialisten würden leichtes Spiel haben. Das heißt, bestimmte Programmpunkte würden schwieriger als andere. So zum Beispiel die Ankunft des Senators auf dem Flugplatz und sein Besuch im königlichen Schloß. Möglicherweise auch die Ehrung des toten Königs, die, laut Anordnung von Regierungsseite, in der Riddarholmskirche vonstatten gehen sollte. Gustav VI. Adolf hatte dort zwar nicht seine letzte Ruhe gefunden, doch die Kirche lag zentral und eignete sich ideal vom Sicherheitsstandpunkt her gesehen. Außerdem waren die meisten anderen schwedischen Könige dort begraben worden. Egal also . . .

Allerdings hatte das bestimmte Änderungen des Zeitplans zur Folge, aber die waren zu verkraften.

Das Programm des hohen Gastes war bis in die letzte Einzelheit durchgesickert und von den Zeitungen veröffentlicht worden. In der Presse kam eine gewisse Kritik zum Ausdruck, aber noch schimpfte keiner auf die Polizei.

Zehn Minuten vor elf knipste Martin Beck alle Lampen in den Zimmern aus und schloß die Türen zum Flur ab. Mit dem unbehaglichen Gefühl, etwas versäumt zu haben; ohne daß er hätte sagen können, was.

Er wollte den Abend und die Nacht nicht allein verbringen. Darum fuhr er zu Rhea. Sie pflegte an Mittwochabenden eine Art offenes Haus für ihre Mieter und andere Leute zu halten, und er fühlte ein starkes Bedürfnis, mit Leuten zu sprechen, deren Gedanken nicht ausschließlich um Polizeiabsperrungen, spezialausgebildete Scharfschützen, Hubschrauber und höchst unwahrscheinliche Bomben kreisten. Er hatte sich von einem Streifenwagen mitnehmen lassen und bat den Fahrer in Frejgatan, eine Querstraße weit von Rheas Haus entfernt, zu halten. Sein eigener Chauffeur hatte bereits Feierabend.

Vier Minuten nachdem Martin Beck das Hauptquartier verlassen hatte, fuhr Gunvald Larsson mit dem Fahrstuhl nach oben. Er schloß auf, und als er seine Tischlampe anknipste, fiel ihm auf, daß die Glühbirne noch warm war.

Beck, dachte er.

Er selbst war naß und sein Haar zerzaust. Unten vor dem Fenster beherrschten Halbstarke, Einbrecher, Räuber, Säufer und Rauschgiftsüchtige die dunkle, kalte und regennasse Straße.

Gunvald Larsson war müde. Er hatte in der vorhergehenden Nacht nicht geschlafen, sondern wach gelegen und an die ULAG, umherfliegende Präsidentenköpfe und ähnliche Dinge gedacht. Dann hatte er sowohl das Mittagessen wie das Abendbrot ausfallen lassen und viele Stunden lang Einar Rönn bei der Arbeit geholfen, der wirklich Unterstützung brauchte. Die meiste Zeit draußen im Regen. Gunvald Larsson hatte eine ungeheuerliche Konstitution, sowohl physisch wie auch psychisch, aber irgendwo gab es auch für ihn eine Grenze.

Sie hatten da oben einen Expresskocher, und er verwahrte Zucker und einige Teebeutel in einer der Schubladen seines Schreibtisches. Er goß Wasser in den Kocher, schaltete ihn ein und wartete. Dann hängte er zwei Teebeutel in eine Kanne und füllte sie schließlich mit dem kochenden Wasser auf.

Als der Tee etwas gezogen hatte, nahm er seine eigene private Tasse aus dem Schreibtisch. Die anderen benutzten immer Plastik- oder Einwegbecher aus gewachstem Papier.

Er setzte sich an den Schreibtisch und trank sofort einige große, heiße Schlucke, gleichzeitig zerkaute er zwei zusätzliche Zuckerstücke, ausreichend, um warm zu werden und den Blutzuckergehalt etwas anzuheben. Dann nahm er alle seine Unterlagen aus dem Ablagekorb und begann zu lesen. Er war schlechter Laune und zog die Stirn in Falten, daß sich eine tiefe Rinne über der Nasenwurzel bildete. Nach einer Weile legten sich auch seine blonden Augenbrauen in Falten.

Irgend etwas würde schiefgehen. Davon war er überzeugt.

Aber was?

Er holte den Nahschutzplan der Sicherheitspolizei von Melanders Schreibtisch. Der war beinahe unleserlich wegen der vielen Abkürzungen, von denen der Text nur so wimmelte, aber er arbeitete sich trotzdem hindurch, Seite für Seite. Er ging die beigefügten Übersichtsskizzen und Tabellen eine nach der anderen durch.

Ebenso wie vor ihm die anderen aus der Gruppe, mußte er zugeben, daß der Plan keiner Verbesserung bedurfte. Eric Möller war Spezialist, und seine Überlegungen waren richtig. Der Nahschutz war außerdem eine einfachere Angelegenheit. Die Kontrolle der anfälligen Gebiete, wie Möller sie nannte, sollte um Mitternacht beginnen.

Gunvald Larsson blickte zur Wanduhr. Neun Minuten vor zwölf. Da waren ein Teil der 400 Sicherheitspolizisten, von denen im Text die Rede war, bereits unterwegs, um sich naßregnen zu lassen.

Er legte die Papiere weg und begann über den Fernschutz nachzudenken. Logården war ein geeigneter Punkt, nicht nur für Möller. Da würden sowohl der König als auch dieser verdammte Amerikaner auf einem erhöhten Platz stehen, deutlich sichtbar für gute Scharfschützen, sowohl von Blasieholmen als auch von Skeppsholmen aus, und natürlich erst recht für solche, die sich auf Strömmen und an den Kais in irgendwelchen Booten versteckt hielten.

Mehrmaliges Zurückblättern beruhigte ihn. Die fünf Denker, das heißt er selbst, Beck, Melander, Rönn und Skacke, hatten diese Möglichkeiten ebenfalls in Betracht gezogen. Die Brücke nach Skeppsholmen war bereits vor einigen Stunden gesperrt worden, und die Kontrolle der Häuser an Blasieholmen war rigoros. Besonders traf das auf das Hotel Royal mit seinen vielen Fenstern zu.

Gunvald Larsson seufzte und blätterte planlos in den Aktenstapeln. Es gab nur wenige Abwässerkanäle und andere Tunnels unter Logården, und die waren leicht von Leuten zu kontrollieren, die entweder in Gummioveralls steckten oder sich nichts daraus machten, wenn ihre Kleidung verdreckt wurde.

Die Uhr an der Wand klickte. Die Wanduhr zeigte eine falsche Zeit an, wie üblich, genau gesagt ging sie 1 Minute und 23 Sekunden nach.

Gunvald Larsson stand auf, um die elektrische Uhr zu stellen.

Und genau in diesem Augenblick klopfte es an der Tür.

Die Mitglieder der Arbeitsgruppe pflegten nicht anzuklopfen, also mußte es jemand anders sein.

«Herein», rief Gunvald Larsson.

Ein Mädchen betrat das Zimmer. Na ja, wohl eher eine Frau.

Zwischen 23 und 30 Jahren schätzte er sie ein.

Nach einem unschlüssigen Blick auf Gunvald Larsson grüßte sie:

«Hej.»

«Guten Tag», gab dieser zögernd zurück.

Er stellte sich mit dem Rücken zum Schreibtisch, verschränkte die Arme über der Brust und fragte: «Na, was ist los?»

«Ich kenne dich natürlich. Du bist Gunvald Larsson vom Dezernat für Gewaltverbrechen.»

Er schwieg.

«Dagegen wirst du mich kaum kennen.»

Gunvald Larsson betrachtete sie. Sie hatte aschblondes Haar, blaue Augen und regelmäßige Gesichtszüge. War ziemlich groß, vielleicht 1,75 oder sogar noch etwas darüber. Recht hübsch. Sie war einfach und gepflegt gekleidet: graues Polohemd, tadellos gebügelte Slacks und Schuhe mit flachen Absätzen. Sie sah ein wenig zu ruhig aus, um nicht etwas auf dem Herzen zu haben. Aber er war fast sicher, daß er sie noch niemals vorher gesehen hatte. Jedenfalls zog er die Stirn kraus und fixierte sie mit seinen porzellanblauen Augen.

«Ich heiße Ruth Salomonsson», erklärte sie, «und arbeite hier im Haus. Ermittlungsdezernat.»

«Als was?»

«Polizeiassistent. Ich bin jetzt im Dienst. Das heißt, im Augenblick habe ich Kaffeepause.»

Gunvald Larsson dachte plötzlich an seinen Tee, er drehte sich halb um und leerte die Tasse in einem Zug.

«Willst du meinen Dienstausweis sehen?»

«Ja.»

Sie nahm ihre Identitätskarte aus der rechten Gesäßtasche und reichte sie ihm.

Gunvald Larsson sah sich den Ausweis sorgfältig an. 25 Jahre. Das konnte stimmen. Er fragte:

«Was willst du?»

«Ich weiß, daß du an einem Spezialauftrag direkt unter Kommissar Beck, dem Polizeimeister und dem Rikspolis-Chef mitarbeitest.»

«Es reicht mit Beck. Wo hast du das gehört?»

«Ach Gott, du weißt doch, wie hier im Haus geklatscht wird. Und . . .»

«Und, was?»

«Ja, es wird erzählt, daß ihr nach einem bestimmten Mann sucht, dessen Namen ich nicht genau weiß. Aber ich habe die Personenbeschreibung gehört.»

«Wo?»

«In der Identifikationsabteilung. Ich habe eine Freundin, die dort arbeitet.»

«Wenn du was zu sagen hast, dann spuck's aus.»

«Willst du mich nicht bitten, Platz zu nehmen?»

«Nein, daran hatte ich nicht gedacht. Worum geht's also?»

«Ja, also vor einigen Wochen . . .»

«Wann? Ich bin nur an Fakten interessiert.»

Sie blickte ihn resigniert an.

«Es war Montag, der 4. November.»

Gunvald Larsson nickte aufmunternd. «Sieh mal einer an. Was passierte also am Montag, den 4.?»

«Eine Freundin und ich hatten uns verabredet, zum Tanzen auszugehen. Wir gingen ins *Amaranten* . . .»

Gunvald Larsson unterbrach sie. «*Amaranten*? Tanzt man da?»

Sie antwortete nicht.

«Tanzt man im *Amaranten*?» wiederholte er.

Sie schien plötzlich kleinlaut und schüttelte den Kopf.

«Was hast du und deine Freundin getan?»

«Wir . . . wir setzten uns in die Bar.»

«Zusammen?»

«Nein.»

«Was geschah dann?»

«Ich lernte einen dänischen Geschäftsmann kennen, der sich mir als Jörgensen vorstellte.»

«Aha. Und dann?»

«Dann sind wir zu mir nach Hause gegangen.»

«So. Und was passierte dann?»

«Was glaubst du?»

«Ich habe niemals vorgefaßte Meinungen. Besonders nicht, wenn es sich um das Privatleben anderer handelt.»

Sie biß sich auf die Lippe. «Wir waren zusammen», sagte sie trotzig. «Haben miteinander geschlafen, um mich gepflegt auszudrücken. Dann ist er gegangen, und ich habe ihn nicht mehr gesehen.»

Eine Ader schwoll an Gunvald Larssons rechter Schläfe. Er ging um den Tisch herum und setzte sich. Dann schlug er mit der rechten Faust so hart auf den Tisch, daß die elektrische Wanduhr stehenblieb. Zu allem Überfluß zur falschen Zeit, eine Minute und 23 Sekunden zu spät.

«Was ist das hier für ein Quatsch, verdammt noch mal», schrie er wütend. «Was willst du, was soll ich tun? Schilder aufstellen, daß die Polizei Gratisnutten bereithält, die in der Bar des *Amaranten* aufgegabelt werden können? Zu welchen Zeiten bist du frei? Montags von 19 bis 23 Uhr beispielsweise?»

«Ich muß sagen, daß ich eine solche vorsintflutliche Einstellung nicht erwartet habe. Ich bin 25 Jahre alt, ledig und kinderlos und habe zumindest vorläufig vor, es auch zu bleiben.»

«25?»

«Ledig und kinderlos. Verhält es sich vielleicht so, daß ich kein Recht mehr auf ein eigenes Sexualleben babe?»

«Das nicht. Aber ich will da nicht mit einbezogen werden.»

«Ich glaube, ich kann garantieren, daß das nie vorkommen wird.»

Gunvald Larsson paßte ihr Tonfall nicht, und er hieb wieder mit der Faust auf den Tisch, diesmal so kräftig, daß es bis in das Ellbogengelenk hinein weh tat. Er schnitt eine Grimasse.

«Weibliche Bullen, die in Hotelbars sitzen und sich Männer angeln. Und dann hierherkommen und über die Dänen herziehen.»

Er blickte auf die aus dem Verkehr gezogene Wanduhr und dann auf seine Armbanduhr. «Die Kaffeepause ist jetzt sicher vorbei. Raus!»

«Ich bin eigentlich hergekommen, um etwas Nützliches zu tun. Aber daran scheint man offenbar nicht interessiert zu sein.»

«Offenbar nicht.»

«Dann willst du den Rest also nicht mehr hören?»

«Ich habe für Pornographie nichts übrig.»

«Ich auch nicht.»

«Was gäbe es denn sonst für eine Fortsetzung?»

«Ich babe den Mann gern gehabt. Er war gebildet und sympathisch und auch auf andere Weise gut.» Sie blickte Gunvald Larsson kühl an und sagte betont: «Bemerkenswert gut, sogar.»

Gunvald Larsson schwieg.

«Deshalb habe ich zehn Tage später das Hotel angerufen, in dem er angeblich abgestiegen war.»

«Angeblich?»

«Ja. Denn der Empfang teilte mir mit, daß ihnen ein Gast dieses Namens nicht bekannt sei.»

«Äußerst interessant. Wahrscheinlich fährt er umher und testet die weiblichen Polizeiangestellten der verschiedenen Länder. Für irgendeinen Sexualreport. Vermutlich wird das ein Bestseller. Paß nur gut auf, daß du auch deine Prozente bekommst.»

«Du bist unmöglich.»

«Findest du?» fragte Gunvald Larsson höflich.

«Jedenfalls traf ich gestern meine Freundin. Sie hat sich nämlich eine Weile mit ihm unterhalten, bevor wir zu mir nach Hause gefahren sind.»

«Und wo wohnst du?»

«Karlavägen 27.»

«Danke. Wenn ich ein Adreßbuch zu Weihnachten bekomme, werde ich dich da eintragen.»

Sie begann wütend auszusehen. Und eigensinnig.

«Aber ich bekomme sicher keins», erklärte Gunvald Larsson in unterhaltsamem Ton. «Ich kaufe mir nämlich alle meine Weihnachtsgeschenke selbst.»

«Meine Freundin hat mehrere Jahre in Dänemark gearbeitet, und sie sagte, wenn das ein Däne gewesen sei, dann muß er aus einer komischen Gegend stammen. Sein Dänisch wäre völlig antiquiert gewesen.»

«Und wie alt ist deine Freundin?»

«28.»

«Und was ist sie von Beruf?»

«Sie studiert nordische Sprachen an der Universität.»

Gunvald Larsson mißtraute vielen Dingen auf dieser Welt, unter anderem der Universitätsausbildung. Aber jetzt begann er doch ein wenig nachdenklich zu werden.

«Weiter», forderte er sie auf.

«Heute habe ich mal beim Ausländeramt reingeschaut und nachgesehen. Der Name ist da nicht registriert.»

«Wie hieß er, sagtest du?»

«Reinhard Jörgensen.»

Gunvald Larsson stand auf und ging zu Melanders Tisch. «Und wie sah er aus?»

«Ungefähr so wie du. Jedoch 20 Jahre jünger. Außerdem hatte er Koteletten.»

«Ebensogroß wie ich?»

«Beinahe jedenfalls. Aber schlanker.»

«Nicht viele sind so groß wie ich.»

Gunvald Larsson war 1,96 ohne Schuhe.

«Er war höchstens ein paar Zentimeter kleiner.»

«Und er sagte, daß er Reinhard hieß?»

«Ja.»

«Hatte er sonst irgendwelche Kennzeichen?»

«Nein, er war allerdings sehr braungebrannt, mit Ausnahme . . .»

«Mit Ausnahme?»
«Mit Ausnahme der Stellen, an denen Männer nicht braungebrannt zu sein pflegen.»
«Und er sprach Dänisch?»
«Ja. Mir klang das ganz richtig. Wenn meine Freundin das nun nicht gesagt hätte.»
Gunvald Larsson hatte einen braunen Umschlag aus einem von Melanders Briefkörben genommen. Er wog ihn einen Augenblick in der Hand und nahm dann ein Foto im Format 18 × 24 heraus. Das reichte er Ruth Salomonsson und fragte:
«Sah er so aus?»
«Ja. Das ist er, wenn er auch inzwischen etwas älter geworden ist.» Sie blickte die Fotografie genauer an: «Schlechte Qualität», stellte sie fest.
«Das ist eine Teilvergrößerung eines Gruppenbildes von einem kleinen Negativ.»
«Jedenfalls ist er das. Ich bin ganz sicher. Wie heißt er richtig?»
«Reinhard Heydt. Scheint Südafrikaner zu sein. Was sagte er, weswegen er hier sei?»
«Geschäfte. Kaufte und verkaufte irgendwelche komplizierten Maschinen.»
«Und den hast du also am Abend des 4. getroffen?»
«Ja.»
«War er allein?»
«Ja.»
«Wann hast du ihn zuletzt gesehen?»
«Am nächsten Morgen. Um sechs rum.»
«Hatte er einen eigenen Wagen?»
«Jedenfalls nicht bei sich.»
«Was gab er an, wo er wohnte?»
«Im *Grand.*»
«Weißt du noch mehr?»
«Nein. Nichts weiter.»
«Gut. Danke, daß du gekommen bist.»
«Nichts zu danken.»
«Ich habe vorhin ein paar unüberlegte Sachen gesagt.»
«Das mit den Gratisnutten und so», lächelte sie.
«Nein», widersprach Gunvald Larsson. «Über die weiblichen Polizisten. Wir müßten viel mehr davon haben.»
«Jetzt ist meine Kaffeepause aber wirklich zu Ende. Hey.»
«Einen Moment.» Gunvald Larsson klopfte mit den Knöcheln auf die Fotografie und sagte: «Dieser Kerl ist gefährlich.»
«Für wen?»
«Für jeden. Das ist vielleicht gut zu wissen, falls du ihn noch mal siehst.»

«Hat er jemanden getötet?»

«Viele Menschen. Viel zuviele.»

Martin Beck verlebte schließlich doch noch einen ganz netten Abend. Es saßen bei seiner Ankunft bereits sieben oder acht Personen um den Küchentisch herum, die er alle schon früher einmal kennengelernt hatte.

Unter anderem einen jungen Mann, der Kent hieß und vor zwei Jahren behauptet hatte, Polizist werden zu wollen. Martin Beck hatte ihn seitdem nicht gesehen und fragte: «Wie ist es denn bei dir gegangen?»

«Mit der Polizeischule?»

«Ja.»

«Ich bin angenommen worden, aber nach einem halben Jahr hab ich Schluß gemacht. Das war das reinste Irrenhaus.»

«Wo arbeitest du jetzt?»

«Bei der Straßenreinigung. Als Müllmann. Das ist verdammt viel besser.»

Wie üblich an Rheas Küchentisch war das Gespräch lebendig und offen, und man kam von einem Thema aufs andere.

Martin Beck saß die meiste Zeit über schweigend da und entspannte sich. Hin und wieder trank er einen kleinen Schluck aus seinem Weinglas. Er hatte sich vorgenommen, daß es nicht mehr als eins werden sollte.

Nur ein einziges Mal kam die Rede auf den berüchtigten Senator. Eine der Anwesenden wollte zum Demonstrieren gehen, andere begnügten sich damit, auf die Regierung zu schimpfen.

Dann begann Rhea über Fischsuppe aus der Gascogne und Hummer aus der Bretagne zu sprechen und beendete dadurch die politische Debatte.

Sie selbst wollte am Sonntag verreisen, zu einer Schwester, die dauernd Hilfe dieser oder jener Art benötigte.

Um ein Uhr schickte sie alle Gäste nach Hause, mit Ausnahme von Martin Beck, aber ihn konnte man auch kaum als Gast bezeichnen.

«Du bist morgen fix und fertig, wenn du dich nicht sofort hinlegst.»

Sie selbst ging gleichzeitig mit ihm zu Bett, aber nach einer halben Stunde mußte sie wieder aufstehen und in die Küche gehen. Martin Beck hörte sie mit dem Ofen klappern, war aber zu müde, um an überbackene Schinkenbrote mit Tomaten und Parmesankäse zu denken. Er blieb also liegen.

Nach einer Weile kam sie wieder, wühlte einen Augenblick im Bett herum und schmiegte sich dann eng an ihn. Sie war warm und ihre Haut weich mit beinahe unsichtbaren kurzen hellen Haaren.

Auf einmal fragte sie: «Martin?»

«Mmm.»

«Ich muß dir was erzählen. Bist du noch wach?»

«Mmm.»

Wenn die Antwort als ja bezeichnet werden konnte, so war das nicht die ganze Wahrheit, jedenfalls eine gewisse Einschränkung.

«Als du vorigen Donnerstag hierwarst, bist du sehr müde gewesen und vor mir eingeschlafen. Aber du weißt ja, ich bin so schrecklich neugierig, ich habe also deine Aktenmappe geöffnet und in deinen Unterlagen geblättert.»

«Mmm.»

«Dabei war eine Mappe mit einer Fotografie. Die habe ich mir auch angesehen. Darauf war eine Person namens Reinhard Heydt abgebildet.»

«Mmm.»

«Mir ist eine Sache eingefallen, die wichtig sein könnte.»

«Mmm.»

«Ich habe diesen Mann vor ungefähr drei Wochen gesehen. Einen großen, blonden Kerl in den Dreißigern. Wir sind rein zufällig aufeinandergestoßen, als ich in deiner Wohnung gewesen war. In Köpmangatan. Dann gingen wir durch die Bollhusgränd. Er war nur zwei Schritte hinter mir, da habe ich ihn vorbeigelassen. Ein nordisch-europäischer Typ, ich hielt ihn für einen Touristen, denn er trug einen Stadtplan von Stockholm in der Hand. Hatte Koteletten. Blonde.»

Martin Beck war schlagartig hellwach.

«Hat er etwas gesagt?»

«Nein, nichts. Er ging nur vorbei. Aber einige Minuten später sah ich ihn wieder. Er stieg in einen grünen Wagen mit schwedischem Nummernschild. Ich kenne mich mit Autos nicht aus und weiß nicht, was für eine Marke das war. Ich muß mir die Buchstabenkombination ein wenig genauer angesehen haben. Die war GOZ. Aber die Zahlen habe ich sofort vergessen. Ich bin gar nicht mal sicher, ob ich sie überhaupt gesehen habe. Mein Zahlengedächtnis ist schlecht, wie du weißt.»

Martin Beck war putzmunter und stand nackt am Telefon, bevor Rhea auch nur ein Bein aus dem Bett bekommen hatte.

«Neuer Weltrekord im blitzschnellen Fliehen aus dem Arm seiner Liebhaberin», lobte sie.

Martin Beck wählte Gunvald Larssons Nummer in Bollmora. Zwölfmal ließ er es klingeln, aber niemand antwortete.

Er legte auf und rief die Vermittlung im Polizeihaus an.

«Wißt ihr, ob Gunvald Larsson noch im Hause ist?»

«Er war vor zehn Minuten jedenfalls noch da.»

Martin Beck mochte solche Worte wie Hauptquartier oder Operationszentrale oder taktisches Kommando nicht. Er bat daher, mit dem Dezernat für Gewaltverbrechen verbunden zu werden. Die Verbindung klappte sofort.

«Hier Larsson.»

«Heydt ist in der Stadt.»

«Das habe ich auch gerade erfahren. Eine Polizeiassistentin vom Ermittlungsdezernat hatte den guten Einfall, mit ihm in der Nacht vom 4. zum 5. ins Bett zu gehen. Sie scheint sich ihrer Sache sicher zu sein. Er hat sich als Däne ausgegeben. Freundlicher Typ, sagte sie. Sprach eine Art Skandinavisch.»

«Ich habe auch eine Zeugin. Ein Mädchen, das ihn auf Köpmangatan in Gamla Stan gesehen hat, vor etwa drei Wochen. Sie hat ihn in ein Auto mit schwedischem Kennzeichen steigen sehen, auf Slottsbacken, und sie glaubt, daß er in südlicher Richtung losgefahren ist.»

«Ist deine Zeugin verläßlich?»

«Der verläßlichste Mensch, den ich kenne.»

«Soso.»

«Wenn du mir einen Streifenwagen schickst, kann ich in 20 Minuten bei dir sein.»

«Ich will zusehen.»

«So ein Hund. Er hat uns an der Nase herumgeführt, und jetzt haben wir keine Zeit mehr. Was tun wir?»

«Wir müssen überlegen.»

«Soll ich Skacke und Melander alarmieren?»

«Nein, laß sie schlafen», entschied Martin Beck. «Jemand muß morgen ausgeruht sein. Wie fühlst du dich denn?»

«Noch vor einer Weile war ich völlig fertig, aber jetzt fängt es an, besser zu werden.»

«Hier das gleiche.»

«Mmm. Heute nacht werden wir nicht viel Schlaf bekommen.»

«Läßt sich nicht vermeiden. Wenn wir Heydt festnehmen können, sind viele Risiken beseitigt.»

«Möglicherweise. Er scheint ein smarter Kerl zu sein.»

Damit wurde das Gespräch beendet. Martin Beck begann sich anzuziehen.

«War das wichtig?» fragte Rhea.

«In allerhöchstem Grade. Hej und vielen Dank für dies und jenes. Sehen wir uns morgen abend? Bei mir?»

«Verlaß dich drauf!» bestätigte sie munter.

«Du wolltest doch sowieso hin und dir das Ganze im Farbfernsehen angucken.»

Als Martin Beck gegangen war, lag sie noch lange da und überlegte.

Sie war einige Stunden vorher guter Laune gewesen, aber jetzt fühlte sie sich deprimiert.

So war sie nun einmal, intuitiv und rasch in ihren Stimmungen wechselnd.

Rhea Nielsen mochte diese Situation nicht. Schließlich schlief sie ein. Ihr letzter Gedanke war eine Mischung aus Zufriedenheit und Angst.

Und es war langweilig, in dem großen Bett allein liegen zu müssen.

20

Gunvald Larsson und Martin Beck hatten die frühen Morgenstunden mit intensiver Denkarbeit verbracht, aber sie waren auch durch Gefühle wie Reue und Niedergeschlagenheit und dazu noch durch lähmende Müdigkeit behindert. Beide merkten, daß sie nicht mehr die Jüngsten waren.

Es war Heydt gelungen, trotz aller Vorsichtsmaßnahmen ins Land zu kommen. Es war anzunehmen, daß auch der Rest der Sabotagegruppe bereits in Stockholm war und sich dort schon ziemlich lange aufgehalten hatte.

Daß Heydt allein war, schien recht unwahrscheinlich zu sein.

Über Reinhard Heydt wußten sie eine ganze Menge, dagegen hatten sie keine Ahnung, wo er sich in der Stadt aufhielt, und konnten nur versuchen, zu erraten, was er plante.

Zwei Hinweise gab es in diesem Fall: Heydts Aussehen und die Tatsache, daß er über ein grünes Auto mit schwedischem Kennzeichen verfügte, eventuell mit den Buchstaben GOZ. Dagegen wußte man nichts darüber, welcher Typ und welches Fabrikat der Wagen war, und vor allem hatten sie keine Zeit mehr, etwas zu unternehmen.

Wo hatte er das Auto her? Gestohlen? Dann wäre er ein unnötiges Risiko eingegangen. Heydt war nicht der Mann, der unnötige Risiken auf sich nahm. Dennoch untersuchten sie sobald als möglich alle Diebstahlsanzeigen. Keine traf zu.

Er konnte ihn auch gekauft oder gemietet haben, aber alle die zahlreichen Möglichkeiten zu kontrollieren, würde Tage, wenn nicht Wochen in Anspruch nehmen. Und sie hatten nur noch wenige Stunden zu ihrer Verfügung.

Und in dieser kurzen Zeit würden sich ihre Zimmer bald von akzeptablen Arbeitsplätzen in eine reine Sturmabteilung verwandeln.

Skacke und Melander kamen um sieben und hörten sich mit düsteren Mienen die neue Entwicklung des Falles Heydt an. Dann begannen sie, ihre Telefone zu bearbeiten, aber all das war schon zu spät, denn den Büroboten auf den Fersen folgte ein ansehnlicher Strom von Leuten, die plötzlich der Ansicht waren, daß ihre Anwesenheit unentbehrlich sei. Es traf der Rikspolis-Chef ein, dicht gefolgt von Stig Malm, dem Polizeimeister von Stockholm und dem Chef der Ordnungspolizei. Kurz darauf zeigte Bulldozer Olsson sein freundliches Gesicht in den Räumen, und dann kam ein Vertreter der Feuerwehr, den niemand hergebeten hatte, zwei Polizeiintendenten, die allem Anschein nach nur neugierig waren, und, als Krönung des Ganzen, ein von der Regierung geschickter Staatssekretär, der offensichtlich als eine Art Beobachter gedacht war.

Kurze Zeit war auch Eric Möllers Haarkranz in dem Gewimmel zu sehen, aber um diese Zeit hatten alle die Hoffnung schon aufgegeben, noch etwas Wesentliches ausrichten zu können.

Gunvald Larsson hatte schon frühzeitig eingesehen, daß er es niemals schaffen würde, nach Hause zu fahren, zu duschen und sich umzuziehen, und wenn Martin Beck ähnliche Pläne gehabt hatte, so mußten sie bald schon aus dem einen Grunde aufgegeben werden, daß er seit halb neun ununterbrochen telefonierte, meistens mit Leuten, die mit dem Besuch des hohen Gastes nur sehr wenig zu tun hatten.

In dem allgemeinen Durcheinander glückte es auch zwei akkreditierten Kriminalreportern, sich ins Hauptquartier zu drängen, wo sie Nachrichten aufzuschnappen versuchten. Diese Journalisten waren, so glaubte man, der Polizei gegenüber positiv eingestellt, und in der Reichspolizeileitung schüttelten sich alle bei dem bloßen Gedanken, sich mit einem der beiden anzulegen. Nur einen Schritt von einem der Reporter entfernt wandte sich der Rikspolis-Chef an Martin Beck und fragte:

«Wo ist Einar Rönn?»

«Ich weiß nicht», log er.

«Womit ist er beschäftigt?»

«Das weiß ich auch nicht», gab Martin Beck, wenn möglich noch weniger der Wahrheit entsprechend, zur Antwort.

Während er sich aus der unwillkommenen Nachbarschaft freizumachen versuchte, hörte man den Rikspolis-Chef vor sich hin knurren:

«Merkwürdig. Höchst merkwürdige Kommandoführung.»

Kurz nach zehn rief Rönn an, und es glückte ihm nach einigem Hin und Her, Gunvald Larsson an den Apparat zu bekommen.

«Hej, hier ist Einar.»

«Ist jetzt alles fertig?»

«Ja, ich glaube schon.»

«Fein. Einar, bist du müde?»

«Das kann man wohl sagen. Und du selbst?»

«Munter wie ein geschlachtetes Schwein. Ich bin überhaupt nicht ins Bett gekommen.»

«Ich habe wenigstens zwei Stunden lang geschlafen.»

«Immerhin etwas. Und nun sei verdammt vorsichtig!»

«Ja. Und du auch.»

Gunvald Larsson erwähnte nichts von Heydt, einerseits weil zu viele Unbefugte in Hörweite standen, andererseits weil durch die Nachricht nichts anderes erreicht worden wäre, als daß Rönn noch nervöser wurde, als er es bereits war. Wenn er es überhaupt war.

Gunvald Larsson drängte sich ans Fenster, drehte den übrigen demonstrativ den Rücken zu und starrte hinaus. Das einzige, was er sehen konnte, war der Neubau des Polizeihauptquartiers und ein sehr kleiner Fetzen Himmel, der grau und düster war.

Das Wetter war ungefähr so, wie man es erwartet hatte, null Grad, Wind aus Nordosten und in kurzen Abständen Schauer von Schneeregen.

Nicht besonders aufmunternd für das Riesenaufgebot von Polizisten, die draußen Dienst taten, für die Demonstranten allerdings ebensowenig.

In einem Punkt schien der Chef der Sicherheitspolizei recht gehabt zu haben. Den ganzen letzten Tag über waren Scharen von Demonstranten aus Norwegen und noch zahlreicher aus Dänemark in der Stadt eingetroffen. Diese hatten sich mit den Leuten aus dem eigenen Land vermischt und bildeten schon jetzt eine zusammenhängende Mauer von Norrtull bis ganz hinauf zum Sergelstorg und dem Reichstagshaus in Stockholms neu erbautem, noch provisorischem und nach Umweltgesichtspunkten geradezu katastrophalem Zentrum.

Als die Uhr elf war, gelang es Martin Beck, seine drei anwesenden Mitarbeiter loszureißen und mit ihnen in einen nahegelegenen Raum zu verschwinden, wo Gunvald Larsson sofort die Türen abschloß und alle Telefonhörer abnahm.

Martin Beck hielt einleitend eine sehr kurz gefaßte Rede:

«Nur wir vier wissen, daß sich Reinhard Heydt mit Sicherheit, und damit wahrscheinlich eine komplett ausgebildete Terroristengruppe, in der Stadt befindet. Ist einer unter euch der Ansicht, daß diese Tatsache uns zu einer Änderung der Pläne zwingt?»

Alle schwiegen, bis Melander die Pfeife aus dem Mund nahm und antwortete:

«Soviel ich verstehe, ist das die Situation, die wir die ganze Zeit lang einkalkuliert haben. Ich kann nicht begreifen, warum wir in diesem Stadium anfangen sollten, unsere Pläne zu revidieren.»

«Wie groß ist das Risiko für Rönn und seine Leute?» wollte Benny Skacke wissen.

«Ziemlich groß, meiner persönlichen Auffassung nach», gab Martin Beck zu.

Nur Gunvald Larsson äußerte etwas völlig Abweichendes:

«Wenn dieser verdammte Heydt oder einer seiner Mithelfer lebend aus dem Lande kommen, dann werde ich das als eine schwere persönliche Niederlage auffassen. Ob die nun den Amerikaner in die Luft sprengen oder nicht.»

«Oder ihn erschießen», ergänzte Skacke.

«Es darf ihnen ganz einfach nicht gelingen, den Mann zu erschießen», entgegnete Melander seelenruhig. «Der ganze Fernschutz ist darauf eingestellt, Aktionen aus weiter Entfernung zu verhindern. In den wenigen Fällen, wo er nicht durch das kugelsichere Auto geschützt ist, wird er darüber hinaus eine starke Leibwache aus Polizisten mit automatischen Waffen und kugelsicheren Westen haben. Alle in Frage kommenden Stellen sollen dem Plan nach seit heute nacht, null Uhr regelmäßig überwacht worden sein.»

«Und wie ist es bei dem Bankett heute abend?» fragte Gunvald Larsson plötzlich. «Soll dem Saukerl vielleicht Champagner aus einem kugelsicheren Glas serviert werden?»

Martin Beck lachte, nicht laut, aber herzlich, und wunderte sich selbst darüber, daß er in einer Situation wie dieser lachen konnte.

Melander fuhr geduldig fort:

«Das Bankett ist Möllers Angelegenheit. Wenn ich die Sache richtig erfaßt habe, so ist heute abend jeder einzelne, der in Stallmästargården seinen Dienst versieht, ein bewaffneter Sicherheitspolizist.»

«Und das Essen?» fragte Gunvald Larsson. «Hat Möller das selbst zubereitet? In dem Fall hat der arme Senator keine große Chance, hier wieder lebend wegzukommen.»

«Der Küchenmeister und die Köche sind verläßlich und werden außerdem durchsucht und genauestens überwacht.»

Eine Weile war es still. Melander qualmte mit seiner Pfeife. Gunvald Larsson öffnete das Fenster und ließ den eisigen Wind und ein wenig Regen und Schnee ein sowie die normale Dosis Ölflocken und den lebensgefährlichen Niederschlag der Industrie.

«Ich habe noch eine Frage», begann Martin Beck wieder. «Und jetzt wird die Zeit knapp. Wer von euch ist der Ansicht, daß wir den Chef der Sicherheitspolizei darüber informieren müssen, daß Heydt und damit auch die ULAG in Stockholm sind?»

Gunvald spuckte verächtlich aus dem Fenster.

Skacke schien unsicher zu sein, sagte aber nichts.

Wieder war es Melander, der die Dinge logisch zusammenfaßte.

«In letzter Stunde diese Angaben zu bekommen kann die Möglichkeiten von Eric Möller und seinem Nahschutz nicht zum Guten verändern. Eher umgekehrt. Man muß Verwirrung und sich widersprechende Befehle befürchten. Der Nahschutz ist bereits organisiert, und die Männer sind sich ihrer Aufgabe bewußt.»

«O. k.», stimmte Martin Beck zu. «Wie ihr wißt, gibt es verschiedene Details, ja mehr als das, wovon nur wir vier und Rönn überhaupt eine Ahnung haben. Geht es schief, sind wir es, die die Hauptverantwortung tragen.»

«Dagegen habe ich nichts», sagte Skacke sofort.

Gunvald Larsson spuckte wieder verächtlich aus dem Fenster.

Melander nickte vor sich hin. Er war 34 Jahre bei der Polizei gewesen und würde demnächst 55 Jahre alt werden. Er hatte ziemlich viel bei einer Suspendierung oder einer eventuellen Entlassung zu verlieren.

«Nun», sagte er schließlich, «ich kann nicht wie Benny hier sagen, daß ich nichts dagegen hätte. Dennoch bin ich bereit, kalkulierte Risiken auf mich zu nehmen. Dies hier ist eins.»

Gunvald Larsson blickte auf seine Armbanduhr. Martin Beck folgte seinem Blick:

«Ja, gleich ist es soweit.»

«Sollen wir uns strikt an den Plan halten?» fragte Skacke.

«Ja, sofern sich nicht die Situation plötzlich auf dramatische Weise ändert. Das überlasse ich eurem eigenen Beurteilungsvermögen.»

Skacke nickte, und Martin Beck fuhr fort:

«Gunvald und ich benutzen einen der wirklich schnellen Wagen der Polizei, einen Porsche, so daß wir das Ehrengeleit überholen, oder, wenn es notwendig wird, auch umwenden können.»

Es gab nicht mehr als ein halbes Dutzend solcher schwarzweißer Schlitten.

«Ihr beide, Benny und Fredrik, fahrt in der elektronischen Zentrale. Ihr fädelt euch in den vorderen Teil der Kolonne ein, zwischen die Motorradeskorte und die kugelsichere Limousine. Da könnte ihr sowohl Radio als auch Fernsehen überwachen. Und außerdem unseren eigenen Funk mithören. Zu eurer Verfügung habt ihr außer dem Fahrer einen Peilexperten, von dem behauptet wird, daß er alles beherrscht, was ein menschliches Gehirn über Elektronik wissen kann, und noch etwas mehr.»

«Gut», sagte Melander.

Sie kehrten zu ihrer eigenen Zentrale zurück, wo sich jetzt nur noch der Polizeimeister aufhielt. Er stand vor dem Wandspiegel und kämmte sich mit pedantischer Sorgfalt. Dann musterte er seinen Schlips, der wie üblich aus einfarbiger heller Seide bestand. Heute war er hellgelb.

Das Telefon klingelte. Skacke nahm ab.

Nach einem kurzen, unbegreiflichen Gespräch legte er den Hörer auf und erklärte:

«Das war Möller von der Sicherheitspolizei; er drückte seine Verwunderung aus.»

«Beeil dich, Benny», mahnte Martin Beck.

«Er war verblüfft, daß einer seiner Leute auf der speziellen Kommandoliste stand.»

«Was, verdammt noch mal, ist die spezielle Kommandoliste?» fragte Gunvald Larsson.

«Victor Paulsson hieß der Mann. Möller sagte, er sei persönlich hiergewesen und hätte die spezielle Kommandoliste heute früh abgeholt. Er sagte, daß er die Gruppe für eine wichtige Nahschutz-Aufgabe brauchte. Und daß er diesen Victor Paulsson in die SK-Gruppe eingeteilt hätte und daß sie ab sofort unter seinem Kommando stände.»

«Nein!» rief Gunvald Larsson. «Das kann doch verdammt nicht wahr sein! Er war hier oben und hat die Idiotenliste geklaut! Die Mensch-ärger-dich-nicht-Spieler. Die Männer, die hier auf der Station sitzen sollten.»

«Jetzt hat er die jedenfalls. Und er sagte nicht, von wo aus er angerufen hat.»

«Er glaubte also, daß deine Abkürzung für ‹sämtlich Knallköppe› ‹spezielles Kommando› bedeutete», sagte Martin Beck.

«Nein.» Gunvald Larsson schlug sich mit den Fäusten an die Stirn. «Das darf nicht sein. Teufel, Satan! Hat er gesagt, wozu er sie einsetzen will?»

«Nur, daß es eine wichtige Spezialaufgabe sei.»

«Zum Beispiel, den König zu schützen?»

«Wenn es um den König geht, können wir noch eingreifen. Andernfalls ...»

«Andernfalls können wir überhaupt nichts mehr machen, denn jetzt müssen wir los», schimpfte Gunvald Larsson. «Verdammte Scheiße noch einmal!»

Als sie im Wagen saßen und durch die Stadt fuhren, ergänzte er:

«Aber das ist mein Fehler. Warum habe ich nicht IDIOTENLISTE darübergeschrieben? Warum habe ich die nicht in meinen Schreibtisch eingeschlossen?»

«Da läßt sich vielleicht noch was ändern», beschwichtigte Martin Beck.

Die Fahrzeuge der Eskorte fuhren einzeln zum Flugplatz. Gunvald Larsson wählte den Weg über Kungsgatan und Sveavägen, damit sie sich einen Überblick verschaffen konnten. Überall sahen sie haufenweise uniformierte Polizisten, aber auch in Zivil gekleidete Beamte. Letztere waren zum größten Teil Kriminalbeamte und zivile Polizeiangestellte aus der Provinz.

Hinter ihnen drängten sich bereits Massen von Demonstranten mit Plakaten und Schriftbändern und noch größere Mengen gewöhnlicher Neugieriger.

Auf der Kante des Bürgersteigs vor dem Kino *Rialto* genau gegenüber dem Hauptgebäude der Stadtbibliothek stand ein Mann, den Martin Beck kannte und dessen Anwesenheit ihn ziemlich verblüffte. Der Mann war für einen Polizisten nicht sehr groß, hatte ein wettergebräuntes Gesicht und leicht gekrümmte Beine. Er trug einen Dufflecoat und enge Hosen, die er in hochschäftige, grüne Gummistiefel gestopft hatte. Im Nacken trug er einen Safarihut von unbestimmter Farbe. Niemand, der nicht wußte, daß er Polizist war, wäre jemals auf diese Idee gekommen.

«Halt mal einen Moment an», bat Martin Beck, «bei dem Burschen mit dem Löwenjägerhut.»

«Wer ist das?» fragte Gunvald Larsson und bremste. «Ein Geheimagent oder der Sicherheitschef von Korpilombolo?»

«Er heißt Nöjd. Herrgott Nöjd. Ist Polizeiinspektor in Anderslöv, einem Ort zwischen Malmö und Ystad, im Polizeidistrikt Trelleborg. Wie mag der nur hierhergekommen sein?»

«Und was will er hier? Elche in Humlegården jagen?»

Martin Beck öffnete die Seitentür und rief: «Herrgott?»

Nöjd blickte ihn verblüfft an. Dann griff er nach der Hutkrempe, so daß der Safarihut über eines seiner flinken Augen rutschte.

«Was machst du hier, Herrgott?»

«Weiß ich nicht recht. Ich wurde heute morgen in einem Charterflugzeug hergeflogen, das voller Polizisten aus Malmö, Ystad, Lund und Trelleborg war. Dann haben die mich hierhingestellt. Ich weiß nicht mal richtig, wo ich bin.»

«Du stehst ganz in der Nähe der Kreuzung Odengatan-Sveavägen. Wenn alles richtig läuft, kommt die Eskorte hier vorbei.»

«Vor einer Weile kam ein Säufer und bat mich, für ihn ins Systembolaget zu gehen. Er hat wohl Hausverbot, und ich scheine wie ein richtiger Dorftrottel auszusehen.»

«Du siehst aus, als ob du in Hochform bist.»

«Was für ein Hundewetter. Und was für eine schreckliche Stadt. Vor ein paar Minuten kam eine alte Frau vorbei und fragte mich nach der Stadtbibliothek. Was sollte ich ihr denn sagen, wenn ich nicht einmal selbst weiß, wo ich stehe?»

«Wenn du geradeaus guckst, siehst du ein großes braunes Haus mit einem komischen runden Turm genau dir gegenüber. Das ist die Stadtbibliothek. Du selbst stehst auf Sveavägen mit dem Rücken zu einem Kino, das *Rialto* heißt.»

«Das habe ich bereits festgestellt. Da scheint ein guter Film zu laufen.»

Martin Beck warf einen Blick auf die Plakate. Sie warben für einen Film von Luis Buñuel.

«Bist du bewaffnet?»

«Ja, das stand im Befehl.»

Er knöpfte den Dufflecoat auf und zeigte einen großen Revolver, den er mit einem Clip am Hosenbund festgemacht hatte, genau wie Gunvald Larsson es tat, der zog jedoch eine automatische Pistole vor.

«Bist du der Boss dieses Spektakels?» fragte Nöjd.

Martin Beck nickte und stellte eine Gegenfrage: «Und wie geht es in Anderslöv, wenn du nicht da bist?»

«Gut. Evert Johansson macht das. Und außerdem wissen alle, daß ich übermorgen wieder nach Hause komme. Keiner wagt unterdessen, etwas anzustellen. Im übrigen passiert in Anderslöv nichts mehr, seit der Sache vor einem Jahr. Als du da warst.»

«Du hast mich zu einem phantastischen Mittagessen eingeladen. Willst du heute abend bei mir zu Hause essen?»

«Als wir die Fasanen gejagt haben?» Nöjd lachte. Dann beantwortete er die Frage. «Na klar. Es ist nur so, daß man eine Menge komischer Befehle erhält. Ich soll in einem Haus schlafen, das leersteht, zusammen mit 17 anderen. Kaserniert, sagten die.»

«Das wird geregelt. Ich werde mit dem Chef der Ordnungspolizei sprechen. Im Augenblick ist er mir unterstellt. Du hast meine Nummer und meine Adresse, nicht?»

«Ja», bestätigte Nöjd und klopfte auf eine seiner Gesäßtaschen. «Wer ist das da?» fragte er neugierig und guckte zu Gunvald Larsson hin, der überhaupt nicht reagierte.

«Gunvald Larsson heißt er. Arbeitet normalerweise beim Dezernat für Gewaltverbrechen hier in der Stadt.»

«Armes Schwein», sagte Nöjd. «Welch ein Beruf. Ungewöhnlich großer Kerl übrigens für so einen engen Wagen. Herrgott Nöjd heiße ich. Das ist ein komischer Name, aber ich habe mich daran gewöhnt. Und zu Hause in Anderslöv grient schon kein Mensch mehr darüber.»

Gunvald Larsson sagte kein Wort zu Nöjd. Übrigens war er schon vorgestellt worden.

«Wir müssen los», mahnte er.

«O. k.», sagte Martin Beck. «Dann sehen wir uns heute abend bei mir. Geht was schief, dann rufen wir an.»

«Fein», sagte Nöjd. «Rechnest du denn damit, daß etwas Besonderes passiert?»

«Ziemlich sicher. Es ist nur schwer zu sagen, was.»

«Mmm. Hoffe, daß es nicht gerade mir passiert. Wie hieß nun die Querstraße wieder?»

«Odengatan.»

«Ich will versuchen, es nicht zu vergessen. Am besten, ihr fahrt jetzt. Hej.»

«Hej. Wir sehen uns. Sollen wir um acht rum sagen?»

Gunvald Larsson fuhr schnell. Das Auto war für schnelles Fahren konstruiert.

Sie wechselten unterwegs nur wenige Worte.

«Der scheint in Ordnung zu sein», meinte Gunvald Larsson. «Ich hätte nicht geglaubt, daß es solche Bullen noch gibt.»

«Wir haben noch den einen oder anderen. Aber viele sind es nicht.»

Bei Norrtull fragte Martin Beck: «Wo ist Rönn?»

«Gut versteckt. Aber ich mache mir Sorgen um ihn.»

«Rönn ist tüchtig.»

«So eine Bemerkung hört man bei dir nur selten.»

«Stimmt. Liegt mir wohl nicht so recht.»

Den ganzen Weg entlang standen Polizisten, und hinter ihnen auf der gesamten Fahrtstrecke befanden sich, was die Polizei als 10000 Demonstranten bezeichnete, eine Zahl, die sicher an der untersten Grenze lag. 30000 stimmte schon eher.

Als sie vor der Ankunftshalle vorfuhren, sahen sie bereits das Flugzeug, das gerade eben zur Landung ansetzte.

Die Operation hatte begonnen.

Über den Polizeifunk sagte eine metallische Stimme:

«Alle Einheiten mit Funkgeräten befolgen von jetzt an Signal Q. Ich wiederhole: Signal Q. Gilt so lange, bis ein Gegenbefehl erfolgt. Nur Anweisungen von Kommissar Beck werden weitergegeben. Dieser Befehl ist nicht zu bestätigen.»

Martin Beck schmunzelte.

Signal Q kam sehr selten vor. Das bedeutete vollständige Stille im gesamten Polizeifunk.

«Ärgerlich, daß ich es nicht mehr geschafft habe, zu duschen und mich umzuziehen», sagte Gunvald Larsson säuerlich. «Das liegt nur an dem verdammten Heydt.»

Martin Beck schielte auf den Kollegen und stellte fest, daß dieser bedeutend eleganter aussah als er selbst.

Gunvald Larsson parkte vor der Auslandsflügen vorbehaltenen Halle. Das Flugzeug hatte noch nicht den Boden berührt. Trotz allem hatten sie noch etwas Zeit. Jedenfalls mehrere Minuten.

21

Das aluminiumglänzende Düsenflugzeug landete 12 Minuten und 37 Sekunden zu früh.

Dann rollte es langsam auf den Platz zu, den Eric Möller persönlich als ungefährlich ausgesucht hatte.

Die mechanische Treppe wurde ausgefahren, und immer noch 12 Minuten und 37 Sekunden vor der festgesetzten Zeit kletterte der Senator aus der Kabine. Er war ein großer, sonnengebräunter Mann mit einem gewinnenden Lächeln und strahlend weißen Zähnen.

Er blickte auf den öden Flugplatz und den riesigen Wald, der ihn umgab. Dann nahm er seinen weißen Texashut ab und winkte den Demonstranten und Polizisten auf der Zuschauerterrasse fröhlich zu.

Vielleicht ist er kurzsichtig, dachte Gunvald Larsson, und glaubt, daß dort *Long live the next president* und nicht *Yankee go home* und *Motherfucking murderer* auf den Plakaten und Banderolen steht. Vielleicht erkennt er die großen Porträts von Mao und Lenin nicht und ist der Meinung, sie stellen ihn selbst dar, obwohl keine große Ähnlichkeit festzustellen ist.

Er ging die Treppe hinunter und schüttelte immer noch mit dem genau gleichen Lächeln die Hand des Flughafenleiters und eines Staatssekretärs.

Hinter ihm die Treppe hinunter folgte ein Mann in weitem kariertem Überzieher. Es war ein grober, lang aufgeschossener Kerl mit einem Gesicht, wie aus Granit gemeißelt. Aus dem Steingesicht ragte eine Zigarre hervor, die beinahe wie eine Art Körperteil aussah. Trotz des weitgeschnittenen Mantels wölbte sich das Kleidungsstück deutlich unter der linken Achselhöhle. Dies mußte der persönliche Leibwächter des Senators sein.

Der schwedische Regierungschef hatte auch einen Leibwächter, etwas, das es vordem noch nie gegeben hatte. Der politische Führer des Landes zog es außerdem vor, im VIP-Raum zu warten. Drei andere Regierungsmitglieder leisteten ihm Gesellschaft.

Eine Schar von Möllers Eliteagenten führte den Senator, gefolgt vom Steingesicht, zu einem Panzerauto, das man von der Armee ausgeliehen hatte. Das Fahrzeug fuhr die wenigen 100 Meter zum VIP-Raum; Möller ging kein Risiko ein, und der Ablauf war wie so oft bei den Maßnahmen der Sicherheitspolizei von einem Hauch von Lächerlichkeit umgeben, der viele insofern erst beschwichtigt und dann hereingelegt hatte, als sie die Sicherheitspolizei ausschließlich als eine Schar von Holzköpfen und Idioten betrachteten, eine Einstellung, die einige später zu bereuen hatten.

Der Regierungschef befand sich wie erwartet im VIP-Raum. Er war ein kleiner, giftiger und nervöser Typ mit verweichlichten und ein wenig vergrämten Zügen. Was auch immer er ausstrahlte, es war nicht die landesväterliche Güte, mit der zwei seiner Vorgänger sich zu brüsten pflegten. Diejenigen, die sein Aussehen und Auftreten tiefenpsychologisch zu deuten versuchten, glaubten deutliche Züge von schlechtem Gewissen und kindlicher Enttäuschung bei ihm wahrzunehmen.

Der Senator und der Regierungschef schüttelten sich die Hand, lange und mit inniger Herzlichkeit, zum Nutzen des Fernsehens und der Pressefotografen. Es wurden jedoch keine Küsse ausgetauscht, wie das bei hervorragenden russischen Politikern üblich ist.

Dagegen merkte man sofort, daß der Senator ein trainierter Händeschüttler war, er war ja auch tatsächlich einmal Präsidentschaftskandidat gewesen. Mit einem Dolmetscher von der Botschaft auf den Fersen, ging er auf jeden der in dem Raum Anwesenden zu und drückte ihm die Hand. Martin Beck war einer der ersten, die davon betroffen waren und ihm wurde unmittelbar bewußt, wie auffallend vertrauenerweckend und fest dieser Händedruck war.

Nur Gunvald Larsson fiel etwas aus der Rolle. Er drehte der gesamten Versammlung den Rücken zu, stellte sich ans Fenster und starrte hinaus. Draußen schwärmten Möllers Agenten im Schneematsch umher, während die Fahrzeuge der Eskorte auf ihre Plätze eingewiesen wurden und die kugelsichere Limousine direkt vor der Tür zu stehen kam.

Nach einigen Minuten fühlte er ein kräftiges Klopfen auf seiner Schulter, drehte sich um und starrte in das Steingesicht mit der Zigarre.

«*The senator wants to shake hands*», sagte der Leibwächter, und die Zigarre wippte ein wenig, während er sprach.

Er wirkte beinahe ebensomenschlich wie Frankensteins Monster.

Der Gast lächelte noch gewinnender und blickte Gunvald Larsson in die porzellanblauen Augen. Die des Senators waren gelb wie bei einem tibetanischen Tiger.

Gunvald Larsson überlegte nur einige Sekunden, dann streckte er seine blondbehaarte rechte Faust aus und drückte zu, so kräftig er konnte.

Das war eine Sache, mit der er sich schon bei der Marine amüsiert hatte, und er hielt fest, bis das Lächeln des Politikers zu einer ziemlich gezwungenen Grimasse erstarrte. Das Steingesicht beobachtete die Prozedur aufmerksam, die Zigarre rührte sich nicht einen Millimeter. Mehr als eine Miene konnte der Mann offenbar nicht zeigen.

Hinter dem Rücken des Senators hörte Gunvald Larsson den Dolmetscher etwas von «commander» und «special police» murmeln. Als er die Hand losließ, sah das Antlitz des ausländischen Gastes endgültig so aus, als ob dessen Träger auf der Toilette säße.

Die Fotografen sprangen hin und her und knipsten. Manchmal gingen sie in die Hocke, um interessante Blickwinkel zu bekommen, und einer legte sich sogar mit dem Rücken auf den Boden und schoß Fotos. Seine Kollegen schienen etwas eifersüchtig zu sein, weil sie nicht vor ihm auf diese uralte Idee gekommen waren.

Der Regierungschef lief mit seinem Leibwächter auf den Fersen beinahe wie Bulldozer Olsson umher. Ihm lag daran, loszufahren, aber einerseits mußte der Champagner ja getrunken werden, andererseits war man dem Zeitplan um 12 Minuten voraus, worauf der anwesende Fernsehproduzent pausenlos hinwies.

Martin Beck trank seinen Champagner aus, während Gunvald Larsson seinen in den Topf eines ungewöhnlich häßlichen Ziergewächses goß, in der stillen Hoffnung, daß die Pflanze danach an akuter Alkoholvergiftung eingehen würde. Das Steingesicht verbarg die rechte Hand unter der Jacke und hob das Glas mit der linken, als ob er vorhätte, sowohl das Glas wie auch die Zigarre aufzuessen.

Eric Möller war nicht zu sehen.

Martin Beck fragte sich, ob er im besten Stil der Sicherheitspolizei die Nahbewachung vom Hubschrauber aus übernehmen würde, was seine Gedanken sofort auf Stig Malm lenkte, der beinahe besessen war von seiner Vorliebe für Hubschrauber. Er sowohl wie der Rikspolis-Chef waren übrigens im VIP-Raum anwesend; letzterer zeichnete sich dadurch aus, daß er elegant und fließend, wenn auch etwas schnarrend, englisch sprach, zuerst mit dem Senator und dann mit dem Steingesicht, der keine Miene verzog und nicht ein einziges Wort zu begreifen schien. Vermutlich war der Mann kein Absolvent von Princeton oder Yale.

Der Botschafter der USA war auch sehr beschäftigt. Er war weiß und lief nicht Gefahr, «Housenigger» genannt zu werden wie sein Vorgänger, und wenn man die Schar seiner nächsten Untergebenen sah, fragte man sich unwillkürlich, wie groß die Zahl der Botschaftsangehörigen sein mochte, mit der das mächtige Land im Westen eigentlich aufwartete.

Draußen summten die Motorräder. Ihre Fahrer gehörten zu einer Spezialtruppe innerhalb der Polizei, die sich dem Korps angeschlossen hatten, weil sie es schön fanden, mit dem Motorrad umherzufahren. Sie waren häufig mit Vorführungen zum Tag der Polizei oder bei anderen ähnlichen Gelegenheiten beschäftigt. Die Männer hatten auch den Ehrgeiz, vorzuführen, wie man mit einem schweren Motorrad plötzlich hervorschoß, ohne daß es sich wie der Bombenüberfall auf Dresden oder eine Serie von Raketenstarts auf Cape Canaveral oder Cape Kennedy, wie man wohl heutzutage sagte, anhörte.

Melander und Skacke fühlten sich nicht qualifiziert genug für den VIP-Raum und blieben daher in ihrem Elektronikwagen sitzen. Die Funkstille auf den Wellenlängen der Polizei war total, während der normale Rundfunk und das Fernsehen mit Kommentatoren aufwarteten, die mit bedeutungsvoller Stimme die sehr vielseitige Karriere des früheren Präsidentschaftskandidaten beschrieben, ohne jedoch mit einem Wort die ideologische Einstellung oder die reaktionäre innen- und außenpolitische Tätigkeit des Betreffenden zu erwähnen. Dagegen erfuhr man, wie er wohnte, wie seine Hunde aussahen, daß er früher einmal beinahe ein Baseballstar gewesen war, daß seine Frau beinahe Schauspielerin geworden wäre, daß seine Töchter aussahen, wie Töchter normalerweise aussehen, daß er selbst im Selbstbedienungsladen einzukaufen pflegte, daß er, jedenfalls während der Wahlkampagnen, Kleidung von der Stange trug und daß einmal in Portland, Oregon, ein Attentat auf ihn verübt worden war (tatsächlich war ein Ziegel vom Dach des Rathauses heruntergeweht worden und hatte ihn am Kopf getroffen, was ihm sogleich den Ehrentitel «Mann mit dem Ziegelstein» eingetragen hatte). Das schwedische Volk wurde auch darüber informiert, wie hoch sein privates Vermögen war (übrigens erstaunlich hoch) und daß er einmal beinahe vor einen Senatsausschuß gestellt worden wäre, der Steuerhinterziehungen untersuchte, wenn er nicht zufälligerweise gerade selbst der Vorsitzende ebendieses Ausschusses gewesen wäre. Seine Frau hatte ein kostenloses Heim für elternlose Kinder eröffnet, deren Väter im Koreakrieg gefallen waren. Er hatte als junger Mann Präsident Truman zugeredet, die ersten Atombomben abwerfen zu lassen, und später war er unersetzlich in einer Reihe von Verwaltungsposten gewesen. Man hatte ihm nahegelegt, für das Bürgermeisteramt in New York zu kandidieren (einem der undankbarsten Posten auf der Welt), aber er hatte sich geweigert, sich zur Wahl aufstellen zu lassen. Des weiteren begann er jeden Tag mit einem einstündigen Ausritt und schwamm unter normalen Verhältnissen täglich 1000 Meter. Er hatte aktiv an den «Lösungen» in Thailand, Korea, Laos, Vietnam und Kambodscha mitgewirkt, sagte ein offenbar überhaupt nicht links orientierter Fernsehreporter, und zeige außerdem Frische und jugendlichen Schwung in einer Welt, in der die politische Vergreisung nur allzu deutlich war. Dazu wurden (im Fernsehen) ziemlich unmotiviert eine Reihe von Standfotos mit Mao, Tito und Franco gezeigt, die alle älter als 80 waren, und Breschnjew, der 68 war, sowie Enver Hodxa, der ebenfalls reich an Jahren war, wie alt genau, wußte man offenbar nicht.

«Schade, daß Stalin und Churchill und Hitler und de Gaulle und

Adenauer und Ulbricht und Napoleon schon tot sind», feixte Skacke, «sonst hätten sie die ja auch noch zeigen können.»

Die Eskorte war jetzt, eine Minute früher als nach dem Plan, geformt und bemannt.

Der Senator und der schwedische Regierungschef nahmen auf dem Rücksitz der kugelsicheren Limousine Platz. Der Regierungschef schien ein wenig verwundert, daß auch das Steingesicht einsteig, und als der Mann den Sitz ihm gegenüber herunterklappte und sich so setzte, daß die Zigarre beinahe die Nasenspitze des Parteivorsitzenden berührte, hätte nicht viel gefehlt und er wäre richtig irritiert gewesen. Sein eigener Leibwächter hatte schön in einem anderen Auto mitzufahren.

Der Regierungschef sprach ein gutverständliches Englisch, und der Dolmetscher zwischen den beiden Würdenträgern hatte nicht viel zu tun.

«O. k., fahren wir los», sagte Gunvald Larsson und drehte den Zündschlüssel um.

Der Porsche begann zu rollen, und Martin Beck drehte sich halb um, um festzustellen, ob die Kolonne sich wie geplant in Bewegung setzte. Das tat sie.

In dem Wagen mit den blauen Scheiben blickte der Senator interessiert auf die Landschaft, aber außer Polizisten und einer beinahe nicht zu übersehenden Menge von Demonstranten sah er lediglich das ziemlich uninteressante Stück schwedischer Landschaft, das sich zwischen Stockholm und dem abgelegenen Flugplatz ausbreitet. Er saß lange da und versuchte etwas zu finden, über das er sich lobend äußern konnte, gab jedoch schließlich auf, wandte sich an den Ministerpräsidenten und zeigte sein schönstes Kampagnelächeln.

Schwedens politischer Führer lächelte zurück, und sein Kampagnestrahlen war tatsächlich auch nicht schlecht, auch wenn der Senator insgeheim fand, daß der Mann es mit diesem Lachen nicht einmal zum Sheriff in Frankfort, Kentucky, gebracht haben würde.

Das Steingesicht saß unbeweglich da.

Der Senator hatte es aufgegeben, aus dem Fenster zu sehen, und der Regierungschef hatte alle seine Standardsätze und Platitüden bereits im VIP-Raum verbraucht.

Der Senator spreizte unablässig die Finger seiner rechten Hand. So etwas wie Gunvald Larssons Griff hatte er bisher noch nicht erlebt, trotz hunderttausendfachen Händeschüttelns.

Nach einer kurzen Zeit scherte Gunvald Larsson aus der Kolonne aus, fuhr auf den Haltestreifen und hielt an. Der Konvoi rollte in perfekter Ordnung und angemessenem Tempo vorbei.

«Ich möchte wirklich wissen, wozu Möller die Knallkopfbrigade verwenden will?» fragte er währenddessen.

«Das wird sich finden», antwortete Martin Beck gelassen.

«Nun, mein lieber Heydt, werden wir sehen, wie das schwedische

Schwein beißt», zitierte Gunvald Larsson frei nach Karl XII. und Heidenstam.

Er startete den Motor, trat aufs Gaspedal und fuhr an der Autokolonne vorbei.

Der Porsche schaffte tatsächlich 225 auf der geraden Strecke.

«Guter Wagen. Wie viele haben wir davon?»

«Ein Dutzend», gab Martin Beck zur Antwort. «Höchstens.»

«Wozu werden die benutzt?»

«Um den Rikspolis-Chef in sein Sommerhaus zu bringen.»

«Alle? Braucht der Heini alle 12 Autos dazu?»

«Hintergedanke ist wohl eher, Geschwindigkeitssünder und schnelle Rauschgifttransporte zu jagen.»

Man näherte sich jetzt Stockholm, was nicht bedeutete, daß irgend etwas weniger trübselig aussah. Der Senator blickte eine Weile hinaus, dann schien er zu resignieren.

Was hat er denn anderes erwartet, dachte der Ministerpräsident und lächelte unwillkürlich und boshaft vor sich hin. Lappen in farbenfrohen Kostümen und mit Silberglöckchen an der Kleidung? Rentiere, die heransprengen mit Reitern ohne Sattel, welche Jagdfalken auf den Schultern tragen?

Dann wurde ihm bewußt, daß das Steingesicht den Blick ein winziges Stück gewendet hatte und ihn ansah, daraufhin begann er sofort an wichtige Gespräche über Zahlungsbilanzen, Ölkrise und Handelsabkommen zu denken.

Der Regierungschef wußte nicht, daß der neue UNO-Botschafter gerade jetzt im Begriff stand, eine Erklärung vor der Hauptversammlung in New York abzugeben, die wirklich mit den sozialdemokratischen Traditionen übereinstimmte, welche sicherlich nicht einmal mehr reformistisch genannt werden konnten:

Die Juden haben ein Recht auf ihr Land, und die Palästinenser haben ein Recht darauf, für das ihre zu kämpfen.

Daß es sich um dasselbe Land handelte, gehörte sozusagen nicht zur Sache. Schweden hatte gesprochen.

Kurz darauf hielt die Eskorte. Ein weiterer Porsche mit dem Wort POLIZEI in Blockschrift auf den Seiten, rauschte von hinten an der Reihe der Fahrzeuge vorbei. Außer Martin Beck und Gunvald Larsson wußten nur einige wenige Personen, worum es hier ging. Der schwarzweiße Wagen hielt neben der Limousine, und Åsa Torell, die ihn fuhr, beugte sich zur Seite und öffnete die Tür des Beifahrersitzes. Der Regierungschef wechselte den Wagen. Åsa trat schweigend das Gaspedal durch und fuhr in Richtung auf die Stockholmer Innenstadt davon. Gleichzeitig begann die Eskorte sich wieder in Bewegung zu setzen. Die Gäste folgten der Prozedur mit uninteressierten Blicken. Das Ganze hatte weniger als 30 Sekunden gedauert.

Am Zaun von Haga Norra hatten sich besonders viele Demonstranten gesammelt, und zuerst sah es so aus, als ob sie in eine Schlägerei mit der Polizei verwickelt waren. Blickte man genauer hin, merkte man allerdings, daß die Polizei sich passiv verhielt, während die Demonstranten sich mit einer kleineren Gruppe von Gegendemonstranten stritten, die mit Flaggen der USA, des Van Thieu-Regimes und Taiwans winkten.

Als sie Norrtull passierten, fragte Martin Beck:

«Wo ist Einar?»

«Er hält dort hinter der Ecke, auf Dannemoragatan. Wir haben die zwar von beiden Seiten gesperrt, aber ein kleines Risiko muß man trotzdem eingehen. Mißtrauische Mieter und so.»

«Die kommen sowieso nicht weiter als bis zur Alarmzentrale oder der Vermittlung der Polizei», sagte Martin Beck ruhig.

Herrgott Nöjd stand immer noch an seinem Platz. Er fror und war ganz allgemein schlechter Laune, trotzdem gelang es ihm, ziemlich gemütlich auszusehen. Dies war ganz gewiß nicht Anderslöv und die wogenden Felder auf Söderslätt.

Ein uniformierter Polizist kam quer über die Straße auf ihn zugestiefelt und stellte sich vor ihm auf. Dann fragte er einfallsreich:

«Wie sieht denn das hier aus?»

«Gut», antwortete Nöjd. «Zufrieden?»

«Wie sind Sie hierhergekommen?»

«Mit dem Bus.»

«Können Sie sich ausweisen?»

Nöjd zog seine Kennkarte heraus, und der Polizist sah sie sich eine ganze Weile an, während er langsam rot wurde. Er war ein typischer Repräsentant für das Stockholmer Polizeikorps. Blond, mit Koteletten geschmückt, groß, blauäugig.

«Die kommen jetzt», mahnte Nöjd ihn ganz ruhig. «Es wird das beste sein, wenn du an deinen Platz zurückgehst.»

Der Polizeiassistent grüßte und ging über die Straße zurück.

In der Zweizimmerwohnung in Kapellgatan war Reinhard Heydt der Meinung, daß alles großartig klappte. Er und Levallois hielten sich in der Operationszentrale auf, wie sie den Raum nannten. Beide Fernsehempfänger waren eingeschaltet, ebenso die Radios. Alle übertrugen das gleiche Ereignis: den ersten Staatsbesuch seit vielen Jahren, den ein Amerikaner in hervorragender Stellung dem Land abstattete. Etwas irritierte Heydt. Er fragte nervös:

«Warum hören wir den Polizeifunk nicht?»

«Weil der nicht länger sendet. Auch die Streifenwagen nicht.»

«Kann das an einem Fehler an unserer Ausrüstung liegen?»

«Ausgeschlossen.»

Reinhard Heydt dachte nach. Dieses Signal Q mußte Funkstille bedeutet haben. Aber es gab kein solches Signal auf seiner Liste. Wahrscheinlich kam diese Maßnahme sehr selten vor.

Levallois kontrollierte alles noch einmal durch; wie oft er das bereits getan hatte, war unmöglich zu sagen. Er probierte auch alle Wellenlängen aus. Dann schüttelte er mit dem Kopf und erklärte:

«Total undenkbar. Die halten ganz einfach Funkstille.»

Heydt lachte vor sich hin. Levallois sah ihn fragend an.

«Wunderbar», sagte Heydt. «Die Polizei versucht, uns hereinzulegen, indem sie ihren Funk nicht benutzt. Hast du in dieser Stadt Polizisten gesehen?»

«Nicht einen einzigen.»

«Dann verstehst du auch nicht, warum ich lache. Das einzige, was noch fehlt ist, daß sie zu blöken anfangen.»

Er warf einen Blick auf die Fernsehschirme. Die Eskorte fuhr gerade am Supermarkt OBS in Rotebro vorbei.

Auch im Radio wurde diese Tatsache mitgeteilt, und man fügte hinzu, daß die Menge der Zuschauer zunahm.

Der Fernsehsprecher sagte nicht besonders viel, meldete sich nur, wenn die Kameras über die Polizisten und die Zuschauer am östlichen Rand der Autobahn schwenkte.

Ein Polizeiauto fuhr 500 Meter vor der Eskorte, um den Weg frei zu machen, und eins ebensoweit dahinter, um Überholmanöver zu verhindern.

Gunvald Larsson blickte durch die Windschutzscheibe hinaus.

«Da. Da haben wir tatsächlich einen der Hubschrauber.»

«Ja», bestätigte Martin Beck.

«Müßten die nicht über Sergelstorg sein?»

«Na ja, sie haben genügend Zeit. Kannst du raten, wer in dem Dings sitzt?»

«Der Senator. Das wäre doch genial gewesen? Ihn in Arlanda aufzusammeln und auf dem Dach des Reichstagshauses wieder abzusetzen?»

«Weder er selbst noch die Regierung wollten das so haben. Also, wer sitzt in dem Helikopter?»

Gunvald Larsson zuckte die Achseln. «Woher soll ich das wissen.»

«Malm. Ich habe ihm gesagt, so könnte er die Verbindung am besten aufrechterhalten. Er biß sofort an. Kommt geradewegs von Arlanda.»

«Malm. Der ist ja der reinste Hubschraubernarr.»

Reinhard Heydt fand, daß es anfing, spannend zu werden. Er sah die Schlägerei bei Haga Norra und wußte, daß es gleich soweit war.

Levallois blieb ernst. Blickte auf seine Instrumente und Schaltungen, ohne sie anzurühren.

Fernsehen und Radio stimmten in geradezu rührender Weise überein:

«Die Eskorte passiert jetzt Haga Södra», sagte die Radiostimme. «Es wimmelt förmlich von Demonstranten den Weg entlang. Unaufhörlich werden Schlagworte in Sprechchören herausgeschrien. Beim Haga Tingshaus ist es noch schlimmer.»

Die Sprechchöre waren im Radio deutlich zu hören.

Heydt blickte auf die Fernsehschirme und stellte das gleiche fest. Die Schlachtrufe waren im Fernsehen weniger laut zu hören, und der Reporter machte sich nicht die Mühe, sie zu erwähnen. Statt dessen sagte er:

«Jetzt fährt der kugelsichere, speziell für solche Gelegenheiten gebaute Pontiac des Senators an Stallmästargården vorbei, wo die Regierung heute abend zu einem Galaessen einlädt.»

Der Augenblick war sehr nahe.

«In dieser Sekunde verläßt das Auto mit dem Senator und dem Ministerpräsidenten Solna und fährt über die Stadtgrenze nach Stockholm hinein.»

Sehr, sehr nahe.

Levallois zeigte auf die kleine, schwarze Kiste mit dem weißen Knopf. Er selbst hielt zwei Drähte in den Händen, bereit, ein Ersatzsystem kurzzuschließen. Wahrscheinlich für den Fall, daß Heydt tot umfiel oder eine Fingerlähmung bekam. Der Franzose war sehr umsichtig. Es hieß, daß er niemals ein Risiko einging.

Reinhard Heydt ließ den Finger ganz, ganz leicht auf dem weißen Knopf ruhen, während er auf die Fernsehbilder blickte.

Nur noch wenige Sekunden. Er sah einen schwarzweißen Porsche und dachte, schade, da geht ein feiner Wagen zum Teufel.

Jetzt.

Er drückte den Knopf genau im richtigen Augenblick hinunter.

Aber nichts geschah.

Levallois schloß blitzschnell seine Leitungen kurz.

Immer noch ereignete sich nichts.

Die Fernsehbilder zeigten, wie die Eskorte an Norrtull vorbeifuhr und in Sveavägen einbog. Dann übernahm eine feste Kamera und zeigte Bilder von der Kreuzung Odengatan und Sveavägen. Massen von Demonstranten und Neugierigen hinter dichten Polizeiketten.

Heydt fiel ein Polizist in Safarihut und Stiefeln auf, und er dachte, daß dies ein heimlicher Agent sein mußte.

Dann sagte er ruhig:

«Wir haben es verfehlt. Die Bombe ist nicht explodiert. Heute ist offenbar nicht unser Tag.»

Lachend setzte er hinzu:

«Herr Senator, ich schenke Ihnen das Leben, so lange es Ihnen auch immer vergönnt sein mag.»

Levallois schüttelte den Kopf. Er hatte ein Paar riesige Kopfhörer aufgesetzt.

«Nein», widersprach er. «Die Ladung ist in dem Moment, als du auf den Knopf gedrückt hast, hochgegangen. Genau, wie sie sollte. Ich höre immer noch Erde oder irgendwas herunterfallen.»

«Aber das ist doch unmöglich», sagte Heydt.

Im Fernsehen sah man, wie das kugelsichere Auto an der Stadtbibliothek vorbeifuhr und gleich danach an einem großen, grauen Gebäude. Er wußte, daß das die Handelshochschule war.

Die Demonstranten standen jetzt so dicht gedrängt, wie es nur möglich war, aber die Polizisten verhielten sich sehr ruhig, und niemand versuchte ihre Linien zu durchbrechen. Nirgendwo sah man eine gezogene Pistole oder einen erhobenen Gummiknüppel.

«Sonderbar», überlegte Levallois.

«Unmöglich», sagte Heydt. «Ich habe den Knopf im richtigen Zehntel einer Sekunde gedrückt. Was ist geschehen?»

«Weiß nicht.»

Reinhard Heydt löste die Bombe genau im richtigen Augenblick aus, so daß niemand zu Schaden kam.

Das Bombenkommando der ULAG sprengte genau gezählt 2091 Sandsäcke und einen unheimlichen Berg mit feuersicherem Isolierungsmaterial aus Glasfiber.

Der einzige Verlust, den ein Mensch zu beklagen hatte, war Einar Rönns Sportmütze, die mit in die Luft flog und nicht mehr wiedergefunden wurde.

Rönn hatte 25 Lastwagen, einen Werkstattwagen der Gaswerke, drei Krankenwagen, zwei Lautsprecherwagen sowie einen Tankwagen und einen Leiterwagen der Feuerwehr auf Dannemoragatan stehen. Außerdem kommandierte er 30 einzeln ausgewählte Männer und Frauen, die meisten davon aus der Ordnungspolizei, alle mit Schutzhelmen und die Hälfte von ihnen mit Batteriemegaphonen.

Nachdem die Eskorte vorbei war, hatte er 12 bis 15 Minuten Zeit, um die Stelle der Fahrbahn abzudämmen, unter der die Bombe vielleicht liegen konnte. Außerdem mußte er alle Zufahrten sperren lassen und zusehen, daß die Leute in der Umgebung sich in Sicherheit brachten.

Die Feuerwehrautos und die Krankenwagen blieben auf Dannemoragatan stehen.

Zwölf Minuten waren dafür eine sehr kurze Zeit, aber erfreulicherweise zeigte es sich, daß die Frist länger war, 14 Minuten und 13 Sekunden.

Rönns Helm paßte schlecht zu seiner Kopfform, und deshalb nahm er seine Mütze bis zum letzten Augenblick nicht ab und legte sie in der Aufregung auf den Sandsackhaufen.

Einer der Lastwagen schaffte es nicht, seine Ladung loszuwerden, weil der Anlasser nicht funktionierte, aber das machte nicht viel aus. Das einzige Ergebnis der Detonation war ein gigantischer Pilz aus Sand und weißen Glasfiberflocken, sowie ein umfassendes Loch in der Gasleitung, dessen provisorische Abdichtung mehrere Stunden in Anspruch nahm.

Und in dem Augenblick, als die Sprengung mehrere Häuserblocks so zum Vibrieren brachte wie ein gutartiges Erdbeben, saß der mißliebige Senator bereits im Reichstagshaus und trank Ramlösa, ein echtes schwedisches Mineralwasser, während Steingesicht seine erste menschliche Regung zeigte, indem er die Zigarre aus dem Mund nahm, sie auf die Tischkante legte und einen anständigen Schluck Whisky aus einer mitgeführten Reiseflasche in sich hineingurgelte. Dann nahm er wieder die Zigarre und sah aus wie üblich.

Der Senator warf einen Blick auf seinen Leibwächter und sagte erklärend:

«Ray versucht, das Rauchen aufzugeben. Darum steckt er sie niemals an.»

Die Tür ging auf.

«Und hier kommen der Außenminister und der Handelsminister», stellte der Regierungschef freundlich vor.

Wieder öffnete sich die Tür. Aber jetzt waren es Martin Beck und Gunvald Larsson, die eintraten.

Der Regierungschef blickte sie undankbar an und sagte: «Danke, aber ihr werdet hier nicht gebraucht.»

«Danke ebenfalls, wir suchen nur Säpo-Möller.»

«Eric Möller hat hier auch nichts zu suchen. Fragt doch seine Leute, die wimmeln hier im ganzen Haus umher. Was war das übrigens für ein gräßlicher Knall, der gerade eben zu hören war?»

«Ein mißglücktes Sprengstoffattentat auf das kugelsichere Auto.»

«Eine Bombe?»

«So etwas in der Art.»

«Seht zu, daß der Schuldige unverzüglich festgenommen wird.»

«Sehr komische Anweisung», bemerkte Gunvald Larsson, als sie auf den Fahrstuhl zugingen. «Erinnerte stark an Malms Aussprüche.»

Zufällig fuhren sie im gleichen Fahrstuhl nach unten, in dem sich auch C.-H. Hermansson, der Führer der kommunistischen Partei, befand.

«Geht's jetzt nach Hause», fragte Gunvald Larsson ihn.

«Ja, wahrhaftig, und da werde ich bis Sonntag morgen bleiben.»

Sie fragten mehrere von Möllers Agenten, und alle sagten:

«Er ist sicher hier irgendwo in der Nähe. Wo genau, weiß man niemals.»

Reinhard Heydt begriff nicht, was geschehen war, auch nicht nachdem er die Freitagszeitungen gelesen hatte.

Aber er stand mit seiner Unwissenheit nicht allein. Der Rikspolis-Chef und Stig Malm riefen sofort Martin Beck und Gunvald Larsson zu sich. Rönn war der Ansicht, seine Schuldigkeit getan zu haben, und fuhr heim nach Vittangigatan in Vällingby, wo Unda und Mats gerade in einen lautstarken Streit verwickelt waren, ob Cornflakes gesünder waren als geröstete Haferflocken oder umgekehrt.

Aber sie liebten Rönn als Ehemann und Vater, und als sie sahen, wie müde er aussah, hörten sie sofort mit ihrem Gezänk auf.

«Hej, Papa», sagte Mats. «Wie ging es?»

«Gut. Meine Mütze ist draufgegangen, leider.»

«Ich kaufe dir morgen eine neue», sagte Unda.

Rönn wollte am liebsten seine Kopfbedeckung selbst einkaufen, zog es aber vor, zu schweigen statt zu protestieren.

Alle blickten auf das Bett, und er legte sich darauf, ohne die Schuhe auszuziehen.

Seine Frau und sein Sohn halfen sich gegenseitig, ihn zu entkleiden.

«Du mußt doch zugeben, daß ich einen guten Vater für dich gefunden habe.»

«Den besten!» bestätigte Mats.

Rönn faßte die Sätze noch auf, konnte aber nicht mehr reagieren, bevor er einschlief.

Er schlief tief und traumlos.

Am nächsten Morgen, als er aufwachte, dachte er an auf Holzkohle gegrillten Fisch, Blutklöße und Surströmming in dieser Reihenfolge. Dann ging er in die Küche, wo ihm ein Frühstück mit Grütze vorgesetzt wurde.

Bald danach nahm er die U-Bahn nach Kungsholmen und stieg in einen Zug ein, der ihn zum Fridhemsplan brachte.

22

Es dauerte nicht lange, da wurden Gunvald Larsson und Martin Beck vor Pontius Pilatus gestellt. Seit der Ankunft des Senators im Reichstagshaus war nur eine halbe Stunde vergangen.

Die Funkstille war jetzt aufgehoben worden, und die Alarmzentrale wurde mit Beschwerden überschüttet.

Einer, der ebenfalls überschüttet wurde, war Stig Malm.

«Na, du bist mir ja ein feiner Verbindungsmann», sagte der Rikspolis-Chef wütend. «Ich hätte genausogut in meinem Sommerhaus sitzen können, als das alles passierte. Und was ist überhaupt geschehen?»

«Ich weiß nicht genau», sagte Malm kleinlaut. Seine Hände zitterten merklich. «Mein lieber . . .»

«Ich bin nicht dein Lieber! Ich bin der höchste Exekutivchef der Polizei dieses Landes. Ich verlange, daß ich über alles, was im Polizeikorps geschieht, informiert werde. Hast du verstanden? Alles! Und in diesem

Augenblick bist du der Verbindungschef. Was ist passiert?»

«Ich weiß es, wie gesagt, nicht genau.»

«Ein Verbindungschef, der von nichts weiß», donnerte der Rikspolis-Chef. «Großartig! Was weißt du eigentlich? Weißt du, wann du dir den Arsch abwischen mußt?»

«Ja, aber . . .»

Falls Malm wirklich die Absicht gehabt hatte, etwas darauf zu erwidern, wurde ihm jedenfalls sofort das Wort abgeschnitten.

«Ich verstehe nicht, warum der Chef der Ordnungspolizei und Möller und Beck und Larsson und Packe oder Macke, oder wie der nun immer heißt, keine Zeit zu haben glauben, zum Rapport zu erscheinen, oder wenigstens die Güte haben, zu telefonieren . . .»

«Die Vermittlung stellt grundsätzlich keine Gespräche durch, es sei denn, es ist deine Frau», sagte Malm unterwürfig.

Er hatte sich ein wenig gefaßt, war jedoch in keiner Weise der selbstsichere Mann, für den er sich zu halten pflegte.

«So, nun erzähl mal von dem Attentat.»

«Ich weiß wirklich nichts, aber Beck und Larsson sollten auf dem Weg hierher sein.»

«Sollten? Ein Verbindungsexperte, der von nichts weiß! Das ist ja sublim. Und wer wird nachher der Dumme sein?»

Der gleiche Mann, der diese Rolle immer übernommen hat, dachte Malm. Laut sagte er:

«Unser Mann heißt nicht Macke, sondern Benny Skacke. Außerdem ist sublim ein Wort, das soviel wie vergeistigt bedeutet.»

Er schien langsam wieder in Fahrt zu kommen.

Der Rikspolis-Chef sprang auf und ging mit schnellen Schritten zu einem der schweren Vorhänge, die vor den Fenstern hingen.

«Niemand hat sich einzumischen, wenn ich etwas sage», brüllte er. «Wenn jemand etwas zu verbessern hat, dann bin ich derjenige!»

Typisch, dachte Malm resigniert. Hoffentlich fällt ihm wenigstens die Gardinenstange auf den Kopf.

Es klopfte an der Tür.

Martin Beck und Gunvald Larsson, traten ein.

Martin Beck war nicht gerade klein zu nennen, aber verglichen mit Gunvald Larsson sah er ziemlich ungefährlich aus.

Gunvald Larsson warf einen Blick in die Runde und sagte:

«Aha, jetzt ist es also an der Zeit. Dann wollen wir uns nicht hindern lassen.»

Er wandte sich an Malm und fuhr fort: «Hast du das von den Bordellen erzählt?»

Malm nickte. «Er fand das überhaupt nicht komisch. Sagte, daß die ganz eingefärbt gewesen sein müßten.»

«Hast du ihm gesagt, wie der Pimmel aussieht, wenn man eine von den

Nutten da unten gevögelt hat? Gestreift?»

«Nein. Habe ich nicht. Du bist vulgär, Larsson.»

«Wird er das?» fragte der Mann an der Gardine.

«Aber sicher, genau wie eine Zuckerstange.»

Der Rikspolis-Chef platzte beinahe vor Lachen, setzte sich an seinen Schreibtisch und preßte beide Hände gegen den Bauch.

«Du hast keinen Sinn für Humor, Stig», sagte Gunvald Larsson zu Malm gewandt.

«Nein, den hat er ganz sicher nicht», stimmte der Rikspolis-Chef keuchend zu.

«Malm, du solltest einen Kurs belegen über die Kunst, witzig zu sein», schlug Gunvald Larsson vor.

«Gibt es so was?» wollte Malm wissen.

«Na klar, an der Universität», sagte Gunvald Larsson.

Er blickte Martin Beck vielsagend an, doch der schien von diesem eigenartigen Gespräch nicht viel zu begreifen.

Der Rikspolis-Chef hatte sich wieder gefaßt und erklärte: «Jetzt will ich alles über diese Bombe wissen.»

«Von Anfang an haben wir nach Gunvald Larssons Theorie und seinen gerade gemachten Erfahrungen gearbeitet», begann Martin Beck. «Vieles deutete darauf hin, daß sie richtig waren. Die ULAG hatte noch niemals vorher in Europa operiert und war außerdem erst vor kurzem dazu übergegangen, trotz dort stark konzentrierter Polizeikräfte auch in Großstädten zuzuschlagen. Darüber hinaus ist unser hochgeehrter Gast Zielscheibe aller möglichen Terrororganisationen.»

«Aller möglichen?»

«Ja, man weiß doch, daß viele militante Befreiungsorganisationen und Linksgruppen gegen seine reaktionäre Einstellung protestieren wollen, ebenso wie Rechtselemente bereit sind, ihn als schlichte Provokation zu bezeichnen. Ebenso die pazifistischen Gruppen, die der Ansicht sind, daß er eine Gefahr für den Weltfrieden darstellt. Er ist eben der Typ des Politikers, den viele fürchten. Nicht ihn persönlich, sondern das, was er repräsentiert. All das würde die ULAG anlocken. Eine gefährliche und in bestimmten Kreisen der USA verabscheute Persönlichkeit. Als er damals für das Amt des Präsidenten nominiert wurde, schienen viele Menschen bereit gewesen zu sein, beinahe jeden beliebigen Gegenkandidaten zu wählen, aus Angst davor, wohin die außenpolitischen Ideen dieses Mannes führen könnten, beispielsweise in Form von direkten Konfrontationen zwischen den Supermächten und China. Was den Nahen Osten betrifft, so hat er einseitig den amerikanischen Beistand für Israel unterstützt. Er war die ganze Zeit einer der eifrigsten sogenannten Falken während des Vietnamkrieges, und es gibt keinen Zweifel, daß er für die faschistische Junta in Chile gearbeitet hat, die verantwortlich für den Mord an Präsident Allende, dem Oberbefehlshaber und Tausenden von anderen Menschen ist. Zugute halten kann man ihm, daß er einen gewissen moralischen Mut beweist, gebildet ist und ein sympathisches Auftreten hat.»

«Ich habe dich immer für unpolitisch gehalten», unterbrach der Rikspolis-Chef.

«Das bin ich auch. Ich zähle nur gewisse Fakten auf. Zu diesen gehört außerdem, daß er trotz des Zusammenbruchs der Nixon-Gruppe seine starke politische Stellung behaupten konnte, sowohl im Senat als auch in seinem Heimatstaat und bei seinen Wählern.»

Martin Beck blickte zu Gunvald Larsson, und der nickte.

«Jetzt kommen wir zum Attentat», fuhr Martin Beck fort. «Wir sind bereits frühzeitig zu der Auffassung gelangt, daß die ULAG oder eine ähnliche Organisation, zum Beispiel eine der illegalen palästinensischen Gruppen, zuschlagen könnte. Da das Attentat im Juni, bei dem Gunvald Larsson dabei war, trotz umfassender Sicherheitsmaßnahmen hundertprozentig geglückt ist, wurden wir mit der Zeit immer sicherer, daß auch hier der gleiche Modus operandi, wie du, Malm, bei jeder passenden und unpassenden Gelegenheit zu sagen pflegst, zur Anwendung kommen würde. In der inneren Gruppe waren wir fünf Kriminalbeamte mit großer Erfahrung, nämlich Benny Skacke und ich selbst aus Västberga, Gunvald Larsson und Einar Rönn vom Dezernat für Gewaltverbrechen sowie ein nicht hoch genug einzuschätzender Verwaltungsmann mit erstklassigem Beurteilungsvermögen, Fredrik Melander vom Diebstahlsdezernat. Wir fünf haben jeder für sich eine Berechnung aufgestellt, wo der am besten geeignete Platz für ein Sprengstoffattentat auf den Senator und ein Teil der Eskorte sei. Es zeigte sich, daß wir alle zum gleichen Ergebnis kamen.»

«Bei Norrtull?»

«Eben. Falls die Eskorte nicht umdirigiert worden wäre, und in einem solchen Fall hätte sie wahrscheinlich andere Bomben passiert, die wir übrigens bisher nicht gefunden haben, und nichts wäre gewonnen. Wir entschieden uns daher für zwei Gegenmaßnahmen.»

Martin Becks Kehle wurde trocken. Er blickte zu Gunvald Larsson hin, der sofort das Wort nahm.

«Nach dem Attentat am 5. Juni kam ich zu zwei Ergebnissen. Eins davon war, daß man Bomben weder anpeilen noch mit Detektoren ausmachen konnte. Von größerer Bedeutung war jedoch, daß derjenige, der die Sprengladung auslöste, sich nicht am Tatort befand, also nicht in Sichtweite, und daß er keine Helfer hatte, die ihn über Kurzwellensender davon unterrichteten, wo sich das kugelsichere Auto jeweils befand. Wie konnte er dann wissen, in welchem Augenblick er die Bombe zünden mußte? Die Antwort war sehr einfach. Er hörte das allgemeine Rundfunkprogramm, in dem, ebenso wie im Fernsehen, das Programm über die Ankunft des Präsidenten und seine Fahrt vom Flugplatz zum Palast direkt gesendet wurde. Weitere Informationen erhielt er aus dem Polizeifunk, der wie üblich arbeitete. Auf diese Weise konnte er mit eigenen Augen sehen, wo sich die Kolonne befand und nebenher die gleiche Sache im Radio verfolgen.»

Gunvald Larsson räusperte sich, aber Martin Beck machte keine Anstalten, das Wort zu nehmen, deshalb fuhr er fort:

«Ausgehend von diesen ... mmm ... Theorien, leiteten wir eine Reihe von Maßnahmen ein. Zu allererst hatten wir ein langes und schwieriges Gespräch mit dem Rundfunkchef, der sich aber schließlich bereit erklärte, die Übertragungen nicht direkt senden zu lassen, sondern mit einer Verzögerung von 15 Minuten. Das Publikum bekam eine Aufzeichnung zu sehen und zu hören, allerdings nur mit einer vergleichsweise kurzen Zeitverschiebung. Zwei Techniker wurden hinzugezogen und kamen mit einer Reihe von Einwänden, bevor sie sich bereit erklärten, mitzumachen. Wir haben danach auch mit den Reportern gesprochen, die das Programm kommentieren sollten, und die meinten, daß ihnen die Sache völlig gleich sei.»

Diesmal war Martin Beck bereit, den Bericht fortzusetzen.

«Wir verpflichteten alle Beteiligten zu absolutem Schweigen. Wegen des Polizeifunks sprach ich mit dem Polizeichef von Stockholm und den Chefs der Nachbarbezirke, und obwohl einige eine ganze Menge einzuwenden hatten, willigten sie schließlich ein.»

Gunvald Larsson unterbrach an dieser Stelle und sagte:

«Die schwerste Aufgabe wurde Einar Rönn anvertraut. Auf Norrtull herrscht um diese Tageszeit starker Verkehr, und es kam darauf an, das ganze Gebiet schnellstens zu evakuieren und gleichzeitig das möglichste zu tun, um die Wirkung der Sprengung und der nachfolgenden weit gefährlicheren Gasexplosion zu dämpfen.»

Gunvald Larsson machte eine kleine Pause, ehe er fortfuhr:

«Das war nicht leicht, denn alles mußte in 15 Minuten erledigt sein. Rönn hatte 30 Polizisten, davon die Hälfte weiblich, auf Dannemoragatan, außerdem verfügte er über zwei Lautsprecherwagen, zwei Feuerwehrautos und eine große Zahl von Lastkraftwagen, beladen mit Sandsäcken, Sprengmatten und feuerfestem Isolierungsmaterial.»

«Und kein Mensch wurde verletzt?»

«Nein.»

«Und der materielle Schaden?»

«Einige Fensterscheiben. Und an der Gasleitung natürlich. Es wird eine Zeitlang dauern, die zu reparieren.»

«Das hat dieser Rönn gut gemacht», lobte der Rikspolis-Chef. «Wo ist er denn im Augenblick?»

«Liegt zu Hause und schläft, könnte ich mir vorstellen», antwortete Gunvald Larsson.

«Warum hat der Ministerpräsident ohne unser Wissen den Wagen gewechselt?» ließ Malm sich vernehmen.

«Ach so, du weißt nicht mal das», wunderte sich Gunvald Larsson.

«Ich habe das vom Hubschrauber aus beobachtet.» Malm blieb ungerührt.

«Oho, wahrhaftig.»

«Wir wollten ganz einfach, daß er und der Senator den kritischen Punkt getrennt passieren sollten», erklärte Martin Beck.

Malm antwortete nicht. Gunvald Larsson blickte auf seine Armbanduhr und sagte:

«In 13 Minuten beginnt die Zeremonie in der Riddarholmskirche. Das ist zwar Möllers Angelegenheit, aber ich möchte gern in der Nähe sein.»

«Apropos Eric Möller. Hat jemand von euch den gesehen?» fragte der Rikspolis-Chef.

«Nein», sagte Martin Beck, «wir haben auch schon nach ihm gesucht.»

«Warum?»

«Es handelt sich um eine spezielle Angelegenheit», sagte Gunvald Larsson.

«Wie beurteilt ihr das Risiko eines neuen Bombenattentats?» wollte der Rikspolis-Chef wissen.

«Sehr gering», sagte Martin Beck. «Aber das bedeutet nicht, daß wir die Bewachung nicht in voller Stärke weiterlaufen lassen.»

«Man könnte sagen, daß wir die erste Etappe hinter uns haben. Was uns bleibt, kann sich als erheblich schwerer erweisen», ergänzte Gunvald Larsson.

«Wie meinst du das?» erkundigte sich Malm.

Offenbar war ihm daran gelegen, eine Verbindung herzustellen.

«Die Terroristen hinter Schloß und Riegel zu kriegen.»

23

Die Blumenpracht war wirklich gigantisch.

Es war der größte Kranz, den Martin Beck und Gunvald Larsson jemals gesehen hatten und vermutlich auch der geschmackloseste.

Die Zusammenstellung der Farben war höchst seltsam, auch wenn die Absicht völlig logisch war. Aus einigem Abstand glich die ganze Anordnung einem riesigen Rettungsring, der von einem schwachsinnigen Leichtmatrosen angestrichen worden war.

Der Kranz war in vier große Sektionen geteilt, jeweils umschichtig aus weißen, roten und blauen oder eher türkisfarbenen Nelken bestehend und dann aus Kornblumen und gelben Margeriten. Wo die Farben des Sternenbanners und die der schwedischen Fahne aneinandergrenzten, waren sie hier und da mit Sträußchen aus grünen Blättern vermischt worden, die bereits zu welken begannen. Die innere Rundung des Kranzes war von silbergefärbten Tannenzweigen begrenzt, und als Borte um die Außenkante waren kunstvoll vergoldete Lorbeerblätter geflochten.

Die Kranzbinder der beiden Firmen, die mit dieser Schöpfung beauftragt worden waren, hatten sicher ihr Bestes getan und konnten wegen der eigentümlichen Komposition nicht getadelt werden. Der prominente Gast hatte sie in allen Einzelheiten selbst festgelegt.

Im oberen Teil des Kranzes war ein goldfarbenes Schild mit dem glatzköpfigen Adler befestigt, und hinter diesem Emblem staken je eine kleine amerikanische und schwedische Flagge, V-förmig angeordnet. Von der unteren Kante hing ein hellblaues, geflammtes Seidenband mit dem goldenen und genialen Text: *To the Memory of a Great Man His Majesty King Gustav VI. Adolf of Sweden from the People of the United States.*

Das Band war sehr breit, trotzdem mußte es den Drucker viel Mühe und Goldfarbe gekostet haben, die zierlich ausgeführte Huldigung darauf unterzubringen.

Der Kranz lag auf der Ladefläche eines Lastwagens, den man an Norstedts südlichem Giebel am Anfang der Tryckerigatan abgestellt hatte.

Die vier Offiziere des amerikanischen Zerstörers hatten bereits eine halbe Stunde in Reih und Glied vor dem Stenbockschen Palast gestanden und darauf gewartet, ihre Aufgabe als Kranzträger zu übernehmen. Wahrscheinlich froren sie, aber sie waren wenigstens nicht dem aus Nordosten kommenden Wind ausgesetzt, der heftige Graupelschauer mit sich brachte.

Martin Beck und Gunvald Larsson, die soeben eingetroffen waren, hatten sich einen Platz auf der Treppe von Svea Hovrätt gesucht, wo ihnen der Wind ins Gesicht peitschte. Nachdem sie das Phänomen auf dem Lkw bestaunt hatten, begannen sie, die Umgebung zu beobachten.

Riddarholmen ist eine kleine Insel mit etwa zehn öffentlichen und staatlichen Gebäuden und stellt den westlichen Teil der «Stadt zwischen den Brücken» dar. Die Eisenbahngleise und der schmale Riddarholmskanal trennen sie von der Altstadt, und wenn man nicht vom Wasser her kommt, gibt es nur drei Zufahrten dorthin. Man kann über den Fußgängerweg an der Eisenbahnbrücke oder von Munkbrohamnen über Hebbes Treppe gehen, doch wenn man die Insel mit dem Wagen erreichen will, dann gibt es keine andere Möglichkeit als via Riddarhusbron über die Bahn und den Kanal.

Diese drei Wege waren gesperrt.

Es war für Eric Möller und seine Spezialtruppe ein leichtes gewesen, das Gebiet abzuriegeln und darauf zu achten, daß kein Unbefugter sich dort befand. Nur Personen, die ihren Arbeitsplatz in den verschiedenen Ämtern und Büros hatten, wurden durch die Sperren gelassen.

Demonstranten und Neugierige durften sich auf Riddarhustorget auf der anderen Seite der Brücke aufhalten.

Zehn Minuten vor Eintreffen der Eskorte hatte Möller zwei Mann in die Kirche geschickt mit den Worten:

«Seht sicherheitshalber noch mal nach, ob es nicht irgendwelchen Japanern geglückt ist, sich hineinzuschleichen. Sonst stehen die plötzlich mit den Kameras vor den Bäuchen herum und beglotzen die Zeremonie.»

Diese beiden Männer aus dem Spezialkommando waren Karl Kristiansson und Aldor Gustafsson. Kristiansson war von Natur aus unglaublich faul und Gustafsson ein lässiger und bulliger, junger Mann, der sich selbst ungeheuer überschätzte.

Gustafsson stellte sich an der Innenseite der Tür auf und steckte sich eine Zigarre an, während Kristiansson ziellos umherlief und den geheiligten historischen Ort betrachtete. Er erinnerte sich, wie er als Schuljunge gezwungen worden war, Museen und andere Sehenswürdigkeiten zu besuchen, und dessen nicht nur schrecklich überdrüssig gewesen, sondern obendrein auch noch genötigt worden war, Schulaufsätze über seine Erlebnisse zu schreiben. Ihm fiel auch ein, daß er seit seiner Konfirmation nicht mehr in der Kirche gewesen war.

Kristiansson kam zu Aldor Gustafsson zurück, der, eingehüllt vom Zigarrenrauch, auf seinen Fußsohlen wippte.

«In fünf Minuten kommt der Ami. Es ist wohl das beste, wenn wir uns auf unseren Platz stellen», sagte er.

Kristiansson nickte und schlenderte hinter Aldor Gustafsson her ins Freie.

Martin Beck und Gunvald Larsson froren im kalten Wind, als sie da standen und auf Birger Jarls Torg blickten. Wachposten standen auf dem Platz herum, und vom Lastwagen herauf bis zum Eingang der Kirche war ebenfalls eine Reihe von bewaffneten Männern aufgestellt.

Gunvald Larsson strich sich plötzlich die Regentropfen aus den Augenbrauen und knuffte Martin Beck mit dem Ellbogen.

«Verdammte Scheiße. Ich habe es doch gewußt. Guck mal, das Knallkopfkommando.»

Martin Beck sah Gustafsson mit Kristiansson im Schlepptau aus der Kirche trotten und entdeckte gleichzeitig, daß Richard Ullholm mit eiligen Schritten von Wrangelska Backen daherkam und an der Kirche entlang auf die Brücke zusteuerte.

Martin Beck blickte auf die Uhr. Noch 5 Minuten.

«Jetzt können wir nicht mehr viel unternehmen», stellte er fest. «Sehen wir uns also an, wie das Ganze abläuft. Wo ist Möller übrigens?»

Gunvald Larsson zeigte auf die Kirche. «Da kommt er mit den wirklichen Helden aus der Idiotenliste.» Er schlug sich mit der flachen Hand vor die Stirn.

Eric Möller ging schnellen Schrittes auf die Kirche zu, gefolgt von Bo

Zachrisson und Kenneth Kvastmo. Sie blieben stehen, und Möller inspizierte seine kleine Truppe.

Martin Beck und Gunvald Larsson blieben auf der dem Platz zugewandten Treppe stehen und beobachteten, wie Möller mit den vier Männern sprach, einem nach dem anderen. Er wirkte nicht so ruhig und selbstsicher wie üblich, blickte mehrmals auf seine Uhr, warf unruhige Blicke zu Riddarhustorget hinüber, wo die Eskorte bald auftauchen mußte. Offensichtlich erteilte er verschiedene letzte Anweisungen. Zachrisson stellte sich zusammen mit Kristiansson an der einen Seite der Tür auf, Gustafsson und Kvastmo an der anderen.

«Ich denke nicht daran, auch nur einen kleinen Finger zu rühren», sagte Gunvald Larsson. «Dies hier ist allein Möllers Angelegenheit. Herrgott noch mal, was für ein Spezialkommando! Und was für ein verdammter Kranz. Zum Glück braucht der zu Ehrende dieses Spektakel nicht mit anzusehen.»

Martin Beck schlug den Kragen hoch, steckte die Hände in die Taschen und sagte:

«Mehrere Generationen von Monarchen drehen sich im Grabe um, wenn die dieses elendige Ding niederlegen. Das ist ja die Höhe, so ein Monstrum zu Fuß den ganzen Weg von Norstedts hier herauf zu schleppen.»

Gunvald Larsson blinzelte durch den Schneeregen zu den vier Seeoffizieren hinüber, die sich jetzt zu dem Lastwagen begeben hatten.

«Die denken wohl, daß eine Prozession über den Platz mehr hermacht. Und wir stehen in der ersten Parkett-Reihe. Ich frage mich, ob wir applaudieren müssen.»

Martin Beck blickte zu der Gruppe der Presse- und Fernsehleute hin, die drüben an der Brückenverankerung an der anderen Seite der Kirche versammelt waren. Richard Ullholm stand mitten unter ihnen und gestikulierte. Eric Möller lief auf die Brücke zu, um zu veranlassen, daß die Absperrungen entfernt wurden und um den Leuten in den Fernsehaufnahmewagen Anweisungen zu geben, wo sie sich aufhalten durften.

Alle Aufmerksamkeit richtete sich auf Myntgatan, wo die Eskorte bald erscheinen mußte.

Plötzlich erblickte Martin Beck eine bekannte Gestalt, die offensichtlich versteckt hinter dem Denkmal mitten auf dem Platz gestanden hatte.

Victor Paulsson war wahrscheinlich der am leichtesten zu erkennende Mann des Ermittlungsdezernats bei der Sicherheitspolizei, gerade weil er so eigenartige Verkleidungen benutzte, um sich in unterschiedlichen Situationen unbemerkt unters Volk mischen zu können.

Er war ein ziemlich korpulenter Mann, etwa 40 Jahre alt, und Martin Beck beobachtete ihn, wie er schräg über den Platz ging. Er bewegte sich gemächlich, ohne sich umzusehen, so, als sei er auf einem Spaziergang ohne bestimmtes Ziel.

Seine Kleidung war offensichtlich dem hohen Anlaß angepaßt. Martin Beck hatte ihn niemals vorher in einer ähnlichen Aufmachung gesehen. Normalerweise trat er in farbenfroher und, wie er selbst meinte, jugendlicher Kleidung auf, besonders wenn er Demonstrationen, Studentenversammlungen und politische Treffen zu überwachen hatte.

Jetzt trug er Galoschen, graphitgraue Hosen mit diskreten hellgrauen Streifen und einen schwarzen Paletot mit Samtkragen. Auf dem Kopf hatte er eine graue Melone und unter dem Arm ein zusammengefaltetes Exemplar von *Svenska Dagbladet.*

«Wo ist der Regenschirm?» fragte Gunvald Larsson. «Und der Diplomatenkoffer? Er hat den Schnurrbart jetzt wieder abrasiert. Oder vielleicht benutzt er ja auch einen falschen. Anfang der Woche hatte er einen.»

«Du meinst den im Salvador-Dalí-Stil?»

Im gleichen Augenblick begannen die Rufe der Demonstranten auf Riddarhustorget, und die Eskorte wurde hinten in Myntgatan sichtbar.

Eric Möller rannte hin und her, erteilte nach rechts und links Befehle und gab dann dem Quartett der Seeoffiziere ein Zeichen. Die nahmen Haltung an, bereit, den monströsen Blumenkranz herunterzuheben.

Die Eskorte rollte langsam über Riddarholmsbron. Voran die Polizisten auf Motorrädern, dann das kugelsichere Auto mit dem Senator, dem Regierungschef und der Leibwache, jetzt ohne Zigarre in seinem Steingesicht. Dem folgten Wagen mit Sicherheitsleuten, dem Leibwächter des Ministerpräsidenten, dem Botschafter der USA und anderen prominenten Diplomaten und Mitgliedern der Regierung.

Man hatte den jungen König gebeten, an der Huldigung seines verstorbenen Großvaters teilzunehmen, aber er befand sich zu einem Staatsbesuch in Finnland und war daher verhindert.

Die Reihe der Fahrzeuge schwenkte nach rechts und hielt vor dem Stenbockschen Palast, genau gegenüber dem Platz, an dem Martin Beck und Gunvald Larsson sich befanden.

Der Chauffeur sprang vom Vordersitz der Limousine und spannte einen großen schwarzen Schirm auf, bevor er die hintere Tür öffnete.

Der Leibwächter des Ministerpräsidenten kam ebenfalls mit einem Regenschirm angelaufen, und die beiden hohen Persönlichkeiten stiegen aus dem Wagen und begannen auf den Platz zu gehen, flankiert von ihren Schirmträgern. Steingesicht marschierte dicht hinter ihnen, er mußte ohne einen Regenschutz auskommen, aber das schien ihm nichts auszumachen. Er verzog immer noch keine Miene.

Plötzlich blieb der Senator stehen und zeigte auf Birger Jarl, der ihnen seinen mächtigen regennassen Bronzerücken zuwandte. Die ganze nachfolgende Gesellschaft hielt ebenfalls und starrte auf das Denkmal.

Der Regen fiel in dicken Tropfen auf die ungeschützte und immer ernster und stiller werdende Schar.

Der Staatsminister erklärte, wen das Denkmal vorstelle, und der Senator nickte interessiert und wollte offenbar mehr über den Reichsmarschall hören, der in gewisser Weise der älteste Vorgänger des Regierungschefs in diesem Amt war.

Während die mehr oder weniger festlich gekleideten Teilnehmer der Zeremonie nassen Katzen zu gleichen begannen und besonders die frischfrisierten Damen in der Gesellschaft verzweifelte Gesichter bekamen, blieben die prominenten Herren unter ihren Regenschirmen stehen, und der Ministerpräsident begann eine längere Rede zu halten.

Das Steingesicht stand dicht hinter dem Senator und blickte ihm in den Nacken. Er folgte in immer gleichem Abstand, wie von einer Schnur gezogen, als die beiden Männer mit ihren Schirmträgern langsam rund um die Statue schlenderten, während der Vortrag weiterging, nur hin und wieder durch eine Frage des Senators unterbrochen.

«Nun sollten sie aber wirklich aufhören, über Birger Jarl zu sprechen oder ihm den Kranz zu Füßen legen», sagte Gunvald Larsson irritiert.

Er blickte hinunter auf seine italienischen Wildlederschuhe, die durchgeweicht und sicher für alle Zeit ruiniert waren.

«Ich überlege, was Reichsmarschall wohl auf englisch heißt. Viellcicht state marshal?» fragte Martin Beck.

«Das hört sich mehr wie Reichspolizeichef auf amerikanisch an.»

Gunvald Larsson schüttelte sich wie ein nasser Hund und blickte zu den beiden Männern hin, die jetzt genau vor dem Denkmal standen und es mit zurückgebeugten Köpfen betrachteten.

«Guck mal zu dem Steingesicht», machte Martin Beck aufmerksam.

«Ja. Er tut so, als ob es regnet. Ha. Ha. Ha.»

«Wie kann der soviel über Birger Jarl wissen? Glaubst du, er hat sich vorbereitet? Oder gehört das zu den Pflichten des Ministerpräsidenten?»

«Das einzige, was ich von Birger Jarl weiß, ist, daß er Women's Lib oder so was erfunden hat», sagte Gunvald Larsson. «Ich hatte sicher die Masern, als wir das durchgenommen haben.»

Der Senator schien plötzlich einzusehen, daß er sich nicht auf einer Bildungsreise befand und daß er andere Aufgaben hatte, als sich einen Vortrag über den Mann anzuhören, der die Leibeigenschaft der Frau aufgehoben und Stockholm gegründet hatte.

Er ging hinüber zu den vier wassergetränkten Seeoffizieren, die vielleicht zu hoffen begannen, daß es tatsächlich ein Rettungsring war, was sie da trugen.

Der Senator winkte zufrieden und sagte: «*Marvellous. Exactly as I wanted it.*»

Die Gesellschaft begann sich zu formieren und bewegte sich langsam auf die Türen der Riddarholmskirche zu.

Der Regierungschef und der Senator gingen an der Spitze zwischen dem Chauffeur und dem Leibwächter, die sich verbissen bemühten, die

Schirme so zu manövrieren, daß sie einerseits die beiden Machthaber schützten, ihnen andererseits aber nicht von den Windböen aus den Händen gerissen wurden oder umklappten.

«Das würde herrlich aussehen, wenn diese beiden Figuren jetzt in die Luft gehen und hinaus über Riddarfjärden segeln würden», sagte Gunvald Larsson.

«So wie Mary Poppins», ergänzte Martin Beck.

«Und John Blund, das Sandmännchen.»

Das Steingesicht blieb auf seinem Platz.

Drei Meter dahinter gingen die Kranzträger und danach paarweise der Rest der Teilnehmer.

Das blaue Seidenband des Kranzes wehte im Wind, und das Emblem mit dem Adler schwankte unruhig. Die vorher so kunstvoll gefaltete und drapierte Flaggendekoration glich jetzt eher einigen häufig benutzten Scheuerlappen.

Die vier Offiziere trugen schwer an ihrer Last, ihre Uniformen waren inzwischen nicht mehr so makellos.

«Arme Schweine», meinte Gunvald Larsson. «Ich hätte niemals bei so einem Kommando mitgemacht. Wäre mir wie ein Idiot vorgekommen.»

«Die wären sonst vielleicht kielgeholt worden oder so was Ähnliches», entgegnete Martin Beck.

«Apropos Idioten. Es wäre vielleicht das beste, wir gehen woanders hin, dann können wir ein Auge auf die Holzkopfgarde haben.»

Sie warteten, bis die letzten des Zuges – vier Sicherheitsleute – vorbeigegangen waren, und stellten sich an die Ecke des Hovrättsgebäudes, von wo aus sie aus angemessener Entfernung die Kirchentür schräg über Wrangelska Backen beobachten konnten.

Rechts vom Eingang standen Kristiansson und Zachrisson. Sie glichen zwei Steinsäulen und schienen ganz vom Ernst der Stunde erfüllt zu sein.

Links neben der Tür standen Kvastmo und Aldor Gustafsson, Kvastmo hatte stramme Haltung angenommen.

Dicht an der Außenwand des Kammergerichts, genau gegenüber der Kirche drückte sich Victor Paulsson herum. Große Tropfen fielen vom Rand der Melone auf den Samtkragen des Mantels, und *Svenska Dagbladet*, das er zusammengefaltet unter dem linken Arm trug, war beinahe durchgeweicht.

Eric Möller war nicht zu sehen, aber Richard Ullholm hatte alle Hände voll zu tun, um die Presse- und Fernsehfotografen auf den ihnen zugewiesenen Plätzen zu halten.

Die feierliche Prozession näherte sich langsam der Kirchentür.

Direkt vor dem Eingang blieben der Leibwächter des Ministerpräsidenten und der Chauffeur des Senators stehen, klappten die Schirme zusammen und stellten sich zu dem Steingesicht, hinter den Landesherren und seinen hohen Gast.

Gerade als sie die Stufen hinaufschreiten wollten, kam jemand aus der Kirchentür.

Ein junges Mädchen mit langen blonden Haaren, weitgeöffneten braunen Augen und zusammengepreßten Lippen in einem bleichen und ernsten Gesicht. Sie trug eine Lederjacke, einen knöchellangen grünen Samtrock und Lederstiefel.

Zwischen den Händen hielt sie einen kleinen, blanken Revolver. Sie blieb auf der Schwelle stehen, hob die Arme und schoß.

Der Abstand zwischen der Mündung des Revolverlaufs und dem Punkt zwischen den Augenbrauen des Regierungschefs, wo das Geschoß das Stirnbein durchschlug, war nicht weiter als 20 Zentimeter.

Der Ministerpräsident taumelte rückwärts gegen seinen Leibwächter, der von dem Fall mit umgerissen wurde, den zusammengefalteten Regenschirm in den Händen.

Das Mädchen war bei dem starken Rückstoß zusammengezuckt, stand jetzt aber völlig ruhig da, während sie langsam die Arme senkte.

Das Echo des Schusses wurde zwischen den Häuserwänden hin und her geworfen, und es dauerte einige Sekunden, bis alle auf unterschiedliche Weise zu reagieren begannen.

Der einzige, der nicht reagierte, war der Ministerpräsident. Er war in dem Augenblick gestorben, da das Geschoß in sein Gehirn eindrang.

«Verdammt», sagte Martin Beck.

Gunvald Larsson blickte ihn fragend an.

Daß Martin Beck solche Ausdrücke benutzte, war ungewöhnlich.

Victor Paulsson rannte über die Straße. Halbwegs an der Kirche angelangt, rutschte seine Pistole aus der zusammengefalteten Zeitung und verschwand mit einem Aufklatschen in einer Wasserpfütze.

Zur gleichen Zeit, da der Senator in aller Ruhe dem Mädchen die kleine vernickelte Waffe aus der Hand nahm, riß sein Leibwächter einen riesigen Revolver aus dem Inneren seines weiten Ulsters.

Victor Paulsson stürzte mit einem völlig durchnäßten Exemplar von *Svenska Dagbladet* in der Hand auf die Gruppe am Eingang der Kirche zu.

Der Senator blickte immer noch das Mädchen an, während er die Mordwaffe an Zachrisson, der am nächsten stand, weitergab.

Das Steingesicht richtete seinen Peacemaker auf das entwaffnete Mädchen. Auch in seiner riesigen Faust wirkte der noch enorm und würde sehr gut in Wyatt Earps Hand, mindestens aber in die von John Wayne gepaßt haben.

Bo Zachrisson hob den kleinen Damenrevolver, um dem Steingesicht die Waffe aus der Hand zu schießen, aber der Leibwächter des Senators reagierte blitzschnell. Ohne eine Miene zu verziehen, schlug er Zachrisson mit seinem Colt kräftig auf die Hand. Zachrisson schrie laut auf und ließ den Revolver fallen.

Kenneth Kvastmo, der bis jetzt immer noch in strammer Haltung dagestanden hatte, warf sich auf das Mädchen und drehte ihr mit einem schnellen Griff die Arme auf den Rücken. Sie leistete keinen Widerstand, beugte sich jedoch vornüber und verzog das Gesicht unter dem schmerzhaften Griff.

Der Leibwächter des Ministerpräsidenten war auf die Füße gekommen und starrte verblüfft auf den toten Regierungschef am Boden. Er hielt immer noch den Regenschirm in der Hand.

Aus der Reihe der Prozessionsteilnehmer waren erschrockene und erstaunte Rufe zu hören, und Reporter und Fotografen kamen angelaufen, an ihrer Spitze Richard Ullholm.

Zur gleichen Zeit, als Martin Beck und Gunvald Larsson den Platz erreichten, kam Eric Möller irgendwoher angestürzt. Er versuchte, die schockierten und entsetzten Menschen, die sich um den Toten drängten, fortzuschubsen, gleichzeitig rief er seinen mehr oder weniger ratlosen Männern Befehle zu.

Martin Beck blickte zu Rebecka Lind, die immer noch unter Kvastmos Griff vornübergebeugt dastand.

«Laß sie los», befahl er.

Kvastmo dachte nicht daran und wollte protestieren, als Gunvald Larsson auf ihn zutrat und ihn beiseite stieß.

«Ich nehme sie in unseren Wagen», sagte Gunvald Larsson und begann sich mit Rebecka durch die aufgebrachte Volksmenge zu schieben.

Martin Beck beugte sich herab und hob den Revolver auf, den das Steingesicht Zachrisson aus der Hand geschlagen hatte.

Er hatte erst kürzlich eine ebensolche Waffe gesehen.

Bei Kollberg im Armeemuseum.

Er erinnerte sich daran, was Kollberg über den kleinen Damenrevolver gesagt hatte.

Man kann vielleicht einen Kohlkopf auf 20 Zentimeter Abstand damit treffen, vorausgesetzt, der hält absolut still.

Martin Beck blickte auf das zerschossene Gesicht des Ministerpräsidenten und überlegte, daß das ungefähr alles war, was Rebecka Lind erreicht hatte.

Die Verwirrung war vollständig.

Die einzigen, die sich von den Ereignissen nicht nennenswert beeindruckt zeigten, waren der Senator, sein Leibwächter und die vier Marineoffiziere, die den monströsen Kranz jetzt vor die Füße des Ministerpräsidenten gelegt hatten.

Richard Ullholm war puterrot im Gesicht und rief Eric Möller, der Ordnung in die Verwirrung zu bringen versuchte, zu:

«Dies werde ich anzeigen. Das ist ein schweres Dienstvergehen, und das werde ich dem Justiz-Ombudman anzeigen. Skandalöses Dienstvergehen.»

«Halt die Schnauze», brummte Möller.

Richard Ullholm wurde, wenn das überhaupt möglich war, noch roter im Gesicht und wandte sich an Kristiansson, der an dem Platz stehengeblieben war, wo man ihn hingestellt hatte.

«Dich werde ich wegen Dienstvergehen anzeigen. Euch alle werde ich beim JO anzeigen.»

«Ich habe nichts getan», sagte Kristiansson.

«Gerade deswegen», schrie Ullholm. «Genau das will ich anzeigen.»

Martin Beck wandte sich an Ullholm und sagte:

«Schrei hier nicht herum, sondern mach, was dir befohlen wurde. Sieh zu, daß die Leute hier vom Platz verschwinden. Du auch, Kristiansson.»

Dann ging er hinüber zu Eric Möller.

«Hier mußt du Ordnung schaffen. Ich fahr mit dem Mädchen zur Kripo.»

Es war Eric Möller geglückt, die Menschentrauben von der Leiche des Regierungschefs wegzudrängen.

Der Tote lag auf dem Rücken auf den regennassen Stufen vor der Kirche. Zu seinen Füßen lag der groteske Blumenkranz, und auf der anderen Seite des Kranzes stand der große Senator mit einem bekümmerten Ausdruck in seinem sonnengebräunten Gesicht. Der Leibwächter mit dem Granitgesicht hinter ihm hatte immer noch den Cowboyrevolver in der Hand.

Drüben vom Riddarhustorg näherte sich der Klang von Sirenen.

Martin Beck steckte den kleinen, blanken Revolver in die Tasche und ging auf den Wagen zu, in dem Gunvald Larsson und Rebecka Lind auf ihn warteten.

24

Die Situation war für Martin Beck nicht ganz neu.

Er selbst hinter dem Schreibtisch und auf dem Stuhl vor ihm jemand, der einen Menschen getötet hatte.

Er hatte sich viele Male vorher in dieser Lage befunden, es war ein Teil seines Berufes.

Dagegen kam es höchst selten vor, daß das Verhör schon in weniger als einer Stunde nach der Tat begann, daß er selbst und eine große Zahl von Polizisten Zeugen des Verbrechens gewesen waren, daß der Täter ein achtzehnjähriges Mädchen war und daß die Fragen nach dem *Wie, Wo* und *Wann* bereits erledigt waren und nur das *Warum* übrigblieb.

In den langen Jahren seiner Tätigkeit bei der Polizei hatte er sowohl Opfer als auch Täter aus allen Klassen der Gesellschaft und mit unterschiedlichem Status vor sich gehabt, aber niemals vorher war bei einer Morduntersuchung das Opfer eine so hochgestellte Persönlichkeit wie der Regierungschef des Landes gewesen.

Außerdem konnte er sich nicht daran erinnern, jemals mit einer Mordwaffe der Art zu tun gehabt zu haben, wie sie jetzt vor ihm auf der Schreibunterlage lag.

Neben dem kleinen, vernickelten Revolver lag ein altes abgegriffenes Munitionskästchen aus hellgrüner Pappe mit abgerundeten Ecken und so gut wie unleserlichem Text auf dem Etikett des Deckels. Darin hatte das Geschoß gelegen, das das Gehirn des Ministerpräsidenten durchbohrt hatte, und das Mädchen hatte den kleinen Karton bereits im Auto auf dem Weg zum Polishus aus ihrer Schultertasche genommen und ihm gegeben.

Gunvald Larsson hatte sich nur kurze Zeit in dem Raum aufgehalten. Er sah ein, daß dies ein Gespräch war, das Martin Beck am besten allein führte, und nachdem sie einen Blick des Einverständnisses gewechselt hatten, hatte er ihn mit Rebecka allein gelassen.

Sie saß nun abwartend genau gegenüber von Martin Beck, kerzengerade, die Hände auf den Knien gefaltet und das noch immer kindlich runde Gesicht bleich und angespannt. Sie schüttelte den Kopf, als er fragte, ob sie etwas zu essen, zu trinken oder zu rauchen haben wollte.

«Ich habe dieser Tage versucht, dich zu erreichen», begann Martin Beck.

Sie blickte ihn verwundert an. Nach einer kurzen Pause fragte sie:

«Warum?»

«Ich fragte Advokat Braxén nach deiner Adresse, aber er wußte nicht, wo du wohnst. Nach dem Prozeß im Frühjahr habe ich mir manchmal überlegt, wie es dir wohl ergangen ist, und ich ahnte, daß es dir nicht gut geht. Daß du vielleicht Hilfe brauchen würdest.»

Rebecka zuckte die Achseln. «Ja. Aber jetzt ist es sowieso zu spät.»

Martin Beck bedauerte beinahe, was er gesagt hatte. Sie hatte recht. Es war zu spät, und daß er einen halbherzigen Versuch, sie zu erreichen, unternommen hatte, konnte ihr in ihrer derzeitigen Situation kaum ein Trost sein.

«Wo wohnst du jetzt, Rebecka?» wollte er wissen.

«In der letzten Woche habe ich bei einer Freundin gewohnt. Ihr Mann war einige Wochen verreist, und deshalb durften Camilla und ich dort wohnen, bis er wiederkam.»

«Ist Camilla jetzt dort?»

Sie nickte. «Glauben Sie, daß sie dort bleiben darf?» fragte sie ängstlich. «Jedenfalls vorläufig? Meine Freundin nimmt sich ihrer gerne eine Weile an.»

«Das wird sicher möglich sein. Willst du dort anrufen?»

«Noch nicht. Nachher, wenn ich darf.»

«Natürlich. Du hast auch das Recht, einen Rechtsanwalt zu Rate zu ziehen. Ich nehme an, daß du Advokat Braxén haben willst?»

Rebecka nickte wieder. «Er ist der einzige, den ich kenne. Und er ist sehr nett zu mir gewesen. Aber ich weiß seine Telefonnummer nicht.»

«Willst du, daß er gleich mal herkommt?»

«Ich weiß nicht. Sie müssen mir sagen, was ich zu tun habe. Ich weiß ja nicht, wie so etwas vor sich geht.»

Martin Beck hob den Hörer ab und bat die Vermittlung, Braket zu suchen.

«Er hat mir geholfen, einen Brief zu schreiben.»

«Ja. Ich habe die Kopie vorgestern in seinem Büro gesehen. Ich hoffe, du hast nichts dagegen einzuwenden.»

«Wogegen einzuwenden?»

«Daß ich deinen Brief gelesen habe.»

«Nein, wieso sollte ich. Dann wissen Sie auch, was die geantwortet haben?» Sie blickte Martin Beck finster an.

«Ja», bestätigte er. «Nicht sehr aufmunternd oder hilfreich. Was hast du getan, nachdem du die Antwort erhalten hast?»

Rebecka zog die Schultern hoch und blickte auf ihre Hände. Sie saß eine Weile schweigend da, bevor sie antwortete:

«Nichts. Ich wußte nicht, was ich tun sollte. Ich hatte ja geglaubt, daß er, der der höchste Chef des Landes war, etwas unternehmen könnte, aber als es ihm gleichgültig zu sein schien . . .»

Sie machte eine kleine hoffnungslose Geste mit den Händen und fuhr fort, beinahe flüsternd:

«Jetzt spielt das keine Rolle mehr. Nichts spielt mehr eine Rolle.»

Sie sah so klein und einsam und erschöpft aus, wie sie da saß, daß Martin Beck beinahe aufgestanden wäre und ihr über das glatte Haar gestrichen hätte oder sie in den Arm genommen und getröstet hätte. Statt dessen fragte er:

«Wo hast du den ganzen Herbst über gewohnt? Bevor du zu deiner Freundin gezogen bist?»

«Mal hier und mal dort. Eine Zeitlang waren wir in einem Sommerhaus draußen in Waxholm. Ein Freund hat uns da wohnen lassen, während seine Eltern im Ausland waren. Dann, als sie nach Hause kamen, durfte er uns nicht mehr da bleiben lassen, und da zog er zu seiner Freundin und überließ uns sein Zimmer. Aber nach einigen Tagen begann seine Vermieterin zu nörgeln, und da mußten wir wieder ausziehen. Ja, und danach haben wir bei verschiedenen Freunden gewohnt.»

«Hast du nicht daran gedacht, dich an die Sozialbehörde zu wenden? Die hätten dir vielleicht eine Wohnung besorgt.»

Rebecka schüttelte den Kopf.

«Das glaube ich nicht. Die hätten mir nur das Jugendamt auf den Hals geschickt, und dann hätte man mir Camilla weggenommen. Ich glaube nicht, daß man sich auf irgendeine Behörde in diesem Land verlassen kann. Die kümmern sich nicht um die gewöhnlichen Leute, die weder reich noch bekannt sind, und was die unter helfen verstehen, nenne ich jedenfalls nicht Hilfe. Die legen einen nur rein.»

Sie hörte sich bitter an, und Martin Beck wußte, daß es keinen Zweck hatte, ihr zu widersprechen.

Außerdem hatte er keinen Grund dazu. Im großen und ganzen hatte sie recht.

Er begnügte sich damit, «mmm» zu sagen.

Das Telefon klingelte. Die Vermittlung teilte mit, daß Advokat Braxén in seinem Büro und beim Gericht nicht anzutreffen war. Eine Nummer seiner Wohnung war im Telefonregister nicht verzeichnet.

Martin Beck vermutete, daß Braket seine Wohnung im gleichen Haus wie sein Kontor hatte und sich mit einem Anschluß begnügte. Er bat die Dame in der Vermittlung, weiter nach Braxén zu suchen.

«Das spielt doch keine so große Rolle, ob Sie ihn finden», meinte Rebecka, als Martin Beck den Hörer aufgelegt hatte. «Diesmal kann er mir sowieso nicht helfen.»

«O doch. Du darfst den Mut nicht verlieren, Rebecka. Auf jeden Fall mußt du einen Verteidiger haben, und Braxén ist ein guter Rechtsanwalt. Der beste, den du bekommen kannst. Aber bis auf weiteres mußt du mit mir vorlieb nehmen. Glaubst du, daß du erzählen kannst, was geschehen ist?»

«Sie wissen doch, was geschehen ist.»

«Ja, ich meine eher das, was vorher geschehen ist. Du hast dir doch dies alles eine Zeitlang überlegt.»

«Ihn zu töten, meinen Sie?»

«Ja.»

Rebecka saß eine Weile schweigend da und blickte auf den Fußboden. Dann hob sie den Kopf und sah ihn so verzweifelt an, daß Martin Beck erwartete, sie würde jeden Moment zu weinen anfangen.

«Jim ist tot», sagte sie tonlos.

«Wie . . .»

Martin Beck brach ab, als Rebecka sich hinunter nach ihrer Tasche beugte, die auf dem Fußboden neben ihrem Stuhl stand, und darin zu suchen begann. Er nahm sein Taschentuch, das sauber, aber ein wenig zerknüllt war, aus der Jackentasche und reichte es ihr über den Tisch. Sie blickte mit tränenlosen Augen zu ihm auf und schüttelte den Kopf. Er steckte das Taschentuch wieder ein und wartete, bis sie gefunden hatte, was sie in ihrer Schultertasche suchte.

«Er hat sich das Leben genommen.» Sie legte das Luftpostkuvert mit den blauweißroten Kanten vor ihn auf den Tisch. «Sie können den Brief von seiner Mutter lesen.»

Martin Beck nahm das raschelnde Luftpostpapier aus dem Umschlag. Der Brief war mit Maschine geschrieben und bestand aus einem einzigen Bogen. Der Ton war trocken und sachlich, in dem nüchternen Text gab es nichts, was darauf hindeutete, daß Jims Mutter mit Rebecca Mitleid hatte oder auch nur um ihren Sohn trauerte. Überhaupt drückte der Brief keinerlei Gefühle aus und wirkte daher ziemlich grausam.

Jim war am 22. Oktober im Gefängnis gestorben, schrieb sie. Er hatte sich aus einer Decke ein Seil geflochten und sich an der obersten Pritsche in seiner Zelle erhängt. Soweit sie wußte, hatte er keine Erklärung, Entschuldigung oder eine Nachricht anderer Art hinterlassen, weder für seine Eltern noch für Rebecka oder sonst jemand anderen. Sie wollte Rebecka unterrichten, da sie wüßte, daß sie sich Sorgen um Jim gemacht habe und ein Kind hätte, dessen Vater Jim eventuell sein konnte. Rebecka konnte nun aufhören, darauf zu warten, daß Jim von sich hören lassen würde. Frau Cosgrave schloß den Brief damit, daß die Art und Weise, wie Jim gestorben war – offenbar nicht sein Tod, sondern die Art und Weise – seinem Vater sehr zu schaffen gemacht habe und seinen bereits schlechten Gesundheitszustand weiter verschlechtert habe. Unterzeichnet: Grace W. Cosgrave.

Martin Beck faltete den Brief zusammen und steckte ihn zurück in den Umschlag. Der war am 11. November abgestempelt worden.

«Wann hast du den bekommen?»

«Gestern morgen. Die einzige Adresse, die sie hatte, war die meiner Freunde, bei denen ich im Sommer gewohnt habe, und es dauerte ein paar Tage, bis die mich erreicht haben.»

«Das ist kein besonders freundlicher Brief.»

«Nein.»

Rebecka saß stumm da und blickte auf den Brief, der vor ihr auf dem Schreibtisch lag.

«Ich habe nicht geglaubt, daß Jims Mutter so eine war», sagte sie schließlich. «So hart. Jim hat viel von seinen Eltern erzählt, und es schien, als ob er sie sehr gern hatte. Den Vater vielleicht am meisten.»

Sie zuckte wieder die Achseln und fügte hinzu:

«Obwohl Eltern ihre Kinder ja nicht notwendigerweise lieben.»

Martin Beck verstand, daß sie auf ihre eigenen Eltern anspielte, fühlte sich aber persönlich getroffen. Er hatte selbst einen Sohn, Rolf, der demnächst 20 wurde, und der Kontakt zu ihm war stets schlecht gewesen. Erst nach der Scheidung oder vielleicht sogar erst, nachdem er Rhea getroffen hatte, die ihn gelehrt hatte, ehrlich zu sein, nicht nur anderen gegenüber, sondern auch vor sich selbst, hatte er sich einzugestehen gewagt, daß er Rolf eigentlich nicht mochte. Jetzt sah er Rebeckas bitteres, gestrafftes Gesicht und überlegte, was sein Mangel an tieferen Gefühlen für seinen Sohn wohl für das Gefühlsleben des Jungen selber bedeutete.

Er versuchte, den Gedanken an Rolf zu verdrängen, und fragte Rebecka:

«Hast du dich in dem Augenblick entschieden? Als du den Brief bekommen hast?»

Sie ließ sich Zeit mit der Antwort. Aber Martin Beck ahnte, daß ihr Zögern eher darauf zurückzuführen war, daß sie aufrichtig sein wollte, als auf Unsicherheit. Soweit glaubte er, sie zu kennen.

«Ja», sagte sie schließlich. «Da habe ich mich entschlossen.»

«Woher hast du den Revolver?»

«Den habe ich die ganze Zeit gehabt. Ich habe ihn vor zwei Jahren bekommen, als die Tante meiner Mutter starb. Sie mochte mich, und ich war ziemlich oft bei ihr, als ich klein war, und als sie dann starb, bekam ich aus ihrem Erbe viele Dinge, mit denen ich bei ihr gespielt hatte. Unter anderem den Revolver. Aber ich hatte bis gestern nicht daran gedacht, daß ich den besaß, und konnte mich auch gar nicht mehr daran erinnern, daß es dazu Kugeln gab. Ich bin ja so oft umgezogen, da hat der die ganze Zeit eingepackt im Koffer gelegen.»

«Hast du früher mal damit geschossen?»

«Nein. Niemals. Eigentlich war ich gar nicht so sicher, ob er funktionierte. Der ist ziemlich alt, nehme ich an.»

«Ja», bestätigte Martin Beck, «der ist sicher mindestens 80 Jahre alt.»

Martin Beck hatte kein großes Interesse an Waffen und wußte darüber nicht mehr, als für seinen Beruf notwendig war. Wenn Kollberg dagewesen wäre, hätte er erzählen können, daß die Waffe eine Harrington and Richardson 32. single action, Modell 1885 war. Er hätte auch die Munition als mantellose Bleikugel in einer Messingpatrone mit kurzer Treibladung der Marke Remington, hergestellt 1905, klassifizieren können.

«Wie hast du es geschafft, nicht entdeckt zu werden? Die Polizei hat doch ganz Riddarholmen abgesperrt und alle Leute kontrolliert, die dorthin wollten.»

«Ich wußte ja, daß der Ministerpräsident in der Es ... Esko ... ich weiß nicht mehr, wie das heißt, fahren wollte.»

«Eskorte. Eine Prozession oder, wie in diesem Fall, eine Kolonne von Autos.»

«Ja. Zusammen mit dem Amerikaner. Da habe ich in der Zeitung nachgelesen, wo die hinwollten und was sie tun wollten, und fand, daß die Kirche sich am besten eignen würde. Gestern abend bin ich hingegangen und habe mich die ganze Nacht und den Tag über da versteckt, bis sie kamen. Es war nicht schwer, sich zu verstecken, und ich hatte Schwedenmilch bei mir, falls ich hungrig oder durstig wurde. Es kamen Leute in die Kirche, vielleicht Polizisten, aber die haben mich nicht gesehen.»

Das Knallkopfkommando, dachte Martin Beck. Natürlich haben die sie nicht gesehen.

«Ist das alles, was du in beinahe 24 Stunden zu dir genommen hast?» fragte er. «Willst du wirklich nichts zu essen haben?»

«Nein, danke. Ich bin nicht hungrig. Ich brauche nicht soviel zu essen. Die meisten Leute in diesem Land essen viel zuviel. Ich habe übrigens

Sesamsalz und Datteln in meiner Tasche, falls ich hungrig werde.»

«Gut. Du mußt selbst sagen, wenn du etwas haben willst.»

«Danke», sagte Rebecka höflich.

«Ich nehme an, daß du in den letzten 24 Stunden kaum geschlafen hast.»

«Nein. Nicht viel. Ich habe in der Kirche ein bißchen geschlafen. Nicht lange, höchstens eine Stunde. Es war ziemlich kalt.»

«Wir brauchen heute nicht mehr lange weiterzumachen. Können ja morgen das Gespräch fortsetzen, wenn du ausgeruht bist. Wenn du willst, kannst du nachher etwas einnehmen, damit du besser schläfst.»

«Ich nehme niemals Tabletten ein.»

«Die Zeit muß dir lang geworden sein in all den Stunden dort in der Kirche. Was hast du getan, während du gewartet hast?»

«Ich dachte nach. Hauptsächlich über Jim. Es ist so schwer zu begreifen, daß er tot ist. Aber irgendwie wußte ich, daß er eine Zeit im Gefängnis niemals durchstehen würde. Er wurde nicht damit fertig, eingesperrt zu sein.»

Sie machte eine Pause und fuhr dann mit Nachdruck fort:

«Das ist eine unmenschliche, fürchterliche und erniedrigende Strafe. Wie können sich Menschen hinstellen und bestimmen, daß andere eingesperrt werden? Alle müßten ein Recht auf ihr eigenes Leben und ihre Freiheit haben.»

«Es muß Gesetze in einer Gesellschaft geben. Und die Gesetze, die es gibt, müssen wir befolgen.»

«Ja, vielleicht. Aber die Leute, die die Gesetze erfinden, sind die so viel klüger und besser als die anderen? Das glaube ich jedenfalls nicht. Jim ist reingelegt worden. Er hatte nichts Böses getan. Absolut nichts. Und trotzdem mußte er bestraft werden. Die hätten ihn genausogut gleich zum Tode verurteilen können.»

«Jim wurde nach den Gesetzen seines Landes verurteilt . . .»

«Sie haben ihn schon hier verurteilt», unterbrach Rebecka und beugte sich auf ihrem Stuhl vor. «Indem sie ihn anlogen und behaupteten, er würde heimreisen können und würde nicht bestraft, damit war sein Urteil bereits gesprochen. Sagen Sie nicht, daß das nicht stimmt, ich glaube Ihnen doch nicht.»

Martin Beck hatte auch nicht vor, etwas dazu zu sagen. Rebecka sank zurück gegen die Stuhllehne und strich eine Strähne zurück, die nach vorn über die Wange gefallen war. Er wartete darauf, daß sie weitersprechen würde, gerade jetzt wollte er ihre Überlegungen nicht durch Fragen oder altkluge Kommentare unterbrechen.

Nach einer Weile sprach sie weiter:

«Ich habe vorhin gesagt, daß ich mich entschlossen habe, den Regierungschef zu töten, nachdem ich von Jims Tod erfahren hatte. Das stimmt sicherlich, aber eigentlich habe ich schon früher daran gedacht.

Ich bin jetzt nicht ganz sicher.»

«Aber du hast doch gesagt, daß du dich erst vorgestern daran erinnertest, daß du einen Revolver hast?»

Rebecka zog die Stirn kraus. «Das stimmt. Daran habe ich erst vorgestern gedacht.»

«Wenn du dir schon früher vorgenommen hättest, ihn umzubringen, wäre dir sicher auch der Revolver eingefallen.»

Sie nickte.

«Ja, vielleicht. Ich weiß nicht. Ich weiß nur, daß mir jetzt, wo Jim tot ist, alles egal ist. Es spielt keine Rolle mehr, was aus mir wird. Der einzige Mensch, der mir etwas bedeutet, ist Camilla. Ich liebe sie, aber ich habe ja keine Möglichkeit, ihr etwas anderes als Liebe zu geben. Muß sie in dieser Gesellschaft aufwachsen und darin leben, dann ist es vielleicht am besten für sie, wenn sie lernt, wie es darin zugeht. Das kann ich ihr niemals beibringen. Ich habe versucht, es so zu sehen, daß sie glücklicher wird, wenn sie sich anpassen kann und nach den Regeln, Gesetzen und Auffassungen lebt, die in diesem Land gelten. Im übrigen habe ich mir niemals eingebildet, daß man ein Kind besitzt nur weil man es geboren hat. Im besten Fall wird sie stark genug und kann ihr Leben nach eigenen Wünschen einrichten, wenn sie älter wird.»

Rebecka warf Martin Beck einen trotzigen Blick zu und fügte hinzu:

«Sie glauben natürlich, daß ich naiv und verantwortungslos handele, aber ich habe wirklich sehr genau darüber nachgedacht.»

«Das nehme ich dir voll und ganz ab», widersprach Martin Beck. «Ich finde keineswegs, daß du naiv oder verantwortungslos bist. Im Gegenteil. Du scheinst ein stärkeres Verantwortungsbewußtsein zu haben als die meisten anderen in deinem Alter. Außerdem bist du ehrlich, und das kommt auch nicht sehr häufig vor.»

«Nein», bestätigte Rebecka, «alle lügen. Es ist grauenhaft, in einer Welt zu leben, in der sich alle gegenseitig anlügen. Aber alle glauben ja, lügen zu müssen, um in diesem Leben durchzukommen, und wenn diejenigen, die am meisten zu sagen haben und anderen Anweisungen geben können, was sie zu tun haben, am allermeisten lügen, dann muß es wohl so werden. Wie kann ein Mensch, der ein Schurke und Betrüger ist, ganz oben sitzen und über ein ganzes Land bestimmen? Denn das war er. Ein gemeiner Betrüger. Nicht daß ich glaube, daß der, der jetzt an seine Stelle tritt, auch nur einen Deut besser wird, so dumm bin ich nicht, aber ich wollte all denen, die da sitzen und regieren und bestimmen, zeigen, daß sie die Leute nicht pausenlos betrügen können. Ich glaube, daß viele Menschen ganz genau wissen, daß sie belogen und betrogen werden, aber die meisten sind zu bequem oder zu ängstlich, um etwas zu sagen. Es hilft übrigens nicht, sich zu beklagen oder zu protestieren, diejenigen, die die Macht haben, interessiert das gar nicht. Die kümmern sich um nichts anderes als um ihre eigene Karriere, und wie es den normalen Mitbürgern geht, ist ihnen völlig egal. Darum habe ich ihn erschossen. Damit sie vielleicht Angst bekommen und begreifen, daß das Volk nicht so gleichgültig dahinvegetiert, wie sie glauben. Denen ist es doch scheißegal, ob die Menschen Hilfe brauchen, und sie pfeifen darauf, wenn man sich beklagt und Stunk macht, wenn einem nicht geholfen wird, aber ihr eigenes Leben, da scheißen sie jedenfalls nicht drauf. Aber ich . . .»

Das Telefon klingelte und unterbrach sie. Martin Beck bedauerte, daß er nicht Anweisung gegeben hatte, ungestört zu bleiben. Es kam sicher nicht häufig vor, daß Rebecka so gesprächig war. Als er sie damals gesehen hatte, war sie eher schüchtern und still gewesen.

Er nahm den Hörer ab. Die Vermittlung teilte mit, daß sie immer noch nach Advokat Braxén suchten, bis jetzt ohne positives Ergebnis.

Martin Beck legte auf, und im gleichen Augenblick klopfte es an der Tür, und Hedobald Braxén trat ins Zimmer.

«Guten Tag», begrüßte er Martin Beck flüchtig und ging direkt auf Rebecka zu.

«Da bist du ja, Roberta. Ich habe im Radio gehört, daß der Premierminister erschossen worden ist, und aus der Beschreibung des sogenannten Täters entnahm ich, wer das sein konnte, und habe mich beeilt, herzukommen.»

«Guten Tag», sagte Rebecka.

«Wir haben schon nach Ihnen gesucht», erklärte Martin Beck.

«Ich war bei einem Klienten. Ein hochinteressanter Mann übrigens. Unerhört belesen und zu Hause in verschiedenen faszinierenden Fachgebieten. Sein Vater war übrigens seinerzeit ein hervorragender Experte für flämische Webkunst. Dort habe ich die Nachrichten im Radio gehört.»

Braxén trug einen langen grüngelbgesprenkelten Mantel, der straff über seinem imposanten Bauch saß. Jetzt schälte er sich aus dem guten Stück und warf es auf einen Stuhl. Er legte seine Aktentasche auf den Schreibtisch und bemerkte den Revolver.

«Mmm. Nicht schlecht. Mit so einem Ding etwas zu treffen ist nicht leicht. Ich erinnere mich, ich glaube, es war kurz vor Kriegsausbruch, da ging es um eine ähnliche Waffe in einem Fall zwischen Zwillingsbrüdern. Seid ihr hier fertig, dann können Roberta und ich . . .»

«Rebecka», verbesserte Martin Beck.

«Natürlich. Kann ich mich ein wenig mit Rebecka unterhalten?»

Braket wühlte in seiner Aktentasche und zog ein altes Zigarrenetui aus Messing hervor. Er öffnete es und nahm einen zerkauten Zigarrenstummel heraus.

Martin Beck sah ein, daß er Rebecka zuliebe die beiden am besten eine Weile allein ließ. Die zahlreichen Gedankenverbindungen und Abweichungen vom Thema würden weniger werden, wenn Braket nur Rebecka als Zuhörerin hatte. Außerdem mußte er selbst verschiedene Formulare ausfüllen und Berichte und Protokolle mit Angaben über Rebecka aufsetzen, und einen großen Teil davon konnte er zunächst ohne ihre Mitwirkung schaffen.

Er stand von seinem Stuhl hinter dem Schreibtisch auf und sagte:

«Bitte sehr. Ich komme nachher wieder.»

Während er auf die Tür zuging, hörte er, wie Braket begann:

«Ja, kleine Rebecka, das ist nun allerdings eine böse Geschichte, aber wir werden es schon hinbiegen. Kopf hoch. Ich erinnere mich an ein Mädchen in deinem Alter, in Kristianstad, Frühjahr 1946, übrigens im gleichen Jahr, als . . .»

Martin Beck schloß die Tür hinter sich und seufzte.

25

Martin Beck hatte die Situation richtig beurteilt, als er dem Rikspolis-Chef erklärte, daß er nicht mit einem erneuten Attentat der ULAG rechne. Zu den Prinzipien der ULAG gehörte es, daß man blitzschnell zuschlug und dann möglichst spurlos verschwand. Eine mißglückte Aktion sofort zu wiederholen, um ein besseres Resultat zu erzielen, wurde direkt als verwerflich angesehen.

In der Wohnung in Kapellgatan hatte Levallois bereits damit begonnen, seine Ausrüstung zusammenzupacken. Er glaubte, gute Fluchtchancen zu haben, wenn er nur schnell genug war. Und war er erst einmal in Dänemark, konnte er sich vergleichsweise sicher fühlen. Der Franzose überlegte nicht lange, was geschehen war. Das war nicht seine Art.

Für Reinhard Heydt war die Situation eine andere. Einerseits war seine Personenbeschreibung bekannt, andererseits wurde bereits mehr oder weniger nach ihm gefahndet.

In der Wohnung war es warm, und er lag auf dem Rücken auf dem Bett, nur mit Unterhemd und kurzer weißer Unterhose bekleidet. Er hatte eben geduscht.

Noch hatte er nicht ernsthaft darüber nachgedacht, wann und wie er das «Heim des Volkes» verlassen wollte. Wahrscheinlich mußte er sich in dieser Wohnung längere Zeit aufhalten, während er auf die passende Gelegenheit zur Abreise wartete.

Die beiden Japaner hatten ähnliche Anweisungen. Sie sollten in der Fünf-Zimmer-Wohnung auf Södermalm bleiben, bis sie diesen Unterschlupf ohne Risiko verlassen konnten, das heißt, bis die Polizei es leid war, auf ihr Erscheinen zu warten, und das Leben in diesem Land wieder seinen normalen Gang ging. Ebenso wie Heydt hatten auch sie einen Vorrat an Konserven angelegt, von dem sie sich über einen Monat lang ernähren konnten. Der Unterschied war nur der, daß Heydt sich vermutlich nicht länger als zwei Tage mit den eigentümlichen Gerichten der Japaner hätte am Leben halten können. Danach wäre er wahrscheinlich bald Hungers gestorben. Aber das Sortiment in seinem Kühlschrank und Vorratsschrank war anders zusammengestellt und würde für eine Person lange reichen, sogar über das Jahresende hinaus, falls sich das als notwendig erweisen sollte.

Im Augenblick dachte er nur an eines: Wie hatte die Sache mißglücken können? Bereits im Trainingslager war er schon damit vertraut gemacht worden, daß man in Zukunft sowohl mit Rückschlägen als auch mit personellen Verlusten rechnen mußte. Wesentlich in solchen Fällen war eigentlich nur, daß man weder fehlgeschlagene Aktionen noch tote Agenten mit der ULAG in Verbindung bringen konnte.

Aber trotzdem. Levallois war sicher, daß die Bombe detoniert war, und er machte nie einen Fehler. Daß die beiden Japaner die Ladung an einer falschen Stelle angebracht hatten, konnte als ausgeschlossen betrachtet werden.

Reinhard Heydt war es gewöhnt, fehlerfreie Kalkulationen anzustellen und auch verwickelte Probleme zu lösen. Er hatte dann auch nicht länger als 20 Minuten auf dem Bett gelegen, bevor er darauf kam, was passiert sein mußte. Er stand auf und ging in die Operationszentrale. Levallois hatte bereits seine wenigen Habseligkeiten zusammengepackt und war gerade dabei, sich den Mantel anzuziehen.

«Jetzt verstehe ich, wie das alles zusammenhängt», erklärte Heydt.

Der Franzose sah ihn fragend an.

«Die haben uns ganz einfach übers Ohr gehauen. Radio und Fernsehen haben nicht direkt übertragen. Die haben mit einer Zeitverschiebung von bis zu einer halben Stunde gearbeitet. Als wir zündeten, war die Eskorte bereits vorbei.»

«Mmm. Das klingt glaubhaft.»

«Und das erklärt auch, warum die Polizei Funkstille hielt. Der Polizeifunk hätte den Bluff mit den Radio- und Fernsehübertragungen sofort verraten.»

Der Franzose lächelte.

«Ganz schön schlau. Das muß man ihnen jedenfalls lassen.»

«Typische Unterschätzung der Polizei. Offenbar sind nicht alle Idioten.»

Levallois blickte sich im Zimmer um.

«Tja, so kann es einem gehen», sagte er. «Ich haue jetzt ab.»

«Du kannst den Wagen nehmen», sagte Heydt, «ich habe im Augenblick sowieso keine Verwendung mehr dafür.»

Der Franzose dachte nach. Das ganze Land und besonders das Gebiet um Stockholm, war jetzt wahrscheinlich voller Polizeisperren. Obwohl der Wagen ihn kaum verraten konnte, bedeutete er ein Risikomoment.

«Nein», lehnte er ab, «ich nehme den Zug. Tschüs.»

«Tschüs, wir sehen uns dann.»

«Hoffentlich.»

Levallois hatte richtig gerechnet. Er kam ungeschoren am nächsten Morgen in Ängelholm an. Von dort nahm er den Bus, der über Viarp nach Torekov fuhr.

Wie verabredet, lag das Fischerboot bereits im Hafen. Er ging sofort an Bord, sie legten jedoch erst ab, als es dunkel geworden war.

Am nächsten Vormittag war er in Kopenhagen und damit einigermaßen in Sicherheit.

Obwohl er das Dänische nur mäßig beherrschte, staunte er nicht schlecht über die Überschriften der Zeitungen. Er überlegte, wann *France-Soir* wohl an die Kioske in der großen Wartehalle des Hauptbahnhofs kommen würde.

Reinhardt Heydt lag immer noch auf dem Bett und hatte die Hände unter dem Kopf gefaltet. Er ließ das Radio im Hintergrund laufen, während er über seinen ersten großen Mißerfolg nachdachte. Jemand hatte ihn hereingelegt, obwohl alle Vorbereitungen perfekt gewesen waren.

Wer war so gerissen gewesen, ihn so vollständig auszuschalten?

Als die Sondernachrichtensendungen begannen, setzte er sich im Bett aufrecht und lauschte verblüfft.

Zu allem Überfluß war es also zu einem beinahe komisch zu nennenden Doppelanschlag gekommen.

Heydt ertappte sich, wie er dasaß und lachte.

Weniger zum Lachen war die Tatsache, daß er sich jetzt erst recht nicht in die Öffentlichkeit wagen konnte.

Reinhard Heydt war dankbar, daß er sich in weiser Voraussicht mit guten Büchern eingedeckt hatte, solchen, die man mehrmals lesen konnte und über die nachzudenken sich lohnte.

Er sah ein, daß es ziemlich lange dauern würde, bis er Pietermaritzburg wiedersah, und weil er ein typischer Freund frischer Luft war, könnte ihm das Warten sehr zu schaffen machen.

Trotz alledem fühlte er sich nicht besonders deprimiert. Depressionen konnte sich ein Mann in seiner Stellung kaum leisten.

Für Martin Beck wurde dieser ereignisreiche Tag durch ein Telefonat von Herrgott Nöjd gekrönt, der mitteilte, daß er jetzt frei sei, aber keinerlei Ahnung habe, wo er sich befände.

«Gibt es keinen in deiner Nähe, der das weiß?» fragte Martin Beck.

«Nein, die sind alle aus Skåne.»

«Wie seid ihr denn da hingekommen?»

«Mit einem Mannschaftswagen der Polizei. Aber der ist schon wieder abgefahren und kommt erst morgen früh wieder, um uns abzuholen. Das einzige, was ich weiß, ist, daß hier in der Nähe eine Eisenbahnlinie vorbeigeht; die Züge sind grün.»

«Die Tunnelbahn», sagte Martin Beck. «Irgendwo in den Vororten.»

«Nein, verdammt, die Züge fahren durch keinen Tunnel.»

«Sag ihm doch, er soll rausgehen und sich an der nächsten Straßenecke die Schilder ansehen», schlug Rhea vor, die bei allen Telefongesprächen heimlich mithörte.

«Spukt es bei dir?» fragte Nöjd und lachte.

«Nicht direkt.»

«Ich habe gehört, was sie gesagt hat, warte einen Moment.»

Er war nach genau vier Minuten zurück und erklärte: «Lysviksgatan. Sagt dir das etwas?»

Martin Beck konnte absolut nichts damit anfangen, aber Rhea mischte sich sofort wieder in das Gespräch.

«Er ist in Farsta. Da findet er sich nie im Leben zurecht. Die Straßen gehen völlig durcheinander. Sag ihm, er soll rausgehen und sich an die Straßenecke stellen, dann hole ich ihn in 20 Minuten dort ab.»

«Ich höre, ich höre», bestätigte Nöjd.

Rhea hatte schon die roten Gummistiefel angezogen. Jetzt knöpfte sie den Dufflecoat zu und hatte die Tür zum Treppenhaus bereits geöffnet.

«Und der Teufel soll dich holen, wenn du an den Knöpfen des Herdes drehst», warnte sie.

«Rücksichtsvolle Dame, mit der du zusammenlebst», lachte Nöjd. «Wie heißt sie?»

«Frag sie doch selbst. Bis gleich.»

Rhea hatte einen alten Volvo Caravan, mit dem sie die Wege und Straßen unsicher machte. Der Wagen, der von vielen Kennern als Trekker oder Dampfwalze bezeichnet wurde, schien eine geglückte Konstruktion zu sein, denn sie hatte niemals Schwierigkeiten damit, und er war nicht kaputtzukriegen. Die Fabrik hatte die Herstellung dieses Modells dann auch folgerichtig eingestellt. Rhea pflegte zu sagen, daß dies eins der vielen Zeichen war, die darauf hindeuteten, daß der Kapitalismus nur nach seinen eigenen Gesetzen lebte.

Genau 44 Minuten später kam sie mit Nöjd zurück. Das Ergebnis dieses Zusammentreffens war offenbar erfreulich, denn Martin Beck hörte die beiden bereits im Fahrstuhl lachen und sich gegenseitig ins Wort fallen.

Dann riß sie sich den Dufflecoat vom Leib, warf einen Blick auf die Uhr und stürzte in die Küche.

Nöjd ließ sich die Wohnung zeigen. Schließlich sagte er:

«Gar nicht dumm für Stockholmer Verhältnisse.»

Und dann:

«Was ist da heute eigentlich passiert? Als Polizist in einer solchen Stadt erfährt man ja nicht das geringste. Man glotzt nur in die Gegend und bleibt da stehen, wo einen jemand hingestellt hat.»

Er hatte recht. In derartigen Situationen wußte der einfache Polizist auf der Straße im allgemeinen ebensoviel wie der Soldat im Felde, nämlich gar nichts.

«Ein Mädchen hat den Ministerpräsidenten erschossen. Sie hatte sich in der Riddarholmskirche versteckt, und die Sicherheitspolizei, die das Gebiet absuchen sollte, hatte gepfuscht.»

«Ich will nicht gerade sagen, daß ich zu seinen Bewunderern gehörte. Aber so was ist doch eigentlich sinnlos. Die setzen doch einen ebensolchen in weniger als einer halben Stunde an seine Stelle.»

Martin Beck nickte. Dann sagte er: «Hoffentlich ist in Anderslöv nichts weiter passiert?»

«Doch, eine ganze Menge. Aber nur angenehme Dinge. Kalle und ich haben Systembolaget gerettet. Jemand wollte die Zweigstelle schließen, aber gegen zwei so schwerwiegende Namen wie die des Pastors und des Polizeichefs kämpfen die meisten Leute vergebens.»

«Und wie geht es Folke Bengtsson?»

«Gut, glaube ich. Er wirkt genau wie sonst auch. Dagegen hat irgendein schwachsinniger Stockholmer Sigbrits Haus als Sommervergnügen gekauft, als Sommerhaus also.»

Er lachte laut.

«Und dann ist was Komisches mit Bertil Mård passiert.»

«Was denn?»

«Ich wollte was mit ihm besprechen, Erbschaftsangelegenheiten und so. Da stellte sich heraus, daß er sein Haus und das Restaurant und alles, was er sonst noch besaß, verkauft hat und wieder zur See fährt. Jemand soll ihm das geraten haben. Ich frage mich nur, wer.»

Martin Beck antwortete nicht. Den Rat hatte nämlich er selbst erteilt.

«Na, wir haben es weiter versucht mit englischen Briefen und so und bekamen schließlich einen elegant aufgemachten Brief von einer Reederei in Taipeh auf Taiwan, in dem man uns mitteilte, daß Kapitän Mård vier Monate vorher in Liberia eingestellt worden war und nun Schiffsführer des Frachtschiffes *MS Taiwan Sun* war, das sich gerade mit einer Ladung Espartogras auf dem Weg von Sfax nach Botafogo befand. Da gab ich auf. Aber ich frage mich eins: Mård war durch den Alkohol völlig heruntergekommen und konnte hier nicht gesundgeschrieben werden. Wie kann er dann Kapitän auf einem so großen Schiff werden?»

«Wenn du dem richtigen Arzt in Monrovia 500 Dollar unter die Nase hältst, kannst du sicher eine Bescheinigung darüber bekommen, daß du sowohl ein Holzbein als auch ein Glasauge hast. Das einzige, was mich wundert, ist, daß Mård selbst nicht schon früher darauf gekommen ist.»

«Aha», grinste Nöjd, «dann warst du es also, der . . .»

Martin Beck nickte. Und Nöjd fuhr fort:

«Dann gab es einige Details in den Ermittlungsunterlagen des Mordes selbst, die mich gewundert haben, wenn du es nicht übelnimmst. Da hieß es zum Beispiel, daß der Mörder, wie hieß es doch gleich, einen Herzinfarkt bekam und starb, als die Polizei ihn festnehmen wollte.»

«Ja?»

«Herzinfarkte bekommt man nicht so auf Bestellung. Als ich später den Arzt dieses Mannes zufällig in Trelleborg traf, stellte sich heraus, daß er an einem schweren Herzfehler gelitten hatte. Er durfte nicht rauchen, nicht Kaffee trinken, nicht Treppen steigen und sich nicht aufregen. Tatsächlich durfte er nicht einmal fi . . .»

Rhea trat ins Zimmer und Nöjd brach ab.

«Was durfte er nicht?» fragte sie.

«Ficken.»

«Der arme Mann», sagte Rhea und ging wieder in die Küche.

«Noch eins. Als sein Wagen gestohlen wurde, war er nicht abgeschlossen, und die Garagentüren standen weit offen. Warum? Ja, natürlich weil er hoffte, daß jemand den Wagen klauen würde, denn er wußte, daß er ein Beweisstück im Fall Sigbrit Mård war. Der Wagen hatte seit dem Mord so dagestanden, vorher aber nicht. Wenn seine zänkische Frau ihn nicht dazu gebracht hätte, hätte er bis heute nicht gemeldet, daß der Wagen gestohlen worden ist.»

«Du müßtest eigentlich in die Mordkommission kommen», schlug Martin Beck vor.

«Was? Ich? Bist du wahnsinnig? Ich werde niemals mehr an so etwas denken, das verspreche ich.»

«Wer hat hier was von einer zänkischen Frau gesagt?» rief Rhea aus der Küche.

«Sie ist doch wohl kein Rotstrumpf?» fragte Nöjd halblaut.

«Das glaube ich nicht. Aber manchmal hat sie rote Strümpfe an.»

«Das bin ich gewesen», rief Nöjd zurück.

«Gut. Solange du nicht mich damit meinst. Das Essen ist fertig. Schnell in die Küche, ehe es kalt wird.»

Rhea kochte gerne, besonders für sich selbst und Leute, die gewisse Ansprüche stellten. Dagegen hatte sie Schwierigkeiten mit Gästen, die alles in sich hineinschaufelten, unterschiedslos und ohne Kommentare.

Der Polizeiinspektor aus Anderslöv war ein idealer Gast. Er war selber ein Experte in Küchenfragen und kostete alles sehr sorgfältig, ehe er sein Urteil abgab. Und wenn er etwas sagte, war das sehr positiv.

Als sie ihn einige Stunden später auf Skeppsbron in ein Taxi verfrachteten, befand er sich in einem Zustand, der seinem Namen, der auf schwedisch so viel wie «zufrieden» bedeutet, alle Ehre machte.

Am Freitag, den 22. November stand Herrgott Nöjd wieder an seinem Platz auf Sveavägen, genau gegenüber der Bibliothek. Als die Eskorte vorbeirollte, hob Martin Beck die Hand zu einem Gruß, und Gunvald

Larsson bemerkte säuerlich:

«Ist das wieder der Elchjäger, dem du zuwinkst?»

Martin Beck nickte.

Er und Gunvald Larsson hatten am Tag zuvor ein Geldstück hochgeworfen, um zu entscheiden, wer von ihnen an dem offiziellen Essen teilnehmen sollte, und dies eine Mal hatte Martin Beck Glück gehabt, was zur Folge gehabt hatte, daß Herrgott Nöjd zu einer guten Mahlzeit gekommen war.

Aus der Festlichkeit in Stallmästargården war eine traurige Geschichte geworden, aber sowohl der Senator als auch der in aller Hast eingesetzte neue Regierungschef hatten das Gesicht gewahrt. Beide hatten in ihren Tischreden von dem «tragischen Ereignis» gesprochen, weiter war keiner von ihnen gegangen. Im übrigen waren die Ansprachen von den üblichen politischen Faseleien von Freundschaft, Friedenswillen, Gleichberechtigung und gegenseitigem Respekt geprägt gewesen.

Gunvald Larsson fand, daß es sich so anhörte, als ob die beiden Staatsmänner den gleichen Ghostwriter für ihre Reden in Anspruch genommen hatten.

Möllers Nahschutz hatte dieses Mal keine Lücken gezeigt, und kein Mitglied des SK-Bataillons war zu sehen. Die meisten waren in Alarmbereitschaft, und einige waren nach Hause entlassen worden; der einzige, der jedenfalls seiner eigenen Meinung nach arbeitete, war Richard Ullholm. Insgesamt schaffte er 11 Anzeigen an den Justiz-Ombudsman, ein Ergebnis, mit dem sogar er selbst recht zufrieden war. In den meisten Fällen begnügte er sich mit Anschuldigungen über Schlendrian, Untauglichkeit und Kommunismus, aber in der Anzeige gegen Martin Beck ging er einen Schritt weiter, indem er darauf hinwies, daß er persönlich beleidigt worden war. Ullholm war jetzt Polizeiinspektor, und als solcher konnte er es nicht dulden, daß jemand ihn anwies, nicht dazustehen und herumzuschreien. Und wenn derjenige auch eine noch so hohe Stellung bekleidete.

Gunvald Larsson fand den Abend zum Einschlafen langweilig und äußerte sich nur ein einziges Mal. Er betrachtete die kolossale Beule unter dem Jackett des Steingesichts und fragte Eric Möller, der sich zufällig auch gerade in der Garderobe aufhielt:

«Wie kommt es, daß dieser Typ im Ausland bewaffnet auftreten darf?»

«Spezialgenehmigung.»

«Spezialgenehmigung? Von wem erteilt?»

«Der Betreffende ist nicht mehr am Leben», antwortete der nicht aus der Fassung zu bringende Möller.

Der Chef der Sicherheitspolizei entfernte sich, und Gunvald Larsson kam ins Grübeln. Seine juristischen Kenntnisse waren nicht überwältigend, und er fragte sich, in welchem Ausmaß die Zugeständnisse toter Personen, ungesetzliche Handlungen zu begehen, als gültig anzusehen waren und, falls das zutraf, für wie lange. Eine Antwort fand er nicht. Nach einer Weile ging ihm auf, daß der Mann mit dem Steingesicht ihm eigentlich leid tat.

Was für ein verdammter Job, überlegte Gunvald Larsson, besonders wenn man mit einer nicht angezündeten Zigarre in der Schnauze umherlaufen mußte.

Das Lächeln des Senators war gedämpft, ebenso wie die Stimmung auf dieser Veranstaltung insgesamt, und es wurde kein langer Abend.

Trotzdem kam Gunvald Larsson erst gegen halb zwei in seine Wohnung in Bollmora zurück. Er duschte, zog einen frischgewaschenen Schlafanzug an, las eine halbe Seite Jul. Regis und schlief ein.

Zu dieser Zeit hatte der Senator bereits anderthalb Stunden in der sicheren Obhut der Botschaft geschlafen. Das Steingesicht hatte seine Pflicht für diesen Tag ebenfalls getan und ruhte sich aus, die Zigarre, die Kanone und eine Dose Bier ordentlich auf dem Nachttisch aufgereiht.

Am nächsten Morgen wurde eifrig über die Frage spekuliert, ob der König den Lunch absagen würde oder nicht. Er hätte das gut tun können unter Hinweis auf die Ereignisse des letzten Tages und die Tatsache, daß er selbst gerade erst von seinem Staatsbesuch aus Finnland heimgekommen war.

Aber der Hof ließ nichts von sich hören, und die Spezialgruppe ließ den gesamten verwickelten Plan ablaufen, der eigens für diese Gelegenheit ausgearbeitet worden war. Wie der Adjutant vorausgesagt hatte, war der König im Grunde nicht ängstlich. Er ging hinaus auf Logården, begrüßte den Senator persönlich und hieß ihn im Schloß willkommen.

Das einzige, das darauf hindeutete, daß es Kontakte zwischen dem Hof und der Botschaft der USA gegeben haben mußte, war die Tatsache, daß das Steingesicht in dem kugelsicheren Wagen sitzenblieb, der dann, als der Senator heil die vom Standpunkt der Sicherheit her gefährliche Treppe hinaufgelangt war, schließlich im Schloßhof selbst abgestellt wurde. Als Martin Beck dort vorbeiging, sah er durch das blaugetönte Glas den Leibwächter die Zigarre zur Seite legen, um eine Dose Budweiser und etwas, das zweifellos eine Butterbrotdose war, hervorzuholen.

Abgesehen von diesem kleinen Detail geschah nichts Unvorhergesehenes. Der Lunch war Privatangelegenheit des Königs; was bei dieser Gelegenheit gesagt oder getan wurde, ging keinen Außenstehenden etwas an. Die Erklärung für die bescheidene Mahlzeit des Leibwächters in dem Auto war wahrscheinlich ganz einfach die, daß der König nicht mit einem mit einer Pistole bewaffneten Mann am Tisch sitzen wollte, ein Gesichtspunkt, für den Martin Beck volles Verständnis hatte.

Die Demonstrationen vor dem Schloß blieben weit hinter den Erwartungen zurück, und bei der Begrüßung auf Logården waren es etwa gleich viele Leute, die «Wir wollen unseren König sehen» und «Yankee go home» riefen.

Der Zeitfaktor war für die Polizei eine wichtige Angelegenheit, besonders für Gunvald Larsson, der zusammen mit dem Chef der Ordnungspolizei den Befehl über die gesamten mobilen Fernschutzkräfte hatte. Gunvald Larsson blickte häufig auf seine Uhr und stellte mit einer gewissen Verwunderung fest, daß der Zeitplan genau stimmte. Persönlichkeiten in hohen politischen und offiziellen Stellungen sind im allgemeinen gewöhnt, die abgemachten Zeiten einzuhalten, und weder der Monarch noch der Senator änderten die Zeittabelle auch nur um eine Minute. Der Senator ging in der genau richtigen Minute die Treppe zu Logården hinauf, und der König befand sich ebenfalls an seinem Platz. Sie schüttelten sich die Hände und gingen durch das östliche Schloßportal, genau wie vorgesehen. Böswilligen Gerüchten zufolge war der König Legastheniker und hatte Schwierigkeiten mit der Rechtschreibung – es schien belegt, daß er bei einer Gelegenheit Knöig statt König geschrieben haben sollte. Dagegen war nichts gegen seine Fähigkeit zu sagen, abgesprochene Zeiten auf 30 Sekunden genau einzuhalten.

In dem Moment, als er mit dem geehrten und von so vielen Leuten verabscheuten Gast im Schloß verschwand, war der kritischste Augenblick vorbei, und Martin Beck seufzte ebenso wie verschiedene andere Verantwortliche erleichtert auf.

Die Tafel wurde auf die Minute genau aufgehoben. Der Senator stieg 15 Sekunden später als berechnet in den kugelsicheren Wagen.

Möller war wie üblich nicht zu sehen, aber aller Wahrscheinlichkeit nach irgendwo in der Nähe. Die Eskorte formierte sich, und die lange Fahrt nach Arlanda begann. Möller hatte den Burghof mit seinem besten Personal abgesperrt, er verfügte tatsächlich über eine ganze Menge tüchtiger Leute, und diesmal wurde das Gelände rechtzeitig und mit großer Sorgfalt durchsucht.

Die Eskorte machte einen kleinen Umweg, um den Platz der Explosion zu umfahren, wo das Personal des Gaswerkes noch immer mit den Reparaturen beschäftigt war.

Man fuhr schneller als am Tage vorher, aber ebenso wie bei der Fahrt in die Stadt lenkte Gunvald Larsson den schnellen Porsche ziemlich unkonventionell und fuhr an der Kolonne hin und her.

Er war recht schweigsam und dachte meistens an Heydt und seine Kumpane, die mit größter Wahrscheinlichkeit bereits vor längerer Zeit untergetaucht waren.

«Es gibt einige gute Hinweise», sagte er zu Martin Beck. «Das Auto und Heydts Personenbeschreibung.»

Martin Beck nickte.

Eine ganze Weile später brummte Gunvald Larsson vor sich hin: «Und diesmal wirst du mir nicht entwischen. Zwei Dinge sind zu erledigen. Man muß die Autofirma finden, die den grünen Wagen vermietet oder verkauft hat. Und dann warten, bis sie sich wieder blicken lassen. Wir müssen sofort zwei Mann darauf ansetzen. Aber welche?»

Martin Beck dachte lange nach und schlug schließlich vor:

«Rönn und Skacke. Es wird nicht leicht werden, aber Skacke ist hartnäckig wie nur etwas, und Rönn kennt sich mit der Routine aus.»

«Früher warst du anderer Ansicht.»

«Die Leute ändern sich mit den Jahren, man selbst ebenfalls.»

Im VIP-Raum auf dem Flugplatz wurde ein Glas Champagner serviert. Gunvald Larsson, der keinen Alkohol trank, schüttete den Inhalt seines Glases wieder ungeniert in den nächsten Blumentopf.

Entlang dem Weg hatten viele Demonstranten gestanden, jedoch weit weniger als am Tag vorher. Die meisten hatten bei dem schlechten Wetter eine ungemütliche Nacht in Zelten verbracht, und es schien, als ob die nicht voraussehbare Entwicklung beim größten Teil der Leute dazu geführt hatte, daß sie die Lust verloren. Irgendwelche Zwischenfälle kamen nicht vor, es gab nur wieder eine Unzahl von Plakaten, die bei dem schlechten Wetter schnell aufweichten.

Das Lächeln des Senators war nun eher erleichtert als gedämpft. Er ging von einem zum anderen und schüttelte die Hand. Aber als er zu Gunvald Larsson kam, steckte er die Faust in die Tasche, begnügte sich mit einem Nicken und zeigte sein bestes Kampagnelächeln. Über seine Schulter blickte das Steingesicht Gunvald Larsson mit einer Art düsterem Einverständnis an. Dies war eins der wenigen Male, wo er mit einem Gesichtsausdruck reagierte, der beinahe menschlich war.

Der Senator hielt eine sichtlich nicht sehr engagierte, aber routinierte Dankansprache, kurz und bündig, und brachte dabei nochmals die Rede auf das tragische Ereignis.

Dann ging er hinaus zu dem Jeep der Sicherheitspolizei, der ihn zu der Maschine bringen sollte, die weit draußen auf dem Flugfeld stand und sehr sorgfältig beschützt wurde. Mit im Wagen saßen Martin Beck, Möller und der gleiche Staatssekretär, der an der Empfangszeremonie des Vortages teilgenommen hatte und inzwischen schnell zum Minister ohne Portefeuille ernannt worden war, sowie der Mann mit dem Steingesicht und der Zigarre.

«*Dirty motherfucking swine*», schrie ein farbiger Deserteur von der Zuschauerterrasse, als der Senator die Treppe zur Kabine hinaufstieg.

Der Senator warf einen Blick auf den, der dort gerufen hatte, lächelte und winkte freundlich.

Zehn Minuten später war das Flugzeug in der Luft.

Es stieg steil hoch, schwenkte und beschrieb eine weite, aluminiumglänzende Kurve, um auf den richtigen Kurs zu kommen. In weniger als einer Minute war es außer Sichtweite.

Im Wagen auf dem Rückweg nach Stockholm sagte Gunvald Larsson: «Hoffentlich stürzt das Flugzeug mit diesem Schwein ab, aber das ist wohl zuviel verlangt.»

Martin Beck schielte zu Gunvald Larsson. Er hatte ihn niemals vorher so verbissen und ernst gesehen.

Gunvald Larsson trat das Gaspedal durch, und der Zeiger des Geschwindigkeitsmessers pendelte irgendwo um die 200 km/h. Der übrige Verkehr schien stillzustehen.

Keiner von beiden sagte ein Wort, bis der Porsche auf dem Hof des Polizeihauses geparkt war.

«Jetzt geht die Arbeit erst richtig los», meinte Gunvald Larsson.

«Heydt und das grüne Auto zu finden?»

«Und seine Mithelfer. Solche wie Heydt arbeiten niemals allein.»

«Du hast sicher recht.»

«Eine grüne Karre mit GOZ im Kennzeichen. Glaubst du, daß man sich darauf verlassen kann, daß sie sich nach so langer Zeit an die richtigen Buchstaben erinnert?»

«Sie sagt normalerweise nichts, wenn sie ihrer Sache nicht sicher ist. Aber natürlich kann man sich irren.»

«Und sie ist nicht farbenblind oder so was?»

«Keineswegs.»

«Wenn das Auto nicht gestohlen worden ist, muß es von einer Vermietung kommen oder ganz legal gekauft worden sein. Das wird sich herausfinden lassen.»

«Meine ich auch. Das wird ein gemütlicher Job für Skacke und Rönn. Wenn die beiden sich auf die Socken machen, soll Melander das Telefon hüten.»

«Was werden wir beide tun?»

«Warten. Abwarten und beobachten, was geschieht. Genau wie diese Leute von der ULAG. Die wissen jetzt, daß irgendwas schiefgegangen ist und sind sicher besonders vorsichtig. Halten sich irgendwo verborgen und warten ab.»

«Ja, das hört sich logisch an.» Sie hatten recht, aber nur zu 75 Prozent.

So sah die Lage am Freitagnachmittag, den 22. November aus:

Reinhard Heydt war in Huvudsta, und die beiden Japaner dachten in der Wohnung in Södermalm über die Lage nach.

Das gecharterte Flugzeug, das Herrgott Nöjd nach Skåne bringen sollte, konnte auf dem wie so oft in Nebel gehüllten Flugplatz Malmö-Sturup nicht landen, sondern mußte in Kastrup in Dänemark runtergehen. Als Nöjd auf der Rollbahn stand und in den Bus einsteigen wollte, der sie über die Autofähre zwischen Dragør und Limhamn schließlich zum Bahnhof in Malmö bringen sollte, wo er eventuell ein Taxi nehmen und nach Anderslöv fahren konnte, traf er tatsächlich Levallois, der in entgegengesetzter Richtung unterwegs war, nämlich zum Flugzeug nach Paris, das bald starten sollte. Sie hatten sich niemals vorher gesehen und würden sich auch später im Leben nicht mehr begegnen. Folglich reagierte keiner von beiden.

Der Senator schlief in einem bequemen Ruhesessel, während sein Privatflugzeug in westlicher Richtung über den Ozean dröhnte.

Das Steingesicht hielt es nicht mehr länger aus. Er nahm ein Reklameheft mit Streichhölzern heraus, das er in Stallmästargården mitgenommen hatte, und steckte sich seine Zigarre an.

Martin Beck und Gunvald Larsson erteilten ihren Mitarbeitern Instruktionen, Rönn gähnte, Melander klopfte die Glut aus seiner Pfeife und blickte demonstrativ auf die Uhr, und Skacke, ständig auf der Jagd nach neuer Anerkennung, hörte aufmerksam zu.

Einige 100 Meter davon entfernt stand Rebecka Lind wiederum vor einem Gericht, um verhaftet zu werden. Die Angelegenheit hatte sich verzögert, weil der Fall Bulldozer Olsson zugefallen war. Der war der Ansicht, daß der Prozeß zu simpel für sein Format sei, außerdem schauderte er bei dem Gedanken, sich Brakets Tiraden anhören zu müssen. Daher meldete er sich plötzlich krank, obwohl er sich in seinem Dienstzimmer befand.

Sein Ersatzmann war eine Staatsanwältin, die sofort für Untersuchungshaft und eine sogenannte große Untersuchung über den Geisteszustand plädierte, eine Prozedur, die häufig mehrere Monate in Anspruch nahm.

Rebecka Lind sagte überhaupt nichts. Sie schien sich völlig alleingelassen vorzukommen, obwohl sie eine Polizeibeamtin, die einen ganz freundlichen Eindruck machte, links neben sich hatte und Hedobald Braxén an ihrer rechten Seite.

Als die Anklägerin mit ihrem Plädoyer fertig war, wartete man ungeduldig darauf, was Braxén zu sagen hatte, denn die Gerichtsfunktionäre wollten nach Hause gehen, und den Reportern lag daran, möglichst schnell zum nächsten Telefon zu eilen.

Man mußte jedoch lange warten, bis Braket das Wort nahm.

In der Zwischenzeit betrachtete er sorgenvoll seine Klientin, rülpste zweimal und machte den Gürtel noch ein Loch weiter auf. Ließ einen weiteren Naturlaut hören.

Schließlich begann er:

«Die Version der Staatsanwältin ist vollständig falsch. Das einzige, was zweifellos richtig ist, ist die Tatsache, daß Rebecka Lind den Regierungschef erschossen hat. Unter den gegebenen Umständen muß so gut wie die gesamte Bevölkerung des Landes diese Tat im Fernsehen verfolgt haben, das gerade vor einer Stunde das Ereignis zum sechzehntenmal zeigte. Als Rebeckas Verteidiger und juristischer Beistand habe ich sie recht gut kennenlernen können, und ich bin davon überzeugt, daß ihr geistiger Zustand gesünder und weniger verdreht ist, als man das von irgend jemandem hier im Raum behaupten kann, mich selbst einbezogen. Ich hoffe, daß ich das in dem Prozeß beweisen kann, der hoffentlich irgendwann in der Zukunft stattfinden wird. Rebecka Lind ist in ihrem jungen Leben bei verschiedenen Gelegenheiten mit dem System, dessen Gutdünken wir alle uns unterordnen müssen, konfrontiert worden. Nicht ein einziges Mal hat die Gesellschaft oder die Philosophie, die sie geformt hat, ihr Hilfe gegeben oder Verständnis angeboten. Wenn die Anklägerin eine große Untersuchung des Geisteszustandes fordert, mit der Begründung, daß es kein Motiv für die Tat gibt, dann ist das im besten Fall ein Zeichen unverhüllter Einfalt. In Wirklichkeit wurde Rebeckas Handeln von politischen Gründen geleitet, obwohl sie keiner politischen Gruppierung angehört und sicher in einer glücklichen Ahnungslosigkeit über das um sich greifende politische System schwebt, das heute praktisch alles um uns herum diktiert. Lassen Sie uns nicht vergessen, daß die Doktrin, nach der der Krieg die logische Fortsetzung der Politik ist, heute noch gilt und daß dieser Grundsatz von gutbezahlten Theoretikern entwickelt wurde, die im Dienst der kapitalistischen Gesellschaft stehen. Was diese junge Frau gestern getan hat, war – obwohl unbewußt – eine politische Handlung. Ich möchte behaupten, daß Rebecka Lind die korrupte Fäulnis dieser Gesellschaft deutlicher sieht als tausend andere junge Menschen. Da sie keine politischen Kontakte und kaum eine Ahnung davon hat, was die gemischtökonomische Führungsmethode bezweckt, ist ihre Klarsichtigkeit um so größer. Nicht nur in der letzten Zeit, sondern seitdem man sich überhaupt erinnern kann, sind große und mächtige Nationen innerhalb des kapitalistischen Blocks von Personen geführt worden, die nach herkömmlichen juristischen Normen reine Verbrecher sind, die aus Machtgier und wirtschaftlicher Raffsucht das Volk in Abgründe des Egoismus, der Arbeitsscheu und in ein Denken führen, das ausschließlich auf Materialismus und grobe Rücksichtslosigkeit gegen die Mitmenschen basiert. Nur in seltenen Ausnahmefällen werden solche Politiker bestraft, aber die Strafen sind formeller Art, und die Nachfolger der Schuldigen handeln nach den gleichen Motiven. Ich bin vielleicht der einzige in diesem Gerichtssaal, der alt genug ist, um sich an Politiker wie Harding, Coolidge und Hoover zu erinnern. Deren Handeln wurde verurteilt, aber ist seit der Zeit irgendeine wichtige Verbesserung eingetreten? Wir haben Hitler und Mussolini, Stroessner, Franco und Salazar, Chiang Kai-shek und Ian Smith, Smuts, Vorster und Verwoerd und die Generäle in Chile erlebt, Personen also, die, wenn sie ihre Völker nicht in den Untergang geführt haben, ihre Untertanen aus persönlicher Gewinnsucht nicht anders behandelt haben, als irgendwelche sogenannten Siegermächte ein besetztes Land unterdrücken würden.»

Der Gerichtsvorsitzende blickte jetzt irritiert auf seine Uhr, doch Braket fuhr unbeirrt fort:

«Jemand hat gesagt, daß unser Land ein kleiner, aber hungriger kapitalistischer Staat ist. Diese Beurteilung ist richtig. Für eine mit reinem

Herzen denkende Person, zum Beispiel diese junge Frau, die in Kürze als verhaftet erklärt wird und deren Leben bereits zerstört ist, muß ein System wie dieses unbegreiflich und menschenfeindlich erscheinen. Sie sieht jedoch ein, daß irgend jemand die Verantwortung dafür tragen muß, und wenn diese Person nicht erreichbar ist und mit normalen menschlichen Methoden nicht angesprochen werden kann, wird sie von Verzweiflung und besinnungslosem Haß gepackt. Daß ich so lange gesprochen habe, beruht auf meiner Erfahrung als Jurist, die mir sagt, daß Rebecka Lind niemals vor ein ordentliches Gericht gestellt werden und daß das, was ich jetzt gesagt habe, das einzige sein wird, das jemals zu ihrer Verteidigung vorgebracht werden wird. Ihre Situation war tatsächlich hoffnungslos, und ihr Entschluß, einmal im Leben zurückzuschlagen gegen diejenigen, die ihr Dasein zerstört haben, ist erklärlich.»

Braket machte eine kurze Pause. Dann stand er auf und sagte:

«Rebecka Lind hat einen Mord begangen, und natürlich kann ich gegen die Untersuchungshaft nichts einwenden. Auch ich plädiere für eine psychiatrische Untersuchung, aber aus ganz anderen Gründen als die Anklägerin. Ich hege nämlich die vage Hoffnung, daß die Ärzte, in deren Hände sie nun gegeben wird, zum gleichen Schluß und zur gleichen Überzeugung wie ich selbst kommen, nämlich daß sie klüger ist und ein besseres Rechtsverständnis hat als die meisten von uns. Dann kann sie nämlich vor Gericht gestellt werden und hat eine, wenn auch geringe Möglichkeit, daß ihr Fall auf eine Art und Weise behandelt wird, die eines Rechtsstaates würdig ist. Aber leider sind meine Hoffnungen gering.»

Er setzte sich wieder, rülpste und betrachtete kummervoll seine ungepflegten Fingernägel.

Der Gerichtsvorsitzende brauchte nicht mehr als 30 Sekunden, um Rebecka Lind für verhaftet zu erklären und anzuordnen, daß sie in die Rechtspsychiatrische Anstalt zur gründlichen Untersuchung ihres Geisteszustandes überführt werden sollte.

Hedobald Braxén behielt recht. Die Untersuchung dauerte beinahe 9 Monate, und das Resultat war, daß sie in eine geschlossene Anstalt zur psychiatrischen Pflege eingewiesen wurde.

Drei Monate später machte sie ihrem Leben ein Ende, indem sie sich mit solcher Gewalt gegen eine Wand warf, daß ihre Schädeldecke brach.

In die Statistik wurde ihr Tod als Unglücksfall aufgenommen.

26

Einar Rönn und Benny Skacke brauchten nur etwas mehr als eine Woche, um die Autovermietungsfirma zu finden. Heydt hatte sich nicht an eins der großen Unternehmen der Branche wie Hertz oder Avis gewandt, sondern sich eine kleine Privatfirma ausgesucht.

Das Auto, für das er sich entschieden hatte, war ein ganz gewöhnlicher Wagen, genauer gesagt ein Opel Rekord. Der war grün, und das Kennzeichen trug die Buchstaben-und-Zahlen-Kombination FAK 311. Man konnte mit ziemlicher Sicherheit davon ausgehen, daß er eiligst die Schilder ausgewechselt hatte. Er hatte den Namen Andrew Black angegeben und war auch gezwungen gewesen, dem Verleiher eine Adresse zu nennen. Dabei hatte er, in Ermangelung genauer Kenntnisse des Stockholmer Straßennetzes, eine Hausnummer in einer Straße im Bezirk Tanto gewählt, das heißt also im gleichen Stadtteil, in dem er und die beiden Japaner zu jener Zeit gewohnt hatten. Natürlich waren es eine falsche Hausnummer und eine falsche Straße gewesen, aber es reichte für Skacke und Rönn, um noch einmal acht Tage damit zuzubringen, Wohnung für Wohnung abzuklappern, nach dem Wagen zu fragen und die famose Fotografie vorzuzeigen.

Mit dieser Methode mußten sie zum Ziel kommen, und bald hatten sie Erfolg.

«Verzeihung, aber haben Sie möglicherweise diesen Mann gesehen?» fragte Benny Skacke zum 850. Mal und zeigte das Foto.

«Ja», antwortete die Dame, die ihm öffnete. «Er hatte ein grünes Auto und hat hier im Haus gewohnt. Zwölf Treppen hoch, zusammen mit zwei Japanern. Die wohnen da übrigens immer noch. Ein kleiner und ein riesengroßer. Aber dieser Mann auf dem Bild ist vor ungefähr drei Wochen abgereist. Alle drei waren sehr höflich und freundlich, wenn man sie im Fahrstuhl gesehen hat. Geschäftsleute. Das ist eine Firmenwohnung.»

«Die Japaner wohnen also noch hier?» vergewisserte sich Rönn.

«Ja, aber die hat man ziemlich lange Zeit nicht draußen gesehen. Und vorher haben sie große Kartons mit Lebensmitteln, die sie im Selbstbedienungsladen drüben bei der Bushaltestelle gekauft hatten, getragen. Mir schien, als ob das vor allem Konserven waren.»

Die Frau gehörte offenbar zu dem aufmerksamen Typ oder, deutlicher: sie war gräßlich neugierig. Skacke ließ die Gelegenheit zu einer Frage nicht ungenutzt verstreichen:

«Können Sie uns sagen, wann einer der Japaner zuletzt draußen oder im Fahrstuhl gesehen worden ist?»

«Nicht nach dem fürchterlichen Mord auf Riddarholmen.» Sie schlug sich mit der Hand vor die Stirn: «Sie glauben doch wohl nicht . . .»

Und Rönn beruhigte sie sofort: «Nein, keineswegs.»

«Außerdem ist ja die, die den Mord beging, sofort festgenommen worden», fügte Skacke hinzu.

«Ach ja, klar», sagte die Frau. «Und das Mädchen konnte sich ja auch wohl kaum als zwei Japaner verkleiden.» Dann ergänzte sie: «Über die beiden Gelben kann man übrigens nichts Schlechtes sagen. Auch nicht über den Herrn auf dem Foto. Er war wirklich ein schneidiger Mann.»

Siebzehn Tage waren seit dem Attentat und dem völlig überraschenden Mord vergangen, und im Hauptquartier der Ermittlungsgruppe hatte man jetzt zwei schwierige Probleme zu lösen.

War Heydt noch im Lande, oder hatte er es geschafft, zu verschwinden? Wie sollte man das Problem mit den beiden Japanern angehen, die sicher bis an die Zähne bewaffnet waren und höchstwahrscheinlich den Befehl hatten, verzweifelten Widerstand zu leisten und sich schließlich eher selbst zusammen mit eventuellen Angreifern in die Luft zu sprengen, als sich freiwillig zu ergeben.

«Ich will diese verdammten Hunde lebend haben», sagte Gunvald Larsson und blickte düster aus dem Fenster.

«Glaubst du, daß das die ganze Terroristengruppe war?» fragte Skacke. «Die beiden und Heydt?»

«Wahrscheinlich waren sie zu viert», meinte Martin Beck. «Und der Vierte ist uns wohl schon durch die Lappen gegangen.»

«Wie kommst du darauf?» wollte Skacke wissen.

«Weiß ich nicht.»

Er riet häufig richtig, obwohl viele Leute das Intuition nannten. Aber nach Martin Becks eigener Meinung spielte Intuition in der praktischen Polizeiarbeit keine Rolle, er zweifelte sogar daran, daß es eine solche Eigenschaft überhaupt gab.

Einar Rönn befand sich im Bezirk Tanto in einer Wohnung, die die Polizei sich beinahe mit Gewalt hatte beschaffen müssen, auf jeden Fall aber mit Schmiergeldern und dadurch, daß man dem rechtmäßigen Mieter ein Zimmer mit Vollpension in einem der luxuriöseren Hotels der Stadt besorgt hatte.

Gegen Einsicht war er durch eine Netzgardine geschützt, die undurchsichtig war, solange er dahinter kein Licht anmachte. Und das tat er nicht. Rönn war Nichtraucher und die seit mehreren Jahren halbvolle Zigarettenschachtel der dänischen Marke Prince, die er mitunter in der Jackentasche bei sich trug, benutzte er inzwischen nur, um besonders nikotinsüchtigen Ganoven daraus anzubieten.

Innerhalb von 6 Stunden hatte er die Japaner nur zweimal durch seinen ausgezeichneten Feldstecher gesehen. Beide Male waren sie mit Maschinenpistolen bewaffnet gewesen, und Rönn dachte im stillen darüber nach, daß sie sich überhaupt nicht ähnlich waren und daß der Mythus, demzufolge alle Koreaner und Chinesen und Leute aus der Gegend sich einander ähnelten, eben nur ein Mythus war – ebenso wie der von den Lappen und Zigeunern – und weiter nichts.

Der Abstand zwischen den Häusern betrug etwa 400 Meter, und wenn Rönn ein guter Schütze gewesen wäre, was er ganz sicher nicht war, und wenn er ein gutes Gewehr mit blitzschneller, automatischer Nachladeeinrichtung und Zielfernrohr gehabt hätte, dann hätte er den Mann, der sich als erster an dem Vorhang zeigte, unschädlich machen können.

Nach zehn Stunden wurde Rönn abgelöst. Ihm machte die ganze Sache jetzt keinen Spaß mehr.

Benny Skacke, der ihn ablöste, war mit seinen Anweisungen nicht ganz zufrieden.

«Gunvald meint, wir sollten die lebend festnehmen», sagte er verdrießlich. «Aber wie sollen wir das bewerkstelligen?»

Rönn gähnte. «Gunvald hat eben was dagegen, Leute umzulegen. Du warst auf dem Dach in Dalagatan vor 4 Jahren nicht dabei?»

«Nein, da arbeitete ich in Malmö.»

«Malmö! Wo selbst die Kriminalintendenten bestechlich sind und die Polizei ihr anvertraute Gelder stiehlt. Hübsch nicht?» Er fügte schnell hinzu: «Ich sage natürlich nicht, daß du mit alldem etwas zu tun hattest. Selbstverständlich nicht.»

Er zog sich den Mantel an und ging auf die Wohnungstür zu.

Dann mahnte er: «Faß bloß nicht an die Gardine.»

«Nein. Ist doch klar.»

«Und wenn was Wichtiges passiert, dann ruf sofort die Nummer an, die da auf dem Zettel steht. Dann wirst du gleich zu Beck oder Gunvald durchgestellt.»

«Schlaf gut!»

Er selbst hatte zehn Stunden einer vermutlich völlig sinnlosen Wache vor sich.

Offenbar gingen die Japaner schließlich zu Bett, aber eine Lampe brannte weiter, was darauf schließen ließ, daß sie abwechselnd Wache hielten. Das wurde Benny Skacke langsam klar, und bald nach Mitternacht bekam er einen von denen, die er bewachte, zum erstenmal zu sehen.

Es war der kleinere der Japaner, der bei deutlich schlechter Beleuchtung den Vorhang zur Seite zog und die Umgebung beobachtete. Er sah vermutlich nichts von Interesse, aber Skacke hatte ein gutes Nachtglas und sah deutlich die Maschinenpistole, die in der rechten Armbeuge des Mannes lag. Skacke fiel ein, daß die beiden Männer nach beiden Seiten hin Wache halten mußten, während sich die Polizei darauf beschränken konnte, die Seite des Hauses abzudecken, an der sich die Haustür und die Kellereingänge befanden.

Nach einer Weile sah Skacke eine der immer häufiger auftretenden Banden von Halbstarken auf den Wegen zwischen den Häusern umherlaufen und die gläsernen Außenlampen entzweiwerfen, bis das ganze Gelände in Dunkelheit gehüllt war. Zu dem Haufen gehörten sowohl Jungen als auch Mädchen, aber auf diese Entfernung war es nicht leicht festzustellen, wer was war. Einer der Japaner, wieder der kleinere, blickte hinaus, um festzustellen, was da vor sich ging, und das war das letzte, was Benny Skacke in dieser Nacht von ihnen sah.

Als Rönn am nächsten Morgen um 7 kam, berichtete Skacke:

«Ich habe einen von ihnen zweimal gesehen. Er war natürlich bewaffnet, schien aber sonst ganz friedlich zu sein, verglichen mit unseren Huliganern.»

Rönn dachte einen Augenblick über den Ausdruck «Huligan» nach, der soviel wie Verbrecher bedeutete, den er aber sicher nicht mehr gehört hatte, seit Feldmarschall Mannerheim im Radio gesprochen hatte, und das mußte sehr lange her gewesen sein.

Benny Skacke ging, und Einar Rönn nahm den Platz hinter der Netzgardine ein.

Im Polishus an Kungsholmsgatan hatten sie es auch nicht gerade gemütlich. Fredrik Melander war bald nach Mitternacht nach Hause gegangen, aber er wohnte in der Nähe und konnte im Notfall unter gewissen Schwierigkeiten geholt werden.

Martin Beck und Gunvald Larsson blieben noch lange dort, nachdem die triste, schmutziggraue und deprimierende Dämmerung über die Häuserdächer zu kriechen begann. Sie lehnten über Blaupausen, Grundrissen, Zeichnungen und Karten vom Bezirk Tanto und waren in tiefes Grübeln versunken.

Unmittelbar bevor Melander ging, hatte er eine Frage gestellt:

«Das sind dort doch normale Standardhäuser mit eingebauter Feuertreppe, oder nicht?»

«Doch, das sind sie», hatte Gunvald Larsson geantwortet. «Wieso fragst du?»

«Und die Feuertreppe grenzt an die Wohnung, nicht wahr?»

Darauf fragte Martin Beck: «Na und, was soll das?»

«Ich habe einen Schwager, der zufällig in einem der Häuser da wohnt», erklärte Melander. «Und ich weiß, wie die gebaut sind. Als ich ihm einmal helfen sollte, einen ziemlich großen Wandspiegel aufzuhängen, da polterte die Hälfte der Steine direkt hinaus auf die Feuertreppe, und der Rest flog in das Wohnzimmer des Nachbarn.»

«Was hat der denn dazu gesagt?» wollte Gunvald Larsson wissen.

«Er war ein wenig erstaunt. Saß gerade vor dem Fernseher. Englischer Fußballigakampf.»

«Du meinst also?»

«Ich meine, daran sollte man denken, besonders wenn man von drei oder vier Seiten an sie ranwill.»

Dann hatte Melander sich entfernt, sichtlich um seine unerläßliche Nachtruhe besorgt.

Während es in Kungsholmsgatan immer noch relativ ruhig war, begannen Martin Beck und Gunvald Larsson damit, aus Melanders vorsichtiger Andeutung etwas zu machen, das man mit ein wenig gutem Willen als Embryo eines Plans bezeichnen konnte.

«Die werden sich auf die Tür einrichten insbesondere, weil es nur eine gibt», sagte Martin Beck.

«Warum?»

«Die erwarten doch, wenn jemand die Wohnung zu stürmen versucht, daß er die Tür einschlägt und mit einem Haufen von Polizisten auf den Fersen hereingestürzt kommt. Wenn ich die Methoden von diesen Kerlen richtig verstanden habe, werden die so viele Menschen zu töten versuchen, wie sie nur können. Dann, wenn keine Hoffnung mehr bleibt, sprengen sie sich selbst in die Luft und hoffen, daß einige von uns dabei mit hochgehen.»

«Huh», sagte Gunvald Larsson.

«Das kann ne ganze Menge neuer Rekruten in dem großen Polizeihauptquartier dort oben geben, von dem Kollberg immer gesprochen hat.»

«Ich will sie aber trotzdem lebend haben», beharrte Gunvald Larsson.

«Aber wie denn? Sollen wir sie aushungern?»

«Gute Idee! Und dann schicken wir Heiligabend den Rikspolis-Chef als Weihnachtsmann verkleidet und mit einer großen Schüssel Reisbrei hin. Da sind sie sicher so von den Socken, daß sie freiwillig aufgeben. Besonders, wenn Malm gleichzeitig mit 12 Hubschraubern und 350 Mann mit Hunden und Schutzschilden und kugelsicheren Westen erscheint.»

Martin Beck stand an der Wand, einen Ellbogen hatte er auf den einfachen alten Karteischrank aus Blech gestützt.

Gunvald Larsson saß an seinem Schreibtisch und machte sich die Fingernägel sauber.

Keiner von ihnen sagte mehr als höchstens ein Wort während der nächsten Stunde.

Benny Skacke war ein guter Schütze, was er nicht nur auf dem Schießstand, sondern auch bei seiner Arbeit zur Genüge bewiesen hatte. Wäre er Kopfjäger gewesen, so hätte er seine Trophäensammlung mit einem ziemlich häßlichen Kopf krönen können, der einmal einem Libanesen gehört hatte, der zu den seinerzeit 10 gefährlichsten Männern der Welt zählte.

Draußen in der Diele stand sein Gewehr, ein Browning High Power Rifle Medallion Grade 458 Magnum.

Dazu besaß er ein ausgezeichnetes Nachtzielfernrohr; obwohl es pechschwarze Nacht war und die Japaner sehr sparsam mit ihrer Beleuchtung waren, erkannte er genug, um festzustellen, daß sie offensichtlich mit dem Essen beginnen wollten. Die Mahlzeit war offenbar eine rituelle Handlung. Sie zogen weiße Kleider an, die an Judo-Anzüge erinnerten, und setzten sich, oder wie man das auch immer nennen wollte, auf die Knie, jeder an einer Seite eines quadratischen Tuches, das mit Tellerchen und kleinen Schalen vollgestellt war.

Das dauerte lange Zeit und sah friedlich aus. Bis man entdeckte, daß sie jeder eine Maschinenpistole mit einem Zusatzmagazin in bequemer Reichweite liegen hatten.

Skacke war überzeugt, daß man beide treffen konnte, bevor sie in Deckung gehen oder das Feuer erwidern konnten.

Aber was würde danach passieren?

Und welche Befehle hatte er?

Benny Skacke gab den Gedanken an gezielte Schüsse widerwillig auf.

Er starrte ärgerlich hinaus in das Dunkel.

Martin Beck und Gunvald Larsson hatten eine sehr harte Nuß zu knacken.

Aber vorher mußten sie zweifellos einige Stunden schlafen. Deshalb legten sie sich in zwei freie Zellen der Kriminalpolizei und gaben Anweisung, daß sie nur von Massenmördern oder anderen Tätern, die ein besonders schweres Verbrechen begangen hatten, gestört werden durften.

Kurz vor sechs waren sie wieder auf den Beinen, und gleich als erstes setzte sich Gunvald Larsson ans Telefon und rief Rönn zu Hause an, der gerade aufgewacht war und sich noch recht verschlafen anhörte.

«Einar, du brauchst heute nicht nach Tanto zu fahren.»

«Ja, aha. Warum denn nicht?»

«Wir müssen hier etwas mit dir besprechen.»

«Wer löst denn dann Skacke ab?»

«Das muß Strömgren oder Ek tun. So schwer ist die Aufgabe nun auch nicht.»

«Wann wollt ihr mich denn dahaben?»

«Sobald du die Zeitung gelesen und Kaffee getrunken hast, oder was du sonst morgens so tust.»

«Ja, das wird gehen.»

Gunvald Larsson legte auf und blickte Martin Beck lange an.

«Drei Mann müssen reichen», sagte er. «Einer vom Balkon, einer durch die Tür und einer von der Feuertreppe aus.»

«Durch die Wand.»

«Eben.»

«Du hast ja Erfahrung im Aufbrechen verschlossener Türen. Aber wie ist es mit Wänden?»

«Genau. Das geht nicht. Durch die Wand kommt man nur mit Hilfe einer schallgedämpften pneumatischen Bohrmaschine. Da künstlich erzeugte laute Geräusche deren Interesse vermutlich nicht völlig von dem Wanddurchbruch ablenken können und sie die ganze Zeit über die Tür beobachten werden, so hat der, der vom Balkon aus kommt, meiner Meinung nach die beste Chance.»

«Drei Mann?»

«Ja, bist du nicht auch auf diese Lösung gekommen?»

«Doch, aber welche drei?»
«Zwei stehen sozusagen fest», sagte Gunvald Larsson.
«Du und ich.»
«Es war ja unsere Idee. Sehr schwer durchzuführen. Können wir die Verantwortung mit jemandem teilen?»
«Kaum. Aber wer . . .?»
«Skacke», schlug Gunvald Larsson wenn auch deutlich zögernd vor.
«Er ist zu jung», entgegnete Martin Beck. «Er hat kleine Kinder und bemüht sich sehr um seine berufliche Karriere. Außerdem ist er immer noch ziemlich unerfahren, besonders in praktischen Dingen. Ich würde es nie ertragen können, ihn tot da in der Wohnung liegen zu sehen, so wie ich Stenström tot in dem Bus habe liegen sehen.»
«Wen könntest du dir denn sonst tot da oben liegend vorstellen?» fragte Gunvald Larsson mit ungewöhnlicher Schärfe in der Stimme.
Martin Beck antwortete nicht.
«Und Melander ist zu alt», sagte Gunvald Larsson. «Er würde natürlich mitmachen, aber er wird bald 55 und kann mit Fug und Recht von sich behaupten, daß er solche Arbeiten lange genug getan hat. Außerdem ist er ein wenig langsam. Wir sind übrigens auch die ältesten in der Mannschaft. Selbst wenn wir nicht langsam sind.»
«Bleibt also . . .»
«Einar», vollendete Gunvald Larsson. Er seufzte tief. «Ich habe stundenlang darüber nachgedacht. Einar hat gewisse Nachteile, die wir beide sehr gut kennen, aber er hat jedenfalls einen großen Vorteil. Er hat lange mit uns zusammengearbeitet und weiß, wie wir denken.»
Martin Beck sehnte sich nach Kollberg. Es war sicher richtig, daß Rönn wußte, wie Gunvald Larsson dachte, aber es war ebenso sicher, daß er kaum wußte, wie Martin Beck dachte, jedenfalls gab er davon nichts zu erkennen.
«Wir müssen mit ihm reden», sagte Martin Beck. «Dies ist kein Auftrag, den man so einfach den Leuten erteilt und anordnet, so und so machen wir es jetzt.»
«Er kommt gleich.»
Während sie warteten, wurde Strömgren in die Wohnung in Tanto geschickt, Skacke war offenbar zu müde, um sich darüber zu wundern. Er legte sein Gewehr in seinen Kasten, der so aussah, als ob sich darin irgendein Musikinstrument befände. Dann verließ er das Haus, setzte sich in sein ziemlich neues Auto, fuhr nach Hause und legte sich schlafen.
Rönns rote Nase tauchte erst kurz vor 9 im Türspalt auf. Er hatte sich Zeit gelassen, unter anderem wegen Gunvald Larssons Tonfall, der keine freudigen Überraschungen angekündigt hatte. Aber auch, weil er schon ziemlich lange keine Zeit mehr gehabt hatte, sich ein wenig zu entspannen. Folglich hatte er für den Weg in die Stadt die U-Bahn genommen, denn er verabscheute das Autofahren gründlich.

Nun war er jedenfalls da, sagte hej und setzte sich, wobei er seine Kollegen abwartend beobachtete.

Martin Beck fand, als langjähriger Freund von Rönn könnte Gunvald Larsson das Gespräch führen. Und das tat Gunvald Larsson auch.

«Ich und Beck haben viele Stunden darüber nachgedacht, wie wir an die Burschen in Tanto herankommen können. Und jetzt glauben wir, auf eine denkbare Lösung gekommen zu sein.»

Denkbar ist das richtige Wort, überlegte Martin Beck, während Gunvald Larsson damit begann, den Plan zu erklären.

Rönn saß eine ganze Weile schweigend da und sah sie an. Martin Beck nur einen kurzen Augenblick, so als ob er ihn bereits allzuoft gesehen hatte und wußte, was er von ihm zu halten hatte. Dagegen nahm er sich viel Zeit für Gunvald Larsson. Die Stille war beinahe nicht mehr auszuhalten. Da sie gleich zu Beginn Melander gebeten hatten, alle Gespräche anzunehmen, bestand nicht mal die Hoffnung, daß ein Klingeln des Telefons den Bann brechen konnte. Nach vielen Minuten meinte Rönn trocken:

«Da, wo ich herkomme, nennt man so etwas Selbstmord.»

Rönn stammte aus Arjeplog. Die beiden Verbrechen, die sich in dieser Gemeinde abgespielt hatten, waren geschehen, als Rönn seinen Heimatort bereits verlassen hatte.

Auf eigenartige Weise glichen sich die beiden Ereignisse irgendwie, unterschieden sich jedoch dadurch, daß die Polizei es geschafft hatte, eins aufzuklären, während ihr das bei dem anderen nicht gelungen war.

In dem einen Fall hatte ein Mann aus dem Ort auf offener Straße seine Frau, einen Mann, den er für den Liebhaber seiner Frau hielt, und danach sich selbst erschossen. Der Tatort war die Straße, und dort fand man die drei Leichen sowie die Mordwaffe. Alle Fingerabdrücke und andere Beweise konnten sichergestellt werden, und es erwies sich, daß sie stimmten. Die Polizei betrachtete nicht ohne eine gewisse Berechtigung den Fall als geklärt und legte die Papiere zu den Akten.

Die zweite Angelegenheit sah für den Uneingeweihten vielleicht leicht aus, erwies sich aber als unerwartet kompliziert. Ein in der Gegend bekannter Säufer namens Nelon Nelonsson war gegen sieben Uhr abends in das Konsumgeschäft des Ortes eingebrochen und hatte sich die ungeheuerliche Aufgabe gestellt, alles Bier, das es da gab, auszutrinken. Mehrere Personen hatten Nelon Nelonsson bei dem Einbruch beobachtet, und eine noch größere Zahl hatte mehrere Stunden lang sein immer betrunkener klingendes Johlen und Grölen gehört.

Die Polizei war benachrichtigt worden, aber die beiden diensthabenden Polizisten waren unterwegs und fuhren in dem unbewohnten Land in einem Streifenwagen umher. Der Reichspolizeileitung war es nämlich trotz zähem Widerstand aller Instanzen geglückt, dem riesigen lappländischen Distrikt einen solchen Wagen aufzuzwingen. Dieses Auto war mit einem Fahrtenschreiber ausgerüstet, der die Polizei zwang, völlig unnötig Zehntausende von Kilometern herumzukutschieren. Im Ort gab es einen dritten Polizisten, doch der hatte seinen freien Tag und war so betrunken, daß er nicht einmal zum Tatort getragen werden konnte. Als der Streifenwagen nach einigen Stunden aus der Wildmark zurückkam, war das Bier ausgetrunken und Nelon Nelonsson verschwunden. Er wurde jedoch am Tag darauf auf dem Dachboden des Geschäfts schlafend angetroffen und geweckt, wollte aber nichts zugeben. Einige Zeit später zog er fort, ein Stück weiter nach Süden, und vielleicht weil ihm die ganze Geschichte ein gewisses Ansehen eingetragen hatte, beschloß er, Politiker zu werden. Er begann als sozialdemokratischer Gewerkschaftsprovokateur, erhielt aber bald feinere und achtbarere Posten innerhalb der großen Bluffpartei.

Die polizeilichen Ermittlungen waren eingestellt worden, und der Fall wurde als nicht zu lösen angesehen.

Einar Rönn hatte sich zu einem freundlichen und gefälligen Menschen entwickelt; vor die Wahl gestellt, Polizist oder Soldat zu werden, war er bei der Ordnungsmacht gelandet. Der seltsame Mangel an Logik, der die Leitung der Polizei so oft prägt, hatte dazu geführt, daß man ihn nach Südschweden geschickt hatte und er in Lund Dienst tun mußte. Aber seine eigentliche Ausbildung zum Polizeibeamten hatte er so gut wie vollständig beim Dezernat für Gewaltverbrechen in Stockholm erhalten, in Milieus, die von einem Zynismus ohne Grenzen geprägt waren und einer Brutalität, die so roh und unverhüllt tierisch ist, daß die meisten Leute nicht glauben, daß es so etwas überhaupt gibt, bevor sie damit konfrontiert werden.

Nach einer Weile sagte Rönn: «Habt ihr diesen sogenannten Plan schon Melander gezeigt?»

«Ja», antwortete Martin Beck. «Er war es eigentlich, der auf die zugrundeliegende Idee kam.»

«Welche zugrundeliegende Idee? Selbst nicht dabeisein zu müssen?»

Gunvald Larsson und Martin Beck hatten es jetzt schwer, ihre Enttäuschung über die Schelte zu verbergen, die sie für ihre Planungsarbeit erhalten hatten. Aber Rönn ging plötzlich ans Fenster, blickte hinaus in den Schneeregen und entschied dann völlig ruhig:

«Ja, dann werde ich wohl mitmachen. Gib den Mist mal her, damit ich das noch mal durchlesen kann.»

Und nach etwa einer halben Stunde:

«Ich nehme an, daß ihr es euch so vorstellt, daß Gunvald durch die Tür hineinstürzt, während Martin vom Balkon der darüberliegenden Wohnung runterklettert.»

«Ja», sagte Gunvald Larsson.

«Ja. Während ich mit Gebrüll aus der Wand hervorbreche. Na ja. Wann soll es losgehen?»

«Um welche Zeit essen sie?» fragte Martin Beck.

«Die erste Mahlzeit um Punkt 9, und das pflegt ein ziemlich umfangreiches Mahl zu sein mit vielen Gerichten.»

«Dann holen wir uns die Japaner um 5 Minuten nach 9.»

«Ja», stimmte Rönn zu. «Übrigens, Gunvald . . .»

«Ja?»

«Falls die Tür nicht abgeschlossen ist, denk dran, daß die Wohnung 12 Treppen hoch liegt. Wo sollen wir denn all diese Geräte herbekommen?»

«Straßenbauamt.»

«Und wer bedient die Maschinen?»

«Polizisten. Wir können nicht verlangen, daß ein Haufen Straßenarbeiter dieses sinnlose Risiko auf sich nimmt.»

«Sinnloses Risiko, ja», betonte Rönn. «Und worin sollen wir uns einhüllen?»

Gunvald Larsson schnitt eine häßliche Fratze.

«In Overalls, die leihen wir vom Straßenbauamt. Ach ja, Einar?»

«Ja?»

«Ich hoffe, dir ist eines klar.»

«Was denn?»

«Daß das alles verdammt noch mal freiwillig ist.»

«Ja», sagte Rönn.

27

Es war Freitag, der 13. Dezember, aber niemand machte deswegen irgendwelche unpassenden Witze.

Wenn einer von den dreien in der Gruppe jemals daran gezweifelt hatte, daß 9 pneumatische Bohrmaschinen, die sich in einem praktisch geschlossenen Raum befinden, einen fürchterlichen Lärm verursachen, besonders wenn sie zwei wie verrückt vor sich hin brummende Bagger und 4 hysterisch hämmernde Kompressoren als Lärmkulisse haben, dann wurde er an diesem Freitagmorgen um 2 Minuten vor 9 blitzschnell eines Besseren belehrt.

Rönn arbeitete zusammen mit drei weiteren Männern im Treppenhaus, und er wandte einen schlauen Trick an, indem er die Löcher gerade so tief bohrte, daß die Wand bei der geringsten Belastung einstürzen mußte. Er war übrigens einer der wenigen in der Mannschaft, der jemals zuvor eine pneumatische Bohrmaschine in der Hand gehabt hatte.

Gunvald Larsson, der sich auf dem Treppenabsatz vor den Fahrstuhltüren aufhielt, stellte ziemlich schnell fest, daß dies etwas war, das er nicht beherrschte. Obwohl er vor Anstrengung blaurot im Gesicht war, rutschte der Bohrer immer wieder ein wenig hin und her, und er konnte lediglich in der Kunst, Krach zu machen, einen vollen Erfolg für sich buchen.

Martin Beck lag ausgestreckt auf dem eine Treppe höher gelegenen Balkon mit der kleinen, leichten Enterleiter aus Aluminium neben sich: Die Familie, die eigentlich hier wohnte, hatte keine ernsten Einwände erhoben, als die Polizei erschien und sie ein Stockwerk weiter hoch in Sicherheit schickte. Die zweite Wohnung in der Etage, in der die Japaner wohnten, stand leer; die Häuser waren von schlechter Qualität und die Mieten so hoch, daß die Leute, die es sich hätten leisten können, hier zu wohnen, lieber in andere und bessere Häuser umzogen.

Das multinationale Unternehmen, dem das Haus gehörte, hatte kürzlich das andere multinationale Unternehmen, das die Wohnungen gebaut hatte, wegen Vertragsbruchs in bezug auf Baumängel, Nachlässigkeit bei der Ausführung, Materialfehler und all die anderen inzwischen üblichen Dinge verklagt, die beinahe zur Routine bei Großbauten in Schweden gehören. Solange die Mieter hübsch bezahlten, sowohl offiziell wie auch unter der Hand, durften sie auch schweigen und vor sich hin leiden, und kein Bauherr hatte bisher eine Klage eingereicht, auch wenn die Häuser schäbig waren, daß es beinahe ein Wunder war, daß sie nicht im Augenblick der Fertigstellung in sich zusammenfielen. Aber nun hatte die Nachfrage auf dem Wohnungsmarkt nachgelassen, die Leute waren ein wenig kritischer geworden und akzeptierten nicht mehr auf die gleiche selbstverständliche Art und Weise wie früher die allerschlimmsten Spekulationsobjekte.

Durch einen Entwässerungsspalt konnte Martin Beck geradeaus hinunter auf den Balkon der Japaner sehen. Zweimal waren die beiden Männer draußen gewesen und hatten hinunter auf die Bagger und Kompressoren geblickt, obwohl die trotz allem nur den kleineren Teil des phantastischen Lärms verursachten.

Acht Minuten lang sollte die Aktion vorbereitet werden, und dabei blieb es auch. Auf die Sekunde genau um 5 Minuten nach 9 trat Gunvald Larsson die Tür ein und stürmte in die Wohnung. Die Tür, die nur 2 Sekunden vorher wie ein leidlich gelungenes Stück Holzimitation ausgesehen hatte, war auf einmal in einen Haufen zusammengeknüllten unbestimmbaren Abfalls verwandelt worden.

Der große Japaner fuhr mit der Maschinenpistole in der Hand von seinem Frühstück – oder war es ein Lunch – auf, um sich Gunvald Larsson entgegenzustellen, aber in der gleichen Sekunde oder besser gesagt im Bruchteil dieser Sekunde schien die ganze Wand rechts von ihm nachzugeben. Große Teile davon kamen zusammen mit Einar Rönn in das Zimmer, der im Gegensatz zu der Wand aufrecht dastand und mit seiner gezogenen Walther-Pistole richtig gefährlich aussah. Und genau im selben Augenblick ließ Martin Beck die Enterleiter los, trat die Balkontür ein und stellte dabei fest, daß es richtig Spaß machte, Türen einzutreten, auch wenn diese hier nur eine hingepfuschte Tür aus Glas und Masonit an Stelle von richtigem Holz war und Lennart Kollberg sich bereit erklärt hatte, einen Eid darauf zu leisten, daß er Gunvald Larsson in einer kritischen Lage beobachtet hatte, wie der die schwere Tür des Eastman-Instituts, die unter normalen Umständen nur mit Hilfe eines Panzers oder etwas Ähnlichem bezwungen werden konnte, eingetreten hatte.

Über perfektes Training und fatalistischen Mut konnte man sich bei den beiden Japanern nicht beklagen, aber auch nicht über ihren Sinn für strategische Regeln. Sie waren trotz ihrer Wachsamkeit überrumpelt und von drei Seiten gleichzeitig angegriffen worden. Wenn sie nicht genau nach ihren Anweisungen handelten, würden diese drei Männer in ihren orangefarbenen Overalls, vermutlich verkleidete Polizisten, sie in weniger als einer Minute zusammengeschossen haben. Sie sagten nichts, auch dann noch nicht, als Gunvald Larsson die Gelegenheit nutzte und dem Großen, als er sich halb zu Rönn und der in sich zusammengefallenen Wand umdrehte, mit aller Kraft den Kolben seiner 38er Master über den Hinterkopf zog. Übrigens eine feine Waffe, die sich Gunvald Larsson auf eigene Kosten angeschafft, damit jedoch nie auf einen Menschen geschossen hatte.

So gut wie gleichzeitig lösten sie aus ihren weißen Umhängen, die offensichtlich ihre Frühstücksbekleidung (sofern es sich hier nicht um einen Lunch handelte) war, zwei Holzkästchen, die ungefähr die Größe und das Aussehen von Zigarrenkisten hatten. Die Kästen fielen auf den Fußboden. Von beiden spulte ein Draht ab, der am Handgelenk des jeweiligen Trägers befestigt war.

Es war nicht schwer, sich auszurechnen, was das war: zwei kompakte Bomben. Die Drähte verbanden die Handgelenke der Japaner mit einem Reibezünder. Wenn es einem der beiden gelang, an dem Draht zu ziehen, detonierte der betreffende Kasten, und jeder davon reichte vermutlich aus, um sofort alle fünf in dem Zimmer befindlichen Personen zu töten.

Und weshalb sollten sie das nicht schaffen? Ein schneller Ruck, der Reibezünder löste die Bombe aus, und alles würde zu Ende sein.

Gunvald Larsson war ratlos.

Er befand sich in einer wenig beneidenswerten Lage, und der Schlag auf den Hinterkopf des riesigen Japaners schien keine große Wirkung gehabt zu haben.

Gunvald Larsson erkannte das alles ganz richtig. Die Japaner hatten aufgegeben. Der Lange zog bereits an der Schnur, die zur Bombe führte. Fünf, zehn Sekunden hatten sie noch zu leben.

Gunvald Larsson schrie, beinahe verzweifelt: «Einar! Der Auslösedraht!»

Da tat Einar Rönn etwas, das weder er selbst noch irgend jemand anders jemals vom Verstand her begreifen oder überhaupt erfassen können würde.

Obwohl er zu den schlechtesten Schützen des Polizeikorps gehörte, hob er seine Walther einige wenige Zentimeter und durchschoß den Draht zu dem Reibezünder mit beinahe übermenschlicher Präzision.

Als der Draht in einem sinnlosen kleinen Knäuel auf dem Fußboden lag, warf sich Gunvald Larsson mit einem Brüllen, das man vermutlich von Rönn erwartet hatte, als dieser durch die Wand brach, auf den hochgewachsenen Japaner, der tatsächlich beinahe ebensogroß war wie er selbst.

Rönn wandte sich nun Martin Beck und dem anderen Japaner zu und sagte ruhig:

«Martin, der Auslösedraht.»

Zwei Gegnern gegenüber und praktisch ohne Waffe, nachdem Martin Beck ihm die Maschinenpistole aus der Hand geschlagen hatte, tat der Japaner etwas, wozu er eigentlich keine Zeit hatte. Er blickte Rönn mit einer Art eigentümlichen Übereinstimmens an, während er im selben Augenblick den Auslösedraht, der etwas zu lang war, mit der rechten Hand ergriff, um daran zu ziehen. Gleichzeitig blickte er auf Rönn und auf die Pistole und schien zu denken: Warum tötet er mich nicht?

Im gleichen Moment nahm Martin Beck eine Büroschere aus der Innentasche und schnitt völlig undramatisch den Auslösedraht durch.

Als der Japaner wieder zu Martin Beck blickte, um festzustellen, welche neuen Schwierigkeiten der ihm machen könnte, schlug Rönn ihn eiskalt von hinten mit dem Pistolenkolben nieder. Der Mann sank, ohne noch einen Seufzer hören zu lassen, in sich zusammen, und Rönn kniete nieder und legte ihm Handschellen an, während Martin Beck mit dem Fuß die Zigarrenkiste zur Seite schob. Die hätte jetzt ungefährlich sein müssen, nachdem die Zündeinrichtung zerstört worden war, aber man konnte da nie ganz sicher sein.

Der große Japaner war außergewöhnlich kräftig und geschmeidig. Er war mindestens 20 Jahre jünger als Gunvald Larsson und schien alle Tricks von Judo bis zu den Feinheiten im Jiu-Jitsu und Superkarate zu beherrschen.

Aber was half das gegen einen Gunvald Larsson in besinnungsloser Raserei. Er fühlte den Haß in sich aufsteigen, einen wilden, unkontrollierten Haß gegen diese Menschen, die um des Geldes wegen töteten und sich nicht darum kümmerten, wen oder warum sie töteten. Wer war er, dieser junge Mann? Ein kapitalistischer Terrorist im Dienst schäbiger und heruntergekommener Regime. Ein Berufskiller, dessen Beruf der am wenigsten angesehene und am meisten verwerfliche von allen war. Gunvald Larsson hatte Respekt vor dem Leben, aber einen Augenblick lang dachte er, daß Menschen wie diese kaum ein Recht zu leben hatten.

Nach einigen Minuten wilden Kämpfens gewann Gunvald Larsson die Oberhand und hatte den anderen in einem Griff, wie er ihn haben wollte. Er schlug den Gegner siebenmal mit dem Gesicht und der Vorderseite des

Körpers gegen die Wand. Beim sechsten und siebten Mal war der Japaner bereits bewußtlos und seine Kleidung vom Blut durchtränkt. Trotzdem hielt Gunvald Larsson ihn fest und hob den großen, schlaffen Körper auf, um ein weiteres Mal zuzuschlagen.

«Jetzt reicht's, Gunvald», sagte Martin Beck ohne Hast. «Leg ihm lieber jetzt die Handschellen an.»

«Ja», sagte Gunvald Larsson. Sein porzellanblauer Blick wurde wieder klar, und er sagte: «So was passiert mir sehr selten.»

«Ich weiß», bestätigte Martin Beck. Er blickte auf die beiden bewußtlosen Männer in Handschellen. «Lebend», murmelte er vor sich hin. «Es ging also doch.»

«Ja», bekräftigte Gunvald Larsson. «Es ging.»

Er knetete seine strapazierten Schultern an der nächstliegenden Türfüllung und sagte ebenfalls mehr oder weniger vor sich hin:

«Das war ein verdammt starker Kerl.»

Was als nächstes geschah, konnte nur als ein abrupter Übergang zu der von allen dreien verachteten Alltagsroutine bezeichnet werden.

Martin Beck ging hinaus ins Treppenhaus und auf den Balkon und gab Anweisung, mit dem Lärm aufzuhoren.

Als er wiederkam, waren Rönn und Gunvald Larsson dabei, sich aus den orangefarbenen Uniformen mit den breiten Reflexbändern zu schälen.

Ein ihnen allen unbekannter Polizist blickte durch die zerstörte Tür hinein und gab einer hinter ihm stehenden Person eine Art Klarzeichen.

Eine der Fahrstuhltüren wurde aufgemacht, und Bulldozer Olsson stürmte mit gesenktem Haupt und kleinen, trippelnden Schritten in die Wohnung.

Er betrachtete erst die beiden besinnungslosen Japaner, dann die zerstörte Wohnung und ließ schließlich seinen Blick über Martin Beck, Gunvald Larsson und Einar Rönn gleiten.

«Großartig, Jungens!» lobte er. «Ich hätte nie geglaubt, daß ihr so was fertigbringt.»

«Ach so, das hättest du nicht geglaubt. Was machst du überhaupt hier?» fragte Gunvald Larsson.

Bulldozer Olsson strich einige Male mit den Fingerspitzen über den Prachtschlips, das Geschenk einer amerikanischen Partei, mit einem Muster aus weißen Elefanten auf grünem Hintergrund.

Er räusperte sich und sagte bedeutungsvoll: «Hitadichi Iti und Matsuma Leitzu, ich erkläre euch hiermit für festgenommen und des versuchten Mordes, des Terrorismus und des bewaffneten Widerstandes gegen die Staatsgewalt verdächtig.»

Der kleinere der beiden Männer war wieder bei Bewußtsein und wandte höflich ein:

«*Excuse me, sir, but that's not our names.*» Er machte eine kleine

Pause und fügte hinzu: *«If what you said were supposed to be names.»*
«Oh, das mit den Namen wird schon klargehen», versicherte Bulldozer sorglos.

Er machte den Polizisten hinter sich ein Zeichen und befahl:

«O. k. nehmt sie mit nach Kungsholmen. Holt jemanden, der ihnen auf englisch oder sonstwie ihre Rechte erklären kann und ihnen erzählt, daß morgen der Hafttermin stattfindet. Wenn sie keinen eigenen Rechtsanwalt haben, besorgen wir einen.» Nach einer kurzen Atempause fügte er hinzu: «Aber nicht Braket.»

Einige von Bulldozers Leuten betraten die Wohnung. Die beiden Festgenommenen wurden abgeführt, der eine konnte selbst laufen, der andere wurde auf einer Bahre weggetragen.

«Ja», wiederholte Bulldozer. «Prima Arbeit, Jungens. Wie gesagt. Richtig schönes Kommando. Aber ich verstehe immer noch nicht, warum ihr so was selbst macht.»

«Nein», seufzte Gunvald Larsson noch säuerlicher als vorher. «Das verstehst du nicht.»

«Larsson, du bist ein komischer Kerl.»

«Und wirf diesen amerikanischen Wahlpropagandaschlips in den Müllschlucker da drüben.»

«Das fehlte noch. Habe ihn vom Gouverneur in New York bekommen, als ich drüben war. Er ist ja Republikaner. Ich habe versucht, auch einen demokratischen vom Bürgermeister der Stadt zu bekommen, aber der hatte keinen. Wollte mir einen zur nächsten Wahlschlacht schicken, sagte er. Jetzt ist ja Wahl gewesen, aber ich habe keine Krawatte von den Demokraten bekommen.»

Er sah einen Moment lang beinahe traurig aus. Schüttelte den Kopf und fügte hinzu: «Man kann sich auf niemanden mehr verlassen.»

Dann schwebte der zerknitterte blaue Anzug mit dem Oberstaatsanwalt darin davon.

Als Bulldozer verschwunden war, überlegte Gunvald Larsson:

«Wie, verdammt noch mal?»

Und schwieg dann.

Martin Beck dachte einen Moment an das gleiche, sagte aber nichts.

Die Sache war nur allzu einfach. Bulldozer Olsson hatte überall seine Spitzel. Er mischte sich in alles ein und versuchte, anderen den Erfolg streitig zu machen. Martin Beck war beinahe sicher gewesen, daß es Bulldozer nicht gelungen war, einen privaten Beobachter in die Riksmordkommission einzuschleusen, aber es schien sonnenklar, daß er irgendeinen getreuen Mann im Dezernat für Gewaltverbrechen in Stockholm hatte.

Wer?

Ek?

Strömgren?

Strömgren konnte hinkommen, aber man konnte ihn nicht dazu bringen, das zuzugeben.

«Ja», kicherte Rönn, «der Spaß wäre nun vorbei.»

«Spaß?»

Gunvald Larsson blickte Rönn lange Zeit an, enthielt sich aber eines Kommentars.

Martin Beck untersuchte die Bombenladungen. Das Kriminaltechnische Institut würde sich ihrer bald annehmen.

400 Meter von dort entfernt saß Strömgren und rauchte hinter der Netzgardine. Nach dem Gespräch mit Bulldozer vor einer Stunde hatte er im großen und ganzen nichts anderes getan, als pausenlos geraucht. Er überlegte, daß er nun vielleicht bald zu Bulldozers Spezialgruppe versetzt werden würde und die ersehnte Beförderung nicht mehr lange auf sich warten ließ.

Benny Skacke lag zu Hause in seinem Bett. Seine Beschäftigung war im Augenblick privater Art.

«Und wo ist Heydt, verdammt noch mal?» knurrte Gunvald Larsson mißgelaunt.

«Kannst du nicht mal an was anderes denken?» fragte Rönn. «Wenigstens im Augenblick.»

«Woran zum Beispiel?»

«Na, zum Beispiel daran, daß ich diese Schnur durchgeschossen habe. Das war so gut wie unmöglich.»

«Wie viele Punkte hattest du beim letzten Übungswettkampf?»

«Null.» Rönn errötete bis zum Hals.

«Das war ein mächtig starker Kerl», wiederholte Gunvald Larsson und griff sich ins Kreuz.

Fünfzehn Sekunden später murmelte er vor sich hin: «Verdammt noch mal, wo steckt wohl dieser Heydt?»

28

Der Hafttermin gegen die beiden Japaner fand am Vormittag des 16. statt und wurde zu einer Art Posse, wie sie im Stockholmer Gerichtsgebäude nur selten stattfand.

In Schweden ist es so, daß die Staatsanwälte für die verschiedenen Prozesse durch das Los bestimmt werden, vermutlich, um einen Schein des Rechts zu wahren.

Wenn hier überhaupt eine Verlosung stattgefunden hatte, was außerordentlich ungewiß war, hatte Bulldozer Olsson zur rechten Zeit dafür gesorgt, daß auf sämtlichen Losen sein Name stand, denn er trat so hoheitsvoll und mit einer selbstverständlichen Würde auf, daß allein die

Vorstellung, daß jemand anders diese Rolle übernehmen könnte, undenkbar war. Sein Anzug war frisch gebügelt, genauer gesagt war er es in der Frühe dieses Tages gewesen, die Schuhe waren gebürstet, und der Schlips war eine knallgrüne Schöpfung mit roten Ölbohrtürmen, vielleicht ein persönliches Geschenk des Schahs von Persien. Das behauptete er selbst jedenfalls.

Er hatte Martin Beck, Gunvald Larsson und Einar Rönn eine besondere Einladung zukommen lassen, und darüber hinaus war der Saal vollgepfropft mit Leuten, die entweder aus reiner Neugier gekommen waren oder es als ihre liebgewordene Pflicht betrachteten, sich auf dem laufenden zu halten. Zu der zweiten Kategorie gehörten der Rikspolis-Chef und Stig Malm, die auf der ersten Zuhörerbank thronten. Ein wenig mehr versteckt sah man den fuchsroten Glorienschein um den kahlen Schädel des Chefs der Sicherheitspolizei. Dies war, soviel man wußte, das erste Mal, daß er sich nach dem 21. November in der Öffentlichkeit zeigte.

Den beiden Japanern war ein Verteidiger zugeteilt worden, mit dem verglichen Hedobald Braxén wie Clarence Darrow und Abraham Lincoln in einer Person erscheinen mußte.

Der größere der Terroristen sah nach der Behandlung durch Gunvald Larsson aus wie eine Mumie in einem alten Boris-Karloff-Film, aber der kleinere lächelte die ganze Zeit über verbindlich und verneigte sich, sobald jemand ihn auch nur anblickte.

Die ganze Sache wurde dadurch erschwert, daß man einen Dolmetscher einsetzen mußte.

Der schwächste Punkt in Bulldozers Argumentation war die Tatsache, daß er in Wahrheit nicht wußte, wie die beiden Festgenommenen hießen. Er begann damit, 14 verschiedene Namen aus einer Suchliste zu verlesen, die von Interpol verschickt worden war. Bei jedem Namen schüttelten sowohl die Mumie wie auch sein verbindlicherer Kamerad den Kopf.

Schließlich verlor der Richter die Geduld und ließ die beiden durch den Dolmetscher fragen, wie sie hießen und wann sie geboren worden waren.

Daraufhin antwortete der Verbindlichere, daß sie Kaiten und Kamikaze hießen, und nannte zwei Geburtsdaten. Die Mumie konnte nicht einmal sprechen.

Martin Beck und Gunvald Larsson blickten sich verblüfft an, aber außer ihnen reagierte niemand. Offenbar waren sie die einzigen, die wußten, daß Kaiten Menschentorpedo und Kamikaze Todesflieger bedeutet. Außerdem hatten die Männer die Geburtsdaten von Admiral Togo und Admiral Yamamoto angegeben, was hieß, daß sie etwa 170 beziehungsweise 100 Jahre alt waren, obwohl jedermann sehen konnte, daß keiner von ihnen einen Tag älter als 30 Jahre war.

Das Gericht schluckte jedenfalls diese Daten, und der Schreiber schrieb so fleißig, daß die Spitze seines Stiftes glühte.

Bulldozer erklärte sie danach für hinreichend verdächtig, eine lange

Liste von Verbrechen begangen zu haben, unter anderem Majestätsbeleidigung, Mordversuch an dem Ministerpräsidenten, dem König, dem amerikanischen Senator sowie 18 namentlich genannten Personen, darunter Martin Beck, Gunvald Larsson und Einar Rönn. Er fuhr fort mit: Versuch des bewaffneten Umsturzes, Beschädigung der städtischen Gasleitung, verbotenem Waffenbesitz, unerlaubtem Aufenthalt im Land, schwerer Beschädigung des Mietshauses im Bezirk Tanto, Diebstahl, Waffenschmuggel, Widerstand gegen die Staatsgewalt, Vorbereitung von Rauschgiftverbrechen (man hatte in der Wohnung eine Flasche mit Hustenmedizin gefunden, die Opiumtinktur enthielt), Verstoß gegen die Lebensmittelgesetze (in der Kühltruhe hatte ein geschlachteter Dackel gelegen) und gesetzwidriges Wegnehmen eines Hundes, Urkundenfälschung sowie Verstoß gegen das Gesetz gegen Glücksspiel. Im letzten Anklagepunkt hatte er die eigenartigen Holzklötzchen für einen Teil eines Glücksspieles gehalten.

Als er so weit gekommen war, stürzte Bulldozer ohne ein Wort der Erklärung plötzlich aus dem Saal. Alle blickten ihm verblüfft nach.

Er kam nach einigen Minuten wieder, trippelte zufrieden an der Spitze eines Zuges von 6 Männern aus seiner Gruppe, die mit einer Holzkiste im Sargformat sowie einem großen Klapptisch hereingewankt kamen.

Aus der Kiste nahm er dann große Mengen von Beweismaterial, Teile von Bomben, Handgranaten, Munition und so weiter. Jedes Stück zeigte er den Zuhörern und dem Richter und legte es danach auf den Tisch.

Die Kiste war noch immer halb voll, als Bulldozer einen in Cellophan eingeschlagenen Dackelkopf herausnahm, den er erst dem Rikspolis-Chef und dann Stig Malm zeigte, der sich daraufhin prompt auf den Fußboden erbrach.

Ermuntert von diesem Ergebnis, nahm Bulldozer die Folie weg und hielt den Kopf dem Richter unter die Nase, der sein Taschentuch aus der Westentasche zog, es sich vor die Nase hielt und halberstickt äußerte:

«Das reicht, Herr Oberstaatsanwalt, das reicht.»

Bulldozer begann jetzt, die Reste des zerstückelten Dackels herauszunehmen, aber der Richter bestimmte mit Nachdruck:

«Ich sagte doch, daß die Beweise ausreichen.»

Bulldozer fächelte mit seinem Schlips eine leichte Enttäuschung vom Gesicht, drehte eine Ehrenrunde durch den Saal und blieb vor der Mumie stehen:

«Hiermit beantrage ich die Verhaftung der Herren Kaiten und Kamikaze. Da ich aus dem Ausland weiteres Material erwarte, stelle ich schon jetzt den Antrag auf Haftprüfung.»

Der Dolmetscher übersetzte. Die Mumie nickte. Der andere Japaner lächelte verbindlich und verneigte sich tief.

Der Verteidiger nahm das Wort, ein klapperdürrer Mann, der aussah wie eine an beiden Seite ausgedrückte, vor langer Zeit abgebrannte und weggeworfene Zigarre.

Bulldozer blickte zerstreut in die Kiste. Er nahm das Hinterteil des Dackels mit dem Schwanz daran heraus und hielt dieses Beweisstück dem Rikspolis-Chef vor die Nase, bis dieser violett im Gesicht wurde.

«Ich lege Widerspruch gegen die Verhaftung ein», ließ sich der Verteidiger vernehmen.

«Warum?» fragte der Richter mit aufrichtiger Verwunderung in der Stimme.

Der Verteidiger saß eine ganze Weile schweigend da. Schließlich sagte er: «Das weiß ich nicht!»

Mit diesem genialen Satz endete die Verhandlung abrupt, die beiden Japaner wurden für verhaftet erklärt, und die Zuhörer strömten hinaus.

In dem Haus in Kapellgatan lag Reinhard Heydt auf dem Bett und dachte nach.

Er hatte schon gebadet, und der Weg vom Badezimmer bis zum Bett war durch ausgebreitete weiße Frotteehandtücher gekennzeichnet.

Er war nackt. Im Bad hatte er sich lange im Spiegel betrachtet und zwei Dinge festgestellt: nämlich daß die Sonnenbräune seiner Haut verblaßt war und daß er nichts dagegen unternehmen konnte.

Zum erstenmal war eine ULAG-Aktion zu einem totalen Fiasko geworden. Sie hatten ihr Ziel nicht erreicht und zwei Aktivisten, darunter einer der allerbesten, waren lebend in die Hand des Feindes gefallen.

Levallois war zwar davongekommen, aber das war ein geringer Trost.

Die Feinde waren nicht zu zählen, in diesem Fall schienen sie vor allem der schwedischen Polizei anzugehören.

In der gestrigen Zeitung hatte er das Bild eines Mannes gesehen, von dem behauptet wurde, er sei «der Kopf hinter der Ergreifung der beiden japanischen Terroristen», Oberstaatsanwalt Stig Robert Olsson.

Er hatte das Bild, das einen Mann mit runden Wangen, aufsehenerregendem Schlips und zufriedener Miene darstellte, lange betrachtet.

Irgendwas stimmte da nicht.

War dieser Olsson, Bulldozer, wie er im Text genannt wurde, wirklich für das Mißlingen verantwortlich?

Reinhard Heydt fiel es nicht leicht, das zu glauben. Oder richtiger: Er war beinahe sicher, daß das eine glatte Lüge war.

Nein, irgendwo mußte ein anderer Mann auf einem Bett liegen und sich auszurechnen versuchen, wo Heydt sich befand und was er als nächstes zu tun gedachte.

Und dieser Mann, wer er auch war, bedeutete das große Risiko.

Vielleicht war es der Polizeikommissar, der in Zusammenhang mit den eigenartigen Ereignissen am 21. November in den Zeitungen und im Fernsehen so oft beschrieben worden war. Heydt hatte sich seinen Namen und sein Aussehen gemerkt.

Kommissar Beck.

Würde es sich lohnen, ein Zusammentreffen mit diesem Mann ins Auge zu fassen? Die Erfahrung lehrte, daß tote Gegner zu den ungefährlichsten gehörten.

Aber war es auf der anderen Seite wirklich dieser Martin Beck, der für ihn am gefährlichsten war?

Je häufiger Reinhard Heydt das Geschehene überdachte, desto sicherer wurde er, daß sein Hauptgegner ein anderer war.

Vielleicht war es Beck oder möglicherweise tatsächlich dieser Bulldozer Olsson, der ihn und Levallois am 21. November hereingelegt hatte. Im übrigen schienen die sich ja auch selbst gegenseitig geprellt zu haben.

Aber nach ausführlichem Studium der Bilder war er zu der Überzeugung gekommen, daß es keiner dieser beiden gewesen sein konnte, dem das Kunststück gelungen war, Kaiten lebend zu überwältigen, ohne daß dabei jemand getötet oder ernsthaft verletzt worden war.

Kaiten, so hieß er natürlich nicht, war einer der physischen Asse in der gleichen Ausbildungsgruppe gewesen, zu der auch Heydt gehört hatte. Ihn allein zu besiegen grenzte bereits ans Unmögliche. Heydt selber hätte es gar nicht versuchen wollen und seine Chancen als minimal beurteilt.

Reinhard Heydt war gefährlich, das wußte er, und darauf war er stolz; er war zwar der Beste seines Kurses gewesen, hatte aber in den physischen Disziplinen deutlich weniger Punkte gehabt als Kaiten. Außerdem hieß es, daß Kaiten und der andere in der Wohnung selbst übermannt worden waren. Das hätte ein Ding der Unmöglichkeit sein müssen. Trotzdem hatte jemand das geschafft, und es schien sich nicht um ein Massenaufgebot von Polizisten gehandelt zu haben. Nur drei Mann. Mit Beck an der Spitze.

Und einer davon hatte Kaiten außer Gefecht gesetzt, ohne ihn zu töten oder selbst verletzt zu werden.

Der Mann war gefährlich, denn einer, der Kaiten geschafft hatte, war kein Gegner, dem Reinhard Heydt gern begegnet wäre.

Aber wer war das? Beck?

Oder vielleicht einer der besten CIA-Agenten? Das war auch eine Möglichkeit.

Konnte das wirklich ein schwedischer Polizist sein?

Nach dem was Heydt von der schwedischen Polizei gesehen hatte, war das so gut wie ausgeschlossen.

Dreimal hatte er den Polizeichef des Landes im Fernsehen gesehen und einmal eine Art Bürochef. Beide kamen ihm, wenn schon nicht direkt wie Idioten, so doch höchstens wie aufgeblasene bürokratische Nullen vor mit verschwommenen Vorstellungen von ihrer Arbeit, jedoch mit einer gewissen Neigung, sinnlose und bombastische Reden zu halten.

Die Sicherheitspolizei des Landes trat nicht öffentlich auf, was ja zu verstehen war, schien aber ganz allgemein belächelt zu werden, konnte jedoch kaum so untauglich sein, wie behauptet wurde.

Die Sicherheitspolizei schien aber nur für einen Teil der Maßnahmen in Zusammenhang mit dem Besuch des Senators verantwortlich gewesen zu sein, vor allem den aus der Sicht der Polizei am meisten mißglückten Abschnitt. Aber der Rest der Planung war geschickt angelegt und durchgeführt worden; Heydt war der erste, der das zugab. Jemand hatte ihn hereingelegt.

Wer?

Konnte es derselbe sein, der Kaiten eine Tracht Prügel verpaßt und ihn hinter Schloß und Riegel gebracht hatte?

Lag irgendwo in dieser verdammten Stadt ein anderer auf dem Bett und überlegte?

Jemand, der so interessiert an Reinhard Heydt war, daß er ihm gefährlich werden konnte?

Es schien beinahe so.

Reinhard Heydt drehte sich auf den Bauch und breitete eine Skandinavienkarte vor sich aus.

Bald wollte er das Land verlassen, und er hatte sich bereits vor längerer Zeit entschlossen, wohin er sich zunächst begeben wollte.

Nach Kopenhagen. Dort befanden sich bereits mehrere andere Sympathisanten.

Aber wie sollte er dorthin kommen?

Es gab eine Vielzahl von Möglichkeiten. Einige hatte er bereits seit langem als nicht praktikabel gestrichen. Zum Beispiel die Linienmaschinen, die nur allzuleicht kontrolliert werden konnten. Ebenso Levallois' Methode. Die war für ihn sicher gut gewesen, er hatte fünf Jahre darauf verwandt, die nötigen Kontakte aufzubauen. Heydt hatte solche Kontakte nicht. Das Risiko, daß er ganz einfach verraten wurde, war sehr groß.

Sich nach Finnland abzusetzen war auch nicht das richtige. Einerseits wurden die Verbindungen sorgfältig kontrolliert, andererseits wurde behauptet, daß die finnische Polizei gefährlicher war als ihre Kollegen in allen übrigen skandinavischen Ländern. Nein, da blieben nur wenige Wege, aber die waren vielversprechend.

Am liebsten wäre er per Bahn oder Wagen nach Oslo gefahren und von dort mit einem dänischen Passagierschiff nach Kopenhagen. Das würde ein standesgemäß befriedigender Rückzug sein, den er in einer schönen Kabine und eleganten Salons verbringen konnte.

Aber war dieser Weg auch der sicherste? Manchmal war Heydt davon überzeugt, manchmal schien ihm dann wieder die Fährverbindung von Helsingborg nach Helsingør ratsamer zu sein. Kurz vor Weihnachten war diese Linie bestimmt total überlastet.

Das galt in noch höherem Maße für die Tragflügelboote zwischen Malmö und Kopenhagen, wo es nicht erst Weihnachten werden mußte, damit ein Chaos entstand.

Es gab andere Wege, zum Beispiel die Fähren und kleinen Boote von Landskrona nach Tuborg und Kopenhagen. Außerdem existierten andere Möglichkeiten, wie die Autofähren von Helsingborg, Malmö und Trelleborg in die Bundesrepublik, ebenso ausgezeichnete Eisenbahnfähren von Trelleborg in die DDR und von Ystad nach Swinemünde, das jetzt in Polen lag und einen irgendwie komischen Namen erhalten hatte. Swinouscie oder etwas in der Art.

Aber die Paßkontrolle in Polen und der DDR war sorgfältig, und im übrigen hatte er nichts in Deutschland zu suchen. Nein, es mußten das große Passagierschiff zwischen Oslo und Dänemark, die Helsingørfähren oder die zwischen Malmö und Kopenhagen hin und her pendelnden Tragflügelboote sein. Wenn der Weihnachtsverkehr am dichtesten war.

Er hatte sich bereits einen Luxuskabinenplatz auf der *Kong Olaf V.* besorgt.

Aber er hatte sich noch nicht entschlossen.

Er studierte die Landkarte und reckte sich, daß es in den Gelenken knackte.

Reinhard Heydt war ein stattlicher Mann, blond und 1,95 groß. Er beherrschte seinen Körper vollkommen, und sein psychischer Zustand war nicht zu erschüttern. Er dachte einen Moment an Kaiten und Kamikaze, aber ohne sich Sorgen um sie zu machen. Keine Brutalität oder Folter seitens der Polizei würde sie dazu bringen, etwas zu verraten.

Dagegen hatte er das sichere Gefühl, daß es irgendwo in dieser grauen vom Wind gepeitschten Stadt jemanden gab, der vielleicht gerade jetzt dabei war, zu versuchen, herauszufinden, wo Heydt sich befand und was er vorhatte.

Vielleicht war es trotz allem keine schlechte Idee, sich diesen Martin Beck vom Hals zu schaffen? Ein Polizeikorps kann es sich selten leisten, den einzigen kühlen Kopf, über den es verfügt, zu verlieren.

Heydt hatte ein Gewehr mit Nachtzielfernrohr für weite Entfernungen. Er hatte es vor einigen Tagen zusammengesetzt, und es stand nun schußbereit und gereinigt draußen im Schrank.

Martin Beck?

Ja, das war eine Überlegung.

Aber war es wirklich Martin Beck, der Kaiten und Kamikaze überwältigt hatte, und nun versuchte, ihm selbst eine Falle zu stellen?

Daran zweifelte er.

Trotzdem war es vielleicht kein schlechter Gedanke, sich Martin Becks für immer zu entledigen. Wenn der nun derjenige war, der solche eventuellen Pläne schmiedete?

Nackt trat Heydt an den Schrank, hob das Gewehr heraus, nahm es auseinander und kontrollierte die Teile, Stück für Stück.

Alles war so, wie es sein sollte. In bester Form. Er begann das Gewehr wieder zusammenzusetzen. Abschließend holte er eine Handvoll Patronen aus dem doppelten Boden seines Reisekoffers, lud die Waffe und legte sie unter das Bett.

Reinhard Heydt hatte recht, auch wenn sein unsichtbarer Gegner weiter entfernt war, als er ahnte.

Auch wenn man in Großstädten Entfernungen nicht so spürt, ist es ein weiter Weg von Huvudsta im Nordosten bis zu dem trostlosen Vorort Bollmora, der ein gutes Stück weiter südlich davon liegt.

Dort wohnte Gunvald Larsson. Er hatte im Selbstbedienungsladen einige Lebensmittel eingekauft, wo alle Kunden so kurz vor Weihnachten mehr oder weniger neurotisch reagierten. Nicht mal ihm selbst glückte es, sich den Kopf freizuhalten. Als die Hintergrundmusik die Kunden zu neuen Impulskäufen verführen wollte und zum fünftenmal innerhalb kurzer Zeit die gleiche einfältige Übersetzung von *Rudolph the Rednosed Reindeer* spielte, kaufte Gunvald Larsson aus lauter Zerstreutheit die falsche Käsesorte, nämlich schwedischen Camembert statt dänischen Brie, und zu allem Überfluß auch noch den falschen Tee, Earl Greys Gunpowder statt Twinings Lapsang Souchong, bevor er sich durch die Schlange vor der Kasse kämpfte und das Geschäft verließ, müde und gereizt.

Jetzt wurde es spät. Nach dem Essen hatte er lange in der Badewanne gelegen und verschiedene Möglichkeiten durchdacht. Dann hatte er sich abfrottiert, einen sauberen weißen Seidenschlafanzug, Pantoffeln und den Morgenrock angezogen, seine große Skandinavienkarte entfaltet und sie auf dem Fußboden ausgebreitet.

Er lag im Bett auf dem Bauch und schob die Kissen mehrfach hin und her, denn der Kampf mit Kaiten hatte doch einige schmerzhafte blaue Flecke nach geheimnisvollen Schlägen gegen den Brustkorb und die Oberschenkel hinterlassen. Danach richtete er seine ganze Aufmerksamkeit auf die Landkarte.

Es hatte eine Zeit gegeben, tatsächlich einen Zeitraum von mehreren Jahren, in dem Gunvald Larsson niemals Arbeit mit nach Hause genommen hatte, und es war ihm sogar oftmals geglückt, in dem Moment, in dem er seine Wohnung betrat, zu vergessen, daß er Polizeibeamter war. Aber diese Zeiten waren vorbei.

Gerade jetzt dachte er so gut wie ausschließlich an Reinhard Heydt.

Es war so weit gekommen, daß er sich beinahe vorstellen konnte, Heydt zu kennen, auf die gleiche Art und Weise, wie man einen unangenehmen Kollegen oder einen ehemaligen Schulkameraden kennt.

Gunvald Larsson war davon überzeugt, daß Heydt sich noch im Lande aufhielt, er war auch beinahe sicher, daß der Mann die verrückte Hetzjagd vor Weihnachten ausnützen würde, um zu versuchen, sich davonzumachen.

Gunvald Larsson hatte eine Menge blauer und eine kleinere Anzahl roter Pfeile auf der Karte eingezeichnet.

Die roten Markierungen bezeichneten die Fluchtwege, die er als wahrscheinlich, da schwer zu überwachen, einstufte, während die blauen die anspruchsvolleren und spitzfindigen Möglichkeiten kennzeichneten.

Die größere Zahl der blauen Pfeile wies nach Osten, die meisten nach Finnland, einige wenige in die Sowjetunion und einige nach Süden, nach Polen, in die DDR und in die Bundesrepublik.

Links zeigten blaue Pfeile von Göteborg nach Tilbury Docks in der Themsemündung, nach Immingham und nach Fredrikshavn auf Jütland sowie von Varberg nach Grenå.

Rund um alle internationalen Flugplätze, Gott sei Dank gab es nicht so viele davon, waren breite blaue Ringe gezeichnet. Flugplätze sind leicht zu bewachen, und nach der Welle der Entführungen in den letzten Jahren gab es dort bereits brauchbare Kontrollmöglichkeiten, die nur wieder ein wenig auf Trab gebracht werden mußten.

Die wirklich heißen Linien waren woanders. Rote Pfeile folgten den Hauptstraßen nach Südnorwegen, vor allem der E 18 und der E 6, ebenso den Eisenbahnlinien nach der norwegischen Hauptstadt. Von Oslo aus hatte Gunvald Larsson auch den Seeweg nach Kopenhagen mit einer breiten roten Linie versehen, die er lange und nachdenklich anblickte.

Dann senkte er seinen Blick nach Südschweden. Die breite rote Linie von Helsingborg nach Helsingør bezeichnete sowohl die dänischen Eisenbahnfähren wie auch die schwedischen Autofähren und die kleineren Passagierboote, die diese Linie befuhren. Die Zahl der Abfahrten ist an dieser Stelle die höchste in ganz Schweden. Normalerweise geht alle 15 Minuten eine Fähre, und häufig sind die Abstände noch kürzer.

Landskrona hat zwei verschiedene Linien in die dänische Hauptstadt, die Autofähre nach Tuborg und kleinere Boote im Passagierverkehr in den inneren Hafen.

Aber zwischen den Abfahrten liegen größere Pausen und nicht einmal in der Hochkonjunktur des Weihnachtsgeschäftes fahren mehr Menschen mit diesen Linien, als ordnungsgemäß kontrolliert werden können.

Er hatte sich hier auch mit blauen Pfeilen begnügt.

In Malmö war die Lage völlig anders. Der Turn nach Kopenhagen wurde von einer Eisenbahnfähre in den Freihafen, zwei Reedereien mit mittelgroßen Passagierfahrzeugen, die den inneren Hafenkanal der dänischen Hauptstadt direkt anliefen, sowie den famosen Tragflügelbooten bedient, die an schwierigen Tagen, zum Beispiel vor großen Feiertagen, die doppelte Zahl von Touren fahren und ohne besonderen Fahrplan hin- und herpendeln. Dazu kommen dann noch die Autofähren von Limhamn nach Dragør auf Amager, eine Linie, auf der zum Beispiel an den Tagen vor Weihnachten nicht weniger als fünf Schiffe fahren.

Gunvald Larsson streckte sich und überlegte einmal andersherum.

Wenn er selbst in Heydts Situation wäre, würde er nur wenige Minuten zögern. Er würde mit dem Auto oder noch besser mit der Bahn nach Oslo fahren und dann weiter mit dem Schiff nach Kopenhagen. Ihn dort noch festzuhalten war Sache der dänischen Polizei und dazu beinahe unmöglich. Befand er sich erst mal in Kopenhagen, stand die Welt ihm im großen und ganzen offen.

Aber Heydt dachte anders, und außerdem war er niemals Seemann gewesen.

Daher würde er wohl versuchen im schlimmsten Gedränge unterzutauchen, und das gab es in Helsingborg oder Malmö.

Gunvald Larsson stand auf und faltete die Karte zusammen.

Die Bewachung müßte an drei Punkten konzentriert werden. Die Wege nach Oslo sowie die Häfen in Malmö und Helsingborg.

Am nächsten Morgen sagte Gunvald Larsson zu Martin Beck:

«Ich habe die ganze Nacht über wachgelegen und auf die Karte geglotzt.»

«Ich auch.»

«Und zu welchem Resultat bist du gekommen?»

«Sollten wir nicht hineingehen und Melander fragen», schlug Martin Beck vor.

Sie gingen ins angrenzende Zimmer, wo Fredrik Melander versuchte, Zug in seine Pfeife zu bekommen.

«Hast du wach gelegen und die ganze Nacht auf die Karte gestiert?» fragte Gunvald Larsson.

Das war eine dumme Frage, denn alle wußten, daß Melander niemals nachts wach lag. Er hatte Wichtigeres zu tun, nämlich zu schlafen.

«Nein», antwortete Melander, «das habe ich nicht getan. Aber ich habe heute morgen mal draufgeguckt, während Saga das Frühstück zubereitete. Und eine Weile danach.»

«Und zu welchem Schluß bist du gekommen?»

«Oslo, Helsingborg oder Malmö.»

«Mmm», brummte Gunvald Larsson.

Sie ließen Melander wieder mit seiner Pfeife allein und gingen zurück in das Zimmer, das Martin Beck immer noch als provisorisches Büro zur Verfügung stand.

«Stimmt das mit deinen Überlegungen überein?»

«Genau», bestätigte Gunvald Larsson, «und mit deinen?»

«Ebenfalls.»

Sie schwiegen eine Weile. Martin Beck stand auf seinem alten Lieblingsplatz am Schrank und massierte sich mit Zeigefinger und Daumen der rechten Hand die Nasenwurzel. Gunvald Larsson stand in der Nähe des Fensters.

Martin Beck nieste.

«Gesundheit.»
«Danke. Du glaubst, Heydt ist noch hier?»
«Ich bin sicher.»
«Sicher? Das sind große Worte.»
«Vielleicht», gab Gunvald Larsson zu, «aber ich bin davon überzeugt. Er ist hier irgendwo, und wir können ihn nicht finden. Nicht mal seinen verdammten Wagen. Was glaubst du selbst denn?»
Martin Beck ließ sich mit der Antwort Zeit.
«O. k. Ich glaube auch, daß er noch hier ist. Aber ich bin nicht sicher.» Er schüttelte den Kopf.
Gunvald Larsson schwieg. Er starrte düster auf das beinahe fertige riesige Gebäude gegenüber.
Martin Beck fragte: «Du willst Reinhard Heydt verdammt gerne treffen, nicht?»
Gunvald Larsson blickte ihn an. «Wie kannst du das wissen?»
«Wie lange kennen wir uns schon?»
«Zehn, zwölf Jahre, vielleicht noch länger.»
«Eben. Da hast du die Antwort.»
Neues Schweigen, lange.
«Du denkst oft an Heydt?» wollte Martin Beck wissen.
«Immer. Es sei denn, ich schlafe.»
«Aber du kannst nicht an drei Stellen gleichzeitig sein.»
«Kaum.»
«Es ist nur recht und billig, daß du die Wahl hast. Wo rechnest du mit den besten Chancen?»
«Oslo. Die haben eine geheimnisvolle Buchung für die Überfahrt nach Kopenhagen, am Abend des 22.»
«Welches Schiff?»
«*Kong Olaf V.* Eine der Luxuskabinen.»
«Nicht schlecht. Was ist das für eine Buchung?»
«Ein Engländer. Roger Blackman.»
«Norwegen ist das ganze Jahr von englischen Touristen überlaufen.»
«Stimmt. Aber die nehmen selten diesen Weg. Und dieser Blackman kann nicht gefunden werden. Jedenfalls hat die norwegische Polizei keinerlei Hinweis, wo er sich aufhalten könnte.»
«Du wählst also die norwegische Grenze?»
«Ja. Und du selbst?»
Martin Beck überlegte, dann entschied er: «Ich nehme Benny Skacke mit und fahre nach Malmö.»
«Skacke? Warum nicht lieber Einar?»
«Benny ist besser, als du glaubst. Außerdem kennt er Malmö. Und es gibt dort einige andere gute Leute.»
«Tatsächlich?»
«Per Månsson ist tüchtig. Zum Beispiel.»

Gunvald Larsson grunzte. Wie er es öfter tat, wenn er weder ja noch nein sagen wollte.

«Das bedeutet, daß Einar und Melander sich auf den Weg nach Helsingborg machen müssen. Helsingborg ist scheißschwierig.»

«Da hast du recht», bestätigte Martin Beck. «Darum müssen sie kräftig unterstützt werden. Das müssen wir veranlassen. Willst du Strömgren mit nach Norwegen nehmen?»

Gunvald Larsson blickte störrisch aus dem Fenster und antwortete:

«Ich würde mit Strömgren nicht mal zusammen pissen gehen. Nicht mal, wenn wir uns allein auf einer einsamen Insel befinden würden. Und das habe ich ihm auch gesagt.»

«Deine Popularität läßt sich leicht erklären.»

«Stimmt's denn etwa nicht?»

Martin Beck sah Gunvald Larsson an, und ihm schoß der Gedanke durch den Kopf, daß es 5 Jahre gedauert hatte, bis er es mit ihm zusammen ausgehalten hatte, und ebenso lange, bis er ihn einigermaßen verstehen konnte.

Nach weiteren 5 Jahren würden sie vielleicht befreundet sein.

«Welches sind die kritischen Tage?»

«Der 20. bis einschließlich 23.»

«Das heißt Freitag, Sonnabend, Sonntag und Montag?»

«Nehme ich an.»

«Warum nicht am Heiligabend?»

«Ja, warum eigentlich nicht am Heiligabend?»

«Wir müssen mit bestimmten Fristen rechnen», sagte Martin Beck. «Volle Bereitschaft . . .»

«Es ist bereits volle Bereitschaft.»

«Volle Bereitschaft der gesamten Ordnungspolizei und ab morgen abend auch wir fünf. Und dann weiter über die ganzen Feiertage, wenn vorher nichts passiert.»

«Er macht sich Sonntag auf den Weg», behauptete Gunvald Larsson.

«Das sagst du, ja. Aber wie denkt Heydt?»

Gunvald Larsson hob die Arme, legte seine großen behaarten Hände auf die Fensterbank und starrte weiter hinaus in das elende Grau.

«Auf irgendeine verdammte Art ist es genauso, als ob ich Heydt kenne. Ich glaube, ich weiß, wie er denkt.»

«Aha!» sagte Martin Beck, wenig beeindruckt.

Dann dachte er an etwas anderes.

«Denk mal, wie sich Melander freuen wird, wenn er da am Fährbecken stehen und frieren muß. In Helsingborg, am Heiligabend.»

Fredrik Melander war auf eigenen Wunsch erst von der Riksmordkommission und dann vom Dezernat für Gewaltverbrechen wegversetzt worden, gerade weil er verhindern wollte, über die normalen Dienststunden hinaus arbeiten zu müssen. Obwohl er geizig war und die Versetzungen ihn sowohl Aufstockungen seines Gehalts als auch die Aussicht auf Beförderungen gekostet hatten.

«Damit wird er sich wohl abfinden müssen», meinte Gunvald Larsson.

Martin Beck sagte nichts.

«Du, Beck», fuhr Gunvald Larsson fort, ohne den Kopf zu wenden.

«Ja?»

«Ich an deiner Stelle würde ein bißchen vorsichtig sein, besonders heute und morgen.»

Martin Beck sah ihn überrascht an. «Was meinst du damit? Soll ich Angst haben? Vor Heydt?»

«Ja.»

«Warum?»

«Dein Name ist in der letzten Zeit sehr oft in den Zeitungen, im Radio und im Fernsehen genannt worden. Heydt ist es nicht gewöhnt, übers Ohr gehauen zu werden. Außerdem muß ihm daran gelegen sein, unsere Aufmerksamkeit zu fesseln. Hier. In Stockholm.»

«Dummes Gerede», brummte Martin Beck.

Er verließ das Zimmer. Gunvald Larsson seufzte tief und starrte weiter mit seinen porzellanblauen Augen hinaus, ohne etwas zu sehen.

29

Reinhard Heydt stand vor dem Badezimmerspiegel. Er hatte sich gerade rasiert. Jetzt kämmte er die Koteletten. Einen Moment hatte er überlegt, ob er sie vielleicht wegrasieren sollte, hatte sich aber den Gedanken gleich wieder aus dem Kopf geschlagen. Die Idee war früher schon einmal diskutiert worden, in anderem Zusammenhang. Seine Vorgesetzten hatten das vorgeschlagen, ihm beinahe den Befehl erteilt. Er studierte sein Gesicht im Spiegel. Die Sonnenbräune verblich von Tag zu Tag ein wenig mehr. Aber an seinem Aussehen war nichts auszusetzen. Er selbst war stets damit zufrieden gewesen, und niemand anders hatte jemals etwas dagegen einzuwenden gehabt. Das hätte gerade noch gefehlt.

Aus dem Badezimmer ging er in die Küche, wo er vorhin gegessen hatte, dann weiter ins Schlafzimmer und in den großen Raum, der ihm und Levallois vor beinahe einem Monat als Operationszentrale gedient hatte. Jetzt war es darin ziemlich leer.

Da er nicht ausging, wußte er nicht, was in den Zeitungen stand. Aber er bekam recht ausführliche Informationen durch das Radio und aus dem Fernsehen. Trotzdem gab es dunkle Punkte.

Wie um Gottes willen war es diesem Martin Beck gelungen, Kaiten zu überwältigen?

Daß jemand Kamikaze überrumpeln und festnehmen konnte, war

erklärlich. Kamikaze war zwar ebenso wie die anderen für kritische Situationen trainiert worden und hatte alle Prüfungen bestanden, aber Heydt selbst hatte ihn stets als eines der schwächeren Mitglieder der Gruppe angesehen.

Kaiten jedoch?

Kaiten hatte Hunderte von Menschen auf die unterschiedlichste Weise getötet. Selbst unbewaffnet war er sehr viel gefährlicher als die Mehrzahl aller Polizisten oder Soldaten mit Schußwaffen. Denn Kaiten tötete mit den Händen ebensoleicht, wie normale Menschen ein Ei aufschlagen. Ein Stoß von ihm reichte oftmals aus, um ein Lebenslicht verlöschen zu lassen.

Das Fernsehen und das Radio hatten mit großer Aufmerksamkeit die Festnahme und den Termin vor dem Untersuchungsrichter verfolgt. Man war immer wieder auf diesen Fall zurückgekommen und tat das auch jetzt noch.

Es schien nun klar, daß dieser Olsson allerhöchstens der Planer und Administrator war. Der, der wirklich gefährlich war, mußte also der häufig erwähnte Polizeibeamte Martin Beck sein. Offenbar war er es auch, der Heydt bei dem Attentat im Vormonat hereingelegt hatte. Solche Polizeibeamten waren selten. Daß es sie in einem Land wie Schweden überhaupt gab, schien unbegreiflich.

Heydt durchmaß mit langen Schritten Zimmer für Zimmer der nicht allzu geräumigen Wohnung. Er war barfuß und trug lediglich ein weißes Unterhemd und kurze weiße Unterhosen. Viel hatte er an Kleidung nicht mit, und da er es sehr genau mit der Reinlichkeit nahm, wusch er seine Unterwäsche jeden Abend im Badezimmer aus.

Reinhard Heydt hatte zwei Probleme, die sofort gelöst werden mußten, aber er hatte sich immer noch nicht entschlossen. Schon vor längerer Zeit hatte er festgelegt, daß dieser Tag, Donnerstag, der 19. Dezember, seine letzte Chance war, sich zu entscheiden.

Die eine Frage betraf den Fluchtweg aus dem Land. Er wußte genau, wann er sich auf den Weg machen wollte. Dagegen zögerte er immer noch bei der Frage nach dem Reiseweg. Aber heute wollte er sich entscheiden. Wahrscheinlich würde es über Oslo und Kopenhagen gehen, wie er es sich von Anfang an vorgestellt hatte, aber die anderen Möglichkeiten waren immer noch offen.

Die zweite Frage war noch heikler; sie hatte sich überhaupt erst gestellt, nachdem Kaiten und Kamikaze festgenommen worden waren.

Sollte er Beck liquidieren?

Was würde das für Vorteile bringen?

Reinhard Heydt war Realist, und Worte wie Rache oder Vergeltung waren ihm völlig fremd. All sein Handeln wurde von praktischen Überlegungen diktiert. Gefühle wie Erniedrigung, Erregung oder Angst kannte er nicht.

Im Trainingslager hatte er gelernt, eigene Beschlüsse zu fassen, sie genau abzuwägen und ohne Zögern in die Tat umzusetzen.

Er hatte auch gelernt, daß mindestens die Hälfte der Arbeit aus sorgfältiger Planung bestand.

Immer noch ohne einen Beschluß gefaßt zu haben, holte er den ersten Teil des Telefonbuches aus dem Regal im Flur. Setzte sich aufs Bett und blätterte, bis er die richtige Seite gefunden hatte. So leicht war das. Er las:

Beck, Martin, Krim. Kommissar, Köpmangatan 8, 22 80 43.

Dann holte er die Rolle mit den Blaupausen des Stadtplanes aus dem Fach im Schrank.

Er hatte ein gutes Gedächtnis und wußte ungefähr, wo Köpmangatan lag, ganz in der Nähe des königlichen Schlosses, und er erinnerte sich auch daran, daß er ebendiese Straße vor anderthalb Monaten entlanggegangen war. Der Stadtplan hatte einen sehr kleinen Maßstab, und er fand sofort das richtige Haus. Es lag an einer Art Durchgang, nicht direkt an der Straße, und die Bauten, die das Haus umgaben, sahen vielversprechend aus.

Er breitete die betreffende Blaupause auf dem Fußboden aus. Dann beugte er sich hinunter und nahm das Gewehr, das unter dem Bett lag, heraus. Ebenso wie alles andere Material der ULAG war die Waffe erstklassig. Sie war in England hergestellt und hatte ein Nachtzielfernrohr, das einem guten Schützen die Möglichkeit gab, unter praktisch allen Lichtverhältnissen zum Schuß zu kommen.

Heydt holte den Diplomatenkoffer aus dem Schrank, zerlegte die Waffe und packte sie ein. Dann setzte er sich aufs Bett und dachte nach.

Wenn er Martin Beck ausschaltete, waren gleichzeitig zwei Dinge damit erreicht. Zum einen würde er der Polizei einen ihrer besten und gefährlichsten Männer nehmen und zum anderen ihre Aufmerksamkeit auf Stockholm richten.

Allerdings gab es auch einige Nachteile: Erstens konnte man mit einem riesigen umfassenden Polizeiaufgebot rechnen und zweitens mit noch gründlicheren Kontrollen und Sperren an allen Grenzübergängen. Beides setzte aber voraus, daß die Liquidierung Becks beinahe sofort entdeckt wurde.

Wenn Kriminalkommissar Martin Beck überhaupt umgebracht werden sollte, so mußte das in seiner Wohnung geschehen. In einem frühzeitigen Stadium seiner Planung hatte Heydt sich darüber informiert, daß Beck von seiner Frau geschieden war und allein lebte.

Es war eine schwere Entscheidung.

Heydt blickte auf seine Armbanduhr. Noch hatte er einige Stunden Zeit, ehe der endgültige Entschluß in den beiden Fragen gefaßt werden mußte.

Dann fragte er sich, ob die Polizei wirklich so nachlässig war, daß sie das Auto immer noch nicht gefunden hatte. Unmittelbar nachdem Levallois mit der schlimmen Nachricht von dem Bild und der Personenbeschreibung gekommen war, hatte Heydt ihn angewiesen, den grünen Opel nach Göteborg zu fahren und am Liegeplatz der London-Schiffe im Skandiahafen abzustellen. Dann hatte der Franzose auftragsgemäß und völlig legal einen beigefarbenen VW, zugelassen und fahrbereit, gekauft. Dieses wenig Aufsehen erregende Fahrzeug stand seit einiger Zeit in der Nähe der Huvudsta-Allee geparkt.

Er dachte einige Sekunden darüber nach und kam zu dem Schluß, daß es sich dabei nicht um eine Falle handeln konnte. Dann begann er wieder seine einsame Wanderung durch die Räume, mit langen Schritten, gleitend und so gut wie völlig lautlos.

Eigentlich war es merkwürdig, daß ein so großer Mann sich so leise bewegen konnte. Auf der Badezimmerwaage hatte er kürzlich festgestellt, daß ihm nur noch wenige 100 Gramm bis zur 100-Kilo-Marke fehlten.

Aber Kaiten hatte 120 gewogen und nicht eine Unze überflüssiges Fett am Körper gehabt.

Am Morgen des gleichen Tages hatte Martin Beck Benny Skacke auf den Weg nach Malmö geschickt. Skacke wollte mit dem Wagen fahren, um Kilometergeld zu verdienen, aber Martin Beck fühlte sich auf langen Autofahrten nicht wohl und hatte sich entschlossen, den letzten Nachtzug zu nehmen. Das war ein klein wenig egoistisch von ihm, denn wenn auch das Weihnachtsfest flötenging, so hatte er auf diese Weise wenigstens einen halben Abend mit Rhea. Wenn sie zu ihm kam. Das wußte er nie genau.

Rönn und Melander waren mit der Bahn nach Helsingborg gefahren, mit so düsteren Mienen, wie er es nie zuvor bei ihnen beobachtet hatte.

Gunvald Larsson, der gern mit dem Wagen fuhr, hatte sich sehr zeitig mit seinem komischen ostdeutschen Luxuswagen vom Typ Eisenacher Motorenwerke auf den Weg zur norwegischen Grenze gemacht. Die Marke war tatsächlich EMW, aber beinahe alle Leute glaubten, es handele sich um einen Schreibfehler und müsse BMW heißen.

Wenn Rönn und Melander stinksauer gewesen waren, so schienen im Gegensatz zu ihnen Gunvald Larsson sehr erwartungsvoll und Skacke direkt fröhlich losgefahren zu sein. Benny Skacke war stets auf der Jagd nach Erfolgen, und hier schien etwas Derartiges in Reichweite zu sein.

Martin Beck konnte Rhea nicht erreichen, hinterließ aber eine kurze Nachricht in der Telefonzentrale der Sozialverwaltung. Dann wollte er nach Hause gehen, aber bevor er noch seinen Mantel angezogen hatte, klingelte das Telefon. Unschlüssig zwischen Pflichtgefühl und mehr menschlichen Regungen ging er zum Schreibtisch zurück und hob den Hörer ab.

«Beck.»

«Hammargren», meldete sich jemand im Dialekt der Göteborger.

Der Name sagte Martin Beck überhaupt nichts, aber höchstwahrscheinlich war der Mann von der Polizei.

«Ja, was gibt's?»

«Wir haben den Wagen gefunden, nach dem ihr sucht. Einen grünen Opel Rekord mit falschem Kennzeichen.»

«Wo denn?»

«Im Skandiahafen hier in Göteborg. Wo die *Saga* anlegt, Lloyds Schiff nach London. Der hat da sicher einige Wochen gestanden, bis jemand reagiert hat.»

«Und?»

«Tja, es gibt keine Fingerabdrücke. Wahrscheinlich abgewischt. Alle Papiere im Handschuhfach.»

Martin Beck kam sich ziemlich trübselig vor, aber seine Stimme klang wie gewöhnlich, als er fragte:

«Ist das alles?»

«Nicht ganz. Wir haben die Besatzung der *Saga* befragt, angefangen bei Einar Norrman, dem Kapitän, und sind dann weiter zu den Dienstgraden gegangen. Danach haben wir uns den Intendenten, Harkild, vorgenommen und sind das ganze Bedienungspersonal, besonders die Stewards und Kellner und Kabinenkellner, durchgegangen. Aber keiner konnte sich an diesen Typ, diesen Heydt, erinnern.»

«Intendent? Heißt das nicht mehr Purser?»

«Na ja, dies ist ja nun nicht die *Suecia* oder die *Britannia*. Heutzutage heißt der Purser Intendent, und den Steward im Speisesaal nennt man Ober. Bald sagt man wohl Wand statt Schott und links statt Backbord. Dann . . .»

«Ja?»

«Ich wollte sagen, bald kann man ja auf die Schiffsreise pfeifen und lieber fliegen. Einar Norrman sagte übrigens, daß er im letzten halben Jahr nicht mal mehr die Mütze aufgehabt hätte. Bald werden die Schiffsführer wohl aus Mangel an frischer Luft abkratzen.»

Martin Beck teilte die Meinung des Göteborger Kollegen , aber jetzt galt es, das Gespräch wieder auf den Kernpunkt zurückzuführen.

«Und was ist mit Heydt?»

«Nichts. Ich glaube nicht, daß er an Bord war. So wie der aussieht, müßte sich jemand an ihn erinnert haben. Aber das Auto stand da draußen auf Hisingen.»

«Und die technische Untersuchung?»

«Auch da nichts. Absolut nichts.»

«O. k., vielen Dank, daß du angerufen hast. Hej.»

Martin Beck massierte energisch seinen Haaransatz. Hier gab es mehrere Möglichkeiten. Das Auto konnte eine falsche Spur sein. Aber eher noch deutete es darauf hin, daß Heydt das Land mit einem kleineren und nicht so ins Auge fallenden Schiff, wie es die *Saga* war, verlassen hatte. Göteborg hat einen großen Hafen; täglich verlassen ihn viele Schiffe. Ein Teil davon nimmt Passagiere mit und hat die Genehmigung dafür. Mindestens ebenso viele, besonders unter den kleineren Booten, befördern Reisende, die unerkannt bleiben wollen und die Mittel haben, um dafür zu bezahlen.

Was bedeutete diese Information?

Es war gut möglich, daß Heydt das Land bereits vor mehreren Wochen verlassen hatte und längst außer Reichweite war.

Er blickte auf die Uhr. Es war noch zu früh, er konnte die ausgeschickten Mitarbeiter nicht erreichen. Vielleicht war es auch falsch, sie zurückzurufen. Das grüne Auto konnte eine absichtlich gelegte falsche Spur sein. Es war bedauerlich, daß der Mann in Göteborg nicht wußte, ob der Wagen sich schon vor dem Attentat dort befunden hatte. Dann hätte er gewußt, wie er entscheiden sollte.

Jetzt war alles zusammen nur ein großes Fragezeichen.

Martin Beck knallte die Tür des von ihm vorübergehend benutzten Büros zu und ging nach Hause. Trotz allem war es das beste, sich an das Schema zu halten.

Der Zug sollte erst kurz vor Mitternacht vom Stockholmer Hauptbahnhof abgehen. Er hatte immer noch Zeit genug.

Der Dachfirst war von einer Eisschicht überzogen, obwohl es nicht besonders kalt war.

Reinhard Heydt lag ohne sich zu rühren auf dem Teerpappendach, und seine Körperwärme reichte aus, um das Eis unter seinem Körper und rund um ihn herum schnell wegschmelzen zu lassen.

Er trug einen schwarzen Rollkragenpullover, eine schwarze Wollmütze, die er weit über die Ohren und in die Stirn gezogen hatte, schwarze Manchesterhosen, schwarze Strümpfe und schwarze Schuhe mit Rohgummisohlen, die er selbst mit schwarzer Schuhcreme überzogen hatte. Außerdem hatte er dünne schwarze Handschuhe an.

Das Gewehr hatte einen schwarzen Lauf und einen dunkelbraunen Schaft; das einzige also, das ihn möglicherweise verraten konnte, war ein Reflex im Zielfernrohr, doch die Linse war getönt und extra gegen Lichtreflexe präpariert.

Sinn dieser Maßnahmen war selbstverständlich, daß er nicht gesehen werden wollte, und obwohl er sich selbst dessen nicht ganz sicher war, so würde eine Person mit normalem Sehvermögen ihn tatsächlich nicht einmal auf zwei Meter Entfernung entdeckt haben, vorausgesetzt, daß eine solche Person entgegen jeder Vermutung sich plötzlich auf dem Dach zeigen würde.

Er war ohne Schwierigkeiten hierhergekommen, durch eine Dachluke.

Sein VW stand auf Slottsbacken geparkt, auf dem Weg von dort hierher hatte er einen hellen Regenmantel angehabt. Der lag nun zusammen mit dem Diplomatenkoffer in einer Ecke des unordentlichen und schmutzigen Dachbodens unter ihm.

Er hatte einen ausgezeichneten Platz gewählt, von dem aus er alle Fenster von Martin Becks Wohnung überblicken konnte, da sie sämtlich nach Osten hinaus gingen.

Noch war es allerdings still und dunkel in der Wohnung.

Das Gewehr war für gezielte Schüsse in der Dunkelheit konstruiert, und sogar jetzt konnte er, obwohl alle Lampen gelöscht waren, Einzelheiten in den Zimmern erkennen. Hinter ihm bildete der ohrenbetäubende Lärm des Verkehrs auf Skeppsbron eine perfekte Geräuschkulisse. Das englische Gewehr war vergleichsweise leise, und ein einziger Schuß würde unfehlbar in dem Mißklang von Motoren, Vollbremsungen und knallenden Fehlzündungen untergehen.

Der Abstand zu den vier Fenstern betrug nicht mehr als 50 oder 60 Meter, und selbst wenn die Entfernung zehnmal so weit gewesen wäre, hatte er einen gezielten Schuß abgeben können.

Heydt lag nicht völlig regungslos. Er bewegte ein wenig die Finger und die Beine, damit sie nicht steif wurden. All das hatte er vor langer Zeit gelernt, beinahe still zu liegen, dabei aber mit den Muskeln ein wenig Gymnastik zu treiben, so daß sie ihn nicht im entscheidenden Augenblick im Stich ließen.

Hin und wieder kontrollierte er das Zielfernrohr, das wirklich ein technisches Wunderwerk war.

Er hatte etwa 50 Minuten auf dem Dach gewartet, als plötzlich das Licht im Fahrstuhlschacht anging und kurz danach in den hinteren vier Fenstern.

Reinhard Heydt preßte den Kolben an die Schulter und führte den Zeigefinger an den Abzugsbügel.

Ließ ihn den Abzug streicheln. Er kannte seine Waffe und wußte genau, wo der Druckpunkt lag.

Sein Plan war einfach. Er lief darauf hinaus, sofort zu handeln, diesen Martin Beck zu erschießen, sobald er sich zeigte und dann schnell, aber ohne Hast von seinem Platz zu verschwinden.

Eine Gestalt ging am ersten Fenster vorbei, danach am zweiten und blieb vor dem dritten stehen.

Wie alle guten Scharfschützen entspannte sich Heydt, fühlte, wie sein Körper sich mit einer behaglichen, beruhigenden Wärme füllte und das Gewehr irgendwie ein Teil seiner selbst wurde.

Der rechte Zeigefinger ruhte ohne zu zittern am Abzug. Seine physische und psychische Selbstbeherrschung war vollkommen.

Da stand ein Mensch mit dem Rücken zum dritten Fenster.

Aber es war die falsche Person.

Dies war eine Frau.

Sie war klein und hatte breite Schultern.

Blondes glattes Haar und einen kurzen Hals.

Sie trug einen gestrickten Pullover in fröhlichen Farben, einen knielangen Tweedrock und wahrscheinlich Strumpfhosen.

Plötzlich drehte sie sich um und blickte hinaus zum Himmel hinauf.

Reinhard Heydt hatte sie wiedererkannt, schon bevor er den glatten, blonden Pony und die forschenden hellblauen Augen sah.

Seit er sie das vorige Mal gesehen hatte, waren mehr als anderthalb Monate vergangen.

Damals hatte sie einen schwarzen Dufflecoat, ausgeblichene Blue jeans und rote Gummistiefel angehabt.

Er konnte sich auch ganz genau daran erinnern, wo er sie gesehen hatte. Zuerst hier draußen in Köpmangatan, dann in einer Gasse, deren Name er vergessen hatte, und gleich danach auf Slottsbacken.

Er hatte keine Ahnung, wer sie war, aber er erkannte sie sofort wieder, und wenn er einen Sinn dafür gehabt hätte, würde er sich gewundert haben, sie hier zu sehen. Statt dessen betrachtete er ihr Haar durch das Zielfernrohr und überlegte, daß sie die Haare doch wohl nicht gefärbt hatte, wie er es das erste Mal geglaubt hatte.

Ein Mann trat in das Blickfeld. Es war ein ziemlich großer Kerl mit breiter Stirn, gerader Nase, dünnem, breitem Mund und kräftiger Kinnpartie.

Heydt erkannte ihn sofort, er hatte ihn im Fernsehen gesehen. Dies war sein Feind Martin Beck, der Mann, der offenbar zuerst das Attentat in ein klägliches Fiasko verwandelt, dann Kaiten, den physisch gefährlichsten aller ULAG-Agenten, außer Gefecht gesetzt hatte, und der nun aus dem Weg geräumt werden mußte, um Heydts eigenen Rückzug aus dem Lande zu erleichtern.

Der Mann nahm die Frau in seine Arme, drehte sich herum und zog sie zu sich heran.

Er sah nicht besonders gefährlich aus, stellte Heydt fest und hob den Lauf des Gewehrs ein wenig, so daß das Fadenkreuz des Nachtzielfernrohres genau zwischen den Augen des Polizeibeamten lag.

Es wäre nicht schwierig gewesen, ihn in diesem Augenblick zu töten, aber dann mußte er auch die Frau umbringen, und das mußte sehr schnell gehen. Alles kam darauf an, wie schnell sie reagieren würde. Er hatte nicht viel von ihr gesehen, aber irgend etwas sagte ihm, daß sie reaktionsschnell war. Und wenn sie schnell genug war, würde es ihr gelingen, in Deckung zu gehen und Alarm zu schlagen, und von diesem Moment an würde seine Lage da oben auf dem Dach nicht sehr beneidenswert sein. Wenn genügend Polizisten in der Nähe waren, würde er durch die Dunkelheit und seine isolierte Position nicht mehr geschützt sein. Im Gegenteil, er würde sich in einer Todesfalle befinden, ohne Fluchtmöglichkeiten oder Rückzugswege.

Reinhard Heydt analysierte die Situation klar und schnell. Dann entschied er, daß er immer noch genügend Zeit hatte, und daß er abwarten und beobachten konnte, was weiter geschah.

Rhea Nielsen stellte sich auf die Zehenspitzen und biß Martin Beck spielerisch in die Wange.

«Ich habe zur Zeit feste Arbeitszeiten», sagte sie. «Und Vorgesetzte. Es sieht vielleicht ein bißchen sonderbar aus, wenn ich eine dreiviertel Stunde vor Büroschluß von einem Polizisten abgeholt werde.»

«Die besonderen Umstände rechtfertigen das. Und außerdem hatte ich keine Lust, allein nach Hause zu gehen.»

«Was für Umstände?»

«Ich muß heute abend verreisen.»

«Wohin?»

«Nach Malmö. Eigentlich hätte ich schon unterwegs sein müssen.»

«Und warum bist du das nicht?»

«Ich dachte, ich müßte erst noch eine Sache erledigen.»

«Was erledigen? Wo denn? Im Bett?»

«Zum Beispiel.»

Sie zogen sich vom Fenster zurück. Sie fingerte an einem seiner Schiffsmodelle, blinzelte ihn ahnungsvoll an und fragte:

«Wie lange bleibst du weg?»

«Weiß ich nicht genau. Es kann vier bis fünf Tage dauern.»

«Über Heiligabend also? Verdammt, ich habe es noch nicht mal geschafft, ein Weihnachtsgeschenk für dich zu kaufen.»

«Ich für dich auch nicht. Aber wahrscheinlich bin ich Heiligabend wieder zu Hause.»

«Wahrscheinlich? Sehe ich übrigens nicht gut aus heute? Rock, Bluse, Netzstrumpfhosen, richtige Schuhe, angeberischer BH und ebensolch ein Schlüpfer.»

Martin Beck lachte.

«Was grinst du? Über meine Weiblichkeit?»

«Dabei kommt es wohl kaum auf die Kleidung an.»

«Du bist lieb», sagte sie plötzlich.

«Findest du?»

«Ja, tatsächlich. Wenn ich jetzt deine Gedanken richtig lese, dann müssen wir sofort zum Bett stürzen und uns ausziehen.»

«Du liest meine Gedanken immer richtig.»

Sie schüttelte die Schuhe ab, die jeder in eine andere Richtung flogen. Dann bemerkte sie nüchtern:

«In solchen Fällen ist es am sichersten, wenn man vorher den Kühlschrank und den Vorratsschrank kontrolliert. Damit es nicht hinterher einen Hungeraufstand gibt.»

Sie ging in die Küche und blieb dort eine Weile. Martin Beck ging ans Fenster und blickte hinaus. Es war wirklich sternklar, ein meteorologisches Wunderwerk um diese Jahreszeit.

«Wo kommt der Hummer her?» rief sie.

«Aus Hötorgshallen.»

«Mit dem kann man viele schöne Sachen machen. Wie lange haben wir Zeit?»

«Das hängt davon ab, wie lange du in der Küche herummurkst. Im übrigen haben wir Zeit genug. Mehrere Stunden.»

«Die Sache ist klar. Ich komme. Hast du Wein?»

«Ja.»

«Gut.»

Rhea Nielsen zog sich auf dem Weg von der Küche ins Schlafzimmer aus. Sie begann damit, den Pullover auf den Fußboden der Küche zu werfen.

«Der kratzt», erklärte sie.

Als sie am Bett ankam, hatte sie nur noch den angeberischen BH an.

«Willst du mir den ausziehen?» forderte sie ihn mit parodistischer Koketterie auf.

«Das ist eine seltene Gelegenheit, denn sonst benutze ich nie einen BH. Nur heute mal.»

Sie zogen die Springrollos nicht herunter, denn normalerweise gab es keine Möglichkeiten, in die Fenster zu sehen.

Von seinem Platz auf dem Dach aus konnte Reinhard Heydt das Bett nicht sehen, aber er beobachtete, wie das Licht im Schlafzimmer gedämpft wurde, und war durchaus fähig, sich auszurechnen, was da drinnen vor sich ging.

Nach einer Weile wurde das Licht wieder angemacht, die Frau kam ans Fenster. Sie war nackt.

Durch das Zielfernrohr blickte er leidenschaftslos auf ihre linke Brust. Das Fadenkreuz lag auf ihrer großen, hellbraunen Brustwarze. Die Vergrößerung durch das Nachtglas war so stark, daß die Brustwarze das ganze Blickfeld ausfüllte. Er sah sogar, daß ihr ein etwa 20 Millimeter langes, blondes Haar direkt über der Brustwarze herauswuchs.

Er dachte, das sollte sie wegnehmen. Dann senkte er die Mündung des Gewehrs ein klein wenig. Das Fadenkreuz lag auf einem Punkt direkt unter ihrer linken Brust. Dem Herzen.

Reinhard Heydt zog den Abzug einen halben Millimeter zu sich heran und fühlte, wie er genau am Druckpunkt ruhte.

Wenn er den Abzug noch einen weiteren Viertelmillimeter durchzog, würde der Schuß losgehen, und das Geschoß traf sie genau ins Herz.

Mit der superschnellen Munition, die er benutzte, würde sie nach hinten quer durch das Zimmer geschleudert und tot sein, noch bevor ihr

Rücken gegen die gegenüberliegende Wand krachte. Unabhängig davon, in welchem Teil der Herzgegend der Einschuß lag.

Rhea Nielsen stand immer noch am Fenster.

«Was für ein Sternenhimmel! Warum mußt du nach Malmö? Ist es immer noch dieser hoffnungslose Kerl mit den Koteletten? Heydt?»

«Genau der.»

«Weißt du, was ich glaube, was er in diesem Augenblick tut? Sitzt auf Bali und angelt Goldfische mit einem Hula-Hula-Mädchen auf den Knien. Komm, wir machen den Hummer zurecht.»

50 Meter davon entfernt überlegte Reinhard Heydt, daß das Ganze uninteressant und sinnlos war. Er ließ sich durch die Dachluke zurückgleiten, nahm das Gewehr auseinander und stopfte es in den Diplomatenkoffer. Dann zog er sich seinen hellen Mantel an und ging.

Während er ohne Hast durch Bollhusgränd schlenderte, entschloß er sich, wie und wann er das Land verlassen wollte.

30

Seit Martin Beck und die Generation, zu der er gehörte, Kinder gewesen waren, hatte sich Weihnachten von einem schönen traditionellen Familienfest zu einer Sache entwickelt, die man nicht anders als einen ökonomischen Geniestreich oder als kommerziellen Wahnsinn bezeichnen konnte. Länger als einen Monat vor Heiligabend, der ja der große Tag war, hämmerte eine beinahe desperate Werbung für fast alle Konsumgüter auf die Nerven der Menschen ein, und die einzige Absicht war offenbar, den Leuten das Geld bis auf die letzte Münze aus der Tasche zu ziehen. Weihnachten war in vieler Beziehung das Fest der Kinder, aber nur allzu viele der Kleinen weinten vor Stress und Ermüdung bereits mehrere Wochen, bevor der gemietete (und nicht selten betrunkene) Weihnachtsmann endlich an die Tür klopfte.

Für viele Branchen im Geschäftsleben bedeutete Weihnachten alles. Der Buchhandel gehörte beispielsweise dazu. Der Autor, dem es nicht glückte, daß seine Bücher im Weihnachtsgeschäft verkauft wurden, konnte im großen und ganzen einpacken, denn am Nachmittag des Heiligabend war es so, als ob ein eiserner Vorhang vor den Verkaufstischen der Buchhandlungen heruntergelassen wurde. Gerade das war eigenartigerweise eine kleine schwedische Spezialität, denn schon im Nachbarland Dänemark wurden Bücher nach Qualität und zu jeder beliebigen Jahreszeit verkauft.

Außerdem schien es so, als ob die gesamte Bevölkerung von einem nervlich bedingten Bedürfnis erfaßt wurde, sich an einen anderen Ort zu begeben. Die Autoschlangen waren endlos, alle Charterflüge nach Gambia, Malta, Marokko, Tunis, Malaga, Israel, Kanada, den Kanarischen Inseln, an die Algarve, auf die Färöer Inseln, nach Capri, Rhodos und zu verschiedenen anderen, um diese Jahreszeit wenig lockenden Zielen waren ausgebucht, die grob vernachlässigte staatliche Eisenbahn mußte Unmengen von Extrazügen einsetzen, und offensichtlich unbequeme Busse donnerten durchs Land, zu den geheimnisvollsten Reisezielen wie Säffle, Borgholm und Hjo. Sogar die Fähre nach Djurgården und die Schiffe nach Visby waren vollbesetzt.

Martin Beck konnte in dem Nachtzug nach Malmö nicht schlafen, obwohl er in seiner Eigenschaft als hoher Beamter 1. Klasse fahren durfte, und das lag nicht nur daran, daß der zweite Mann in der Kabine auf dem Bett über ihm schnarchte, im Schlaf redete und mit den Zähnen knirschte. Schon in Älvsjö kletterte der Mann herunter und ging, um sein Wasser abzuschlagen, wie es in gekünsteltem, aber als vornehm angesehenem Schwedisch heißt. Das wurde dauernd wiederholt, und als der Zug bereits über den Rangierbahnhof von Malmö schwankte, pißte der Mitreisende zum 14. Mal. Vermutlich litt er an Blasenkatarrh.

Doch Martin Beck ließ sich nicht davon stören, jedenfalls nicht übermäßig. Es waren eher seine Gedanken, die in alle möglichen Richtungen liefen. Meistens beschäftigten sie sich mit Heydt. Einige Stunden vorher, als Rhea nackt am Schlafzimmerfenster in Köpmangatan gestanden hatte und er selbst auf dem Bett lag und ihren Rücken und die muskulösen Waden bewunderte, hatte er plötzlich an Gunvald Larssons Warnung gedacht und wäre beinahe aufgesprungen und hätte sie vom Fenster weggezogen. Gunvald Larsson pflegte fast niemals solche Sachen zu sagen, jedenfalls nicht ohne gewichtigen Grund. Und eine Weile später, während Rhea unter ununterbrochenem Reden und lautem Geklapper den Hummer in eine ausgesuchte Kreuzung der Varianten Vanderbilt und Rhea Nielsen verwandelte, war er durch die Wohnung gegangen und hatte alle Springrollos heruntergezogen.

Heydt war natürlich gefährlich, aber war er noch in Schweden?

Und war dieses Fragezeichen für Martin Beck wirklich Grund genug, um vier loyalen Kollegen, von denen drei außerdem Kinder hatten, das Weihnachtsfest zu verderben?

Das mußte die Zukunft zeigen. Oder die Zukunft würde nicht das geringste beweisen, jedenfalls nicht über Reinhard Heydt.

Im Inneren wünschte Martin Beck, daß Heydt den Weg über Oslo nehmen würde, damit Gunvald Larsson die Chance erhielt, ihm welche in die Schnauze zu hauen. Ein besseres Weihnachtsgeschenk konnte Gunvald Larsson gar nicht bekommen.

Dann dachte er eine Weile an die angenehm gelassene Stimmung, die Rönn und Melander sicher bei der gesamten Polizei in Helsingborg verbreiten würden. Aber sie waren tüchtig. Melander war es immer gewesen, und Rönn war es entgegen den pessimistischen Erwartungen vieler geworden, und wenn Heydt versuchte, sich auf diesem Weg außer Landes zu begeben, hatte er keine große Chance, durchzukommen.

Aber Malmö . . . Ja, Malmö war ehrlich gesagt die reine Hölle, was die Grenzüberwachung betraf. Auf diesem Weg wurde fast das gesamte Rauschgift ins Land geschleust und fast alles andere Schmuggelgut ebenfalls.

Der Mann mit der schwachen Blase war schneller aus dem Bett, und da Martin Beck sich nicht umdrehen mochte, hatte er das Vergnügen, aus der Froschperspektive zu beobachten, wie der Mitreisende sich anzog. Strümpfe und Unterhosen und ein Netzunterhemd wirbelten vorbei, und dann folgte ein längerer Kampf mit den Hosen und den Hosenträgern, bevor Martin Beck die Chance bekam, sich selbst seine Klamotten anzuziehen.

Er begab sich hinüber zum *Savoy*, wo er immer zu wohnen pflegte. Auch wenn die Zeiten zwischen den einzelnen Besuchen lang waren, wurde er von dem Portier mit den langen Rockschößen überschwenglich begrüßt.

Ging hinauf in sein Zimmer, rasierte sich, duschte und fuhr mit dem Taxi zum Polizeihaus, wo er kurz darauf Per Månssons Dienstzimmer betrat. Die Polizei in Malmö hatte ein schweres, zeitweise direkt beklemmendes Jahr hinter sich, aber das war Månsson nicht anzusehen, der gelassener als je zuvor auf einem seiner ewigen Zahnstocher kaute.

«Benny ist nicht hier», sagte Månsson. «Er hat sich an der Anlegestelle der Flugboote häuslich niedergelassen.»

In Malmö nennt man die Tragflügelboote aus nicht bekannten Gründen Flugboote, obwohl ein Flugboot genau genommen etwas anderes ist, nämlich ein Flugzeug.

«Und sonst so?»

«Sonst haben wir überall verdammt genaue Kontrollen», antwortete Månsson. «Der springende Punkt ist natürlich, daß während dieser Tage so viele Menschen unterwegs sind. In beiden Richtungen. Die reine Hysterie. Aber . . .»

«Ja?»

«Ein auffallender Typ, dieser Heydt. Groß und stattlich. Er müßte schon auf allen vieren laufen, um als Hund durchzugehen. Wenn es nicht sogar so ist, daß man Hunde nicht mit über die Grenze nach Dänemark nehmen darf. Die Füchse haben dort die Tollwut.»

«Na ja, es gibt viele hochgewachsene Männer, Heydt ist zum Beispiel nicht ganz so groß wie Gunvald Larsson.»

«Aber mit dem kann man ja auch kleine Kinder zu Tode erschrecken», sagte Månsson und nahm einen neuen Zahnstocher aus der Bleistiftschale.

«Was meinst du denn, du weißt doch alles über diesen Verkehr?»

«Mmm. Manchmal frage ich mich, ob ich überhaupt etwas weiß. Am leichtesten ist die Eisenbahnfähre Malmöhus zu kontrollieren. Da hat er keine Chance. Danach die sogenannten großen Boote *Ørnen, Gripen* und *Öresund.* Etwas verzwickter wird es mit den Autofähren in Limhamn, *Hamlet* und *Ofelia,* und wie sie nun heißen. Und dann kommt das Schlimmste, die Abfertigungsstelle der Flugboote, da ist es das reinste Chaos.»

«Tragflügelboote», verbesserte Martin Beck.

«O. k., trotzdem ist da die Hölle los. Die kommen und fahren in einer Tour, und die ganze Zeit über ist das Abfertigungsgebäude so mit Leuten vollgestopft, daß man kaum die Nase hineinstecken kann.»

«Ich verstehe.»

«Du verstehst überhaupt nichts, bevor du das Ganze nicht mit eigenen Augen gesehen hast. Die Leute, die die Fahrkarten kontrollieren sollen, werden niedergetrampelt, und die Zöllner und die Polizisten von der Paßkontrolle haben einen Raum, wo sie sich verstecken und Kaffee trinken können, sonst würden sie innerhalb von zehn Minuten platt wie die Pfannkuchen sein. Man könnte sie ihren Frauen unter der Tür hindurchschieben, wenn sie nach Hause kommen.»

Månsson brach ab, denn der Zahnstocher hatte sich zwischen zwei Zähnen verklemmt.

«Was macht denn Skacke?»

«Benny? Steht draußen auf dem Kai und friert. Völlig blau im Gesicht. Und da hat er praktisch die ganze Zeit über gestanden, seit er gestern hier eintraf.»

Auch Gunvald Larsson fror, obwohl er sowohl mehr als auch weniger Anlaß dazu hatte. Natürlich war es an der norwegisch-schwedischen Grenze um mehrere Grade kälter als in Malmö. Aber auf der anderen Seite war er für diesen Anlaß zweckmäßiger gekleidet, nämlich in Skistiefel, Wollsocken, lange Unterhosen (die er verabscheute), dicke Kordhosen, Schafspelzjacke und Krimmermütze.

Er stand fast genau auf der Grenze, mit dem Rücken gegen einen Kiefernstamm gelehnt und betrachtete aufmerksam den unendlichen Strom von Autos, das Zollhäuschen, die Grenzschranke und die provisorische Wegsperre und hörte zerstreut dem Hagelschauer von Verwünschungen und Flüchen zu, den die Autofahrer auf die wißbegierigen Polizisten herniederprasseln ließen. Gab es nicht die Paßfreiheit? Wie war das denn mit der Zusammenarbeit der skandinavischen Länder? War es plötzlich ebensoschwer, nach Norwegen einzureisen wie nach Saudi-Arabien? Lag das an dem Öl in der Nordsee? Oder daran, daß alle schwedischen Polizisten Idioten waren? Warum, verdammt noch mal, soll ich Heydt heißen? Und was geht es im übrigen die Polizei an, wie ich heiße? Solange ich schwedischer Staatsbürger bin und wir in Skandinavien die Paßfreiheit haben, geht es die Polizei gar nichts an, ob ich Birnenzweig oder Dick und Doof heiße. Guckt euch doch an, was für eine Autoschlange ihr hier habt.

Gunvald Larsson seufzte und blickte auf die Fahrzeugschlange. Die begann tatsächlich erstaunlich lang zu werden, während die Autos, die aus der entgegengesetzten Richtung kamen, aus dem lieben, alten Nachbarland ungehindert nach Schweden hineinsausten. Einige der Polizisten an der Sperre benahmen sich außerdem ungewöhnlich dämlich. Jeder Beamte war ja mit Heydts Fotografie und einer ausführlichen Personenbeschreibung ausgestattet. Sie wußten, daß er ein schlechtes Schwedisch, dagegen einigermaßen gut Dänisch sprach. Außerdem, daß er etwa 30 Jahre alt und 1,95 groß war. Trotzdem gab es einige, die ohne weiteres kahlköpfige Sechzigjährige mit auffallendem värmländischen Dialekt bis zu zehn Minuten aufhielten. Aber gegen die Dickfälligkeit und Dummheit des Polizeikorps anzugehen hatte Gunvald Larsson Jahre seines Lebens gekostet. Jetzt war es an der Zeit, daß ein anderer Don Quichote ihn ablöste.

Fast alle Autos hatten Dachgepäckträger, beladen mit Skiern, Motorschlitten und Rengeweihen. Die Rengeweihe wurden von einem skrupellosen Geschäftsmann bereits auf der schwedischen Seite der Grenze zu schwindelnden Überpreisen verkauft. Gunvald Larsson besah sich das alles mit tiefem Widerwillen.

Er mochte Lappland sicher ganz gern, jedoch nur im Sommer.

Rönn und Melander froren überhaupt nicht. Sie saßen jeder auf seinem vergleichsweise bequemen Stuhl in einer Kabine mit Glaswänden, die die Polizei in Helsingborg für sie extra aufgestellt hatte. Zwei elektrische Heizöfen verbreiteten eine behagliche Wärme darin, und in regelmäßigen Abständen kamen junge Polizisten mit Kaffee in Thermoskannen, Plastikbechern und großen Tellern mit Keksen und dänischen Blätterteigstücken. Man hatte den größten Teil des Fußgängerverkehrs an der Kabine mit den Glaswänden vorbeigeführt, und wenn einer der Reisenden besondere Aufmerksamkeit erforderte, standen zwei vortreffliche Ferngläser zur Verfügung.

Außerdem hatten sie Funkverbindung mit den Polizeibeamten, die die Autofahrer und Eisenbahnreisenden kontrollierten.

Rönn und Melander sahen trotzdem genauso mürrisch aus wie vorher. Ihr Weihnachtsfest schien verdorben zu sein.

Sie sprachen nicht viel, es sei denn, sie fanden einen öffentlichen Fernsprecher und konnten ihre Frauen anrufen und sich beklagen.

So sah es am Freitag, dem 20. Dezember aus, 4 Tage vor Heiligabend. Der Sonnabend wurde schlimmer, da noch mehr Leute frei hatten und der Strom der Menschen über den Öresund enorm war. Es war beinahe so, daß man sich nach der verhaßten Brücke sehnte. Eine Brücke konnte man wenigstens absperren.

Als Martin Beck auf den Kai vor die Abfertigungshalle der Tragflügelboote kam, nachdem er gezwungen war, sich durch hysterische Menschenmassen zu drängen, die keine Buchungszeiten auf ihren Fahrkarten hatten, aber darauf hofften, trotzdem mit dem nächsten Boot mitzukommen, zeigte es sich, daß der Steuermann, der die Fahrkarten für die *Løberen* kontrollierte, das Boot, das gleich abfahren sollte, Däne war und sehr mißtrauisch gegenüber Personen, die behaupteten Kriminalkommissare zu sein, ihre Dienstausweise aber nicht finden konnten. Martin Beck hatte die Jacke gewechselt, und natürlich war sein Ausweis im Hotelzimmer liegengeblieben. Schließlich befreite ihn Benny Skacke aus der Verlegenheit, der inzwischen mit allen fahrkartenknipsenden Steuerleuten gut bekannt war.

Martin Beck trat hinaus in den feuchten, peinigend scharfen Wind, der so typisch für den Winter in Südschweden und besonders für Malmö ist. Er betrachtete seinen getreuen Mitarbeiter, hinter dem eine Reihe von Weihnachtsmännern stand und Reklamezettel für einen Teil dessen verteilte, was Dänemarks Hauptstadt trotz wirtschaftlicher Krise und drohender Abwertung zu bieten hatte.

Skacke sah entsetzlich aus. Seine Wangen waren leicht blau-violett, die Stirne dagegen kreidebleich, ebenso die Nase, und über dem wollenen Halstuch war die Haut beinahe durchsichtig.

«Wie lange hast du hier gestanden?» fragte Martin Beck.

«Seit halb sechs», antwortete Skacke zitternd. «Oder eher Viertel nach fünf. Seit Abfahrt des ersten Bootes.»

«Du gehst jetzt sofort und nimmst was Warmes zu dir», sagte Martin Beck im Befehlston. «Jetzt. Sofort!»

Skacke verschwand, aber eine Viertelstunde später stand er wieder da. Seine Gesichtsfarbe war jetzt wieder beinahe normal.

Am Sonnabend passierte weiter nichts, abgesehen davon, daß einige Leute stockbetrunken waren und sich zu schlagen begannen. Martin Beck dachte daran, daß er kürzlich einen Umlauf gelesen hatte, demzufolge die Schweden, Amerikaner und möglicherweise die Finnen sich häufiger prügelten als andere Völker. Ohne Zweifel roch das nach Verallgemeinerung, aber manchmal schien es beinahe zu stimmen.

Gegen 10 Uhr abends ging Martin Beck zurück zum Hotel. Der übereifrige Skacke blieb da, fest entschlossen, auf seinem Posten auszuharren, bis das letzte Boot abgelegt hatte. Offenbar hegte er kein besonderes Zutrauen zu seinen ehemaligen Kollegen von der Polizei in Malmö.

Martin Beck holte den Zimmerschlüssel und ging auf den Fahrstuhl zu, überlegte es sich aber anders und trat in die Bar. Die war mit Gästen gut besetzt, wie stets um diese Zeit vor Weihnachten, aber einer der Barhokker war frei, und er setzte sich hin.

«Hallo, guten Abend», begrüßte ihn der Barmann mit dem untrüglichen Gedächtnis. «Whisky mit Eiswasser, wie üblich?»

Martin Beck zögerte. Eiswasser hörte sich nicht besonders verlockend an nach den Stunden auf dem windigen Kai. Er schielte zu dem Gast neben sich, der etwas Goldgelbes aus einem großen Glas trank. Das sah nicht schlecht aus. Dann sah er sich den Gast selbst an, einen jung aussehenden, aber irgendwo um die 50 Jahre alten Mann mit Bart und langem glänzendem Haar.

«Probieren Sie das mal», forderte ihn der Mann auf. «Ein Gyllenkrok oder Golden Hook, wie die Amerikaner es nennen. Eigene Erfindung der Bar.»

Martin Beck folgte dem Rat. Der Drink war gut, und er versuchte vergeblich, herauszubekommen, was er enthielt. Dann blickte er plötzlich den Gast an, der ihm dieses Getränk empfohlen hatte, und sagte:

«Jetzt erkenne ich Sie. Sie sind der Botaniker und Reporter, der im vorigen Herbst Sighrit Mård am Börringesjön gefunden hat.»

«O Gott, sprechen Sie nicht davon, jedenfalls nicht hier.»

Gleich darauf warf er Martin Beck einen Blick zu und sagte:

«Sie haben recht. Und Sie sind der Polizeikommissar aus Stockholm, der mich hinterher verhört hat. Was machen Sie denn diesmal hier?»

«Dienst», antwortete Martin Beck und zuckte mit den Achseln.

«Tja», meinte der Leichenfinder, «mich geht das ja nichts an.»

Drei Minuten später sagte Martin Beck gute Nacht, ging hinauf und legte sich hin. Er war so müde, daß er nicht einmal die Kraft hatte, Rhea zu Hause anzurufen.

Am Sonntag, dem 22. Dezember, war das Chaos in der Abfertigungshalle der Tragflügelboote schlimmer als je zuvor. Die Geschäfte waren offenbar geöffnet, denn es waren noch mehr Weihnachtsmänner mit Reklamezetteln da als an den Tagen vorher. Außerdem befanden sich Unmengen von Kindern zwischen den sich drängenden Passagieren. Es war Mittagszeit, Hauptverkehrszeit, alles hatte Hochsaison, bis auf das Wetter. Der Wind kam von Norden, naß und ekelhaft kalt. Er blies geradewegs in die Hafeneinfahrt und wehte schonungslos über den ungeschützten Kai.

Zwei Boote sollten gerade ablegen, ein dänisches, das *Flyvefisken* hieß, und ein schwedisches mit Namen *Tärnan.* Man stopfte sie ganz einfach proppenvoll und schickte sie auf den Weg, so schnell man irgend konnte.

Das dänische Boot legte ab, und Benny Skacke, der in der Nähe der Laufplanke gestanden hatte, begann auf das schwedische Boot zuzugehen. Martin Beck stand am Ausgang direkt hinter dem schwedischen Steuermann, der blitzschnell die Fahrkarten knipste, während er gleichzeitig mit der anderen Hand sein Rechenwerk bediente, um die Zahl der

Passagiere zu kontrollieren.

Der Wind war widerlich, und Martin Beck drehte den Kopf zur Seite, um das Gesicht ein wenig zu schonen. Er hörte jemanden etwas auf dänisch zu dem Steuermann sagen.

Dann drehte er den Kopf wieder um.

Es herrschte kein Zweifel.

Reinhard Heydt hatte die Fahrkartenkontrolle und alle Polizisten davor passiert und war auf dem Weg zur Laufplanke bereits einen Meter weitergegangen.

Skacke befand sich 25 Meter davon entfernt, immer noch halbwegs zwischen dem Boot, das gerade abgelegt hatte, und dem, das in wenigen Minuten die Leinen loswerfen würde.

Heydts einziges Gepäckstück war eine Tragetüte aus Papier, auf die ein Weihnachtsmann aufgedruckt war.

Skacke blickte auf, erkannte den Südafrikaner sofort, verhielt und griff nach seiner Dienstpistole. Aber Heydt hatte Skacke zuerst gesehen und ihn sofort als Polizisten in Zivil erkannt. Jetzt ging es nur noch darum, ob der Polizist Heydt erkannt hatte.

In dem Augenblick, als Skacke die Hand unter den Mantel steckte, war für Heydt die Situation klar. Jemand mußte in den nächsten Sekunden sterben, und Heydt war überzeugt davon, daß er nicht derjenige sein würde. Er würde diesen Polizisten dort erschießen, dann konnte er über den Zaun springen auf die Straße und mit Leichtigkeit im Verkehr verschwinden. Er ließ die Tüte fallen und schlug die Jacke zur Seite.

Benny Skacke war schnell und gut durchtrainiert, aber Reinhard Heydt war zehnmal schneller. Martin Beck hatte noch niemals etwas Ähnliches gesehen, nicht mal im Kino.

Trotzdem war auch er flink, machte einen Schritt vorwärts und rief:

«Einen Augenblick, Mister Heydt . . .»

Gleichzeitig packte er Heydts rechten Arm, aber der Südafrikaner hatte bereits den fürchterlichen Colt-Revolver in der Hand, und er war genügend stark, den Arm zu heben, obgleich Martin Beck ihn herunterdrückte.

Skacke sah mit Entsetzen, daß es hier in weit höherem Maße, als er es sich jemals hatte vorstellen können, um Tod und Leben ging und daß Martin Beck ihm eine Gratischance gegeben hatte, am Leben zu bleiben.

Er hatte jetzt seine Walther heraus, zielte und schoß, rücksichtslos und um zu töten.

Das Geschoß traf Heydt in den Mund und blieb in der Verlängerung des Rückgrats stecken.

Aber trotz aller Behinderungen und der trostlosen Unmöglichkeit der Situation und obwohl er eigentlich schon tot war, gelang es auch Heydt, einen Schuß aus seiner MK III Trooper Magnum abzufeuern. Das Geschoß traf Benny Skacke in die rechte Hüfte, ziemlich hoch oben und hatte zur Folge, daß er wie ein Spielzeugkreisel direkt in die Reihe der verstörten Weihnachtsmänner wirbelte. Keinem von ihnen kam es in den Sinn, ihn aufzufangen und seinen Sturz zu dämpfen.

Skacke lag auf dem Bauch und blutete bereits stark, aber er war bei Bewußtsein. Als Martin Beck neben ihm auf die Knie fiel, fragte Skacke sofort:

«Wie ist es gegangen? Mit Heydt?»

«Du hast ihn erschossen. Er war auf der Stelle tot.»

«Was hätte ich sonst tun können.»

«Du hast es richtig gemacht, das war deine einzige Chance.»

Per Månsson kam von irgendwoher angestürzt, eingehüllt in den Duft frisch gebrannten Kaffees.

«Der Krankenwagen ist im Nu hier», rief er. «Lieg jetzt still, Benny.»

Lieg still, dachte Martin Beck. Wenn Heydt auch nur noch eine Zehntelsekunde länger gelebt hätte, würde Benny Skacke jetzt für immer still liegen. Und nur ein Hundertstel hätte gereicht, um ihn zum Invaliden auf Lebenszeit zu machen. Jetzt würde er sicher durchkommen. Martin Beck hatte den Einschuß gesehen, und der lag ziemlich weit außen an der Hüfte.

Ein ganzer Haufen von Polizisten war aufgetaucht und hatte damit begonnen, die Neugierigen von dem Toten wegzudrängen.

Als das Heulen der Sirene des Krankenwagens seinen Höhepunkt erreicht hatte, ging Martin Beck hinüber und blickte auf Heydt. Das Gesicht war ein wenig entstellt, aber im übrigen sah er auch noch als Toter gut aus.

Derjenige, der in der Grenzbaracke an der E 18 antwortete, hörte sich ziemlich irritiert an.

Dieses verfluchte Telefon klingelte viel zu oft, und außerdem wurde die Autoschlange immer länger und unübersichtlicher.

«Ja», bestätigte der Grenzpolizist, «er ist sicher hier. Warte mal einen Moment.»

Er hielt die Hand vor die Sprechmuschel.

«Gunvald Larsson», fragte er, «ist das der lange Kerl in den Millionärssachen, der da drüben an dem Baum gelehnt rumsteht?»

«Ja», bestätigte sein Kollege. «Ich glaube.»

«Hier ist ein Telefongespräch für ihn. Der verdammte Heydt, von dem alle reden. Nein, zum Teufel, es ist ein anderer, der hier anruft.»

Gunvald Larsson kam herein und nahm den Hörer. Aus dem, was er sagte, konnte man nicht viel entnehmen, denn seine Bemerkungen waren sehr kurz.

«Aha . . .

Tot? . . .

Verletzung? ...
Wer? ...
Skacke? ...
Und er ist in Ordnung? ...
Hej.»

Er legte den Hörer auf, blickte die Männer in der Kontrollbaracke an und sagte:

«Ihr könnt jetzt den Verkehr durchlassen und die Sperren abbauen, die werden nicht mehr gebraucht.»

«Und du selbst?»

«Ich fahr nach Hause.»

«Schaffst du das wirklich noch?»

Gunvald Larsson fühlte plötzlich, daß er sehr lange nicht geschlafen hatte.

Im übrigen schaffte er es auch nicht weit. Bereits in Karlstad gab er auf und nahm sich ein Zimmer im Stadshotel.

In Helsingborg legte Fredrik Melander den Hörer auf und lächelte zufrieden. Dann blickte er auf die Uhr. Rönn, der heimlich mitgehört hatte, setzte ebenfalls eine über alle Maßen zufriedene Miene auf.

Sie würden Weihnachten zu Hause feiern dürfen.

Freitag, der 10. Januar 1975, war genau so ein Abend, von dem man nur hoffen konnte, daß er sich möglichst oft wiederholte. Wenn alle vergleichsweise entspannt und ausgeglichen und mit sich selbst und ihrer Umwelt zufrieden sind. Wenn alle gut gegessen und getrunken haben und wissen, daß sie am nächsten Tag frei haben, sofern nichts Besonderes oder Schreckliches und Unvorhergesehenes geschieht.

Sofern man mit «alle» eine sehr kleine Gruppe der Menschheit meint.

Zum Beispiel vier Personen.

Martin Beck und Rhea waren an diesem Abend zu Besuch bei Lennart Kollberg und seiner Frau, und sie hatten all das gemeinsam getan und damit die Voraussetzung dafür geschaffen, daß sie sich so wohl fühlten, wie man es sich nur wünschen konnte.

Niemand sprach sehr viel, aber das lag vor allem daran, daß sie ein Spiel spielten, das «Kreuzwort bauen» genannt wird und recht einfach zu sein scheint. Alle haben einen Stift und ein Stück Papier mit 25 Karos vor sich, und dann darf jeder der Reihe nach einen Buchstaben sagen. Die Spieler müssen die genannten Buchstaben in die Kästchen eintragen, aber keine zusätzlichen, und niemand darf auf das Blatt eines anderen sehen.

«X», sagte Kollberg zum drittenmal im gleichen Spiel, und alle seufzten tief.

Das Spiel hat vielleicht einen einzigen Haken, überlegte Martin Beck, und der war, daß Kollberg von fünf Durchgängen vier gewann. Beim fünftenmal siegte Rhea.

Aber wenn es um Spiele ging, waren Martin Beck und Gun Kollberg gewohnt zu verlieren, daher machte ihnen das nichts aus.

«X, wie Expolizist», betonte Kollberg gutgelaunt.

So, als ob nicht bereits alle eingesehen hatten, daß es unmöglich war, noch ein Exemplar dieses hoffnungslosen Buchstabens irgendwo unterzubringen. Martin Beck starrte eine Weile auf sein Netz von Karos, dann gab er achselzuckend auf.

«Du, Lennart?»

«Mmm», brummte Kollberg.

«Erinnerst du dich, vor 10 Jahren?»

«Als wir Folke Bengtsson jagten und man gerade kurz vorher die Polizei verstaatlicht hatte? Ja klar, an die Zeit lohnt es sich noch zu denken. Und alles, was später kam? Nein, verdammt.»

«Meinst du, daß es damals begonnen hat?»

Kollberg schüttelte sich. Dann antwortete er:

«Nein, das glaube ich nicht. Und leider wird es nicht einmal so bleiben, wie es jetzt ist.»

«Y», rief Rhea.

Und stopfte damit für eine Weile allen das Mundwerk.

Bald danach war es an der Zeit, die Punkte auszurechnen. Martin Beck kritzelte die Zahlen auf sein Blatt. Er war wie üblich Letzter.

«Obwohl eins klar ist», nahm Kollberg den Faden wieder auf. «Nämlich daß man damals Fehler gemacht hat. Die Polizei an der Spitze der Gewalt marschieren zu lassen ist so, als ob man den Wagen vor das Pferd spannt.»

«Ha, ich habe gewonnen», sagte Rhea.

«Ja, tatsächlich», sagte Kollberg.

Dann sagte er hochherzig zu Martin Beck:

«Sitz nicht da und denk jetzt an so was. Die Gewaltverbrechen sind in den letzten 10 Jahren wie eine Lawine über die ganze westliche Welt hereingebrochen. Diese Lawine kann nicht von einzelnen Menschen gebremst oder gesteuert werden. Die wird nur immer größer. Das ist nicht dein Fehler.»

«Nicht?»

Alle drehten ihre Blätter um und malten neue Kästchen. Als Kollberg fertig war, blickte er Martin Beck an und erklärte:

«Dein Fehler, Martin, ist, daß du den falschen Beruf hast. Zur falschen Zeit. Im falschen Teil der Welt. Im falschen System.»

«Das wäre alles?»

«Ungefähr. Ich fange an. Dann sage ich X. X wie in Marx.»